RÉMISSION

Né en 1940, Robin Cook est un écrivain américain. Ancien chirurgien, son expérience du milieu médical lui fournit les sujets de ses thrillers et explique leur réalisme saisissant. Auteur de nombreux best-sellers, il souhaite par ses romans alerter l'opinion publique sur les dangers que le progrès scientifique représente pour l'homme. Il vit aujourd'hui en Floride.

Paru dans Le Livre de Poche :

AVEC INTENTION DE NUIRE

CHOC

CHROMOSOME 6

CONTAGION

CRISES

CURE FATALE

ERREUR FATALE

ÉTAT CRITIQUE

FACTEUR RISQUE

INTERVENTION

INVASION

MORTS ACCIDENTELLES

NAISSANCES SUR ORDONNANCE

PHASE TERMINALE

RAPT

RISQUE MORTEL

SPHINX

VECTOR

VENGEANCE AVEUGLE

VERTIGES

VIRUS

ROBIN COOK

Rémission

ROMAN TRADUIT DE L'ANGLAIS (ÉTATS-UNIS)
PAR PIERRE REIGNIER

ALBIN MICHEL

Titre original :

CURE

ISBN : 978- 2-253-17576-6 – 1re publication LGF

À Jean et Cameron,
mes compagnons pour la vie.

« Quelle toile complexe nous tissons, lorsque nous apprenons l'art de la mystification ! »

Walter SCOTT,
Marmion, chant VI, strophe 17

PERSONNAGES IMPORTANTS

AIZU KOTETSU-KAI : organisation yakuza basée à Kyoto

AMENDOLA VINNIE : technicien de morgue à l'Institut médico-légal de New York (IML)

BARBERA LOUIE : capo de la famille Vaccarro, responsable à titre temporaire du secteur du Queens

BINGHAM DR HAROLD : directeur de l'IML

BOURSE CLAIR : réceptionniste de la société iPS USA

CALABRESE MICHAEL : brasseur d'affaires

CERINO PAULIE : capo de la famille Vaccarro, actuellement en prison

COLLINS GROVER : consultant en enlèvements et cofondateur de la société CRT Risk Management

COREY DR BENJAMIN : fondateur et président d'iPS USA

CRT RISK MANAGEMENT : CRT est le sigle de Collins, Rupert et Thomas, trois anciens des Forces spéciales qui se sont associés pour venir en aide aux personnes victimes d'enlèvements

DELUCA TOMMASO : jeune tueur de la famille Vaccarro, engagé par Louie Barbera

DEVRIES JOHN : directeur du laboratoire de toxicologie à l'IML

DOMINICK VINNIE : capo de la famille Lucia

ETO YOSHIAKI : tueur de l'Aizu Kotetsu-kai à New York

FUJIWARA KENICHI : ministre adjoint de l'Économie, du Commerce et de l'Industrie dans le gouvernement japonais

FUKAZAWA HIROSHI : *oyabun*, ou chef, de la Yamaguchi-gumi

FUKUDA SABORU : *saikō-komon*, ou conseiller principal de la Yamaguchi-gumi à New York

GOTO KANIJI : tueur de la Yamaguchi-gumi au Japon

HARRIS CARL : directeur financier d'iPS USA

INAGAWA-KAI : organisation yakuza basée à Tokyo

IPS PATENT JAPAN : société japonaise fictive qui achète des brevets japonais

IPS USA : société américaine fictive qui achète brevets et accords de licence sur les cellules souches pluripotentes induites

IML : Institut médico-légal, New York

ISHII HISAYUKI : *oyabun*, ou chef, de l'Aizu Kotetsu-kai

JANOW TOM : capitaine de police pour le comté de Bergen

KENJI : nom que Laurie donne au cadavre de Satoshi Machita avant qu'il ne soit identifié

KUDO TOKUTARO : *saikō-komon*, ou conseiller principal de la Yamaguchi-gumi au Japon

LUCIA (FAMILLE) : organisation mafieuse de Long Island dirigée par le capo Vinnie Dominick

MACHITA SATOSHI : chercheur ; marié à Yunie et père de Shigeru

MACKENZIE DUANE : jeune tueur de la famille Vaccarro, engagé par Louie Barbera

MCEWAN ARTHUR : tueur de la famille Vaccarro

Marshall Rebecca : responsable de l'identification des défunts à l'IML

Monaghan Brennan : tueur de la famille Vaccarro

Montgomery-Stapleton Laurie : médecin légiste à l'IML

Monroe Hank : directeur du service de l'identification à l'IML

Narumi Mitsuhiro : *saikō-komon* de l'Inagawa-kai

Nomura Susumu : tueur de l'Aizu Kotetsu-Kai à New York

O'Connor Maureen : directrice du laboratoire d'histologie à l'IML

Paparo Carlo : tueur de la famille Vaccarro

Polowski Ted : tueur de la famille Vaccarro

Robinson Twyla : chef du personnel à l'IML

Rosteau Jacqueline : assistante de Ben Corey

Shimoda Hideki : *saikō-komon* de l'Aizu Kotetsu-kai à New York

Soldano Lou : commissaire à la police de New York

Stapleton Jack : médecin légiste à l'IML

Steadman Ron : enquêteur au commissariat de Midtown North

Tajiri Naoki : directeur du Paradise, club pour gentlemen de Tokyo

Thomas Colt : consultant en enlèvements et cofondateur de CRT Risk Management

Tsuji Tadamasa : *saikō-komon* de l'Aizu Kotetsu-kai

Vaccarro (famille) : famille mafieuse de Long Island dirigée par le capo Louie Barbera

Washington Dr Calvin : directeur adjoint de l'IML

Watanabe Riki : tueur à la solde d'Hisayuki Ishii

Wilson Leticia : nounou pour John Junior (JJ), le fils de Jack et de Laurie

Wilson Marlene : réceptionniste à l'IML

WILSON WARREN : copain et partenaire de basket de Jack ; éminente personnalité du quartier où ils habitent l'un et l'autre
YAMAGUCHI-GUMI : organisation yakuza basée à Kobe
YONG CHONG : tueur à la solde d'Hisayuki Ishii

Oyabun : chef d'une organisation yakuza.
Saikō-Komon : conseiller principal dans une organisation yakuza – juste en dessous de l'*oyabun* dans la ville de base de l'organisation ; chef de secteur dans une autre ville.
Yakuza : membre d'une mafia japonaise.

Prologue

Dimanche 28 février 2010
02 h 06
Kyoto

La situation avait changé en un clin d'œil. Quelques secondes plus tôt, tout se passait bien : Benjamin Corey était confiant, presque serein, en dépit du fait qu'il venait de s'introduire illégalement, en pleine nuit, dans le laboratoire de biologie cellulaire d'une université japonaise. Mais l'opération menaçait à présent de virer à la catastrophe et il était terrifié. Depuis que les néons du plafond s'étaient allumés, projetant leur lumière blanche agressive sur toute la salle, son cœur battait la chamade, des gouttes de sueur perlaient sur son front et il avait des fourmis dans le bout des doigts. Jamais il n'avait éprouvé si violemment les symptômes caractéristiques de la réaction de fuite ou de lutte. Accroupi derrière une des paillasses du labo, il essaya de se ressaisir. « Une simple formalité », avait dit son contact chez les yakuzas, la veille au soir à Tokyo, à propos de l'opération. *Tu parles !* songea-t-il avec dépit, observant l'agent de sécurité en uniforme qui s'avançait à pas mesurés dans le couloir central de la vaste pièce. C'était un vieil homme. Sa casquette était rejetée en arrière sur la nuque, la visière pointant vers le haut. Alors qu'il avait allumé les plafonniers, il tenait de la main droite, à hauteur de sa tempe, une torche électrique dont il braquait le faisceau entre les rangées de paillasses. De la main gauche, il plaquait un téléphone portable contre son oreille. Ben l'entendait parler d'une voix sourde : sans doute informait-il le bureau de la sécurité de l'université des progrès de sa mission d'inspection. Une mission très probablement motivée par l'apparition de deux lumières mobiles – celle de la lampe de poche de Ben et celle de la lampe de son « complice » – au deuxième étage du bâtiment.

C'était la première fois que Ben s'introduisait quelque part pour commettre un vol et il se jurait de ne jamais plus recommencer. Il regrettait même de tout son cœur d'avoir pris un tel risque. Il était docteur en médecine, diplômé d'Harvard en management des affaires et président fondateur d'une start-up de biotechnologie, iPS USA, grâce à laquelle il régnerait bientôt sur la commercialisation des cellules souches pluripotentes induites – et deviendrait multimilliardaire. Il n'avait rien d'un cambrioleur !

Ben devait sa présence dans ce bâtiment de l'université de Kyoto aux cahiers de laboratoire qu'il avait maintenant sous le bras. Ces cahiers appartenaient à Satoshi Machita, un ancien chercheur de l'université ; ils contenaient la preuve que Satoshi était le premier scientifique au monde à avoir produit des cellules souches pluripotentes induites, ou cellules SPi. Ben les avait trouvés dans le petit bureau dont il venait tout juste de sortir, dans le tiroir que lui avait désigné Satoshi lorsqu'il lui avait très explicitement donné l'autorisation verbale de les récupérer. Il s'appuyait sur ce dernier argument pour justifier sa participation au cambriolage, mais d'autres facteurs, plus ou moins conscients, avaient influencé sa décision. Depuis deux ou trois ans, le Dr Benjamin Corey passait par une crise de la cinquantaine qui lui donnait des envies de seconde jeunesse. Il avait divorcé de la femme avec laquelle il avait eu trois enfants aujourd'hui adultes, quitté le poste directorial grassement rémunéré qu'il occupait chez un géant des biotechnologies, épousé son ancienne secrétaire, Stephanie Baker, et aussitôt conçu un petit garçon avec elle, perdu vingt kilos pour se mettre au triathlon et au ski extrême, et lancé le projet de la création d'iPS USA dans un climat économique où il était très difficile de lever des fonds – ce qui l'avait obligé à faire certains compromis, c'est-à-dire à fermer les yeux sur l'origine du capital d'amorçage.

Au fil de cette réinvention de sa propre vie, Ben avait commencé à se féliciter d'être un « faiseur » plutôt qu'un « spectateur ». Quand il avait rencontré Satoshi Machita et pris connaissance de son histoire personnelle, il avait aussitôt décidé de le recruter. Les cahiers de laboratoire de ce chercheur, il en était convaincu, étaient une sorte de manne céleste. Si Satoshi disait la vérité, ou ne serait-ce qu'une demi-vérité, quand il prétendait être le premier à avoir produit des cellules SPi à partir de ses propres fibroblastes, le contenu de ses cahiers de laboratoire ne pourrait qu'ébranler l'univers des brevets de biotechnologie tout en fournissant à iPS USA les bases de sa propriété intellectuelle.

Ben avait préparé la récupération de ces cahiers sur une période de plusieurs mois. Mais il n'avait pas envisagé de participer lui-même au cambriolage jusqu'à ce que le patron de l'organisation yakuza qu'il avait rencontré à Tokyo ne le convainque de la facilité de l'entreprise. Leur rendez-vous avait été organisé par l'entremise du patron de l'organisation mafieuse américaine, à New York, qui avait fourni le capital d'amorçage d'iPS USA. « Je serais surpris que la porte du laboratoire soit fermée à clé », avait dit cet homme posé et courtois, vêtu d'un élégant costume Brioni, tandis qu'ils prenaient un verre ensemble au bar de l'hôtel Peninsula. « À deux heures du matin, il y aura peut-être même quelques étudiants au travail dans le laboratoire. Ignorez-les, prenez ce qui appartient à Satoshi Machita et repartez tranquillement. D'après mes informateurs, vous n'aurez aucun problème. Pour vous aider, je vous enverrai l'un des meilleurs exécutants de la Yamaguchi-gumi. Il vous retrouvera à votre hôtel à Kyoto. Vous n'êtes pas obligé d'entrer vous-même dans le labo, si cela vous ennuie. Décrivez simplement ce que vous voulez à notre homme, et dites-lui à quel endroit il le trouvera. »

À ce moment-là, Ben le « faiseur » s'était dit qu'il serait joli, oui, *joli* et tout à fait justifié, qu'il participe à la dernière étape de la longue procédure qu'il avait lui-même déclenchée pour récupérer les cahiers de laboratoire. En outre, vu l'importance de ces cahiers, il voulait être sûr à cent pour cent de mettre la main sur les *bons* cahiers dans le *bon* tiroir. Enfin, leur véritable propriétaire ayant donné son aval à l'opération, il ne pensait pas commettre un vol. Son action était plutôt… celle d'une sorte de Robin des Bois des temps modernes.

Ben tapota l'épaule de Kaniji Goto, le yakuza qui l'accompagnait dans sa mission.

— Fichons le camp ! murmura-t-il d'une voix tremblante.

À l'instant où la lumière s'était allumée dans la vaste salle, ils s'étaient accroupis ensemble derrière une paillasse. Ils voyaient maintenant le vieil agent de sécurité venir vers eux, les semelles de crêpe de ses chaussures crissant sur le carrelage. Un trousseau de clés cliquetait à sa ceinture à chacun de ses pas.

Kaniji pivota le buste, l'air agacé, et lui fit signe de se taire. Ben hocha la tête. Puis il écarquilla les yeux en voyant le Japonais saisir un poignard qu'il avait au creux des reins, sous la ceinture. La lame brilla sous la lumière agressive des plafonniers. Ben frémit d'horreur. Il était clair que Kaniji préférait envisager un affrontement violent plutôt que de ficher le camp.

L'agent de sécurité continuait de marcher dans leur direction, les secondes passaient et Ben ne savait pas quoi faire. Il se reprochait amèrement de ne pas avoir annulé la mission, comme il avait failli le faire lorsque Kaniji était passé le prendre, une heure plus tôt, à son *ryokan* – l'hôtel japonais traditionnel. Il avait presque pris peur en découvrant cet envoyé des yakuzas habillé en noir des pieds à la tête comme s'il se rendait à un bal masqué. En effet, Kaniji portait un sous-pull *noir*, dont le col lui remontait presque jusqu'au menton, une espèce de pantalon de pyjama *noir* et une veste de karaté *noire* fermée par une épaisse ceinture *noire*. Il était chaussé de baskets *noires*. Et il avait une cagoule *noire* à la main. Histoire de compliquer les choses, il parlait très mal l'anglais ; leurs échanges étaient donc très limités.

Ce problème de communication, le long voyage qu'il avait fait pour venir au Japon et son envie de mettre la main sur les cahiers de laboratoire avaient contribué à convaincre Ben de laisser le raid se dérouler comme prévu, en dépit des sonnettes d'alarme qui retentissaient dans sa tête. Et maintenant qu'il voyait Kaniji s'avancer accroupi vers la travée – armé d'un poignard –, son anxiété montait en flèche.

Voulant à tout prix éviter une bagarre entre les deux hommes, il rattrapa le yakuza, agrippa la ceinture de sa veste et le tira sèchement en arrière. Il ne voyait pas d'autre solution.

Kaniji perdit l'équilibre, tomba sur les fesses et se redressa en un éclair, brandissant le couteau vers Ben. Visiblement exaspéré, il se figea dans une posture menaçante, la pointe de la lame oscillant à quelques centimètres du nez de Ben, comme s'il hésitait à céder à quelque pulsion vengeresse.

Ben se pétrifia. Il craignait que le moindre geste de sa part n'incite Kaniji à l'attaquer. Il essaya de jauger son état d'esprit, mais ce n'était pas facile : la cagoule que le Japonais avait enfilée avant d'entrer dans l'université dissimulait entièrement son visage. Et les fentes de ses yeux noirs ne laissaient rien paraître.

C'est alors que le faisceau de la torche de l'agent de sécurité passa sur leurs têtes. Kaniji réagit à l'instinct.

Poussant un cri féroce, il fit volte-face et se mit debout dans le même mouvement pour se jeter sur le vieil homme – le couteau levé à bout de bras. Ben se redressa et agrippa de nouveau la ceinture du yakuza, mais, au lieu de réussir à le retenir, il se trouva emporté avec lui par la force de son élan. Il heurta le dos de Kaniji quand celui-ci entra en collision avec l'agent de sécurité. Les trois hommes basculèrent ensemble pour former sur le sol un sandwich humain, l'agent de sécurité au-dessous et Ben au-dessus, saisi de soubresauts étranges.

À l'instant où il avait atteint l'agent de sécurité, Kaniji avait abattu son poignard vers lui. Il l'avait touché entre la clavicule et le bord supérieur de l'épaule. Quand le groupe s'était effondré, la lame s'était enfoncée jusqu'à la garde, perçant la carotide du vieil homme.

Kaniji et l'agent de sécurité soufflèrent bruyamment au moment où ils touchèrent le sol. Aussitôt après, Ben entendit une sorte de sifflement saccadé qui évoquait les salves d'un jet d'eau intermittent. Il lui fallut quelques instants pour se rendre compte qu'il entendait le bruit du sang qui giclait du cou de l'agent de sécurité. Le temps qu'il se redresse et fasse un pas en arrière, le phénomène avait cessé : le cœur du vieil homme avait expulsé ses cinq litres d'hémoglobine et une immense mare rouge se répandait autour de son cadavre.

Kaniji était couvert de sang. Ben n'avait été touché que par quelques grosses gouttes dont deux lui coulaient sur le front. Il les essuya d'un geste nerveux, avec sa manche gauche, en regardant les deux corps vautrés l'un sur l'autre : le yakuza s'efforçait de reprendre son souffle après avoir été écrasé par le poids de Ben ; le vieil homme était immobile et livide.

Ben tourna les talons et prit la fuite. Serrant les cahiers de laboratoire contre sa poitrine comme un rugbyman le ballon ovale, il quitta le laboratoire à toutes jambes et dévala l'escalier. Au rez-de-chaussée, il sortit du bâtiment par la porte principale et s'immobilisa un instant, éperdu, ne sachant pas très bien ce qu'il devait faire. Comme il n'avait pas la clé de contact de la vieille Datsun de Kaniji, il n'avait aucune raison d'aller vers le petit bosquet derrière lequel elle était stationnée. Il réfléchissait à diverses solutions, toutes moins plaisantes les unes que les autres, lorsque des hurlements de sirènes de police s'élevèrent dans le lointain. Il n'avait plus le choix ; il devait disparaître. Bien que perdu au milieu d'une ville qu'il ne connaissait pas, il avait conscience que la rivière Kamo se trouvait quelque part à l'ouest de l'université. Et il savait que ce cours d'eau traversait Kyoto du nord au sud et passait à proximité du *ryokan*, au cœur de la vieille ville, dans lequel il avait pris une chambre.

Ben se mit à courir avec toute la vigueur de l'amateur de triathlon qu'il était, et en souplesse, essayant de faire le moins de bruit possible. Au bout de deux ou trois minutes, les sirènes se turent – sans doute parce que les véhicules de police avaient atteint le bâtiment du labo. Ben serra les dents et accéléra. Heureusement, les rues étaient désertes. Il espérait ne rencontrer personne. Anxieux et tremblant comme il l'était, il aurait eu bien du mal à répondre à la moindre question. Et encore plus de difficulté à expliquer pourquoi il courait comme un dératé à travers la ville, en pleine nuit, avec des cahiers du laboratoire de biologie cellulaire de l'université. Quand il parvint à la rivière, il tourna vers le nord et adopta une foulée un peu moins rapide, mais très régulière, comme s'il participait à une course.

Trois semaines plus tard
Lundi 22 mars 2010
09 h 37
Tokyo

Naoki Tajiri travaillait dans le mizu shōbai, ou « commerce de l'eau », depuis plus longtemps qu'il n'était prêt à l'admettre. Il avait démarré tout en bas de la hiérarchie, juste après le lycée, vidant les poubelles, lavant des bols de saké, des chopes à bière et des verres à shōchū, puis petit à petit il avait grimpé les échelons. Pour étoffer ses compétences et prendre du galon au fil des décennies, il avait pris soin d'être employé dans toutes sortes d'établissements, depuis les traditionnels nomiya, ou bars, jusqu'aux « salons à hôtesses » de la prostitution pure et dure. Tous ces établissements appartenaient aux organisations yakuzas – les mafias japonaises. Naoki lui-même n'était membre d'aucun clan, il n'avait jamais participé à la cérémonie initiatique des yakuzas, mais ces derniers l'acceptaient parmi eux – voire, ils le sollicitaient – car il avait une parfaite expérience du métier. Voilà pourquoi il était aujourd'hui directeur général du Paradise, un des plus célèbres lieux de vie nocturne du quartier d'Akasaka.

Après avoir entamé sa carrière dans la petite bourgade de province où il était né, il avait gagné des villes de plus en plus importantes jusqu'à ce qu'il décroche enfin le gros lot – d'abord à Kyoto, puis à Tokyo. Il croyait avoir été témoin de tout ce qui pouvait se voir dans le « commerce de l'eau » en matière d'histoires d'argent, d'alcool, de jeu, de sexe, de meurtre et de lutte de pouvoir. Mais ce matin, il avait eu une énorme surprise.

Le téléphone avait sonné sur la table de chevet juste avant six heures. Naoki venait de se coucher et de s'endormir. Mécontent d'être dérangé, il avait répondu d'une voix brusque. Et puis il avait très vite changé de ton. Son correspondant était Mitsuhiro Narumi, le *saikō-komon*, ou conseiller principal, de l'*oyabun*, ou chef, de l'Inagawa-kai – l'organisation yakuza propriétaire du Paradise. Qu'un homme si haut placé dans l'organigramme l'appelle en personne, lui, le modeste directeur de boîte de nuit, était aussi extraordinaire que terrifiant.

La gorge nouée par l'anxiété, il avait tout d'abord pensé qu'un événement dramatique s'était produit au club pendant la nuit. Un événement dont, à sa plus grande honte, il n'avait pas été prévenu ! Mais Narumi-san lui téléphonait pour une autre raison. Une raison proprement stupéfiante : il voulait l'informer qu'Hisayuki Ishii, l'*oyabun* d'une autre famille yakuza, l'Aizu Kotetsu-kai, viendrait le matin même au Paradise pour y rencontrer Kenichi Fujiwara, le ministre adjoint de l'Économie, du Commerce et de l'Industrie – un bureaucrate de très haut niveau, très influent dans la sphère politique. Narumi-san avait précisé que le bon déroulement de cette réunion secrète reposait entièrement sur les épaules de Naoki. « Donnez-leur satisfaction sur tous les plans », avait-il ordonné pour finir.

Après avoir surmonté l'émotion des premiers instants de la conversation, Naoki s'était demandé pourquoi l'*oyabun* de l'Aizu Kotetsu-kai avait choisi d'organiser ce rendez-vous dans un club appartenant à l'Inagawa-kai – surtout pour s'entretenir avec un ministre du gouvernement ! C'était pour le moins curieux. Mais il ne lui appartenait pas de poser ce genre de question. Et Narumi-san ne lui avait fourni aucune explication supplémentaire avant de couper la communication.

Vers dix heures, Naoki avait presque retrouvé son calme. Tout était prêt. Au premier étage du Paradise, une table avait été installée au centre du salon principal et le mobilier poussé de côté. Le meilleur barman du club avait été sorti du lit au cas où les visiteurs réclameraient quelque cocktail particulier. Quatre hôtesses, parmi les plus jolies de la troupe, avaient été convoquées – là encore, *au cas où*. Naoki fit apporter une dernière touche aux préparatifs : un cendrier et un assortiment de paquets de cigarettes japonaises et étrangères auprès de chacun des deux sièges, de part et d'autre de la table.

L'*oyabun* arriva le premier, accompagné d'une cohorte d'hommes de main tous identiques avec leurs costumes noirs satinés, leurs lunettes noires et leurs cheveux gominés et hérissés sur la tête. Le style vestimentaire de l'*oyabun* était plus élégant et plus classique : il portait un superbe complet italien de laine sombre et des richelieus anglais. Ses cheveux courts étaient peignés avec soin, ses ongles manucurés. Brillant homme d'affaires, il dirigeait un certain nombre d'entreprises ayant pignon sur rue en plus des responsabilités qu'il assumait à la tête de l'Aizu Kotetsu-kai, une famille yakuza basée à Kyoto. Il passa devant Naoki, qui s'inclinait respectueusement, comme s'il faisait partie du mobilier. Quand il fut installé dans son fauteuil, à l'étage, il accepta sans un mot le verre de whisky qui lui était proposé, puis il examina distraitement les paquets de cigarettes mis à sa disposition. Pour lui offrir davantage d'options de divertissement, Naoki ordonna à son responsable de salle de faire entrer les filles.

Naoki redescendit au rez-de-chaussée par l'ascenseur pour attendre l'arrivée de son deuxième invité de marque. Les portes de la cabine s'ouvrirent et il traversa le petit hall qui donnait directement sur la rue. Le Paradise étant ouvert vingt-quatre heures sur vingt-quatre, trois cent soixante-cinq jours par an, il ne possédait pas de véritable porte. À l'entrée du hall, il y avait juste un invisible rideau d'air soufflé qui repoussait le froid du dehors en hiver, la chaleur et l'humidité en été. L'idée était de faciliter au maximum l'accès à l'établissement pour tirer parti des envies impulsives de la clientèle. L'homme japonais passait devant cette ouverture très accueillante, décidait de s'aventurer dans le club avec l'intention d'y prendre un seul verre – et, le plus souvent, y restait une heure ou deux.

Juste à côté du hall, le Paradise possédait aussi une

grande salle de *pachinko*. Malgré l'heure relativement matinale, plus d'une centaine de clients étaient déjà assis devant les bruyantes machines à sous. Ils avaient tous l'air à moitié endormis. D'une main, ils actionnaient un mécanisme qui projetait de bas en haut une multitude de petites billes qui redescendaient ensuite en cascade, derrière la façade en verre de l'appareil, en heurtant çà et là des obstacles destinés à les orienter dans diverses directions. Beaucoup de gens avaient une passion dévorante pour ce jeu. Naoki ne les comprenait pas, il n'aimait d'ailleurs pas beaucoup les jeux d'argent, mais son opinion n'avait aucune importance. Le *pachinko* rapportait près de quarante-cinq pour cent de ses revenus au Paradise.

Il s'immobilisa sur le trottoir. Au bout de la rue, à droite, il y avait les berlines des yakuzas : plusieurs Toyota Crown et le véhicule personnel de l'*oyabun*, l'impressionnant LS 600h L, nouveau vaisseau amiral de la marque Lexus et de toute l'industrie automobile japonaise. Elles occupaient une zone de stationnement interdit, mais cela n'avait aucune importance. La police du quartier, qui les reconnaîtrait pour ce qu'elles étaient, ne risquait pas de les verbaliser. Naoki connaissait bien la relation équivoque qui unissait les autorités du pays, dont la police, aux yakuzas. Pour preuve, d'ailleurs, la rencontre qu'il avait organisée ce matin même au club !

Naoki consulta sa montre. Il redevenait nerveux. En dépit du léger sourire qu'il avait aperçu sur les lèvres de l'*oyabun* quand les hôtesses avaient fait leur apparition, il savait que le yakuza n'apprécierait guère que le ministre adjoint le fasse attendre. Il risquait de prendre son retard comme un affront. Naoki tourna alors la tête vers l'entrée de la rue et poussa un soupir de soulagement. Par chance, le ministre arrivait enfin !

Un cortège de trois Toyota Crown venait dans sa direction, si proches les unes des autres qu'elles semblaient ne former qu'un seul véhicule. Celle du milieu s'immobilisa juste devant Naoki, qui s'en approcha. Il tendait la main vers la poignée de la portière arrière, lorsque plusieurs hommes en complet noir bondirent des deux autres voitures. L'un d'eux lui signifia d'un geste autoritaire de reculer.

Naoki se pencha en avant avec déférence, le corps presque à l'équerre, lorsque Kenichi Fujiwara apparut sur le trottoir. Le ministre adjoint était aussi élégant que l'*oyabun*, quoique dans un style un peu plus austère. Il s'immobilisa un instant, levant les yeux vers la façade du Paradise. Au-dessus des quatre étages du club, les cinq niveaux supérieurs abritaient un *love hotel* dont les chambres à thème se louaient à l'heure ou à la journée. Une expression légèrement dédaigneuse apparut sur le visage de Kenichi – sans doute le choix du lieu de rendez-vous ne le séduisait-il pas beaucoup. Il passa devant Naoki sans même lui accorder un regard, comme l'*oyabun* un quart d'heure plus tôt, et pénétra dans le hall du Paradise.

Naoki se redressa, pivota sur ses talons et s'élança vers l'ascenseur, devançant Kenichi et ses hommes.

— La réunion se tiendra au premier étage ! dit-il, élevant la voix pour couvrir le raffut de la salle de *pachinko*. Si vous voulez vous donner la peine de me suivre ! Merci beaucoup ! Merci beaucoup !

Dans le salon principal, les quatre hôtesses entouraient l'*oyabun* et donnaient l'impression de beaucoup s'amuser en sa compagnie. Elles pouffaient timidement de rire, la main devant la bouche. Le responsable de salle leur fit soudain signe de s'écarter. L'*oyabun* venait de se lever, car il avait vu le ministre adjoint entrer dans la pièce. Sans un mot, elles allèrent s'asseoir près du bar.

Les accompagnateurs des deux dignitaires se dévisagèrent avec méfiance. Mais les salutations que se firent le ministre adjoint et l'*oyabun* furent cordiales et méticuleusement symétriques, comme celles de deux hommes d'affaires qui se seraient beaucoup estimés.

— Kenichi Fujiwara Daijin ! s'exclama l'*oyabun* avec emphase, prononçant distinctement chaque syllabe.

— Hisayuki Ishii Kumicho ! dit le ministre adjoint de la même manière.

Ils s'inclinèrent au même angle et baissèrent les yeux en signe de respect mutuel. Ensuite, ils s'échangèrent leurs cartes de visite : le ministre adjoint, d'abord, tendit la sienne des deux mains, tout en s'inclinant à nouveau, quoique à un angle moins prononcé que la première fois, puis l'*oyabun* en fit autant.

Ayant achevé le rituel des salutations, les deux hommes se tournèrent brièvement vers leurs entourages respectifs pour leur faire comprendre qu'ils pouvaient s'écarter. Yakuzas et fonctionnaires reculèrent jusqu'aux murs du salon. L'*oyabun* et le ministre adjoint s'assirent alors de part et d'autre de la table que Naoki avait fait installer pour la rencontre. Chacun posa délicatement la carte de visite de l'autre devant lui – le bord du rectangle de papier cartonné bien parallèle au bord du plateau de la table.

Comme il n'avait pas reçu l'ordre de quitter la pièce, Naoki resta près de la porte, à portée de voix de ses hôtes, prêt à intervenir pour satisfaire leurs moindres désirs. De toute évidence, personne ne faisait attention à lui. Les yeux baissés, il essaya vainement de ne pas écouter la conversation de l'*oyabun* et du ministre. Dans le milieu professionnel qui était le sien, il était parfois dangereux de savoir trop de choses.

Après avoir échangé quelques menus propos et s'être redit tout le respect qu'ils éprouvaient l'un pour l'autre, les deux hommes entrèrent dans le vif du sujet.

— Nous n'avons pas beaucoup de temps, dit Kenichi. Si je suis absent trop longtemps du ministère, cela risque de se remarquer. Avant toute chose, permettez-moi de vous remercier d'avoir accepté de faire ce pénible voyage de Kyoto à Tokyo. Je vous en suis très reconnaissant.

— Ce n'est pas un problème, dit Hisayuki d'un ton gracieux. Je devais venir à Tokyo de toute façon, pour une autre affaire.

— Ensuite, le ministre vous envoie ses salutations et il espère que vous comprendrez qu'il aurait bien entendu préféré être ici à ma place, comme prévu, pour vous rencontrer. Malheureusement, il a été convoqué par le Premier ministre.

Hisayuki se contenta de hocher la tête. En vérité, le désistement inopiné du ministre, dont il n'avait été prévenu qu'en début de matinée, l'avait beaucoup contrarié. Mais il avait ravalé sa fierté et accepté de venir malgré tout. Une rencontre secrète avec un membre du gouvernement, ministre ou ministre adjoint, c'était tout de même une occasion à ne pas laisser passer. En outre, de bien des façons, le ministre adjoint était plus puissant encore que son supérieur. Cet homme n'était pas, contrairement au ministre, un politicien nommé à son poste par le chef de l'État ; c'était un haut fonctionnaire rodé et très établi dans ses fonctions. Et puis Hisayuki était curieux de savoir ce que le gouvernement attendait de son organisation – et encore plus curieux de découvrir ce qu'il avait à lui offrir. Entre le gouvernement et les yakuzas, tout se négociait.

— Je tiens aussi à vous dire que nous aurions aimé venir à Kyoto, poursuivit Kenichi. Mais l'économie mondiale et notre économie étant ce qu'elles sont ces temps-ci, nous sommes continuellement harcelés par les médias. Nous ne pensions pas pouvoir prendre le risque d'un tel déplacement. Il est essentiel que notre rendez-vous ne parvienne pas aux oreilles des journalistes. Le gouvernement a besoin de votre aide pour un problème… assez délicat. Comme vous le savez, le Japon ne possède pas d'organisation équivalente à la CIA ou au FBI.

Le ministre adjoint se tut, dévisageant l'*oyabun*. Non sans un certain effort, Hisayuki réprimait un sourire de satisfaction. Lui qui était un maître de la négociation, il adorait la tournure que prenait d'emblée la conversation. Et sa curiosité était aiguillonnée. Le gouvernement – le gouvernement qui pouvait *beaucoup* pour son organisation – le suppliait de l'aider ! Il se pencha en avant pour approcher son visage de celui de Kenichi par-dessus la table.

— Serait-il raisonnable de supposer que c'est le rôle d'*oyabun* d'une certaine famille yakuza que la rumeur publique m'attribue, peut-être à raison, qui me vaudrait l'honneur d'avoir l'occasion, si cela m'est possible, d'aider le gouvernement ?

Kenichi se pencha lui aussi en avant.

— Absolument.

Hisayuki esquissa un sourire. Il avait pour règle d'or de ne jamais laisser paraître la moindre émotion dans les conversations importantes, mais là, c'était plus fort que lui. Il se força à retrouver un visage impassible pour dire :

— Pardonnez-moi de trouver la situation quelque peu ironique. Ce gouvernement qui me demande aujourd'hui de l'aide, n'est-ce pas celui qui a voté la loi antigang de 1992 ? Comment cela se peut-il ?

— Comme vous ne l'ignorez pas, la position du gouvernement vis-à-vis des yakuzas est toujours ambivalente. Cette loi a été votée pour des raisons purement politiciennes, pas pour lutter contre le crime. En outre, elle n'a jamais été réellement mise en application. Vous savez aussi qu'elle est sans commune mesure avec les lois similaires votées par les États-Unis ou d'autres pays où les mafias sont puissantes.

Hisayuki joignit les mains devant son menton. Il s'amusait de plus en plus.

— Il est paradoxal et ennuyeux, quoi qu'il en soit, que la loi antigang ait eu moins d'effet sur les activités illégales des yakuzas que sur certaines de leurs entreprises les plus légitimes, observa-t-il. Répugneriez-vous à réexaminer certaines de ses modalités particulières, le gouvernement et vous-même, si j'acceptais de vous aider ?

— C'est justement ce que nous voulions vous proposer. Plus les entreprises auxquelles vous faites allusion paraissent légitimes – et plus elles donnent l'impression d'échapper au contrôle des yakuzas –, mieux nous pourrons vous aider. Nous ne demanderons pas mieux.

— Une dernière question, avant que vous ne m'expliquiez ce que je pourrais faire pour vous : pourquoi moi ? pourquoi l'Aizu Kotetsu-kai ? Comparée à la Yamaguchi-gumi, ou même à l'Inagawa-kai, notre organisation est très petite.

— Nous nous adressons à vous parce que l'Aizu Kotetsu-kai, qui est la principale famille de Kyoto, est déjà impliquée dans le problème qui nous préoccupe.

Les sourcils broussailleux de l'*oyabun* s'arquèrent au-dessus de ses yeux.

— Comment savez-vous qu'elle est impliquée ? Et de quelle affaire s'agit-il, au juste ?

— Votre groupe a pris une participation importante, via sa société d'investissement RRTW, dans une compagnie relativement nouvelle qui porte le nom d'iPS Patent Japan. Vu le nombre de parts que vous en avez acquises, le gouvernement ne peut que supposer que vous considérez vous aussi, comme de nombreux investisseurs, que la technologie des cellules souches pluripotentes induites est amenée à dominer l'industrie des biotechnologies au cours du siècle à venir. C'est également le point de vue du gouvernement. D'après les professionnels du secteur, il est clair que, d'ici une dizaine d'années, les cellules SPi permettront de vraies guérisons, pas simplement des traitements, pour une multitude de maladies dégénératives. Et l'industrie dont elles vont susciter la naissance pèsera des milliards de milliards de dollars. Suis-je dans l'erreur, en ce qui concerne votre intérêt pour ce domaine ?

Hisayuki ne réagit pas.

— Je vais prendre votre silence pour un non, enchaîna Kenichi. Je supposerai également, compte tenu de l'importance de votre investissement, que vous avez, vous aussi, estimé que l'université de Kyoto était… qu'elle n'était pas suffisamment armée, disons, pour gérer correctement les brevets susceptibles d'être déposés sur les découvertes réalisées dans ses labos. Car c'est exactement pour pallier ce problème qu'iPS Patent Japan a été créée, n'est-ce pas ?

Hisayuki demeura parfaitement immobile, le visage impénétrable, mais il était stupéfait par la précision des informations que son interlocuteur détenait. Il ignorait que son investissement dans iPS Patent Japan avait attiré l'attention du gouvernement. En plus, la compagnie n'avait même pas encore été introduite en Bourse !

Après s'être poliment éclairci la voix pour laisser à l'*oyabun* le temps de répondre s'il le désirait, le ministre adjoint poursuivit :

— Si je disais qu'au ministère de l'Économie, du Commerce et de l'Industrie, nous sommes inquiets de voir notre nation risquer de perdre du terrain dans ce secteur économique essentiel, en particulier face aux Américains, je me moquerais des sentiments qui sont les nôtres. Nous sommes désespérés ! Nous sommes catastrophés ! D'autant plus affolés que le public japonais estime déjà que notre pays devrait jouer un rôle prédominant dans le domaine des cellules souches. C'est presque une question de fierté nationale. Or, il se passe des choses très inquiétantes. Nous avons récemment appris que le laboratoire de recherche de l'université de Kyoto a subi une défection dramatique en la personne de l'un de ses plus éminents scientifiques. Lequel a quitté le Japon…

Hisayuki posa tout à coup les mains à plat sur la table.

— Une défection ? Au profit de qui ? !

Les yakuzas de la vieille école, comme les membres de l'extrême droite japonaise, étaient des individus passionnément patriotes. Hisayuki ne pouvait même pas concevoir qu'un chercheur japonais puisse travailler pour une autre entité que le Japon.

— De l'Amérique, bien sûr ! Et c'est la raison pour laquelle nous sommes si… si troublés, précisa le ministre adjoint avec un petit soupir. Le chercheur en question est sans doute parti pour New York. Il a été recruté par une start-up américaine, iPS USA, qui cherche à profiter du chaos qui règne actuellement dans le domaine des cellules souches en général, et dans celui des cellules SPi en particulier, pour s'approprier autant de brevets mondiaux que possible. Cette compagnie ne pèse pas encore bien lourd, et elle travaille discrètement, mais il est clair qu'elle vise à mettre la main sur l'ensemble de la propriété intellectuelle de ce domaine très prometteur.

— C'est-à-dire qu'elle pourrait finir par contrôler une industrie qui promet de peser des milliards de milliards de dollars d'ici quelques années, précisa

Hisayuki, lugubre. Une industrie que le Japon devrait légitimement contrôler.

— C'est bien cela.

— Ce traître qui est maintenant aux États-Unis, quelle menace fait-il réellement peser sur les intérêts du Japon ?

— Une menace énorme ! iPS USA s'est associée avec une famille mafieuse américaine à New York, et avec la Yamaguchi-gumi, ici à Tokyo, pour réaliser une opération d'espionnage industriel à Kyoto. Deux hommes ont cambriolé les locaux de l'université. Ils ont tué un agent de sécurité et ils ont réussi à mettre la main sur les seuls exemplaires des cahiers de laboratoire qui contiennent les preuves que le transfuge est bel et bien l'auteur des travaux qu'iPS USA veut faire breveter. Ces cahiers inestimables étaient rangés dans un bureau du laboratoire – dans un tiroir qui n'était même pas fermé à clé ! L'imprudence de l'université est inadmissible. Et la situation est maintenant potentiellement désastreuse.

Hisayuki avait entendu certaines rumeurs au sujet du cambriolage de l'université de Kyoto. Il était même au courant de la mort de l'agent de sécurité. Par contre, il ignorait que la Yamaguchi-gumi était impliquée. Il savait que cette organisation rivale, basée dans la ville de Kobe, avait déjà tenté d'autres incursions sur son territoire. Contrairement aux autres familles yakuzas, elle faisait fi de la tradition et menait une politique expansionniste à travers tout le Japon. Qu'elle pût, *par-dessus le marché,* servir les intérêts américains en menant des opérations d'espionnage industriel à Kyoto était un scandale de la plus extrême gravité. En tant qu'*oyabun* de l'Aizu Kotetsu-kai, Hisayuki devait lutter contre cette avanie et protéger son investissement dans iPS Patent Japan.

— Vous semblez présenter ce chercheur comme une pièce essentielle de l'affaire, observa-t-il. Pourquoi est-il si important, au juste ?

— À cause de certains travaux qu'il a effectués en cachette de tout le monde. D'après ce que j'ai compris, il travaillait officiellement sur des cellules souches de souris et des cellules SPi de souris – comme il en avait reçu l'ordre de sa hiérarchie. Mais pendant son temps libre, il travaillait sur ses *propres* cellules, avec des prélèvements effectués sur ses avant-bras. Grâce à ces travaux, il a été le premier à produire des cellules SPi humaines. Malheureusement pour tout le monde, ses supérieurs s'en sont alors attribué le mérite. Quand il a essayé de faire valoir ses droits auprès de sa hiérarchie, il a d'abord été ignoré, puis licencié et chassé de l'université. Il a même été empêché de retourner au laboratoire une seule fois pour récupérer ses effets personnels ! Et parmi ces affaires, il y avait les fameux cahiers de laboratoire, que ses adversaires à l'université ont oubliés ou bêtement ignorés. Après avoir effacé la version informatisée des travaux du chercheur, ils croyaient être à l'abri. Certes, cet homme avait commis des erreurs, notamment en désobéissant à sa hiérarchie, mais il a été traité de façon abominable. Aujourd'hui, hélas, dans le monde universitaire comme ailleurs, la compétition entre les scientifiques peut être très brutale. Parce que les enjeux financiers des applications de la recherche sont souvent considérables.

— À votre avis, que va-t-il se passer, maintenant ?

— Il va se passer ce qui est déjà en train de se passer ! répondit Kenichi d'un air agacé. Cette affaire désastreuse a été portée à notre connaissance par le biais du bureau japonais d'enregistrement des brevets. Le transfuge et la compagnie qui l'a recruté, iPS USA, ont déjà lancé des poursuites contre l'université de Kyoto. Ils ont engagé à Tokyo un des meilleurs avocats spécialisés dans ce domaine. Ils contredisent la validité des brevets que l'université détient sur les cellules SPi. Contrairement à ses anciens supérieurs, ce chercheur n'avait pas signé de contrat de licence avec l'université sur la propriété intellectuelle de son travail. Cela signifie qu'il est le détenteur exclusif des brevets susceptibles d'être tirés de ses propres travaux. Il a aussi déposé plusieurs demandes de brevets aux États-Unis, lesquels invalideront sans l'ombre d'un doute les brevets de Kyoto devant l'Organisation mondiale du commerce, notamment parce qu'ils donnent la prééminence à la date de l'invention, pas à la date du dépôt de la demande de brevet. C'est le seul pays au monde qui agit ainsi.

— Il faut réagir de toute urgence, c'est très clair, affirma Hisayuki avec indignation.

En son for intérieur, il regrettait d'avoir investi tant d'argent dans iPS Patent Japan. Si le scénario que le ministre adjoint venait de lui exposer se confirmait, la valeur d'iPS Patent Japan ne pourrait que chuter dramatiquement. Il demanda d'un ton sec :

— Quel est le nom de ce traître ?

— Satoshi Machita.

— Il habite Kyoto ?

— Il *habitait*. Aujourd'hui, sa famille et lui sont domiciliés aux États-Unis. iPS USA ou ses collaborateurs de la mafia américaine vont se charger de leur obtenir des cartes de séjour. C'est la Yamaguchi-gumi qui a organisé leur départ du Japon et leur entrée illégale aux États-Unis. Nous ne savons pas très bien pourquoi elle a agi comme elle l'a fait. C'est peut-être parce qu'elle a un accord commercial avec iPS USA.

— Où Satoshi est-il installé, aux États-Unis ?

— Nous n'avons aucune information à ce sujet. Je veux dire que nous n'avons pas son adresse. Nous supposons qu'il est à New York, puisque la compagnie iPS USA est installée là-bas. Il est membre de son conseil scientifique.

— A-t-il encore de la famille à Kyoto ?

— Non. Aucune famille proche, en tout cas. La Yamaguchi-gumi a déménagé tout le monde – c'est-à-dire lui, sa femme, leur fils, une sœur célibataire et les quatre grands-parents.

— Je me demande si vous ne m'informez pas un peu tard de toute cette histoire, observa Hisayuki.

— L'essentiel de ce que je viens de vous dire n'a été porté à notre connaissance que ces tout derniers jours. C'est-à-dire après que le bureau des brevets a eu connaissance des poursuites engagées par iPS USA contre l'université de Kyoto. Et l'université n'a rien fait pour arranger la situation ! Nous avons été obligés d'interroger directement son président pour apprendre ce qui avait été pris dans le laboratoire au moment du cambriolage.

— Quel conseil voudriez-vous que je donne à l'Aizu Kotetsu-kai, au juste, si j'avais le pouvoir de lui faire des suggestions – ce que je ne reconnais absolument pas être en mesure de faire ?

Le ministre adjoint toussota dans son poing. Il n'était pas surpris par la prudence oratoire un peu ridicule de l'*oyabun*. Et il répondit sur le même mode :

— Je ne présume en aucun cas être en position de dire à l'Aizu Kotetsu-kai comment diriger ses affaires. Il me paraissait important, simplement, de l'informer de la situation telle qu'elle se présente aujourd'hui, et de la prévenir des dangers réels et pressants qui menacent ses actifs dans l'univers des cellules SPi.

— Il faut pourtant faire quelque chose, et vite !

— Je suis totalement de cet avis. Le ministre et le Premier ministre aussi, dois-je préciser. Pour des raisons évidentes, hélas, nous avons les mains liées. Vous, par contre, vous pouvez agir. Vous avez des bureaux à New York, n'est-ce pas ?

— À quels bureaux faites-vous allusion, Fujiwara-san ?

L'*oyabun* avait posé la question d'un ton innocent, presque étonné, en haussant les sourcils. Il ne risquait pas d'admettre que son organisation avait des ramifications à l'étranger – même si tout le monde le savait.

— Avec tout le respect que je vous dois, Ishii-san, répliqua le ministre adjoint, le moment est mal choisi pour les parades verbales. Le gouvernement est très bien informé de ce que font les yakuzas en Amérique. Il connaît leurs liens avec les mafias locales. Nous savons que vous avez des bureaux à New York. Et, pour être honnête, je dois dire que nous ne sommes pas malheureux de vous voir envoyer tant de méthamphétamine là-bas, car cela signifie que nous avons beaucoup moins de problèmes avec cette drogue sur notre propre territoire. Vos autres activités comme la contrebande d'armes, le jeu et la prostitution, nous les apprécions beaucoup moins. Mais elles sont tolérées dans la mesure où les liens que nous pouvons entretenir avec vous peuvent parfois nous être bénéfiques dans certaines circonstances particulières. Les circonstances de la catastrophe actuelle, par exemple.

— Peut-être aurai-je la possibilité de transmettre à certaines personnes de ma connaissance les informations que vous avez eu la bonté de me communiquer, dit Hisayuki après un petit moment de réflexion. Peut-être ces personnes auront-elles la possibilité de prendre certaines mesures qui serviront les intérêts de toutes les parties concernées, dont le gouvernement japonais.

— C'est très bien ainsi. Le ministère et même le gouvernement tout entier vous en seront très reconnaissants.

— Je ne peux rien promettre, affirma Hisayuki qui commençait déjà à réfléchir à ce qu'il allait faire.

Pour commencer, il lui faudrait retrouver le traître – mais cela ne serait sans doute pas très difficile. Ensuite, il devrait s'occuper de la Yamaguchi-gumi. C'était un problème bien plus sérieux. La perfidie de certains des groupes qui composaient cette organisation, tout comme leur façon de défier les règles établies – au point de mener une opération dans sa propre ville, Kyoto, sans sa permission ! –, étaient inadmissibles. Hisayuki espérait que cette affaire avait été menée par un petit gang de francs-tireurs, de rebelles, sans le consentement de l'*oyabun* de la Yamaguchi-gumi. Avant de faire quoi que ce soit au Japon, il devrait absolument éclaircir ce mystère. En tout état de cause, ses possibilités d'action seraient limitées par une réalité incontestable : sa propre organisation yakuza, l'Aizu Kotetsu-kai, était une naine comparée à la Yamaguchi-gumi ; elle se trouvait face à elle comme un pays en voie de développement face à une superpuissance.

— Je souhaiterais insister sur une chose, reprit le ministre adjoint. Quoi que vous décidiez de faire, en particulier en Amérique, il faudra agir dans la plus grande discrétion. Si le transfuge devait avoir un accident, par exemple, il faudrait que sa mort paraisse… naturelle. Le gouvernement japonais ne pourra en aucun cas être impliqué dans cette affaire. Sous aucun prétexte.

— Cela va de soi, répondit distraitement l'*oyabun*.

Deux jours plus tard
Mercredi 24 mars 2010
16 h 14
New York

D'une main très assurée, Satoshi Machita apposa sa signature et son *inkan*, son tampon personnel, sur les cinq exemplaires du contrat qui accordait à iPS USA les droits d'exploitation exclusifs, et, pour le monde entier, des brevets sur la technique de production de cellules SPi dont il était l'inventeur.

Ce contrat lui assurait des dividendes très lucratifs, notamment sous la forme d'un généreux paquet de stock-options exerçables pendant les vingt prochaines années. Après avoir appliqué l'*inkan* sur la dernière page du dernier document, Satoshi saisit celui-ci et, souriant, le leva à bout de bras devant le petit groupe d'hommes et de femmes qui assistaient à la séance de signatures. Tous l'applaudirent avec enthousiasme ; il inclina modestement la tête. Ainsi s'ouvrait un nouveau chapitre dans l'existence de Satoshi Machita. C'était aussi le début d'une nouvelle ère pour iPS USA qui se positionnait très vite pour contrôler le développement commercial, d'un bout à l'autre de la planète, des cellules souches pluripotentes induites. La plupart des biologistes moléculaires s'accordaient à penser que les cellules SPi permettraient bientôt de guérir toutes les maladies dégénératives qui affligeaient l'humanité. Ce serait une révolution sans précédent – une avancée qui surpasserait, et de loin, tous les progrès jamais enregistrés dans l'histoire de la médecine.

Fondateur et président d'iPS USA, le Dr Benjamin Corey fut le premier à s'avancer vers Satoshi pour lui serrer la main. Les applaudissements reprirent de plus belle. Des flashes d'appareils photo inondèrent les deux hommes de lumière blanche. Corey, avec son mètre quatre-vingt-trois et ses cheveux blonds, avait l'allure d'un gigantesque Viking à côté du Japonais aux cheveux bruns. Ils avaient pourtant en commun d'être des explorateurs, des aventuriers, l'un dans le commerce de la biotechnologie, l'autre dans le domaine de la biologie cellulaire.

Plusieurs membres de l'équipe iPS USA s'approchèrent pour féliciter le futur multimillionnaire : Brad

Lipson, le directeur général ; Carl Harris, le directeur financier ; Pauline Hargrave, l'avocate principale ; Michael Calabrese, l'agent de placement qui avait levé l'essentiel du capital d'amorçage de la compagnie ; Marcus Graham, directeur du conseil scientifique. Pendant que tous se congratulaient, puisqu'ils étaient tous certains de devenir bientôt très, très riches, Jacqueline Rosteau, l'assistante de Ben, commença à ouvrir plusieurs bouteilles de dom-pérignon bien fraîches. Le bruit festif des bouchons qui sautaient fit pousser des hourras à toute l'assistance.

Une flûte à la main, Ben et Carl s'écartèrent du groupe et trinquèrent avec un sourire complice. Ils contemplèrent quelques instants le spectacle de la Cinquième Avenue par la fenêtre. Une pluie fine tombait du ciel gris. Les bureaux d'iPS USA se trouvaient dans un immeuble proche du carrefour de la 57e Rue, c'est-à-dire dans un quartier très animé de Manhattan. On était près de l'heure de pointe de la fin de journée, d'innombrables piétons allaient et venaient déjà en tous sens sur les trottoirs. Beaucoup d'entre eux s'abritaient de l'averse sous un parapluie ; vus d'en haut, ils ressemblaient à des insectes nerveux aux carapaces noires.

— Quand nous avons lancé iPS USA, jamais je n'aurais cru que nous irions si loin en si peu de temps, dit Carl d'une voix qui trahissait une certaine émotion. Franchement, je n'en reviens pas.

— Moi non plus, admit Ben. Nous avons fait des miracles. Et toi, mon ami, tu mérites de sacrées félicitations pour avoir trouvé Michael, sa société d'investissement et ses clients particuliers. Tu es irremplaçable. Merci.

— Merci, dit Carl, souriant. J'ai juste fait ce que j'avais à faire.

Ben et Carl avaient été copains au lycée, puis ils s'étaient perdus de vue quelques années, chacun allant de son côté. Pendant que Ben entrait en fac de médecine, Carl avait fait des études de comptabilité, puis dans la finance, avant de faire une brillante carrière dans le secteur bancaire. Ils s'étaient retrouvés, avaient renoué les liens, et un jour Ben avait convaincu Carl de travailler avec lui quand il avait fondé iPS USA.

— Bien sûr, reprit Ben, nous n'aurions sûrement pas aussi bien réussi si nous n'avions pas entendu parler de Satoshi, de ses recherches et du très mauvais traitement qu'il avait subi à Kyoto.

— En effet. Mais de ce côté, notre plus bel atout, c'est sans doute les cahiers de laboratoire que nous avons réussi à récupérer.

— Tu as raison. Mais ne reparlons pas trop de cette histoire, répliqua Ben, soudain mal à l'aise.

Le cambriolage datait déjà de plus de trois semaines, mais le simple fait d'évoquer cette expérience lui donnait encore des sueurs froides. Il avait été complètement fou de participer à l'opération et il avait eu une chance inouïe de ne pas se faire attraper avec le yakuza qui l'accompagnait.

— Dis-moi quand même une chose, insista Carl. Au Japon, y a-t-il eu des suites ?

— Non, pas à ma connaissance. Michael m'a répété plusieurs fois que ses contacts n'avaient entendu parler de rien. Le gouvernement japonais a sans doute décidé d'étouffer l'affaire. Tu sais qu'il entretient une relation étrange, un peu copain-copain, avec les organisations yakuzas. C'est l'antithèse absolue de la relation qui existe entre notre Mafia et le gouvernement américain.

Carl jeta un coup d'œil derrière lui et se pencha vers Ben pour demander à voix basse :

— À propos de Mafia, es-tu inquiet de savoir que les investisseurs particuliers de Michael sont maintenant très impliqués dans nos affaires ?

— Ça ne me plaît pas, bien sûr, admit Ben. Mais… n'oublions pas qu'ils nous ont fourni l'essentiel de notre capital – eux et leurs associés yakuzas. Tu sais aussi le rôle qu'ils ont joué, les uns et les autres, pour nous permettre d'obtenir les cahiers de labo et de faire venir Satoshi et sa famille à New York en un temps record. Il faut reconnaître que nous ne serions pas où nous en sommes si ces mecs n'étaient pas entrés dans l'équation. Cela dit, tu as raison, leur participation au financement de la boîte est un vrai souci. Il va falloir changer de système et j'ai justement abordé le problème avec Michael, tout à l'heure, avant l'arrivée de Satoshi. Nous avons décidé de nous voir demain matin à son bureau. Il comprend, je crois, et il est d'accord. Je lui ai dit que, dorénavant, le rôle de ses clients devait se limiter à celui d'investisseurs *invisibles*. S'il le faut, nous leur offrirons des stock-options supplémentaires pour les convaincre de se fondre dans le décor.

Carl haussa les épaules. Il doutait que le problème pût se régler de façon aussi simple, mais ne contredit pas Ben. En outre, Satoshi venait à leur rencontre. Il voulait leur dire au revoir et s'excuser de quitter la petite fête.

— J'ai hâte de rentrer chez moi pour annoncer la bonne nouvelle à ma famille, dit-il, et il s'inclina devant les deux Américains.

— Nous vous comprenons tout à fait, assura Ben.

Il leva la main pour en toper cinq avec le petit chercheur au visage juvénile. Quand il l'avait rencontré pour la première fois, il lui avait donné une vingtaine d'années. En réalité, Satoshi avait trente-cinq ans.

— Avez-vous parlé avec Pauline de cette histoire de testaments et de documents à signer pour le fidéicommis ? demanda Ben.

— Oui. J'ai signé tous les papiers.

— Super !

Ben en topa de nouveau cinq avec Satoshi qui avait fait une thèse à Harvard et connaissait bien les coutumes américaines. Après qu'ils se furent mutuellement félicités et eurent promis de se revoir très vite, Satoshi s'éloigna pour quitter la pièce. Il fit trois pas, puis tourna les talons et revint vers Ben et Carl.

— Je voulais vous demander autre chose, dit-il à Ben. Avez-vous avancé, pour ce qui est de me trouver un laboratoire ?

Fondée depuis moins d'un an, la société iPS USA n'avait que ses locaux dans l'immeuble de la Cinquième Avenue. Elle ne possédait ni laboratoires ni installations de recherche, et Ben ne prévoyait pas de l'en doter. Sa feuille de route était claire : elle devait profiter du chaos qui régnait dans le domaine des brevets sur les cellules souches en général, et sur les cellules souches pluripotentes induites en particulier, pour s'approprier tous ces brevets et engranger les bénéfices de leur exploitation commerciale. Ben tenait aussi à aller très vite ; il voulait avoir consolidé sa position sur le marché avant que les autres acteurs du secteur ne se rendent compte qu'iPS USA menait une sorte de Blitzkrieg sur la propriété intellectuelle des meilleurs scientifiques et des meilleurs labos mondiaux.

— Ce n'est pas complètement réglé, répondit Ben. Mais je suis en négociation avec l'université Columbia pour vous louer un labo dans le tout nouveau bâtiment qu'elle vient de dédier à la recherche sur les cellules souches. Nous devrions avoir une réponse… très vite. Appelez-moi demain ! Je téléphonerai à Columbia dès la première heure pour voir où ça en est.

— Merci, dit Satoshi, et il s'inclina. Je suis très satisfait.

— Ça marche. On se tient au courant, dit Ben avec un grand sourire.

— *Haï, haï*, répondit Satoshi.

Il quitta la pièce.

— Un labo ? demanda Carl, sourcils froncés.

— Il meurt d'envie de se remettre au travail, expliqua Ben. C'est un scientifique. S'il n'est pas dans un labo, il se sent perdu.

— Vous avez l'air de bien vous entendre, tous les deux.

— Je suppose que oui, convint Ben avec un haussement d'épaules. Jacqueline et moi, nous les avons déjà emmenés deux fois dîner en ville, sa femme et lui. Et il m'a présenté son fils, qui a un an et demi. Je peux te dire un truc, ce môme est carrément étonnant. D'abord, il est complètement silencieux. Il ne dit pas un mot. Et il te regarde avec ses yeux immenses, comme s'il absorbait tout ce qui se passait autour de lui…

— Que compte-t-il faire, dans ce labo ? l'interrompit Carl qui n'oubliait jamais l'aspect financier des choses. Est-ce que ça va nous coûter cher ?

— Il dit qu'il veut travailler sur les techniques d'électroporation pour la production des cellules SPi. Je n'en sais pas plus. Mais bon, ça ne me tracasse pas beaucoup. L'essentiel, c'est qu'il soit heureux. Voilà pourquoi nous l'avons fait venir dare-dare aux États-Unis, avec toute sa famille, sans attendre l'aboutissement de la procédure d'immigration. Satoshi, c'est un chercheur pur sucre. Pour lui, tous les aspects légaux et administratifs des choses ne sont que perte de temps. Tant que nous n'avons pas bouclé la procédure pour avoir la gestion des brevets de ses inventions, nous n'avons pas intérêt à le voir s'ennuyer, peut-être partir dans une mauvaise direction et… risquer de changer d'avis à notre égard. Ce bonhomme sera bientôt notre poule aux œufs d'or. Occupons-nous bien de lui !

— Pour le moment, donc, il est en situation irrégulière dans le pays ?

— Ouais, mais ça va bientôt s'arranger. Je ne suis pas vraiment inquiet de ce côté-là. Par l'entremise du ministère du Commerce et du consulat américain à Tokyo, nos amis de la Mafia s'occupent de faire obtenir des permis de séjour et de travail à Satoshi et à toute sa famille.

— Où habitent-ils ?

Vu le rôle clé que Satoshi devait jouer dans le succès d'iPS USA, Carl estimait qu'il était important de savoir où le trouver en cas de besoin.

— Je ne connais pas son adresse, admit Ben. Et je

préfère ne pas la connaître, au cas où un représentant des autorités me poserait la question. Michael n'a pas non plus l'information, je crois. C'est l'impression que j'ai eue, en tout cas, la dernière fois que nous avons parlé de ça ensemble. Par contre, j'ai le numéro de portable de Satoshi.

Carl rit doucement.

— Qu'est-ce qu'il y a de drôle ? demanda Ben.

— Je me souviens tout à coup d'un poème qui m'avait marqué au lycée. « Quelle toile complexe nous tissons, lorsque nous apprenons l'art de la mystification ! »

— Bel esprit ! répliqua Ben d'un ton ironique. Est-ce que tu veux dire que nous n'aurions pas dû recruter Satoshi quand nos efforts en matière d'espionnage industriel nous ont conduits à lui et à son histoire si particulière ?

— Non, ce n'est pas le problème. C'est juste que… je ne me sens pas très à l'aise de nous savoir en ménage avec la Mafia, de savoir que c'est elle qui loge Satoshi, de savoir que nous n'avons même pas son adresse, et ainsi de suite. Ça fait un peu bizarre.

— Là, je suis bien d'accord, dit Ben d'une voix radoucie, et il soupira. Raison de plus pour rompre les liens dès que possible avec nos investisseurs. Il faudra peut-être sacrifier un peu plus de stock-options que nous ne le souhaiterions, mais ça vaudra le coup. Je vous laisserai vous occuper des négociations, Michael et toi qui êtes si doués pour ces choses-là.

— Merci mille fois ! dit Carl, ironique à son tour, puis il fronça les sourcils et ajouta : Hé, à propos, que voulais-tu dire quand tu as parlé à Satoshi de Pauline et de je ne sais quels testaments à signer ? Et un fidéicommis, en plus ? Pourquoi un fidéicommis ?

— Satoshi est un peu parano. À cause de ce qui lui est arrivé au Japon avec l'université de Kyoto, et comme il a pour ainsi dire fui le pays, il se fait du souci pour sa femme et son gosse si jamais il lui arrivait malheur. J'ai pensé qu'il serait bon pour nous aussi – pour iPS USA, je veux dire – de mettre en place certains filets de sécurité. J'ai demandé à Pauline d'arranger ça. Elle a aidé Satoshi à préparer deux testaments, pour lui-même et pour sa femme, et un fidéicommis pour le gamin. Bien sûr, nous y avons inclus de quoi assurer la prorogation de nos accords commerciaux.

— Qui serait le curateur du fidéicommis ?

— Moi, répondit Ben avec un petit sourire faraud. Mais attention : c'est Pauline qui a eu cette idée, pas moi ! C'est… comment dire ? Une sécurité supplémentaire pour la compagnie.

Satoshi Machita était sur un petit nuage. Pendant qu'il descendait au rez-de-chaussée dans l'élégant ascenseur de style Art déco, il prit conscience qu'il n'avait jamais été aussi heureux de toute sa vie. Il venait de s'installer définitivement aux États-Unis et il vivait à un jet de pierre de Manhattan, juste de l'autre côté du pont George-Washington. Bien sûr, il regretterait sans doute de temps en temps certains aspects de la vie au Japon : la floraison des cerisiers, au printemps, autour des temples de sa ville natale de Kyoto, la vue du soleil levant au sommet du mont Fuji, ce genre de choses. Mais la perte de ces plaisirs simples serait largement compensée par la sensation de liberté qu'il éprouvait ici en Amérique – une sensation qu'il avait découverte et appris à aimer, des années plus tôt, lorsqu'il avait fait ses études à Harvard. La chose qui ne lui manquerait pas du tout, par contre, ce serait cet écrasant sens du devoir, inévitable au Japon, qui l'avait accablé toute son existence : devoir envers ses grands-parents, devoir envers ses parents et ses enseignants, devoir envers ses supérieurs au laboratoire et envers les instances dirigeantes de l'université, devoir envers sa communauté, devoir envers son pays. Jamais il n'avait pu y échapper.

Il s'immobilisa derrière la porte vitrée du hall pour regarder les piétons qui marchaient d'un bon pas sous la pluie. Une légère brume troublait le spectacle chaotique des voitures et des bus new-yorkais sur l'avenue. Il songea quelques instants à attraper un taxi pour rentrer chez lui, puis il secoua la tête. Il avait beau savoir que le contrat qu'il venait de signer ferait bientôt de lui un multimillionnaire, il se sentait encore dans la peau du petit garçon pauvre qu'il avait été autrefois. Le salaire qu'iPS USA lui versait à titre de membre du conseil scientifique de la compagnie avait beau être généreux, il couvrait tout juste ses frais courants. Satoshi avait sept personnes sous sa responsabilité – à loger, à nourrir, à habiller et à habituer à leur nouvelle vie américaine. En effet, il avait décidé de venir aux États-Unis avec ses parents et ses beaux-parents, sa sœur célibataire, sa femme et son fils. Ainsi, il n'avait plus aucun proche au Japon. C'était la meilleure solution.

Animé par ces pensées, il résolut de faire une fois de plus le petit périple qu'il pratiquait déjà depuis plusieurs semaines : il parcourrait à pied le bon kilomètre qui le séparait de Columbus Circle, prendrait le métro jusqu'à la gare routière du pont George-Washington au nord de Manhattan, puis l'autobus pour traverser le pont et parvenir à la maison de Fort Lee, dans le New Jersey, où il était installé à titre temporaire avec sa famille.

Dès qu'il eut franchi la porte à tambour, Satoshi coinça sous son bras gauche le sac de sport contenant le contrat qu'il venait de signer et ferma son manteau. Il le boutonna jusque sous son menton. Le brouillard qu'il avait aperçu de l'intérieur de l'immeuble était plus froid et plus humide qu'il ne l'avait cru. Et la pluie assez désagréable. Il fit quelques pas et songea de nouveau à prendre un taxi, malgré tout – mais il n'en vit aucun de libre.

Au carrefour de la Cinquième Avenue et de la 57e Rue, il s'arrêta au bord du trottoir pour attendre que le feu change de couleur. Il continuait de chercher un taxi disponible lorsque son regard se posa sur un homme japonais qui se tenait sur le trottoir d'en face. Deux choses retinrent son attention et le troublèrent simultanément. Tout d'abord, l'homme tenait un document de la main gauche – une photographie, semblait-il – et ses yeux faisaient le va-et-vient entre Satoshi et cette photo comme pour les comparer. Ensuite, Satoshi était quasi certain que l'homme était un yakuza. Non seulement à cause de son costume noir, de ses cheveux hérissés sur la tête et de ses lunettes noires, tenue classique des hommes de main de la mafia japonaise, mais aussi et surtout parce que sa main gauche, celle avec laquelle il tenait la photo à hauteur de sa poitrine, était amputée de la troisième phalange de l'auriculaire – une anomalie caractéristique des yakuzas, qui sont obligés de se couper ainsi le doigt pour faire acte de soumission à leur *oyabun*. Une seconde plus tard, Satoshi se rendit compte qu'il y avait non pas un, mais deux yakuzas en face de lui. Et le premier pointait discrètement un doigt dans sa direction tandis que l'autre acquiesçait d'un hochement de tête.

Redoutant de voir ces types traverser la rue pour venir à sa rencontre, il renonça à l'idée de héler un taxi, pivota sur lui-même et partit vers le nord – vers Central Park – au milieu des nombreux piétons qui encombraient le trottoir. Certes, ces hommes ne lui voulaient peut-être aucun mal. C'étaient d'ailleurs des yakuzas de la Yamaguchi-gumi qui l'avaient aidé à fuir le Japon avec sa famille. Qui lui avaient aussi trouvé un logement, avec l'aide de la mafia américaine, à la demande de Ben Corey et d'iPS USA. Mais il n'avait jamais vu ces deux-là. Quelque chose lui disait qu'ils appartenaient à une autre organisation yakuza. En tout état de cause, il ne voulait pas leur parler ; il tenait même absolument à éviter ces gens qui ne pouvaient que lui valoir des ennuis.

À l'instant où il parvint à la 58e Rue, les feux de signalisation l'incitèrent à traverser immédiatement la Cinquième Avenue au lieu d'attendre le carrefour de la 59e. Il s'engagea sur la chaussée dans le flot des autres piétons. Juste avant de parvenir sur le trottoir d'en face, il se risqua à regarder sur sa gauche. Il ne scruta pas très attentivement la foule, mais il n'aperçut pas les deux hommes. Sans doute s'était-il laissé emporter par son imagination. La transition de Kyoto à New York avait été difficile, stressante ; il était normal qu'il ait parfois de brefs moments de panique dans certaines circonstances. Rassuré, il continua sur sa lancée et passa sous les branchages dénudés des arbres du square qui se trouvait devant l'hôtel Plaza, avant de longer la sculpture en bronze de la déesse Pomone à sa toilette dans la fontaine.

Juste avant de tourner à l'angle de l'hôtel pour se diriger vers l'ouest sur la 59e Rue, il jeta un regard par-dessus son épaule. Sa respiration se bloqua dans sa gorge. Les yakuzas contournaient la fontaine et marchaient droit vers lui. L'un d'eux était au téléphone. De plus, un énorme 4×4 noir roulait à petite allure le long du trottoir, dans le sens contraire de la circulation, entre l'hôtel et le square – comme s'il accompagnait les deux hommes. Tout à coup, le yakuza qui téléphonait rangea l'appareil dans sa poche et pressa le pas de même que son compagnon.

Satoshi se mit à courir. À présent, il était sûr que ces hommes le suivaient. Ils devaient l'avoir attendu devant l'immeuble d'iPS USA. Mais qui étaient-ils ? Que voulaient-ils ? *A priori*, Satoshi était obligé de penser qu'ils s'intéressaient à lui parce qu'il avait brusquement quitté le Japon pour s'installer aux États-Unis. Peut-être aussi parce qu'il travaillait pour iPS USA.

Le sac de sport bien calé sous le bras gauche, il courut à toutes jambes sur quelques dizaines de mètres, slalomant entre les piétons. Il ne savait pas très bien quoi faire. La station de métro de Columbus Circle –

gigantesque, compliquée à cause des nombreuses lignes qui s'y croisaient, toujours pleine de monde – lui semblait une oasis où il serait de nouveau en sécurité. Mais comment arriver là-bas avant que les yakuzas ne le rattrapent ? Il était clair qu'ils ne tarderaient pas à arriver à sa hauteur !

Satoshi vit tout à coup son salut se matérialiser sous la forme d'un taxi qui s'arrêta au bord du trottoir pour déposer un passager. Sans une seconde d'hésitation, il se précipita vers la voiture, bousculant deux personnes au passage, et sauta sur le siège arrière avant même que le client qui venait d'en descendre n'ait refermé la portière.

— Columbus Circle ! cria-t-il d'une voix hachée.

Mécontent d'écoper d'une course si brève, le chauffeur fit brusquement et très illégalement demi-tour au milieu de la chaussée. Satoshi fut projeté contre la portière qu'il avait tout juste claquée. La joue droite écrasée contre la vitre, il se raidit pour lutter contre la force centrifuge. Quand il put enfin se redresser sur le siège, il jeta un coup d'œil par la lunette arrière : juste à temps pour apercevoir les deux Japonais qui s'immobilisaient au coin de l'hôtel. L'avaient-ils vu sauter dans le taxi ? Il espérait de toute son âme que ce n'était pas le cas.

La voiture parvint en un rien de temps à Columbus Circle. Satoshi pénétra dans la station de métro sans avoir revu les yakuzas ou le 4×4. Soulagé de se retrouver dans les souterrains labyrinthiques et grouillants de monde des transports publics, il franchit les tourniquets et suivit le parcours qu'il connaissait bien jusqu'à sa ligne.

Il venait de tourner à l'angle d'un couloir, lorsqu'il aperçut deux agents de police de la ville de New York, des hommes très costauds, un peu plus loin sur la droite. Par réflexe, il se déporta vers la gauche et tourna la tête vers le mur lorsqu'il passa à leur hauteur. Étranger en situation irrégulière sur le territoire américain, il avait autant à craindre de la police que des deux hommes louches lancés à sa poursuite. La situation délicate dans laquelle il se trouvait vis-à-vis de l'administration des États-Unis était très regrettable. Il avait hâte d'obtenir les permis de séjour que Ben lui avait promis.

Il pressa de nouveau le pas, descendit un dernier escalier et déboucha sur le quai du métro de la ligne A. Il regarda derrière lui : pas de yakuzas en vue. Arrivé en bordure du quai, il contempla la gueule du tunnel par lequel devait arriver sa rame. Il avait hâte d'y embarquer et de filer vers le nord. Il était à peu près sûr d'avoir semé les deux Japonais, mais il ne savait vraiment pas ce qu'il ferait si jamais ils apparaissaient tout à coup.

Il recula d'un pas et se surprit à lorgner les autres passagers d'un œil méfiant. Tous avaient les yeux perdus dans le vide, ou rivés sur leurs chaussures, comme s'ils voulaient absolument éviter de croiser le regard de quiconque. Il haussa les épaules et patienta. Le quai se remplissait rapidement ; plus il y avait de monde, plus les banlieusards devaient se serrer les uns contre les autres. Avant de rentrer chez eux, certains lisaient le journal ou jouaient avec leurs téléphones portables. Le métro tardait. Satoshi entendait des trains entrer avec fracas dans la station, mais toujours sur d'autres voies que la sienne.

C'est alors qu'il le vit : l'homme de la Cinquième Avenue, celui qui tenait une photo à la main ! Il avait retiré ses lunettes de soleil ; il se tenait à moins de deux mètres de lui, l'air impassible, et le fixait calmement de ses yeux noirs. Un frisson glacé parcourut le dos de Satoshi. Luttant contre l'angoisse, il essaya de se déporter sur le côté, pour s'éloigner du yakuza, mais maintenant c'était difficile car le quai était bondé.

Il réussit tant bien que mal à parcourir deux ou trois mètres, puis il regarda autour de lui pour évaluer la situation. À ce moment-là, il aperçut le deuxième yakuza qui faisait semblant de lire les panneaux indicateurs du métro. Son cœur se mit à battre la chamade. Il se trouvait maintenant à égale distance des deux hommes et il n'avait aucun moyen de leur échapper. Les escaliers étaient trop loin, presque au milieu du quai. Sur les côtés, il y avait soit la voie, soit un mur carrelé. Il ne savait plus quoi faire.

Son angoisse atteignait son paroxysme lorsque le métro qu'il attendait fit son entrée dans la station, jaillissant de la gueule du tunnel dans un fracas de tonnerre. Il avait eu le pressentiment confus de l'arrivée de la rame, car un crescendo de bourrasques d'air chaud, de bruits mécaniques et de vibrations sismiques avait remplacé quelques instants plus tôt le calme relatif qui régnait sur le quai. Au milieu de ce maelström, il avait aussi pris conscience que les yakuzas se rapprochaient de lui. À présent, le train freinait le long du quai. Satoshi se prépara à hurler, à appeler à l'aide au cas où l'un des deux hommes lèverait la main sur lui. Mais ce ne fut pas ce qui se produisit. Il perçut une sorte de sifflement aigu, dans son dos, qui se perdit dans le vacarme du train. Au même instant, il éprouva une vive sensation de piqûre derrière la jambe, juste sous la fesse.

Il sombra alors dans les ténèbres et n'entendit plus rien.

Susumu Nomura et Yoshiaki Eto travaillaient ensemble depuis qu'ils s'étaient installés aux États-Unis, cinq ans plus tôt, sur l'ordre direct d'Hisayuki Ishii, l'*oyabun* de l'Aizu Kotetsu-kai. Dans l'ensemble ils formaient un bon tandem, car l'intrépidité de Susumu se combinait aux talents d'organisateur de Yoshiaki. Quand ils avaient reçu l'ordre d'éliminer Satoshi Machita, Susumu était tellement enthousiaste et désireux de plaire à Hideki Shimoda, *saikō-komon* et patron de la branche new-yorkaise de l'Aizu Kotetsu-kai, qu'il avait voulu faire le coup sur-le-champ. Et, dans l'idéal, en plein jour sur la Cinquième Avenue ! C'était une fabuleuse occasion de prouver leur loyauté et leur courage, deux qualités très estimées chez les yakuzas.

Mais Yoshiaki avait refusé. Ils avaient besoin d'un minimum de temps, avait-il affirmé, pour définir un plan d'action qui leur permettrait de remplir la seconde condition de leur ordre de mission : faire passer l'assassinat de Satoshi Machita pour la mort naturelle d'un individu non identifié. Leur chef avait beaucoup insisté là-dessus ; il fallait éviter que la police, et *a fortiori* le FBI, se mêlent de cette affaire.

Yoshiaki et Susumu avaient suivi leur cible pendant deux jours, de son travail jusqu'à la station de Columbus Circle, ils avaient réfléchi à la meilleure façon de procéder, et finalement le coup s'était passé sans anicroche. Personne ne se douterait jamais que Satoshi Machita avait été assassiné. Sur le conseil de Yoshiaki, Susumu avait attendu que le train entre dans la station, accompagné de son boucan infernal, pour tirer sur Satoshi avec l'arme à air comprimé dissimulée dans le parapluie qu'il tenait à la main – un accessoire que leur avait fourni Hideki Shimoda. À l'instant où Susumu avait actionné le mécanisme, Yoshiaki avait agrippé Satoshi par la taille pour l'empêcher de s'effondrer lorsque ses jambes cesseraient de le porter. Ce qui n'avait pas tardé à se produire. Aucun des banlieusards impatients qui se bousculaient pour monter à bord de la rame n'avait remarqué que Susumu soulageait rapidement le scientifique de son sac de sport, de son portefeuille et de son téléphone portable. Le seul petit désagrément qu'ils avaient dû essuyer, c'était la brève crise de convulsions qui avait agité le corps de la victime – mais cela n'avait pas réellement gâché la fête. Le coup avait été parfait. Sachant qu'une telle crise était susceptible de survenir, Yoshiaki avait soutenu Satoshi en position verticale jusqu'à la fin des convulsions. Son corps s'était ensuite brusquement ramolli entre ses bras. À ce moment-là, les derniers passagers se précipitaient vers les wagons avant la fermeture des portes. Yoshiaki et Susumu avaient allongé le cadavre sur le ciment du quai, puis s'étaient éloignés calmement.

Les deux tueurs gravirent un dernier escalier jusqu'à la bouche de métro de Columbus Circle par laquelle ils avaient suivi Satoshi un quart d'heure auparavant. Ils étaient ravis et fiers que la mission se soit aussi bien passée. Pendant que Yoshiaki sortait son portable pour appeler les hommes du 4×4 noir, Susumu ouvrit la fermeture Éclair du sac de sport. Il en sortit un document imprimé de plusieurs pages. Après s'être assuré que le sac ne contenait aucun autre objet digne d'intérêt, il concentra son attention sur le document et le feuilleta rapidement. Hélas, il ne comprenait pas vraiment de quoi il s'agissait car ses capacités de lecture en langue anglaise avaient leurs limites.

— C'est pas des cahiers de laboratoire, ça, observa Yoshiaki qui attendait, le téléphone à l'oreille, que son correspondant prenne l'appel.

Il se baissa pour jeter un coup d'œil à l'intérieur du sac de sport que Susumu avait posé à ses pieds. Il fut très déçu de n'y trouver que deux magazines. Il avait beaucoup espéré mettre la main sur les cahiers de laboratoire que Susumu et lui avaient reçu l'ordre de récupérer *impérativement* en même temps qu'ils liquideraient Satoshi. Comme le scientifique avait toujours eu ce sac avec lui quand ils l'avaient suivi, Yoshiaki s'était convaincu qu'il contenait les fameux cahiers.

— Hmm, acquiesça Susumu quand Yoshiaki se redressa, et il lui tendit le contrat. Y a que cette paperasse.

Yoshiaki coinça le téléphone au creux de son épaule et saisit le document. Il en parcourait la première page lorsque la communication s'établit.

— Nous sommes sortis métro, dit-il en anglais à son interlocuteur. Même escalier.

— Nous sommes de l'autre côté du rond-point. Nous arrivons !

Yoshiaki raccrocha et glissa le téléphone dans sa poche.

— Ça, c'est un contrat, dit-il, parlant de nouveau japonais.

Susumu et lui avaient beau être à New York depuis plus de cinq ans, ils s'exprimaient encore assez mal en anglais.

— Un contrat important, tu penses ? demanda son collègue d'un ton plein d'espoir.

S'ils n'avaient pas les cahiers de laboratoire, Susumu voulait quand même rapporter quelque chose à la place. Il n'aimait rien tant que donner satisfaction à son *saikō-komon*.

Un 4×4 GMC Denali noir s'arrêta à leur hauteur au bord du trottoir. Ils grimpèrent rapidement sur la banquette arrière. Dès que Susumu eut refermé la portière, le véhicule se faufila dans la circulation dense de l'heure de pointe.

L'homme assis sur le siège passager, à l'avant, se tourna vers les Japonais. Il s'appelait Carlo Paparo. Il était grand et costaud, il avait le crâne chauve et brillant comme une boule de billard, d'immenses oreilles et le nez retroussé. Il portait un col roulé noir, une veste de sport en soie grise et un pantalon noir.

— Où est votre scientifique ? Vous l'avez raté ?

Susumu sourit.

— Non. Pas raté.

Il regarda Yoshiaki et lui répéta sa question, en japonais, au sujet du contrat. Yoshiaki haussa les épaules avant de fourrer le document dans le sac de sport.

— Que s'est-il passé ? demanda Carlo. Vous n'êtes pas restés longtemps en bas. Vous n'avez pas dû le secouer beaucoup.

Il avait reçu des instructions assez vagues de son capo. Après s'être entendu rappeler que la famille Vaccarro faisait des affaires très importantes avec l'Aizu Kotetsu-kai, il avait juste reçu l'ordre de donner un coup de main à deux yakuzas de cette organisation qui étaient chargés de « secouer » un Japonais qui avait fui son pays récemment. Le coup de main avait consisté à les conduire en ville partout où ils voulaient aller.

— Il a eu crise cardiaque, dit Yoshiaki qui n'avait pas envie de parler de la mission.

— Une crise cardiaque ? répéta Carlo avec étonnement et méfiance.

— Je crois, oui, dit Yoshiaki.

Il jeta un regard noir à son acolyte qui éclatait de rire. Susumu capta le message et se ressaisit.

— Nom de Dieu, grogna Carlo. Qu'est-ce qui se passe, les mecs ? Vous vous payez ma tronche, ou quoi ?

— « Payez ma tronche » ? répéta Yoshiaki qui n'avait jamais entendu cette expression. Qu'est-ce que c'est ?

Carlo lui fit signe de laisser tomber et se retourna sur son siège en soupirant. Il échangea un regard perplexe avec son partenaire, Brennan Monaghan. Ils travaillaient tous les deux pour Louie Barbera et faisaient souvent équipe. Louie dirigeait les opérations de la famille Vaccarro dans le Queens pendant que Paulie Cerino, le capo normalement en place dans ce secteur, purgeait une longue peine de prison à Rikers Island. Brennan conduisait le 4×4 Denali de Carlo, car celui-ci détestait prendre le volant dans les embouteillages. Il n'avait aucune patience et il finissait toujours par piquer une crise qui mettait tout le monde en danger.

Les Japonais recommencèrent à jacasser à toute vitesse dans leur langue. Après avoir fait un tour presque complet sur Columbus Circle, Brennan avait pris à droite sur Central Park West. Il remontait maintenant vers le nord avec l'intention de couper à travers le parc pour gagner le Queens. Hélas, la balade risquait de prendre un bon moment : la circulation était catastrophique. On avançait au pas.

Tout à coup, Carlo pivota de nouveau sur son siège et s'exclama :

— Bon ! Vous avez terminé votre conciliabule, oui ou merde ? ! Vous allez nous dire ce qui se passe ?

Brennan jeta un coup d'œil vers son collègue. Il était clair que le cocktail embouteillages/petits jeux mystérieux des Japonais lui tapait déjà sérieusement sur les nerfs.

— Attendez ! répliqua Yoshiaki. Nous essayons décider d'organisation.

— Oh, putain de Dieu, murmura Carlo.

Il se retourna vers le pare-brise – et soupira quand il vit les voitures immobilisées devant lui. Il avait envie de sortir du Denali et de marcher. Il reprendrait place sur son siège quand Brennan le rattraperait…

Il se tourna une fois de plus vers les yakuzas.

— Là, mes lascars, il faut faire un choix ! Sinon,

c'est simple, je vous dépose ici. Vous irez où vous voudrez, mais en taxi. Nous, on n'a pas que ça à faire.

— Où est Fort Lee ? demanda Susumu. Fort Lee dans le New Jersey ?

Le portefeuille de Satoshi était ouvert sur ses genoux et il avait un bout de papier à la main.

— Fort Lee ? répéta Carlo, grimaçant, et il pointa un doigt vers l'ouest. C'est par là, de l'autre côté du fleuve.

Il n'avait aucune envie d'aller à Fort Lee dans le New Jersey – un voyage qui leur imposerait, entre autres désagréments, de traverser le pont George-Washington. Le trajet ne prenait théoriquement qu'une vingtaine de minutes, mais avec les embouteillages ils en auraient sans doute pour plus d'une heure, peut-être même deux. Et encore : deux heures avec pas mal de chance et s'il n'y avait d'accident nulle part !

Susumu dit en japonais à Yoshiaki :

— Puisque nous avons l'adresse, nous devrions aller là-bas pour essayer de trouver les cahiers de laboratoire. Le *saikō-komon* tient à récupérer ces cahiers. Nous serons prudents et nous ne laisserons aucune trace derrière nous…

— Rien ne nous dit que les cahiers sont là-bas, l'interrompit Yoshiaki.

— Rien ne nous dit qu'ils n'y sont pas.

Yoshiaki regarda par la vitre quelques instants, pesant le pour et le contre.

— Bon, d'accord, dit-il enfin, et il ajouta en anglais : Nous allons à Fort Lee !

Carlo poussa un énorme soupir et pivota sur le siège. Devant lui, à perte de vue, il n'y avait qu'un océan de véhicules immobilisés – alors que tous les feux étaient au vert, par-dessus le marché !

— O.K., fit-il d'une voix lasse. Je suppose qu'il n'y a pas à discuter. On va dans le New Jersey…

Comme il l'avait redouté, ils mirent deux heures pour gagner Fort Lee. Et il leur fallut vingt minutes de plus pour trouver la bonne adresse. Ils découvrirent une rue assez courte et étroite, bordée d'un côté par une rangée de commerces de plain-pied, de l'autre par des petites maisons indépendantes. Leurs façades étaient recouvertes de plaques d'amiante blanc cassé, comme cela se faisait autrefois. Elles étaient toutes très délabrées. Le soleil était couché et Brennan avait déjà allumé les phares. La lumière brillait dans la maisonnette qui portait le numéro indiqué sur le papier du portefeuille de Satoshi. Toutes ses voisines étaient plongées dans les ténèbres ; à vrai dire, elles paraissaient abandonnées.

— Nous y voilà, dit Brennan d'un ton las. Quel palais ! Bon, quel est le programme ?

Par la vitre de sa portière, il regardait le petit jardin de la maison. Il était envahi de mauvaises herbes et encombré de toutes sortes de rebuts : un tricycle rouillé, une balançoire cassée, trois pneus élimés, un tas de cannettes de bière vides… Il tourna les yeux vers le rétroviseur intérieur pour demander aux Japonais :

— Alors ? Que voulez-vous faire ?

Sans un mot, Susumu descendit de la voiture. Juste avant de l'imiter, Yoshiaki se pencha vers les Américains :

— Nous revenons vite. Coupez les phares, peut-être ? C'est prudent.

Brennan suivit le conseil. L'atmosphère de la rue devint encore plus sinistre. D'un autre côté, l'obscurité avait au moins le mérite de faire disparaître les détritus et les autres trucs dispersés çà et là. En même temps, les branchages des quelques arbres apparemment morts qui peuplaient les jardins se découpaient à présent sur le ciel crépusculaire nuageux comme d'étranges squelettes.

— Cet endroit me donne la chair de poule, dit Brennan.

— Ouais, à moi aussi, dit Carlo.

Les truands américains observèrent les truands japonais traverser le jardin et monter à pas de loup les marches en bois du perron de la maison : deux silhouettes noires mises en relief par la lumière tamisée que laissaient filtrer les vitres opaques de la porte d'entrée.

C'est alors que Yoshiaki et Susumu dégainèrent leurs armes.

— Merde ! s'exclama Brennan. Qu'est-ce qu'ils vont foutre ?

L'un des Japonais brisa la vitre centrale, glissa la main dans l'ouverture et ouvrit la porte. En un clin d'œil, les deux hommes disparurent à l'intérieur de la maison. La porte entrouverte oscilla en silence sur ses gonds.

— Ça, ça me plaît pas du tout, dit Brennan. J'ai l'impression que ces deux clowns vont faire un truc carrément naze. Au pire du pire, je pensais qu'ils allaient tabasser quelqu'un.

— Ouais, je suis de ton avis. Je n'apprécie pas vraiment d'être mêlé à cette histoire.

Carlo soupira, regarda sa montre, soupira de nouveau et ajouta :

— Dans cinq minutes, on se tire. Ils se débrouilleront pour rentrer en ville.

Aussi nerveux l'un que l'autre, ils s'obligèrent à patienter sans trop gigoter sur leurs sièges. Les Japonais étaient dans la maison depuis trois minutes lorsqu'une détonation déchira le silence de la nuit. Deux autres lui succédèrent rapidement. Brennan et Carlo échangèrent un regard anxieux. Ils devinaient ce qui était en train de se passer : à chaque coup de feu, une personne était tuée de sang-froid. Et eux, ils étaient complices de ces crimes.

En moins d'une minute, il y eut trois autres détonations, six au total. Brennan et Carlo commençaient à paniquer. Problème, ils ne savaient pas quoi faire ; c'est-à-dire qu'ils ignoraient ce que leur patron, Louie Barbera, aurait voulu qu'ils fassent. Devaient-ils attendre le retour des Japonais pour découvrir de quoi il retournait – et risquer d'être accusés de complicité de meurtre et mettre l'ensemble de l'organisation Vaccarro en danger ? Valait-il mieux ficher le camp dare-dare ? Incapables de trancher, ils restaient figés sur leurs sièges.

Carlo décida d'appeler Louie pour lui demander conseil. Son téléphone était sur le tableau de bord. Il l'attrapa d'un geste si brusque que Brennan sursauta et protesta d'un ton plaintif :

— Mince, quoi ! Préviens-moi quand tu gesticules comme un dingue !

— Excuse-moi, dit Carlo. Je veux parler à Louie. Il faut le mettre au courant de ce qui se passe. Ces mecs sont complètement à la masse.

Concentré sur le clavier du téléphone, Carlo ne sentit pas que son collègue lui tapotait l'épaule.

— Hé ! Les voilà ! dit Brennan à voix basse en désignant la porte de la maison.

Carlo referma le téléphone et plissa les yeux. Susumu et Yoshiaki traversaient le petit jardin au pas de course. Ils portaient sur l'épaule l'un et l'autre une taie d'oreiller remplie d'objets. Susumu ouvrit la portière et se glissa sur la banquette arrière, suivi de Yoshiaki. Brennan démarra aussitôt. Il attendit d'avoir tourné à droite au bout de la rue pour rallumer les phares.

Ni Brennan, qui était très anxieux, ni Carlo, qui fulminait, ne dirent un mot pendant dix bonnes minutes. Les deux Japonais, par contre, menèrent dans leur langue une conversation de plus en plus animée. Il était clair qu'ils n'étaient pas contents de la scène qu'ils venaient de vivre à l'intérieur de la maison. Lorsque la voiture parvint au pont George-Washington, Carlo avait suffisamment recouvré son calme pour parler. Il mit un point d'honneur à demander d'une voix neutre, presque désintéressée :

— Vous avez eu des problèmes ?

— Nous cherchons des cahiers laboratoire, répondit Yoshiaki. Mais impossible à trouver.

— Ah. Désolé pour vous. Mais nous avons cru entendre un certain nombre de coups de feu…

— Oui. Il y avait six personnes dans maison. Nous ne savons pas leur présence.

Carlo et Brennan échangèrent un regard inquiet. Ils pressentaient que cette histoire étonnerait beaucoup Louie. Et ne le mettrait pas de bonne humeur.

1

Jeudi 25 mars 2010
05 h 25

Laurie Montgomery se tourna dans le lit pour regarder le réveil. Il n'était pas encore cinq heures et demie et elle n'avait prévu de se lever qu'à six heures. En temps normal, elle aurait été enchantée de se pelotonner à nouveau sous la couette pour se rendormir. Toute sa vie elle avait été du soir, incurablement incapable de s'endormir avant une heure tardive et tout aussi incapable de se réveiller le matin. Aujourd'hui, cependant, les circonstances étaient très particulières : aujourd'hui elle retournait au travail après un congé maternité qu'elle avait été contrainte de faire durer près de vingt mois.

Son mari, Jack Stapleton, dormait paisiblement. Elle souleva sans bruit la couette, se redressa au bord du matelas et posa les pieds par terre. Le parquet était glacé. Elle songea un instant à se réfugier dans le lit bien chaud, résista à cette impulsion, serra sur son ventre le t-shirt de Jack qui lui servait de chemise de nuit et courut jusqu'à la salle de bains. De toute façon, elle n'avait aucune chance de se rendormir. Son cerveau carburait déjà à fond en prévision de la journée qui s'annonçait. Elle était tiraillée par les sentiments contradictoires que lui inspirait l'idée de reprendre le travail. Sa principale source d'inquiétude, c'était son fils, John Junior, qui avait maintenant un peu plus d'un an et demi : elle se demandait si elle avait raison de le confier à une nounou et de passer de longues journées à l'IML loin de lui. Ensuite, elle avait un problème plus personnel : sa peur de ne plus être compétente en tant que médecin légiste après une interruption si longue dans sa carrière. Ce matin et les jours suivants, serait-elle encore à même de faire son travail au niveau requis par l'institut médico-légal le plus prestigieux du pays, sinon du monde ?

Laurie était employée à l'IML de New York depuis près de vingt ans. À l'adolescence, déjà, elle manquait de confiance en elle au lycée. Plus tard, quand elle avait commencé à exercer le métier difficile et exigeant qui était le sien, elle s'était beaucoup inquiétée de ne pas être à la hauteur. Et il lui avait fallu des années pour surmonter ses doutes et ses anxiétés. La plupart de ses collègues avaient connu les mêmes tourments, mais quelque temps seulement. Quand on pratiquait la médecine légale, il ne suffisait pas de lire des articles de revues spécialisées, d'accumuler du savoir théorique, pour bien faire son travail à la table d'autopsie. Il fallait avoir de l'intuition – et celle-ci ne s'acquérait que par une pratique régulière et intense. Chaque autopsie, ou presque, posait au légiste un problème qu'il n'avait jamais rencontré auparavant et l'obligeait à progresser.

Laurie se regarda dans le miroir et grimaça. Elle

était affreuse. Elle avait des cernes autour des yeux et le teint blême de ses « patients » de la morgue. La maternité était plus difficile et plus épuisante, aussi bien sur le plan physique que sur le plan psychologique, qu'elle avait pu l'imaginer avant d'accoucher. Et le fait d'être confrontée à une maladie infantile comme celle qu'avait eue JJ n'arrangeait rien, même si avec le recul elle pouvait se dire que cette épreuve avait aussi été très enrichissante.

Elle attrapa son peignoir suspendu derrière la porte, l'enfila, puis elle glissa les pieds dans ses chaussons roses à pompons duveteux. Elle sourit en les regardant. Ils étaient son dernier souvenir, semblait-il, de l'époque où elle se sentait séduisante lorsqu'elle portait de la lingerie et des vêtements « sexy ». Elle se demandait parfois si elle retrouverait un jour cette sensation agréable. Peut-être pas. Depuis qu'elle était mère, l'image qu'elle avait d'elle-même avait beaucoup changé.

Elle longea le couloir et poussa doucement la porte entrouverte de la chambre de John Junior. Plusieurs petites veilleuses disposées le long des plinthes diffusaient une légère lumière bleutée. Enchantée à l'idée d'avoir un petit-fils, la mère de Laurie avait décoré la pièce avec un joli papier peint bleu et blanc et des rideaux ornés d'avions, de camions et de montgolfières. Le mobilier se composait d'un rocking-chair dans lequel Laurie avait souvent allaité JJ les premiers mois, d'un lit d'enfant et d'un berceau en osier recouvert de coton blanc bordé de dentelle qu'elle laissait ici par sentimentalisme – comme le rocking-chair, d'ailleurs, même si elle utilisait encore celui-ci, de temps en temps, quand JJ était nerveux et avait besoin de sa présence pour s'endormir.

Elle s'avança jusqu'au lit, contempla son fils et fut heureuse de lui trouver le teint rose, frais, éclatant de santé. Le souvenir de l'époque pas si lointaine où il n'avait pas bonne mine la faisait encore frissonner. À l'âge de deux mois, JJ s'était révélé être atteint d'un neuroblastome – un cancer infantile souvent fatal – et dans sa forme la plus grave. Mais Laurie avait pu remercier l'ange gardien de son bébé et toutes les divinités du ciel, car la maladie avait disparu au bout de quelques mois. Ce miracle était-il dû à l'intervention d'une guérisseuse que Jack et elle avaient consultée à Jérusalem ? Était-il le fruit du dévouement de l'équipe médicale du centre de recherche Sloan-Kettering qui avait traité JJ ? S'expliquait-il par le fait que le neuroblastome, chez certains malades, finit par guérir spontanément ? Laurie n'en saurait jamais rien et elle s'en fichait. Une seule chose comptait : JJ était aujourd'hui un garçon d'un an et demi parfaitement normal. Malgré la chimiothérapie et le traitement à l'anticorps monoclonal de souris qu'il avait subis pendant sa maladie, sa croissance et tous les aspects de son développement avaient retrouvé des valeurs normales et stables. Et c'était justement parce qu'il allait si bien que Laurie avait pu envisager de reprendre le travail.

Malgré l'anxiété qui la minait à l'idée de retourner à l'IML, elle sourit en regardant son enfant. Le visage angélique de JJ lui rappelait une conversation qu'elle avait eue avec Jack ici même, la veille au soir, quand ils étaient venus s'assurer que leur fils dormait bien avant d'aller eux-mêmes se coucher. Ils l'admiraient en silence depuis quelques secondes, lorsque Laurie avait avoué à son mari une chose qu'elle n'avait jamais admise devant quiconque : elle était tellement sûre que JJ était le plus bel enfant du monde, vraiment *le plus bel enfant du monde*, qu'elle ne pouvait s'empêcher de se demander pourquoi personne ne lui en avait jamais fait la remarque quand elle descendait au parc ou se rendait quelque part avec lui. « N'est-ce pas totalement évident, qu'il est le plus beau bébé du monde ? » avait-elle conclu.

À sa grande surprise, Jack avait éclaté de rire – et si fort qu'elle avait dû l'exhorter à plus de discrétion pour ne pas réveiller JJ. Ils étaient rapidement sortis de la chambre. Laurie était vexée, car elle croyait que Jack se fichait d'elle. Il lui avait alors expliqué sa réaction : « Je m'excuse, mais ta remarque est vraiment trop drôle ! Ne te rends-tu pas compte que toutes les mères pensent exactement la même chose à propos de leurs bébés ? »

Laurie n'avait pu s'empêcher de sourire. Jack avait raison, bien sûr. « C'est à croire que l'attachement maternel est programmé dans nos gènes, avait-il ajouté. Voilà pourquoi les mères admirent tant leurs enfants ! Sinon, l'espèce humaine n'aurait jamais survécu à l'ère glaciaire, ou quelque chose comme ça. »

Laurie revint tout à coup au présent et se rendit compte qu'elle n'était pas seule auprès du lit de JJ. Tournant la tête, elle trouva Jack à côté d'elle. D'abord, elle ne vit que le contour de son visage et le blanc de ses yeux légèrement bleuté par la lumière des veilleuses. Puis elle remarqua qu'il était nu comme un ver.

— Tu te lèves drôlement tôt, murmura-t-il. Ça va ?

Jack savait qu'elle aimait dormir aussi longtemps que possible le matin. En général, il se levait le premier, prenait sa douche, puis retournait dans la chambre pour arracher Laurie du lit.

— Je suis nerveuse, admit-elle. Très nerveuse…

— Ah bon ? Pourquoi ? demanda Jack, étonné. Parce que nous allons confier JJ à Leticia Wilson ?

Leticia était une cousine de Warren Wilson, un des types du quartier avec lesquels Jack jouait au basket. C'était lui qui leur avait recommandé Leticia, quelques semaines plus tôt, quand ils lui avaient appris qu'ils cherchaient une nounou pour que Laurie puisse reprendre le travail.

— Oui… Entre autres raisons, marmonna-t-elle.

— Pourtant tu as fait ce que tu as appelé tes « journées tests », avec Leticia, et tu disais que tu étais super contente d'elle. Qu'est-ce qui cloche, tout à coup ?

Laurie avait demandé à Leticia de passer deux journées entières à la maison pour s'occuper de JJ, le nourrir, l'emmener en promenade à Central Park et rester avec lui jusqu'à l'heure à laquelle Jack et elle rentraient de l'IML. Il n'y avait eu aucun problème. Il était clair que Leticia adorait les enfants, que JJ s'était vite attaché à elle et qu'ils passaient de très bons moments ensemble.

— Elle est parfaite, oui. Mais… ça ne veut pas dire que je ne me sens pas coupable. Troublée par la situation, à tout le moins. Je sais que je souffre du dilemme classique des mères qui ont une carrière professionnelle. Quand je suis ici avec JJ, je culpabilise de ne pas être au travail, mais quand je serai au travail –

aujourd'hui, en tout cas –, je culpabiliserai de ne pas être à la maison. Mon bébé sera malheureux de ne plus m'avoir, me semble-t-il, tout comme je serai malheureuse de ne pas être avec lui. Et puis aussi… même s'il n'a plus aucun symptôme depuis plus d'un an, j'ai encore peur que sa maladie ne réapparaisse. C'est bête, mais j'ai du mal à me débarrasser de l'idée que sa guérison et sa bonne santé actuelle sont liées à ma présence auprès de lui jour après jour. C'est de la superstition, je sais bien…

— C'est un peu normal que tu penses ça, je suppose, dit Jack. Mais quelle est l'autre raison de ta nervosité ? Ce n'est pas à cause de nos collègues de l'IML, tout de même ? Tout le monde a hâte de te voir revenir, tu sais ! Et je dis bien *tout le monde* – du grand chef Bingham jusqu'aux agents de sécurité. Tous les gens que j'ai vus ces derniers jours m'ont dit qu'ils étaient très heureux de ton retour.

— C'est vrai, ça ? demanda Laurie avec méfiance.

Elle pensait que Jack exagérait. Bingham, notamment, qui n'appréciait pas beaucoup l'esprit d'indépendance et l'entêtement dont elle avait fait preuve dans certaines affaires, n'avait sûrement pas « hâte » qu'elle revienne.

— Mais oui ! Tu es une des personnes les plus appréciées de l'IML et tu as ta place dans l'équipe, un point c'est tout. Hmm… Je pense que si tu es nerveuse, il doit s'agir d'autre chose. Non ?

— Ouais, tu as peut-être raison, marmonna-t-elle.

Laurie savait comment Jack réagirait si elle avouait avoir peur de ne pas être à la hauteur sur le plan professionnel. Elle ne voulait pas parler de ça avec lui. De toute façon, rien de ce qu'il pourrait dire ne changerait son état d'esprit.

— Poursuivons cette conversation dans la salle de bains, d'accord ? proposa-t-il en se frottant les bras pour se réchauffer. Ici, avec ma virilité pour seul costume, je suis gelé.

— Bonne idée ! J'ai froid, moi aussi, alors que je suis en peignoir.

Elle se pencha vers JJ, remonta doucement la couverture jusque sous son petit menton, lui caressa le front et l'effleura d'un baiser. Puis elle rejoignit Jack dans la salle de bains. Il avait allumé l'eau chaude à plein jet dans la cabine de douche et la pièce se transformait déjà en mini-sauna.

— Alors ? relança-t-il en entrant dans la cabine. C'est quoi, l'autre raison de ta nervosité ? Et ne me dis pas que tu as peur d'être incompétente à l'IML ! Je ne veux pas entendre ça.

Il savait qu'elle avait parfois encore ce genre de crainte et que ç'avait été un véritable problème au début de sa carrière. Il devinait donc ce qu'elle pouvait éprouver ce matin, juste avant de retourner au travail.

— Dans ce cas, je n'ai rien à répondre ! répondit-elle, élevant la voix pour couvrir le bruit de l'eau.

Jack se frotta les yeux et entrouvrit la porte de la cabine de douche.

— C'est ça, alors ? ! Ta hantise de l'incompétence ? Bon, eh ben… Je ne vais même pas essayer de te faire changer d'avis, parce que je sais que ça ne fonctionnera pas. Vas-y, Laurie ! Continue à te ronger les sangs. Mais tu sais quoi ? Cette inquiétude que tu portes en toi, et qui te mine de temps en temps, c'est sans doute ce qui fait de toi une légiste si douée. À mon avis, tu es la meilleure de l'IML parce que tu es toujours prête à te remettre en question et à apprendre de nouvelles choses.

— Merci. Je suis flattée. Mais je ne suis pas vraiment de ton avis. J'étais peut-être relativement bonne avant mon congé maternité, admettons. Mais là, il y a quand même près de deux ans que je n'ai pas fait d'autopsie ou examiné une lame au microscope.

— Ouais, d'accord, mais depuis un mois tu lis des textes de pathologie médico-légale, tous les soirs, jusqu'à pas d'heure ! Tu es probablement plus à jour dans tes connaissances que la plupart d'entre nous qui n'avons pas ouvert un bouquin depuis des années. Tu réussirais sans doute tes examens d'accréditation à la médecine légale si tu les repassais aujourd'hui. Nous autres, nous serions tout bonnement recalés.

— Merci. Tu es très gentil. Mais lire des articles sur les autopsies et *faire* des autopsies, ce sont deux choses très, très différentes. Je flippe réellement à l'idée de commettre une grosse erreur, d'une façon ou d'une autre. Peut-être même dès mon premier cas !

— C'est impossible, répliqua Jack, catégorique. Pas toi, Laurie. Pas avec l'expérience que tu as. Mais écoute ce que je te propose : arrangeons-nous aujourd'hui pour faire nos autopsies sur deux tables voisines et aidons-nous mutuellement, si besoin est. Ensuite, reparlons de nos cas, si nous avons des doutes l'un ou l'autre, pour être sûrs d'avoir bossé correctement. Qu'est-ce que tu en dis ?

— C'est une bonne idée, reconnut-elle. Ouais, ça me plaît bien. Merci.

La proposition de Jack ne la libérait pas de ses inquiétudes, mais elle l'aidait quand même à les refouler. Elle avait aussi une conséquence positive immédiate : un peu moins nerveuse, Laurie était mieux à même de se concentrer sur tout ce qu'elle avait à faire en moins d'une heure pour se préparer à accueillir Leticia, lui confier JJ et se mettre en route pour l'IML.

2

Jeudi 25 mars 2010
18 h 57
Kobe

Le chauffeur d'Hisayuki Ishii, *oyabun* de l'Aizu Kotetsu-kai, s'engagea sur le rond-point d'accès à l'hôtel Okura Kobe et s'arrêta pile devant la porte du hall. Il était précédé et suivi par les deux voitures des gardes du corps de l'*oyabun* et de son *saikō-komon*, Tadamasa Tsuji. Le cortège venait de parcourir en une petite heure les quatre-vingts kilomètres qui séparaient Kyoto de Kobe. Les gardes du corps descendirent les premiers de leurs véhicules, très vigilants, prêts à réagir à la moindre alerte pour protéger Hisayuki Ishii. Tout le monde était nerveux. La ville de Kobe était le fief de la Yamaguchi-gumi, organisation rivale de l'Aizu Kotetsu-kai. Leurs *oyabun* se rencontraient ici ce matin pour bavarder. Mais qui connaissait vraiment les intentions des yakuzas de la Yamaguchi-gumi ? S'ils avaient en tête de tendre une embuscade à Hisayuki et à Tadamasa, l'occasion était idéale.

Le chauffeur bondit de son siège et fit le tour de

l'imposante berline Lexus blindée. D'un geste, il signifia au portier de l'hôtel de reculer. Pour éviter les mauvaises surprises, l'*oyabun* préférait que ses propres hommes lui ouvrent la portière.

Hisayuki et Tadamasa descendirent de la Lexus et les gardes du corps se rassemblèrent autour d'eux pour entrer dans le bâtiment. Le directeur général de l'hôtel accueillit le groupe au milieu du hall, salua avec déférence l'*oyabun* et le *saikō-komon*, puis les guida, accompagnés de deux de leurs meilleurs lieutenants, jusqu'à un ascenseur privé qui menait aux luxueux appartements du dernier étage. Là, les quatre hommes furent escortés jusqu'à une salle de réception par une jeune femme en tenue japonaise traditionnelle. L'*oyabun* de la Yamaguchi-gumi, Hiroshi Fukazawa, y attendait Hisayuki Ishii. Il était flanqué de son *saikō-komon*, Tokutaro Kudo, un homme petit et menu, aux lunettes en plastique rondes, qui faisait davantage penser à un écolier qu'à un dirigeant yakuza.

Hiroshi Fukazawa, lui, était très imposant. Il mesurait près d'un mètre quatre-vingts, il était solidement bâti et il avait le visage épais et sérieux. Son costume européen était aussi élégant que celui d'Hisayuki.

Outre les deux *oyabun*, leurs *saikō-komon* et les quatre gardes du corps, un directeur adjoint de l'hôtel, un cuisinier et un serveur se trouvaient dans la salle. Le cuisinier, vêtu de blanc et coiffé d'une toque amidonnée, se tenait devant une vaste table en forme de U équipée d'un gril encastré ; il attendait le moment de servir le repas à ses éminents clients. Les fenêtres offraient une vue spectaculaire sur la baie d'Osaka et, au premier plan, sur le port de Kobe.

Après les salutations d'usage, Hiroshi proposa à ses deux invités de prendre place sur les canapés du coin-salon. Juste avant de s'asseoir, les *oyabun* et les *saikō-komon* s'inclinèrent à nouveau les uns devant les autres. Hisayuki remarqua qu'Hiroshi ne prenait pas la peine de se baisser un petit peu plus que lui, comme l'aurait voulu la tradition, puisqu'il était le plus jeune. Il se demanda si ce léger affront était délibéré et, en ce cas, si Hiroshi cherchait à montrer qu'il lui manquait de respect, ou s'il voulait indiquer, de manière subtile, qu'il ne s'estimait pas tenu de suivre les règles ancestrales de la bienséance.

— Votre venue à Kobe est une très agréable surprise, Ishii-san, dit Hiroshi.

Les quatre hommes s'étaient assis et ils avaient commandé à boire – chacun sa marque préférée de whisky écossais. Les gardes du corps des deux organisations s'étaient postés contre les murs, de part et d'autre de la pièce ; ils se toiseraient durant toute la durée de la rencontre.

— Merci à vous d'avoir accepté de nous recevoir si rapidement, Fukazawa-san, répondit Hisayuki en inclinant légèrement la tête.

— Je suis heureux de vous trouver en si bonne santé, cher ami. Il y a trop longtemps que nous ne nous étions pas vus.

— Plus d'un an. En effet, nous ne devrions pas être si négligents. D'autant que nous ne sommes qu'à une heure de voiture les uns des autres.

Cette conversation polie se poursuivit jusqu'à ce que le serveur apporte les scotchs. Quand il se retira, les deux hommes changèrent de ton.

— Qu'y a-t-il pour le service de l'*oyabun* de l'Aizu Kotetsu-kai ? demanda Hiroshi, un peu plus sec qu'auparavant.

Hisayuki s'éclaircit la voix ; il fit semblant d'hésiter comme s'il avait attendu la dernière seconde pour décider ce qu'il voulait dire :

— Il y a trois jours, j'ai été appelé à Tokyo pour y rencontrer le *daijin* Kenichi Fujiwara.

— Le ministre adjoint ? répliqua Hiroshi, cachant avec difficulté son étonnement.

Il jeta un coup d'œil vers son *saikō-komon* et le vit écarquiller les yeux ; lui aussi était très surpris. Une rencontre entre un *oyabun* yakuza et un ministre du gouvernement, c'était un événement d'une exceptionnelle rareté.

— Le ministre adjoint de l'Économie, du Commerce et de l'Industrie, absolument ! acquiesça Hisayuki qui regardait son hôte droit dans les yeux. Il m'a révélé un certain nombre de choses très surprenantes, et je dois même dire très *troublantes*, dont nous devons parler maintenant. Pour commencer, il m'a dit que la Yamaguchi-gumi – une de ses branches, à tout le moins – avait organisé le cambriolage qui a eu lieu il y a quelques semaines à l'université de Kyoto. Je suis sûr que vous savez de quoi je veux parler. Lors de cet incident, qui a fait un mort, des cahiers de laboratoire qui ont une grande valeur pour l'université ont été volés. Le gouvernement est très inquiet. Maintenant que ces cahiers ont disparu, l'université de Kyoto pourrait perdre les brevets qu'elle détient sur certains procédés de fabrication des cellules souches pluripotentes induites.

Sans cesser de soutenir le regard d'Hisayuki, Hiroshi saisit son verre et but une gorgée de whisky. Il ne voulait pas le montrer, mais il était surpris par la franchise de son interlocuteur. En outre, les informations qu'il lui livrait étaient très étonnantes. Comment le gouvernement pouvait-il connaître toutes ces choses ? Les médias n'avaient pas cité la Yamaguchi-gumi ; ils n'avaient même pas parlé des cahiers de laboratoire ; ils avaient juste signalé le cambriolage et désigné les yakuzas comme commanditaires possibles du délit.

— Je me demande si vous étiez personnellement au courant de ce cambriolage, poursuivit Hisayuki. Peut-être est-ce le travail d'un groupe renégat de la Yamaguchi-gumi ? Nous savons que votre organisation se développe très rapidement. Il se pourrait, par conséquent, qu'elle n'ait pas la même cohésion interne que les autres organisations yakuzas.

Il voulait offrir une porte de sortie à son interlocuteur, mais ses propos n'eurent pas l'effet escompté. Hiroshi se rembrunit et répliqua d'un ton quelque peu indigné :

— Nous respectons, comme tous les yakuzas, la structure de confrérie *oyabun-kobun* à laquelle nous avons prêté serment. Je suis l'*oyabun* de la Yamaguchi-gumi. Je connais toutes les activités, dans tous les domaines, de ma confrérie.

— Mes remarques n'avaient pas pour objectif de déprécier la Yamaguchi-gumi. Absolument pas. Nous avons tous le plus grand respect pour votre confrérie. Peut-être même sommes-nous quelque peu jaloux de votre succès. Mais je déduis de votre réponse que vous étiez personnellement au courant de ce cambriolage. Et, puisque c'est ainsi, je suis obligé de protester auprès de vous. Vous ne m'avez ni informé de vos intentions, ni demandé de vous assister dans votre projet. Les organisations yakuzas ont pourtant l'habitude de collaborer. Elles adhèrent depuis toujours à ce principe afin d'éviter les guerres de territoire. J'aimerais avoir l'assurance que vous me contacterez, à l'avenir, si vous avez des besoins particuliers dans la région de Kyoto. Je ne veux pas faire de notre rencontre d'aujourd'hui une source de conflit. J'espère ne jamais voir un tel événement se produire. Nous devons simplement veiller à ce que nos organisations se respectent mutuellement. C'est ainsi que les yakuzas opèrent depuis toujours.

— La Yamaguchi-gumi a le plus grand respect pour l'Aizu Kotetsu-kai, dit Hiroshi sans changer d'expression.

Hisayuki était réaliste ; il savait que son interlocuteur éludait le problème et ne semblait pas avoir l'intention de s'excuser. Mais il voulait prendre sa réponse comme un premier pas dans le bon sens. Vu la proximité géographique de Kobe et Kyoto, il était impératif que le problème qui existait entre leurs organisations soit reconnu. Maintenant, à tout le moins, il était clairement posé.

Hisayuki devait maintenant passer au second point qu'il voulait aborder avec Hiroshi : la menace très réelle que les actions de la Yamaguchi-gumi faisaient peser sur les actifs de l'Aizu Kotetsu-kai.

— Si je puis me permettre, j'aimerais savoir pourquoi vous, l'*oyabun* de la Yamaguchi-gumi, vous vouliez vous approprier ces cahiers de laboratoire à l'université de Kyoto ? Et pourquoi avez-vous aidé leur propriétaire et sa famille à trahir le pays et à émigrer aux États-Unis ? N'avez-vous pas vu que cette affaire serait contraire aux intérêts de notre gouvernement, c'est-à-dire aux intérêts de tous les citoyens japonais – et de ceux, en particulier, qui ont investi leur argent dans la compagnie iPS Patent Japan ?

— Cette affaire peut paraître contraire aux intérêts du Japon, en effet, mais elle n'est pas contraire aux intérêts des hommes d'affaires yakuzas dans le cadre de l'économie globalisée. Notre argent et nos efforts doivent être placés dans les entreprises commerciales les plus rentables, pas dans celles qui donnent satisfaction au gouvernement égoïste et bureaucrate qui est le nôtre. Contrairement à ce qu'il affirme, ce gouvernement ne sert pas les intérêts du peuple japonais. Il ne sert que les intérêts de ceux qui l'ont mis en place. C'est d'ailleurs le cas pour la plupart des gouvernements du monde moderne. Regardez ce qui s'est passé ici même, à Kobe, lors du tremblement de terre de 1995. Qui a secouru la population, distribué eau et nourriture, maintenu l'ordre dans les rues pendant les premiers jours ? Le gouvernement ? Sûrement pas ! C'était nous, la Yamaguchi-gumi. Le gouvernement n'est intervenu que beaucoup plus tard, quand il s'est rendu compte qu'il était en train de se mettre les Japonais à dos.

» Si j'ai donné l'ordre d'aider le propriétaire des cahiers de laboratoire, Satoshi Machita, c'est parce que j'ai reçu une demande directe en ce sens de mon *saikō-komon* de New York, Saboru Fukuda. Peut-être le connaissez-vous ? Il est originaire de Kyoto, mais il est venu à Kobe très jeune. Il a d'abord commencé comme manœuvre sur les quais, mais il n'a pas tardé à entrer dans notre organisation et il s'est facilement élevé dans la hiérarchie. Nous avons compris très tôt qu'il avait beaucoup de potentiel. C'est un homme d'affaires très avisé, un excellent administrateur et un investisseur plein de discernement.

— Je ne le connais pas, dit Hisayuki.

Il n'avait écouté que d'une oreille le portrait de Fukuda. Il n'en revenait pas d'avoir entendu Hiroshi affirmer qu'en tant qu'homme d'affaires yakuza, il ne se sentait nullement l'obligation de faire preuve de patriotisme. C'était insensé. Les yakuzas étaient patriotes. Depuis toujours ! C'était même une sorte de clause du contrat implicite qu'ils avaient avec le gouvernement.

— Non seulement Fukuda-shi a triplé notre mise dans le secteur des jeux d'argent à New York, mais aujourd'hui, en plus, il blanchit directement notre argent sur place, grâce à certains investissements très astucieux que lui propose un agent de placement de sa connaissance, un Américain. Cet homme n'a pas peur de l'argent sale et il l'utilise comme capital pour financer des start-up dans le monde médical et dans les biotechnologies. C'est même sa spécialité. En général, comme vous le savez, le blanchiment d'argent coûte de l'argent. Mais depuis que nous travaillons avec cet Américain, c'est le contraire qui se passe : le blanchiment nous rapporte *encore plus* d'argent – parfois jusqu'à quarante pour cent des sommes ! Ainsi, Fukuda-san nous renvoie un revenu qui est à la fois considérable *et* insoupçonnable. Avec de tels résultats, il a mon soutien inconditionnel. Il peut me demander n'importe quoi, je le lui accorde en toute confiance et sans poser de questions. Vous savez, Hisayuki-san… Nos deux organisations sont déjà très proches. Je pourrais peut-être vous faire présenter cet Américain, l'agent de placement…

— Comme je disais, je ne connais pas Fukuda, répliqua distraitement Hisayuki.

— Dommage pour Kyoto et tant mieux pour Kobe, dit Hiroshi sur le ton d'un père fier de sa progéniture. Il dirige les opérations de la Yamaguchi-gumi à New York depuis cinq ans. C'est moi qui l'ai envoyé là-bas. Il a fait de cette ville notre bureau étranger le plus lucratif. Comment vont vos affaires là-bas, si je puis me permettre de poser la question ?

— Raisonnablement bien, répondit Hisayuki.

En temps normal, il n'aurait même pas reconnu avoir des activités à New York. Mais il avait posé des questions tout aussi confidentielles à Hiroshi – qui y avait répondu – et il voulait que la conversation se poursuive sur le même mode. Il devait découvrir si l'*oyabun* de la Yamaguchi-gumi savait pourquoi son *saikō-komon* de New York avait décidé d'aider Satoshi Machita. Il se demandait comment formuler sa prochaine question de façon à ne pas avoir l'air de quêter l'information, lorsqu'il eut tout à coup une sorte de révélation. Et dès qu'elle s'imposa à son esprit, il se demanda comment il avait pu ne pas y penser plus tôt. Le ministre adjoint devait avoir raison : la Yamaguchi-gumi, par l'intermédiaire de Saboru Fukuda, avait investi dans iPS USA, la start-up qui avait recruté Satoshi Machita. C'était la seule explication possible !

— Si vos affaires à New York ne vont que « raisonnablement bien », pourquoi ne pas nous associer là-bas ? relança Hiroshi après quelques secondes de silence. Pourquoi ne pas faire fusionner nos activités et partager les bénéfices en proportion de nos investissements respectifs ? Les temps sont durs. Les organisations yakuzas devraient davantage coopérer entre elles. À l'étranger, de toute évidence, et sans doute ici, au Japon.

Hisayuki jeta un coup d'œil vers son *saikō-komon* ; il avait hâte de découvrir, quand ils seraient remontés en voiture, s'il s'était fait le même raisonnement que lui. Carré dans son fauteuil, Hiroshi continuait de gloser sur l'hypothèse d'une fusion de leurs sociétés à New York. Hisayuki se demanda s'il pouvait oser lui demander de but en blanc si la Yamaguchi-gumi avait bel et bien investi dans iPS USA. Problème, il craignait qu'Hiroshi ne parvienne à une conclusion similaire – c'est-à-dire qu'il se doute que l'Aizu Kotetsu-kai avait investi dans iPS Patent Japan. La rivalité commerciale de leurs organisations, en tout état de cause, était très nette. Certes, Hisayuki ignorait si les montants investis dans iPS Patent Japan et iPS USA étaient comparables, mais à la limite, c'était un détail. La situation était très délicate *de toute façon*, car les valeurs marchandes des deux compagnies étaient liées entre elles comme dans un jeu à somme nulle : si l'une grimpait, l'autre devait inéluctablement plonger. On avait déjà vu certains conflits violents se déclarer entre groupes yakuzas dans des circonstances bien moins claires. Hisayuki eut peur, tout à coup, qu'une guerre n'oppose son organisation à celle d'Hiroshi. L'Aizu Kotetsu-kai ne pouvait absolument pas se permettre de perdre ce qu'elle avait investi dans iPS Patent Japan. Malheureusement, elle ne pouvait pas non plus récupérer sa mise, puisque les caisses de la compagnie étaient vides pour le moment. *Nous allons devoir nous battre contre la Yamaguchi-gumi*, se surprit à prophétiser Hisayuki. Il devait réfléchir dès maintenant au moyen de réduire les dégâts collatéraux – peut-être même, si possible, d'externaliser le problème à New York.

— Alors, qu'en pensez-vous ? demanda finalement Hiroshi.

En deux minutes, il avait échafaudé tout un programme de coopération entre la Yamaguchi-gumi et l'Aizu Kotetsu-kai. Une perspective qu'Hisayuki rejetait en bloc, évidemment, car il savait que l'Aizu Kotetsu-kai serait tout bonnement croquée par la Yamaguchi-gumi. Le truc du « partenariat » était une des méthodes préférées de la Yamaguchi-gumi pour dévorer ses rivales et se développer.

— Croyez-moi, Ishii-san, reprit Hiroshi quand il vit qu'Hisayuki ne répondait pas. Nous devons accepter l'idée que le monde change très rapidement, désormais, et nous devons bien comprendre que les yakuzas doivent évoluer comme tout le monde. Le gouvernement n'a plus l'intention de nous laisser tranquilles comme il le faisait autrefois. Regardez la loi antigang qu'il a votée en 1992 ! Nos relations avec les autorités japonaises ne peuvent que se dégrader.

— J'ai parlé de ce problème avec le ministre adjoint, justement.

— Ah ? Et qu'a-t-il dit ?

— La loi a été votée pour des raisons essentiellement politiciennes. Le gouvernement n'a pas l'intention de l'appliquer.

— Vous pensez qu'il était sincère ?

— D'après le ministre adjoint, si le gouvernement avait sérieusement l'intention de lutter contre le crime organisé, il voterait des lois similaires à celles qui existent aux États-Unis. Or, il n'en a rien fait. Et je sais qu'il ne prévoit rien de tel. Alors… oui, je crois que le ministre adjoint était sincère.

— Avec tout le respect que je vous dois, Ishii-san, je pense que vous lui faites beaucoup trop confiance. Vous êtes même, pardonnez-moi, quelque peu naïf. Ma vision de l'avenir sur les relations entre les yakuzas et le gouvernement japonais est beaucoup plus pessimiste. Les petites tensions qui existent entre lui et nous vont s'amplifier. Des divergences insurmontables vont apparaître. C'est évident et c'est logique. Le gouvernement est déjà très jaloux de l'argent dont il estime que nous, les yakuzas, privons l'économie nationale en ne payant que peu ou pas du tout d'impôts…

Laissant Hiroshi parler à sa guise, Hisayuki but une gorgée de whisky pour se donner une contenance. Il se sentait de plus en plus mal à l'aise, car il se rendait compte que son interlocuteur estimerait peut-être nécessaire que la Yamaguchi-gumi attaque l'Aizu Kotetsu-kai s'il comprenait que les deux organisations étaient rivales dans les biotechnologies, une industrie qui promettait de peser bientôt des milliards de milliards.

Hiroshi continuait de déblatérer au sujet du gouvernement – il venait d'affirmer que celui-ci avait *besoin* des yakuzas. Hisayuki ne le contredit pas ; il voulait croire que si Hiroshi avait l'esprit occupé par ce genre d'idée, il n'aurait pas de brusque révélation au sujet d'iPS USA et d'iPS Patent Japan.

— Les yakuzas doivent travailler ensemble ! affirma tout à coup l'*oyabun* de la Yamaguchi-gumi comme un politicien à la tribune.

Il enchaîna, d'un ton plus posé, pour revenir à sa proposition initiale de créer une sorte de partenariat entre leurs deux organisations. Hisayuki l'écouta patiemment. Il alla même jusqu'à l'encourager, dans une certaine mesure, par de légers hochements de tête et quelques sourires ; il voulait lui donner l'impression qu'il réfléchirait sérieusement à cette idée.

En son for intérieur, cependant, il remerciait les dieux de l'avoir incité à tourner sa langue sept fois dans sa bouche au début de la rencontre, et à ne pas entamer la discussion comme il l'avait envisagé, c'est-à-dire en révélant à Hiroshi ce qu'il avait appris le matin même par Hideki Shimoda, son *saikō-komon* de New York. À neuf heures et demie, en effet, Hideki l'avait appelé pour l'informer que la menace qui pesait sur les brevets de l'université de Kyoto avait beaucoup diminué, car Satoshi et sa famille avaient été éliminés. Il avait précisé que l'exécution du chercheur avait été parfaite ; elle serait forcément interprétée comme la mort naturelle d'un individu non identifié. Seul problème, les cahiers de laboratoire restaient introuvables pour le moment.

Malgré lui, Hisayuki laissa échapper un petit soupir de soulagement. Heureusement, oui, qu'il n'avait pas entamé la conversation avec une telle révélation !

Cette bévue aurait eu des conséquences désastreuses sur ses relations avec Hiroshi. Heureusement, aussi, qu'il avait deviné que la Yamaguchi-gumi avait investi dans iPS USA !

Hiroshi interrompit son monologue au milieu d'une phrase. Il avait vu Hisayuki soupirer. Songeant qu'il avait des responsabilités envers son hôte, il se mit debout, s'inclina légèrement et dit :

— Je regrette de tant parler. Vous devez avoir faim. Je vois que vous avez terminé votre whisky. Il est temps de nous restaurer et de nous distraire.

Il désigna la table et le cuisinier coiffé de sa toque blanche.

— Je vous en prie. Mangeons et buvons encore pour fêter notre amitié.

Hisayuki se leva le sourire aux lèvres. Il était soulagé. Il savait qu'une fois le dîner entamé, arrosé de saké, de bière ou de vin, et égayé par les diverses distractions prévues par Hiroshi, ils ne parleraient plus du tout affaires.

Plus d'une heure après, dès que l'annonce de leur départ ne risqua plus de vexer leur hôte, Hisayuki et Tadamasa prétextèrent qu'ils avaient de la route à faire pour rentrer chez eux et quittèrent ce qui était devenu une vraie petite fête. Hiroshi essaya de les convaincre de rester à l'hôtel pour la nuit, mais ils déclinèrent gracieusement l'invitation, expliquant qu'ils avaient d'importants rendez-vous à Kyoto de très bonne heure le lendemain matin.

Le départ de l'*oyabun* de l'Aizu Kotetsu-kai et de

sa troupe se passa aussi bien que leur arrivée. Les fâcheux incidents qu'Hisayuki redoutait ne risquaient pas, de toute façon, de survenir immédiatement. Bientôt, le cortège des trois voitures fut lancé sur la route de Kyoto. Hisayuki garda le silence un bon moment ; il réfléchissait à sa rencontre avec Hiroshi. Tadamasa, qui savait se tenir à sa place, n'ouvrit pas la bouche. Le silence de l'habitacle n'était rompu que par le ronronnement discret du moteur de la berline.

— Eh bien ? demanda tout à coup Hisayuki. Qu'avez-vous pensé de cette réunion ?

— Elle s'est plutôt bien passée, mais elle est de mauvais augure pour l'avenir.

— Je suis du même avis.

Hisayuki attrapa la poignée au-dessus de sa portière et contempla quelques instants le paysage nocturne qui défilait derrière la vitre : à ce moment-là, ils longeaient des rizières au milieu desquelles se dressaient quelques maisonnettes de fermiers ; la lumière brillait à quelques fenêtres.

— La Yamaguchi-gumi a-t-elle investi dans iPS USA, d'après vous ?

Il avait posé la question d'un ton neutre ; il voulait voir comment son conseiller réagirait.

— Certainement ! J'ai même voulu essayer de vous prévenir, à ce sujet, et puis je me suis rendu compte que nous pensions la même chose. Je crois que la Yamaguchi-gumi est très, très impliquée dans cette compagnie. Vu ce que Fukazawa-san a dit au sujet de l'agent de placement que son *saikō-komon* a trouvé, il n'y a aucun doute là-dessus.

— Demain, vous donnerez l'ordre aux analystes de

RRTW de trouver tout ce qu'ils pourront sur les investissements de la Yamaguchi-gumi dans iPS USA.

— Le problème, pour nous, c'est que les valeurs marchandes d'iPS USA et d'iPS Patent Japan sont inversement liées.

— Je ne risque pas de l'oublier ! murmura Hisayuki d'une voix dépitée.

— Cela pourrait nous créer de sérieux ennuis…

— Bien sûr ! Nous devons essayer de gagner du temps. Et nous devons peut-être nous préparer au pire. L'essentiel, dans l'immédiat, c'est de garder Hiroshi dans le brouillard le plus longtemps possible. Parallèlement, nous tenterons d'assurer la légitimité d'iPS Patent Japan. Dans cet objectif, il faut récupérer les cahiers de laboratoire et les détruire. La mort de Satoshi Machita est une bonne chose, mais elle ne suffit pas.

— Mais où sont ces cahiers ? C'est une question importante. S'ils n'étaient ni dans le sac de sport de Satoshi, ni à son domicile, il faut en déduire que c'est iPS USA qui les détient.

— Appelez Hideki et dites-lui qu'il doit *absolument* mettre la main sur ces cahiers. Mais attention : personne ne doit se douter que l'Aizu Kotetsu-kai est derrière l'opération !

Tandis que Tadamasa manipulait son téléphone portable, Hisayuki tourna de nouveau la tête vers le paysage nocturne et se demanda s'il devait faire dire autre chose à son *saikō-komon* de New York. Il repensa à leur conversation du matin : Hideki avait affirmé que le meurtre de Satoshi était parfait ; les autorités américaines concluraient qu'il était mort de mort naturelle.

Hisayuki espérait de tout cœur que ce serait bel et bien le cas. Car si la Yamaguchi-gumi découvrait que Satoshi avait été assassiné sur ordre de l'Aizu Kotetsu-kai, une guerre épouvantable se déclarerait sans doute entre les deux organisations.

3

Jeudi 25 mars 2010
07 h 44
New York

Laurie fut la première à descendre du taxi à l'angle de la Première Avenue et de la 30e Rue. Elle leva les yeux vers le bâtiment de l'IML, qui datait des années soixante : avec sa façade de brique bleue percée de fenêtres à cadre d'aluminium, il était toujours aussi peu séduisant. Ce matin, cependant, il lui paraissait accueillant ; elle avait l'impression de revenir chez elle après un long voyage à l'étranger. D'un autre côté, son arrivée ici ravivait les inquiétudes qui l'accablaient quant à ses compétences professionnelles. Sa première journée de travail post-congé maternité était sur le point de commencer.

Jack descendit de la voiture après avoir payé la course. Il avait eu la gentillesse de lui proposer de faire le trajet avec elle au lieu de prendre son vélo adoré – son *nouveau* vélo adoré, puisqu'il venait d'acheter un engin de la marque Cannondale après que le précédent, un Trek, avait été écrabouillé par un bus. Par chance, Jack n'était pas sur la selle à ce moment-là ; il se tenait sur le trottoir et il avait juste été obligé d'assister à la tragédie.

— Bon, nous y voilà enfin, dit-il en regardant sa montre.

Ils arrivaient beaucoup trop tard à son goût. En fait, ils arrivaient trop tard *de toute façon*, dans la mesure où ils étaient censés commencer leurs premières autopsies de la journée à sept heures et demie, mais ça n'était pas très grave. Aucun légiste ne démarrait réellement le travail si tôt – sauf Jack, justement, quand il venait à vélo. La règle des sept heures et demie avait été instaurée par le directeur de l'IML, le Dr Harold Bingham, mais il s'assouplissait avec l'âge et ne tançait plus les légistes qui descendaient en salle d'autopsie en retard. En conséquence, la plupart des « vieux » de la maison se mettaient au boulot quand ils le souhaitaient, parfois même à huit heures passées. Jack gardait l'habitude de venir de très bonne heure à l'IML, car cela lui permettait de choisir ses cas plutôt que d'attendre que tels et tels dossiers lui soient attribués par le médecin légiste de garde pour la semaine. Entre autres obligations, le légiste de garde devait arriver le matin avant tout le monde, examiner tous les dossiers des défunts reçus par la morgue pendant la nuit, désigner ceux qui méritaient une autopsie et les distribuer entre ses collègues. Sa mission principale, cependant, c'était de se tenir à la disposition des enquêteurs médico-légaux du soir et de la nuit qui avaient parfois besoin de son expertise pour certains cas difficiles. Jack était lui-même de garde trois ou quatre semaines par an.

— Je suis désolée pour l'heure, dit Laurie quand elle le vit grimacer. Je ferai mieux les autres jours.

Ils étaient en retard parce que la prise en charge de JJ par Leticia ne s'était pas passée aussi bien que prévu. À trois reprises, Laurie avait descendu l'escalier pour rejoindre Jack qui l'attendait devant la porte de la maison… et pensé à une dernière chose qu'elle voulait dire à Leticia. Chaque fois, elle était remontée dare-dare à la cuisine où la jeune femme avait commencé à nourrir JJ de flocons d'avoine et de morceaux de poire. L'enfant souriait et avalait tout cela avec enthousiasme – sauf, bien sûr, ce qu'il laissait tomber sur son bavoir. En tout cas, il n'avait pas l'air malheureux de voir sa maman le quitter.

— C'est pas grave, dit Jack. Et toi, comment tu te sens ?

— Aussi bien que je pouvais l'espérer, répondit-elle avec un haussement d'épaules.

— Tu vas très bien t'en sortir. Ne te fais pas de souci.

Ouais, bien sûr, pensa-t-elle. Jack monta les trois marches du perron et poussa la porte. Elle le suivit. Le hall de l'IML lui donna une agréable impression de déjà-vu. Il y avait le même canapé fatigué et la même table basse avec ses piles de vieux magazines écornés ou privés de leurs couvertures. Il y avait aussi la même porte qui donnait sur la salle d'identification et les mêmes portes vitrées qui ouvraient sur le couloir de l'administration.

Enfin, il y avait le même comptoir de réception et la même réceptionniste, Marlene Wilson, une femme noire adorable, toujours très accueillante, qui faisait dix ans de moins que son âge.

— Docteur Montgomery ! s'exclama-t-elle avec une joie qui ne pouvait être feinte. Vous voilà de retour ! Bienvenue !

Elle quitta son tabouret et contourna le comptoir pour se précipiter vers Laurie et lui donner une accolade vigoureuse. D'abord décontenancée par tant d'exubérance, Laurie se ressaisit très vite et savoura cet accueil chaleureux. Le même genre de scène devait se répéter avec presque toutes les personnes qu'elle rencontrerait au fil de la journée.

Jack et Laurie traversèrent la salle d'identification où les proches des défunts se voyaient présenter des photographies des cadavres, voire les cadavres eux-mêmes s'ils insistaient, pour les identifier formellement, et entrèrent dans la salle commune. Ils y virent tout d'abord le Dr Arnold Besserman, un vieux de la vieille qui travaillait à l'IML depuis trente et quelques années. C'était lui le légiste de garde pour la semaine ; il était en train d'examiner les dossiers du jour sur la vieille table en métal qui servait à cette fonction. Manifestement, New York avait connu une nuit calme : la pile de dossiers était très réduite.

Comme Marlene, quoique avec moins d'exaltation, Arnold se leva dès qu'il vit Laurie. Il la serra dans ses bras en lui disant toute sa joie de la voir de retour dans l'équipe.

Vinnie Amendola, un des techniciens de morgue, se trouvait aussi dans la pièce. Il venait en général une demi-heure avant ses collègues pour faire la transition avec les deux techniciens de garde pendant la nuit, mais sa mission la plus importante consistait à préparer le café pour tous les légistes dans une énorme cafetière électrique. Il dut attendre qu'Arnold ait lâché Laurie pour s'approcher et la saluer. Ensuite, il retourna s'asseoir dans l'un des vieux fauteuils club en cuir de la salle et reprit sa lecture du *Daily News*. Jack et Vinnie s'entendaient bien – ils étaient très copains, à vrai dire, même si leurs incessantes joutes verbales pouvaient donner l'impression du contraire. Et ils bossaient presque tous les jours ensemble. La plupart du temps, ils commençaient les autopsies près d'une heure avant tout le monde.

Jack s'approcha de la petite table et tapota la pile de dossiers.

— Qu'est-ce qu'il y a d'intéressant, aujourd'hui ?

— Pas grand-chose, répondit Arnold, évasif.

Il savait très bien ce que Jack avait en tête : il voulait choisir lui-même ses cas de la journée. Cette attitude avait toujours énervé Arnold – alors que les autres légistes n'y voyaient rien à redire, dans la mesure où Jack abattait davantage d'autopsies que n'importe qui. De fait, il y avait pas mal d'animosité entre les deux hommes. Jack considérait Arnold comme un flemmard qui se contentait de faire acte de présence, travaillant le moins possible et attendant l'heure de pouvoir quitter l'IML avec une retraite à taux plein.

Jack ignora le regard noir d'Arnold et commença à tripoter les dossiers. Chacun portait une étiquette décrivant les circonstances générales du décès qu'il représentait : blessure par balle, accident, suicide, meurtre ou autres conditions inexpliquées ou suspectes. Il se mit à siffloter tandis qu'Arnold l'observait, les mains sur les hanches, et poussait un profond soupir – sans se donner la peine, évidemment, de lui désigner les dossiers qu'il avait déjà jugés dignes de mériter une autopsie.

Jack redressa les épaules et regarda autour de lui. Il venait de prendre conscience, tout à coup, qu'il avait senti la présence d'une autre personne dans la pièce, mais sans y prêter attention. Il ne s'était pas trompé. Il y avait quelqu'un dans un fauteuil club tourné face au radiateur : un homme qui semblait dormir profondément, engoncé dans le siège au point qu'on ne voyait guère que le dessus de son chapeau au-dessus du dossier ; son bras droit sur l'accoudoir, et ses pieds, chaussés de souliers noirs en mauvais état, posés sur le radiateur comme des aiguilles d'horloge indiquant dix heures dix. Jack abandonna les dossiers pour s'approcher du fauteuil. Ce chapeau et ces chaussures ne pouvaient appartenir qu'à un seul individu de sa connaissance. Et… en effet, il s'agissait de son vieil ami le commissaire Lou Soldano.

— Regarde un peu qui est là ! lança-t-il à Laurie qui était en train de se servir du café.

Elle le rejoignit et écarquilla les yeux quand elle découvrit Lou. Le chapeau dissimulait en grande partie son visage. Il roupillait les bras croisés sur le torse, un journal étalé en travers des hanches. Son manteau, déboutonné, tombait sur le sol de part et d'autre du fauteuil. Il respirait fort, mais il ne ronflait pas. Sa poitrine se soulevait et se baissait régulièrement.

— Il doit être épuisé, observa Laurie, attendrie comme une mère devant un enfant.

— Il est *toujours* épuisé, dit Jack.

Il tendit la main pour saisir le chapeau de Lou, mais Laurie s'interposa :

— Laisse-le dormir.

— Pourquoi ?

— Il est épuisé, je te dis !

— Il n'est pas ici pour dormir, objecta Jack, et il se pencha pour décoiffer doucement leur ami. Il est forcément venu pour une affaire. Plus tôt il pourra aller se coucher dans un vrai lit, mieux il se portera.

Lou avait l'expression d'un homme sereinement endormi. Mais Laurie n'avait pas tort : il avait aussi l'air épuisé, comme l'attestaient ses yeux creux et ses cernes noirs, nettement visibles malgré son teint très mat. D'un autre côté, il n'avait pas perdu ses traits séduisants, virils, qui allaient bien avec son corps solidement charpenté – « un physique de vrai mec, de vrai Rital », aurait-il dit, car il était fier de ses origines. Un chaume de barbe de deux jours couvrait ses joues et ses vêtements étaient froissés, défraîchis, comme s'il les portait depuis aussi longtemps.

— Il était déjà ici quand je suis arrivé ! dit Arnold à l'autre bout de la pièce.

— Hé, mon grand, dit Jack, secouant légèrement l'épaule de Lou. Réveille-toi. Il est temps d'aller faire un gros dodo.

La respiration de Lou changea de rythme, mais il ne réagit pas davantage.

— Laisse-le dormir, le pauvre, dit Laurie. Encore un petit moment, au moins !

Jack l'ignora et secoua Lou plus vigoureusement.

— Allez, vieux. On se réveille ! Debout !

Lou se redressa en sursaut dans le fauteuil. Ses pieds basculèrent du radiateur et martelèrent le sol. Il poussa un grognement, l'air hagard, regarda autour de lui – et sourit quand ses yeux se posèrent sur Laurie.

— Hé, quelle surprise ! Je croyais que tu reprenais le boulot seulement la semaine prochaine.

Il se leva, chancela un instant sur ses jambes, puis tendit les bras vers Laurie.

— Comment va le petit JJ ?

Ils s'étreignirent affectueusement. Laurie connaissait Lou depuis encore plus longtemps qu'elle connaissait Jack, car elle l'avait rencontré quand elle avait commencé à travailler à l'IML, au début des années 1990. Ils étaient d'ailleurs sortis ensemble, un petit moment, avant de se rendre compte qu'ils étaient davantage faits pour être copains qu'amants. Et aujourd'hui, Lou était un des meilleurs amis du couple Stapleton.

Après qu'ils se furent donné quelques nouvelles, Jack lui demanda ce qu'il faisait à « la morgue » : c'était Lou qui insistait pour nommer ainsi la maison, alors qu'il savait très bien que l'Institut médico-légal était beaucoup plus qu'une morgue, laquelle ne constituait qu'un rouage du système. L'erreur sans conséquence de Lou amusait Jack qui la répétait parfois pour le taquiner.

— Il y a un cas, ce matin, que je voudrais que tu fasses pour moi, répondit Lou. C'est un incident qui s'est produit dans le Queens, mais… j'ai abusé de mon pouvoir, si je puis dire, pour que le corps soit amené ici au lieu d'aller à la morgue du Queens. J'espère que ça ne t'ennuie pas ?

— Moi ? répondit Jack, un sourire au coin des lèvres. Jamais de la vie ! Bingham risque de piquer une crise parce que le règlement, c'est le règlement, et puis notre collègue du Queens sera peut-être vexé d'apprendre que tu ne le jugeais pas capable de faire le boulot. Mais bon, je pense qu'il sera capable d'oublier ça d'ici la retraite.

Lou pouffa de rire.

— Il sera vexé à ce point-là, tu crois ?

— J'en doute. Avec Dick Katzenburg, nous sommes peinards.

— Katzenburg ne se formalisera absolument pas, renchérit Laurie.

Elle avait travaillé en de nombreuses occasions avec le directeur de l'antenne du Queens et elle le savait très conciliant. L'IML de New York avait quatre antennes en tout : la principale sur la Première Avenue à Manhattan, les trois autres servant leurs propres districts du Queens, de Brooklyn et de Staten Island.

— Le cas en question, c'était une blessure par balle, reprit Lou.

— Hé, Arnold ! lança Jack. Puis-je avoir la victime de la blessure par balle ?

Il se devait de poser la question par politesse, même si la plupart des légistes de garde pour la semaine essayaient de distribuer les autopsies en respectant les préférences ou requêtes particulières de leurs collègues. L'un faisait, par exemple, une étude sur un problème d'anatomopathologie spécifique et ne voulait que les cas qui s'y rapportaient. Un autre éprouvait des répugnances insurmontables pour certains types de cadavres – ceux des enfants, par exemple. La plupart des légistes n'aimaient pas les corps en décomposition, lesquels étaient donc distribués plus ou moins à tour de rôle. Et parfois, il y avait des demandes précises comme celle de Jack qui devait travailler pour Lou.

— Pas de souci, grommela Arnold.

Dans une pure démonstration d'agressivité passive, il lança le dossier du cas vers Jack comme s'il s'agissait d'un Frisbee. Le dossier tomba sur le sol et plusieurs de ses documents s'en échappèrent.

— Désolé, dit Arnold d'un ton moins que sincère.

Jack réprima un juron et se baissa pour rassembler les papiers : un certificat de décès partiellement rempli, une fiche de renseignements – très complète, elle, par contre – et un relevé de labo pour le dépistage du VIH. Il les remit dans le dossier.

— Connard, murmura-t-il quand il se redressa devant Lou et Laurie.

Celle-ci dissimulait un sourire derrière sa main. Elle avait toujours conseillé à Jack de ne pas provoquer Arnold en lui montrant ce qu'il pensait de lui.

Jack tira le rapport de l'enquêteur médico-légal du dossier. Il était signé Janice Jaeger, ce qui était une excellente chose. Janice était très pro et très minutieuse. Pour preuve, elle avait dessiné un schéma de la scène de crime avec de nombreuses indications de distances et d'angles entre ses divers éléments constitutifs.

— Alors ? fit Jack, levant les yeux vers Lou. C'est quoi le topo ?

— Il s'agit d'un incident dans lequel sont impliqués deux jeunes agents de police qui n'étaient pas en service à ce moment-là. Ils s'appellent Don et Gloria Morano, ils sont mariés, ils se sont rencontrés à l'école de police. Deux bons flics et deux personnalités tout à fait charmantes. Ils sont îlotiers depuis seulement deux ans. Comme tu peux l'imaginer, ils sont encore un peu inexpérimentés. La nuit dernière, vers trois heures, ils étaient au lit, chez eux, à Bayside, quand ils ont entendu une vitre se briser devant la maison. Ils ont supposé, à juste titre, que c'était une des vitres de leur nouvelle voiture – une Honda. Ils se sont levés illico, Gloria a attrapé son automatique de service et ils sont sortis de la maison juste à temps pour voir trois ados grimper dans une camionnette arrêtée à côté de leur véhicule. Ils venaient de voler le GPS de la Honda. Là, les choses sont allées très vite. Le jeune homme qui avait pris le volant de la camionnette a foncé vers les Morano, qui se tenaient alors sur l'allée, devant le garage. Don était en plein milieu de l'allée, directement sur la trajectoire de la camionnette. Gloria était légèrement devant lui, sur sa gauche, dans l'herbe, plus près de la maison. Vous voyez le tableau ?

— Ouais, d'accord, dit Jack.

— Le conducteur de la camionnette avait-il l'intention d'écraser Don Morano ? demanda Laurie.

— C'est toute la question ! Les Morano ont eu cette impression. Mais il a peut-être fait une erreur, simplement, parce qu'il était nerveux, et il a enclenché la première vitesse au lieu de la marche arrière. Difficile, voire impossible de trancher. L'essentiel, c'est que voyant la camionnette filer droit vers Don, Gloria tire une balle à travers le pare-brise et touche le conducteur en pleine poitrine. Là, il ne meurt pas immédiatement. Il freine, passe la marche arrière, recule dans la rue et rend l'âme quelques mètres plus loin.

— Et puis ? Quel est le problème, au juste ? demanda Jack, perplexe.

— Le problème, c'est les deux autres gars. Ils affirment que leur copain n'a jamais passé la marche avant. Ils venaient de sauter à l'intérieur du véhicule par la portière coulissante latérale. Au moment où le conducteur a démarré, d'après eux, il était tourné sur son siège pour regarder par les vitres des portières arrière, le bras sur le dossier du siège passager.

— O.K. Je vois le tableau. Si le conducteur n'a fait que reculer, les deux flics sont dans la panade parce qu'ils l'ont flingué à tort. S'il fonçait sur eux, ils étaient en état de légitime défense.

— Voilà, acquiesça Lou. En plus, la douille intérieure a été retrouvée sur le siège avant et la victime a une blessure à l'avant-bras.

— Encore plus intéressant, en effet, dit Jack, et il éleva la voix pour ajouter d'un ton enjoué : Vinnie, on se bouge les fesses ! Toi et moi, on a du pain sur la planche.

— Allons-y, dit Lou avec enthousiasme – il était toujours content de participer à une autopsie.

— Trouve-toi un cadavre et rejoins-moi à la fosse, dit Jack à Laurie. Je te réserve une table à côté de la mienne.

— Super, répondit-elle.

Jack, Vinnie et Lou se dirigèrent vers la porte de la salle des communications, où les opérateurs prenaient tous les appels concernant les décès survenus à travers la ville ; c'était le plus court chemin pour gagner le couloir des ascenseurs.

Laurie s'approcha d'Arnold.

— M'avez-vous déjà trouvé un cas ? Aujourd'hui, peut-être vaudrait-il mieux me donner quelque chose de simple. Il y a longtemps que je n'ai pas travaillé et… avant de me replonger pour de bon dans le bain, je préférerais tâter l'eau, précisa-t-elle avec un petit rire embarrassé. J'ai un peu peur de rater ma première autopsie le jour de mon retour.

— Pas d'autopsie pour vous aujourd'hui, répondit Arnold. Ordre de Bingham. Il m'a laissé un mot. À moins qu'il y ait un énorme afflux de cas dans la matinée, je dois vous laisser tranquille pour que vous ayez le temps de vous réaccoutumer à la maison après votre longue absence. Vous êtes libre. Très heureux de vous retrouver !

Laurie fit la moue. Elle ne savait pas si cette nouvelle lui faisait plaisir ou la décevait. D'un côté, elle pouvait apprécier de n'avoir qu'à monter à son bureau, organiser ceci et cela, reprendre ses marques – après tout, elle n'avait pas mis les pieds là-haut depuis près de deux ans. D'un autre côté… Pas d'autopsie aujourd'hui, cela voulait dire remettre l'inévitable à plus tard – revivre le lendemain toute l'anxiété qui l'avait accablée depuis son réveil.

— Bingham était catégorique ? Vous en êtes certain ? insista-t-elle. Ou bien il a dit que ça pouvait dépendre de mes préférences personnelles ?

— Catégorique. Vous le connaissez aussi bien que moi. Il ne parle pas pour ne rien dire. Et à propos, je sais aussi qu'il souhaite vous voir dans son bureau, le plus tôt possible, pour vous souhaiter une bonne reprise.

— Entendu, dit Laurie, résignée.

Elle laissa Arnold à ses dossiers et quitta la salle commune avec l'intention de descendre à la fosse pour prévenir Jack qu'elle n'y serait pas de la journée. Arrivée à l'ascenseur, elle changea d'avis. Sachant que Jack devait déjà être absorbé par le cas très intéressant de blessure par balle que lui avait amené Lou, elle préférait ne pas le déranger. Ils se verraient plus tard. Elle fit demi-tour et se dirigea vers les bureaux de l'administration pour voir si Bingham était arrivé. Elle sortit aussi son portable de sa poche pour passer le premier d'une longue série de coups de fil à Leticia. Elle voulait savoir si JJ allait bien.

4

Jeudi 25 mars 2010
09 h 05

Chaque jour de la semaine ou presque, Ben Corey prenait le volant de son Range Rover Autobiography flambant neuf pour faire le trajet de son domicile d'Englewood Cliffs, dans le New Jersey, à son bureau de la Cinquième Avenue. En dépit des problèmes de circulation, il aimait ce petit voyage – en particulier le moment de la traversée du pont George-Washington. Il veillait toujours à rouler sur la voie de droite du niveau supérieur pour profiter de la vue sur l'Hudson et sur la silhouette de Manhattan. Les embouteillages de l'heure de pointe ne l'ennuyaient même pas, à vrai dire, car il pouvait ainsi admirer le spectacle encore plus longtemps. Et, pour jouir pleinement de cette expérience, il mettait un disque de musique classique dans le lecteur. C'était le seul moment de la journée pendant lequel il s'autorisait à être réellement seul ; il coupait même son téléphone portable.

Ce matin encore, la magie avait opéré. Quand Ben arriva au parking souterrain de la 57e Rue où il louait une place au mois, il se sentait parfaitement détendu et heureux. Et les événements survenus la veille au soir à la station de Columbus Circle ne pouvaient troubler sa tranquillité d'esprit puisqu'il n'en avait pas connaissance.

Il marcha d'un pas léger jusqu'à l'immeuble de la Cinquième Avenue dont les bureaux d'iPS USA occupaient tout le huitième étage. La température était douce pour la saison, près de quatorze degrés, et le soleil brillait : un contraste très agréable avec le temps froid et pluvieux de la veille. La journée se présentait bien.

Ben retira son manteau tandis qu'il passait devant la réceptionniste, Clair Bourse, que son assistante Jacqueline avait récemment engagée. Ils se saluèrent d'un ton enjoué.

En entrant dans son bureau d'angle, il accrocha le vêtement à un porte manteau, dans le placard, avant de s'asseoir devant sa grande table de travail. Juste devant lui, il y avait un exemplaire signé et certifié conforme du contrat de Satoshi – avec un Post-it, rédigé par Jacqueline, qui portait l'inscription : « Pour vos dossiers personnels ». À côté, il y avait les testaments de Satoshi et de sa femme, puis le fidéicommis établi au nom de leur petit garçon, Shigeru – avec un autre Post-it précisant que Mme Machita devait signer le testament à son nom et le fidéicommis. Un troisième Post-it était là pour rappeler à Ben de demander à Satoshi s'il préférait garder tous ces documents en sa possession, les faire déposer dans le coffre d'iPS USA à la banque JPMorgan Chase, ou les garder ici, dans le coffre du bureau. À gauche du premier document, enfin, il y avait une revue de recherche biomoléculaire, *Reprogramming Technologies*, que Ben ne connaissait pas – avec un Post-it couvert de l'écriture élégante de Jacqueline : « Regardez l'article de la page 36. Je crois qu'il ne faut pas laisser passer ça. » La phrase se concluait par plusieurs points d'exclamation.

Ben rassembla les documents concernant Satoshi et les posa au coin de la table. Il les donnerait au chercheur dès qu'il le verrait. Satoshi arrivait en général au bureau vers neuf heures et demie et Ben n'avait aucune raison de croire qu'il serait en retard aujourd'hui. *À moins...*, se dit-il tout à coup, *à moins qu'il n'ait décidé de fêter dans les grandes largeurs la signature d'hier soir*. En ce cas, il risquait de ne pas venir avant le début de l'après-midi. Pour avoir séjourné quelques jours au Japon lorsqu'il avait récupéré les cahiers de laboratoire, Ben savait ce que le saké pouvait faire à un homme.

La voix de Jacqueline interrompit ses réflexions :

— Avez-vous lu l'article ?

Ben leva les yeux. Elle venait d'apparaître dans l'embrasure de la porte de communication de leurs bureaux.

— J'allais m'y mettre.

— Je crois que vous avez intérêt à regarder ça tout de suite. Je veux dire… avant que nous ne signions le contrat avec Rapid Therapeutics.

— Tiens donc ? fit Ben, étonné, tandis que Jacqueline disparaissait.

Il n'aimait pas beaucoup ce qu'il venait d'entendre. Depuis plusieurs semaines, Carl Harris et lui négociaient avec Rapid Therapeutics, une société de Worcester, dans le Massachusetts, pour décrocher les droits d'exploitation des brevets de la technique qu'elle avait développée pour améliorer la production des cellules souches pluripotentes induites. L'affaire était presque conclue. Ils ne devaient donc pas perdre de temps si une autre technique, supérieure, venait de faire son apparition quelque part.

Bien calé dans son fauteuil, Ben leva les pieds au coin de la table et entama sa lecture. Il se rendit très vite compte que Jacqueline avait sans doute raison. L'article parlait d'une petite start-up californienne, iPS RAPID, qui venait de faire breveter une technique susceptible d'augmenter de façon spectaculaire l'efficacité de la production des cellules souches pluripotentes induites humaines – et, par conséquent, de faciliter considérablement leur exploitation. La nouvelle technique, dont les résultats étaient plusieurs centaines de fois supérieurs à ceux des meilleures techniques connues, supposait l'utilisation de ce que ses inventeurs appelaient des *petites molécules*.

Ben était stupéfait. Non parce qu'il s'agissait incontestablement d'une avancée remarquable, mais parce qu'il n'en entendait parler que *maintenant*, alors qu'elle en était déjà au stade du brevetage ! Il s'agissait de toute évidence d'un pas de géant en direction de la commercialisation des cellules souches. Normalement, une telle découverte aurait dû apparaître en premier lieu dans une revue prestigieuse comme *Nature* ou *Science*. Mais non : voilà qu'elle était présentée dans une revue quasi inconnue, et sous la forme d'un produit déjà breveté ! Cela signifiait qu'iPS USA allait entrer dans la mêlée trop tard et payer sans doute beaucoup trop cher pour en prendre le contrôle. Ben savait qu'il voyait là un regrettable signe des temps – un symptôme que sa propre société contribuait à aggraver, d'ailleurs, mais dont elle n'était pas responsable. Le problème, c'était que les universités avaient toutes leurs propres services des brevets, désormais, et qu'elles considéraient les brevets associés aux travaux de leurs chercheurs comme plus importants encore que les travaux eux-mêmes. Cette attitude était aussi absurde que néfaste, car elle ne pouvait que ralentir la marche de la science. Auparavant, ce n'étaient pas les brevets qui comptaient le plus, mais la publication rapide des résultats des recherches. Voilà ce qui poussait les scientifiques à toujours découvrir de nouvelles choses. En plus, bien sûr, il y avait un autre problème qui s'ajoutait au premier : les bureaux des brevets nationaux, aux États-Unis comme en Europe, acceptaient de délivrer des brevets sur les processus biologiques et le vivant, ce qui posait d'énormes problèmes éthiques et légaux – l'Europe étant un peu moins « insensée » que les États-Unis dans ce domaine. Ben avait peine à croire certaines choses qu'il avait vues émaner, depuis quelques années, du Bureau des brevets des États-Unis. C'était proprement stupéfiant. Il se demandait parfois comment quiconque pouvait avoir le culot de réclamer un brevet sur un processus biologique qui s'était créé sur des millions, sinon des milliards d'années, sous l'influence des forces de l'évolution. Il était persuadé que la frénésie du brevetage du vivant finirait par ralentir dramatiquement la recherche, sinon par lui donner un coup d'arrêt définitif. Aucun scientifique n'étant plus capable de faire quoi que ce soit sans empiéter sur le ou les brevets d'autres scientifiques, il y aurait toujours plus de problèmes, toujours plus de procès – alors que leur nombre était déjà considérable –, et on aboutirait un jour à une paralysie complète du système. Ben regrettait de voir les acteurs de la recherche jeter ainsi de grosses poignées de sable dans les rouages du progrès médical. Il voulait aussi que sa propre société évite d'en rajouter, dans la mesure du possible, en tout cas dans le domaine des cellules souches pluripotentes induites.

— Appelez tout de suite les gens d'iPS RAPID ! cria-t-il à Jacqueline qui avait laissé la porte de communication ouverte. Vous aviez totalement raison au sujet de cet article. Trouvez le nom du patron de cette boîte et mettez-moi en relation avec lui !

La jeune femme apparut à nouveau dans l'embrasure de la porte. Le soleil qui brillait derrière elle, dans son bureau, auréolait sa tête et faisait ressortir le roux naturel de ses cheveux.

— Vous oubliez qu'iPS RAPID est basée à San Diego, où il est tout juste six heures du matin, fit-elle observer d'un ton agréable.

Ben cligna des yeux. Le soleil l'aveuglait un peu et l'empêchait de bien voir le visage de Jacqueline. Il mit quelques secondes à comprendre qu'il était en effet bien trop tôt sur la côte Ouest pour téléphoner à cette société.

— Alors trouvez-moi Carl, dit-il. Et quel est mon programme, ce matin ?

Il songeait déjà à tout annuler pour se consacrer à fond à iPS RAPID.

— Vous avez deux petites réunions ici, pour commencer, mais vous devez surtout être à dix heures quarante-cinq au bureau de Michael Calabrese dans le sud de Manhattan. Vous aviez oublié ?

— J'avais oublié, admit-il.

Il se félicitait d'avoir engagé une collaboratrice aussi douée que Jacqueline pour gérer son emploi du temps. Lui, il avait l'esprit plus conceptuel que pratique. Il était content d'aller chez Michael. Certes, il fallait impérativement s'occuper de cette nouvelle compagnie. Pour le long terme, cependant, il était encore plus important de parler avec Michael pour rompre les liens avec la Mafia et les yakuzas. Plus cette association durerait, plus elle serait difficile à arrêter. Ben savait que si les autorités découvraient qu'iPS USA était financée par l'argent de la pègre, il serait obligé de démissionner. Au grand minimum, il devrait dire adieu à l'introduction de la société en Bourse dans un futur proche. Il n'osait pas envisager le risque d'une mise en examen.

Jacqueline disparut et il reporta son attention sur l'article pour se demander à quelle classe de *petites molécules* les chercheurs faisaient allusion. Il s'agissait sans doute d'inhibiteurs du récepteur du facteur de croissance, d'accord, mais après ? Tandis qu'il relisait le texte, il s'émerveilla de la vitesse des découvertes réalisées dans le domaine biomédical – et du fait, surtout, que ces découvertes ouvraient invariablement la voie à d'autres découvertes, lesquelles engendraient encore plus de découvertes, et ainsi de suite. D'un autre côté, bien sûr, il n'oubliait pas qu'il y avait découvertes et découvertes : certaines étaient d'immenses avancées pour la recherche, d'autres étaient beaucoup, beaucoup plus modestes. Quant à la technique présentée dans la revue, elle était relativement importante. En tout cas dans l'univers de la commercialisation des cellules SPi.

— Tu voulais me voir ? demanda une voix masculine à la porte du couloir.

Ben leva les yeux. Avec sa cravate desserrée et ses manches de chemise roulées jusqu'au-dessus des coudes, Carl Harris ressemblait davantage à un expert-comptable qu'à un directeur financier. Et c'était exactement la raison pour laquelle il était si bon dans son domaine. Aucune tâche ne lui paraissait ingrate. Il s'impliquait dans tous les aspects des finances de la société, depuis les détails les plus anodins jusqu'aux montages les plus complexes. Ben lui faisait confiance à cent pour cent et le consultait souvent pour avoir son opinion sur tel ou tel problème.

— Entre ! Assieds-toi et jette un coup d'œil là-dessus, dit-il, posant la revue au bord de la table.

Carl prit place en face de lui et commença à parcourir l'article. Ben vit son expression s'assombrir, son front se plisser de rides de perplexité. Tout à coup, Carl abattit la revue sur la table avec un profond soupir.

— Il y a une chose que je dois t'avouer, dit-il. C'est même… C'est l'heure de ma grande confession, si tu veux bien.

— Hein ? De quoi tu parles ? répliqua Ben.

Il craignait d'entendre qu'iPS USA était accablée par un énorme problème financier – pile au moment, hélas, où tout semblait si bien se passer !

— Il s'agit d'un truc que… que j'aurais dû t'avouer il y a déjà un an ou deux.

Carl avait l'air tellement penaud, tout à coup, que Ben devint réellement anxieux. *Merde, quoi encore ?* songea-t-il, essayant de se préparer au pire. La société était-elle à court de liquidités ? Les projections financières étaient-elles moins bonnes que prévu ? Le contrat signé la veille avec Satoshi faisait pourtant *forcément* grimper leur valeur marchande…

— Je suis très embarrassé de devoir le reconnaître, mais je ne connais pas grand-chose aux cellules souches, reprit Carl. Je comprends tout ça jusqu'à un certain point, mais quand tu me donnes un article comme celui-ci, un truc hyper-technique, ça me dépasse. Je ne suis tout simplement pas à la hauteur. Je suis vraiment désolé, Ben. En tant que cadre dirigeant de cette société, je devrais en savoir bien davantage sur le cœur du métier, mais la vérité, c'est que je suis bien meilleur dans le domaine financier que dans le domaine scientifique. Souviens-toi ! Tu m'as recruté dans le monde de la finance, pas dans celui de la biotechnologie.

Pendant quelques instants, Ben ne sut que répondre. Il éprouvait un mélange de stupeur et de soulagement qui lui donnait une irrépressible envie de rire. Lui qui était un scientifique et un spécialiste de la recherche biomoléculaire, il connaissait tellement bien le sujet qu'il n'arrivait même pas à imaginer que quiconque pût avoir des difficultés à le comprendre. C'était pourtant ce dont Carl venait de lui faire prendre conscience ! Il commença tout à coup à se tordre de rire.

— Pourquoi tu rigoles ? demanda Carl, l'air perplexe.

— Je n'y peux rien ! répondit Ben, hilare, et il se força à se calmer pour ajouter : Tu m'as toujours donné l'impression de comprendre le domaine aussi bien que n'importe qui. Quelle blague ! Je t'ai même demandé ton avis sur des tas de problèmes particuliers. Et j'ai toujours trouvé tes conseils pertinents ! Comment ça se fait ?

— Mes conseils, ils sont presque toujours dans le domaine financier. Et tu sais, Ben : qu'une société vende des cellules souches ou des oranges, les rouages économiques sont à peu près les mêmes. Quand tu me demandes un truc qui n'a pas à voir avec l'aspect financier des choses, je te suggère en général de poser la question à Brad, à Marcus ou à Lesley. C'est toujours la meilleure solution et… jusqu'à maintenant, tu vois, elle a plutôt bien fonctionné. J'ai essayé d'apprendre des trucs sur les cellules souches, au fil des mois, mais c'est tellement compliqué ! Il y a tellement de trucs à assimiler !

— Veux-tu que je te donne un petit cours express ? proposa Ben encore secoué de rire.

— Ça, ce serait drôlement bien, répondit Carl avec enthousiasme.

— O.K. !

Ben prit une grande inspiration, réfléchissant au meilleur moyen d'entamer son explication.

— Tout a commencé au début des années soixante, quand deux chercheurs canadiens ont repéré pour la première fois des cellules souches dans du sang de souris. Il s'agissait de cellules primitives, capables de se diviser, dont la moitié des descendantes se transformaient en divers types de cellules sanguines. Ensuite, il y a eu un grand vide d'environ trente-cinq ans, et puis un chercheur du Wisconsin a réussi à isoler des cellules souches similaires, mais humaines, dans des embryons, et il a les fait se développer à l'extérieur du corps humain – *in vitro*, c'est-à-dire dans des récipients en verre. Peu après, d'autres scientifiques ont appris à transformer ces cellules souches en n'importe quel type de cellule de l'organisme : cellule du cœur, cellule des reins et ainsi de suite. Ces découvertes ont ouvert de vraies perspectives pour la guérison des maladies dégénératives. On a commencé à comprendre qu'on pourrait un jour fabriquer des cellules, sinon des organes entiers, pour remplacer les parties défaillantes du corps humain.

» C'est alors qu'un véritable désastre a frappé ce domaine de recherche. Aux États-Unis, le grand public a cru comprendre qu'il fallait utiliser des embryons pour obtenir des cellules souches – les embryons créés lors du processus initial de fertilisation *in vitro* –, c'est-à-dire tuer des êtres vivants en devenir. Le débat est devenu très houleux. D'autant plus houleux qu'il a été mis dans le même sac que le problème de l'avortement. Pour finir, Bush fils a restreint le financement public de la recherche sur les cellules souches en autorisant l'exploitation d'un seul groupe, très spécifique, de ces cellules.

— Je me souviens de ça, dit Carl. Et nos cellules souches pluripotentes induites ? Ont-elles les mêmes propriétés que les cellules souches embryonnaires ?

— C'est stupéfiant, mais elles semblent à peu près identiques aux cellules souches embryonnaires, en effet. Et, par bien des aspects, leur fabrication bouleverse les connaissances scientifiques sur la cellule. Pendant longtemps, les chercheurs ont pensé que le développement d'une cellule, de son stade le plus primitif à sa pleine maturation, était une sorte de voie à sens unique. En réalité, ce n'est pas le cas. Les études ont montré qu'une trentaine de gènes sont impliqués, à des degrés et à des moments différents, dans la maturation de la cellule. En associant ces gènes en diverses quantités et selon diverses recettes, puis en les insérant avec l'aide de certains virus dans une cellule déjà développée, les chercheurs ont découvert que la cellule pouvait se reprogrammer pour retourner à un état antérieur apparemment équivalent à celui de la cellule souche embryonnaire.

— Voilà pourquoi on dit de ces nouvelles cellules qu'elles sont « induites » ?

— Tout juste. Et « pluripotentes », ça signifie qu'elles sont capables, comme les cellules souches embryonnaires, de produire par différenciation les quelque trois cents types de cellules qui composent tous les tissus de l'organisme humain.

— C'est étonnant, observa Carl, l'air fasciné.

— Étonnant ? C'est carrément stupéfiant, tu veux dire ! La science des cellules pluripotentes induites progresse à une vitesse insensée. Il y a quatre ans, on mettait directement dans les cellules mûres, avec des virus, les gènes associés à leur développement. Mais certains d'entre eux étaient oncogènes – ça veut dire qu'ils favorisaient l'apparition de tumeurs. Et les vecteurs viraux eux-mêmes étaient connus pour leurs propriétés cancérigènes. De sorte que les cellules souches pluripotentes induites créées par ce procédé ne pouvaient pas être utilisées sur les patients, car elles auraient été beaucoup trop dangereuses. Mais depuis ces premiers tâtonnements, il y a tout juste quatre ans donc, les gènes ont pris le rôle d'agents de reprogrammation des cellules à un état plus primitif, grâce aux protéines produites par les gènes eux-mêmes. Et l'insertion de virus potentiellement dangereux a été remplacée par l'utilisation d'un courant électrique – c'est une technique qu'on appelle l'électroporation –, puis, plus récemment, par certains composés chimiques qui attirent les protéines à travers les membranes des cellules sans les abîmer.

— O.K. ! C'est stupéfiant, tu as raison. Il n'y a pas d'autre mot.

— La question, maintenant, c'est : mes explications t'ont-elles servi à quelque chose ?

— Oui. C'est encore confus dans ma tête, parce que c'est un domaine très complexe, mais… tu as tracé des grandes lignes qui me seront très utiles.

— Ne crains pas, à l'avenir, de me poser des questions. Je ne demande pas mieux que de t'aider à comprendre les aspects scientifiques de notre activité, dit Ben. Et je n'ai évidemment aucun reproche à te faire.

— Je te prendrai au mot, dit Carl, et il tapota la revue qu'il avait reposée sur la table. Si je comprends bien, cet article porte sur une technologie qui accélère la production des cellules souches pluripotentes induites, et… Et c'est un de ces processus clés dont nous devons prendre le contrôle – je me trompe ?

— Tu as tout compris. Cette société, iPS RAPID, me donne l'impression de se comporter comme si elle était à vendre. Mais ça, c'est un domaine que tu maîtrises mieux que moi. J'ai le sentiment qu'il vaudrait mieux faire affaire avec cette boîte qu'avec la compagnie de Worcester. Et, bien entendu, ce serait un joli coup de l'attraper avant même qu'elle ne se soit offerte sur le marché. Avons-nous suffisamment de capital disponible ?

— Sans doute pas, mais avec la signature d'hier nous sommes en bonne posture. Je veux dire que notre valeur marchande est excellente. Je vais regarder ça de près, si tu veux bien. Il ne me faudra pas longtemps pour estimer ce que nous pouvons lever comme capital.

— D'accord. J'attends ton analyse.

— Je m'y mets tout de suite, dit Carl en quittant son fauteuil. Merci encore.

Dès qu'il fut sorti du bureau, Ben se leva et passa la tête dans le bureau de Jacqueline.

— Avez-vous vu Satoshi ? demanda-t-il, levant une main pour se protéger les yeux du soleil.

Jacqueline, qui était au téléphone, secoua la tête.

Retournant à son fauteuil, Ben sentit un sourire lui monter aux lèvres. Avec Satoshi, il avait un peu l'impression d'être le père d'un adolescent ; il s'inquiétait toujours, d'une certaine façon, de savoir où se trouvait son enfant et ce qu'il était en train de faire. Satoshi n'avait pas encore montré le bout de son nez, ni téléphoné, alors qu'il était bientôt dix heures. Ben soupira. Il était nerveux quand il ne voyait pas le chercheur arriver au bureau – même si Satoshi n'avait rien de particulier à faire. Il lui avait déjà demandé de prendre la peine de téléphoner quand il décidait de ne pas venir de la journée, mais… Satoshi semblait ne pas l'avoir entendu. Une fois, il n'était pas venu pendant toute une semaine, n'avait pas passé le moindre coup de fil – et il avait coupé son portable. Ben avait été très inquiet. Quand il était enfin réapparu, Satoshi lui avait expliqué qu'il avait emmené toute sa famille aux chutes du Niagara. Maintenant que le contrat de licence était signé, certes, la situation était bien moins préoccupante. Mais Ben et iPS USA avaient encore besoin de Satoshi.

Ben se rappela soudain qu'il avait promis au chercheur d'appeler Columbia pour y louer un laboratoire. Il décrocha aussitôt le téléphone. Pendant qu'il attendait que la communication s'établisse, il se reprocha de n'avoir pas fait cette démarche beaucoup plus tôt. Satoshi aurait passé tout son temps le nez dans ses éprouvettes, et lui, Ben, il n'aurait pas eu à se demander constamment où il se trouvait !

La conversation avec son interlocuteur de Columbia fut aussi brève qu'agréable. Et très positive. Le laboratoire était disponible, oui, et le prix de location était élevé mais correct. Satoshi n'avait plus qu'à fournir la liste du matériel et des réactifs dont il avait besoin, l'université se ferait un plaisir de les lui fournir.

Quand il eut reposé le téléphone, Ben attrapa une fiche cartonnée et écrivit rapidement : « Labo Columbia disponible. Démarrage quand vous voulez. Préparez liste réactifs et autres besoins particuliers. »

Il ajouta la fiche à la liasse du contrat, des testaments et du fidéicommis, puis il décrocha à nouveau le téléphone. Il avait attendu assez longtemps et son impatience avait eu raison de lui. Il composa le numéro du portable de Satoshi ; il le connaissait par cœur depuis longtemps.

Un désagréable pressentiment l'envahit tandis que les sonneries se succédaient dans l'écouteur. Il tambourina nerveusement sur la table du bout des doigts. Quand la boîte vocale s'activa, il soupira, attendit le bip et laissa un message à Satoshi : il avait de bonnes nouvelles et il espérait lui parler le plus vite possible.

Cette mission accomplie, il se leva pour récupérer son manteau dans le placard. L'heure de son rendez-vous avec Michael Calabrese approchait.

5

Jeudi 25 mars 2010
10 h 18

Laurie retourna au début du long paragraphe qu'elle venait de lire et se rendit compte qu'elle n'en avait absolument rien retenu. Elle était incapable de se concentrer. Désœuvrée, elle s'était résignée à consulter des articles d'anatomopathologie sur les blessures par balle. Elle avait choisi ce sujet à cause du cas sur lequel Jack était en train de travailler pour Lou dans la fosse. Hélas, son esprit battait la campagne, ressassant les divers soucis qui l'accablaient depuis qu'elle était réveillée. Inquiète au sujet de JJ, en particulier, elle avait déjà téléphoné si souvent à Leticia qu'elle avait perçu de l'agacement dans sa voix. Lors de leur dernière conversation, à vrai dire, la jeune femme avait paru réellement irritée. Après avoir affirmé, comme les fois précédentes, que tout allait très, très, très bien – JJ se portait comme un charme et souriait beaucoup –, elle avait dit qu'elle appellerait elle-même, le cas échéant, s'il y avait le moindre problème. Dans l'état de nervosité où elle se trouvait, Laurie avait eu l'impression de s'entendre dire qu'elle n'était pas tout à fait aussi importante qu'elle le croyait et qu'elle avait beaucoup plus de difficulté que JJ à s'adapter à leur séparation.

Quant à l'accueil qu'elle avait reçu à l'IML, Jack ne s'était pas trompé. Tous les membres du personnel qu'elle avait croisés depuis son arrivée, depuis les agents d'entretien et de maintenance jusqu'au directeur et à son adjoint, lui avaient dit qu'ils étaient extrêmement heureux de la revoir et lui avaient souhaité une excellente reprise. Cette démonstration d'affection collective lui faisait chaud au cœur, mais elle ne l'aidait guère à surmonter l'anxiété qui la minait quant à ses compétences professionnelles. Cette anxiété s'était même plutôt renforcée depuis qu'elle avait appris être privée d'autopsie pour la journée. Elle s'était surprise à penser, le plus irrationnellement du monde, que Bingham n'avait pas pris cette décision pour lui laisser le temps de se réaccoutumer à l'IML, mais parce qu'il craignait qu'elle ne soit plus à la hauteur après deux ans d'absence. Le fond du problème, en tout état de cause, c'était qu'elle avait trop de temps libre. Elle se tournait les pouces !

Elle embrassa le bureau du regard et soupira. Pas de Post-it collés tout autour de l'écran de l'ordinateur pour lui rappeler ceci et cela. Pas de pile de dossiers en souffrance au coin de la table – ceux qui attendaient une information particulière, un résultat de laboratoire, un réexamen, avant de pouvoir être classés. La pièce était parfaitement rangée, propre, ennuyeuse à mourir. Le microscope, sous sa housse de protection plastifiée, sans les cartons de lames à analyser qui le flanquaient habituellement, semblait bien solitaire sur son plan de travail.

Laurie cliqua pour fermer la fenêtre de l'article sur les blessures par balle. Il valait mieux qu'elle renonce à cette lecture. Peut-être pouvait-elle descendre à la fosse pour se joindre à l'autopsie de Jack et de Lou ? Même si elle ne contribuait pas à la résolution de l'énigme, elle aurait au moins le sentiment de participer à quelque chose.

Le téléphone sonna. Bêtement heureuse que quelqu'un ait envie de lui parler, elle s'empressa de décrocher.

— Laurie, j'ai un petit souci…

Il lui fallut quelques instants pour identifier son interlocuteur. C'était le Dr Arnold Besserman. Le médecin légiste qui avait refusé de lui donner une autopsie en début de matinée – qui était donc coupable d'avoir contribué à exacerber son anxiété. Elle refoula aussitôt cette pensée absurde et injuste. Elle devait se montrer plus optimiste : un nouveau cadavre venait peut-être d'arriver à la morgue et Arnold avait besoin d'elle.

— Ah oui ? fit-elle. Que se passe-t-il ?

— Kevin est subitement tombé malade. Il doit rentrer chez lui.

Kevin, c'était le Dr Kevin Southgate. Le grand copain d'Arnold à l'IML. Ils se disputaient sans arrêt, et à tout propos, mais ils s'adoraient.

— Je ne lui avais donné qu'une seule autopsie. Un cas facile. Une mort naturelle, semble-t-il. Un homme qui s'est effondré sur le quai de la ligne A à la station Columbus Circle. Kevin pense qu'il a attrapé la grippe aviaire et il veut rentrer chez lui, expliqua Arnold, et il poussa un petit rire embarrassé. Avez-vous déjà vu Bingham ? Et si oui, auriez-vous la gentillesse de remplacer Kevin sur ce cas ? Je sais que je vous ai promis une journée de liberté, mais je suis pour ainsi dire bloqué et… vous êtes la seule collègue disponible. Qu'est-ce que vous en dites ?

Laurie sourit. Elle voulait cette autopsie, bien sûr, même s'il ne s'agissait que d'une mort naturelle. D'ailleurs, c'était sans doute exactement le genre de cas dont elle avait besoin pour reprendre le collier. Difficile de rater l'autopsie d'une mort naturelle, n'est-ce pas ? Si elle souriait, c'était parce que Arnold n'avait pas parlé de son propre emploi du temps. Tout le monde savait que, lorsqu'il était de garde pour la semaine, il évitait consciencieusement de s'attribuer des dossiers.

— Qui est le technicien de morgue, sur ce cadavre ? demanda-t-elle par curiosité.

— Marvin. C'est une des raisons pour lesquelles j'ai pensé que vous ne verriez pas de mal à vous charger de ce cas.

Arnold ne se trompait pas. Marvin Fletcher était le technicien préféré de Laurie ; elle travaillait avec lui le plus souvent possible.

— Je ne demande pas mieux que de faire cette autopsie, dit-elle. Je serai à la fosse dans cinq minutes.

Sans perdre une seconde, elle descendit au sous-sol et passa aux vestiaires pour revêtir une combinaison en Tyvek, des gants et un masque facial en plastique. Elle poussa ensuite la porte de la salle d'autopsie et la scruta sur toute sa longueur. Les huit tables étaient occupées. Marvin, qui se trouvait à la quatrième, leva le bras pour lui faire signe. Coup de chance, Jack et Lou se trouvaient juste à côté, à la cinquième table. Laurie marcha à leur rencontre. Ils étaient en train de refermer l'incision en Y de l'autopsie – et c'était Lou qui se chargeait de la suture. Il venait si souvent à l'IML qu'il s'amusait parfois à donner un coup de main à Jack.

— Tiens, fit ce dernier quand elle arriva devant sa table. Comment va ? J'avais entendu dire que notre chef, Bingham le Magnanime, t'avait donné une journée de liberté. Qu'est-ce qui t'amène ici ?

— Kevin Southgate est tombé malade. Il devait travailler à côté de vous.

Jack tourna la tête vers la quatrième table ; d'un geste, il salua Marvin qui attendait patiemment Laurie.

— Je n'étais pas au courant. Et bien sûr, Arnold ne pouvait pas descendre lui-même remplacer son pote.

— Bien sûr que non, renchérit Laurie, amusée. Mais je suis contente. Je voulais une autopsie aujourd'hui. Et c'est apparemment un cas très facile. Pour moi, donc, c'est idéal.

Comme elle ne voulait pas se lancer dans une discussion sur ce que Jack appelait le « gros poil dans la main d'Arnold », elle demanda comment se présentait le cas de blessure par balle.

— Très bien, répondit Jack. Hein, Lou, je crois qu'on peut dire ça ?

— Ah carrément ! entonna leur ami d'un air ravi. La balle va de la droite vers la gauche dans la poitrine du conducteur, ce qui signifie qu'il regardait devant lui quand il a été touché, et non pas sur le côté, ou derrière lui, comme cela aurait été le cas s'il avait été tourné sur le siège pour faire marche arrière. Et la douille intérieure, qui s'est séparée du plomb au passage du pare-brise, a fait de jolis dégâts sur son avant-bras. Ça n'aurait pas pu se produire s'il avait eu le bras derrière le dossier du siège passager. Donc ses complices ont menti.

— Félicitations, dit Laurie. Encore une belle démonstration de la puissance et de l'utilité de la médecine légale.

Elle rejoignit Marvin à la table voisine. Ils ne s'étaient pas encore vus. Leurs retrouvailles furent chaleureuses et enthousiastes. Après une petite discussion sur les rigueurs de la maternité et de la paternité, que Marvin connaissait bien puisqu'il avait trois gamins, Laurie orienta la conversation sur son « patient » étendu sur la table d'autopsie. La poitrine avait déjà été ouverte pour exposer les organes internes – sans doute par Kevin avant qu'il ne décide de rentrer se mettre au lit.

— Qu'est-ce que nous avons, aujourd'hui ? demanda-t-elle.

— La victime est un homme d'origine asiatique, comme vous voyez, répondit Marvin. Le Dr Southgate lui a donné environ trente-cinq ans. Il pèse soixante-dix kilos. Il s'est effondré sur le quai du métro. Il n'avait aucun médicament sur lui et nous ne savons rien de ses antécédents médicaux. Voilà.

Laurie saisit le dossier au bout de la table. Elle en sortit le rapport de l'enquêteur médico-légal. Il était signé de la main de Cheryl Meyers. Elle écarquilla les yeux en y découvrant qu'aucun papier d'identité n'avait été retrouvé sur le mort.

— On ne sait pas qui est cet homme ? !

— Nan, fit Marvin. Il n'est pas identifié.

Laurie soupira en consultant la notification de décès et le formulaire d'identification. Ce dernier avait été laissé en blanc. La notification indiquait juste que le cadavre avait été pris en charge par des ambulanciers qui s'étaient rendus à la station de Columbus Circle sur appel de la police. Ils avaient trouvé l'homme gisant sur le quai – en arrêt cardiaque et arrêt respiratoire. Ils avaient quand même tenté de le réanimer, y compris pendant le trajet jusqu'à l'hôpital de Harlem, où ils l'avaient déclaré mort.

Laurie regarda Marvin et soupira à nouveau. Elle était déçue. Une victime non identifiée, c'était une complication. Elle savait qu'elle avait tort de réagir ainsi. Que le mort ait un nom ou pas, ça ne l'empêchait pas, elle, de faire son travail de légiste. Mais pour sa reprise, elle voulait un verdict d'autopsie définitif, bon à classer, pas un truc inexpliqué. À ses yeux, « non identifié » équivalait à « inexpliqué ». Plus grave encore, elle ne pourrait pas confirmer ses découvertes, quelles qu'elles soient, parce qu'elle n'aurait pas accès au passé médical de l'homme.

— L'examen externe a-t-il révélé quoi que ce soit de particulier ? demanda-t-elle.

Marvin secoua la tête.

— Ni cicatrice ni tatouage, si c'est ce que vous voulez dire.

— Des bijoux ?

— Il portait une alliance. La police l'a conservée.

Laurie était un peu rassurée. Une alliance, cela voulait dire une épouse. Elle laissa son regard glisser sur le cadavre. Par ailleurs, il n'avait pas l'air d'un SDF.

Ses ongles, ses cheveux, son visage étaient ceux d'un homme qui prenait soin de lui.

— Quels vêtements portait-il ?

— Il était très bien habillé. Une chemise blanche, une cravate, un complet, dit Marvin. Il avait aussi un manteau long qui avait l'air neuf, sauf qu'il était sali après avoir traîné sur le quai du métro.

— Ah, d'accord, dit Laurie, soulagée. Tout ça, c'est bon signe.

Elle savait que les cadavres non identifiés qui arrivaient à l'IML étaient le plus souvent identifiés s'ils étaient recherchés par quelqu'un. Et dans les cas comme celui de cet homme aux traits asiatiques, on voyait en général l'épouse réagir dans les vingt-quatre heures. En revanche, l'identification d'un cadavre que personne ne cherchait était très difficile – même avec les outils perfectionnés du vingt et unième siècle comme les tests ADN.

— Le Dr Southgate a-t-il dit s'il avait la moindre idée de la cause du décès ?

— Non, répondit Marvin. Mais je présume qu'il penchait *a priori* pour un accident vasculaire cérébral ou quelque chose d'autre à l'intérieur du cerveau. Il y a un témoin du métro – l'homme qui a appelé la police, à vrai dire – qui pense que l'homme a été pris de convulsions juste avant sa mort. Très brièvement.

Laurie consulta de nouveau le rapport de Cheryl Meyers. Celle-ci avait dûment pris note de l'hypothèse des convulsions et de l'accident vasculaire cérébral, mais elle avait appris ça par les ambulanciers. Elle n'avait pas parlé directement au témoin.

— Et les radios ? demanda-t-elle encore. Y voit-on quelque chose d'intéressant ?

— Le Dr Southgate a dit qu'elles ne montraient rien. Mais elles sont encore sur le négatoscope, si vous voulez vous donner la peine de les regarder.

— Oui, acquiesça Laurie, le sourire aux lèvres. Je veux me donner cette peine.

Les mains devant la poitrine, pour être sûre de ne rien toucher et de ne pas salir ses gants, elle se dirigea vers les négatoscopes au fond de la salle. Elle contempla attentivement les radios du défunt, d'abord celles de la tête et de la poitrine, où il n'y avait rien d'anormal, puis celles de l'abdomen et des extrémités – là non plus, aucun problème apparent.

— Bon ! dit-elle quand elle revint auprès du technicien. Que le spectacle commence. Voyons ce que nous allons trouver.

Laurie et Marvin travaillaient souvent ensemble et l'autopsie avança rapidement. La partie la plus longue de l'opération fut celle du retrait du cœur, puis de son examen minutieux, car les cas de mort subite ont souvent pour origine un arrêt cardiaque pur et simple, lui-même provoqué par diverses maladies susceptibles de se déclarer à l'intérieur de l'organe. Mais le cœur de cet homme était parfaitement normal et sain. Laurie ne trouva pas non plus le moindre problème dans les vaisseaux coronaires, en particulier les artères. Ils durent ralentir l'allure une seconde fois après que Marvin eut scié la voûte crânienne. Dans l'hypothèse où la victime aurait subi un accident cérébral fatal, Laurie et le technicien s'attendaient à voir un sérieux épanchement de sang. Mais non, il n'y avait pas eu d'hémorragie importante, ni autour du cerveau, ni à l'intérieur de l'organe lui-même.

— C'est quand même bizarre, dit Laurie tandis qu'elle achevait de recoudre l'incision en Y de la poitrine. On trouve rarement autopsie moins parlante que celle-ci. En général, il y a quand même une pathologie quelconque, aussi minime soit-elle. Mais ce pauvre monsieur était apparemment en pleine forme. Il n'avait pas le moindre problème de santé !

— De quoi est-il mort, alors, à votre avis ?

— Ma foi... Il faut supposer qu'il est mort d'un trouble quelconque de la conduction cardiaque, je présume. Mais ça, c'est en laissant de côté les convulsions. Après avoir trouvé un cœur parfaitement normal, je suis étonnée de ne pas être tombée sur une tumeur quelque part dans le cerveau. Maintenant, par conséquent, tout va dépendre de l'histologie. Enfin... j'espère bien que les analyses histologiques vont nous fournir des éléments de réponse ! Je ne veux surtout pas classer ce dossier en écrivant qu'il s'agit d'un individu non identifié mort pour une raison inconnue. Ah non ! Pas pour mon premier cas après mon congé maternité. Ça ne m'aiderait pas du tout à reprendre confiance en moi.

— Et le liquide que nous avons trouvé dans l'estomac et au début de l'intestin grêle ? suggéra Marvin. Vous avez eu l'air étonnée, quand vous l'avez vu. Vous croyez que ça pourrait être important ?

— Hmm, pas vraiment. À ma connaissance, il n'y a aucune cause de mort subite qui provoque l'apparition de ce genre de liquide. L'homme devait avoir mangé et bu peu de temps avant de mourir. Ce sera intéressant de voir son alcoolémie.

— Et si ce n'était pas une mort naturelle ?

Laurie inspira profondément et hocha la tête. Marvin venait de lui rappeler que le légiste devait toujours garder l'esprit ouvert et ne pas se laisser influencer par certains facteurs ou signes extérieurs qui risquaient de le mener à des conclusions erronées. Il n'était pas rare, par exemple, qu'un homicide soit maquillé en suicide ou en accident. Il paraissait très improbable que le décès de cet Asiatique entre dans cette catégorie, puisqu'il s'était tout bonnement effondré sur le quai du métro. Mais Laurie ne pouvait prendre le risque de passer à côté de quelque chose d'important ; elle avait d'ailleurs déjà décidé de faire un screening toxicologique en plus de la mesure de l'alcoolémie, et elle avait prélevé les échantillons nécessaires au cours de l'autopsie. Le screening toxicologique de base réalisé à l'IML portant sur près de trois cents substances légales et illégales, elle était à peu près sûre d'être couverte en cas d'empoisonnement ou d'overdose.

— Je crois qu'il s'agira bel et bien d'une mort naturelle, en définitive, mais attendons les résultats des labos d'histologie et de toxicologie pour voir s'il n'y a pas quand même un truc particulier.

— Vous avez une seconde autopsie de prévue ? demanda Marvin.

— Non. Normalement, le chef voulait même me laisser une journée de liberté.

Laurie aida le technicien à transférer le cadavre sur un brancard, puis elle glissa les flacons destinés aux labos d'histologie et de toxicologie dans deux sacs en papier marron.

— Je leur monte tout ça moi-même, dit-elle à Marvin, et elle ajouta avec un sourire complice : Je vais les supplier de traiter nos prélèvements en urgence. Je n'ai rien d'autre à faire et je veux des résultats rapides.

— D'accord, dit simplement le technicien.

Avant de quitter la salle d'autopsie, Laurie s'approcha de la table de Jack. Il travaillait déjà sur un autre cas. Lou était rentré chez lui pour récupérer de son manque de sommeil.

— Alors, comment ça s'est passé ? demanda Jack. Qu'as-tu découvert ?

Il avait songé à passer voir Laurie, avant d'entamer sa seconde autopsie, puis il avait décidé de ne pas la déranger : elle semblait totalement absorbée par son travail.

— Rien du tout, malheureusement. Et histoire d'aggraver les choses, c'est un individu non identifié.

— Et alors ? Pourquoi tu fais cette tête ?

— Oh, ne me pose pas la question. Comme je n'ai trouvé aucune pathologie et comme nous n'avons pas les antécédents médicaux de ce monsieur, je pense que j'ai tout de même de grosses chances d'être passée à côté de quelque chose. Ça m'ennuie, voilà tout.

— Ne vois pas les choses comme ça, objecta Jack d'un ton sec. Aucune pathologie, c'est possible. Ça arrive. Pas souvent, mais ça arrive ! Ne va pas te faire des reproches sans fondement.

— Ouais, d'accord, marmonna-t-elle, et elle haussa les épaules. Mais tu sais… je n'avais pas envie que ça arrive comme ça, alors que je suis en SPM.

— SPM ? répéta Jack, sourcils froncés. SPM comme dans… syndrome prémenstruel ?

Il était très étonné. Jamais Laurie ne lui avait dit souffrir de syndrome prémenstruel.

— SPM comme dans séance post-maternité, dit Laurie, forçant un sourire.

Elle essayait d'être drôle et de meilleure humeur, mais sa blague tombait complètement à plat.

— Hmm, oublie ça, dit-elle, et elle ajouta d'un ton ferme : Quoi qu'il en soit, je ne renoncerai pas. Quitte à y laisser ma peau, je trouverai une pathologie ! J'ai le temps, de toute façon. C'est mon seul cas de la journée.

Jack la dévisageait d'un air agacé.

— Tu ne te sers pas de cette autopsie sans résultat pour alimenter tes angoisses sur tes compétences professionnelles, j'espère ? Parce que si tu fais ça, tu es vraiment… idiote.

Laurie baissa les yeux.

— Je refuse de répondre, de peur de m'enfoncer davantage.

— Oh, tu es vraiment impossible ! grogna Jack. Je ne veux plus parler de cette histoire, parce que je ne veux pas encourager tes bêtises.

— C'est quoi, ton deuxième cas ?

Elle préférait changer de sujet. Sur la table, il y avait le cadavre d'une femme jeune sans traumatisme visible. Vinnie, qui se tenait près de sa tête, se dandinait d'un pied sur l'autre ; il semblait impatient que Jack se remette au travail.

— Ça ressemble un peu au tien, je crois, répondit Jack. Mort subite inexpliquée. Son petit ami l'a vue sortir de la salle de bains, nue comme elle l'est maintenant – l'air étonnée ou confuse, a-t-il précisé –, et puis s'effondrer tout d'un coup.

— Avait-elle des problèmes de santé ?

— *Niet*. Elle était en pleine forme. Hôtesse de l'air chez Delta. Elle revenait tout juste d'Istanbul.

— Tu as raison. Ça ressemble à mon Asiatique.

— À un détail près. Le petit ami n'était pas censé être chez elle. Il était sous le coup d'une ordonnance restrictive. Il y a un mois, paraît-il, il a essayé de la tuer quand il a découvert qu'elle sortait avec un collègue pilote.

— Oh ho ! fit Laurie.

— Oh ho, en effet, acquiesça Jack.

— Tiens-moi au courant, d'accord ?

Cette autopsie ressemblait un peu à la sienne, oui – sauf que la défunte était identifiée et avait un passé plutôt inquiétant.

Les sacs en papier destinés à l'histologie et à la toxicologie à la main, Laurie sortit de la salle d'autopsie. Elle retira rapidement combinaison en Tyvek et masque facial, puis elle prit l'ascenseur en songeant de nouveau au cas de Jack. Elle était un peu jalouse, à vrai dire, car il était probable qu'il finirait par trouver une explication, et sans doute sur la piste criminelle, à la mort de cette femme. Elle regrettait de ne pouvoir élucider de la même façon le décès de son Asiatique.

Dès qu'elle franchit la porte du laboratoire d'histologie, elle entendit sa directrice s'exclamer d'un ton enjoué :

— Eh bien ! Regardez un peu qui nous revient, mesdames !

Maureen O'Connor avait passé la première moitié de sa vie à Dublin avant d'émigrer pour les États-Unis. Elle avait un accent irlandais à couper au couteau, l'esprit vif et un sens de l'humour auquel aucun membre du personnel de l'IML, du directeur aux agents de sécurité, ne pouvait échapper. Laurie était une de ses légistes préférées, car elle était la seule à venir régulièrement lui rendre visite dans son fief – même si c'était le plus souvent pour la supplier de préparer de toute urgence les lames histologiques dont elle avait besoin.

Toutes les têtes se redressèrent, d'un bout à l'autre de la salle, et tous les regards convergèrent sur Laurie tandis que Maureen enchaînait :

— Si ce n'est pas le Dr Montgomery ! Ah, je suis tellement contente de vous revoir ! Comment va votre petit bonhomme – bien, j'espère ?

Pendant toute la durée de la maladie de JJ, Laurie et Jack n'avaient dit à personne que leur nouveau-né avait un neuroblastome. Même leurs amis intimes – même Lou – n'en savaient rien. C'était seulement après avoir découvert que le cancer semblait guéri qu'ils s'étaient autorisés à en parler à quelques proches. Ensuite, il n'avait pas fallu longtemps pour que l'information fasse le tour de l'IML.

Laurie répondit à Maureen avec bonne humeur, puis elle lui demanda de ses nouvelles et l'interrogea sur son labo. Enfin, elle la laissa se moquer gentiment d'elle, comme d'habitude, puisque, comme d'habitude, elle avait besoin de ses lames d'histologie en urgence. Maureen ne manqua pas de lui rappeler que ses patients étant tous morts, ils ne se formaliseraient sans doute pas si leurs organes n'étaient pas examinés dare-dare au microscope – une observation qui fit éclater de rire tout son personnel.

Laurie descendit ensuite au rez-de-chaussée pour rendre visite au sergent Murphy, le policier qui faisait le lien entre l'IML et la police de New York. Son minuscule bureau, à peine plus grand qu'un placard, se trouvait à côté de la salle des communications. Il était meublé d'une petite table de travail, de deux chaises pliantes en métal et d'un classeur à tiroirs vertical. La table et le dessus du classeur étaient jonchés de vieux papiers, de gobelets usagés à café et d'emballages Burger King.

Le sergent et Laurie s'étaient déjà vus en début de matinée. Il lui avait dit être très heureux de la revoir à l'IML. Elle toqua à la porte ouverte de son bureau et demanda sans préambule :

— Avez-vous appris quoi que ce soit au sujet de l'homme asiatique non identifié qui est arrivé ici hier en fin d'après-midi ?

— Hmm… oui ! répondit-il en levant les yeux vers elle. Les agents de la police des transports urbains, qui ont pris l'affaire en charge après que le témoin a appelé les secours, m'ont mis en copie le rapport qu'ils ont envoyé au Service des personnes disparues. C'est la procédure habituelle. Apparemment, il n'y avait pas de portefeuille sur la victime ni aucun document ou objet permettant de l'identifier. Il n'avait même pas de montre. Uniquement son alliance.

— Savez-vous si des témoins ont vu quelqu'un lui prendre son portefeuille ? Cet homme était correctement habillé et soigné. C'est surprenant qu'il n'ait pas eu le moindre papier d'identité sur lui.

— Autant que je sache, personne n'a parlé de ça.

— Et pour la police, alors, l'affaire en est où ?

— L'affaire a été confiée à un enquêteur spécialisé dans les cas de personnes disparues. Il est au commissariat de Midtown North – le 18e secteur –, parce que c'est la juridiction où se trouve Columbus Circle. L'homme n'étant pas identifié, il va falloir, heu… Il va falloir travailler sur le dossier, quoi.

— Avez-vous le nom de cet enquêteur ?

— Oui. Il est quelque part ici…

Murphy dut rentrer le ventre pour tirer le tiroir central de sa table de travail. Laurie eut de la peine pour lui en le voyant coincé entre le mur et ce tiroir qu'il n'arrivait même pas à ouvrir en grand. Il farfouilla à l'intérieur quelques instants et en extirpa une feuille de papier froissée.

— Ron Steadman. Il travaille dans deux commissariats, à vrai dire. Midtown North et le 20e secteur.

Murphy nota le nom et le téléphone de l'enquêteur sur un morceau de papier qu'il tendit ensuite à Laurie en précisant :

— Si vous voulez le joindre, essayez plutôt Midtown North. Je crois qu'il est là-bas la plupart du temps.

— Entendu. Et si vous avez d'autres nouvelles sur ce cas, s'il vous plaît, prévenez-moi aussitôt.

— Sans faute ! dit Murphy gaiement.

Laurie prit l'escalier pour monter au département d'anthropologie. Là, elle frappa à la porte vitrée du bureau de Hank Monroe, le directeur du service de l'identification. Autrefois, cette fonction reposait uniquement sur les épaules du sergent Murphy. Mais après les attentats du 11-Septembre et le cauchemar logistique qu'était devenue l'identification des défunts à ce moment-là, un service complet, dédié à cette mission, avait été créé au sein de l'IML.

— Entrez ! répondit une voix de stentor.

Laurie s'avança dans le bureau et découvrit un homme de taille moyenne, au visage anguleux et à l'air sérieux. Comme Hank Monroe travaillait à l'IML depuis moins d'un an, ils ne s'étaient jamais rencontrés.

— Bonjour, je suis le Dr Laurie Montgomery-Stapleton.

Après qu'ils eurent fait connaissance et papoté quelques minutes, elle l'interrogea au sujet de son Asiatique non identifié.

— Je n'ai même pas entendu parler de lui, admit Hank. C'est un peu étrange, d'ailleurs. Normalement les techniciens de morgue du service de nuit me laissent un mot au sujet des cadavres non identifiés, mais là je n'ai rien eu. Peut-être cet homme est-il arrivé au moment du changement d'équipe. Enfin, peu importe. De quoi s'agit-il, au juste ?

Laurie lui fit un rapide exposé de son cas.

— Il n'y a donc pas grand-chose à se mettre sous la dent, commenta Hank.

Il baissa les yeux sur les notes qu'il avait prises en écoutant la légiste. Il avait simplement écrit : *Asiatique, soigné, alliance au doigt*.

— Aucune cicatrice ou autre marque distinctive ? relança-t-il.

— Malheureusement non.

— Et la police ? Le Service des personnes disparues ? Ils vous ont dit quelque chose ?

— Rien pour le moment.

— Il est encore tôt. Vous savez ça, je suppose ?

— Oui, évidemment. Mais cette affaire est importante pour moi pour certaines raisons… personnelles.

Hank regarda son interlocutrice avec perplexité. Il ne voyait pas du tout comment l'identification d'un cadavre avec lequel elle n'avait aucun lien pouvait l'affecter personnellement, mais il préféra ne pas poser de questions. En même temps, il voulait être sûr qu'elle voyait les choses de façon réaliste. Il s'éclaircit la voix et dit :

— Je ferai mon maximum pour vous aider. Mais les cas de ce genre sont très difficiles si personne ne se présente à la police pour réclamer le corps. Une épouse, un collègue de travail, un ami, un enfant – il faut quelqu'un. La période critique, en plus, ce sont les premières vingt-quatre heures. Si personne ne se manifeste, la probabilité d'identifier le cadavre chute de manière vertigineuse. La plupart des gens ont du mal à imaginer ça, à notre époque moderne d'informations en tous genres et de tests ADN, mais c'est ainsi.

— Je sais, convint Laurie. Mais ce n'est pas très encourageant.

— Hmm, essayons de voir les choses de manière positive. Les premières vingt-quatre heures ne sont pas encore passées.

Déprimée par cet échange, Laurie remercia Hank après qu'il eut à nouveau promis de garder l'œil ouvert – et proposé de contacter lui-même le Service des personnes disparues au quartier général de la police. Elle monta lentement l'escalier pour regagner son bureau, songeant que sa première journée de travail semblait bien partie pour se terminer sur une note négative.

Assise dans son fauteuil, elle fixa l'écran éteint de

l'ordinateur. Elle se demanda s'il n'aurait pas mieux valu qu'elle renonce à sa carrière de médecin légiste et se consacre complètement à son rôle de mère – un rôle dont elle savait maintenant, en outre, qu'il était beaucoup plus exigeant qu'elle avait pu le supposer avant d'accoucher. Une question troublante lui vint à l'esprit : que dirait Jack si elle lui annonçait préférer cette solution ? Et une autre question, encore plus ennuyeuse, suivit la première : pourraient-ils vivre avec un seul salaire ? Sur le plan financier, aujourd'hui, ils étaient ric-rac chaque fin de mois. Laurie savait que la situation deviendrait très difficile si elle n'avait plus de salaire. Ils seraient sans doute obligés de vendre la maison qu'ils venaient de faire rénover et qu'ils aimaient tant.

Elle secoua tout à coup la tête et se redressa dans le siège. Pourquoi se laissait-elle aller à ces réflexions accablantes ? Pourquoi se mettait-elle dans un tel état ? Elle se souvenait d'avoir connu des hauts et des bas psychologiques, après avoir accouché – surtout des bas –, qu'elle avait alors jugés plutôt normaux. Vivait-elle à nouveau le même genre de chose ? Peut-être. L'angoisse qu'elle éprouvait à l'idée de laisser JJ entre les mains d'une nounou, aussi douée Leticia fût-elle, l'angoisse qu'elle éprouvait sur le plan professionnel… Tout ça, c'était bien assez pour la déstabiliser. En même temps, elle savait qu'elle devait se donner un peu de mou et ne pas s'avouer vaincue trop vite.

Elle décrocha le téléphone pour appeler Ron Steadman, le type du commissariat de Midtown North. Si quelqu'un était susceptible d'apprendre quoi que ce soit au sujet du cadavre asiatique, c'était lui. Son boulot consistait à mener l'enquête pour identifier le mort.

Quant à savoir comment il s'y prenait… Ça, Laurie l'ignorait, car elle n'avait jamais été tentée de se renseigner sur cette activité. Aujourd'hui, cependant, elle espérait avoir certains éclaircissements.

Au bout de dix sonneries sans réponse, elle sentit le découragement l'envahir. Il lui était souvent arrivé, par le passé, d'avoir beaucoup de difficultés à entrer en relation avec les divers commissariats de la ville pour obtenir des informations – tout simplement parce que personne ne décrochait le téléphone. Elle s'arma de patience et laissa les sonneries s'égrener dans l'écouteur. À la vingt-troisième, enfin, pile au moment où elle allait renoncer pour essayer l'autre numéro de Ron Steadman, un homme répondit. Et pas simplement un standardiste : Ron Steadman lui-même. Ça, c'était un petit miracle. Quand elle appelait la police de New York et qu'elle avait la chance d'avoir un interlocuteur, elle était en général obligée de laisser son nom et d'espérer que la personne qu'elle voulait joindre la rappellerait – ce qui ne se produisait pas plus d'une fois sur deux en moyenne.

À peine entendit-elle la voix de Ron Steadman, quoi qu'il en soit, elle perdit tout espoir d'avoir à faire à l'individu dynamique dont elle avait besoin. Sa respiration donnait l'impression qu'il était épuisé ou très las. Laurie se présenta et expliqua la raison de son appel. Ensuite, le silence se prolongea tellement au bout du fil qu'elle se demanda si la communication n'avait pas été interrompue. Ou si son interlocuteur ne s'était pas endormi.

— Allô ? ! fit-elle, élevant la voix.

— Hmm, quoi donc ? Répétez-moi ce que vous venez de dire ? marmonna Ron.

Laurie ne se laissa pas démonter ; elle répéta son explication en parlant plus lentement, un peu comme si elle s'adressait à un enfant.

— Oui, nous avons le dossier en question, dit alors Ron avec indifférence.

— Formidable ! Qu'est-ce que ça donne, alors ?

— Comment ça, « qu'est-ce que ça donne » ? J'ai envoyé les infos que nous avons à votre gars, heu… Comment il s'appelle, déjà ?

— Au sergent Murphy ?

— Ouais. Je lui ai envoyé la feuille descriptive, tout comme je l'ai envoyée au Service des personnes disparues…

— Et qu'a fait le Service des personnes disparues, depuis lors ?

— Pas grand-chose, je suppose. Il a ajouté votre mort à la liste, sans doute.

— La liste des personnes disparues, je présume ? répliqua Laurie, sarcastique.

Elle n'en croyait pas ses oreilles. L'enquêteur semblait se désintéresser complètement de son travail.

— Non. La liste des gens qui veulent bosser comme figurants dans les séries télévisées policières, grogna-t-il d'un ton irrité.

— Et vous qui êtes responsable de ce dossier, qu'avez-vous fait pendant cette période critique ?

Il y eut un silence au bout du fil. Puis Ron répondit d'une voix ferme :

— Écoutez, ma belle, je ne sais pas pourquoi vous me cassez les pieds comme ça. J'ai envoyé les infos où j'étais censé les envoyer. Maintenant, j'attends.

— Mais vous attendez quoi, au juste ?

— J'attends que vous, vous m'envoyiez des empreintes, des photos, ou tout ce que vous serez susceptible de tirer de l'autopsie, y compris l'analyse ADN, pour pouvoir étoffer le dossier de mon côté. Les empreintes, nous les comparerons d'abord au fichier de la ville. Si ça ne donne rien, nous passerons au fichier de l'État, puis à celui des autorités fédérales. Mais je dois vous prévenir que nous n'avons pas souvent de résultats positifs. Dans le cas de personnes disparues, en général, c'est à la famille de se présenter – soit chez nous, soit directement chez vous. Qu'est-ce que je peux faire de plus, moi ? ! Ce n'est pas une affaire criminelle, me semble-t-il ? S'il s'agissait d'un crime, bien sûr, les choses ne se passeraient pas de la même manière…

— Comment savez-vous qu'il ne s'agit pas d'un crime ? l'interrompit Laurie.

De nouveau, Ron marqua une longue pause. Puis il demanda :

— Pourquoi vous tournez de cette façon autour du pot ? Vous essayez de me faire comprendre quelque chose, là ? Votre autopsie a-t-elle révélé un truc qui donne à penser que le type a été assassiné ? Si c'est le cas, ayez l'obligeance de le dire clair et net.

— L'autopsie n'a pas permis de conclure qu'il s'agit d'un crime, admit-elle.

— Bon, nous sommes donc d'accord. S'il y a du changement, on s'appelle. D'ici là, je reste ici à m'occuper de ma centaine d'autres cas en souffrance.

Laurie raccrocha sans répondre. L'attitude de Ron Steadman était claire : il n'avait nullement l'intention de faire quoi que ce soit pour trouver l'identité de l'Asiatique. Elle était déçue. Dépitée. Mais elle le comprenait, bien sûr. Il n'avait pas tort. Pour le moment, il ne pouvait pas grand-chose – sauf espérer qu'un proche du défunt se présente aux autorités pour signaler sa disparition.

Elle se leva subitement et saisit le sac en papier des échantillons destinés au labo de toxicologie. Le test qui l'intéressait le plus était celui de l'alcoolémie, dont quelque chose lui disait qu'elle serait haute. Haute à quel point, et pour donner quelle signification à la mort de cet homme ? Ça, Laurie n'en savait rien. Quant au screening toxicologique pour les autres substances – drogues, toxines diverses ou poisons –, eh bien… il valait mieux faire les choses à fond, n'est-ce pas ? Et ce raisonnement était aussi valable pour l'analyse des électrolytes sanguins : leurs résultats pouvaient révéler d'éventuelles maladies métaboliques comme le diabète – même si les observations de Laurie au cours de l'autopsie ne la rendaient pas optimiste de ce côté-là.

Pendant les dix premières années de sa carrière, elle avait eu des relations assez difficiles avec John DeVries, le patron du laboratoire de toxicologie. À l'époque, c'était un homme irascible, peu coopératif, à tendance paranoïaque. Il exigeait d'obtenir un laboratoire dernier cri et il était persuadé que le directeur de l'IML faisait exprès de lui refuser les fonds nécessaires. Comme bien souvent dans ce genre de situation, chacune des parties avait à la fois raison et tort. Le problème, pour Laurie, c'était qu'elle se rendait en général au labo de toxicologie, comme elle le faisait au labo d'histologie, pour demander que ses échantillons soient traités en priorité. Ces requêtes ne faisaient que rappeler à John les difficultés budgétaires auxquelles il était confronté, puisqu'il était toujours en retard dans les analyses qu'il avait à réaliser pour l'ensemble des légistes. Il n'était pourtant pas méchant, Laurie le savait bien. Et il aimait beaucoup son travail. Il était même si consciencieux qu'il lui était arrivé, en certaines occasions, de payer de sa poche des réactifs dont le labo avait besoin.

Après le drame du 11-Septembre tout avait changé. Les budgets de tous les départements de l'IML avaient grimpé de façon significative. Et avec la construction du nouveau bâtiment de la 26e Rue, qui avait libéré beaucoup d'espace dans celui de la 30e, le laboratoire de John avait subi une métamorphose complète : autrefois étriqué, mal équipé et mal adapté aux exigences de la biologie moderne, il occupait maintenant deux étages entiers de l'immeuble et possédait le meilleur et le plus récent matériel disponible sur le marché. En parallèle à cette amélioration, la personnalité de John avait changé du tout au tout. Il était devenu cordial, souriant, accueillant. Il avait cessé de porter les blouses de labo tachées et loqueteuses qui reflétaient ce qu'il estimait être l'état des finances de son labo, pour enfiler chaque matin une blouse neuve, propre, impeccablement repassée.

Laurie le trouva en compagnie de son assistant, Peter Letterman, dans son nouveau bureau d'angle qui donnait sur le carrefour de la Première Avenue et de la 30e Rue. Le soleil inondait la pièce de lumière alors que les stores étaient à moitié baissés.

Comme elle n'avait pas encore revu les deux

hommes, elle dut encaisser une longue série de chaleureuses salutations, non seulement de la part de John et de Peter, mais aussi de tous les laborantins – et il y en avait une véritable petite armée – qui défilèrent dans le bureau à la demande de John. Vu que la moitié d'entre eux avaient été engagés pendant son congé maternité, il fallut bien souvent faire des présentations complètes. La séance dura plus d'une demi-heure.

Enfin, quand ils se retrouvèrent tous les trois au calme, John demanda :

— Bon, Laurie, qu'y a-t-il pour votre service ?

Elle leur parla de l'Asiatique non identifié et de l'incapacité dans laquelle elle se trouvait d'expliquer sa mort. Avant d'avoir pu s'en empêcher, elle précisa que ce cas la rendait assez malheureuse.

John et Peter échangèrent un regard perplexe.

— Malheureuse ? répéta John. Pourquoi ?

— Parce que…

Laurie regarda les deux hommes et se mordit la langue. Elle avait honte d'avoir fait un tel aveu. Honte, aussi, d'éprouver tout à coup une étrange et irrépressible bouffée d'émotion.

— Hmm, ça n'a pas d'importance, dit John qui percevait sans doute son embarras. Que pouvons-nous faire pour vous aider ?

Laurie déglutit péniblement. Elle découvrait avec horreur qu'elle était au bord des larmes. Il fallait qu'elle se ressaisisse ! Elle connaissait ce phénomène, cette tendance qu'elle avait parfois, dans certaines circonstances, à se montrer hyper-émotive. C'était un problème qui l'affectait depuis l'adolescence, pas trop souvent heureusement, et qu'elle considérait comme une de ses grandes faiblesses. Avec les années elle avait appris à le surmonter, notamment parce qu'elle avait acquis de plus en plus confiance en elle. Hélas, l'apparition du neuroblastome de JJ l'avait fait replonger. Pendant que le bébé était malade, elle avait été incapable de maîtriser ses émotions. Et depuis sa guérison… elle n'avait pas encore bien reconstruit ses défenses.

John et Peter étaient confus. Ils voyaient Laurie lutter avec elle-même et ils auraient voulu pouvoir l'aider, mais ils ne savaient pas quoi faire.

Enfin, elle prit une profonde inspiration, expira longuement et dit en forçant un sourire :

— Excusez-moi.

— Non, non ! dirent les deux hommes d'une voix rassurante.

— J'ai un petit souci, admit-elle. Je suis désolée. J'avais tellement envie que les choses se passent bien pour le premier jour de ma reprise… Et maintenant que je suis tombée sur un os, je me sens bêtement déstabilisée.

— Je comprends, dit John. Ce n'est pas grave. Je suppose que vous avez des échantillons à nous confier ?

Il désigna le sac en papier qu'elle tenait à la main.

— Ah, oui ! J'allais oublier. J'ai des prélèvements, en effet. Il me faut un screening et une alcoolémie.

Elle tendit le sac à John. Pour alléger l'atmosphère, il poussa un petit rire enjoué.

— Et je suppose qu'il vous les faut d'urgence, comme d'habitude ?

— Ce serait formidable, bafouilla Laurie qui se sentait encore très mal à l'aise et ne pensait qu'à prendre la fuite.

6

Jeudi 25 mars 2010
11 h 10

Ben descendit du taxi devant l'immeuble de Michael Calabrese, une flèche de granite et de verre réfléchissant érigée depuis peu à proximité du site des attentats du 11-Septembre. Il signa le registre des visiteurs au bureau de la sécurité et obtint un badge qu'il fixa à la poche de poitrine de sa veste, puis il monta par l'ascenseur au cinquante-quatrième étage.

Michael occupait un espace de travail d'un genre un peu particulier. Il partageait tout l'étage avec plusieurs autres financiers et brasseurs d'argent indépendants. Chacun payait un loyer proportionnel à la surface de son propre bureau, ainsi que des frais fixes pour le personnel, le matériel et les services communs : les secrétaires et les réceptionnistes, les photocopieuses, les écrans d'ordinateurs, les serveurs informatiques, l'entretien, les parties communes telles que les salles de conférences et les toilettes. Cette organisation permettait à ces entrepreneurs de profiter de bureaux et d'équipements bien supérieurs à ceux qu'ils auraient pu avoir seuls.

Ils disposaient même d'un informaticien maison à plein temps !

Passant devant les bureaux en open-space des réceptionnistes et des secrétaires – tout ce petit monde semblait très occupé –, Ben gagna le bureau de Michael. La porte en était grande ouverte. Il tapota le chambranle. Michael était au téléphone – comme chaque fois, semblait-il, que Ben lui rendait visite. Il était renversé en arrière dans son fauteuil, les pieds sur le coin de sa table de travail. Quand il vit Ben, il lui fit signe d'entrer et de prendre place sur le canapé de cuir noir près la fenêtre.

Ben embrassa le bureau du regard avant de s'asseoir. Le mobilier et la décoration attestaient de l'éblouissante réussite professionnelle de Michael. Les lambris d'acajou des murs lui rappelaient l'habillage de son Range Rover Autobiography. Le soleil faisait briller comme de l'or divers objets en bronze poli disposés çà et là, dont un imposant télescope installé sur un trépied. Sur la table basse, il y avait une cave à cigares en noyer équipée d'une jauge à humidité.

Le bureau était une vaste pièce d'angle dont les deux murs de verre – pas de simples fenêtres comme celles du bureau de Ben – offraient une vue spectaculaire sur l'Hudson. Du côté gauche, au loin, on apercevait l'élégante statue de la Liberté sur son île minuscule.

Michael éclata de rire. Ben essayait par courtoisie de ne pas écouter sa conversation téléphonique, mais il ne put s'empêcher de comprendre que celle-ci portait sur Angels Healthcare, une compagnie qui avait prouvé que le secteur des hôpitaux privés était une véritable mine d'or. De fait, Angels Healthcare avait été une des premières à profiter du boom des hôpitaux spécialisés en chirurgie cardiaque, en orthopédie, en ophtalmologie et en chirurgie plastique. Comme ils n'avaient pas de services d'urgences et ne soignaient que les patients assurés ou prêts à signer de gros chèques, ignorant les personnes réellement malades, les non-assurés et tous les pauvres du programme gouvernemental Medicaid, ces hôpitaux étaient très, très, très lucratifs. Après son introduction en Bourse, la valeur d'Angels Healthcare n'avait pas tardé à atteindre des sommets. Et c'était justement parce que Michael Calabrese avait joué un rôle clé dans la réussite de cette compagnie, dès les premiers stades de la levée de son capital, que Ben avait entendu parler de lui.

Au début, Ben n'avait pas eu une très bonne image du personnage. Michael avait été mis en examen pour divers chefs d'accusation liés à ses activités financières, ainsi que pour un crime violent. Cependant, les poursuites avaient été abandonnées parce que les preuves obtenues par la police avaient été rejetées pour vice de procédure.

Dès que Michael avait été blanchi par la justice, Ben l'avait contacté pour lui parler d'iPS USA. Et, dès leur première rencontre, ils s'étaient appréciés et avaient découvert qu'ils étaient sur la même longueur d'onde. Michael adorait les biotechnologies et il était spécialisé dans les start-up de ce secteur. Ben connaissait à fond les biotechnologies et il avait imaginé un plan de développement fabuleux pour mettre la main sur tous les brevets associés de près ou de loin à la commercialisation des cellules souches pluripotentes induites. Leur collaboration fonctionnait d'autant mieux qu'ils partageaient certains traits de personnalité : ils étaient tous deux extrêmement vaniteux et attachaient beaucoup d'importance à leur apparence comme aux signes extérieurs de leur réussite professionnelle, ils étaient tous deux excessivement compétitifs aussi bien au travail que dans leurs loisirs et, enfin, ils considéraient tous deux l'enrichissement personnel comme la motivation essentielle de leur existence ; ils estimaient, à ce titre, que c'était se mettre des bâtons dans les roues que faire preuve d'un sens moral trop rigoureux.

Dès qu'il eut raccroché, Michael se leva et vint à la rencontre de Ben, qui se mit debout à son tour. Ils se serrèrent vigoureusement la main. Ben reprit place sur le canapé. Michael attrapa une chaise à dossier droit qu'il retourna pour s'asseoir dessus à califourchon, avant de demander :

— Alors, quoi de neuf ?

— Pas grand-chose, répondit Ben avec un haussement d'épaules, puis il se reprit aussitôt : Ah si, quand même ! Je viens de découvrir un truc très important.

— Quoi donc ? relança Michael.

Ben lui parla de l'article qu'il avait lu sur la société iPS RAPID et sa nouvelle et fabuleuse technique d'accélération de la production des cellules SPi.

— C'est significatif, pour nous ?

— *Très* significatif ! Tellement significatif, à vrai dire, que je préférerais changer l'ordre du jour de notre réunion.

— Vous voulez dire que, pour le moment, on oublie votre idée de donner leur congé à la famille Lucia et aux yakuzas de la Yamaguchi-gumi ?

— Voilà. Je crois que nous allons avoir intérêt à acheter cette société. Ou, au minimum, à obtenir la licence exclusive du brevet de son invention. Nous étions en négociation avec une autre société qui a inventé une technique similaire, à Worcester dans le Massachusetts, mais la boîte de San Diego a réussi à créer un truc beaucoup plus efficace. Cent fois plus rapide !

Michael hocha la tête, pensif, et demanda :

— Quelle somme faudrait-il envisager ? Et comment voyez-vous l'affaire se conclure ? Avec des actions ou avec un crédit relais ?

— Des actions si nous décidons d'acheter, peut-être un crédit relais si nous nous contentons d'acquérir les droits de licence.

— Et la somme ? Combien, approximativement ?

— Je dirais… aux alentours d'un demi-million pour acquérir les droits de licence. En fait, c'est la solution que je préfère. Au début, j'ai pensé acheter, mais ce serait beaucoup plus cher. Et la technologie avance tellement vite que l'achat me paraît risqué. Mais il faut réfléchir.

— Après la signature d'hier, je recommanderais d'utiliser des actions dans les deux cas, que ce soit pour acheter ou pour avoir uniquement les droits de licence. Notre valeur sur le marché a considérablement grimpé. C'est un avantage incontestable dont nous devons profiter.

— Vous pensez que nos investisseurs seront partants ?

— Je ne vois pas pourquoi ils refuseraient. Je sais que leurs affaires prospèrent, en particulier dans le domaine des jeux d'argent. Ils nagent dans le pognon, mon ami, vous ne pouvez pas savoir !

— Je ne vous ai jamais posé la question, dit Ben, un peu hésitant. Mais… je suis un peu curieux de savoir comment leur partenariat fonctionne.

— Entre la Mafia et les yakuzas, vous voulez dire ? C'est assez intéressant. Moi aussi j'ai dû leur demander de m'expliquer comment ils procèdent. À vrai dire, le système est assez simple. La famille Lucia crée et dirige des salles de jeu de luxe dans les beaux quartiers, en particulier dans l'Upper East Side. C'est aussi elle qui fournit les filles ou tout ce que les clients peuvent désirer. Les yakuzas, eux, amènent la clientèle. Pour l'essentiel, il s'agit d'hommes d'affaires japonais hauts de gamme. Ils adorent jouer. Et je veux vraiment dire, ils *adorent* ça. Quand c'est nécessaire, la famille Lucia leur fait crédit. Et comme vous pouvez l'imaginer, c'est souvent nécessaire. Quand ces types se mettent à jouer, ils sont vite à court de liquidités. En tant que Japonais, ils sont encouragés à emprunter autant qu'ils veulent. La Mafia leur dit que ce n'est pas un problème, qu'ils n'auront qu'à rembourser lors de leur prochain séjour à New York. Du coup, bien sûr, ils empruntent beaucoup plus qu'ils ne le feraient normalement. Ils se disent qu'ils sont tranquilles, qu'il leur suffira de ne jamais revenir à New York pour ne pas avoir à payer ! Mais ils se fourrent le doigt dans l'œil. Car c'est là que le partenariat entre les deux mafias donne le meilleur de lui-même. L'homme d'affaires japonais rentre chez lui très endetté, mais il se croit à l'abri de ses créanciers – d'accord ? Hélas, il découvre bien vite que ce n'est pas le cas. Parce que ce sont les yakuzas qui encaissent l'argent. Et les yakuzas sont très, très doués dans ce domaine, parce qu'ils peuvent se montrer extraordinairement violents. Ils partagent ensuite le magot avec la famille Lucia, souvent sous forme de méthamphétamines qu'ils envoient du Japon en Amérique. Le système est très lucratif pour tout le monde.

Ben se sentait presque mal à l'aise pour les hommes d'affaires japonais qui se retrouvaient pris dans les filets des deux mafias.

— Bon, reprit Michael. Répétons-nous pour être sûrs d'être bien d'accord. Vous voulez que j'aille voir le capo de la famille Lucia, Vinnie Dominick, et le *saikō-komon* de la Yamaguchi-gumi, Saboru Fukuda, pour leur proposer d'augmenter leur investissement dans iPS USA… alors que hier, vous parliez de les mettre sur la touche. C'est bien ça ?

— Oui. À moins que vous n'ayez un autre investisseur en vue ?

— J'ai deux ou trois personnes à qui je pourrais poser la question, mais je crois qu'il vaut mieux continuer sur notre lancée. Avec les gens qui nous soutiennent aujourd'hui, je veux dire.

— C'est vous l'agent de placement ! Je vous fais confiance.

Michael soutint quelques instants le regard de son interlocuteur. Puis il dit :

— Vous savez, je suis heureux que vous ayez changé d'avis.

— Ah ? Pourquoi ?

— Franchement, j'étais un peu inquiet quand vous insistiez pour que j'aille voir ces gens et que je leur dise qu'ils devaient se faire à l'idée d'être relégués au rôle de simples investisseurs. D'investisseurs, je veux dire, qui allongent le pognon en acceptant de rester complètement dans l'ombre.

— Il faudra bien en arriver là un jour ou l'autre. Mais pas tout de suite.

— Ben… Vous êtes un peu naïf. Désolé, mais on ne peut pas dire à ces gens-là ce qu'ils doivent faire et ne pas faire.

— J'ai l'intention de les remercier généreusement pour le rôle qu'ils auront joué. Nous leur offrirons des actions supplémentaires.

— Je crois que vous ne réussirez qu'à les mettre en rogne, et ce ne sera pas bon du tout. Mais ne nous chamaillons pas pour ça. Et ne perdons pas le cap. Il faut garder les yeux sur notre objectif pour l'introduction en Bourse, parce que c'est à ce moment-là que nous serons tous récompensés de nos efforts.

Ben soupira.

— Cette relation d'affaires avec la Mafia, je l'avoue… Elle me rend assez nerveux. Dès que nous n'aurons plus besoin d'eux, il faudra… Il faudra rompre le lien d'une façon ou d'une autre.

— J'ai été honnête avec vous quand vous êtes venu me trouver.

— Je sais bien. Et je vous en suis reconnaissant.

Michael se leva et dit :

— Je vais les appeler et voir si je peux leur rendre visite dès cet après-midi. Je vous contacte dès que j'ai leur réponse.

— Merci.

Quelques minutes plus tard, Ben était dans l'ascenseur. Il téléphona à Jacqueline, l'informa qu'il sortait tout juste de chez Michael et lui demanda si elle souhaitait déjeuner avec lui au restaurant Cipriani de l'hôtel Sherry-Netherland, à deux pas de l'immeuble d'iPS USA. Il espérait aussi l'entendre annoncer que Satoshi était arrivé au bureau pendant son absence ; l'idée de l'interroger à ce sujet l'angoissait un peu. Comme elle ne disait rien, il se résigna à évoquer Satoshi. Non, le chercheur n'avait toujours pas débarqué. Saisi par un mauvais pressentiment, Ben hésita ensuite à rappeler le portable de Satoshi. Il composa finalement son numéro et tomba sur sa boîte vocale. Agacé, il ne laissa pas de message. Il lui en voulait quand même un peu de ne même pas avoir l'idée, ou la politesse, de le prévenir qu'il n'avait pas l'intention de venir au bureau.

7

Jeudi 25 mars 2010
12 h 35

Carlo Paparo ralentit l'allure devant les boutiques d'Elmhurst Avenue et chercha une place de stationnement. Par chance, il en trouva une presque en face du Venetian, le restaurant de Louie, qui était pris en sandwich entre Gene's Liquors, un marchand de vins et spiritueux, et Fred's DVD Rental, un loueur de DVD fermé par la crise économique mais dont l'enseigne était restée en place.

Brennan Monaghan était assis à côté de Carlo sur le siège passager. Ils habitaient tous les deux dans le New Jersey et ils faisaient souvent le trajet ensemble, en particulier les mardis et les jeudis quand ils venaient jouer au poker avec leur patron, Louie Barbera.

Plusieurs années auparavant, le don de la famille Vaccarro avait ordonné à Louie de prendre la tête du Queens pendant que Paulie Cerino, le capo normalement en place dans ce secteur, purgeait la longue peine de prison à laquelle il avait été condamné. Louie dirigeait jusqu'alors les opérations de la famille dans le New Jersey, un secteur beaucoup moins important que le Queens. À l'origine, tout le monde pensait que Paulie aurait droit à la liberté conditionnelle au bout de cinq ou six ans. Mais l'affaire traînait en longueur ; chaque fois qu'il se présentait devant le comité de probation, sa demande était rejetée.

— Comment on fait, alors, au sujet de ce qui s'est passé hier soir avec ces deux cinglés de yakuzas ? demanda Brennan tandis qu'ils descendaient de la voiture. On en parle tout de suite, ou on attend la fin du déjeuner ? Tu peux être sûr que Louie va se mettre en rogne.

— Heu… ouais, fit Carlo, ennuyé. Bonne question.

Il claqua la portière du Denali, actionna la fermeture des portes avec la télécommande et rejoignit Brennan sur le trottoir.

— À mon avis, reprit-il, nous devrions annoncer la couleur tout de suite. Je n'ai pas envie qu'il passe sa colère sur nous. En plus, si nous retardons le moment de lui raconter cette sale histoire, il risque de nous en vouloir.

— Ouais, mais d'un autre côté ça va lui gâcher la partie. Tu sais qu'il a horreur d'avoir des problèmes en tête quand il joue aux cartes.

— C'est juste. On est mal barrés dans les deux cas. Bon, qu'est-ce que tu dis de tirer ça à pile ou face ?

— Bonne idée.

Les deux hommes fouillèrent leurs poches. Brennan trouva le premier une pièce de vingt-cinq cents.

— Si c'est face, nous lui parlons tout de suite, dit-il. Pile, nous attendons d'avoir déjeuner et joué au poker.

— Entendu, acquiesça Carlo, résigné.

D'une pichenette du pouce, Brennan projeta la pièce jusqu'au-dessus de sa tête. Il l'attrapa en l'air quand elle retomba vers le sol et l'abattit sur le dos de sa main gauche. Carlo se pencha pour la regarder.

— Face, dit-il.

— Voilà, c'est réglé, marmonna Brennan.

Un coup de klaxon retentit bruyamment derrière eux, les faisant sursauter. Ils se retournèrent pour voir Arthur McEwan, un de leurs collègues, hilare au volant de sa Ford. Brennan lui tendit son majeur. Derrière Arthur, il y avait une Chevrolet Malibu noire conduite par un autre collègue, Ted Polowski. Ils se garèrent à côté du Denali de Carlo sur les baies de stationnement en épi.

Quand les quatre hommes furent réunis, Arthur demanda :

— Qu'est-ce que vous fichez, plantés sur le trottoir comme deux losers ?

Il avait une voix de crécelle qui agaçait tout le monde. Et comme il avait encore l'air très amusé de les avoir effrayés avec son klaxon, Brennan répliqua d'un ton acerbe :

— Va te faire mettre, tu veux ? !

Carlo, qui était moins sensible aux bêtises d'Arthur, dit calmement :

— Nous étions en train de décider à quel moment parler à Louie de ce qui s'est passé hier soir.

— Qu'est-ce qui s'est passé ?

— Tu le sauras bien assez tôt.

Ils se dirigèrent vers le Venetian dont la façade portait un revêtement « imitation pierre de taille ». Carlo franchit la porte et écarta le lourd rideau vert foncé censé repousser le froid de la rue. À l'intérieur, les murs de la salle étaient ornés de peintures sur velours noir représentant des vues de Venise : le pont des Soupirs, la basilique Saint-Marc, le pont du Rialto et le palais des Doges.

Du côté gauche, il y avait un petit bar avec une demi-douzaine de tabourets hauts. À droite, il y avait plusieurs box privés, aux banquettes tendues de velours rouge matelassé, qui abritaient les tables les plus convoitées. L'établissement accueillait la clientèle le soir et il restait ouvert jusqu'à l'aube, mais, à l'heure du déjeuner, il ne servait que Louie Barbera, ses éventuels invités et ses hommes – Carlo, Brennan, Arthur et Ted. Des nappes blanches couvraient les tables des box, mais toutes les autres tables de la salle, dans l'esprit du restaurant italien typique que se voulait être le Venetian, avaient des nappes et des serviettes à carreaux rouges et blancs. Chacune avait aussi sa bouteille de chianti transformée en bougeoir dégoulinant de cire séchée.

Les quatre hommes traversèrent la salle mal éclairée pour rejoindre Louie – à cette heure, seules les lampes du bar et celles des box étaient allumées. Ils s'assirent autour de lui dans le box qu'il occupait tous les jours.

— Vous êtes en retard ! grogna Louie Barbera, et il tapota le cadran de sa montre de poignet. Quand je dis midi, c'est midi. Compris ? !

Louie avait quarante-cinq ans et il était très, très corpulent. Tant par sa couleur que par le grain de sa peau, son visage épais semblait fait de pâte à pain. Il portait un costume de velours avec des pièces de cuir aux genoux et aux coudes. Un gros bonhomme quelconque, en apparence, mais un détail démentait cette impression : ses yeux. Vifs et pénétrants entre ses paupières flasques, ils évoquaient ceux d'un serpent paresseux.

Les quatre hommes regardaient leurs assiettes. Ils savaient que Louie éreinterait celui qui aurait le culot d'ouvrir la bouche. Quand il était de mauvais poil, comme cela semblait être le cas aujourd'hui, ils avaient plutôt intérêt à se faire tout petits et à attendre que l'orage passe. Brennan commença à tripoter son couteau et sa fourchette. Ted déplia sa serviette avec un soin exagéré, comme s'il ouvrait un écrin.

Louie les considéra l'un après l'autre avec attention, cherchant une victime sur laquelle passer ses nerfs. Enfin, il soupira, pencha la tête et beugla – assez fort pour être entendu de la cuisine :

— Benito !

Comme aucun de ses subalternes n'osait encore le regarder ou desserrer les lèvres, il ajouta d'une voix plus calme :

— Vous êtes pathétiques, les gars.

Benito fit irruption dans la salle par la double porte battante de la cuisine. C'était un homme petit et mince qui portait une fine moustache.

— Oui, monsieur Barbera ? demanda-t-il avec un accent italien idéal pour un film sur la Mafia.

— Y a quoi, pour le déjeuner ?

— *Pasta con carciofi e pancetta*.

Louie cligna des yeux. Un sourire fendit son visage.

— Superbe ! Tu mettras une salade de roquette, avec ça, et puis du barolo et de la San Pellegrino pour faire descendre le tout, dit-il, et il s'adressa à ses hommes pour ajouter : Ça vous convient, vous autres ?

Carlo et ses collègues hochèrent la tête.

— Bien ! C'est réglé, dit Louie.

Il congédia Benito d'un geste de la main. Puis il cria juste avant que le petit homme disparaisse à la cuisine :

— Et dis à John Franco de cuire les pâtes *al dente* ou bien je lui renvoie les assiettes !

Il regarda de nouveau ses hommes, soupira profondément et demanda à Carlo :

— T'as apporté les cartes ?

Carlo sortit de sa poche le paquet qu'il avait acheté dans la matinée. Il en défit l'emballage plastique et le posa devant Louie. Malgré le résultat du tirage au sort, il continuait d'hésiter à parler tout de suite des deux cinglés japonais et des événements de la veille. Brennan avait raison : Louie risquait de piquer une grosse crise. Depuis plusieurs années, déjà, il veillait à limiter autant que possible les actes de violence, et surtout les meurtres, dans sa gestion des affaires de la famille. Il voulait aussi pacifier au maximum les relations avec tous les gangs du secteur, qu'ils soient asiatiques, hispaniques, russes ou américains. Cette politique avait des conséquences très positives et tout le monde faisait de bonnes affaires – même en ces temps de crise économique. Constatant que les mafias évitaient de s'entretuer, la police acceptait de leur fiche la paix et de laisser les salles de jeu et le commerce de la drogue prospérer. La politique de Louie avait si bien fait ses preuves, à vrai dire, qu'il avait même pu créer un partenariat avec un groupe yakuza, l'Aizu Kotetsu-kai, dirigé à New York par un type qui s'appelait Hideki Shimoda et qui avait le titre de *saikō-komon* dans son organisation – Louie disait que c'était l'équivalent de *capo*, son rang à lui dans la mafia italo-américaine. Cette association avec les yakuzas lui assurait un approvisionnement régulier en clients japonais aux poches pleines pour les salles de jeu et la prostitution, et en méthamphétamine pour les consommateurs américains. D'ailleurs, ces activités avaient pris tellement d'ampleur qu'elles généraient aujourd'hui une part très substantielle des revenus de la famille Vaccarro. Bien sûr, les principaux adversaires de Louie – les gens de la famille Lucia – avaient entendu parler de l'opération et avaient trouvé un groupe yakuza rival, la Yamaguchi-gumi, pour mettre sur pied un partenariat équivalent. Cette situation de concurrence directe aurait pu provoquer une guerre violente entre les familles. Mais pas sous la direction de Louie. Il avait décidé de considérer l'association Lucia/Yamaguchi-gumi comme une bonne chose, dans la mesure où elle stimulait la demande. La méthamphétamine était en train de devenir une drogue récréative très populaire dans toute la ville : Louie avait mis ce fait en avant pour convaincre Vinnie Dominick, le capo de la famille Lucia, qu'il y avait bien assez de place pour tout le monde sur le marché.

Tandis que Louie commençait à distribuer les cartes, Carlo rassembla son courage pour lui expliquer ce qui s'était passé la veille avec les deux yakuzas. Il valait mieux qu'il parle maintenant. Louie ne pourrait guère lui faire de reproche, après tout, car c'était lui qui avait décidé d'aider les Japonais. Si Carlo attendait la fin du repas comme il en avait bien envie pour avoir la paix le plus longtemps possible, Louie risquait non seulement de l'engueuler, mais de finir par l'accuser d'être responsable de ces meurtres. La situation serait alors vraiment merdique. Louie n'était pas marrant quand il était en rogne – et il était carrément désagréable quand il était en rogne contre *lui*, Carlo.

— Hier après-midi… Heu… Quand tu nous as envoyés aider ces mecs de l'Aizu Kotetsu-kai, les événements ont pris une tournure…

Carlo hésita. Il voulait dire les choses de façon à hérisser Louie le moins possible. Et puis le mot « insolite » lui vint aux lèvres et il s'entendit le prononcer avant d'avoir eu le temps de se demander comment il avait pu lui traverser l'esprit. Il ne se souvenait pas de l'avoir jamais utilisé.

Louie avait fini de distribuer et il était en train de découvrir son jeu. Il posa ses cartes sur la table pour regarder Carlo d'un air mi-étonné, mi-ironique.

— *Insolite ?* répéta-t-il. Les événements ont pris une tournure *insolite* ? Et ça veut dire quoi, ça, monsieur le beau parleur ?

— Je voulais dire… imprévue.

— Imprévue. D'accord. C'est un peu moins… insolite qu'insolite. Ah ha ! fit Louie, avec un rire faux. Mais ce n'est pas beaucoup plus clair. Une tournure imprévue dans quel sens ? Dans le bon sens ou dans le mauvais sens ?

— Ben là, heu… je suis obligé de répondre dans le mauvais sens.

Louie jeta un coup d'œil interrogateur en direction de Brennan. Comme celui-ci gardait les yeux sur son assiette, il soupira et dit :

— D'accord. Vous deux, je crois que vous feriez bien de me raconter ce qui vous est arrivé.

— Nous ne sommes pas sûrs à cent pour cent de la première partie du truc, dit Carlo. Mais nous sommes totalement certains de la deuxième partie.

— Accouche ! s'exclama Louie d'un air exaspéré. Arrête de tourner autour du pot, nom de Dieu !

— Tu nous avais donné l'ordre d'aider les yakuzas à secouer un type, un autre Japonais – Satoshi Machita, un employé d'une compagnie qui s'appelle iPS USA.

— C'est ce que m'a raconté Hideki Shimoda. Il y a un contentieux entre ce mec, Satoshi, et certaines personnes au Japon. J'ai pensé qu'il devait s'agir d'une dette de jeu, puisqu'il a récemment fui son pays pour s'installer à New York.

— Eh ben… Susumu et Yoshiaki n'avaient pas seulement l'intention de le secouer. Ils l'ont suivi dans la station de métro de Columbus Circle, mais ils n'y sont même pas restés un quart d'heure. Quand ils sont remontés, ils étaient carrément excités. Genre… super contents d'eux, tu vois ? Et ils avaient le sac de sport de Satoshi. Par contre, ils semblaient déçus par le contenu du sac. Quand je leur ai demandé ce qui s'était passé, ils ont répondu que Satoshi avait eu une crise cardiaque. Et l'un d'eux a explosé de rire.

— Je suis au courant de cette prétendue crise cardiaque, dit calmement Louie. Hideki Shimoda m'a appelé ce matin pour me remercier de l'aide que vous avez apportée à ses gars. Il voulait aussi me dire autre chose. Son patron, au Japon, lui a ordonné de me demander à nouveau un coup de main pour ce soir. Du coup, je l'ai interrogé pour savoir si tout s'était bien passé hier, avec vous, et si l'opération lui avait donné satisfaction. C'est là qu'il m'a dit que *non*, l'opération n'avait pas été satisfaisante – et voilà pourquoi il a encore besoin de nous ce soir. Il m'a aussi raconté que Satoshi avait eu une crise cardiaque, avant de finir par admettre qu'il s'agissait d'une exécution. Quand je me suis mis en rogne et que je lui ai fait remarquer que nous, les familles américaines, nous avons appris à éviter les meurtres pour ne pas avoir les flics sur le dos, il m'a assuré que la mort de Satoshi passerait pour une crise cardiaque, ou en tout cas pour une mort naturelle, et que personne ne se douterait jamais qu'il avait été dézingué. Je veux dire… Il n'a pas utilisé exactement ces mots-là, mais c'était ça l'idée.

— Je savais que c'était une exécution ! s'exclama Carlo, et il abattit la main droite sur la table avec tant de force que Brennan sursauta. Ça s'est passé beaucoup trop vite ! Mais putain, je suis vraiment énervé qu'ils n'aient pas été réglo avec nous. Ils auraient dû nous dire ce qu'ils mijotaient ! Ils nous ont traités comme leurs chauffeurs, ces enfoirés ! Bon, d'accord, c'était un peu notre rôle, mais je peux te dire un truc, Louie, ça ne me plaît pas beaucoup de devoir les aider ce soir.

— Je comprends, acquiesça Louie. Mais la situation est un peu compliquée. Maintenant, quelle est la seconde partie de l'histoire ? Celle dont vous êtes sûrs à cent pour cent.

— Quand Susumu et Yoshiaki sont ressortis de la station, ils avaient aussi le portefeuille de Satoshi. En plus de son sac de sport, je veux dire. Ils ont découvert qu'il habitait à Fort Lee, dans le New Jersey. Ils se sont disputés un petit moment en japonais – enfin c'est l'impression qu'on a eue, Brennan et moi – et puis ils ont insisté pour aller là-bas.

— À Fort Lee ? Je ne vous avais pas donné l'ordre d'aller dans le New Jersey ! protesta Louie. Vous êtes cons ou quoi ? Pourquoi vous avez accepté ?

— Ouais, eh ben… tu ne nous avais pas non plus *interdit* d'aller dans le New Jersey. Tu nous avais dit de les conduire partout où ils voudraient aller !

— Et donc ? Qu'est-ce qui s'est passé, dans le New Jersey ?

Louie posait la question, mais il n'était pas certain de vouloir entendre la réponse de Carlo. L'exécution de Satoshi l'avait déjà suffisamment mis en rogne et il craignait d'entendre encore de mauvaises nouvelles.

— Nous avons trouvé la maison de Satoshi. Les yakuzas sont entrés en cassant une vitre de la porte. Et avant de disparaître dans la baraque, ils ont sorti leurs armes, précisa Carlo. Ils les tenaient à deux mains, comme des mauvais tueurs dans un film. Je veux dire, jamais je ne tiens mon flingue à deux mains, moi…

— Tu m'en diras tant ! explosa Louie. La suite !

— Pendant qu'on les attendait dans la bagnole, on a entendu six coups de feu. Pan, pan, pan ! Pan, pan, pan ! À ce moment-là, j'ai pris mon portable pour t'appeler. Brennan et moi on était sur les nerfs, putain, et je voulais que tu nous dises ce qu'on devait faire. Tout d'un coup, on est devenus complices de plusieurs meurtres rien que pour les avoir conduits en voiture à travers la ville !

— Tu ne m'as pas appelé, répliqua Louie d'un ton catégorique.

— Non. Je n'en ai pas eu le temps. Au moment où je faisais ton numéro, Yoshiaki et Susumu sont ressortis de la maison avec deux taies d'oreiller bourrées de trucs. Ils se sont précipités vers nous, ils sont montés dans la voiture et Brennan a démarré. Moi, je voulais mettre les voiles et me débarrasser le plus vite possible de ces deux as de la gâchette. Je veux dire, j'en avais vraiment ma claque ! Je voulais larguer ces deux connards quelque part et ne plus entendre parler d'eux. Jamais je ne les aurais emmenés là-bas, si j'avais su qu'ils allaient faire un massacre.

— Ah putain, quel désastre ! se lamenta Louie. Une exécution sur le quai du métro et un carton sur toute la famille de la victime. Un truc pareil, ça sent le crime organisé à plein nez. Merde ! Quand je pense à tous les efforts que j'ai faits pour éviter les actes de violence et amadouer les flics. C'est scandaleux ! Et pourquoi ils ont flingué toute la famille, d'ailleurs ? Qu'est-ce qu'ils ont embarqué dans ces taies d'oreillers ? De la drogue ?

— Nous ne savons pas ce qu'ils ont emporté, mais nous savons ce qu'ils n'ont pas emporté.

— Quoi ? fit Louie, confus.

— Ils cherchaient des cahiers de laboratoire. C'est ce qu'ils ont dit : des *cahiers de laboratoire*. Pendant qu'on retournait vers Manhattan, ils nous ont expliqué que c'était pour ces cahiers qu'ils avaient voulu aller à Fort Lee.

— Ah merde ! cria Louie. Merde, merde, merde !

Ses quatre hommes baissèrent les yeux.

— Le programme de ce soir, c'est ça ! reprit-il d'une voix furieuse. Hideki m'a dit qu'il avait besoin de notre aide pour récupérer des cahiers de laboratoire. C'est à cause d'eux que nous allons devoir gérer les retombées du coup du métro et des assassinats de Fort Lee. Et si quelqu'un découvre que cette putain de soi-disant crise cardiaque est quand même un homicide, pas une mort naturelle, les flics vont se mettre sur le pied de guerre. Ils voudront des coupables. Nous risquons de nous retrouver dans un merdier impensable en un rien de temps. Il faudra mettre toutes nos opérations en sourdine. Ah, merde ! Deux années d'efforts à balancer aux chiottes à cause de ces connards ! J'ai carrément envie de faire une exception à ma propre règle, d'éliminer Hideki Shimoda et de le donner à manger aux poissons dans la baie. Je n'hésiterais pas une seconde si nous avions une deuxième source d'approvisionnement pour la méthamphétamine. Mais maintenant que nous avons créé le marché et que la demande est constante, il faut assurer les livraisons. Tuer Hideki, ce serait nous tirer une balle dans le pied. Vu la situation économique en ce moment, en plus, la méthamphétamine est devenue une de nos principales sources de revenus. Nous ne pouvons pas la perdre. Et les principaux fournisseurs de cette came, ce sont ces putains de yakuzas !

Carlo attendit quelques instants que Louie se calme. Puis il dit :

— Susumu et Yoshiaki n'ont pas terminé le boulot. Et s'ils nous demandent de les aider une fois de plus ce soir, ils doivent avoir l'intention de créer encore des problèmes. Ces deux mecs, c'est clair, ils n'hésitent pas à sortir leurs flingues et à tirer sur tout ce qui bouge.

— Malheureusement, je crois que tu as tout à fait raison, dit Louie, et il abattit le poing sur la table. C'est scandaleux ! Tout ça pour quelques malheureux cahiers de laboratoire. Et ce mec, Hideki, il a quand même un sacré culot ! Non seulement il commence par essayer de me faire croire que Satoshi a eu une crise cardiaque, mais, en plus, il ne me parle même pas de l'épisode du New Jersey. C'est dingue !

— C'est dingue, ouais, renchérit Carlo. Et je te le dis tout net : je ne veux pas avoir à faire une deuxième fois à ces deux tarés.

— Ça, c'est moi qui décide ! répliqua Louie. Tu entends ? ! Les ordres, c'est moi qui les donne !

Carlo baissa les yeux sur ses cartes. Il se rendait compte qu'il avait fait une gaffe. Pendant quelques secondes, personne ne dit plus un mot. Puis Louie soupira profondément et reprit d'un ton plus posé :

— Hideki m'a demandé de l'aider à cambrioler les bureaux de la société de Satoshi Machita, iPS USA. Je ne sais pas vraiment ce que fait cette boîte…

— Quoi ? s'exclama Carlo. Ses bureaux sont sur la Cinquième Avenue ! Un coup pareil, ça demande une sérieuse préparation. On ne peut pas y aller en claquant des doigts.

Louie fit la moue.

— Tu as raison. Mais je dois penser à notre approvisionnement en méthamphétamine. Au téléphone, quand Hideki a senti que j'hésitais à accepter de l'aider ce soir, il n'a pas tardé à me laisser entendre que la famille Lucia serait sans doute très heureuse de travailler avec lui. Vous y croyez, vous ? En plus de tout le reste, il me menace de me plaquer et de faire alliance avec Vinnie Dominick si nous ne l'aidons pas à récupérer ces saletés de cahiers de laboratoire ! Comment il fait, ce mec ? Vinnie Dominick, je veux dire. Comment il fait pour avoir autant de chance ? Il doit être en Téflon, c'est pas possible ! D'abord, il échappe à toute condamnation, et même à toute poursuite, dans l'affaire Angels Healthcare, et maintenant il va peut-être réussir à mettre la main sur tout le business susceptible de se faire avec les yakuzas ! Et tout ça à cause de ces cahiers de laboratoire qui servent je ne sais même pas à quoi !

— Je ne vois pas comment Hideki pourrait mettre sa menace à exécution, fit observer Carlo. Tu crois vraiment que c'est possible ? Autant que je sache, il n'y a pas beaucoup d'atomes crochus entre l'Aizu Kotetsu-kai et la Yamaguchi-gumi. D'après ce que nous ont dit Susumu et Yoshiaki, les deux organisations ne peuvent pas se piffer. Elles ne risquent pas de travailler ensemble.

Louie leva les yeux vers le plafond, songeur. Carlo avait sans doute raison, oui... D'un autre côté, les alliances entre organisations mafieuses pouvaient parfois changer.

— Veux-tu que nous essayions de faire entendre raison à Susumu et à Yoshiaki ? reprit Carlo. Expliquons-leur qu'un cambriolage chez iPS USA, ce serait du suicide. Yoshiaki semble plus raisonnable que Susumu. Il nous écoutera peut-être. Susumu, par contre... Lui, il est vraiment bizarre.

Brennan prit la parole pour la première fois depuis le début de la conversation :

— Il y a un truc que nous oublions, quand même. Aucun des deux événements n'a été signalé dans les journaux. Ni le meurtre du métro, ni le massacre de la maison du New Jersey. Je crois que ça nous donne deux indications. D'une part, l'exécution de Satoshi a bel et bien été interprétée comme une mort naturelle. Personne n'a pensé à un assassinat. Si en plus Susumu et Yoshiaki ont pris tous ses papiers et tous les trucs qui auraient permis de l'identifier, eh ben… personne ne peut mettre un nom sur son cadavre. Et la mort naturelle d'un type non identifié, ce n'est pas le genre d'affaire qui excite beaucoup les flics. Les morts de Fort Lee, par contre, c'est une autre histoire. Comment expliquer que les journaux n'en ont pas parlé ? À mon avis, c'est tout bêtement parce qu'ils n'ont pas encore été découverts. Et ce n'est pas très étonnant, si on regarde l'endroit où vivait cette famille. La maison et toutes celles qui l'entourent sont pourries, la plupart abandonnées, et le quartier a l'air désert. Carlo et moi, on n'a pas vu un chat dans les rues.

— C'est vrai, ça, acquiesça Carlo.

Tandis qu'il écoutait Brennan, Louie se dit qu'il avait trop longtemps sous-estimé ce jeune homme. Et ce n'était pas la première fois qu'il se faisait cette réflexion. Comme d'habitude, les propos qu'il tenait étaient parfaitement clairs, logiques, convaincants. Peut-être la situation n'était-elle pas aussi dramatique qu'il l'avait jugé.

Brennan reprit :

— Si toute la famille a été tuée, s'il n'y a personne pour aller là-bas et tomber sur les cadavres, et s'il n'y a personne dans le quartier pour sentir l'odeur qui va se dégager de la maison pendant les deux prochaines semaines, eh ben… le massacre pourrait ne pas être découvert pendant des semaines, des mois, ou même des années !

Le silence se fit autour de la table.

— Tu sais, je crois que tu as entièrement raison, dit Louie au bout d'un moment. Mais si nous restons les bras croisés, à ne rien faire, nous nous en remettons totalement au hasard. C'est-à-dire que nous n'avons plus qu'à espérer que les flics continueront de voir l'exécution de Satoshi comme une mort naturelle, et nous n'avons plus qu'à espérer que les facteurs de Fort Lee ne vomiront pas leur petit-déjeuner en apportant le courrier dans la rue de cette famille. Alors je crois que nous devons prendre les devants d'une façon ou d'une autre. Pour maintenir la paix dans le secteur et pour protéger notre business avec Hideki et l'Aizu Kotetsu-kai.

— J'espère quand même que tu n'envisages pas de nous charger d'accompagner Susumu et Yoshiaki pour faire un casse sur la Cinquième Avenue, dit Carlo. Ce serait du suicide. Pour le moment, nous n'avons qu'un gros problème. Nous risquerions d'en faire un désastre si nous allions là-bas.

Louie tambourina du bout des doigts sur la table.

— Nom de Dieu ! Je ne sais pas ce qu'il faut faire de ce côté-là, admit-il. J'ai besoin des conseils d'un spécialiste. Je veux entendre un autre point de vue sur l'affaire avant de prendre une décision.

— Un spécialiste ? Qui ça ? demanda Carlo.

Il ne voyait pas Louie consulter le don, Victorio Vaccarro, qui avait plus de quatre-vingt-dix ans, pour lui parler de ce problème. Aujourd'hui, très concrètement, c'était Louie Barbera qui dirigeait la famille Vaccarro.

— Je vais rendre visite à Paulie Cerino à la prison, annonça Louie – puis il éleva la voix pour réclamer à Benito d'apporter leur putain de déjeuner, quoi !

8

Jeudi 25 mars 2010
12 h 45

Le sourire aux lèvres, Michael Calabrese gara son nouveau 4×4 Mercedes juste en face du restaurant Neapolitan. Il ne pouvait s'empêcher de s'émerveiller des vicissitudes de l'existence. Trois ans plus tôt, lorsqu'il venait ici, la situation était très différente de celle qu'il connaissait aujourd'hui. Il était alors ivre de peur et il avait de bonnes raisons de croire qu'il risquait d'être exécuté. Il avait même envisagé de prendre la fuite et d'essayer de disparaître. À l'époque, il s'occupait du financement de la compagnie Angels Healthcare – et celle-ci se retrouvait presque ruinée juste au moment de lancer son introduction en Bourse. À plusieurs reprises, il avait dû rendre visite à Vinnie Dominick pour lui expliquer les causes de cette catastrophe dont il n'était pas responsable. Il craignait pour sa vie parce qu'il avait convaincu Vinnie d'investir plus de quinze millions de dollars de la famille Lucia dans Angels Healthcare.

Il en frissonnait encore. Et pourtant, que de changements depuis cette sombre période ! Malgré ses difficultés financières, Angels Healthcare avait connu une introduction en Bourse extraordinaire. Comme l'avait prévu Michael, c'était aujourd'hui une compagnie archi-prospère qui rapportait des centaines de millions à l'organisation de Vinnie. Michael lui-même en tirait de splendides dividendes. Et au lieu d'être considéré comme un larbin, peut-être même comme un traître à éliminer, il était désormais le bon génie des Lucia et le fils préféré du quartier de Rego Park où Vinnie et lui avaient grandi ensemble.

Il descendit de la voiture et dut attendre pour traverser Corona Avenue, une artère très passante à quatre voies de circulation. Dès qu'il y eut une ouverture au milieu du flot de véhicules, il traversa la chaussée en courant. Il ne ralentit le pas qu'arrivé sur le trottoir d'en face. Aujourd'hui, donc, il n'avait rien à craindre. Il était le bienvenu. Après la visite de Ben, il avait appelé Vinnie Dominick pour lui demander de les recevoir, Saboru Fukuda et lui-même, à l'heure du déjeuner ; il avait simplement laissé entendre qu'il avait de bonnes nouvelles au sujet d'iPS USA.

Un sourire lui monta de nouveau aux lèvres quand il arriva devant le restaurant. En dépit de son nom, Neapolitan, celui-ci était si peu italien, ou tellement *américano-italien*, que c'en était presque drôle. Un revêtement en fibre de verre censé représenter un mur de brique couvrait la façade. Sous les fenêtres, il y avait de fausses jardinières remplies de fleurs en plastique aux couleurs criardes. Aucun client n'entrait ou ne sortait de l'établissement, car il n'était pas ouvert au public en milieu de journée. Seuls Vinnie, ses hommes et ses invités pouvaient y déjeuner. Le propriétaire des lieux n'avait pas à se plaindre, car il faisait de très belles affaires avec la clientèle du soir. Le Neapolitan existait depuis les années trente et ses liens avec la pègre étaient connus ; pour les New-Yorkais, il avait un attrait presque mythique.

Ayant poussé la porte, Michael écarta la tenture qui protégeait la salle du froid. Sur la gauche, il y avait un nouveau bar, en forme de U, surmonté d'une étagère à verres. À côté, il y avait une grappe de petites tables hautes, avec leurs tabourets, et une fausse cheminée dont l'âtre contenait des bûches en ciment derrière lesquelles une ampoule rouge représentait l'incandescence du feu. Une grande toile de la Vierge Marie tenant le Divin Enfant était suspendue au-dessus de cette cheminée, dans un vieux cadre à la dorure écaillée.

Le long du mur de droite, de la façade jusque dans les profondeurs de la salle, il y avait les box avec les tables les plus prisées de l'établissement. Deux étaient occupés. Dans le premier, Michael vit les hommes de main de Vinnie. Il connaissait certains d'entre eux depuis l'école primaire. Il y avait Richie Herns, qui avait pris la place de Franco Ponti comme principal tueur du groupe. Franco était en prison avec un autre gars, Angelo Facciolo, et Michael ne les regrettait pas car ils l'avaient toujours terrorisé. Il y avait aussi Freddie Capuso, qui était autrefois le clown de la classe. Enfin, il y avait trois types au physique intimidant qu'il n'avait jamais vus.

Vinnie Dominick était assis à la table voisine. Quand il aperçut Michael, il lui fit signe d'approcher. Il était accompagné de sa petite amie, Carol

Cirone, qui déjeunait avec lui tous les midis – sauf le dimanche, car ce jour-là il restait à son domicile avec son épouse et ses enfants –, et de Saboru Fukuda, un homme petit et mince, très élégant, vêtu d'un costume en tissu prince-de-galles. Pour Michael, ce Japonais ressemblait davantage à un ophtalmologue de la Cinquième Avenue qu'au patron d'une violente organisation yakuza – la Yamaguchi-gumi, en l'occurrence.

Michael marcha vers leur table. Vinnie quitta la banquette en vinyle pour l'accueillir à bras ouverts. Il lui donna une vigoureuse accolade et s'exclama :

— Mon frère ! Je suis tellement heureux de te revoir !

Vinnie était lui aussi sur son trente et un, et peut-être avec encore plus de panache que le yakuza. À la pochette de sa veste, Saboru avait un simple mouchoir marron plié avec soin. Vinnie arborait un carré de soie Cartier qui semblait jaillir de la pochette de son costume Brioni comme un mini-feu d'artifice.

Un bras glissé autour des épaules de Michael, Vinnie s'adressa au Japonais :

— Saboru ! Vous connaissez Mikey.

Saboru se leva et inclina le buste. Michael l'imita maladroitement. Ils s'étaient déjà rencontrés à plusieurs reprises et l'extrême politesse du Japonais était toujours source d'étonnement pour l'Américain.

— Asseyons-nous ! dit Vinnie, puis il posa les yeux sur Carol et ajouta : Nous allons parler affaires, ma belle. Tu vas t'asseoir à côté avec les garçons un petit moment, d'accord ?

Il désigna les hommes installés à la table voisine.

— Je préfère rester avec vous, protesta la jeune femme d'une voix plaintive.

— Carol, ma chérie. Je te dis d'aller t'asseoir à côté.

Vinnie n'avait pas élevé la voix, mais son intonation donna la chair de poule à Michael. Il était très soupe au lait et pouvait, à l'occasion, se montrer violent. Carol et lui se dévisagèrent quelques secondes. Un silence de plomb tomba sur la salle. Enfin, Carol eut la sagesse de céder ; elle se laissa glisser de la banquette et quitta la table.

— Je vous en prie, dit Vinnie, faisant signe à Saboru et à Michael de s'asseoir.

Un serveur se matérialisa auprès d'eux et demanda à Michael ce qu'il préférait boire ; il désigna tour à tour la bouteille ouverte de sassicaia, qui était le vin préféré de Vinnie, puis un seau à glace qui contenait un pinot gris, puis la bouteille d'eau minérale gazeuse San Pellegrino. Michael choisit le pinot gris.

— Alors, quelle est la bonne nouvelle ? demanda Vinnie.

Il aimait bien bavarder de choses et d'autres, mais *après* avoir parlé affaires.

— Hier, répondit Michael après avoir bu une gorgée de vin, iPS USA a signé le contrat d'exclusivité avec Satoshi Machita, comme prévu, pour l'exploitation de ses découvertes sur les cellules SPi.

Vinnie et Saboru hochèrent gravement la tête. Michael entendit les hommes de main, à la table voisine, s'efforcer de faire la conversation à Carol pour la distraire. La première fois qu'il avait parlé d'iPS USA à Vinnie, il lui avait bien expliqué l'incroyable potentiel commercial des cellules souches. Il avait aussi évoqué l'imbroglio très regrettable qui existait entre cette nouvelle industrie prometteuse et le problème de l'avortement, très sensible aux États-Unis, pour préciser que la production de cellules souches pluripotentes induites permettait de contourner ce problème. Connaissant le sens des affaires de Vinnie, il lui avait aussi détaillé le système des brevets et des droits de licence associés aux cellules souches. Vinnie, bien entendu, avait tout de suite compris que cette nouvelle industrie était susceptible de rapporter énormément d'argent.

— C'est la signature que nous attendions, donc, fit enfin observer Vinnie. Cet accord permettra-t-il effectivement à la boîte, iPS USA, de faire main basse sur tous les brevets qu'elle convoite ?

— C'est l'intention de Ben Corey, en tout cas. Et je lui fais confiance. Ce type est un surdoué. Il a l'intention de régner sur le monde de la médecine régénérative.

— Et c'est grâce à nous qu'il y parviendra ! dit Vinnie avec satisfaction.

— Exactement ! renchérit Michael d'un ton enjoué.

Vinnie leva son verre pour porter un toast.

— Il y a encore peu d'années, dit-il avec un sourire ironique, je ne savais pas que la médecine était une telle mine d'or. D'abord les hôpitaux, maintenant les biotechnologies. Ça me plaît beaucoup !

Ils trinquèrent et burent. Puis Vinnie s'adressa à Saboru en désignant Michael du pouce :

— Je vous avais dit que ce mec était génial, non ?

— Merci beaucoup ! s'exclama Saboru, inclinant la tête. Merci ! Merci !

Les Américains échangèrent un regard perplexe. Puis Michael posa son verre et se pencha vers la table comme s'il s'apprêtait à révéler un secret à ses interlocuteurs :

— Maintenant, je voudrais aborder un autre sujet qui est lié au premier. J'ai rencontré le Dr Corey ce matin même. Le contrat est signé avec Satoshi Machita et la valeur de la société va monter en flèche. Impossible de prédire la réaction des analystes, mais elle sera forcément bonne. Ben Corey m'a expliqué qu'il vient de découvrir qu'une petite société de la côte Ouest, iPS RAPID, détient le brevet d'une invention qui permet d'accélérer de manière phénoménale l'efficacité et la rapidité de la production des cellules souches induites. Il voudrait acheter cette société ou, au minimum, acquérir les droits d'exploitation exclusifs de son invention. La question, c'est donc : voulez-vous injecter davantage de capital dans la compagnie avant l'introduction en Bourse ? Si oui, c'est le bon moment.

Vinnie et Saboru commencèrent à l'abreuver de questions au sujet d'iPS RAPID et de leur éventuelle participation à son acquisition. Michael leur répondit précisément, et dans le but de servir les intérêts de son client – c'est-à-dire pour que Ben Corey obtienne les fonds dont il avait besoin.

Ils furent brièvement interrompus par le serveur qui venait prendre leur commande. Michael passa ensuite au troisième sujet – le plus délicat – qu'il devait aborder avec Vinnie et Saboru : Ben Corey avait manifesté la volonté de voir iPS USA prendre ses distances avec les deux organisations mafieuses. Quand il se tut, il perçut un changement très net dans l'expression de ses interlocuteurs. De toute évidence, ils n'étaient pas contents. Ils semblaient même choqués par ce qu'ils venaient d'entendre.

— Il est un peu tard pour que le Dr Corey s'aperçoive qu'il ne veut pas de notre aide, observa Saboru.

C'était lui qui avait organisé le cambriolage à l'université de Kyoto, ainsi que le voyage de la famille Machita du Japon jusqu'à New York en passant par Honolulu – par la même filière que celle que les yakuzas utilisaient pour les colis de méthamphétamine.

— Je suis bien d'accord, dit Vinnie de cette voix très calme que Michael redoutait, car elle annonçait souvent une crise de colère. Son attitude est très étonnante. Surtout au moment où il nous demande encore plus de capital pour développer sa société.

— Ben Corey éprouve énormément de reconnaissance et de respect pour vous, dit Michael en veillant à regarder les deux hommes, tour à tour, droit dans les yeux. Il pense simplement qu'il vaudrait mieux pour la compagnie, quand elle préparera son introduction en Bourse, que les liens qui l'unissent à vos organisations ne puissent être découverts. Si l'audit comptable et financier qui précédera l'introduction en Bourse devait révéler ces liens, il faudrait sans doute annuler l'opération pour éviter une enquête de l'autorité des marchés financiers.

— Il sait pourtant que les actifs de la famille Lucia sont cachés derrière plusieurs sociétés-écrans ? demanda Vinnie d'un ton agressif. Non ? !

— Il le sait, bien entendu, s'empressa de répondre Michael en souriant pour détendre l'atmosphère. Et je vous dis qu'il vous est immensément reconnaissant, à tous les deux, de ce que vous avez fait pour iPS USA. Il a même évoqué l'idée de vous faire cadeau de parts supplémentaires de la société pour vous exprimer sa gratitude.

À cet instant, Michael eut l'impression d'être sauvé par le gong : plusieurs serveurs approchèrent de la table avec un assortiment de plats de pâtes. Il se cala au dossier de la banquette et prit une profonde inspiration. Le problème, quand on traitait avec des organisations mafieuses, c'était qu'on avait toujours l'impression de marcher au bord d'un précipice.

9

Jeudi 25 mars 2010
14 h 05

Au parloir de la prison de Rikers Island, Louie Barbera prit la chaise qui venait de se libérer tout au bout de la rangée. C'était la dix ou douzième fois qu'il rendait visite à Paulie Cerino depuis plus de dix ans qu'il était incarcéré. Il venait toujours pour lui demander son avis sur un problème particulier, ou pour savoir ce qu'il pensait de certaines personnes ou de certains projets. Remplacer le chef d'une organisation comme celle du Queens, ce n'était pas une mission facile – surtout quand ce chef n'était pas censé rester très longtemps en prison. Dans la Mafia comme dans n'importe quelle entreprise, il était important de gérer les affaires de manière cohérente.

Louie était un peu embarrassé de ne pas se souvenir de quand datait son dernier passage dans ce parloir. Plus il s'était familiarisé, au fil des années, avec le Queens, ses acteurs et ses problèmes particuliers, moins il avait eu besoin de consulter Paulie. Mais aujourd'hui il était perplexe, pour ne pas dire désemparé. Il ne savait pas comment réagir face à Hideki

Shimoda et il se trouvait dans une situation délicate, une fois de plus, vis-à-vis de Vinnie Dominick qui était l'ennemi juré de Paulie. Il avait un peu l'impression d'avancer sur une corde de funambule au-dessus d'un gouffre de lave en fusion. Le moindre faux pas et tout serait terminé.

Louie imbiba un mouchoir de gel désinfectant pour nettoyer le combiné téléphonique qui portait encore la chaleur de la main de son précédent utilisateur. Paulie n'était pas encore entré dans la salle. Le plan de Louie était simple : expliquer clairement la situation à Paulie, écouter sa réponse et se tirer de là en vitesse. La prison de Rikers Island était la plus grande et la plus bruyante de toutes les institutions pénitentiaires du monde. Elle était aussi célèbre pour son insalubrité. L'idée d'y passer une seule nuit – *a fortiori* une décennie entière – donnait la chair de poule à Louie.

Il se tourna sur la chaise pour scruter la longue rangée des visiteurs du parloir. Des épouses, pour la plupart, venues voir leurs maris. Nombre d'entre elles avaient l'air d'avoir bien du mal à boucler leurs fins de mois ; quelques-unes avaient tout de même fait des efforts pour se rendre séduisantes. Deux gardiens se tenaient à l'entrée de la salle, un de chaque côté de la vitre qui séparait les visiteurs des détenus. Ils avaient l'air de profondément s'ennuyer. Louie consulta sa montre. Deux heures et quelques. Il avait déjà envie de s'en aller. Il se promit de tout faire pour ne jamais plus être obligé d'affronter cette ambiance glauque.

Paulie entra dans le parloir et longea la rangée de

ses codétenus, cherchant Louie du regard. Louie écarquilla les yeux. Lors de sa dernière visite, Paulie était l'homme qu'il avait toujours été – abstraction faite des cicatrices qu'il avait au visage depuis qu'un type l'avait aspergé d'acide. De tout temps, il avait été trop gros et peu soucieux de son apparence. Mais aujourd'hui… Louie n'en croyait pas ses yeux. Aujourd'hui, Paulie était maigrichon et sa combinaison de prisonnier pendouillait autour de ses épaules comme une chemise sur un cintre en métal.

Lorsqu'il s'assit, Louie ne put s'empêcher de détourner brièvement la tête. Il avait oublié la double transplantation de cornée que Paulie avait subie. Le contraste qui se voyait encore entre les zones claires et les zones cicatricielles de ses yeux était saisissant, pour ne pas dire insoutenable.

Louie se ressaisit, décrocha le téléphone et se força à soutenir le regard de Paulie en dépit du fait qu'il avait l'impression de se trouver face à deux canons de fusil. Après qu'ils se furent salués, il dit :

— Tu as changé. Tu as perdu beaucoup de poids.

— J'ai changé, oui. J'ai trouvé le Seigneur.

Merde, songea Louie avec dépit. Si Paulie avait trouvé le Seigneur, il ne lui servait à rien de s'être enquiquiné à venir jusqu'à Rikers Island pour obtenir des suggestions au sujet d'une situation difficile dans le business. La situation lui paraissait tellement absurde, tout à coup, qu'il avait envie de se lever et de partir sans un mot de plus.

Paulie soupira et dit :

— Je sais que tu es sans doute venu pour me demander conseil à propos d'un problème quelconque, mais je veux d'abord te poser une question. L'année dernière, comment cet enfoiré de Vinnie Dominick a-t-il réussi à se débarrasser de tous les chefs d'accusation qu'il avait sur le dos ? J'étais certain qu'il allait se retrouver en taule avec moi. Depuis, je n'ai eu aucune explication.

Louie était de nouveau étonné. Mais de façon agréable, cette fois. Peut-être Paulie n'était-il pas totalement submergé par sa nouvelle passion pour la religion. Peut-être serait-il quand même en mesure de lui donner de bons conseils.

— C'est drôle que tu me demandes ça, parce que j'ai été assez impliqué dans l'embrouille en question, répondit-il. C'est un peu grâce à moi que Vinnie Dominick s'est fait attraper la main dans le sac.

— Comment ça ? relança Paulie, l'air intrigué.

— J'avais découvert que Vinnie possédait un yacht dont il se servait non seulement pour prendre du bon temps, mais aussi pour mener tout un tas de vilaines opérations. Au moment de l'affaire en question, l'année dernière, j'ai chargé mes gars d'y installer un GPS. Et quand j'ai vu qu'il mijotait vraiment un sale coup, j'ai donné le mot de passe et le nom d'utilisateur du GPS à Lou Soldano. C'est grâce à ça qu'il a pu les arrêter.

— Lou ? ! Ah ! s'exclama Paulie. Comment va-t-il, ce vieux salopard ?

— Il va bien. Et c'est toujours un salopard. Pourquoi tu veux savoir ça ?

— On s'est fait la guerre tellement d'années, lui et moi, qu'on est presque devenus copains. Chaque année, à Noël, il envoie une carte de vœux à ma femme et à mes gosses. T'imagines ?

Aux yeux de Louie, Soldano était l'ennemi absolu. Carte de vœux ou pas, il ne pouvait pas le considérer sous un autre jour.

— Tu veux que je te raconte comment Dominick s'en est sorti, oui ou non ? demanda-t-il.

— Ouais, répondit Paulie. Je veux tout savoir.

— Il s'est dégoté de superbes avocats qui ont concentré tous leurs efforts sur le rôle joué par le GPS. Et grâce à l'un de nos juges new-yorkais – qui sont célèbres, comme tu sais, pour leurs conceptions très généreuses de la justice –, ils ont réussi à faire rejeter toutes les preuves obtenues par le biais du GPS. Du coup, l'arrestation de Vinnie et de ses hommes a été déclarée illégale, sous prétexte que les flics n'avaient pas de mandat pour mettre le bateau sous surveillance ! C'est dingue, tu ne trouves pas ? D'un seul coup, l'essentiel du dossier de l'accusation a dû être jeté à la poubelle. Il y a des moments où le système judiciaire de ce pays est vraiment son propre ennemi.

— Merci de m'avoir raconté ça. Il a eu de la chance, cet enfoiré de Vinnie, commenta Paulie, l'air quelque peu dépité, puis il enchaîna d'un ton plus sérieux : Maintenant, à toi. Qu'attends-tu de moi ? Pas une lecture de la Bible, j'imagine.

— Non merci, pas de sermon. Je veux juste un conseil. Depuis plus d'un an, les affaires marchent bien. Très bien, même. Mais il vient d'arriver un problème qui risque de déstabiliser tout le système et de nous conduire au désastre. Bon, c'est un peu compliqué. Il faut aussi que je t'explique notre association avec une des organisations yakuzas. Écoute-moi bien…

Pour être certain de donner une vision claire du problème à Paulie, Louie remonta dans le temps et raconta comment il avait commencé à travailler avec Hideki Shimoda, le chef de l'Aizu Kotetsu-kai à New York.

— J'ai mis sur pied plusieurs salles de jeu, dans l'Upper East Side – des restaurants, en façade –, pour une clientèle friquée et essentiellement japonaise. Hideki nous aide à y attirer des hommes d'affaires. Nous leur donnons tout le crédit qu'ils veulent aux tables de jeu, nous leur donnons des femmes, ils consomment, ils s'amusent… et puis s'ils ont des dettes et qu'ils ne remboursent pas, Hideki se charge de les faire raquer une fois qu'ils sont rentrés au Japon. Les pauvres gars ne s'y attendent pas du tout, évidemment. Après avoir pris leur part, les yakuzas nous paient soit en argent liquide, soit en méthamphétamine. Le plus souvent en méthamphétamine. Pour nous c'est parfait, et ils ont l'air d'avoir des stocks inépuisables de cette drogue. Notre système fonctionne à merveille. Aujourd'hui, il nous rapporte même une part très substantielle de nos revenus. Les profits sont tels, à vrai dire, que ce copieur de Vinnie Dominick a créé un système identique avec une organisation yakuza qui s'appelle la Yamaguchi-gumi.

— Nous n'avons pas l'habitude de faire équipe avec d'autres organisations, observa Paulie d'un air dédaigneux. Surtout des organisations étrangères.

Louie vit le gardien traverser la salle d'un pas nonchalant, venant dans sa direction. Il baissa la voix pour répondre :

— Je sais. Et je n'aurais peut-être pas dû. Mais à

l'heure qu'il est, Vinnie fait d'aussi bonnes affaires que nous avec les Japonais, et son arrivée sur le marché a augmenté la demande de méthamphétamine. Le problème dont je veux te parler aujourd'hui, de toute façon, ce n'est pas ça. Hideki Shimoda m'a appelé il y a quelques jours pour me demander d'aider deux de ses hommes à rosser un scientifique japonais. Ça ne m'emballait pas, mais Hideki a beaucoup insisté et j'ai accepté, finalement, parce que mes gars et ses gars étaient juste censés bousculer le scientifique. Et puis en réalité… ce n'est pas ça du tout qui s'est passé.

Louie raconta les événements de la veille au soir à Paulie : l'assassinat de Satoshi dans le métro et le massacre de sa famille tout entière à Fort Lee. Il conclut en expliquant que ces événements risquaient d'avoir des conséquences désastreuses sur ses affaires.

— Ça t'étonne que ces voyous yakuzas soient violents ? demanda Paulie, surpris par la naïveté de Louie.

— Ce qui m'étonne, c'est surtout la liberté qu'ils viennent de prendre, comme ça, tout d'un coup. Jusqu'à hier soir, il n'y a jamais eu le moindre problème. Ils semblaient respecter nos méthodes de travail et notre désir de minimiser autant que possible le nombre des morts. Et ils savent que j'essaie d'éviter les conflits avec nos rivaux. Vinnie Dominick et moi, nous ne sommes pas vraiment copains, c'est sûr, mais nous avons appris avec le temps que la violence est mauvaise pour les affaires. Enfin… disons peut-être que moi, j'ai appris ça, et que Vinnie a accepté de jouer le jeu. La non-violence, c'est vrai que j'en fais mon cheval de bataille depuis quelques années.

— O.K. Et après ?

— Hideki m'a appelé ce matin, soi-disant pour me remercier de l'avoir aidé, mais il ne m'a pas parlé des meurtres d'hier soir. Il a fallu que je lui tire les vers du nez. Et encore, il n'a rien dit sur l'affaire de Fort Lee ! Et puis tout à coup, il m'a réclamé de l'aider une fois de plus, ce soir, pour voler des cahiers de laboratoire sur lesquels il veut absolument mettre la main et qui n'ont pas été récupérés hier comme il l'espérait. Il veut que mes gars retravaillent avec ses deux excités de la gâchette. L'idée, c'est de cambrioler les bureaux de la société du scientifique, dans la Cinquième Avenue, pour trouver les cahiers de laboratoire. Quand il a senti que je n'étais pas très chaud pour me lancer dans un projet aussi insensé, il m'a menacé de mettre un terme à notre partenariat. Et il a dit que Vinnie Dominick ne demanderait sûrement pas mieux que de lui prêter main-forte, puisque ça lui permettrait d'avoir la part du gâteau que j'ai avec l'Aizu Kotetsu-kai en plus de celle qu'il a déjà avec la Yamaguchi-gumi. Tu vois le tableau ? Ce mec me fait du chantage !

— Je vois le tableau, marmonna Paulie. Mais je ne comprends pas, à la base, pourquoi tu t'es mis en ménage avec ces yakuzas.

— Ça fonctionne bien, je te dis. Ça *fonctionnait* bien jusqu'à hier soir, en tout cas. Et ils n'avaient pas l'air violents. Mais oublions ça et concentrons-nous sur le problème qui m'a fait venir ici, tu veux bien ? Après tout, c'est ton territoire. Dès que tu sortiras d'ici, tu reprendras les commandes. Ça devrait être pour quand, d'ailleurs ?

Paulie secoua la tête, l'air dépité.

— Tout dépend du comité de probation. Il y a déjà un moment que je devrais être dehors. Mais on m'a refusé la liberté conditionnelle tellement de fois que je commence à me demander si Vinnie Dominick n'est pas mêlé à l'affaire. Enfin bon ! C'est une autre histoire. Revenons-en à ton problème. Mon instinct me dit que tu dois te débarrasser de ce Hideki. Tu ne dois laisser personne te faire du chantage. Pas dans notre monde. Coupe la tête et la bête ne mordra plus.

— Impossible, dit Louie, catégorique. Il est trop important. Ses copains de l'Aizu Kotetsu-kai débarqueraient ici en masse et ce serait la guerre. En plus, je ne peux pas scier la branche sur laquelle je suis assis. Comme je te l'ai expliqué, une grande partie de nos bénéfices provient des affaires que nous faisons avec ces mecs.

— Alors supprime les deux tueurs qui ont fait le sale boulot hier soir. Tu ne peux pas accepter d'avoir des voyous qui dégomment qui ils veulent, quand ils veulent, sur ton territoire. Tu dois clairement faire comprendre à la partie adverse que ce genre de comportement n'est pas acceptable.

— Je t'entends bien, mais tuer ces mecs, ça veut dire abandonner ma campagne de non-violence. Je suis très strict là-dessus, tu sais. J'ai même donné un coup de frein aux violences moins graves. Par exemple, j'interdis de taper sur les parasites qui ne paient pas leurs dettes de jeu, sauf si c'est absolument nécessaire. Vinnie Dominick et moi, nous nous sommes même rencontrés pour en parler, et nous sommes tombés d'accord. Le calme règne, pour ainsi dire, depuis des mois et des mois ! Les flics nous fichent la paix et les affaires marchent du tonnerre malgré le mauvais état de l'économie du pays.

— Tu ne peux pas jouer sur les deux tableaux. Tu encourages tout le monde à éviter les actes de violence, d'accord, c'est très bien, mais là, l'affaire est grave. Tu es confronté à une menace sérieuse. Et à cause d'un gang étranger, par-dessus le marché. Tu dois réagir, et tu dois réagir tout de suite ! Si tu ne fais pas quelque chose de spectaculaire, on va dire que tu as perdu la main. C'est formidable de prôner la non-violence, parce que c'est utile vis-à-vis de la police, mais face à la concurrence, ça peut être extrêmement contre-productif. Si tu ne veux pas couper la tête de la bête, tu dois infliger de sérieux dégâts à ses organes vitaux. Tu dois éliminer les deux tueurs d'Hideki. Et ta famille ? demanda soudain Paulie, élevant la voix. Tout le monde va bien ?

D'un mouvement de la tête, il attira l'attention de Louie sur sa droite. Le gardien, après s'être immobilisé pendant un moment au milieu de la salle, s'était remis à marcher dans leur direction. Quand il arriva près d'eux, Paulie et Louie furent obligés de parler de choses et d'autres. Ils commencèrent à évoquer leurs souvenirs : la grande époque où tout était tellement mieux qu'aujourd'hui, quand Louie était à Bayonne dans le New Jersey, Paulie à sa place dans le Queens…

Hélas le gardien se posta à la fenêtre, derrière Louie, et il resta là un bon moment à regarder la mer.

Les deux hommes durent trouver de nouveaux sujets de conversation. Ils embrayèrent sur l'équipe des Yankees et les prévisions de la saison 2010. Quand le gardien s'éloigna enfin, Louie dit :

— Dépêchons-nous. Je suis presque au bout de mon temps de visite.

— Tu dois faire quelque chose de spectaculaire, sinon tu vas perdre le contrôle de la situation, affirma de nouveau Paulie. À ta place, j'appellerais Hideki, je ferais semblant d'avoir changé d'avis et je dirais que je suis partant, en définitive, pour l'aider. Ensuite, propose-lui de le rencontrer… Dis-lui que plus vous échangerez d'informations sur l'opération de ce soir, mieux tu pourras l'aider. Tu devrais même *exiger* de le rencontrer. On apprend beaucoup plus de choses face à face qu'au téléphone. Bien sûr, débrouille-toi pour que ce soit lui qui vienne chez toi. Et imagine un plan quelconque pour le cambriolage des bureaux où se trouvent les cahiers de laboratoire. Ça, c'est histoire d'avoir quelque chose de tangible en tête pour lui faire croire que tu as réellement l'intention de l'aider.

Louie hocha la tête. Il savait qu'il pourrait inventer un truc crédible. Et l'idée de réclamer davantage d'explications à Hideki au sujet de Satoshi et des cahiers était excellente.

— Ton plan n'a pas besoin d'être très précis, puisque tu ne le mettras jamais à exécution, reprit Paulie. Invente un truc du genre… Il faudrait que vous fassiez diversion dans le quartier – avec un incendie ou une explosion, par exemple –, de façon à pouvoir vous introduire dans les bureaux et en ressortir pendant que tout le monde sera occupé par l'incident.

Louie était impressionné. Apparemment, Paulie n'avait pas perdu la main. Il était inventif et il savait réfléchir pour protéger au mieux les intérêts de la famille. Il fallait sans doute en déduire que sa nouvelle passion pour la religion n'avait pour but que de berner le comité de probation.

— Arrange-toi pour retrouver les tueurs quelque part en ville, dans un endroit où il y a toujours du monde. Une fois qu'ils sont dans la voiture, tes hommes n'ont plus qu'à faire leur boulot. Veille quand même à ce qu'ils se débarrassent correctement des deux corps. Ensuite, une heure plus tard, appelle Hideki et pique une énorme crise au téléphone. Demande où sont ses putains d'enfoirés de gars que tu attends depuis des plombes, blablabla.

— Tu crois qu'il avalera le morceau ? Il ne se doutera de rien ? Je ne veux pas aggraver la situation.

— Ouais, je pense qu'il y a de bonnes chances pour qu'il te croie. Mais pour bien jouer ton coup, tu dois ajouter un élément déstabilisateur à ton histoire. Quand tu l'appelleras pour piquer ta crise, laisse entendre que ses gars, hier soir, ont raconté aux tiens qu'ils étaient inquiets à cause du gang yakuza adverse. Comment s'appelle l'organisation qui travaille avec Vinnie, déjà ?

— La Yamaguchi-gumi.

— Voilà. Bon, attention, n'en dis pas trop ! Fais simplement allusion, comme ça, en passant, au fait que ses gars semblaient soucieux à cause des tueurs de la Yamaguchi-machin. Les yakuzas sont assez paranos, d'après ce que j'ai entendu dire, et ils se font davantage de misères entre eux qu'ils n'en subissent de la police. Tu comprends ce que je te dis ?

— Ouais, c'est très clair, répondit Louie.

— Tu vas suivre mon conseil ?

— Je vais y réfléchir.

— O.K. Et n'oublie pas : il ne faut surtout pas que les cadavres de ces hommes soient retrouvés. Sinon, ça pourrait effectivement aggraver la situation.

— Entendu, dit Louie.

Paulie jeta un coup d'œil vers le gardien de son côté du parloir. Il était loin de lui. Rassuré, il se pencha vers la vitre et ajouta à voix basse :

— Pour ce qui concerne les événements d'hier soir, je n'ai entendu parler de rien. Ni à propos du Japonais qui s'est fait buter dans le métro, ni sur le massacre dans le New Jersey. Comment ça se fait, à ton avis ? Ici, en taule, on entend parfois parler de ces histoires avant même qu'elles se produisent.

— Quand je me suis mis en rogne contre Hideki pour qu'il me dise la vérité au lieu de me gaver avec son histoire de crise cardiaque, il a insisté sur le fait que personne ne pourrait jamais se douter que Satoshi Machita avait été exécuté. D'après lui, les autorités vont conclure à la mort naturelle d'un individu non identifié. Ses hommes ont pris tous les papiers d'identité de la victime.

— Et le massacre de la famille ?

— La presse n'en a pas parlé. Pour moi, la seule explication, pour le moment, c'est que personne n'a encore trouvé les cadavres. Mes gars disent que la maison est dans un quartier très défavorisé de la ville. La plupart des baraques du coin sont abandonnées et il y a des tas de détritus dans la rue et dans les jardins. Et pas une âme en vue. Ils n'ont vu absolument personne, alors qu'ils étaient là-bas en fin d'après-midi, au moment où les gens sont censés rentrer du travail. Donc…

— Donc ça peut jouer en notre faveur, l'interrompit Paulie en hochant la tête. Dans ces conditions, les corps pourraient ne pas être découverts d'ici très longtemps. Et quand ça arrivera, personne ne fera le lien avec le mort du quai de métro. C'est une bonne chose. Quant à l'idée d'aller là-bas nettoyer nous-mêmes ce bordel, je dis catégoriquement non. Nous ne devrions pas être vus dans ce quartier.

— Je suis bien d'accord avec toi.

— Mais je suis tout de même soucieux pour l'histoire du scientifique exécuté dans le métro. Hideki t'a-t-il dit comment ils avaient fait le coup ?

— Non. Il a juste insisté sur le fait que personne ne pourrait jamais expliquer ce qui lui était arrivé. Et que la police devrait forcément conclure à une mort naturelle.

— Il est essentiel qu'elle parvienne à cette conclusion.

— Bien sûr. Mais de ce côté-là, nous ne pouvons pas grand-chose…

— Il y a peut-être un truc à essayer. Je connais un gosse qui travaille à l'Institut médico-légal. Il s'appelle Vinnie Amendola. Ce n'est plus vraiment un gosse, à vrai dire, précisa Paulie, et il pouffa de rire. Nom de Dieu ! Aujourd'hui, il doit même avoir la quarantaine. Mais autrefois c'était un bon petit gars. J'ai littéralement sauvé la peau de son paternel quand il était tout jeune, ce qui veut dire qu'il a une grosse dette envers moi. Il a toujours vécu dans le Queens. Nous l'avons déjà utilisé, il y a quelques années, pour sortir un cadavre en douce de la morgue. Ça lui a causé des petits soucis, mais j'ai arrangé le coup. Je pense qu'il pourrait t'aider.

— En faisant quoi ? demanda Louie, perplexe.

— D'abord, il pourrait te dire où en est le dossier. Te confirmer, dans l'idéal, que la morgue a conclu à une mort naturelle. Vinnie adore son boulot – Dieu seul sait pourquoi, marmonna Paulie d'un air dégoûté. Il est au courant de tout ce qui se passe à l'IML.

Louie tourna la tête vers le bureau d'accueil des visiteurs, à l'entrée de la salle. Il craignait de s'entendre dire que la visite touchait à sa fin et il voulait rester le plus longtemps possible. Comme il l'avait espéré, Paulie avait d'excellentes idées et il était de bon conseil. Heureusement, l'employé assis au bureau ne lui prêtait aucune attention.

— Tu attends quelqu'un ? demanda sèchement Paulie.

— Non, pas du tout. J'ai peur qu'on me dise de m'en aller. Alors comme ça, tu crois que ça vaudrait le coup de faire un saut à la morgue ?

— Oui. Tu devrais faire ça, aussi, pour dégoter une information très importante.

— Laquelle ? demanda Louie d'un ton pressant.

Paulie lambinait alors qu'ils manquaient de temps pour parler.

— L'information essentielle que tu dois obtenir de Vinnie Amendola, c'est le nom du médecin légiste qui traite le dossier.

Louie fronça les sourcils.

— Tu plaisantes ? Quelle importance, le nom du légiste ?

— Si c'est une femme qui s'appelle Laurie Montgomery, nous sommes dans la merde.

— Laurie Montgomery ? C'est quelqu'un que tu connais ?

— Et comment ! S'il y a une seule personne qui est réellement responsable de ma présence dans cette prison, c'est elle. C'est sans doute la légiste la plus intelligente de la morgue, et c'est à coup sûr la plus entêtée. Elle a compris des trucs, au sujet de certains cadavres que j'ai envoyés là-bas… Pff ! Je ne sais toujours pas comment elle a fait ! Nous avons essayé de la supprimer, mais ça n'a jamais marché. Une fois, nous l'avons même enfermée dans un cercueil d'indigent – tu sais, une de ces boîtes en sapin toutes simples dans lesquelles on met les cadavres non identifiés, et puis on ferme le couvercle avec des gros clous. Elle s'en est tirée ! Elle est comme les chats, cette nana : elle a neuf vies. Même Vinnie Dominick a essayé de la tuer, et il n'y est pas arrivé.

— Tu dois la détester à mort.

— Non. Je lui ai pardonné, car c'est aussi grâce à elle que j'ai trouvé le Seigneur.

Louie contempla le visage scarifié de Paulie, essayant de déterminer s'il était réellement devenu accro à la religion ou s'il jouait un rôle pour plaire au comité de probation. Paulie lui rendit son regard, l'air serein, un léger sourire sur les lèvres. Puis il reprit :

— Ce que je veux dire, c'est que si tu découvres que Laurie Montgomery est impliquée dans le cas de la victime du métro, tu dois, et j'insiste bien, tu *dois* faire quelque chose. D'une façon ou d'une autre, elle comprendra qu'il s'agit d'un meurtre. Crois-moi ! De là, elle tirera le fil et elle découvrira que c'était une exécution à laquelle vous étiez tous mêlés – toi, tes gars et les yakuzas. Si elle est responsable de cette affaire, tu dois *impérativement* faire en sorte de l'en éloigner.

— En faisant quoi ? En la tuant ?

— Sûrement pas ! J'ai essayé, je te dis. Vinnie a essayé. Et aujourd'hui, si tu touches un seul de ses cheveux, tu auras la police sur le dos, ce que tu essaies par-dessus tout d'éviter, et une bonne dizaine d'années de harcèlement. Cette nana a des copains haut placés chez les flics. Figure-toi qu'elle sortait autrefois avec Lou Soldano. Quand ils ont mis un terme à leur relation, ils sont devenus les meilleurs amis du monde.

Un sifflement aigu attira l'attention de Louie vers l'entrée de la salle. L'employé du bureau lui faisait signe. La visite touchait à sa fin.

— Si elle est sur le coup, comment je la fais dégager ? demanda-t-il à Paulie.

— Désolé, là je n'ai rien à te proposer. Tu devras trouver une solution toi-même. Demande à Vinnie Amendola. Il aura peut-être une idée.

Un autre sifflement, plus insistant, perça le bourdonnement des conversations qui emplissait le parloir.

— À la prochaine, dit Louie en se mettant debout.

— Tu sais où me trouver, marmonna Paulie tandis qu'ils raccrochaient les téléphones.

10

Jeudi 25 mars 2010
14 h 30

Laurie retira son manteau, l'accrocha à la patère, puis ferma la porte de son bureau. Elle rentrait tout juste d'un déjeuner organisé en son honneur dans un restaurant tout proche de l'IML, le Waterfront Ale House, et elle avait besoin de passer un moment au calme, coupée du monde. Mal à l'aise comme elle l'était depuis le début de la journée, elle aurait sans doute préféré ne pas participer à ce repas bruyant, mais bien sûr c'était hors de question, puisqu'il avait été organisé par Jack pour fêter son retour. La plupart de leurs collègues légistes étaient venus, tous très enthousiastes, tous décidés à prendre du bon temps. Elle était épuisée d'avoir fait semblant d'être aussi heureuse que tout le monde. La journée ne se passait pas aussi bien qu'elle l'aurait voulu : elle avait eu un seul cas sur lequel travailler, pas d'identité pour le défunt et une autopsie sans résultat, et elle n'arrêtait pas de penser à JJ et à Leticia. Elle avait cessé d'appeler la jeune femme depuis que celle-ci lui avait expliqué que ses trop nombreux coups de téléphone l'empêchaient de s'occuper correctement du bébé. « S'il y a le moindre problème, avait-elle dit, je vous préviendrai aussitôt. Ne vous inquiétez donc pas comme ça et passez une bonne journée au travail. Tout va bien. »

Laurie s'assit devant sa table de travail trop propre, trop bien ordonnée, et regarda le téléphone quelques instants.

— Et puis zut ! s'exclama-t-elle, et elle décrocha le combiné pour composer le numéro de Leticia. Personne n'a le droit de me dire que je ne dois pas prendre de nouvelles de mon enfant !

Le téléphone sonna tellement longtemps qu'un frisson d'anxiété la saisit. Elle commençait à imaginer le pire, lorsque Leticia répondit enfin.

— Désolée, dit-elle, hors d'haleine. Je poussais JJ dans une côte assez raide quand le téléphone s'est mis à sonner. Je voulais arriver au sommet avant de parler.

— Ça veut dire que… vous êtes au parc ? demanda Laurie qui éprouvait autant de soulagement que de culpabilité.

— Oui ! répondit Leticia avec enthousiasme. Il adore le parc, et la journée est vraiment très belle.

— Désolée de vous déranger une fois de plus, dit Laurie.

Leticia ne répondit pas.

— Tout va bien, alors ?

— Tout va parfaitement bien.

— A-t-il déjeuné ?

— Non. Je veux l'affamer, dit Leticia, et elle rit. Je plaisante ! Il a mangé comme un roi et maintenant il fait un gros dodo. Il va super bien. Retournez au travail.

— Oui, madame.

Laurie raccrocha et laissa son regard glisser sur la table, remarquant à nouveau qu'il ne s'y trouvait aucun Post-it pour lui rappeler toutes les choses qu'elle avait à faire d'habitude. Il n'y avait que le dossier du patient non identifié – un dossier qui contenait bien peu d'informations utiles. C'était triste de penser que cet homme était enfermé dans la chambre froide de la morgue, en bas, sans que personne semble se soucier de son sort… Où se trouvait son épouse ? Était-elle inquiète de n'avoir aucune nouvelle de lui depuis la veille ? Plissant les yeux, Laurie se demanda si elle pouvait trouver un autre moyen d'apprendre quelque chose de plus, n'importe quoi, sur ce cadavre solitaire.

Une idée lui vint tout à coup. Elle pêcha la note de Cheryl dans le dossier et y chercha l'heure à laquelle le témoin du métro avait appelé les secours : dix-sept heures trente-sept. Elle alluma l'ordinateur. Dans son carnet d'adresses électronique, elle trouva le numéro de téléphone du centre de liaison des secours à Brooklyn. Elle le composa et demanda à être mise en relation avec la personne qu'elle connaissait là-bas, Cynthia Bellows.

Hélas, elle tomba sur sa boîte vocale. Elle lui laissa un message, puis elle décida de réessayer de tirer quelque chose de Ron Steadman, l'enquêteur spécialisé dans les cas de personnes disparues. S'il se montrait aussi peu coopératif que le matin, elle appellerait Lou Soldano. Il était commissaire ; il pourrait sans doute passer un savon à Ron Steadman.

À la grande surprise de Laurie, il répondit dès la deuxième sonnerie. Et il ne semblait pas le même homme que le matin. Il n'était peut-être pas beaucoup plus amical, mais… il paraissait nettement mieux réveillé, à tout le moins. Laurie se présenta et lui demanda s'il se souvenait d'elle.

— Vaguement, répondit Ron. C'était à quel sujet, déjà ?

— Un homme aux traits asiatiques, non identifié, qui est mort sur le quai du métro à Columbus Circle.

— Ah oui ! Je me souviens. Vous rouspétiez parce que je ne m'étais pas mis en quatre pour retrouver séance tenante l'identité du bonhomme. Quoi de neuf ? Quelqu'un s'est-il présenté pour vous communiquer son nom ?

— Malheureusement non. Nous ne savons rien de plus à son sujet. Alors j'ai pensé regarder les enregistrements des caméras de surveillance du quai.

Ron ne répondit rien pendant de longues secondes. Puis il soupira avant de demander :

— Pourquoi devrais-je me casser le dos à récupérer ces enregistrements alors que le bonhomme est décédé il n'y a même pas vingt-quatre heures, et de mort naturelle par-dessus le marché ? Ça fait beaucoup de travail pour rien, vous ne trouvez pas ? Surtout si un membre de la famille vient réclamer le mort d'ici ce soir.

— Comment puis-je obtenir une copie de ces cassettes ? Ou de ces fichiers informatiques ? Je ne sais pas sous quelle forme ces enregistrements se présentent, insista calmement Laurie.

Ron soupira à nouveau.

— Vous voulez vraiment faire ça ? demanda-t-il comme s'il n'en croyait toujours pas ses oreilles.

— Oui. La personne qui a appelé les secours a dit que la victime avait peut-être eu des convulsions. Mais elle n'en était pas certaine. Il est important que je confirme l'existence de ces convulsions. Elles signifieraient que le décès a été provoqué par un problème neurologique, plutôt que cardiaque ou autre, et cela nous inciterait à examiner le cerveau de plus près.

— Alors là, ma petite dame…

Laurie l'interrompit :

— Laurie Stapleton.

Ron Steadman renifla.

— J'ai devant moi, sur mon bureau, plus de cent cas irrésolus… à résoudre ! J'ai donc de meilleures façons d'employer mon temps que de faire ce que vous me demandez. Vous rendez-vous compte qu'il n'y a même pas vingt-quatre heures que ce type est mort ?

— Que faut-il faire, au juste, pour obtenir ces enregistrements ?

— Je dois appeler les collègues de la police des transports urbains et leur dire ce dont j'ai besoin.

— C'est tout ?

— Heu… oui, convint Ron, un peu embarrassé de reconnaître que la requête de Laurie, en réalité, ne lui demandait pas beaucoup d'efforts.

— Sous quelle forme obtenez-vous les enregistrements ?

— Ce sont des fichiers vidéo qu'on m'envoie comme pièces jointes, par courrier électronique. Je devrai ensuite vous graver un CD pour vous les transmettre.

Un ou deux CD, d'ailleurs. Ce sont quand même de très gros fichiers.

— Ne serait-il pas plus simple que vous me transfériez les pièces jointes par mail ?

— Je sais que ça paraît bizarre, mais je n'ai pas le droit de faire ça. Mais je peux graver des disques, ne vous tracassez pas, ce n'est pas un problème.

— Quand pourriez-vous vous en occuper ?

— Heu… tout de suite. À condition que j'arrive à joindre la bonne personne, bien sûr. Quelle tranche horaire de ces enregistrements voulez-vous ?

— Disons… une bonne demi-heure centrée sur l'appel aux secours, lequel a été reçu à dix-sept heures trente sept, donc… Disons de dix-sept heures dix à dix-sept heures cinquante-cinq, par exemple ?

— D'accord, dit Ron. Les neuf caméras ?

— Allons-y pour les neuf caméras, répondit Laurie d'un ton enjoué. Autant faire les choses à fond.

— Ça représente près de sept heures de vidéo. Vous vous sentez d'attaque pour visionner tout ça ?

— C'est drôle que vous posiez cette question. Il se trouve qu'aujourd'hui, j'ai beaucoup de temps libre. Quand pourriez-vous avoir gravé ces disques ?

— Eh ben… j'appelle mon gars à la police des transports urbains, comme je disais, et puis je ferai les disques dès que j'aurai les fichiers. D'ici une heure, peut-être ?

— Waouh ! s'exclama Laurie, étonnée.

Rarement les fonctionnaires de la ville qu'elle appelait dans le cadre de ses fonctions se montraient aussi obligeants et efficaces. Sa surprise était d'autant plus grande que Ron avait commencé par se comporter de façon plutôt désagréable.

— Je vous rappelle dès que j'ai du neuf. Ça marche ?

— Super ! Merci beaucoup. Dites… J'espère que vous ne prendrez pas ça mal, mais vous n'êtes pas le même homme que ce matin. Et c'est un compliment.

— Ce matin, vous m'avez appelé avant mon café et mon Red Bull.

À peine Laurie avait-elle raccroché que le téléphone sonna. Elle reprit le combiné en main. C'était Cynthia Bellows, du centre de liaison des secours. Après quelques menus bavardages, Laurie lui parla de son affaire et expliqua qu'elle voulait entrer en contact avec le témoin du quai.

— Avez-vous l'heure de l'appel ? demanda Cynthia. Ça ira beaucoup plus vite.

Laurie lui répondit.

— D'accord, voilà le dossier ! dit Cynthia après avoir consulté la base de données. Voyons… En réalité, nous avons reçu trois appels au sujet de ce monsieur. Mais je suppose que vous voulez uniquement le premier, n'est-ce pas ? Les deux autres se sont entendu dire que l'incident avait déjà été signalé et que la police et les ambulanciers étaient en route.

— Le premier, ça suffira, convint Laurie.

Elle saisissait un stylo et un papier lorsqu'elle entendit le signal d'appel dans l'écouteur. Elle s'excusa auprès de Cynthia en lui demandant de patienter un instant, puis elle bascula vers son autre correspondant. Comme elle s'y attendait, c'était Ron.

— J'ai de bonnes nouvelles, chère amie ! Alors voilà : apparemment, il y a deux caméras en plus des neuf du nouveau système de surveillance du quai et des escaliers qui y mènent. Elles sont…

Ennuyée de faire attendre Cynthia au bout du fil, Laurie interrompit Ron et lui demanda si elle pouvait le rappeler.

— Pas la peine, répondit-il. Je voulais juste vous dire qu'il y aurait deux fichiers supplémentaires. Onze en tout. Je devrais avoir tout ça dans quelques minutes. Je graverai aussitôt les disques, donc vous pouvez passer quand vous voulez.

— C'est formidable ! Votre bureau est dans la 44e Rue Ouest, c'est bien ça ?

— Oui, au numéro 306. Venez quand ça vous chante. Moi, je ne bouge pas d'ici jusqu'à dix-sept heures.

Laurie le remercia du fond du cœur, puis elle reprit Cynthia en ligne.

— Je suis désolée, dit-elle.

— Aucun problème, dit son interlocutrice d'un ton enjoué. Avez-vous de quoi écrire ?

Le témoin du métro s'appelait Robert Delacroix. Laurie l'appela aussitôt après avoir remercié Cynthia. Pendant qu'elle attendait que la communication s'établisse, elle écrivit le nom et le numéro de cet homme sur une fiche cartonnée qu'elle glissa dans le dossier de l'Asiatique. Après plusieurs sonneries, une boîte vocale s'activa. Elle laissa un message, demandant à Robert Delacroix de la joindre aussi vite que possible. Elle précisa qu'elle était médecin légiste et qu'elle lui laissait son numéro de portable, pas son numéro de bureau, car elle serait en déplacement dans l'heure à venir.

Dès qu'elle eut rassemblé ses affaires, elle quitta l'IML et attrapa un taxi pour se rendre au commissariat de Midtown North. Confortablement installée sur la banquette arrière de la voiture, elle songea de nouveau à JJ et se demanda si elle devait oser retéléphoner à Leticia. Ce n'était sans doute pas une bonne idée. Soudain, son portable sonna. C'était Robert Delacroix.

Laurie le remercia de son appel, puis elle le félicita de s'être comporté en citoyen responsable quand il avait appelé les secours.

— Les New-Yorkais ignorent trop souvent les gens en situation de détresse, précisa-t-elle.

— Vous savez, j'ai d'abord pensé que quelqu'un d'autre devait déjà avoir appelé. Je suppose que les gens pensent tous la même chose, en général. Et puis je me suis dit : « Mince, il vaut quand même mieux que je téléphone, même si je ne suis pas le premier. »

— Comme je vous l'ai indiqué dans mon message, je suis médecin légiste.

— Alors je suppose que l'homme qui était sur le quai est mort ?

— Hélas oui.

— C'est dommage. Il avait l'air jeune.

— Pourriez-vous me décrire exactement ce que vous avez vu ?

— Eh ben… Pas grand-chose, à vrai dire. Ça s'est passé tellement vite, vous savez ! Le métro était en retard et le quai était vraiment bondé. Quand les portes se sont ouvertes, tout le monde s'est précipité pour monter dans la rame. Les gens qui voulaient en descendre ont même eu des difficultés.

— Il y a donc eu de la bousculade ?

— Ouais. Beaucoup. J'allais entrer dans le wagon, et puis tout à coup, à la périphérie de mon champ de vision – à… à même pas deux mètres de moi –, j'ai vu cet homme asiatique qui avait l'air d'avoir comme des soubresauts. C'était bizarre. Sa tête allait et venait d'avant en arrière, très brusquement.

— Quand vous avez appelé les secours, vous avez parlé de convulsions.

— Oui, c'est ce que j'ai dit à l'opératrice. Je me souviens d'avoir pensé que la situation était vraiment dingue. Il y avait tellement de monde sur le quai que cet homme qui faisait une crise d'épilepsie, ou quelque chose comme ça, ne pouvait même pas tomber par terre ! Je veux dire, nous étions tous serrés les uns contre les autres et nous poussions vers les wagons parce que nous avions peur de ne pas pouvoir y embarquer – et lui, il tenait debout, comme ça, au milieu de la foule, et il secouait la tête bizarrement.

— Je vois le tableau, dit Laurie. Avez-vous essayé de l'aider ?

— Pas vraiment. Il était sur ma gauche et nous nous sommes éloignés assez rapidement l'un de l'autre. Je ne suis pas sûr que j'aurais pu l'atteindre, même si j'avais essayé. Les gens qui étaient derrière moi poussaient trop fort. Et pour tout dire, j'ai cru que les deux Asiatiques qui se trouvaient juste à côté de lui essayaient de l'aider. Quand je suis arrivé à la porte du wagon, je me suis retourné pour le chercher des yeux. J'ai eu un peu de mal à le retrouver, parce qu'il n'était pas bien grand.

— Nous y voilà, ma petite dame, dit le chauffeur de taxi en regardant Laurie dans le rétroviseur.

— Pouvez-vous patienter une seconde ? demanda-t-elle à Robert. Je suis dans un taxi et je dois le quitter maintenant.

— J'attends, répondit-il gentiment.

Laurie paya le chauffeur et s'extirpa de la voiture. Elle se trouvait juste devant l'entrée du commissariat de Midtown North. Le drapeau américain flottait à un mât, des voitures de police étaient garées un peu partout dans la rue.

— Voilà, reprit-elle. Vous disiez…

— Je disais qu'au moment où je montais dans le wagon, j'ai brièvement aperçu notre homme allongé sur le quai. À côté de lui, il y avait deux autres Asiatiques. Mais ça n'a duré qu'une poignée de secondes, et je ne voyais pas bien, parce que je regardais la scène entre les épaules d'autres gens qui se bousculaient pour monter dans le métro. Certains n'y sont pas arrivés, d'ailleurs. Et puis j'ai sorti mon téléphone.

— L'homme avait-il encore des convulsions, à ce moment-là ?

— Hmm… Je ne voyais vraiment pas bien et ça n'a duré qu'un tout petit moment, mais… Je crois que non. Par terre, il était immobile. Mais je n'en suis pas sûr. J'étais en train de composer le numéro des secours quand les portes se sont fermées.

— Je vous suis très reconnaissante d'avoir pris la peine de me parler. N'hésitez pas à me rappeler, si d'autres détails vous reviennent à l'esprit.

— Entendu. Maintenant que je vous ai raconté la scène, à vrai dire, je me sens coupable d'être monté dans le métro. J'aurais peut-être dû en faire davantage pour aider cet homme.

— Ne vous torturez pas. Vous avez fait ce qu'il fallait pour qu'il reçoive au plus tôt l'aide médicale dont il était susceptible d'avoir besoin. Vous ne pouviez pas faire mieux.

— C'est gentil à vous de me dire cela.

Laurie coupa la communication et monta les marches du perron du commissariat.

11

Jeudi 25 mars 2010
14 h 45

Louie se sentait requinqué quand il arriva à son restaurant. Il avait réfléchi aux conseils de Paulie dans le bus qui le ramenait de Rikers Island dans le Queens ; au moment de récupérer sa voiture, il avait déjà décidé de suivre ses recommandations. De toute évidence il y avait un temps pour éviter la violence, et puis un temps pour se rendre compte que la violence était inévitable – comme aujourd'hui dans la situation très particulière à laquelle il était confronté. Néanmoins, il était convaincu d'avoir raison de ne pas vouloir éliminer Hideki. La disparition de cet homme aurait trop de conséquences négatives sur les relations de la famille Vaccarro avec les yakuzas, ainsi que sur les livraisons de méthamphétamine. Il était bien préférable de se débarrasser de Susumu Nomura et de Yoshiaki Eto. Leur mort enverrait le message qu'il faudrait à toutes les parties concernées, surtout à Hideki. Ce plan n'était pas des plus faciles à mettre en œuvre, mais Louie savait ce qu'il devait faire. Il avait commencé par téléphoner à Hideki et lui avait demandé de venir au Venetian à quinze heures trente pour parler de leurs projets de la soirée. Le Japonais avait aussitôt accepté.

Louie gara sa voiture sur sa place personnelle, derrière le restaurant, et entra dans le bâtiment par la porte de service. Il savait que ses hommes l'attendaient, car après avoir arrangé le coup avec Hideki, il avait téléphoné à Carlo.

— Alors, tu as vu Paulie ? avait demandé celui-ci. Va-t-on faire quelque chose, ce soir, finalement, avec ces deux dingues de Japonais ?

— Oui et oui, avait répondu Louie.

— Ah bon ? avait marmonné Carlo d'une voix déçue. Quoi donc ?

— Tu sauras ça bien assez tôt, avait répliqué Louie. Je t'appelle maintenant pour être certain que vous serez au restaurant à mon retour, les gars et toi.

— Nous ne bougeons pas d'ici, avait dit Carlo.

Louie traversa un long couloir et poussa les portes battantes de la cuisine. Il surprit Benito assis sur un plan de travail. Le restaurateur était en train de bavarder avec le cuisinier, John Franco, et il sauta précipitamment sur le sol, l'air penaud. Louie le fusilla du regard, puis il décida qu'il avait trop à faire pour l'engueuler au sujet de ce comportement inacceptable aux yeux de l'inspection sanitaire.

— Les garçons ont mangé ? demanda-t-il.

— Oui, répondit Benito.

— Il reste des pâtes ?

— Je t'ai gardé de la sauce au chaud, dit John Franco. Je te prépare des pâtes en dix minutes, d'accord ?

Louie hocha la tête et poussa les portes battantes de

la salle de restaurant. Carlo, Brennan, Arthur et Ted étaient assis dans leur box habituel. Cartes à jouer, billets, tasses de café et cuillers jonchaient la table. Carlo et Brennan se levèrent pour laisser Louie se glisser sur la banquette jusqu'à sa place, puis ils se rassirent.

— Alors, comment va Paulie ? demanda Carlo.

— Il est bizarre, répondit Louie. Il a perdu énormément de poids et il a trouvé le Seigneur.

— Ah, mince. Il est devenu fana de la Bible, alors ?

— Humm… pas tout à fait. Il m'a dit qu'il avait trouvé le Seigneur, et puis il s'est quand même mis à causer comme le Paulie Cerino d'autrefois. À partir de là, la question de la religion n'est pas revenue sur le tapis avant la fin de la conversation – et encore, juste en passant. Je crois et j'espère qu'il joue la comédie pour le comité de probation. Il n'est pas sûr d'avoir sa libération conditionnelle, vous savez. Ça le désole.

— Et pour ce soir ? relança Carlo. C'est quoi le programme ?

Louie leur raconta sa conversation avec Paulie sans en omettre le moindre détail. Il cita notamment l'idée astucieuse qu'avait eue Paulie d'inventer l'histoire d'une diversion sur la Cinquième Avenue avant le cambriolage – dans le seul but, évidemment, de convaincre Hideki qu'ils prévoyaient bel et bien de l'aider à récupérer les cahiers de laboratoire. Il s'interrompit quand Benito apporta son assiette de pâtes, puis lui servit un verre de barolo et un verre d'eau gazeuse avant de demander :

— Voudras-tu autre chose ?

Louie le congédia d'un geste et reprit son récit, expliquant que Paulie lui avait suggéré de se débarrasser de Susumu et de Yoshiaki.

— Si je comprends bien, on passe à l'offensive ? demanda Carlo, l'air ravi.

— Exactement. Dans notre branche d'activité, il est parfois nécessaire de se montrer violent pour assurer la paix. Nous ne pouvons pas accepter que des zozos comme ces deux types se baladent à travers la ville et flinguent qui ils veulent, quand ils veulent. Ces choses-là finissent par causer du tort à tout le monde. En parallèle, nous devons aussi nous assurer de bien contrôler la situation. Ce qui nous amène à la question de la morgue. Vous comprenez tous de quoi je parle, n'est-ce pas ?

Personne ne broncha. Louie répéta sa question. Carlo, qui était le chef du groupe, se devait de répondre :

— Ouais, on a compris.

— Le truc, c'est qu'il est essentiel que la mort de Satoshi continue d'être considérée comme une mort naturelle. Si la police pigeait qu'il s'agit d'un meurtre, nous serions complices du crime. Nous ne pouvons pas prendre le risque de voir ce genre de choses arriver.

— C'est sûr, approuva Carlo.

— Paulie a beaucoup insisté au sujet de cette médecin légiste qui s'appelle Laurie Montgomery. Nous devons nous assurer que ce n'est pas elle qui traite le dossier. Dans le cas contraire, nous interviendrons pour qu'elle lâche le morceau. C'est aussi simple que ça.

— Heu… attends, dit Carlo. On fera quoi, au juste, si elle est sur le dossier ?

— Paulie n'avait aucune suggestion à me faire à ce sujet. Il a simplement dit qu'il ne fallait pas la laisser s'occuper de l'affaire. Mais nous réfléchirons à ce problème si ça s'avère nécessaire.

— O.K. Revenons-en à Susumu et à Yoshiaki. Si j'ai bien compris, nous sommes censés les embarquer en voiture comme si nous avions prévu de les aider à cambrioler iPS USA, mais au lieu de ça… nous les butons.

Louie hocha la tête, regardant ses quatre hommes l'un après l'autre.

— Et je ne veux pas que leurs cadavres puissent être retrouvés ! Vous les conduirez jusqu'à l'extrême sud de Brooklyn, près du pont de Verrazano, et vous les balancerez à l'océan, pas dans la baie.

Carlo tourna la tête vers Brennan, curieux de savoir si son partenaire avait des questions à poser.

— Comment va-t-on les embarquer ? demanda le jeune homme. Comme hier soir ? On passe les prendre devant leur appartement dans le Lower East Side ?

— Non, dit Louie. Ne prenons pas le risque que quelqu'un vous voie dans le quartier. Je veux que vous les retrouviez dans un endroit où il y a beaucoup de monde. Vous avez une préférence ?

Carlo et Brennan haussèrent les épaules.

— Allez, les garçons, donnez-moi une adresse ! grogna Louie. Hideki sera ici à trois heures et demie. Je veux que tout soit bien clair dans nos têtes avant son arrivée.

— Pourquoi pas Union Square ? Devant la librairie Barnes & Noble ? proposa Brennan. Il y a toujours des tas de gens, par là-bas.

— C'est réglé, dit Louie, et il plongea sa fourchette dans ses pâtes. À quelle heure, à Union Square ?

— Eh ben…, fit Brennan, songeur. Si nous sommes censés cambrioler des bureaux sur la Cinquième Avenue, il vaut mieux ne pas y aller trop tôt.

— L'heure n'a pas beaucoup d'importance, dit Carlo. Ce cambriolage, de toute façon, nous ne le ferons pas.

— Décidez-vous, bon sang, répliqua Louie. C'est pas sorcier ! Où pensez-vous faire le coup, après les avoir embarqués ?

Carlo et Brennan se regardèrent d'un air perplexe. Louie leva les yeux au ciel.

— Nom de Dieu ! Au ponton, ça vous convient ?

Jadis, la famille Vaccarro avait possédé une société d'importation de fruits et légumes qui lui servait de couverture pour ses entreprises moins légales. Ses locaux se trouvaient dans le quartier de Maspeth, au bord de l'East River, au sud du tunnel Queens-Midtown : un bâtiment en mauvais état, entouré d'un vaste terrain, dont Louie se servait aujourd'hui comme entrepôt. Ils appelaient l'endroit le « ponton », en référence au très long ponton qui s'avançait sur le fleuve, devant l'entrepôt, auquel s'amarraient autrefois les cargos.

— Ouais, répondit Carlo. Bonne idée.

Brennan hocha la tête. Le coin était totalement désert, surtout la nuit.

Louie s'adressa à Arthur et à Ted.

— Vous êtes d'accord ? Je veux que vous soyez de la partie. Ces deux Japonais ont l'air de vrais sauvages, alors ne prenons aucun risque. Vous ferez le boulot à quatre.

— Entendu, répondirent Arthur et Ted d'une même voix.

— Bien ! Nous savons où retrouver ces mecs, nous savons où les buter, mais nous n'avons pas encore l'heure de votre rendez-vous. Que dites-vous de nous fixer sur… vingt-trois heures ?

— C'est parfait, répondit Carlo, et il regarda Brennan qui hocha la tête.

— Seigneur, grommela Louie. Faudra-t-il aussi que je vous accompagne pour vous tenir la main ? Vous êtes pathétiques, les gars.

— Comment on fera pour les convaincre de nous suivre jusqu'au ponton ? demanda Carlo.

— Ah, merde ! Faut vous mâcher tout le travail ? ! Je ne sais pas, moi… Dites-leur que c'est là-bas que sont les explosifs dont vous avez besoin pour la diversion au moment du cambriolage. Ou bien racontez-leur ce que vous voulez ! Utilisez votre imagination.

Louie soupira profondément, avala une fourchetée de pâtes, puis demanda d'une voix plus calme :

— Nous sommes d'accord, maintenant ? Nous avons le lieu et l'heure du rendez-vous avec Susumu et Yoshiaki. Nous avons l'endroit où vous devez les buter. Nous savons ce que vous devez faire des cadavres. Bien sûr, vous les délesterez de tout ce qui pourrait permettre de les identifier. Vous vous en doutez, n'est-ce pas ? !

Ses quatre hommes approuvèrent du chef.

— Revenons-en au problème de la morgue, poursuivit Louie en consultant sa montre – il était presque trois heures et demie. Carlo et Brennan, vous allez là-bas immédiatement. Demandez à parler à Vinnie

Amendola. Dites que vous êtes de la famille. Quand vous serez avec Vinnie, expliquez-lui que vous travaillez pour Paulie et que vous savez ce que Paulie a fait pour son père.

— Qu'est-ce qu'il a fait, au juste ?

— Je ne connais pas l'histoire en détail. Le père de Vinnie avait détourné quelques centaines de dollars qui appartenaient au syndicat, je crois. Il risquait de se faire descendre s'il ne rendait pas toute la somme, plus cinquante pour cent d'amende. Comme il avait un peu travaillé pour Paulie dans le passé, Paulie lui a prêté l'argent. Il lui a donc sauvé la vie.

— Et s'il refuse de nous parler ? demanda Carlo.

— À quoi tu joues, là ? répliqua Louie d'un air incrédule. Tu rouspètes ? Tu ne sais plus exécuter un ordre ? S'il refuse de vous parler, tu n'as qu'à le menacer de tuer son clébard ! Démerde-toi. Tu es un pro, oui ou non ? Tout ce que tu veux, en plus, c'est des renseignements sur Satoshi. Bien sûr, tu ne peux pas prononcer son nom. Appelle-le « le cadavre du métro ». Et ne menace pas Vinnie d'entrée de jeu. Sois calme et raisonnable. Dis-lui que tu as entendu raconter que Laurie Montgomery était douée dans son boulot, et puis ensuite… sois créatif !

— Ouais, fit Carlo. J'ai pigé.

— Si, par malheur, il s'avère qu'elle s'occupe de l'autopsie de Satoshi, et si elle travaille encore dessus, et si Vinnie semble bien disposé – c'est-à-dire qu'il ne risque pas de jacasser devant les autorités à notre sujet –, demande-lui s'il a une idée pour persuader Laurie Montgomery de laisser tomber le dossier. Si ça te paraît nécessaire, laisse entendre que nous pourrions le récompenser financièrement. Et la fille aussi, tiens, maintenant que j'y pense. Si ça ne marche pas, ordonne-lui de menacer la fille d'une façon ou d'une autre. Tu comprends ?

— Je comprends, répondit Carlo.

— Parfait. Maintenant, tirez-vous d'ici !

Carlo quitta la banquette, jeta sur la table les cartes qu'il avait gardées à la main depuis l'arrivée de Louie, ramassa les billets qui lui revenaient et fit signe à Brennan de le suivre. À ce moment-là, Hideki Shimoda entra dans le restaurant avec Susumu et Yoshiaki.

Le *saikō-komon* avait la silhouette d'un lutteur de sumo et un visage bouffi et rougeaud qui se perdait dans les plis de son triple menton. Il était si gros, à vrai dire, qu'il marchait en se dandinant d'une jambe sur l'autre.

Carlo et Brennan s'écartèrent pour le laisser passer. Susumu et Yoshiaki se tenaient de part et d'autre de leur chef, légèrement en retrait : le trio faisait penser à la formation en V d'un bombardier suivi de deux chasseurs. Susumu et Yoshiaki affichaient un air hautain et ne saluèrent même pas Carlo et Brennan alors qu'ils avaient passé une grande partie de l'après-midi et de la soirée de la veille en leur compagnie.

En contraste très net avec l'esprit de camaraderie qui régnait entre Louie et ses hommes, la relation qui unissait Hideki à ses lieutenants paraissait impersonnelle, presque martiale. Les tenues des deux groupes étaient aussi bien différentes : les Japonais portaient des complets impeccablement repassés, des chemises blanches, des cravates noires et des lunettes noires, tandis que les Américains, pour la plupart, étaient habillés de jeans, de chemises décontractées et de pulls. Seul Carlo était un peu plus élégant avec sa veste de soie grise, son col roulé en soie noire et son pantalon de gabardine noire.

Louie se leva au moment où Hideki s'immobilisait devant la table et s'inclinait.

— Bonjour, Barbera-san, dit le Japonais.

— Bienvenue, Shimoda-san, répondit Louie, essayant maladroitement d'imiter la courbette d'Hideki.

D'un geste, il invita son hôte à l'accompagner jusqu'à un box dont la table n'était pas encombrée de tasses de café et de cartes à jouer.

Lorsque Hideki fut installé, Susumu et Yoshiaki se dirigèrent vers le bar de l'autre côté de la salle ; ils s'assirent sur les tabourets, droits comme des i, les bras croisés sur la poitrine, sans cesser de fixer leur patron du regard.

— Merci d'avoir fait le déplacement jusqu'à mon humble restaurant, commença Louie.

Il regrettait un peu de ne pas pouvoir se permettre de buter Hideki – ou mieux, les trois Japonais à la fois. Oui, c'était un peu dommage d'éliminer uniquement les deux petits cons assis au bar avec leurs stupides lunettes noires et leurs cheveux en pétard sur la tête.

— C'est un plaisir, répondit le *saikō-komon* qui parlait très convenablement l'anglais. Et je suis heureux de pouvoir vous remercier une fois encore de l'aide que vous m'apportez. C'est très généreux de votre part. Ce soir, en particulier, nous aurions du mal à faire le coup par nos propres moyens. Surtout dans un quartier aussi célèbre de Manhattan.

— Je ne demande pas mieux que de vous aider, mais vous avez raison : l'adresse de cette société nous complique pas mal la tâche. Ce serait sans doute aussi difficile de cambrioler un bureau à Tokyo dans une des rues les plus animées du quartier de Ginza.

— Ce ne serait pas facile, en effet, convint Hideki.

— Pas facile du tout, renchérit Louie. Excusez-moi, Shimoda-san…

Il tourna la tête vers Carlo et Brennan qui étaient restés près de la porte pour tenir Susumu et Yoshiaki à l'œil.

— Allez donc faire le boulot dont nous avons parlé, vous deux ! ordonna-t-il. Et appelez-moi dès que ce sera réglé.

Les deux hommes hochèrent la tête et quittèrent le restaurant.

— Je les envoie à la morgue de la ville, où j'ai un informateur, dit Louie à Hideki. Je veux avoir la certitude que les autorités ont interprété la mort de Satoshi Machita comme vous nous avez assuré qu'elle devait l'être. Il est essentiel que la police ne découvre pas qu'il s'agit d'un meurtre commis par des professionnels.

— Vous avez un informateur à la morgue ? demanda Hideki, impressionné.

— Oui. Mais c'est une ressource que nous exploitons rarement.

— Je serai heureux de savoir ce que vos hommes auront appris là-bas.

— Comptez sur moi, assura Louie. Mais revenons à nos moutons. Je veux que vous compreniez bien qu'il ne sera pas facile du tout de s'introduire dans les bureaux d'iPS USA. C'est faisable, oui, mais il faudra agir très vite. Pour limiter les risques, nos hommes resteront le moins longtemps possible dans les locaux. Deux minutes maximum. Ils doivent chercher des cahiers de laboratoire, c'est bien cela ?

— Tout à fait. Il est impératif que l'Aizu Kotetsu-kai les récupère.

— Pourquoi vous intéressent-ils à ce point-là, ces cahiers de laboratoire ? Qu'ont-ils de si important ?

— Je ne suis pas autorisé à répondre à ces questions.

Louie dévisagea Hideki quelques secondes. Il n'en croyait pas ses oreilles. Ce type n'hésitait pas à lui faire du chantage pour obtenir son aide, mais il refusait de livrer la moindre information ! C'était très énervant, à tout le moins. D'autant plus énervant que Louie avait pris conscience, depuis sa conversation avec Paulie, que la menace proférée par Hideki de faire alliance avec la concurrence était totalement bidon. Jamais l'Aizu Kotetsu-kai ne se mettrait en ménage avec Vinnie Dominick, car jamais elle n'accepterait de travailler avec la Yamaguchi-gumi, une organisation yakuza rivale qu'elle détestait. Louie était de plus en plus en colère contre Hideki, qui se fichait carrément de lui, mais il était aussi de plus en plus curieux. Pourquoi ces fichus cahiers de laboratoire étaient-ils si importants ?

— À quoi ressemblent-ils ? demanda-t-il sans perdre son calme. Une fois dans les bureaux, comme je viens juste de vous l'expliquer, nos hommes n'auront pas beaucoup de temps. Ils vont devoir chercher ces cahiers tous les quatre, chacun de son côté.

— On m'a dit qu'ils étaient bleu foncé. Plus important, sans doute, ils portent le nom de Satoshi Machita sur la couverture, en lettres majuscules jaunes. Ils sont donc faciles à identifier.

— Nom de Dieu, marmonna Louie, perplexe. Satoshi Machita ? Qu'est-ce que vous me chantez là ? Vous disiez que ces cahiers avaient été volés. En réalité ils appartiennent à Satoshi Machita, c'est ça ?

— Ils ont été volés par le propriétaire d'iPS USA. Satoshi Machita n'avait aucun droit sur eux. C'est tout ce que je peux dire.

Louie plaqua une main sur son front. Cette histoire n'avait aucun sens. Le *saikō-komon* se foutait de lui, c'était évident, mais pour quelle raison ?

— Barbera-san, dit Hideki. Pour le moment, je pense que nous devrions oublier les cahiers de laboratoire et nous concentrer sur le programme de la soirée.

— Pas si vite. J'ai d'autres questions. Je veux avoir une idée plus précise de ce que nous cherchons. Nous allons prendre de très gros risques pour vous, ne l'oubliez pas !

— Je ne suis pas autorisé à parler des cahiers de laboratoire, affirma de nouveau le Japonais.

— Écoutez-moi bien ! répliqua Louie d'un ton sec. Vous commencez à m'ennuyer. Jusqu'à cette histoire de cahiers de laboratoire, nous nous sommes toujours très bien entendus. Nous n'avons jamais eu le moindre désaccord, nous avons fait des affaires en or, le pognon est rentré et tout s'est bien passé. Mais là, maintenant, soit vous répondez à mes questions, soit je retire mes billes et vous allez récupérer ces cahiers de laboratoire tout seul. Le problème, dans cette histoire, c'est que dès le début vous n'avez pas été réglo avec moi au sujet de Satoshi. Vous m'avez dit que vos hommes devaient le bousculer, vous m'avez même laissé entendre que ce pauvre type avait une dette de jeu envers vous, quelque chose comme ça, mais il s'avère que l'affaire est beaucoup plus sérieuse. Je veux savoir de quoi il s'agit !

— Vous prenez le risque de m'obliger à travailler avec vos rivaux, dit Hideki d'une voix sourde.

— Ça, c'est des conneries ! s'écria Louie, et il abattit son poing sur la table.

Près du bar, Susumu et Yoshiaki quittèrent leurs tabourets et firent un pas en avant, chacun glissant la main à l'intérieur de sa veste. Arthur et Ted quittèrent aussitôt leur box. Les deux duos se toisèrent.

— Vous ne risquez pas plus d'aller trouver Vinnie Dominick que j'ai l'intention de m'associer avec lui, enchaîna Louie. Aujourd'hui, voyez-vous, j'ai appris quelque chose. L'Aizu Kotetsu-kai et la Yamaguchi-gumi se détestent cordialement. Vous ne travaillerez jamais avec vos rivaux. Alors arrêtez de vous foutre de ma gueule !

Un silence de plomb tomba sur la salle de restaurant. Pendant de longues secondes, personne ne fit le moindre geste. L'atmosphère était électrique, comme avant un orage d'été lorsque la pluie et le tonnerre approchent. Et puis Hideki expira bruyamment et dit d'une voix apaisante :

— Vous avez raison.

— Raison ? Raison à quel sujet ? rétorqua Louie d'un ton agressif.

Il était furax, à présent, de voir le Japonais le prendre pour un imbécile – et il avait du mal à se ressaisir.

— Sur tous les points. Je n'ai pas été sincère avec vous. J'ai reçu l'ordre de tuer Satoshi et de récupérer les cahiers de laboratoire. J'espérais atteindre ces deux objectifs avec une seule opération, mais les choses ne se sont pas passées comme prévu. En ce qui concerne les cahiers, moi-même je ne sais pas exactement ce qu'ils contiennent. Là, je ne vous mens pas. Je peux juste dire que c'est une histoire très compliquée, aux enjeux colossaux, dans le domaine des brevets sur les cellules souches pluripotentes induites.

— Moins vite ! Les cellules quoi ? Redites-moi ça ?

— Les cellules souches pluripotentes induites. C'est une nouvelle forme de cellules souches très prometteuses sur le plan médical. Et par conséquent, sur le plan commercial. Que savez-vous au sujet des cellules souches ?

— Rien du tout, admit Louie.

— Je ne suis pas expert sur le sujet, moi non plus, mais c'est un domaine dont les médias japonais parlent beaucoup, expliqua Hideki. Notamment pour nous rappeler que c'est un scientifique japonais, Shinya Yamanaka, qui a produit les premières cellules souches pluripotentes. L'université de Kyoto a breveté la technologie en son nom. Et puis il y a quelque temps, mon *oyabun* a appris qu'un autre chercheur, Satoshi Machita, avait fait encore mieux que Yamanaka dans le domaine de la production de ces cellules particulières. Ce qui s'est passé, c'est qu'il travaillait pendant la journée sur des cellules de souris – sous la supervision de Yamanaka –, et le soir il travaillait tout seul sur ses propres cellules. Voilà comment il a réussi à créer des cellules SPi humaines avant tout le monde.

— Vous voulez dire… Vous voulez dire que l'homme que vous avez exécuté hier est le créateur de ces cellules machin-chose ? demanda Louie, perplexe.

Il avait du mal à comprendre qu'un type aussi important pour la science puisse avoir été éliminé.

— En effet.

— Et… Et c'est donc la raison pour laquelle ses cahiers de laboratoire sont si précieux ?

— Oui. Au Japon, ils devraient servir à faire annuler certains brevets détenus par l'université de Kyoto. Ici en Amérique, ils devraient servir à obtenir les mêmes brevets. Tout cela au profit d'iPS USA. Idem auprès du bureau européen des brevets et auprès de l'Organisation mondiale du commerce.

Louie médita ces révélations quelques secondes, puis il les rangea dans un coin de son esprit. C'était une affaire de gros sous, d'accord – mais de toute façon, il ne risquait pas d'accepter de faire le cambriolage de la Cinquième Avenue.

Hideki reprit la parole :

— Mon *oyabun* a appris tout cela par le biais d'un ministre du gouvernement.

— Du gouvernement ? répéta Louie, fronçant les sourcils. Quel gouvernement ?

— Le gouvernement japonais.

— Hein ? ! Ça, c'est quand même un peu gros, répliqua Louie, à nouveau agacé. Vous vous moquez…

— Non, je vous dis la vérité. Le ministre adjoint de l'Économie a rencontré mon *oyabun* pour lui raconter toute l'histoire. Il lui a appris, entre autres choses, que Satoshi avait fui le pays illégalement avec l'aide de la Yamaguchi-gumi, qui travaille avec iPS USA. C'est elle qui a organisé le vol des cahiers de laboratoire à l'université de Kyoto. Satoshi les avait abandonnés là-bas.

— Seigneur ! s'exclama Louie. Le *gouvernement* ? ! Je n'arrive pas à croire que le gouvernement japonais consulte votre patron pour avoir son aide. Comment s'appelle-t-il, déjà, votre *oyabun* ?

— Hisayuki Ishii-san.

— C'est incroyable. Jamais notre gouvernement ne viendrait me trouver pour quoi que ce soit ! dit Louie en échangeant un regard ironique avec Ted et Arthur qui suivaient la conversation.

— Les yakuzas et le gouvernement se sont toujours fait des concessions. Et parfois, ils s'entraident. C'est la raison pour laquelle nous sommes si visibles dans notre pays. Le gouvernement nous considère comme utiles, à l'occasion, et il nous laisse le plus souvent en paix. Il en va de même avec la population japonaise. Elle nous juge utiles, par certains aspects, car nous mettons pour ainsi dire de l'huile dans les rouages.

— Eh ben ! fit Louie, épaté, puis il ajouta d'un ton plus sérieux : Si c'est vrai, tout ça, il faut en déduire que la Yamaguchi-gumi a agi contre les intérêts de votre gouvernement et du Japon quand elle a aidé Satoshi à fuir le pays et quand elle a permis à iPS USA de mettre la main sur les cahiers de laboratoire. Mais pourquoi a-t-elle fait une chose pareille ?

— Nous ne sommes pas certains de comprendre ses motivations, dit Hideki. Mais mon *oyabun* suppose que la Yamaguchi-gumi utilise iPS USA pour blanchir de l'argent.

— Ça ne s'appelle pas travailler ensemble.

— Non, en effet, convint Hideki. Mais vous devez savoir que la Yamaguchi-gumi est… comment dire ? Elle est un peu particulière. Elle est plus jeune que les autres organisations yakuzas et elle ne se sent pas aussi tenue que nous de respecter les traditions. Elle est aussi beaucoup plus importante que toutes ses rivales, y compris l'Aizu Kotetsu-kai.

— Je vois.

Hideki reprit :

— Maintenant que je vous ai tout dit, que pensez-vous de reprendre la discussion sur le cambriolage de ce soir ?

Avant de répondre, Louie se demanda s'il avait besoin de savoir autre chose sur les cahiers de laboratoire et l'histoire qui se cachait derrière. Aucune question ne lui vint à l'esprit. Hideki s'était enfin montré honnête et Louie était content, après tout, de ne pas avoir prévu de l'exécuter. Les décès des deux lascars incontrôlables suffiraient.

De façon aussi concise que possible, Louie expliqua à son interlocuteur le faux plan qu'il avait concocté pour la soirée. Il lui donna le lieu et l'heure du rendez-vous de leurs hommes. Il justifia aussi le fait de créer une diversion quelque part sur la Cinquième Avenue, au sud des bureaux d'iPS USA – peut-être devant la bibliothèque de New York, précisa-t-il –, pour faire le cambriolage pendant que les flics seraient occupés.

— Et s'il y a quand même des policiers, malgré l'explosion, près de l'immeuble d'iPS USA ? demanda Hideki.

Louie songea que c'était une bonne question et prit le temps d'y réfléchir.

— S'il y a des flics ou trop de monde près de l'immeuble, nous annulons tout et nous remettons l'opération à plus tard. Nous devons impérativement être discrets. Il faut faire un cambriolage très propre, sans violence, sans la moindre victime. Sauf éventuellement l'agent de sécurité de la boîte s'il y en a un – et encore, nous ne ferons que le neutraliser. Dites à vos gars de mettre une cagoule, des gants et des vêtements noirs passe-partout.

Louie soutint le regard d'Hideki, attendant sa prochaine question. Elle ne vint pas. Il réprima un sourire. De toute évidence, le Japonais n'avait aucune expérience de ce genre d'opération. Et il avait gentiment gobé le plan tout à fait bancal qui lui était proposé.

— Si nous sommes parés pour le cambriolage, dit Louie, j'aimerais revenir sur la mort de Satoshi. Au téléphone, vous m'avez assuré qu'elle passerait pour une mort naturelle. Comment avez-vous fait le coup ?

— Je regrette, mais en ce qui concerne la méthode utilisée pour éliminer Satoshi, je ne peux vraiment rien dire. Mon *oyabun* me l'a interdit. Je peux juste vous dire que c'est une méthode que nous utilisons rarement.

— Pourquoi l'avez-vous utilisée sur Satoshi, alors ?

— Justement pour que ce meurtre ne puisse pas être interprété comme un meurtre. C'est une méthode très sûre.

— D’accord, je comprends. Et vu que la police ne semble pas s’agiter au sujet de cette affaire, je ne suis pas inquiet. Mais de votre côté, pourquoi teniez-vous tant à maquiller le meurtre ?

— À cause de la Yamaguchi-gumi. Elle a produit de gros efforts pour faire venir Satoshi en Amérique et aider iPS USA à se procurer ses cahiers de laboratoire. S’il apparaissait que Satoshi a été assassiné, elle se douterait probablement que c’est nous, l’Aizu Kotetsu-kai, qui sommes derrière cet événement. Nous sommes deux organisations rivales, ne l’oubliez pas. Le fait que la Yamaguchi-gumi a volé les cahiers de laboratoire sous notre nez et sur *notre* territoire, Kyoto, a déjà fait naître certaines tensions entre nous. Autrefois, une telle situation aurait déclenché un conflit violent. Mais nous ne pouvons plus nous permettre de prendre un tel risque. La Yamaguchi-gumi est devenue trop grosse. Même si nous passions à l’attaque les premiers, nous serions submergés.

— Mon Dieu, dit Louie. Quelle intrigue !

— Hélas, nous sommes entrés dans une période de grands bouleversements. Les yakuzas étaient autrefois plus respectueux des traditions. La Yamaguchi-gumi a un comportement très… arriviste, conclut Hideki d’un ton attristé.

Après avoir confirmé que Susumu et Yoshiaki attendraient les hommes de Louie devant la librairie Barnes & Noble de Union Square à vingt-trois heures, les trois yakuzas prirent congé, chacun inclinant respectueusement le buste devant les Américains avant de sortir du restaurant.

— Ils sont bizarres, ces mecs, dit Arthur dès qu'ils eurent disparu.

— Ouais, acquiesça Louie. Tout est bizarre, dans cette histoire.

12

Jeudi 25 mars 2010
16 h 10

— Ça ne me plaît pas du tout, marmonna Carlo, assis au volant du Denali. C'est la première fois que je vais dans une morgue. Comment ils font, les gens qui travaillent ici ? Tu imagines ça, toi, bosser tous les jours avec des cadavres ?

— Je trouve ça plutôt intéressant, dit Brennan.

Il aimait bien les programmes télévisés sur la médecine légale et les enquêtes de police.

La voiture était arrêtée sur une zone de stationnement interdit, sur la Première Avenue, au coin de la 30e Rue. L'IML était juste devant eux.

— Ah ouais ? Ça ne te dégoûte pas ? relança Carlo, grimaçant.

— Ben non, pourquoi ? répondit Brennan avec un haussement d'épaules. Allez, finissons-en. Comment on procède ? Nous pourrions peut-être appeler ce mec, Vinnie Amendola, et lui demander de venir nous retrouver dans un bar ou un restaurant. Il doit connaître le quartier, depuis le temps qu'il bosse ici.

— Louie a été assez clair, me semble-t-il, répliqua

Carlo. Il veut que tu lui parles à l'intérieur de la morgue.

— Il n'a pas dit que c'était à moi de lui parler, objecta Brennan. Il nous a envoyés tous les deux ici. Mais bon, c'est vrai que c'est toi qui décides !

Carlo avait parfois le don de l'agacer – surtout quand il lui faisait bien sentir, comme maintenant, qu'il avait un rang plus élevé que le sien dans la hiérarchie. Brennan n'était pourtant pas du tout impressionné par les capacités intellectuelles de son collègue ; il s'estimait même plus futé que lui et il aurait bien aimé que Louie tienne davantage compte de cette réalité. Il avait essayé d'aborder la question avec Louie, une fois, mais il s'était fait passer un savon et il n'avait plus jamais osé en reparler. Le problème lui restait quand même dans un coin de la tête, un peu comme un mal de dent vaguement enquiquinant.

— C'est moi qui décide, ouais, acquiesça Carlo. Voilà comment on va gérer le truc. Tu vas dans la morgue, tu entres en contact avec le mec – en face à face – et tu lui dis que je veux lui parler. Où il veut, peu importe, mais *tout de suite*.

— Et toi, tu fais quoi pendant que je vais là-bas ?

— Je reste ici pour surveiller la voiture. Je n'ai pas envie de me prendre une prune. Je serai peut-être même obligé de quitter cette place. Si je ne suis pas ici quand tu reviens, attends-moi. Je serai juste en train de tourner dans le quartier.

Brennan se tourna sur le siège pour dévisager Carlo. Il avait envie de lui faire remarquer qu'il n'était pas son larbin. Mais il se retint et marmonna avant de descendre du 4×4 :

— Comme tu veux.

— Une bière ne me ferait pas de mal ! Propose-lui quand même d'aller dans un bar.

Brennan claqua sèchement la portière. Il savait que ça énerverait Carlo, mais tant pis. Cet enfoiré n'avait qu'à ne pas profiter de lui.

Quand il eut traversé la 30e Rue, il avait déjà oublié son agacement. Il se demandait ce qu'il allait trouver à l'intérieur de la morgue. Dès qu'il pénétra dans le hall, cependant, il comprit qu'il ne verrait pas grand-chose. Sur la droite, il y avait un comptoir d'accueil en forme de fer à cheval. Une femme noire au sourire avenant, très séduisante malgré son âge, était assise sur un tabouret haut. D'après son badge, elle s'appelait Marlene Wilson.

— Bonjour, monsieur, puis-je vous renseigner ? demanda-t-elle comme si elle était réceptionniste dans un grand hôtel.

— Je voudrais voir Vinnie Amendola, répondit Brennan, un peu décontenancé.

Marlene consulta un annuaire interne de l'IML, puis elle décrocha le téléphone et composa un numéro. Elle dut passer par deux personnes avant d'avoir Vinnie au bout du fil. Elle tendit alors le combiné à Brennan.

Après avoir vérifié qu'il était en relation avec Vinnie Amendola, et pas un autre type, Brennan dit simplement qu'il avait un message à lui transmettre de la part de Paulie Cerino.

— Paulie Cerino ? Le… Le véritable Paulie Cerino ?

Vinnie n'en croyait pas ses oreilles. C'était bien la dernière personne dont il pensait entendre parler quand il avait pris le téléphone !

— Paulie Cerino du Queens, ouais.

Brennan savait que ce nom fichait la trouille à un certain nombre de gens – surtout les parasites qui avaient emprunté trop d'argent à la famille, manqué de chance au poker ou misé sur les mauvais chevaux et les boxeurs perdants.

— Est-il sorti de prison ? demanda Vinnie qui se remettait de sa surprise et n'était pas très content d'être dérangé par un type qui travaillait pour Paulie Cerino.

— Non. C'est pour ça que je viens à sa place. Mais il devrait avoir sa liberté conditionnelle d'ici peu de temps. Dites, ce serait possible que vous veniez à la réception ? J'ai des choses à vous dire.

— À quel sujet ? répliqua Vinnie.

Il commençait à prendre peur et il se demandait ce qu'il devait faire. Seule chose dont il était certain, il ne voulait avoir aucune relation avec cet envoyé de la Mafia.

— Paulie m'a chargé de vous transmettre un message. Et de vous poser quelques questions.

— Pourquoi ne m'appelle-t-il pas lui-même ? Je vous donne mon numéro de…

— Paulie n'a pas beaucoup la possibilité de téléphoner, si vous voyez ce que je veux dire.

— Hmm…, fit Vinnie, de plus en plus mal à l'aise. Oui, je vois.

— Mes questions sont assez simples, à vrai dire.

— O.K., dit Vinnie d'un ton résigné. J'arrive.

Brennan tendit le combiné à Marlene qui demanda :

— Vous êtes de la famille de Vinnie ? Un de ses amis ?

Elle n'avait pas pu éviter d'entendre les propos du visiteur, notamment au sujet d'un certain Paulie qui était en prison, et elle était intriguée.

— De la famille, ouais, répondit évasivement Brennan. De la famille éloignée.

Dès qu'il entra dans le hall, Vinnie entraîna le mafioso à l'écart, près de la porte de la rue. Les deux hommes se dévisagèrent. Ils avaient à peu près le même âge et c'était leur seul point commun. Le teint mat et les cheveux très bruns de Brennan contrastaient avec les cheveux poil de carotte et la peau claire, couverte de taches de rousseur, de Vinnie.

Quand ils se furent salués, le technicien de morgue dit :

— La dernière fois que Paulie Cerino a envoyé des gars me parler, j'ai été forcé de faire quelque chose que je ne voulais pas faire, j'ai eu de sérieux ennuis et j'ai presque perdu mon travail. Vous pouvez donc comprendre que je ne suis pas vraiment heureux d'avoir de ses nouvelles.

— Nous n'avons pas l'intention de vous obliger à faire quoi que ce soit. Comme je disais, nous voulons juste vous poser quelques questions.

— Qui ça, « nous » ?

— Mon partenaire est dehors, dans la voiture. Nous pensions vous offrir une bière quelque part dans le quartier.

— Impossible. Pas avant que je quitte le travail à cinq heures, en tout cas.

— Dommage.

Brennan était un peu déçu, car l'idée de boire une bière lui avait bien plu.

— Bon ! Merci de votre visite, dit Vinnie. Je dois retourner au travail.

— Pas si vite ! Et ici, dans ce hall ? J'appelle mon collègue et… et on n'aura qu'à s'asseoir sur le canapé.

Vinnie regarda tour à tour Brennan, le canapé, Marlene, puis de nouveau Brennan. Cette proposition ne lui plaisait pas du tout. Il ne voulait pas risquer d'être vu avec ce bonhomme qui était sans doute l'un des tueurs de la famille Vaccarro. Autrefois, quand il était gosse, il avait longtemps éprouvé un mélange d'admiration et de crainte vis-à-vis des mafiosi. Et puis tout avait changé le jour où un homme de main de Paulie Cerino avait abattu un gars juste devant la boutique de confiseries de son quartier. Vinnie se trouvait à ce moment-là un peu plus loin dans la rue, à la boutique de crèmes glacées, avec ses copains. Après avoir entendu le coup de feu, ils s'étaient mis au défi d'aller regarder le mort avant l'arrivée de la police. Quand Vinnie avait découvert le cadavre – le crâne explosé, la cervelle à moitié répandue sur la chaussée dans une mare de sang –, il avait failli vomir. Cette scène d'horreur s'était gravée pour toujours dans sa mémoire et le mode de vie des mafiosi ne lui avait plus inspiré qu'effroi et dégoût.

— Non, pas ici, objecta-t-il.

Les bureaux de l'administration se trouvaient au rez-de-chaussée ; il craignait que le directeur ne débarque tout à coup dans le hall. Il se creusa désespérément la tête pour trouver une solution. Bien sûr, il était hors de question de faire entrer ces types dans le bâtiment…

— J'ai une idée ! reprit-il. Retrouvons-nous dans la 30e Rue. Sortez, tournez au coin et marchez jusqu'à la réception des véhicules de l'IML. Vous ne pouvez pas la rater. Je vous y retrouve.

Brennan fronça les sourcils, l'air méfiant. Vinnie désigna la porte de la rue et ajouta d'un ton ferme :

— On se voit là-bas dans deux minutes.

Un peu mécontent de se faire jeter du hall comme un malpropre, Brennan retourna à la voiture à grands pas. Il ouvrit la portière passager et se pencha à l'intérieur.

— Alors ? demanda Carlo.

— Il est hypernerveux. Il dit que la dernière fois qu'il a eu affaire à Paulie, il a presque perdu son travail.

— Il va nous parler, oui ou merde ?

— Il dit qu'il ne peut pas quitter l'IML tant qu'il est de service. Mais il veut bien nous retrouver dehors, là-bas, devant les entrées des véhicules, précisa Brennan en pointant un doigt vers la 30e Rue.

— Zut ! grogna Carlo. Bon, essayons de faire vite.

Il alluma les feux de détresse avant de descendre de la voiture. Quand ils tournèrent au coin de la 30e Rue, ils aperçurent le technicien de morgue entre deux camionnettes blanches. Il avait l'air très nerveux et ne cessait de jeter des coups d'œil inquiets par-dessus son épaule.

— Le truc bien, c'est que nous ne sommes pas obligés d'aller à l'intérieur, dit Carlo en boutonnant sa veste. Tant mieux. Les macchabées, c'est vraiment pas mon truc.

Vinnie prit à nouveau peur quand il vit la tenue du deuxième homme – en particulier la chaîne en or autour du cou et la veste en soie grise par-dessus le sous-pull noir. Les mafiosi s'habillaient déjà comme ça quand il était gosse. Ces deux mecs étaient des tueurs, aucun doute là-dessus.

— Il faut se dépêcher, dit-il après que Brennan lui eut présenté Carlo. Mes collègues vont remarquer que je me suis absenté. Qu'est-ce que vous vouliez me demander ?

— Nous sommes ici au nom de Paulie Cerino, dit Carlo.

— Ouais. Votre collègue m'a déjà mis au courant.

— Paulie voudrait que vous vous souveniez de ce qu'il a fait pour votre père.

— Vous pouvez dire à M. Cerino que je n'oublierai jamais ce qu'il a fait pour mon père. Mais qu'il se souvienne aussi de ce que j'ai fait pour lui la dernière fois qu'il s'est rappelé à mon bon souvenir. J'espère qu'il considère que nous sommes quittes.

— Il ne sera pas très content d'entendre ce genre de chose, répliqua Carlo. C'est au capo de décider quand la dette est payée, pas au débiteur !

Vinnie prit une profonde inspiration. Il savait qu'il devait absolument éviter de se mettre ces types à dos.

— D'accord. Dites-moi ce que vous vouliez me demander, s'il vous plaît.

Carlo fusilla Vinnie du regard ; il hésitait à le gifler pour lui apprendre la politesse.

— Hier soir, il a dû vous arriver le cadavre d'un Japonais qui s'est effondré sur le quai du métro à Columbus Circle.

— Ouais, je connais le dossier.

Vinnie était le plus ancien technicien de morgue de

l'IML ; il se flattait de savoir à peu près tout ce qui s'y passait.

— Et puis ? relança-t-il. Qu'est-ce que vous voulez savoir ?

— Qui est le coroner qui s'occupe de ce cadavre ?

— Ici, il n'y a pas de coroner, répliqua Vinnie avec une pointe de condescendance. On n'est pas au cinéma. Ici, il y a des médecins légistes qui sont de vrais spécialistes d'anatomopathologie, pas des fonctionnaires du tribunal.

— Peu importe ! rétorqua Carlo, de plus en plus irrité. Qui a pris le dossier en charge ?

— Le Dr Southgate.

Carlo se décrispa tout à coup. Un sourire lui vint aux lèvres. Il était content de pouvoir rapporter de bonnes nouvelles à Louie. Si l'affaire était si vite réglée, en plus, c'était d'autant moins de travail pour Brennan et pour lui. Hélas, son soulagement fut de courte durée, car il entendit tout à coup Vinnie ajouter :

— Mais le Dr Southgate est tombé malade et c'est le Dr Montgomery qui a pris le relais.

— Quoi ? s'exclama Carlo, écarquillant les yeux. Montgomery ? Répétez un peu ça ? !

Il avait très bien compris, mais il n'avait aucune envie de revenir sur la bonne nouvelle qu'il avait entendue dix secondes plus tôt.

— C'est le Dr Southgate qui a pris le dossier en main, mais il est tombé malade. Alors le Dr Laurie Montgomery – mais je devrais plutôt dire Montgomery-Stapleton – a pris le relais. Pourquoi vous voulez savoir ça ?

— Pourquoi changer de médecin légiste ?

— Je vous l'ai déjà dit. Parce que le Dr Southgate est tombé malade. Il a dû quitter l'IML pour rentrer chez lui.

— Merde ! cria Carlo qui avait encore du mal à encaisser le coup.

Son exaspération le priva momentanément de la capacité à dire autre chose. Brennan prit le relais pour demander :

— Quel est le verdict de la légiste ? Je veux dire… comment elle explique la mort du Japonais ?

— Pour le moment, elle n'a pas d'explication, répondit Vinnie.

De son côté, il était de plus en plus intrigué. Pourquoi Paulie Cerino s'intéressait-il à ce cadavre ?

— Et la cause probable de la mort, alors ?

Brennan était content de pouvoir répéter les mots qu'il avait entendus dans les séries télévisées médicales.

— Pour le moment, je vous dis, le Dr Montgomery-Stapleton ne sait pas ce qui a tué cet homme. Il est peut-être mort de mort naturelle, tout simplement. C'est l'impression qu'il donne. Mais ça pourrait changer. Le Dr Montgomery-Stapleton revient tout juste de congé maternité, c'est son premier cas depuis près de deux ans, et je l'ai entendue dire qu'elle était déterminée à trouver une pathologie – « quitte à y laisser ma peau », elle a même dit. Comme elle n'a rien trouvé pendant l'autopsie, elle va examiner les prélèvements et les lames d'histologie avec beaucoup d'attention.

— Vous êtes donc en train de nous dire qu'elle va continuer de s'intéresser à ce cas, c'est bien ça ?

— Oui, acquiesça Vinnie. Enfin, c'est ce qu'elle a laissé entendre. Il faut savoir qu'elle est très têtue. Mais chez elle, c'est une qualité.

Brennan et Carlo échangèrent un regard dépité. Puis Brennan regarda Vinnie droit dans les yeux et dit :

— Je voudrais être certain que vous comprenez que nous sommes ici à titre strictement confidentiel. Paulie serait très malheureux si vous étiez tenté de parler de cette discussion à qui que ce soit. C'est clair, j'espère ?

— C'est clair, acquiesça Vinnie. Oui, bien sûr, je comprends tout à fait.

Il ne mentait pas. Il était bien placé pour savoir que les histoires que l'on entendait raconter au sujet de la Mafia étaient pour l'essentiel *vraies*. Quand ils se sentaient insultés, les gangsters étaient capables de se montrer terriblement violents.

— Dans le cas contraire…, reprit Brennan d'un ton menaçant. Dans le cas contraire, il pourrait arriver quelque chose à votre famille. Ou à vous-même.

L'anxiété de Vinnie, qui avait diminué pendant qu'ils parlaient du cadavre asiatique, se raviva tout à coup. La gorge nouée, il acquiesça d'un hochement de tête. Ce genre de propos intimidants, c'était exactement ce qu'il avait craint d'entendre quand Brennan avait évoqué Paulie Cerino.

— Paulie s'intéresse beaucoup au cas du bonhomme du métro. Au cas où vous vous poseriez la question, je peux vous assurer que nous ne l'avons pas tué. Mais il vaut mieux pour tout le monde que cette affaire se tasse. Paulie préférerait que le Japonais soit mort de mort naturelle. Et qu'il ne soit jamais identifié. Compris ?

Vinnie hocha de nouveau la tête. Confusément, il se demandait pourquoi ces deux hommes lui parlaient ainsi. De toute façon, il n'avait aucun moyen d'influencer le cours des choses !

— Pardon ? Je veux entendre votre réponse, ordonna Brennan.

— Oui, glapit Vinnie qui avait perdu tout son aplomb.

— Passons maintenant à Laurie Montgomery-Stapleton. Selon vous, risque-t-elle vraiment de donner suite à sa menace de trouver une pathologie à tout prix – quitte à y laisser sa peau, comme elle a dit ? Elle a bien dit ça, n'est-ce pas ?

Craignant de se contredire, Vinnie se sentit contraint d'avouer la vérité plutôt que de dire aux deux hommes ce qu'ils avaient l'air d'avoir envie d'entendre.

— Elle a dit qu'elle trouverait une pathologie, oui, et qu'elle ne renoncerait pas.

Brennan regarda Carlo.

— Paulie ne va pas être content.

— Je me disais la même chose. Louie non plus.

— Que faut-il faire, alors ? demanda Brennan. Je préférerais que Louie soit content.

Carlo hocha la tête. Vinnie avait l'impression d'être dans la peau d'une souris anxieuse cernée par deux chats affamés.

— J'ai une autre question, dit Carlo. À votre avis, comment le Dr Montgomery réagirait-elle si elle se faisait graisser la patte avec quelques milliers de dollars ? En plus, il y aurait peut-être mille dollars pour vous aussi… Hein, qu'est-ce que vous en pensez ?

Trop nerveux pour avoir les idées claires, Vinnie marmonna :

— Vous voulez dire… Vous voulez lui offrir un pot-de-vin ?

— Certaines personnes utilisent ce mot-là, ouais, convint Carlo. Il y a pas mal de façons de dire la chose.

— Je ne pense pas qu'elle réagirait comme vous le voulez. Si vous lui proposiez de l'argent, elle serait plus convaincue que jamais qu'il y a quelque chose de louche dans cette affaire. Enfin pas louche, non, mais je veux dire… Je veux dire que, pour le moment, elle ne sait rien ! Là, tout de suite, elle sait juste qu'il est rare de ne trouver absolument aucune pathologie pendant l'autopsie. En général, il y a au moins un petit quelque chose – peut-être pas une pathologie suffisante pour tuer la personne, mais… un truc anormal. Le médecin légiste avec lequel je travaille le plus souvent, par exemple, il trouve *toujours* quelque chose. D'ailleurs, c'est le Dr Stapleton, le mari de Laurie. Tous les deux, ils prennent chaque autopsie qu'ils font comme une espèce de défi personnel. Ils *veulent* trouver la solution.

— T'as une autre question à lui poser ? demanda Carlo à Brennan.

— Non.

— Il se pourrait quand même que nous ayons d'autres questions, dit Carlo à Vinnie. Plus tard, je veux dire. Donnez-nous votre numéro de portable.

Pressé d'en finir avec cette conversation – et sachant, en plus, qu'il n'avait guère le choix –, Vinnie obtempéra.

— Merci bien, mon ami, dit Carlo qui avait entré sur son propre téléphone les chiffres que lui dictait

Vinnie. Maintenant, assurons-nous que vous n'avez pas fait d'erreur malencontreuse…

Il pressa la touche d'appel. Quelques instants après, la sonnerie du portable de Vinnie retentit dans la poche droite de sa blouse.

— Parfait, dit Carlo, rabattant le clapet de son appareil.

Il s'approcha de Vinnie et posa une main sur son épaule.

— Rappelez-vous, ne parlez à personne de notre rencontre, dit-il. À personne ! Et si vous voyez une solution pour modérer l'enthousiasme de Laurie Montgomery-Stapleton, appelez-moi. Vous avez maintenant mon numéro sur votre portable.

Carlo tapota sèchement la joue de Vinnie, avant d'ajouter :

— On se reverra.

Il tourna les talons pour s'éloigner. Brennan fixa Vinnie des yeux quelques secondes, puis il rattrapa son collègue.

— Louie ne va pas être content du tout, dit-il. Ce que vient de nous raconter Vinnie, c'est le pire truc qu'on pouvait entendre.

— Ouais, c'est la merde, grogna Carlo.

Tout à coup, Brennan s'immobilisa en s'écriant :

— Attends une seconde ! Nous avons oublié de lui demander l'autre truc que Louie voulait savoir.

— Quoi donc ?

Brennan se tourna pour regarder en direction de l'IML. Vinnie avait déjà disparu.

— Nous avons oublié de lui demander s'il avait des idées pour convaincre Laurie de renoncer à enquêter sur Satoshi, et pour l'inciter à conclure qu'il est mort de mort naturelle.

— Nous lui avons demandé si elle accepterait de l'argent, objecta Carlo. Et je lui ai dit de m'appeler s'il voyait une solution pour modérer son enthousiasme.

— Mais ce n'est pas tout à fait pareil. Vinnie pourrait avoir une autre idée. Un truc précis, je veux dire. Genre… Un truc, quoi !

Ils marchèrent en silence jusqu'à l'angle de la Première Avenue et de la 30e Rue. Carlo agrippa Brennan par le bras.

— Tu as raison. Nous aurions dû lui poser la question.

— Téléphone-lui ! T'as eu le nez creux quand tu lui as demandé son numéro.

— Bonne idée. Faisons ça dans la voiture.

Le Denali était toujours à sa place, feux de détresse allumés. Hélas, il y avait déjà une contravention sous l'essuie-glace. Et la contractuelle se tenait devant le capot, attendant manifestement l'arrivée du camion de la fourrière.

— Merde ! s'écria Carlo, et il courut jusqu'à son véhicule. Excusez-moi, madame ! Pardon ! J'avais un rendez-vous professionnel à l'Institut médico-légal, là, derrière…

— En ce cas, l'interrompit-elle, vous auriez dû laisser votre véhicule dans la 30e Rue, avec les camionnettes de l'IML. Nous ne les verbalisons jamais.

— Pourriez-vous annuler cette contravention, s'il vous plaît ? Nous ne sommes restés ici que quelques minutes.

— Je regrette, c'est impossible. Maintenant, vous devriez vous en aller avant l'arrivée de la remorqueuse.

Carlo marmonna quelques injures que la contractuelle n'entendit heureusement pas tandis qu'il grimpait dans le 4×4 avec Brennan. Assis au volant, il sortit son téléphone et appuya sur le bouton de rappel du dernier numéro. La contractuelle tapota à la vitre de sa portière ; elle avait l'air menaçant.

— D'accord, d'accord ! cria-t-il.

Il faisait démarrer le moteur, lorsque Vinnie répondit.

— Maintenant tu vas avoir une prune parce que tu téléphones en conduisant, fit observer Brennan.

Carlo lui décocha un regard plein de colère, raccrocha et jeta l'appareil à côte du levier de vitesse, puis s'élança dans la Première Avenue. Il tourna bientôt à gauche dans une rue transversale, s'arrêta devant une bouche d'incendie et rappela Vinnie.

— Attendez, dit ce dernier. Je dois trouver un coin tranquille pour parler.

Carlo patienta.

— O.K., c'est bon, dit Vinnie au bout d'un moment. Quoi encore ?

— Nous avons oublié de vous demander votre opinion. Avez-vous la moindre suggestion, une idée quelconque qui nous permettrait de convaincre le Dr Laurie Montgomery-Stapleton d'oublier le mort du métro et de classer l'affaire ? Ou bien voyez-vous un truc que vous, vous pourriez faire… ?

— Non, vraiment pas, l'interrompit Vinnie. Je n'ai pas d'idée à vous proposer. Et moi, si j'essayais quoi que ce soit, j'obtiendrais le même résultat qu'avec un pot-de-vin. Elle serait plus déterminée que jamais à découvrir la cause de la mort de cet homme. Pour le moment, c'est juste un défi un peu bizarre qu'elle s'impose pour des raisons personnelles. Et elle va peut-être laisser tomber. Si elle avait la moindre raison de penser qu'il y a un élément criminel dans l'affaire, par contre, elle ne lâcherait plus le morceau. J'en sais quelque chose. Ces dernières années, il y a déjà eu plusieurs affaires à propos desquelles elle disait A alors que tout le monde disait B, et où il s'est avéré qu'elle avait raison. En plus, je ne veux pas être mêlé à vos histoires. Je regrette, mais c'est la vérité. Je ne vais rien raconter à personne, d'accord, je ne dirai pas que vous êtes venus me voir, c'est entendu, mais restons-en là.

Brennan, qui entendait la voix du technicien dans l'écouteur, fit signe à Carlo de lui passer le téléphone.

— C'est Brennan ! dit-il. Écoutez-moi ! Qu'est-ce que vous penseriez d'écrire un message anonyme qui raconterait… qui raconterait par exemple qu'il y a des gens très, très dangereux qui veulent que le dossier du type du métro soit classé vite fait, parce que c'est une question d'assurance pour la famille.

— L'homme n'est même pas identifié, objecta Vinnie. Comment sa famille pourrait-elle vouloir faire jouer les assurances ?

— Bonne remarque, convint Brennan. Oublions le truc de l'assurance. Écrivez juste un mot pour la prévenir que si elle ne laisse pas ce macchabée peinard, c'est-à-dire mort de sa belle mort, elle aura des ennuis. De gros ennuis. Faites bien en sorte qu'elle comprenne que la situation est grave – *très* grave.

— Elle va aussitôt montrer ce mot à la police et tout le monde saura qu'il y a quelque chose de louche dans la mort de cet homme. Je ne veux pas vous dire comment gérer vos affaires, vous autres, mais sachez que plus vous attirerez l'attention du Dr Montgomery-Stapleton sur la victime, plus vous la verrez chercher la cause de son décès.

— Et si vous précisiez dans le message que… que si elle parle à la police, elle le regrettera *personnellement* ? Si j'étais docteur, moi, et si je recevais une lettre qui me menace de souffrances terribles au cas où je ne lâcherais pas prise sur l'autopsie d'un mec non identifié mort de mort naturelle, je classerais l'affaire dans la seconde. Pourquoi irais-je risquer ma vie pour un truc pareil ?

— Parce que vous êtes vous. Et elle, c'est le Dr Montgomery-Stapleton.

— Attendez une seconde, dit Brennan, et il se tourna vers Carlo. À ton avis ? Tu trouves que mon idée est bonne ? J'ai l'impression que c'est ce genre de chose que Louie avait en tête quand il nous a envoyés ici. Il a quasiment parlé de la menacer de cette façon, d'ailleurs.

— Je crois que tu as raison, répondit Carlo. En plus, elle revient tout juste de congé maternité. C'est bien ce qu'il a dit, non ?

Brennan posa la question à Vinnie, qui marmonna d'une voix lasse :

— Oui. Aujourd'hui, c'est son premier jour de travail depuis plus de deux ans. Ça joue sans doute un rôle dans l'intérêt qu'elle porte à cette affaire.

— Les femmes changent, quand elles ont des gosses, fit remarquer Carlo. Je peux en parler ! Ma femme a mis deux gamins au monde. La maternité prend le dessus et elles sont prêtes à n'importe quoi pour protéger leurs enfants.

— Vous avez entendu ça ? demanda Brennan.

— Oui, j'ai entendu, grogna Vinnie.

Il était de plus en plus inquiet à l'idée de faire ce que les deux hommes exigeaient de lui.

— Rédigez un message pour expliquer au Dr Montgomery-Stapleton que si elle ne classe pas l'affaire, sa famille et elle en paieront les conséquences. Veillez bien à souligner que les conséquences seront les mêmes si elle parle à quiconque de ce message. En particulier à la police. Mais attention, vous n'avez pas besoin d'écrire un roman ! L'essentiel, c'est d'être précis et percutant.

— Vous avez dit tout à l'heure que vous vouliez juste me parler, protesta Vinnie.

— Vous n'allez pas nous faire des difficultés maintenant, n'est-ce pas ? répliqua Brennan d'une voix sourde. Parce que vous savez, nous sommes en route pour votre domicile, en ce moment même, et ça va nous faire bien plaisir de regarder vos filles sortir de l'école.

Carlo le regarda d'un air perplexe.

— Compris, dit Vinnie, soudain ivre de peur.

— Bien ! approuva Brennan. Vous savez quoi ? Rédigez le message et puis rappelez-nous à ce numéro. Nous aurons peut-être des conseils éditoriaux à vous donner.

Il raccrocha et tendit le téléphone à Carlo.

— J'appelle Louie, dit ce dernier en cherchant le numéro de leur patron dans le répertoire de l'appareil. Autant lui annoncer tout de suite la couleur.

— Bonne idée. Parle-lui aussi de la lettre de menaces,

pour avoir son opinion. C'est quand même risqué, si ça doit rendre la légiste encore plus curieuse au lieu de lui fiche la trouille.

— C'est Carlo, dit Carlo quand Louie prit l'appel. Je crois qu'on a des mauvaises nouvelles…

13

Jeudi 25 mars 2010
16 h 45

Laurie se fit déposer par le taxi directement devant l'IML pour ne pas avoir à traverser la Première Avenue où les voitures roulaient presque à touche-touche. C'était l'heure de pointe dans toute son horreur. Il lui avait fallu cinquante-cinq minutes pour revenir du commissariat de Midtown North, alors que le trajet aller lui en avait pris seulement vingt-cinq. La circulation à New York ne cessait d'empirer.

Elle salua Marlene de la main en entrant dans le hall et se dirigea droit vers les ascenseurs pour monter au troisième étage. Dans le couloir, avant de gagner son bureau, elle passa la tête dans l'embrasure de la porte de Jack.

— Salut.

— Où étais-tu, sacrebleu ? ! demanda-t-il, feignant d'être énervé. Je suis passé plusieurs fois à ton bureau et je sais que tu n'étais pas à la fosse.

Avec un sourire espiègle, Laurie sortit de son sac les deux CD gravés à son intention par Ron Steadman. Elle les agita à bout de bras, s'approchant de Jack tandis qu'il se renversait en arrière dans son fauteuil et s'étirait. Sur la table, devant lui, il y avait un impressionnant méli-mélo d'objets qui donnait l'impression qu'il faisait vingt choses à la fois : des dossiers d'autopsies, des livres, des revues médicales, des lames de microscopes, des rapports de labo – et un sèche-cheveux démonté. Jack portait aussi des gants chirurgicaux en latex.

— C'est quoi, ces CD ? demanda-t-il.

— Des films très, très *hot*.

Il la regarda d'un air étonné.

— Oh, oui, susurra Laurie en se penchant vers lui. La soirée va être brûlante, mon chéri.

— Arrête ton char !

Jack tendit la main et lui chipa les CD. Il lut les inscriptions de leurs étiquettes : SERVICE DES PERSONNES DISPARUES / POLICE DE NEW YORK.

— Tu vois, maintenant je suis déçu, observa-t-il d'un ton ironique. Mais de quoi s'agit-il, alors ?

— Ce sont les enregistrements de toutes les caméras de surveillance du quai de la ligne A, à Columbus Circle, au moment où mon Asiatique s'y est effondré pour mourir.

Jack la regarda d'un air peiné.

— Ne me dis pas que tu vas regarder ça ? Tu as quoi, là-dedans… dix heures de banlieusards qui entrent et sortent du métro ?

— Huit.

Jack la dévisagea quelques secondes :

— Et tu vas les visionner. Tu es sérieuse. C'est invraisemblable !

— S'il le faut, oui, je visionnerai tous ces fichiers,

affirma Laurie en souriant. Je sais que l'histoire risque d'être assez faiblarde au niveau de l'intrigue et du portrait des personnages, en plus l'image sera sans doute en noir et blanc et granuleuse, mais… je vais quand même regarder ces vidéos, en effet.

— Puis-je me permettre de te faire remarquer que cette malheureuse affaire ne mérite pas que tu t'emballes de cette façon ? Pourquoi, pour l'amour du ciel, veux-tu te soumettre à ce genre de torture ? Huit heures de vidéos archichiantes ! Allons, Laurie, ce n'est pas parce que tu n'as trouvé aucune pathologie sur ce bonhomme que tu dois te pourrir la soirée. Demain tu examineras tes lames d'histologie – parce que je suis certain que tu as demandé à Maureen O'Connor de te les préparer en express –, tu auras aussi les résultats du screening toxicologique – parce que je suis sûr que tu as *aussi* réclamé à John de bosser à toute berzingue pour toi –, et tu pourras boucler ce dossier, la conscience tranquille. Tu n'as nullement besoin de regarder huit heures de caméras vidéo de surveillance. C'est insensé !

— Je compte bien avoir de nouveaux cas demain matin.

— Tant mieux ! Ça veut dire que tu te pencheras sur les résultats du type du métro dans l'après-midi. Et je suis quand même sûr que tu ne trouveras rien. Affaire classée, certificat de décès signé, passons à autre chose !

— Les caméras de sécurité me révéleront peut-être quelque chose d'important.

— Du genre ?

— De genre… J'aimerais savoir si cet homme a eu

ou non des convulsions. Le témoin qui a appelé les secours m'a dit qu'il n'en était pas certain. Il a cru voir sa tête s'agiter brusquement, mais ça n'a duré que quelques secondes. Et à ce moment-là, le témoin était bousculé par les autres passagers qui voulaient entrer dans la rame de métro avec lui.

— Hmm… Admettons, dit Jack d'un ton plus compréhensif. C'est une donnée potentiellement significative. Et, de toute façon, je ne peux que te féliciter pour ta rigueur professionnelle. Personne, dans cette maison, n'aurait pensé à aller dégoter ces enregistrements des caméras de surveillance. Mais dis-moi un truc : tu rentres seulement à l'instant, ou tu es déjà passée à ton bureau ?

— Je reviens tout juste de Midtown North où je suis allée récupérer ces enregistrements. Pourquoi ?

— Heu… rien, fit Jack, en regardant ailleurs. Pour… aucune raison particulière.

Laurie se pencha pour le dévisager. Il semblait avoir un léger sourire aux lèvres… Oui, les coins de sa bouche se plissaient légèrement.

— Mais encore ? insista-t-elle. Pourquoi me demandes-tu si je suis déjà passée à mon bureau ?

— Oh, pour pas grand-chose. La dernière fois que j'y suis passé, moi, quand je te cherchais, j'ai remarqué que John t'avait laissé le résultat de l'alcoolémie de ton cas. Qui était normale, à propos. J'ai deviné que tu t'étais débrouillée pour qu'il te donne ce résultat en vitesse et… je me demandais donc si tu avais déjà eu l'occasion de voir son mot, conclut Jack, et il pouffa de rire.

— Non, je ne l'ai pas encore vu, dit Laurie, confuse.

Jack se comportait parfois de façon un peu bizarre. Elle pensait que c'était une conséquence de la tendance qu'il avait, par moments, à réfléchir à dix choses différentes à la fois. Le désordre qui régnait sur sa table suggérait que c'était justement le cas maintenant.

— À quelle heure veux-tu rentrer à la maison ? demanda-t-elle pour changer de sujet.

Elle avait hâte de quitter l'IML. Elle s'était forcée, non sans peine, à ne pas appeler Leticia pour ne pas l'importuner. Et comme la jeune femme ne lui avait pas téléphoné, elle était sans nouvelles de JJ depuis si longtemps, lui semblait-il, qu'elle ne pouvait s'empêcher de s'inquiéter à nouveau. Elle voulait savoir quand Jack serait prêt à partir, car elle aurait ainsi une excuse pour joindre Leticia et la prévenir de leur heure de retour.

— Juste après que j'aurai rédigé mon rapport sur ce que je viens de découvrir ici, si tu veux bien ? répondit-il. C'est assez intéressant.

— De quoi s'agit-il ? C'est le sèche-cheveux ?

— Tout juste, répondit Jack en saisissant l'appareil. Tu te souviens du cas que je commençais au moment où tu finissais ton Asiatique ?

— Oui. L'hôtesse de l'air de Delta. Qu'as-tu trouvé ?

— La même chose que toi : rien du tout, à part des fibromes utérins sans conséquence. Alors j'ai appelé Bart Arnold et je lui ai demandé de renvoyer un enquêteur médico-légal à l'appartement de cette femme pour y récupérer tous les appareils électriques qu'il pourrait dégoter dans la salle de bains. Il m'a ramené le sèche-cheveux et ce truc pour se nettoyer les dents qui est là-bas, précisa Jack en désignant un objet posé sur la paillasse à côté du microscope. Comment ça s'appelle, déjà ?

— Un hydropulseur, je crois.

— Ouais, voilà. L'hydropulseur n'a rien donné, mais regarde ce sèche-cheveux !

Jack appliqua les contacts d'un voltmètre sur l'une des broches de la prise électrique du sèche-cheveux et à l'intérieur de son boîtier. Il se pencha de côté pour que Laurie voie la valeur affichée sur la fenêtre de l'appareil.

— Zéro ohm ! s'exclama-t-elle.

Elle se souvint alors qu'elle avait eu un cas similaire lors de sa première année à l'IML, et elle ajouta :

— Électrocution à bas voltage.

— Tout juste, dit Jack. Voilà pourquoi son petit ami l'a vue sortir de la salle de bains, s'effondrer tout d'un coup et mourir.

— Le sèche-cheveux a pourtant l'air neuf.

— Tu as bien raison. Et c'est ce qui rend l'affaire encore plus intéressante. Jette un coup d'œil à l'intérieur. Là, sur ce fil noir…

Jack désigna le fil en question avec un tournevis.

— On dirait qu'il a été dénudé, fit observer Laurie. Et tordu de façon à toucher le bord métallique du châssis de l'appareil.

— Bingo, ma chère ! La jeune femme est sortie de la douche avec les pieds mouillés – sur le sol humide de la salle de bains –, elle a allumé le sèche-cheveux et… elle a grillé.

— Alors c'était un homicide, dit Laurie. Beau travail. Avait-elle des brûlures ? Sur la plante des pieds, par exemple ?

— Non. Mais ce n'est pas surprenant. Un tiers des personnes victimes d'une électrocution à bas voltage n'ont pas de brûlures.

— Quoi ? ! Comment peux-tu te souvenir d'un détail pareil ?

— Je venais juste de lire ça dans un article quand tu es arrivée, admit Jack.

— C'est le petit ami qui a fait le coup, à ton avis ? Peut-être pendant qu'elle était dans l'avion ?

— Je suppose, mais ça risque d'être difficile à prouver. L'idéal, ce serait de trouver ses empreintes ou celles d'une autre personne à l'intérieur du sèche-cheveux. C'est pour ça que je porte des gants. Celui qui a laissé des empreintes ici, quel qu'il soit, est coupable de meurtre.

— Beau travail, répéta Laurie, mais cette fois avec une pointe de dépit dans la voix.

C'était exactement le genre d'histoire qu'elle aurait aimé avoir pour son retour à l'IML – une histoire qui exigeait de l'expérience, des connaissances, ainsi qu'une certaine créativité pour en relier tous les éléments ensemble, et qui procurait au médecin légiste le sentiment agréable d'avoir à la fois bien rempli son rôle et servi la justice.

— Combien de temps te faudra-t-il pour écrire ton rapport ? demanda-t-elle.

— Disons une demi-heure. Ça ira ?

— Entendu. Dès que tu auras fini, passe me prendre à mon bureau.

— Et Leticia et JJ ? Tout s'est bien passé, aujourd'hui ?

— Apparemment, je ne suis pas aussi indispensable

que je le pensais. Tout est allé comme sur des roulettes. Leticia a même dit que je lui téléphonais trop souvent.

— Avec ces mots-là ?

— Avec ces mots-là.

— Je dois dire que sa remarque est peut-être un chouïa déplacée.

— Je dois dire que je suis d'accord avec toi.

— On se retrouve dans une demi-heure.

Laurie sortit son portable de son sac tandis qu'elle longeait le couloir en direction de son bureau. Encouragée par l'observation de Jack, elle voulait appeler Leticia tout de suite. Les sonneries commencèrent à s'égrener à l'autre bout du fil. Elle se mit à les compter. Lorsqu'elle eut posé son sac et les deux CD sur sa table, puis retiré son manteau, elle en était déjà à huit. Un frisson d'inquiétude la saisit. Elle s'assit dans son fauteuil.

À la douzième sonnerie, enfin, Leticia prit l'appel. Le cœur de Laurie battait la chamade.

— Allô ? dit la jeune femme, très calme.

— Tout va bien ? bafouilla Laurie, perplexe.

— Très bien. JJ est en pleine forme !

— Le téléphone a sonné très longtemps.

— Humm, oui. Parce que nous prenions un petit bain après avoir changé une couche particulièrement sale.

Une fois de plus, Laurie fut embarrassée de s'être montrée si émotive.

— Je voulais juste vous prévenir que nous serons à la maison dans environ une heure.

— Nous ne bougeons pas d'ici.

— Et le dîner ? Il a déjà mangé ?

— C'est notre prochaine étape.

— Dites au petit bonhomme qu'il nous manque.

— Je lui dirai, répondit Leticia d'une voix neutre.

Laurie raccrocha. Il était clair que la jeune femme était ennuyée par son appel. Elle, de son côté, était ennuyée par l'incapacité de Leticia à lui donner un peu de mou le premier jour. En même temps… elle était prête à reconnaître qu'une douzaine d'appels depuis le matin, c'était sans doute exagéré – surtout qu'il n'y avait eu aucun problème. Elle savait aussi qu'un enfant d'un an et demi à gérer seule, c'était beaucoup de travail. Tous ces coups de fil avaient donc pu effectivement déranger Leticia.

Elle posa le téléphone et vit la feuille du labo de toxicologie dont Jack lui avait parlé : l'alcoolémie de l'Asiatique non identifié était à 0,03 gramme par litre de sang, c'est-à-dire loin en dessous de la limite légale, mais pas tout à fait nulle ; il fallait en déduire que l'homme avait probablement bu un verre d'alcool dans les deux heures qui avaient précédé sa mort. Mais ce détail n'avait de toute évidence aucun rapport avec son décès.

Elle glissait la feuille dans le dossier de la victime, lorsqu'elle vit qu'une enveloppe blanche – une banale enveloppe de courrier – était posée sur le clavier de l'ordinateur. Son nom y était dactylographié : DR LAURIE MONTGOMERY-STAPLETON. Marlene y avait ajouté un Post-it pour dire qu'elle avait été trouvée dans le hall de l'IML, glissée sous la porte de la rue. Laurie l'ouvrit. Elle contenait une feuille de papier A4, pliée en trois, qui portait un bref message rédigé à l'ordinateur :

Docteur,

Pardonnez-moi de vous déranger, mais j'y suis obligé par certaines personnes très dangereuses qui menacent ma propre vie. Ces personnes veulent que vous cessiez d'enquêter sur la cause du décès de l'homme aux traits asiatiques qui est mort sur le quai du métro. Si vous n'obtempérez pas, votre famille et vous-même en subirez les conséquences. Si vous parlez à la police de cette lettre, les conséquences seront les mêmes. Réfléchissez. Cette affaire ne vaut pas le temps et les efforts que vous y consacrez.

Après avoir été saisie par un frisson d'inquiétude pendant sa première lecture du message, Laurie commença à sourire quand elle le relut. Puis elle le parcourut à nouveau, lentement, et pouffa de rire pour de bon. Qui pouvait avoir eu l'idée d'écrire pareille missive ? Jack, évidemment ! C'était tout à fait son genre d'humour – même si la blague, il fallait le dire, n'était pas du meilleur goût. Il tenait à ce qu'elle arrête de se prendre la tête avec cette affaire et il avait inventé ce truc un peu bébête pour l'en éloigner. Laurie retourna la feuille entre ses doigts, puis relut le message. Oui, Jack en était l'auteur, c'était évident. Elle en voulait pour preuve son attitude un peu étrange, quelques minutes plus tôt, quand il lui avait demandé si elle était déjà passée à son bureau… Et maintenant, sans doute s'attendait-il à la voir revenir au pas de course, bouleversée par le contenu de sa lettre. Elle rit à nouveau. Hélas pour lui, son texte était beaucoup trop improbable ! Un véritable corbeau, réellement inquiet de la voir enquêter sur le cas de l'Asiatique, n'aurait jamais cherché à attirer *davantage* son attention sur l'affaire avec une lettre de ce genre, qui ne pouvait que l'intriguer encore plus et la pousser à trouver coûte que coûte une explication au décès de ce pauvre homme.

Laurie plissa les yeux. L'identité de l'auteur du message étant claire, elle pouvait réfléchir au moyen de lui rendre la monnaie de sa pièce. C'est-à-dire se venger de lui, car la plaisanterie était tout de même très déplacée. Alors… Non seulement elle ne se précipiterait pas au bureau de Jack avec une mine effrayée, mais, en plus… elle ne réagirait même pas ! Voilà. Elle ferait comme si de rien n'était. Elle s'amuserait beaucoup, de son côté, à ne pas lui parler de la lettre et à voir combien de temps il supporterait son silence. Elle replia la feuille et la glissa dans l'enveloppe qu'elle déposa dans un tiroir de sa table. Elle ne pouvait s'empêcher de sourire, car elle était certaine que son absence de réaction face à cette blague de potache rendrait Jack complètement dingue.

Elle saisit la pochette en papier cartonné jaune qui contenait toutes les pièces du dossier de l'Asiatique : la fiche de renseignements, le certificat de décès à moitié rempli, le relevé de notification du décès par le service des communications, la fiche d'inventaire pour les archives, deux feuilles pour le rapport d'autopsie, le topo de l'enquêteur médico-légal et le document de référencement des radiographies, les empreintes digitales du mort. Le dossier comportait aussi quelques photos. Laurie les saisit. Il y avait des clichés du corps entier – de face, de dos et de profil – et plusieurs clichés du visage. Elle sélectionna l'un d'eux et le glissa dans son sac. Elle voulait l'emporter à la maison pour le consulter au moment où elle regarderait les vidéos du métro. C'est alors qu'elle eut une nouvelle idée. Jack avait raison : le visionnage de ces enregistrements serait une vraie séance de torture. Elle devait essayer de cibler ceux qui seraient le plus susceptibles de lui apporter des réponses. Le numéro de téléphone du témoin qui avait prévenu les secours, Robert Delacroix, était dans la mémoire des derniers numéros composés de son portable. Elle le sélectionna et appuya sur la touche de rappel. Cette fois, il répondit immédiatement. Elle se présenta et s'excusa de le déranger à nouveau.

— Aucun problème, dit-il. Je ne demande pas mieux que de vous aider. Ça m'aide à déculpabiliser.

— Pourriez-vous me dire à quel endroit vous vous teniez précisément, sur le quai, quand vous avez vu l'homme asiatique pris de convulsions ?

— Humm, voyons… Je suis arrivé par l'escalier, c'est-à-dire à peu près au milieu du quai. Et c'était tellement la cohue que je n'ai pas pu m'en éloigner beaucoup.

— Vous n'avez pas le souvenir d'être allé d'un côté ou de l'autre, vers les extrémités du quai ? insista Laurie.

— Non. J'en suis sûr. Les deux bouts du quai étaient loin.

— Donc vous étiez à peu près au milieu du quai. C'est bien ça ?

— Voilà. Je me revois à peu près au milieu du quai.

Laurie remercia Robert Delacroix et raccrocha, puis elle décida de retourner dans le bureau de Jack pour attendre qu'il ait terminé de rédiger son rapport sur l'affaire du sèche-cheveux. Si elle était auprès de lui, il bouclerait son travail sans perdre une minute. Elle voulait rentrer à la maison le plus tôt possible pour revoir son fils et visionner les enregistrements du métro.

14

Jeudi 25 mars 2010
17 h 30

— Tu es occupé ? demanda Carl Harris, passant la tête par la porte entrouverte du bureau de Ben.

Celui-ci leva les yeux de la revue biomédicale qu'il était en train de parcourir. Sa table était encombrée de publications spécialisées ; il en arrivait tous les jours. Pour être sûr de prendre le contrôle des brevets issus des découvertes les plus récentes sur les cellules souches, il devait impérativement se tenir informé de ce qui se passait dans les labos du monde entier. Du coup, la lecture des articles rédigés par les chercheurs du domaine était presque un boulot à plein temps.

— Pour toi, je suis toujours libre, répondit-il. Quoi de neuf ? Prends un siège.

Carl entra dans le bureau et s'assit en face de Ben.

— Je voulais savoir comment s'était passé ton rendez-vous, ce matin, avec Michael.

— Bah ! fit Ben. Il s'est plus ou moins bien passé.

— Comment ça ?

— La discussion elle-même s'est bien passée, à vrai

dire. Michael et moi, nous nous entendons très bien. Mais après ça, il est allé rencontrer Vinnie Dominick et le patron de la Yamaguchi-gumi, Saboru Fukuda. Et il m'a rappelé tout à l'heure. Il leur a parlé d'iPS RAPID. De ce côté, tout va bien. D'après Michael, les deux bonshommes ne demandent pas mieux que de nous donner encore plus de capital et d'augmenter leur participation. Surtout maintenant que le contrat est signé avec Satoshi. Financièrement, donc, tout est très positif. Il ne nous reste qu'à décider de notre approche vis-à-vis d'iPS RAPID, c'est-à-dire savoir si nous voulons acheter cette société ou simplement mettre la main sur les droits de licence de ses brevets. As-tu avancé, de ce côté-là ?

— J'ai commencé à prendre des renseignements. La société n'existe pas depuis assez longtemps pour avoir des relevés bien conséquents, mais, *a priori*, je pencherais plutôt pour l'achat que pour les droits de licence. Si iPS RAPID obtient le premier brevet dont elle a fait la demande, nous pourrions être obligés d'aller devant les tribunaux pour déterminer si ce brevet n'empiète pas sur les nôtres. J'en ai parlé à notre avocate, Pauline, et elle est de mon avis. Cela dit, je suis content d'apprendre que nos investisseurs nous soutiennent.

— Moi aussi ! renchérit Ben. Le petit souci c'est que l'idée de modifier notre relation ne leur plaît pas beaucoup.

— Mais s'ils nous accordent une seconde grosse injection de capital, nous ne changerons rien à la relation. En tout cas, à court terme.

— Certes, mais ça ne présage rien de bon pour ce qui est de prendre nos distances avec eux plus tard.

— Je pense que nous pouvons attendre jusqu'aux préparatifs de l'introduction en Bourse. Nous verrons bien à ce moment-là. Non ?

— Tu as sans doute raison. Quand nous aurons les chiffres prévisionnels, nous pourrons leur offrir une projection des bénéfices que l'introduction en Bourse sera susceptible de leur rapporter. Et nous leur ferons comprendre que l'introduction en Bourse sera absolument impossible s'ils ne se mettent pas en retrait.

— C'est un bon plan, approuva Carl, et il se leva. Tu comptes rester encore longtemps au bureau ? Il est déjà cinq heures et demie.

Ben tapota les revues empilées devant lui.

— Encore une petite heure. Il faut que j'abatte le maximum d'articles. Si je partais tout de suite, en plus, j'aurais tellement d'embouteillages que ça n'en vaudrait pas la peine.

— À demain, alors, dit Carl qui se dirigeait vers la porte.

— Attends !

Carl se retourna.

— As-tu vu Satoshi ? Ou eu de ses nouvelles ? Je lui ai dégoté le laboratoire dont il rêvait. À Columbia. Il faut aussi qu'il signe tous les documents légaux qui les concernent, sa famille et lui. Mais je ne crois pas qu'il se soit pointé de la journée.

— Non, je ne l'ai pas vu. As-tu essayé ton portable ?

— Ouais, plusieurs fois. Il doit être éteint, parce que je tombe d'emblée sur sa boîte vocale.

— Peut-être a-t-il décidé de faire ce voyage dont il avait l'air d'avoir tellement envie…

— Voyage ? répéta Ben avec étonnement. Quel voyage ? !

— Il y a quelques jours, il m'a demandé conseil sur les hôtels de Washington. Il projetait d'y emmener sa famille.

— Ah, merde ! s'exclama Ben.

Il soupira profondément.

— Quel est le problème, au juste ? relança Carl.

— J'aurais dû m'en douter. Il m'a déjà fait le coup. Il a disparu toute une semaine quand il a emmené sa famille aux chutes du Niagara.

— On peut le comprendre. Il va être riche, il a du temps libre… Autant qu'il apprenne à en profiter.

— Ouais, génial, dit Ben d'un ton ironique. Mais c'est un peu bizarre, tout de même. Avec Satoshi, j'ai tout le temps l'impression de devoir me faire du souci comme si j'avais un ado récalcitrant sous ma responsabilité.

— Soyons optimistes. Peut-être qu'il sera ici demain matin.

— Ce serait chouette. Mais pourquoi ai-je le sentiment que nous ne le verrons pas plus demain qu'aujourd'hui ?

15

Jeudi 25 mars 2010
18 h 22

Assise à l'arrière du taxi jaune flambant neuf qu'elle avait eu la chance d'attraper avec Jack juste devant l'IML, Laurie se surprit à compter les rues tandis que la voiture filait sur Central Park West. Quand ils passèrent devant le musée d'Histoire naturelle et la 86e Rue, son cœur se mit à battre la chamade. Elle était surexcitée. Jack était en train de lui raconter comment il avait confirmé, avec Lou, les découvertes de l'autopsie de l'adolescent tué par balle au volant de la camionnette. Elle avait du mal à se concentrer pour l'écouter ; elle était trop émue à l'idée de revoir JJ après cette longue journée de séparation. Mais elle laissait Jack continuer son petit exposé, puisqu'il ne semblait pas remarquer qu'elle avait cessé, depuis un moment déjà, de réagir à ses propos.

— Quel numéro, dans la 106e ? demanda le chauffeur.

Laurie se pencha en avant pour lui répondre. Puis elle resta dans cette position, regardant la rue à travers l'écran de plastique transparent qui séparait le chauffeur des passagers.

— Hé, tu m'écoutes ? demanda Jack.

Laurie ne répondit pas. Ils étaient presque à leur rue. Ce fut seulement quand ils eurent tourné à gauche qu'elle se renversa contre le dossier de la banquette.

— Tu m'as entendu ? relança Jack.

— Hein, quoi ? dit-elle distraitement.

Ils arrivaient devant le petit jardin public que Jack avait fait réaménager dix ans plus tôt de ses deniers personnels – en ajoutant une balançoire, un toboggan et un grand bac à sable à l'aire de jeux. Juste à côté, il avait aussi payé la réfection du terrain de basket et l'installation, pour celui-ci, d'un système d'éclairage nocturne. Deux équipes étaient justement en train de s'y affronter.

— As-tu écouté ce que je te disais ? demanda Jack d'un ton méfiant.

— Je dois mentir ou être honnête ?

— Mentir, grogna-t-il. Sinon tu vas m'énerver.

— Tu veux bien payer ? dit-elle tandis que le taxi s'immobilisait devant leur maison, une construction de grès brun qu'ils avaient fait rénover trois ans plus tôt.

Laurie descendit du véhicule et se précipita vers le perron en tirant son trousseau de clés de son sac. À l'intérieur, elle ne prit même pas la peine de retirer son manteau et monta deux à deux l'escalier jusqu'à la cuisine.

Leticia avait entendu la porte de la rue s'ouvrir. Elle accueillit Laurie sur le palier avec JJ. C'était une jeune femme noire âgée de vingt-cinq ans, extrêmement jolie, dont la chevelure bouclée faisait comme un nuage cotonneux autour de sa tête. Elle semblait toujours avoir un sourire légèrement ironique au coin des lèvres et elle n'était pas du genre à s'en laisser conter. C'était la cousine de Warren Wilson, l'ami et partenaire de basket-ball de Jack, et elle avait comme lui un corps athlétique, pour ne pas dire sculptural, qu'elle mettait en valeur avec des jeans et des hauts moulants. Comme elle hésitait à faire un doctorat après avoir bouclé son second cycle à la fac, Warren lui avait conseillé de s'occuper pendant quelques mois de l'enfant de Laurie et de Jack.

— Hé, mon bonhomme, murmura Laurie, tendant les bras vers JJ.

Hélas, elle était tellement impatiente qu'elle prit le bébé au dépourvu. Il réagit en se retournant vers Leticia et en s'agrippant à elle de toutes ses forces, puis il se mit à brailler tandis que Leticia et Laurie l'obligeaient doucement à lâcher prise.

Tout à coup, il reconnut sa mère et se calma. Mais le mal était fait. Laurie se sentit rejetée. Il lui fallut quelques secondes pour se ressaisir et comprendre qu'elle avait tort de se vexer.

Quand Jack parvint en haut de l'escalier, les deux femmes riaient déjà de l'incident. Il entendit Leticia s'excuser d'avoir manqué de patience face aux nombreux coups de téléphone de Laurie.

— Chaque fois, malheureusement, c'était à un mauvais moment, expliqua-t-elle. Quand JJ était dans le bain, par exemple. J'ai dû me dépêcher de le sortir de l'eau, ce dont il n'avait pas du tout envie, et puis j'ai dû le sécher et l'envelopper dans une serviette avant de pouvoir prendre le téléphone.

— Je serai plus sage demain, je vous le promets, dit Laurie. Il est clair que la séparation a été plus difficile pour moi que pour lui.

— Je ne peux pas dire qu'il a eu l'air de souffrir. Toute la journée, il a été adorable. Et je crois que la balade dans le parc lui a beaucoup plu.

Jack essaya de prendre JJ dans ses bras. L'enfant résista en agrippant le cou de sa mère. Les deux femmes éclatèrent de rire et Jack renonça. Il dit gentiment au bébé :

— D'accord, tu peux rester avec maman pour le moment. Mais tout à l'heure, ce sera mon tour.

Il annonça qu'il allait enfiler sa tenue pour rejoindre Warren sur le terrain de basket, dit au revoir à Leticia et disparut dans le couloir.

— Ils jouent le plus souvent possible, expliqua Laurie.

Après avoir discuté en détail de la journée de JJ, elles se mirent d'accord sur l'heure d'arrivée de Leticia le lendemain matin. La jeune femme rassembla alors ses affaires pour rentrer chez elle.

— C'est un vrai trésor, ce petit, dit-elle avant de descendre l'escalier.

Laurie joua avec JJ dans sa chaise haute tout en préparant un dîner léger pour Jack et pour elle – une simple salade, du fromage et du pain. Puis elle installa le bébé dans son lit et resta un moment à côté de lui, assise dans le rocking-chair. Il s'endormit encore plus vite que d'habitude. Cela confirmait son opinion : la journée avait été beaucoup plus facile pour lui que pour elle.

Après le dîner, Jack et Laurie s'installèrent dans le bureau, où ils avaient chacun leur table de travail. Jack voulait consulter un bouquin d'anatomopathologie pour se rafraîchir la mémoire sur les blessures par balle. Ayant allumé son ordinateur, Laurie glissa dans le lecteur le premier CD des enregistrements des caméras du métro. Elle sortit aussi la photo de l'Asiatique de son sac pour la poser à côté du clavier. À présent, elle n'avait plus qu'à espérer que ses efforts porteraient leurs fruits.

— Je continue de penser que tu as tort de perdre ton temps avec cette affaire, dit Jack.

— Je sais, répliqua gentiment Laurie, songeant à la lettre de menaces qu'elle avait laissée à l'IML. Pourquoi ? Tu crois que je prends un gros risque, c'est ça ?

Elle le regarda en réprimant un sourire. Une expression perplexe apparut sur le visage de Jack.

— Risque ? Heu… Oui, si tu veux. Le risque d'une énorme déception. Je veux juste dire que tu ne verras rien, dans ces vidéos, qui risque de changer l'issue de cette affaire. Demain, par contre, tu examineras les lames du cerveau, et même si tu ne peux pas confirmer la crise d'épilepsie…

— Ah oui, tu crois ça ? l'interrompit Laurie tandis qu'elle cliquait sur l'icône du lecteur de DVD.

— Humm, marmonna Jack. Fais comme tu veux.

Il se replongea dans son livre. Si Laurie avait envie de fiche sa soirée en l'air, après tout, elle en avait bien le droit.

Un menu des caméras de surveillance apparut sur

l'écran de l'ordinateur. Il y en avait cinq. Ron Steadman lui avait annoncé onze enregistrements en tout ; les six autres devaient être sur le second CD. Elle cliqua sur l'icône de la première caméra et le film démarra aussitôt. La qualité de l'image n'était pas folichonne : noir et blanc, granuleuse, comme Laurie l'avait craint, et le grand angle de la caméra créait des distorsions bizarres sur les côtés. En outre, le film défilait par défaut à vitesse x2. Laurie cliqua pour le ralentir ; l'image s'améliora un peu.

— Je vais à côté, annonça-t-elle. Sur la télé HD, avec le lecteur Blu-Ray, l'image sera peut-être de meilleure qualité.

— Bon courage, répondit distraitement Jack.

Dans le salon, Laurie glissa le CD dans le lecteur et s'assit sur le canapé, la photo de l'Asiatique non identifié à côté d'elle et la télécommande en main. Elle constata d'emblée que l'image était bel et bien optimisée par la fonction de sur-échantillonnage de l'appareil. Elle posa les pieds sur la table basse et, confortablement installée, regarda le film pendant vingt minutes : des gens qui embarquaient dans le métro, ou en descendaient, sans la moindre bande-son – l'exercice était aussi ennuyeux que prévu. C'est alors qu'elle aperçut quelque chose d'intéressant. Un adolescent habillé de vêtements trop amples pour son corps malingre – l'entrejambe de son pantalon lui arrivait au niveau des genoux – bouscula volontairement un homme d'une quarantaine d'années qui lisait le journal. Dans la même seconde, le portefeuille de cet homme sortit de sa poche de veste et apparut dans la main de l'adolescent. Stupéfaite, Laurie arrêta l'enregistrement, revint quelques secondes en arrière et regarda à nouveau le passage au ralenti.

— Bonté divine, dit-elle.

Elle appela Jack pour lui montrer la séquence. Il fut aussi impressionné qu'elle.

— Qu'est-ce que je dois faire ? demanda-t-elle.

— Qu'est-ce que tu voudrais faire ? Signaler ce truc à la police ? Ça ne changera pas grand-chose. Les flics de New York sont débordés de travail. Et pour des affaires beaucoup plus importantes.

Au dos de la photo de l'Asiatique, Laurie inscrivit l'heure indiquée sur l'image et le numéro de la caméra. Elle donnerait ce renseignement au sergent Murphy, à l'IML, et il en ferait ce qu'il voudrait.

Quand elle eut terminé de visionner l'enregistrement de la première caméra, elle décida de passer directement au fichier de la quatrième. *A priori*, la numérotation des caméras devait correspondre à leurs positions successives sur le quai : comme la première surveillait son extrémité nord, la quatrième ne devait pas être loin de son milieu – où Robert Delacroix disait s'être tenu pendant qu'il attendait le métro.

Quelques minutes après le début du film, Jack apparut sur le seuil du salon.

— Je vais lire au lit, annonça-t-il.

— D'accord, dit Laurie, le sourire aux lèvres, en appuyant sur la touche PAUSE. Bonne nuit, mon chéri.

Elle savait très bien qu'il s'endormirait, comme d'habitude, au bout de deux ou trois pages de son bouquin.

— À demain, ajouta-t-elle d'un air malicieux.

Jack lui rendit son sourire ; il savait ce qu'elle pensait. Il s'avança dans la pièce et se pencha pour lui donner un baiser sur les lèvres.

— Ne reste pas debout jusqu'à pas d'heure à regarder ces vidéos idiotes. Sinon, je n'arriverai jamais à te tirer du lit demain matin.

— J'arrête bientôt, promit Laurie, sincère.

Quand elle eut terminé le fichier de la caméra quatre, elle cliqua sur celui de la cinq. Au bout de quelques minutes, elle sursauta, prenant conscience qu'elle était en train de s'endormir. Le défilé silencieux des passagers du métro était parfaitement soporifique. Comme elle ignorait à quel moment elle avait décroché, elle reprit la lecture du film à son début. Elle ne voulait pas risquer de passer à côté de l'image qu'elle espérait trouver.

Elle s'efforçait de rester éveillée – et elle se promettait d'aller au lit à la fin de cet enregistrement –, lorsqu'une image lui fit tout à coup écarquiller les yeux. Elle se redressa sur le canapé. Au milieu de la moitié gauche de l'écran, il y avait l'homme qu'elle recherchait ! Il y avait un homme, en tout cas, qui ressemblait beaucoup à son Asiatique. Elle appuya sur la touche PAUSE pour figer l'image. À cet instant, il regardait par-dessus son épaule en direction de l'escalier qu'il venait de descendre. Et il se trouvait presque au bord du quai. Elle saisit la photo de son Asiatique pour faire la comparaison. Oui, c'était très probablement le même homme – mais elle avait un petit doute à cause de l'angle de la caméra. En revanche, l'heure affichée à l'écran était pour ainsi dire parfaite ; on était alors quatre minutes avant l'heure de l'appel de Robert Delacroix à la police. Laurie activa le ralenti et fit revenir l'image en arrière : l'homme recula vers l'escalier. Curieusement, elle eut alors l'impression qu'il courait. Ou qu'il se déplaçait avec précipitation. Il bousculait les gens qui se trouvaient sur son passage et avançaient moins vite que lui. La rame de métro n'était pourtant pas encore entrée dans la station. Pourquoi cherchait-il à se précipiter ainsi vers le quai ?

Elle laissa le film revenir en arrière jusqu'à ce que l'homme disparaisse de l'image. Seule chose qu'elle savait à son sujet à ce stade : il portait un sac de sport sous le bras. Elle se renversa contre le dossier du canapé et appuya sur la touche de lecture à vitesse normale. L'homme apparut au pied de l'escalier. Il marchait effectivement au pas de course.

— Bon, il ne veut surtout pas rater le métro, dit-elle à voix haute.

Elle le regarda se frayer un chemin à travers la foule pour atteindre le bord du quai. À vitesse normale, ses gestes paraissaient bien plus brusques qu'au ralenti. Il était clair qu'il agaçait les gens qu'il bousculait. Un type lui agrippa le bras, semblant vouloir lui dire quelque chose, mais il se libéra d'un coup de coude et continua sur sa lancée, jetant sans cesse des regards par-dessus son épaule comme s'il était poursuivi.

— Mais c'est ça ! s'écria-t-elle tout à coup. Il est poursuivi !

Elle se pencha en avant. Deux autres hommes – des Asiatiques, eux aussi – étaient apparus dans l'escalier. Comme le premier, ils se forçaient un passage entre les gens massés sur le quai. Ils avançaient aussi en s'éloignant l'un de l'autre. Le plus proche de Laurie tenait un parapluie, le second semblait avoir les mains vides. En quelques secondes ils parvinrent à hauteur du premier homme, presque au bord du quai, chacun à trois ou quatre mètres de lui. Ils commençaient à converger vers lui au moment où la rame entra dans la station. Quelques secondes plus tard, les trois Asiatiques disparurent de l'image par intermittence, car ils étaient plus petits que la plupart des autres passagers qui se massaient autour d'eux et commençaient à se bousculer pour monter dans le train. La rame s'immobilisa et les portes des wagons s'ouvrirent. Pendant un instant, la foule du quai parut se figer tandis que les passagers qui cherchaient à descendre du train se trouvaient confrontés à ceux qui voulaient y embarquer. C'est alors que Laurie remarqua que l'homme au sac de sport était pris de convulsions. C'était du moins l'impression qu'il donnait. Sa tête s'agita d'avant en arrière pendant quelques secondes, assez brusquement, puis ses mouvements cessèrent. Les passagers continuèrent de monter dans le métro ou d'en sortir, la foule s'éclaircit, puis Laurie vit les deux « poursuivants » asiatiques allonger le malade sur le quai. Il semblait inerte. Le sac de sport qu'il portait auparavant sous le bras était en possession de l'un des deux autres hommes. Elle comprit que ceux-ci avaient pu très facilement lui prendre son portefeuille et ses autres objets personnels pendant qu'ils le soutenaient. Cela expliquait sans doute pourquoi il n'avait aucun papier d'identité sur lui lorsqu'il était arrivé aux urgences.

— Ma parole, dit-elle, stupéfaite. Il a été attaqué !

Elle continua de regarder la vidéo avec attention. Les banlieusards passaient autour du cadavre sans s'arrêter – démonstration affligeante, à ses yeux, de l'indifférence des New-Yorkais à l'égard d'autrui. Seule réaction positive qu'elle put distinguer, celle d'un homme, à l'entrée du wagon le plus proche de l'Asiatique, qui manipulait un téléphone – sans doute Robert Delacroix, pensa-t-elle en reportant son attention sur les deux autres hommes qui s'éloignaient calmement sur le quai.

Laurie arrêta la vidéo et sortit du salon au pas de charge. Elle voulait montrer ces images à Jack. Il fallait absolument qu'il voie ça, même si elle savait qu'il dirait : « D'accord ! Apparemment, il s'est fait voler ses affaires, en effet, mais ce n'est peut-être pas ça du tout. Peut-être que c'était lui, le voleur ! Et les deux autres ont juste récupéré le sac qu'il leur avait piqué. L'essentiel, c'est que l'autopsie n'a rien révélé. »

Elle s'immobilisa sur le seuil de la chambre. Comme prévu, Jack dormait déjà. Le livre d'anatomopathologie qu'il avait apporté pour « lire au lit » était posé, ouvert, sur sa poitrine. Laurie contourna le lit, saisit l'ouvrage avec précaution, pour ne pas réveiller Jack, et le posa sur la table de chevet avant d'éteindre sa lampe. Ce rituel se produisait presque chaque soir. Jack n'avait jamais la moindre difficulté à s'endormir et à se lever le matin – deux choses qui, de tout temps, avaient posé de gros problèmes à Laurie.

Elle passa au salon récupérer le CD et la photo avant de gagner le bureau. Là, elle remit le disque dans le lecteur de l'ordinateur, cliqua sur la caméra cinq et chercha deux bonnes images des visages des agresseurs de l'Asiatique. Elle en fit deux photographies qu'elle sauvegarda et imprima. Maintenant qu'elle avait découvert ces hommes, l'affaire prenait une tournure très intéressante. Elle avait été déçue, pour la première autopsie de sa reprise, de tomber sur le cas de cet homme non identifié et apparemment mort de mort naturelle – avec zéro pathologie pour expliquer le décès, par-dessus le marché. Pas vraiment le genre de dossier qui pouvait lui redonner confiance dans ses compétences professionnelles. Mais maintenant, elle était récompensée par sa persévérance.

De fait, elle commençait à éprouver le genre d'excitation qui l'animait autrefois quand elle était sur le point de résoudre une affaire complexe et délicate. Elle avait hâte de retourner au bureau pour avoir les résultats du labo de toxicologie et les lames de l'histologie. Son intuition professionnelle – cette intuition qu'elle avait craint d'avoir perdue – était toujours là, prête à la servir. Et elle lui murmurait que le cas de cet Asiatique lui réservait encore bien des surprises. Une stratégie se dessinait déjà dans sa tête : elle ne révélerait à personne ce qu'elle avait appris grâce aux caméras de sécurité tant qu'elle n'aurait pas découvert la cause de la mort de cet homme. Selon le code pénal, un individu qui agresse quelqu'un doit assumer la responsabilité de la santé de sa victime. Si un homme meurt d'une crise cardiaque alors qu'il tente d'échapper à un voleur, par exemple, son décès est considéré comme un homicide et le voleur est jugé et puni en conséquence. Dans le cas de Laurie, donc, il était à peu près clair qu'il s'agissait d'un homicide. *Cette affaire devient décidément de plus en plus passionnante*, pensa-t-elle tandis qu'elle rangeait les photos et les CD dans son sac pour être sûre de les emporter à l'IML le lendemain.

Sa prochaine mission consistait à essayer de trouver le sommeil. Pas facile, vu les découvertes qu'elle venait de faire. Elle n'oubliait pas non plus qu'elle risquait d'entendre JJ se réveiller et pleurer. Il lui arrivait parfois de regretter de ne pas être capable de se passer complètement de sommeil – pour pouvoir lire toute la nuit. Mais c'était une lubie, évidemment. La fatigue qui l'accablait chaque matin, pendant une bonne heure, après ses nuits trop courtes, lui prouvait que le sommeil était indispensable et qu'elle en manquait.

Après avoir jeté un œil sur JJ qui dormait comme un ange, Laurie se prépara à se coucher. Quand elle éteignit enfin la lumière, elle réfléchit à la journée qui se terminait. Celle-ci n'avait pas été des plus faciles ; elle avait même comporté plusieurs moments très désagréables. JJ lui avait beaucoup manqué et elle avait été blessée, à son retour à la maison, quand il avait donné l'impression de la rejeter. Ça, c'était le signe d'une indéniable vulnérabilité. Au travail, l'autopsie qu'elle s'était vu attribuer avait commencé par renforcer les doutes qu'elle nourrissait vis-à-vis de ses propres compétences, mais ses découvertes de la soirée avaient changé la donne – au moins dans une certaine mesure. L'un dans l'autre, elle devait reconnaître qu'elle aimait beaucoup son travail et qu'elle était à peu près sûre de pouvoir assumer son rôle de médecin légiste *et* son rôle de mère en se montrant digne des deux.

16

Jeudi 25 mars 2010
22 h 44

— Les voilà ! dit Carlo tandis que Brennan tournait dans la 17e Rue au-dessus de Union Square.

Comme d'habitude le quartier était très animé – grouillant de monde, à vrai dire, avec ses habituels musiciens de rue, ses mendiants et ses étudiants de tous âges et de toutes origines ethniques. Mais Susumu Nomura et Yoshiaki Eto étaient facilement reconnaissables au milieu de la foule : comme la veille, ils portaient un costume noir avec une chemise blanche, une cravate noire et des lunettes noires. Et leurs cheveux étaient gominés et dressés au-dessus de la tête.

— Soyons sûrs d'avoir tous bien pigé le programme, dit Carlo, assis sur le siège passager. Ils montent dans la bagnole et nous allons illico au ponton, soi-disant pour récupérer les explosifs dont nous avons besoin pour faire diversion sur la Cinquième Avenue. Là-bas, nous leur disons que tout le monde descend de la bagnole pour donner un coup de main afin de porter le matos. Nous entrons dans l'entrepôt et là, boum, nous les butons. Ça ne devrait pas être trop difficile.

Mais souvenez-vous quand même : ces mecs sont armés et ils n'hésitent pas à tirer !

Ses trois acolytes hochèrent la tête. Comme la veille au soir, c'était Brennan qui conduisait. Arthur et Ted s'étaient glissés sur la troisième rangée de sièges au fond du véhicule. La banquette du milieu était pour Susumu et Yoshiaki.

Brennan s'arrêta au bord du trottoir devant la librairie Barnes & Noble. Elle avait fermé trois quarts d'heure plus tôt, mais les lumières restaient allumées à l'intérieur. Susumu et Yoshiaki semblaient examiner les bouquins d'une vitrine.

— Bon, reprit Carlo en se tournant sur son siège pour regarder Arthur et Ted. Vous êtes prêts, vous deux ? Vous avez vos flingues à portée de main ?

Les deux hommes présentèrent leurs automatiques à Carlo, un bref instant, avant de les dissimuler à nouveau entre leurs jambes.

— Bravo ! L'affaire devrait bien se passer, mais autant être prêts à tout.

Il pivota vers Brennan.

— Et toi, c'est bon ? Prêt pour la mission ?

— Super prêt, marmonna Brennan, un peu agacé par l'attitude mélodramatique de son collègue.

Carlo baissa sa vitre et siffla, le pouce et le majeur sur les lèvres. Susumu et Yoshiaki se retournèrent. Ils vinrent aussitôt vers la voiture, s'inclinèrent devant Carlo, puis ouvrirent la portière pour grimper sur la banquette centrale. Ils marquèrent chacun un temps d'arrêt quand ils se rendirent compte qu'il y avait deux hommes, derrière eux, dont le plafonnier éclairait mal les visages.

— C'est Arthur et Ted, dit Carlo qui les avait vus hésiter.

Après avoir refermé la portière, ils se retournèrent et inclinèrent plusieurs fois la tête à l'adresse de Ted et d'Arthur, s'exclamant : « Haï, haï ! » Ils semblaient très excités – sans doute dans la perspective du cambriolage qu'ils envisageaient de commettre.

Brennan contourna Union Square et s'engagea sur la 14e Rue qu'il suivit jusqu'à l'East River. Là, il prit vers le nord sur la voie rapide Franklin D. Roosevelt. Pendant un bon moment, personne ne parla. Tous les hommes étaient nerveux, chacun pour des raisons personnelles. Arthur était le seul à être réellement inquiet de ce qui risquait de se produire au ponton, car il était de loin le plus cérébral du groupe et il croyait dur en la loi de l'emmerdement maximum – celle qui disait que si une chose pouvait aller de travers, elle finissait toujours par aller de travers.

Brennan quitta la voie rapide à la 34e Rue, rejoignit la Troisième Avenue et, de là, s'engagea dans le tunnel Queens-Midtown. Comme Susumu et Yoshiaki s'étaient attendus à poursuivre vers le nord, ils s'agitèrent sur leur siège et commencèrent à parler à toute vitesse en japonais. Il était clair qu'ils étaient troublés. Enfin, Yoshiaki prit la parole :

— Pardon ! dit-il, penché en avant vers Carlo. Pourquoi nous allons dans Queens ?

Carlo se retourna sur son siège et soutint son regard.

— Nous allons chercher des explosifs, dit-il en articulant bien, comme si le Japonais risquait de ne pas le comprendre. Nous avons besoin des explosifs pour faire diversion, avant le cambriolage chez iPS USA. Compris ?

— Où, dans Queens ?

— Nous allons à un endroit qu'on appelle le ponton. Là-bas, il y a un vieil entrepôt de la famille Vaccarro. C'est au bord du fleuve, expliqua Carlo. Nous y stockons pas mal de choses. Dont les explosifs qu'il nous faut pour ce soir.

— Ponton ? Qu'est-ce que c'est ?

— C'est… c'est comme une espèce de pont qui s'avance sur l'eau, pour attacher les bateaux.

— *Futo* ? demanda Yoshiaki.

— Ouais, peut-être. Je n'en sais rien, moi !

— Et fleuve… East River ?

— Voilà. L'East River. Le ponton est là-bas.

Susumu et Yoshiaki se parlèrent à nouveau en japonais, avec beaucoup d'animation – et pendant si longtemps que Carlo craignit de les entendre annoncer qu'ils refusaient d'aller à l'entrepôt et voulaient être ramenés à Manhattan. Mais tout à coup, ils se turent. Carlo poussa un petit soupir de soulagement, espérant que les yakuzas garderaient le silence jusqu'à leur destination finale.

Brennan quitta la voie rapide à la sortie du tunnel, traversa Newton Creek, le canal qui sépare le Queens de Brooklyn, sur McGuinness Boulevard, puis tourna à droite sur Greenpoint Avenue. Au début, ils longèrent des bars et des restaurants ; l'artère semblait assez animée. Puis les commerces disparurent et le quartier parut se détériorer ; à l'approche du fleuve, il ressemblait à une zone industrielle aujourd'hui abandonnée et insalubre. Carlo détestait venir ici. Les deux choses qui lui sautaient aux yeux, pour ainsi dire, c'étaient le manque de gens et le manque de lumière. Après l'animation et les couleurs de Union Square, en particulier, le contraste était saisissant. Le quartier aurait été idéal pour le tournage d'un film sur un monde post-apocalyptique. Aucun homme, aucun animal ne semblait y habiter. Sauf les rats, peut-être, se dit Carlo en voyant les yeux d'un rongeur briller sous les phares du Denali.

Cinq minutes plus tard, Brennan s'arrêta devant la porte de la barrière grillagée, haute de trois mètres et surmontée de fil de fer barbelé, qui entourait la propriété Vaccarro. Carlo descendit de la voiture. À la lumière des phares, il détacha le cadenas et poussa les deux battants de la porte. Quand Brennan eut avancé dans la cour, il les referma et remit le cadenas en place avant de remonter dans le 4×4.

L'entrepôt, assez massif, se trouvait du côté gauche. Brennan le longea sur toute sa longueur en direction du fleuve, tourna à l'angle du bâtiment et s'arrêta. Le ponton était là, un peu plus loin. Sur la façade de l'entrepôt tournée vers le fleuve, il y avait un perron surmonté d'un auvent et une porte fermée par deux énormes cadenas. Une enseigne à la peinture défraîchie annonçait : AMERICAN FRUIT COMPANY.

— Explosifs ici ? demanda Yoshiaki qui tordait le cou pour regarder le bâtiment obscur.

— Ouais, répondit Carlo.

Glissant la main à l'intérieur de sa veste, il détacha la courroie qui retenait son Glock .22 dans son holster d'épaule. Il ouvrit ensuite un compartiment de rangement, entre les deux sièges, pour en sortir deux torches électriques. Il en tendit une à Brennan qui coupa les phares au moment où ils allumèrent les lampes. La lune était invisible et la nuit était d'encre.

— O.K., fit Carlo. Tout le monde dehors pour porter le matériel !

Les deux Américains descendirent en même temps de la voiture. Carlo ouvrit la portière droite pour Yoshiaki, Brennan en fit autant pour Susumu. Pour bien montrer qu'il prévoyait de repartir de l'entrepôt avec du matériel, Carlo alla ouvrir le hayon arrière de la voiture. Il sourit pour lui-même. Dès qu'ils seraient à l'intérieur, ils abattraient les deux Japonais.

Il marcha jusqu'au perron de l'entrepôt et tira de sa poche le trousseau de clés qu'il avait déjà utilisé à la barrière. La lampe coincée sous le bras, il défit les deux cadenas et ouvrit la porte. Au moment où il tendait le bras à l'intérieur pour allumer la lumière, il perçut de l'agitation derrière son dos. Il se retourna juste à temps pour voir Yoshiaki repousser sèchement le bras de Brennan. Celui-ci semblait essayer de l'inciter à monter les marches du perron. Les deux Japonais s'immobilisèrent, l'air tendu.

— Nous attendons ici, dit Yoshiaki.

Derrière les Japonais et Brennan, Ted et Arthur venaient de descendre de la voiture. Ils avaient déjà leurs armes à la main. Malheureusement, Susumu regarda tout à coup derrière lui, dans leur direction, tandis que Yoshiaki fixait Brennan d'un regard méfiant.

Susumu réagit en criant « *pistolu* », puis il empoigna son arme et tira plusieurs balles en direction de

Ted et Arthur. L'une d'elles toucha Arthur au bras, traversant le muscle de part en part. Ted pressa plusieurs fois la détente de son pistolet : deux balles atteignirent Susumu en pleine poitrine, le tuant sur le coup.

Yoshiaki ne réagit pas de la même façon. Il prit la fuite à toutes jambes, en direction du ponton, baissant la tête et essayant de zigzaguer pour éviter les balles des Américains. Mais ceux-ci, pris au dépourvu, réagirent trop lentement. Carlo et Brennan braquèrent leurs lampes dans sa direction tout en se démenant pour sortir leurs armes de leurs holsters. Ted fit deux pas pour s'écarter de la voiture et tira plusieurs balles vers le Japonais, mais celui-ci avait déjà disparu dans l'obscurité – Ted n'aurait su dire s'il l'avait atteint ou pas.

À vrai dire, il l'avait manqué. Yoshiaki continua de courir comme un dératé et s'engagea sur le ponton.

— Occupe-toi d'Arthur ! cria Carlo à Ted.

Arthur, tombé à genoux sur le sol, se tenait le bras droit. Son arme était posée à côté de lui. Une tache sombre s'élargissait sur le tissu de sa chemise.

— Merde, merde, merde ! Cet enculé m'a touché ! s'exclama-t-il d'une voix mi-anxieuse, mi-étonnée. Pourquoi il m'a tiré dessus comme ça ?

Carlo et Brennan s'étant lancés à la poursuite de Yoshiaki avec leurs torches électriques, Ted et Arthur se retrouvèrent très vite dans le noir. Par chance pour Arthur, il ne souffrait pas beaucoup ; il éprouvait juste une sensation d'engourdissement, assez pénible, dans le bras et l'épaule.

Ted ouvrit la portière du conducteur du 4×4 et alluma les phares. Leur vive lumière les fit tous deux cligner des yeux. Sans perdre une seconde, Ted retira sa ceinture qu'il envisageait d'utiliser comme garrot pour le bras d'Arthur.

— Je vais regarder ta blessure, d'accord ? Serre les dents.

Il déchira la chemise d'Arthur du poignet jusqu'à l'emmanchure. À mi-chemin de l'épaule et du coude, dans le biceps, il y avait une blessure d'entrée de balle, bien nette, de six ou sept millimètres de diamètre. Derrière le bras, la blessure de sortie ressemblait un peu à un steak haché. Par chance pour Arthur, l'hémorragie était minime.

— Ta vie n'est pas en danger, dit Ted. Et je pense que je n'ai même pas besoin de mettre un garrot.

Brennan et Carlo, qui couraient après Yoshiaki, s'immobilisèrent tout à coup à l'entrée du long ponton de bois. Vingt mètres devant eux, ils apercevaient la silhouette du Japonais.

— Nous ne pouvons pas le laisser s'enfuir, dit Carlo, hors d'haleine.

— Je sais bien, dit Brennan qui était lui aussi essoufflé.

— Qu'est-ce qu'il fait ?

— On dirait qu'il se déshabille.

— Oh, merde ! Il ne va pas nager, quand même ?

— Je crois que si. Mais oui, nom de Dieu ! Il retire ses vêtements !

— Cours jusque là-bas et descends-le avant qu'il ne plonge !

— Putain, sûrement pas ! rétorqua Brennan. Il doit avoir son arme. Vas-y, toi !

Les deux hommes plissèrent les yeux. Yoshiaki semblait s'être accroupi pour déposer ses vêtements au bord du ponton. L'instant d'après, il disparut.

Brennan et Carlo s'élancèrent à toutes jambes après lui, pistolet à bout de bras. Ils ralentirent l'allure dans le dernier tiers du ponton – peut-être le Japonais leur avait-il tendu un piège.

Ils passèrent auprès de ses vêtements qui étaient empilés avec soin sur les lattes de bois. Même ses chaussures étaient côte à côte juste au bord du ponton. C'est alors que Brennan entendit des éclaboussements.

— Il est dans l'eau ! hurla-t-il.

Il se jeta en avant et s'immobilisa à l'extrémité du ponton, braquant le faisceau de sa lampe vers le fleuve. Yoshiaki avançait péniblement dans l'eau, nageant un crawl maladroit – il tournait trop vite la tête de droite et de gauche et battait frénétiquement des bras. Carlo rejoignit Brennan. D'un même geste, ils pointèrent leurs automatiques sur le Japonais et vidèrent leurs chargeurs sur son dos. Quand l'écho du dernier coup de feu s'évanouit entre les bâtiments industriels qui bordaient le fleuve, Brennan et Carlo braquèrent leurs lampes sur l'endroit où, quelques instants plus tôt, ils avaient vu Yoshiaki tenter désespérément de gagner Manhattan à la nage. La surface de l'eau avait déjà repris l'aspect d'une nappe de pétrole brut et reflétait la silhouette illuminée de New York.

Ils attendirent une bonne dizaine de minutes, sans se parler, guettant la moindre ride sur l'eau. Ils espéraient tous deux pouvoir tourner la page sur cet incident embarrassant. À un moment, ils aperçurent une sorte de gros bouillonnement qui donnait l'impression qu'une créature volumineuse s'agitait dans les profondeurs du fleuve. Ils rechargèrent leurs armes, apeurés, et se préparèrent à faire de nouveau feu. Mais Yoshiaki ne jaillit pas de l'eau pour tenter de reprendre son souffle. Il était mort, et bien mort.

— Nous l'avons eu, je crois, dit Carlo.

— Ouais. On l'a échappé belle. S'il avait réussi à se tirer, Louie nous aurait massacrés.

— En effet. Maintenant, saute dans l'eau pour récupérer le cadavre.

— Quoi ? Putain, sûrement pas ! répliqua Brennan, scandalisé.

La simple idée de nager dans cette eau noire et huileuse lui donnait la chair de poule. Qui pouvait savoir, en plus, quelles bestioles horribles se baladaient dans ce fleuve ?

— Je rigole, dit Carlo, et il donna une tape vigoureuse sur l'épaule de son coéquipier.

Brennan lui saisit le bras.

— Je t'ai déjà dit de ne pas me frapper, grommela-t-il d'un ton menaçant.

Comprenant que son collègue était à cran à cause de la scène qu'ils venaient de vivre, Carlo le repoussa calmement et dit d'une voix apaisante :

— Hé, arrête ton char. Je plaisantais, bien évidemment, quand je te disais d'aller le récupérer ! Jamais tu ne retrouverais le corps. Avec le courant qu'il y a par ici, il est sans doute déjà loin.

Il fit trois pas sur le ponton et se baissa pour récupérer les vêtements et les chaussures de Susumu.

— Allons voir ce que devient Arthur. Il faudra sûrement passer chez le docteur avant de nous débarrasser de Susumu au pont de Verrazano.

Ils remontèrent le ponton à grands pas.

— Louie ne va pas être content de la façon dont ça s'est terminé avec Yoshiaki, observa Carlo.

— Tu m'en diras tant, marmonna Brennan. Mais la situation aurait été dix fois pire s'il avait réussi à se sauver.

— On ne devrait peut-être lui parler de cette scène que s'il nous pose des questions. Le courant est puissant, par ici ! Qui sait où il va se retrouver, cet enfoiré de yakuza ? Si ça se trouve, il va même aller tout seul jusqu'à l'océan.

Brennan jeta un coup d'œil perplexe à Carlo.

— À toi de décider. Les communications avec le capo, c'est ton boulot. Mais j'irai pas cafter derrière ton dos si tu préfères ne rien dire.

— Merci. En ce cas, je ne lui raconterai pas tous les détails de la mort de ces deux connards. Sauf s'il me pose des questions précises.

— Comment tu vas expliquer la blessure d'Arthur ?

— Je lui dirai la vérité. Ces Japonais, c'étaient des vrais sauvages. C'est bien pour ça qu'on voulait se débarrasser d'eux, non ? Ils ne réfléchissaient pas à deux fois avant de sortir leurs flingues et de dézinguer tout le monde. La preuve, regarde Arthur !

À la voiture, ils découvrirent que les choses allaient plutôt bien. Ted avait fait un pansement de fortune à Arthur avec la manche déchirée de sa chemise. La plaie ne saignait pas beaucoup. Seul souci, Arthur se sentait très mal. Au début la douleur ne l'avait pas beaucoup dérangé, mais une fois l'engourdissement des premières minutes passé, elle était devenue beaucoup plus violente.

Après avoir enfermé Susumu dans une housse mortuaire et chargé celle-ci à l'arrière du 4×4, les hommes embarquèrent dans le véhicule, quittèrent le complexe de l'American Fruit Company et prirent la direction d'Elmhurst. Dès qu'ils furent sur la voie rapide, Carlo appela Louie.

Quand Louie raccrocha après avoir parlé à Carlo, il ne savait pas s'il devait éprouver du soulagement ou de la colère. Il avait assez d'expérience pour savoir que les exécutions pouvaient très bien se passer ou, parfois, aller complètement de travers. Il était content que l'opération soit terminée, mais il était embêté pour Arthur. Et il était un peu agacé. Quatre hommes contre deux, tout de même ! Ses gars n'étaient pas censés revenir avec un blessé.

Le combiné à la main, Louie sortit son carnet de téléphone du tiroir de sa table de travail. Il le feuilleta jusqu'au numéro du Dr Louis Trevino. « Doc », comme on l'appelait, était le médecin de la famille Vaccarro depuis de nombreuses années. Il avait été recruté à l'hôpital St Mary à l'époque où il y terminait son internat, et il avait satisfait l'essentiel des besoins de la famille depuis lors – y compris pour soigner discrètement un certain nombre de blessures par balle.

Le téléphone sonna longtemps à l'autre bout du fil, avant qu'une voix lasse ne réponde :

— Oui ?

— Doc, c'est Louie. Nous avons un souci. Arthur est blessé.

— De quelle façon ?

— Une balle dans le bras droit. Elle a traversé le muscle.

— L'os est touché ?

— Je ne crois pas.

— Grâce en soit rendue à Dieu, dit calmement Trevino. Et les artères principales ?

— Négatif, là aussi. Enfin… je crois.

— Où est-il ?

— J'ai dit à mes gars d'aller directement à la clinique. Je suppose qu'ils y seront d'ici une demi-heure.

— Entendu. Je les retrouve là-bas, assura Trevino, et il raccrocha.

— Merci, Doc, dit Louie, bien qu'il fût déjà trop tard.

L'appel au médecin étant réglé, il se prépara mentalement pour son prochain coup de fil. Il savait quel genre de message il voulait faire passer, mais il n'était pas certain des mots à employer. Il regarda par la fenêtre de son bureau tandis qu'il réfléchissait. De cette pièce située à l'arrière de la vaste maison qu'il possédait à Whitestone, un quartier du Queens en bordure de l'eau, il voyait en partie l'élégant pont Bronx-Whitestone, avec tous ses câbles illuminés, au-delà du jardin de la propriété voisine. Du salon, qui donnait lui aussi sur la terrasse et la piscine, il pouvait admirer le pont Throgs Neck, voisin du premier. Il contempla le jardin et songea que le printemps approchait et qu'il serait bientôt temps de sortir le bateau de son hangar.

Il ramena ses pensées à la mission qu'il devait accomplir sans délai : appeler Hideki Shimoda, comme Paulie en avait eu l'idée, pour l'alerter à propos de la disparition de Susumu et de Yoshiaki et mettre discrètement le problème sur le dos de la Yamaguchi-gumi.

L'ingrédient essentiel de la discussion, bien sûr, c'était qu'il devait avoir l'air très, très en rogne.

Rassemblant son courage, il composa le numéro d'Hideki. À sa grande surprise, on décrocha après une seule sonnerie, comme si Hideki avait déjà la main sur le combiné. Et il dit simplement :

— *Haï*.

— Nom de Dieu, Hideki, c'est quoi cette putain d'embrouille ? ! explosa Louie. Et je ne veux pas entendre de salades, d'accord ? Je viens d'avoir un coup de fil de mes gars. Ils sont plantés à Union Square, bordel de merde, et ils attendent vos deux putains de gars qui ne sont pas encore arrivés. À quoi ils jouent, ces enfoirés ? !

Louie n'aimait pas beaucoup jurer comme un charretier, mais il s'était mis en tête qu'Hideki devait considérer que tous les Américains s'exprimaient de cette façon sous le coup de la colère.

La réponse qu'il obtint ne fut pas du tout celle qu'il escomptait :

— Pardonnez-moi, mais je crois que c'est à mon mari que vous voulez parler.

Louie leva les yeux au ciel tandis qu'Hideki prenait l'appel et lançait un « *Hai ?* » un peu bourru. Il essaya de réitérer sa salve d'ouverture, mais avec beaucoup moins de grossièretés. Comme il n'avait pas su attendre d'être certain d'avoir le bon interlocuteur au bout du fil, il n'avait d'autre choix que de surveiller son vocabulaire.

— Barbera-san ? C'est vous ? demanda Hideki.

— Qui d'autre pourrait bien vous appeler à une heure pareille ? répliqua Louie d'un ton aussi furieux que possible.

— Vous dites que Susumu et Yoshiaki ne sont pas venus au rendez-vous ce soir ?

— Exactement ! Et je vous rappelle que cette opération était organisée pour votre compte, pas pour le nôtre.

— En effet, Barbera-san. Attendez une minute, je vous prie. Permettez-moi de les appeler pour voir où ils sont. Il doit s'agir d'un malentendu. Je suis désolé. Ces hommes ne me déçoivent jamais.

Louie entendit Hideki parler japonais à quelqu'un, puis lui expliquer en anglais :

— Ma femme est partie chercher mon portable. Je suis tout à fait désolé de ce contretemps. Est-il encore possible de faire l'opération, d'après vous ?

— Voyons d'abord où sont vos hommes. S'ils sont près d'Union Square, nous pourrons peut-être tenter le coup.

Quelques secondes plus tard, Louie entendit Hideki essayer de joindre ses deux correspondants sur son portable. Sans succès.

— Je n'arrive pas à les joindre. C'est très étrange.

— Ils savaient que le cambriolage devait avoir lieu ce soir, n'est-ce pas ?

— Absolument !

— Quand leur avez-vous parlé pour la dernière fois ?

— Quand ils m'ont ramené à mon bureau après notre visite chez vous, Barbera-san. Ils étaient très contents de retravailler avec vous ce soir. Ils me l'ont dit.

— Croyez-vous qu'il pourrait leur être arrivé quelque chose ? demanda Louie.

— Que voulez-vous dire ?

— Mes gars m'ont raconté que vos hommes leur

avaient laissé entendre, hier soir, qu'ils avaient quelques problèmes avec vos rivaux. Ils ont même dit, je crois, qu'ils avaient été menacés de représailles s'ils tuaient Satoshi.

— Quels rivaux ? demanda Hideki d'une voix méfiante.

— Les gens de la Yamaguchi-gumi.

Le silence se prolongea au bout du fil. Louie laissa l'idée faire son chemin dans la tête de son interlocuteur, avant d'ajouter :

— Si vous voulez, je demanderai à Carlo et à Brennan s'ils se souviennent des propos exacts de vos hommes.

17

Vendredi 26 mars 2010
07 h 21

Le taxi s'arrêta pile devant l'IML, Laurie paya la course et descendit rapidement de la voiture. Elle était seule. Jack lui avait annoncé pendant le petit-déjeuner qu'il souhaitait reprendre son vélo chéri pour aller bosser. Elle n'aimait pas cette idée car elle avait peur qu'il ne se tue, comme toujours, mais elle ne voulait pas l'empêcher de faire ce qu'il voulait. Ce matin, en outre, la dépense du taxi aurait été plus facilement justifiable pour deux personnes que pour elle toute seule. Mais elle avait quand même pris cette voiture parce qu'elle voulait se mettre au travail le plus tôt possible après ce qu'elle avait découvert sur les vidéos du métro. Elle était persuadée que la journée serait très intéressante.

Les événements devaient largement lui donner raison.

Ce matin, tout s'était bien passé lorsque Leticia, arrivée un petit peu plus tôt que prévu, avait pris JJ en charge. Le bébé avait paru ravi de la retrouver et il n'avait même pas pleuré quand Laurie lui avait dit au revoir. Quant à Laurie, elle avait été bien moins anxieuse que la veille ; elle s'était préparée avec sérénité et avait confié son fils à Leticia le cœur léger.

— Bonjour, docteur Montgomery ! entonna Marlene Wilson de sa voix mélodieuse.

Laurie la salua et entra dans la salle d'identification pour gagner la salle commune. Là, elle jeta son manteau sur un des fauteuils club – et puis elle se figea, tout à coup, saisie par l'étrange impression de revivre la scène de la veille. Les mêmes personnes se trouvaient aux mêmes endroits, faisant les mêmes choses : Arnold Besserman examinait les dossiers des cadavres arrivés à l'IML pendant la nuit. Vinnie Amendola, installé dans son fauteuil habituel, était plongé dans le journal. Et Lou Soldano était là, lui aussi – profondément endormi dans son fauteuil, les pieds sur le radiateur, le bouton du col de sa chemise défait et la cravate dénouée.

Arnold lui dit bonjour d'un air blasé, sans quitter son travail des yeux, puis il ajouta :

— Je vous remercie encore de vous être chargée, hier matin, du cas de cet homme non identifié.

— Il n'y a pas de quoi. En plus, c'est une affaire qui se révèle très intéressante.

— Tant mieux, dit Arnold d'un ton qui n'encouragea pas Laurie à lui donner davantage de précisions.

Bon, d'accord, songea-t-elle avec ironie en se dirigeant vers la cafetière. De toute façon, elle préférait boire son café en silence. De plus, elle avait déjà décidé de ne parler de son Asiatique à personne, et surtout pas à Jack, tant qu'elle n'aurait pas progressé dans son enquête. Après avoir pas mal cogité pendant la nuit, elle avait eu une nouvelle idée. Il fallait qu'elle refasse l'examen externe du cadavre.

— Où est Jack ? demanda-t-elle.

— Je ne l'ai pas encore vu, répondit Arnold. Il n'est pas avec vous ?

— Il vient à vélo.

— Le fou, marmonna Arnold.

Laurie baissa les yeux sur sa tasse. Elle avait beau être plutôt d'accord avec Arnold, elle estimait qu'il n'aurait pas dû se permettre de critiquer Jack de cette façon. Pour changer de sujet, elle lui demanda s'il savait pourquoi Lou était à nouveau endormi dans le fauteuil qu'il occupait la veille à la même heure.

— Il est arrivé avec un cadavre assez étonnant. Un noyé. Non identifié, là encore.

— Ah bon ? fit Laurie, intriguée.

Un noyé, dans leur langage, cela voulait dire un cadavre repêché dans l'eau. Ces cas n'étaient pas rares, car il y avait beaucoup d'eau autour de New York. Manhattan était une île. Pour attirer l'attention de Lou et l'obliger à rester debout toute la nuit, cependant, ce noyé devait avoir quelque chose de bien particulier. Laurie mit un peu de sucre dans sa tasse et demanda des précisions à Arnold.

— On ne sait à peu près rien à son sujet, répondit-il en posant un dossier qu'il venait d'examiner sur la pile des autopsies à réaliser dans la journée. Il a été sorti de l'eau près de Governors Island, ce qui n'a rien de très surprenant. Il était en caleçon. Le truc assez spécial, par contre, c'est que les gens qui l'ont vu disent qu'il mériterait d'être exposé au musée d'Art moderne. Il est couvert de tatouages tous plus extraordinaires les uns que les autres. Il en a partout ! Devant, derrière, et du cou jusqu'aux chevilles et aux poignets. Je ne l'ai pas encore vu, c'est juste ce que j'ai entendu dire, mais quand j'aurai terminé ici, j'irai y jeter un œil.

— Connaissez-vous son appartenance ethnique ?

— C'est un Asiatique.

— Et la cause de la mort ? Il s'est réellement noyé ?

— Non. Il est mort criblé de balles. L'enquêteur médico-légal a même écrit que son assassin semble lui avoir vidé le chargeur d'une mitrailleuse sur le dos. Il y a une douzaine de points d'impact.

— Waouh..., fit Laurie. Ça veut dire que le tueur voulait être vraiment sûr de le liquider.

Elle se souvenait d'avoir lu la description d'un cas similaire dans une revue de pathologie : un Japonais aux tatouages stupéfiants qui avait été criblé de balles, puis décapité avec un *katana*, l'épée traditionnelle des samouraïs. L'article précisait que cet homme avait été tué à Tokyo pendant une guerre entre deux organisations yakuzas.

Laurie regarda Lou qui dormait paisiblement. Supposait-il que ce noyé était un membre de la mafia japonaise ? Était-ce la raison de sa présence à l'IML ce matin ?

— Pourquoi le commissaire Soldano est-il venu avec ce mort ? Vous l'a-t-il dit ?

— Il veut assister à l'autopsie, je présume. Mais pour quelle raison précisément – ça, je ne sais pas. Pourquoi ne lui posez-vous pas la question ?

Sirotant son café, Laurie s'approcha de Lou et l'observa en silence. Il avait l'air aussi fatigué que la veille, sinon davantage. Il ne ronflait pas, mais il respirait très profondément. Ses mains étaient jointes sur sa poitrine, doigts entrelacés. La veille, Jack avait dit qu'il valait mieux que Lou puisse rentrer chez lui et se mettre au lit le plus tôt possible. Il avait sans doute raison. Elle posa une main sur celles du policier et les secoua doucement.

— Lou !

Il ne réagit pas. Elle secoua de nouveau ses mains, plus fort.

— C'est moi, Laurie…

Il cligna des yeux, l'air confus, puis il posa tout à coup les pieds par terre en forçant un sourire.

— Salut, marmonna-t-il.

— Tu veux du café ?

— Non, merci, dit-il, clignant à nouveau des yeux. Donne-moi juste une minute…

— Cette habitude de te priver de sommeil, ça n'est pas bon du tout. Tu vas te ruiner la santé !

Lou secoua la tête, inspira profondément et prit appui sur les accoudoirs pour se redresser dans le fauteuil. Il se passa une main sur le visage, écarquilla les yeux comme pour les obliger à s'ouvrir complètement, puis se mit debout.

— O.K., c'est bon ! Je fonctionne pleins gaz. Où est Jack ?

— Ce matin, il vient à vélo. J'ai pris un taxi et la circulation était excellente. Il sera ici dans peu de temps. Je ne veux même pas envisager l'autre possibilité. Tu ne pourrais pas le convaincre d'arrêter ?

— J'ai déjà essayé pas mal de fois, dit Lou avec une moue désabusée. Hé ! As-tu vu ce que je vous ai amené ?

— Le noyé, tu veux dire ? Arnold m'a décrit le corps.

— Il est incroyable !

— Il paraît que ses tatouages sont assez étonnants, en effet. Mais je suppose que ce ne sont pas eux qui t'ont amené ici.

— Seigneur, non, répondit Lou avec un petit rire. Je suis ici parce que j'ai peur de voir éclater une guerre dans la pègre. Je crains des problèmes, en particulier, du côté des nouveaux gangs russes et asiatiques qui se bousculent pour avoir leur part du gâteau. Les affaires ne marchent pas très bien pour les honnêtes gens, ces temps-ci, et quand les honnêtes gens souffrent, les mafias souffrent aussi. Et elles peuvent finir par s'étriper gravement. Selon la procédure standard, la brigade fluviale me prévient quand elle repêche un type qui donne l'impression d'avoir été abattu par des professionnels. Tu sais que le port est un lieu de prédilection pour qui veut se débarrasser d'un macchabée entre décembre et mars, quand le sol est gelé et impossible à creuser à Westchester ou dans le New Jersey.

— Hmm… Tu es donc ici pour assister à l'autopsie, c'est ça ? Veux-tu que je m'en charge, ou tu préfères attendre Jack ?

— Ça, ça m'est bien égal. Je serai ravi que tu t'en charges. Plus tôt cette affaire sera réglée, plus tôt je rentrerai chez moi.

Laurie se tourna pour demander à Arnold :

— Ça vous ennuie si je prends le cas du commissaire ?

— Pas le moins du monde. Et ce sera votre seule autopsie pour aujourd'hui. La journée n'est pas bien chargée. En plus, j'ai une dette envers vous.

Laurie ouvrit la bouche pour dire qu'elle voulait d'autres autopsies, puis se ravisa en songeant à tout ce qu'elle avait prévu de faire à propos de son Asiatique de la veille. En outre, elle était assez intriguée d'avoir deux Asiatiques non identifiés en deux jours. C'était tout de même une sacrée coïncidence.

— Vinnie ! dit-elle à l'intention du technicien de morgue. Vous voulez bien me donner un coup de main ? Marvin n'est sans doute pas encore arrivé. Je sais que vous préférez travailler avec Jack, mais il pourra sans doute survivre une journée sans votre aide. Nous devons entamer l'autopsie de ce noyé le plus tôt possible pour que le commissaire Soldano puisse rentrer chez lui.

Dissimulé derrière son journal, Vinnie ferma les yeux. Il était dans ses petits souliers. Il avait l'impression d'être le dernier des trouillards. La veille, au lieu de parler à Laurie de la discussion troublante qu'il avait eue avec les hommes de main de la famille Vaccarro, il avait obéi à leurs ordres. Il avait écrit la lettre de menaces. Il l'avait rédigée sur l'ordinateur du bureau de la morgue en l'enregistrant sur une clé USB pour ne pas laisser le fichier sur le disque dur de la machine, puis il l'avait imprimée dans un café Internet du quartier. Deux précautions valant mieux qu'une, il avait enfilé des gants en latex pour ne laisser aucune empreinte sur la feuille et sur l'enveloppe. Et il avait gardé ces gants quand il était revenu à l'IML et avait glissé la lettre sous la porte du hall. Heureusement, la réceptionniste ne l'avait pas vu. Pour rentrer dans l'immeuble, il était passé par l'entrée des véhicules mortuaires.

Laurie l'apostropha une seconde fois.

— Vinnie !

Sauf que maintenant elle se tenait juste devant lui. Il baissa lentement son journal.

— Vous avez compris ce que j'ai dit ? demanda-t-elle avec une pointe d'irritation dans la voix.

Vinnie secoua la tête. Elle répéta ses propos au sujet de l'autopsie du noyé. Il se leva, résigné, et jeta son journal sur le siège.

— Descendez avec le commissaire Soldano et aidez-le à se préparer, dit Laurie. Ensuite, sortez le cadavre et tout le tintouin. Je monte une minute à mon bureau, mais je redescends très vite. D'accord ?

Vinnie hocha la tête. Il n'arrivait pas à la regarder dans les yeux. Il avait le sentiment d'être un traître. Le problème, c'était qu'il connaissait trop bien la famille Vaccarro. Les deux mecs dont il avait reçu la visite étaient parfaitement capables de mettre leurs menaces à exécution ; il les voyait très bien se rendre dans le quartier où il habitait et suivre ses filles à travers les rues après l'école. Il était piégé.

Il se demanda à quoi pensait le commissaire Soldano pendant qu'ils descendaient ensemble à la morgue. La dernière fois que Vinnie avait été contraint de rendre service à Paulie Cerino, c'était lui, Soldano, qui avait découvert le pot-aux-roses. Vinnie pouvait donc craindre d'être rapidement suspecté si Laurie montrait sa lettre de menaces à quelqu'un – soit à Harold Bingham, le directeur de l'IML, soit directement au commissaire. Il espérait, malgré tout, que la lettre serait prise comme l'œuvre de quelqu'un d'extérieur à l'IML, et pas comme celle du judas qu'il était.

Laurie entra dans son bureau, alluma l'ordinateur et accrocha son manteau à la patère. Quand le navigateur fut lancée, elle rechercha l'article dont elle avait le souvenir au sujet du yakuza assassiné. Elle voulait lire rapidement le rapport d'autopsie. Dès qu'elle eut terminé, elle descendit à la fosse.

Lou avait assisté à de nombreuses autopsies, au fil des années, et il connaissait bien le fonctionnement de la morgue. Il avait proposé à Vinnie de l'aider à récupérer le cadavre sur son brancard, dans la chambre froide, et à l'allonger sur une table de la salle d'autopsie. À l'arrivée de Laurie, ils avaient tout préparé pour démarrer le travail.

— Ces tatouages sont extrêmement impressionnants, observa-t-elle. Jamais je n'avais vu ça.

Du cou jusqu'aux chevilles, la peau de l'Asiatique était couverte de dessins complexes et multicolores.

— Le problème, c'est qu'ils compliquent un peu l'examen externe, ajouta-t-elle. Mais nous sommes certains que cet homme travaillait pour une organisation yakuza.

— Ah bon ? fit Lou, étonné. Tu veux dire… à cause des tatouages ?

— Oui, mais pas seulement.

Laurie saisit la main gauche du cadavre.

— Regarde ici : il a perdu la dernière phalange de son auriculaire. C'est une amputation volontaire. Pour faire acte d'allégeance, le yakuza doit se couper le doigt et donner la phalange au chef de la famille. Ce rituel affaiblit l'étreinte de la main sur l'épée et crée un lien de dépendance entre le yakuza et son chef.

— Tu plaisantes, dit Lou d'un air étonné.

— Pas du tout. Et puis il y a autre chose…

Elle lâcha la main de l'homme et désigna une succession de nodules le long de son pénis.

— Voici une autre caractéristique assez intéressante des yakuzas. Là, sous la peau de sa verge, il y a plusieurs petites perles. Une par année de prison. Ce sont de vraies perles. L'homme se fait ça lui-même, sans anesthésie.

— Aïe, fit Lou, échangeant un regard horrifié avec Vinnie. Comment se fait-il que tu saches tant de choses sur les yakuzas ?

La culture générale de Laurie l'avait toujours impressionné. Lui-même avait certaines connaissances sur les différentes mafias du monde parce qu'il avait travaillé six ans au sein d'une unité de lutte contre la pègre, dans la police de New York, avant de passer à la brigade criminelle – mais il ignorait ces détails sur les yakuzas.

— Ah, mes amis, je devrais vous laisser croire que je suis vraiment très futée, dit Laurie avec un sourire malicieux. Mais en réalité… quand je suis remontée à mon bureau, tout à l'heure, j'ai relu un article dont j'avais le souvenir sur l'autopsie d'un yakuza assassiné.

— J'ai mis les radios sur le négatoscope, dit Vinnie d'une voix morose.

— Super !

Les mains levées devant la poitrine, pour ne pas risquer de salir ses gants, Laurie se dirigea vers le fond de la salle. Lou et Vinnie l'accompagnèrent. Elle examina attentivement les radios. Il y avait de multiples corps étrangers dans la poitrine et dans l'abdomen, ainsi que dans les bras et les jambes – des balles intactes ou des fragments de balles, de toute évidence. Le crâne ne semblait pas touché.

— Nous allons suivre toutes ces trajectoires de balles, dit-elle. Ça va nous prendre un petit moment. Y a-t-il une chose en particulier que tu aimerais savoir, Lou ?

— Hmm… Tout ce qui te paraîtra significatif. Mais j'aimerais quand même avoir certaines balles, pour voir si elles proviennent d'une seule arme ou de plusieurs armes. Nous avons déjà photographié les tatouages, au cas où ils pourraient nous aider à identifier le bonhomme.

— Tous les papiers sont en ordre ? demanda Laurie à Vinnie.

— Je crois, oui. Pour les radios, en tout cas, c'est bon. Les photos sont dans le dossier et je sais que les empreintes ont déjà été relevées. Je pense que nous sommes parés.

— Très bien. Allons-y.

Ils retournèrent à la table d'autopsie. Laurie commença l'examen externe en scrutant le torse de l'homme.

— Il y a une chose que je peux dire d'emblée. De ce côté du cadavre, nous avons exclusivement… Oui, exclusivement des orifices de sortie de balles.

Elle appliqua les mains sur la peau de l'Asiatique pour aplanir les plaies l'une après l'autre. Leurs pourtours avaient un aspect de « viande hachée » caractéristique de l'effet d'une balle jaillissant de la chair humaine.

— Cet homme n'a été touché que dans le dos. Ça, c'est une information importante. Tu n'es pas d'accord, Lou ?

— Sans le moindre doute, acquiesça le policier. Peut-être qu'il s'enfuyait en courant devant son ou ses assassins…

— Possible, dit Laurie. Ou en nageant. Il était peut-être déjà dans l'eau quand il s'est fait canarder. Retournons-le, Vinnie, pour voir les points d'entrée des balles.

Sans un mot, le visage aussi fermé que depuis le début de la séance de travail, le technicien l'aida à mettre le cadavre sur le ventre. Laurie trouvait son attitude un peu bizarre. Une des caractéristiques les plus agréables de cet homme, c'était son humour caustique et désabusé. Dans ce domaine, il surpassait même souvent Jack. Mais ce matin il n'était pas lui-même.

— Quelque chose ne va pas, Vinnie ? demanda-t-elle lorsqu'ils eurent correctement disposé le corps sur la table. Vous êtes bien silencieux.

— Non, ça va, répliqua-t-il.

Laurie jugea préférable de ne pas le harceler. Mais elle était intriguée. Lui en voulait-il de ne pas l'avoir laissé attendre Jack ?

À ce moment-là, Jack entra à grands pas dans la salle d'autopsie. En violation totale du règlement de l'IML, il ne portait ni combinaison ni gants, et il tenait un simple masque chirurgical devant sa bouche.

— Hé, c'est quoi cette embrouille ? Pour dix petites minutes de retard, je me fais piquer un dossier de la police *et* mon technicien de morgue personnel ?

— Tu n'avais qu'à venir avec moi en taxi, rétorqua Laurie avec un grand sourire.

— Bonjour Lou, bonjour Vinnie, dit Jack quand il s'immobilisa devant la table.

— Bonjour, docteur Stapleton, répondit calmement Vinnie.

Jack tourna la tête vers lui, sourcils froncés.

— « Docteur Stapleton » ? Waouh ! Qu'est-ce qui ne va pas ? Tu es malade ?

— Non, ça va, dit Vinnie.

En vérité, l'arrivée de Jack ravivait sa culpabilité. Il aurait tout donné pour pouvoir quitter les lieux et se faire remplacer. De fait, il commençait à se dire qu'il avait peut-être intérêt à se mettre en congé jusqu'à ce que l'affaire du mort du métro qui intéressait Paulie Cerino soit réglée.

— Mon Dieu, regardez un peu ces tatouages ! s'exclama Jack quand il découvrit le cadavre. Fantastique ! C'est quoi le topo ?

— Il a été repêché dans le port, dit Lou, et il raconta à Jack ce qu'ils savaient déjà au sujet du yakuza.

— Très intéressant ! Jamais je n'avais vu un truc pareil, commenta Jack, puis il se tourna vers Laurie pour ajouter : Amuse-toi bien. On se verra tout à l'heure. J'espère que les labos te donneront des résultats intéressants pour ton cas d'hier.

Jack fronça les sourcils. Laurie semblait ne pas l'avoir entendu.

— Hé !

Laurie ne répondit pas. Elle avait l'air fascinée par le profil de l'homme asiatique. Jack tendit le bras et fit claquer ses doigts devant son visage. Elle cligna des yeux comme si elle sortait d'un état d'hypnose.

— C'est incroyable, marmonna-t-elle. Je crois que j'ai déjà vu cet homme.

— Tu as déjà vu ce cadavre, tu veux dire, ou cet homme vivant ?

— Vivant. Aussi dingue que ça puisse paraître…

Elle se tut, secouant la tête.

— Où ça ? insista Jack. Quand ?

Lou et Vinnie observaient Laurie, très intrigués eux aussi.

— Non, c'est impossible ! dit-elle. La coïncidence est… impossible !

— Quelle coïncidence ? demanda Jack, et il se pencha pour tenter de déchiffrer l'expression de Laurie derrière son masque facial.

— Hier soir, j'ai fait une découverte importante sur le cas que j'ai eu hier. Potentiellement importante, à tout le moins…

— Je croyais qu'hier tu ne devais pas avoir d'autopsie ? l'interrompit Lou.

— J'en ai eu une, finalement. Après que tu es rentré chez toi, précisa Laurie, et elle regarda à nouveau le visage de l'Asiatique pour ajouter : Je viens de réaliser qu'il pourrait y avoir un lien entre le cas d'hier et cet homme. Ne vous emballez pas ! Je n'en suis pas du tout certaine ! Mais je crois que c'est bien possible.

— Quel genre de lien ? demanda Lou. C'est peut-être important pour moi…

— Attends, attends ! l'interrompit Laurie. Ne te mets pas de faux espoirs en tête.

— Dis-moi au moins à quoi tu penses !

Lou était ravi. Il s'intéressait à la médecine légale et il prenait le temps de venir à l'IML pour les cas importants, car il savait que les autopsies livraient souvent des éléments déterminants pour la résolution des crimes – sinon l'explication complète de certaines affaires. À présent, il espérait que l'intuition de Laurie les conduirait dans la bonne direction au sujet du yakuza.

— Je préférerais garder ça pour moi encore un moment, répondit-elle. Accorde-moi un peu de patience, s'il te plaît ! Cet après-midi, peut-être, j'aurai des preuves. Je regrette de ne pas pouvoir m'expliquer davantage.

— Tu fais des mystères pour rien, protesta Lou. Si cet assassinat annonce des conflits entre les différentes mafias de New York, il est important que j'aie les informations nécessaires le plus tôt possible. Le but, rappelle-toi, c'est de limiter le nombre des victimes parmi les civils. Si les criminels s'entretuent, bon, tant pis ! Par certains côtés, ça facilite le travail de la police. Mais quand des innocents sont tués, là je me fâche !

— Je regrette, dit Laurie. Ça… ça commence tout juste à prendre forme dans ma tête.

— Tu essaies de te prouver quelque chose, ou quoi ? demanda Jack. C'est ça qui justifie tout ce mélodrame ? Si tu daignais partager ton processus de réflexion, nous serions peut-être en mesure d'y apporter une idée valable ou deux…

— Oui, répliqua-t-elle. Peut-être que je veux me prouver quelque chose. En tout cas, je veux régler cette affaire moi-même.

— Humm, fit Jack d'un air compréhensif. Dis-moi juste un truc, tout de même. As-tu découvert si ton Asiatique d'hier avait effectivement eu des convulsions ?

— Oui, je crois que c'est ce qui lui est arrivé.

18

Vendredi 26 mars 2010
09 h 10

L'énorme Boeing 747-300 vira gracieusement sur l'aile à l'approche de l'aéroport JFK. Quelques minutes plus tard, il toucha la piste avec à peine un soubresaut : un énième atterrissage parfait pour le vol 583 de Tokyo à New York par-dessus le pôle Nord. Quand l'appareil eut suffisamment décéléré, le capitaine quitta la piste et entama le long trajet, au fil des taxiways, menant au terminal.

Hisayuki Ishii s'étira. Le voyage avait été longuet et ce n'était pas formidable de rester enfermé du soir au matin dans un cylindre de métal, mais, par chance, il avait dormi pendant près de six heures et il se sentait plutôt reposé. Certes, le lit de première classe l'avait bien aidé à supporter les désagréments de l'avion. Il se demanda si ses lieutenants, Chong Yong et Riki Watanabe, avaient tenu le coup dans leurs modestes fauteuils de classe affaires, quelques rangées derrière lui.

Cette immobilisation prolongée avait donné à Hisayuki l'occasion de réfléchir à bien des choses. D'ordinaire, ses journées étaient tellement remplies qu'il s'offrait rarement le luxe de méditer. Il avait surtout pensé aux problèmes auxquels son groupe était confronté en ce moment – sans y trouver de solution particulièrement remarquable, mais il avait maintenant une assez bonne idée générale de la conduite qu'il devait tenir. Satoshi Machita et sa famille étant éliminés, il fallait absolument récupérer les cahiers de laboratoire. Hisayuki en était convaincu. Ces cahiers jouaient un rôle clé, puisqu'ils pouvaient permettre à iPS USA de contester légalement les brevets détenus par l'université de Kyoto ; ils ne devaient pas rester entre les mains de cette société. Autre souci très préoccupant pour Hisayuki : les relations de l'Aizu Kotetsu-kai avec la Yamaguchi-gumi. C'était surtout à cause de ce problème qu'il avait pris la décision de se rendre à New York dès le lendemain de sa rencontre avec Hiroshi Fukazawa, l'*oyabun* de la Yamaguchi-gumi. Il voulait être certain que Saboru Fukuda, l'homme d'Hiroshi à New York, ne se doutait pas que Satoshi avait été assassiné. Par conséquent, il devait s'assurer lui-même que ses ordres avaient été suivis et qu'Hideki Shimoda, son *saikō-komon*, avait réagi sans délai.

Hisayuki prit son portable pour appeler Hideki. Il regarda par le hublot pendant que l'appareil sonnait : l'avion semblait se traîner à une vitesse d'escargot sur le tarmac. Il avait presque envie de se plaindre au personnel, car il avait hâte de débarquer. Bien sûr, il n'en ferait rien – mais le simple fait que cette idée lui ait traversé l'esprit prouvait à quel point il était tendu. Il craignait beaucoup d'apprendre que quelque chose était allé de travers pendant qu'il était dans le ciel. *Le cambriolage chez iPS USA s'est-il bien passé ?* se demanda-t-il. *Les cahiers de laboratoire étaient-ils là-bas ? Les médias ont-ils publié quoi que ce soit qui puisse faire comprendre à la Yamaguchi-gumi que Satoshi et sa famille ont été tués ?* Il avait hâte d'avoir des réponses à toutes ces questions. Pourquoi Hideki ne décrochait-il pas son téléphone ?

Hisayuki allait renoncer, lorsque le *saikō-komon* répondit en anglais avec la voix bourrue d'un homme mécontent d'être dérangé. Il changea très vite de ton, d'attitude et de langue quand il entendit son *oyabun* dans l'écouteur.

— Que s'est-il passé depuis notre dernière conversation ? demanda Hisayuki.

Bien entendu, il parlait japonais. Il avait découvert au début du voyage que son plus proche voisin, un monsieur européen, ne parlait que l'anglais.

— De bonnes et de mauvaises choses, répondit Hideki.

— Il vaut mieux que vous me parliez d'abord des mauvaises, ordonna Hisayuki avec nervosité.

— Deux de mes hommes ont disparu depuis hier après-midi. Les plus fiables de mon équipe. Susumu Nomura et Yoshiaki Eto. Vous les aviez rencontrés lors de votre dernier séjour à New York.

— C'étaient eux, si je me souviens bien, qui étaient chargés du cambriolage chez iPS USA.

— En effet. Ils ne se sont pas présentés au lieu de rendez-vous convenu avec les hommes de Barbera. Ceux-ci ont attendu plus d'une heure, paraît-il, et ils ne les ont pas vus. Quand j'ai essayé de joindre Susumu et Yoshiaki, hier soir et ce matin, je suis tombé sur leurs boîtes vocales. Je crains qu'ils n'aient disparu pour de bon.

— Et le cambriolage ?

— Il n'a pas eu lieu. Barbera et ses hommes n'avaient aucune raison de faire le coup seuls. Ils n'étaient là que pour nous prêter main-forte. Les cahiers de laboratoire ne les intéressent pas.

Hisayuki réfléchit quelques instants. En effet, c'était une très mauvaise nouvelle. Et la seule explication qui lui venait à l'esprit, hélas, c'était que la Yamaguchi-gumi avait tué leurs deux hommes pour se venger du meurtre de Satoshi. Il demanda à Hideki s'il était parvenu à la même conclusion.

— Malheureusement oui, convint le *saikō-komon* d'un ton lourd de regrets.

D'après Louie Barbera, précisa ensuite Hideki, Yoshiaki et Susumu avaient tenu certains propos en ce sens devant les Américains – à savoir, ils craignaient des représailles de la Yamaguchi-gumi à cause de la mort de Satoshi.

— Vos hommes ont-ils parlé de ça avant, ou après le meurtre de Satoshi ? demanda Hisayuki.

— Le soir du meurtre, mais je ne sais pas à quel moment exactement.

— Cela ne me paraît pas très logique, fit observer Hisayuki. Mettons-nous à la place de nos rivaux. Ils n'avaient aucune raison de se douter que nous étions au courant de l'histoire de Satoshi et de sa venue en Amérique. De notre côté, nous n'aurions rien su si le gouvernement ne nous en avait pas parlé. Je ne comprends pas ce qui se passe. À moins… À moins que le gouvernement ne profite de la situation pour créer un conflit entre notre organisation et la Yamaguchi-gumi, en espérant nous voir entrer en guerre…

Il réfléchit à cette possibilité. Le gouvernement jouait-il ainsi sur les deux tableaux ? C'était très improbable. Le problème des brevets de Kyoto était trop important pour le Japon. Le gouvernement n'avait rien à gagner à y mêler des objectifs aussi secondaires que le sort des organisations yakuzas.

L'avion s'immobilisa enfin devant la porte de débarquement. Une légère secousse signala son arrêt définitif.

— Nous allons sortir de l'appareil d'un moment à l'autre, dit Hisayuki. Après la mauvaise nouvelle, donnez-moi maintenant la bonne.

— Pour le moment, les médias n'ont absolument pas parlé des décès de Satoshi et de sa famille. Ni les journaux, ni la télévision.

— Vraiment ? Personne n'a rien dit ? insista Hisayuki, étonné.

— Personne.

— En ce cas, comment la Yamaguchi-gumi pourrait-elle être informée de la mort de Satoshi ? Et surtout, comment pourrait-elle savoir que ce sont Yoshiaki et Susumu qui ont fait le coup ?

— Je n'en ai pas la moindre idée.

Hisayuki se demanda à nouveau si le gouvernement, pour certaines raisons obscures, avait informé la Yamaguchi-gumi de l'imminence de la mort de Satoshi. Une fois de plus, il rejeta cette idée. Le gouvernement voulait que Satoshi disparaisse. Il tenait aussi à voir ses cahiers de laboratoire revenir au Japon.

— Je suis perplexe, admit-il. J'ai le sentiment qu'il y a autre chose, là-dessous, mais… je ne vois pas de quoi il s'agit.

— Peut-être Yoshiaki et Susumu vont-ils refaire surface, dit Hideki. Et peut-être auront-ils une explication convaincante pour leur disparition de ces douze dernières heures.

— S'ils reviennent, en effet, il vaudrait mieux pour eux qu'ils aient une explication convaincante, commenta Hisayuki d'un ton sec.

— Il y a autre chose. Les médias n'ont rien dit au sujet de Satoshi, mais… cette situation pourrait changer.

— Pour quelle raison ?

— Quand Barbera m'a appelé hier soir pour me prévenir de la disparition de Susumu et de Yoshiaki, il m'a parlé d'un autre problème.

— Eh bien ? dit Hisayuki avec une pointe d'impatience.

À ce moment-là, ses deux lieutenants entrèrent dans la cabine de première classe. Chong Yong était japonais de naissance mais coréen par ses parents. Riki Watanabe était un Japonais pure laine. Ils récupérèrent son bagage à main dans le compartiment au-dessus des sièges. La plupart des autres passagers de la première classe quittaient déjà l'avion.

— Je dois sortir de l'appareil, dit Hisayuki à Hideki. Retrouvons-nous dans une heure au Four Seasons de la 57e Rue.

— Certainement. Mais laissez-moi finir, pour que vous soyez prévenu. Barbera m'a dit qu'il avait un contact, à la morgue de la ville, qui lui avait confirmé que la mort de Satoshi était considérée *a priori* comme une mort naturelle. Malheureusement, l'affaire a été prise en charge par une médecin légiste qui se pose certaines questions troublantes. Elle s'étonne beaucoup du décès de Satoshi, car elle ne lui a trouvé aucune pathologie. Le plus inquiétant, c'est qu'elle a la réputation d'être extrêmement têtue et très douée pour résoudre les affaires complexes.

— Ça, ce n'est pas bon du tout, marmonna Hisayuki.

— En effet. Et Barbera est du même avis. Hier soir, il m'a dit qu'il lui avait fait transmettre une mise en garde, sous forme de lettre anonyme, pour qu'elle cesse de travailler sur le décès de Satoshi.

— Et ? A-t-elle obtempéré ?

— Je ne sais pas encore. Barbera devait se renseigner ce matin.

Une hôtesse s'approcha et dit :

— Monsieur Ishii. Nous sommes à New York.

L'équipe de nettoyage entrait déjà dans l'avion avec son matériel.

Hisayuki se leva, gardant le téléphone à l'oreille. Il fit signe à Chong et à Riki de le suivre et il se dirigea vers la porte.

— Appelez Barbera ! ordonna-t-il à Hideki. Dites-lui que nous voulons le rencontrer ce matin. Demandez-lui aussi si cette femme médecin a écouté son avertissement. Si ce n'est pas le cas, dites-lui que nous serions heureux d'avoir davantage d'informations à son sujet.

— Je lui téléphone immédiatement. Pour la rencontre, voulez-vous vous rendre dans le Queens ?

— Seulement s'il insiste pour que j'aille là-bas. Peut-être pourriez-vous lui rappeler que j'arrive tout juste de

Tokyo ? Peut-être aura-t-il l'amabilité de se déplacer ? Mais s'il fait le difficile, dites-lui que j'accepterai son hospitalité.

— Je crois qu'il ne demandera pas mieux que de venir en ville, dit Hideki. Il aime ça. La plupart de nos rendez-vous ont lieu dans Manhattan.

19

Vendredi 26 mars 2010
09 h 30

— Bonjour, mademoiselle Bourse, dit Ben d'un ton enjoué dès qu'il sortit de l'ascenseur.

— Bonjour, monsieur ! répondit Clair, levant les yeux du livre de poche qu'elle lisait discrètement derrière l'écran de son ordinateur.

Personne n'était entré dans les bureaux depuis une bonne demi-heure ; elle n'avait pas grand-chose à faire.

— Carl est arrivé ? demanda Ben en passant devant la réceptionniste sans ralentir l'allure.

— Oui, il est là !

Ben longea le couloir jusqu'au bureau du directeur financier ; il s'immobilisa un instant dans l'embrasure de la porte pour demander :

— Tu as une minute ?

Sans attendre de réponse, il poursuivit jusqu'à son propre bureau. Il rangea son manteau dans le placard. C'était une belle matinée de fin mars et les rayons du soleil qui inondaient le bureau de Jacqueline se diffusaient jusque dans sa pièce par la porte de communication. Il lança un « Bonjour ! » enthousiaste à son assistante tandis qu'il allait s'asseoir ; elle lui répondit sur le même ton.

Il avait à peine écarté la pile de revues spécialisées qui encombrait le centre de sa table de travail, lorsque Carl le rejoignit et prit son siège habituel en face de lui.

— As-tu fait des progrès, pour ce qui est de conclure un accord avec iPS RAPID ? demanda Ben sans préambule.

Il n'avait pas la tête aux bavardages inutiles. Il avait beaucoup pensé à cette affaire depuis la veille – en partie pour éviter de s'inquiéter au sujet de Satoshi qui était peut-être parti s'amuser à Washington avec sa famille – et il voulait que les choses avancent.

— J'ai fait tout ce que je pouvais faire pour le moment. Hier, notamment, j'ai envoyé plusieurs e-mails aux dirigeants de la société. Ils ont déjà répondu à certains d'entre eux. Je pense avoir toutes les infos dont j'ai besoin dans la journée. Sinon lundi au plus tard.

— Ces premiers contacts ont-ils modifié ton jugement sur l'opération ?

— Non, pas vraiment. Je crois qu'iPS RAPID répondra favorablement à une offre d'achat. Dans quelle fourchette de prix ? Ça, par contre, je n'en sais rien. J'ai l'impression que les dirigeants de cette boîte sont de vrais scientifiques, pas des hommes d'affaires, et ils ont envie de palper de l'argent rapidement. Ils ont peut-être peur, aussi, qu'une autre découverte similaire à la leur ne déboule d'un autre labo et ne déclasse leur brevet.

— Ça pourrait se produire, en effet. Mais j'ai la même intuition que toi. Je crois qu'il vaut mieux les avaler, d'autant que l'accord conclu avec Satoshi nous facilite les choses vis-à-vis de nos investisseurs et des analystes. Tu travailles aussi là-dessus ?

— Bah non, j'ai pas le temps ! dit Cal avec un haussement d'épaules, et il pouffa aussitôt de rire. Bien sûr que je travaille là-dessus ! Aujourd'hui, justement, je dois m'entretenir avec un certain nombre d'analystes pour avoir leur estimation de notre valeur actuelle.

— Parfait, dit Ben d'un ton qui indiquait que leur brève réunion touchait à sa fin. Tiens-moi au courant. Je veux carburer à fond, de ce côté, pour profiter de l'enthousiasme de nos amis mafiosi à nous abreuver de cash.

Carl se leva et s'étira.

— C'est vrai que nous sommes dans une situation très enviable. Et c'est vraiment génial. En tant que directeur financier, je n'avais jamais connu ce plaisir.

Il allait sortir du bureau, lorsque Ben lança :

— Demain matin, j'ai un jogging de dix kilomètres en prévision du triathlon, donc je quitterai le bureau de bonne heure. Je passerai te voir avant de partir.

Carl leva le pouce par-dessus son épaule avant de franchir la porte du bureau.

— Hé ! cria de nouveau Ben. J'ai oublié de te demander si tu avais vu Satoshi ce matin.

Il n'avait pas oublié, à vrai dire, mais il avait espéré que Carl aborderait lui-même le sujet. S'il était obligé de poser la question, bien sûr, c'était sans doute qu'il obtiendrait une réponse négative.

Carl reparut sur le seuil du bureau.

— Non. Pas encore. As-tu posé la question à Clair ?

— Non, admit Ben.

— Il n'est pas encore arrivé ! cria Jacqueline de son bureau. J'ai demandé à Clair en arrivant, la réponse était négative et il n'est pas apparu depuis lors !

— Eh bien, il n'est pas là, dit Carl, et il porta deux doigts à son front, en une sorte de salut militaire, avant de disparaître.

Ben secoua la tête. Il était déçu et il avait l'impression de devenir un peu paranoïaque. Pourquoi Satoshi lui faisait-il un coup pareil ? Il posa les yeux au coin de sa table sur les testaments et le fidéicommis, qui faisaient de lui le tuteur du fils Machita si jamais un malheur arrivait à Satoshi et à sa femme, Yunie. Normalement, ces documents auraient dû le rassurer un minimum. Mais ce n'était pas le cas, car ils n'avaient pas encore été signés par Yunie.

Ben sortit son téléphone de la poche de sa veste. De même qu'il avait hésité, par superstition, à interroger Carl au sujet de Satoshi, il n'avait pas encore appelé le chercheur depuis le début de la journée. Il refoula son anxiété et appuya sur la touche d'appel. Dès qu'il entendit l'annonce d'accueil de la boîte vocale, il coupa la communication. Il soupira et composa le numéro du bureau de Michael Calabrese. Comme d'habitude, il fut obligé de lui laisser un message. C'était un peu irritant – mais avec Michael, au moins, il était sûr d'être rappelé sans délai.

Ben saisit le fidéicommis et le feuilleta jusqu'à la page des signatures. Elle portait celle de Satoshi, un gribouillis illisible, ainsi que la marque de son *inkan*. Il savait que c'était l'*inkan*, ce tampon à l'encre rouge orangé, qui avait le plus de valeur. En outre, la séance de signatures avait eu lieu en présence de deux témoins, des employés d'iPS USA, qui avaient également mis leurs noms sur le document. Il y avait aussi la signature de l'avocate de la société, Pauline Hargrave. La seule chose qui manquait, c'était la signature de Yunie et son *inkan*.

Un sourire plissa les lèvres de Ben. Une idée venait de lui traverser l'esprit et son anxiété refluait. Même si le document n'était pas signé par la femme de Satoshi, eh bien… ce n'était pas forcément un problème. Encouragé par Vinnie Dominick, Saboru Fukuda saurait très probablement imiter la signature dont ils avaient besoin. Il avait tort de se faire tant de souci. Il attrapa le testament rédigé au nom de l'épouse. Ce document aussi, si nécessaire, pourrait être signé par quelqu'un d'autre… Et, comme prévu, Ben deviendrait curateur du fidéicommis et tuteur du gamin. Il poussa un soupir de soulagement. Si ce scénario catastrophe devait jamais se produire, c'est-à-dire si un malheur arrivait à Satoshi seul ou à Satoshi *et* à sa femme, iPS USA ne se retrouverait pas le bec dans l'eau. L'accord de licence resterait valable, Shigeru en serait le propriétaire officiel et Ben en aurait la responsabilité.

Il prit la liasse des documents, se leva et se dirigea vers le bureau de Jacqueline.

— J'aimerais que vous mettiez tout ça dans le coffre, dit-il, et il posa les papiers sur sa table. Avec les cahiers de laboratoire de Satoshi.

Jacqueline était au téléphone. Elle plaqua la main sur le micro et dit à voix basse :

— Sans faute !

— Quel est mon programme, d'ici ce soir ?

Obnubilé par Satoshi et par l'affaire iPS RAPID, Ben avait complètement oublié son emploi du temps de la journée. Ce genre de chose lui arrivait parfois quand il était soucieux.

— Rien de prévu, dit Jacqueline, murmurant à nouveau pour ne pas être entendue de son interlocuteur téléphonique. Souvenez-vous : entraînement demain matin ! Vous vouliez rentrer chez vous de bonne heure. Je vous ai pris au mot.

— Ah oui, c'est vrai ! dit Ben d'un ton joyeux.

D'un pas léger, comme un adolescent qui vient d'apprendre que le lycée est fermé pour la journée, il retourna à son bureau. Il avait hâte de faire ce jogging qui marquerait le début officiel de sa préparation au triathlon Ironman auquel il prévoyait de participer à Hawaii au mois de juin. Il s'assit dans son fauteuil, posa ses pieds au coin de la table et saisit une des nombreuses revues biomédicales qu'il devait lire pour suivre les progrès de la recherche sur les cellules souches. Il se calait confortablement contre le dossier du siège, lorsque le téléphone sonna. C'était Clair, à la réception : Michael Calabrese demandait à lui parler.

— Tenez-vous bien ! s'exclama l'agent de placement dès que la communication s'établit. Je sais que vous devez avoir quelque chose à me dire, mais moi, j'ai sans doute de bonnes nouvelles ! Je vous avais parlé d'un autre investisseur susceptible d'être intéressé par iPS USA – vous vous souvenez ?

— Bien sûr.

— Il a entendu parler, par Vinnie Dominick, du contrat que nous avons signé avec Satoshi. Il veut entrer dans la danse. Il dit être prêt à investir autant que Dominick et Fukuda. Comme je ne voulais pas risquer de froisser ces deux messieurs, je les ai appelés pour leur demander si la perspective de voir un nouvel investisseur se joindre à la fête les ennuyait, puisque leur part du gâteau va se réduire d'autant. Ils ne s'y opposent pas du tout. Bref ! La conclusion, c'est que vous avez aujourd'hui beaucoup plus de capital à votre disposition qu'hier.

— Et ça tombe pile poil, car nous envisageons bel et bien d'acheter iPS RAPID plutôt que de négocier un simple accord de licence. Nous pensons que les dirigeants de cette boîte vont sauter sur l'occasion.

— Eh bien… Quelle que soit votre décision, l'argent vous attend, dit Michael. Maintenant, de quoi vouliez-vous me parler ?

— De Satoshi. Je ne l'ai pas revu depuis qu'il a signé le contrat.

— C'est étonnant ?

— Un peu. Une fois, déjà, il a disparu toute une semaine pour emmener sa famille aux chutes du Niagara. Sans me prévenir. D'après Carl, il envisageait un voyage du même genre à Washington.

— Avez-vous essayé de l'appeler ?

— Bien entendu. De très nombreuses fois.

— Avez-vous essayé de le joindre quand il était aux chutes du Niagara ?

— Oui. Il ne m'a pas répondu de toute la semaine.

— Alors ne vous faites pas de souci. Il veut prendre du bon temps et fêter sa libération. À la signature, avant-hier, il m'a dit que la chose qu'il préférait, dans sa nouvelle vie américaine, c'était d'avoir la liberté de faire ce dont il avait envie.

— Ouais, d'accord, mais après la signature je lui ai spécifiquement demandé de venir au bureau le lendemain, c'est-à-dire hier, parce qu'il m'avait rappelé de lui trouver un laboratoire pour travailler. Ce que j'ai fait ! Il doit aussi récupérer des documents à faire signer à sa femme. Mais il n'est pas revenu, ni hier, ni ce matin, et il ne répond pas au téléphone.

— Humm, ça ne me paraît pas très inquiétant, si je puis me permettre.

— Vous avez sans doute raison. Mais je suis quand même un peu mal à l'aise. J'ai pensé que vous pourriez peut-être demander à Vinnie Dominick à quel endroit il a installé Satoshi et sa famille. Je me souviens que vous m'avez dit qu'ils étaient dans une des planques de l'organisation Lucia.

— C'est ce que j'ai cru comprendre.

— Auriez-vous l'obligeance de leur demander l'adresse de cette planque ? Et un numéro de téléphone fixe, s'il y en a un ? Je me sentirai mieux si je sais que j'ai un moyen d'entrer en contact avec Satoshi en cas de nécessité, puisqu'il ne répond pas sur son portable. Bien entendu, je n'en parlerai à personne.

— Pour d'évidentes raisons de confidentialité, Vinnie Dominick et ses hommes n'aiment pas donner les adresses de leurs planques, fit remarquer Michael. Une planque dont l'adresse est connue n'est plus une planque. Et je sais que Satoshi a reçu l'ordre de ne dire à personne où il habite en ce moment. Je sais aussi, d'ailleurs, que Fukuda est en train de lui trouver un lieu de résidence plus permanent. Mais… D'accord, je vais leur poser la question et leur expliquer vos raisons. Après tout, ils vous ont déjà confié une part non négligeable de leurs économies ! Je ne vois pas pourquoi ils ne vous donneraient pas l'adresse d'une simple planque.

— Merci. Je dormirai plus tranquille, admit Ben avant de raccrocher.

20

Vendredi 26 mars 2010
09 h 40

L'autopsie de l'Asiatique repêché dans le port avait pris plus de temps que prévu car Laurie avait dû suivre les trajectoires de plus d'une douzaine de balles. La grande majorité se trouvait dans le torse ; certaines avaient été arrêtées par les os, d'autres avaient traversé le corps de part en part.

À mi-chemin, Lou avait décidé qu'il en savait assez et qu'il avait intérêt à rentrer chez lui dormir quelques heures. Laurie et Vinnie avaient continué leur délicat travail de récupération des balles et des fragments de balles emprisonnés dans le cadavre.

Tout au long de la séance, Laurie n'avait cessé d'être étonnée par le comportement de Vinnie. Il ne disait pas un mot et il avait l'air bizarre. Elle avait d'abord essayé de le dérider en l'invitant à participer activement à la dissection mais, comme il demeurait maussade et silencieux, elle avait fini par renoncer et s'était concentrée de plus belle sur son travail. Utilisant la partie de son cerveau dont elle n'avait pas besoin pour accomplir les tâches mécaniques de l'autopsie, elle avait essayé d'imaginer de quelle manière ce cas et celui de la veille pouvaient être liés. Une guerre s'était-elle déclarée, comme le craignait Lou, entre divers gangs mafieux ? Le second homme avait-il été tué en représailles de la mort du premier ? Elle tenait à découvrir la vérité et elle espérait faire un grand pas en avant quand elle remonterait à son bureau pour comparer la photo du yakuza aux images imprimées qu'elle avait tirées de la vidéo de surveillance. Bien sûr, elle visionnerait aussi de nouveau le film. La comparaison ne serait peut-être pas concluante. Laurie savait qu'elle devait se montrer réaliste : l'identification des visages n'était jamais un exercice facile – surtout quand on comparait la photo d'une personne vivante à celle d'un cadavre qui avait dérivé plusieurs heures dans un fleuve. Mais elle voulait croire à son hypothèse ; elle était à peu près certaine que l'un des poursuivants de la vidéo du métro était l'homme qu'elle était en train d'autopsier.

Jack avait fait preuve de beaucoup de sensibilité lorsqu'ils avaient parlé de l'affaire en présence de Lou ; elle lui en était reconnaissante. Il devait se douter qu'elle pensait avoir vu le noyé sur les films qu'elle avait regardés la veille au soir, mais il n'avait pas insisté sur le sujet. Il avait respecté son désir de faire son travail à sa façon – et d'essayer, à cette occasion, de reprendre confiance en elle.

L'autopsie enfin bouclée, Laurie et Vinnie se préparèrent à transférer le corps sur un brancard.

— Merci de m'avoir aidée pour ce cas, dit-elle. Je suis désolée qu'il nous ait pris autant de temps.

— Pas de souci, dit Vinnie d'un ton égal.

— Maintenant, j'ai un autre service à vous demander.

Il la regarda sans rien dire.

— Si nous avons une table disponible, j'aimerais que vous me rameniez mon cas d'hier. L'Asiatique non identifié. Je veux refaire l'examen externe.

Vinnie recula d'un pas, continuant de dévisager Laurie sans desserrer les lèvres.

— Vous m'avez entendue ? demanda-t-elle avec une pointe d'impatience.

En même temps, elle était perplexe. Vinnie n'était manifestement pas dans son état normal.

— J'ai entendu, dit-il, baissant les yeux. Quand une table se libérera, je sortirai le corps.

— Allons-y, dit Laurie en saisissant les chevilles du mort.

Elle compta jusqu'à trois et ils firent passer le cadavre de la table sur le brancard. Puis elle s'éloigna sans un mot. Avant de quitter la salle, elle s'arrêta près de la table de Jack. Il travaillait sur le cadavre d'une petite fille de sept ou huit ans. Elle évita de poser les yeux sur son visage. Elle avait beau s'efforcer de se comporter en professionnelle et de ne pas se laisser dominer par ses émotions, les autopsies d'enfants, surtout de très jeunes enfants, étaient toujours difficiles pour elle.

— Tu as une gamine, observa-t-elle d'une voix sourde.

— Malheureusement oui. Et c'est un cas… qui fait mal au cœur, pour ainsi dire. Veux-tu savoir de quoi il s'agit ?

— Ouais, d'accord, répondit Laurie sans enthousiasme.

Jack saisit le cœur de la fillette sur le plateau. Il écarta les bords d'une entaille qu'il y avait faite au scalpel pour mettre au jour une prothèse valvulaire d'origine porcine.

— L'une des sutures s'est rompue après l'opération, qui était pourtant un succès, et elle est resté coincée dans la valve. Une suture sur cent ! C'est une tragédie pour tout le monde : le chirurgien, les parents et surtout l'enfant, bien sûr.

— J'espère que le chirurgien pourra tirer une leçon de cet accident.

— Moi aussi. Il va avoir de mes nouvelles, c'est certain. Tu retournes travailler sur ton cas d'hier ?

— Oui, acquiesça Laurie avec un sourire.

— Bonne chance.

— Merci de ne pas m'avoir obligée à m'expliquer, tout à l'heure.

— De rien. Mais je suis de plus en plus curieux. Ce soir, j'exigerai de tout savoir. Je suppose que ton visionnage des films du métro a été beaucoup plus fructueux que je ne l'avais imaginé.

— Ces vidéos se sont révélées assez intéressantes, en effet, dit Laurie d'un air détaché, pour le simple plaisir de taquiner Jack. Et, pour changer de sujet, as-tu remarqué que Vinnie est vraiment bizarre, aujourd'hui ?

— Et comment ! Quand je suis passé à ta table, il m'a appelé docteur Stapleton. Ce n'est pas du tout son style. Où est passé notre technicien rigolo de tous les jours ?

— Il est peut-être comme ça à cause de moi. Je veux dire… parce que je l'ai forcé à bosser avec moi ce matin. Pourtant, je lui ai proposé de t'attendre, s'il préférait cette solution.

— Hmm, fit Jack avec un haussement d'épaules. Nous verrons plus tard. Je dois terminer ce cas sans trop tarder.

Laurie sortit de la salle d'autopsie et retira sa combinaison en Tyvek dans le vestiaire. Elle passa ensuite au bureau du sergent Murphy pour lui parler du pickpocket qu'elle avait repéré sur un des enregistrements du métro. Elle lui demanda aussi s'il avait du neuf au sujet de son Asiatique non identifié.

— Je n'ai pas eu la moindre info depuis hier, répondit le policier. Mais si quelqu'un avait signalé la disparition d'un homme asiatique, je crois que j'aurais été prévenu. J'appellerai moi-même le Service des personnes disparues, tout à l'heure, pour savoir ce qu'il en est.

Laurie le remercia, monta un étage et passa au bureau d'Hank Monroe, le directeur du service d'identification au département d'anthropologie. Elle frappa à la porte, qui était fermée. Contrairement à la plupart des gens de l'IML, Hank préférait travailler dans l'intimité.

Il n'avait pas grand-chose de plus à lui dire que le sergent Murphy. Il précisa juste que le Service des personnes disparues n'avait même pas encore passé les empreintes du mort dans les bases de données habituelles.

— Comme je crois vous l'avoir dit hier, ce service attend en général une bonne journée avant de réagir, expliqua-t-il. C'est parce que la vaste majorité des cas sont résolus dans cet intervalle de temps. Le plus souvent, il y a un proche ou un membre de la famille qui téléphone. Dès que j'aurai du neuf, vous serez la première prévenue.

Laurie monta ensuite au labo de toxicologie pour parler avec John DeVries.

— Jusqu'à maintenant, le screening n'a rien révélé – ni drogues, ni poisons, ni toxines, dit-il d'un air ennuyé, comme s'il était désolé de lui annoncer une mauvaise nouvelle. Hier, vous avez eu l'alcoolémie, n'est-ce pas ?

— Oui, merci ! Et je vous remercie encore d'avoir traité ce cas si vite.

— Nous ne demandons pas mieux que de vous donner satisfaction chaque fois que c'est possible, dit John avec le sourire agréable qui caractérisait sa nouvelle personnalité. Et n'oubliez pas que ce n'est pas parce que le screening n'a rien révélé qu'il n'y a rien d'anormal dans le cadavre. Certains agents toxiques peuvent agir à si faible dose qu'ils sont presque indétectables. La seule façon de les trouver, c'est de les cibler spécifiquement. Je veux dire que si vous avez la moindre raison de penser à un agent particulier, prévenez-nous et nous nous focaliserons sur lui. Mais attention : dans tous les cas de figure, nous ne sommes pas certains d'avoir un résultat positif. Même si nous passons l'échantillon deux fois au spectromètre de masse !

— Je comprends, dit Laurie.

Elle avait une certaine expérience des agents toxiques, car elle avait eu plusieurs cas d'empoisonnement au fil de sa carrière. Une fois, elle avait trouvé l'agent toxique sur le lieu du crime. Dans une autre affaire, elle avait découvert la preuve que le criminel avait acheté le poison. Mais avec l'Asiatique non identifié, aucune de ces deux solutions n'était envisageable.

— Nous n'avons pas tout à fait terminé nos analyses, dit John. Si nous trouvons quelque chose, je ne manquerai pas de vous prévenir.

Laurie monta à l'étage du labo d'histologie et se prépara à encaisser les inévitables piques d'humour de Maureen O'Connor. Elle ne fut pas déçue. En même temps, elle eut la satisfaction de voir Maureen lui fournir ses lames comme promis.

Elle prit l'ascenseur pour regagner son bureau. Elle avait hâte de se mettre au travail et, chose qu'elle faisait rarement, elle ferma sa porte pour ne pas être dérangée. Elle posa le carton de lames d'histologie à côté du microscope, puis elle réactiva l'ordinateur.

Avant d'entamer son boulot, elle composa le numéro de Leticia. Il était près de dix heures et elle se sentait fière d'avoir si longtemps résisté à l'envie de l'appeler. Cela prouvait qu'elle se maîtrisait déjà mieux que la veille.

Leticia était apparemment du même avis.

— Je suis étonnée de ne pas avoir eu de vos nouvelles plus tôt, dit-elle d'un ton amusé.

— Je suis étonnée moi aussi. Comment ça se passe ?

— Tout va pour le mieux. Ce matin, nous restons à la maison. Nous irons au parc dans l'après-midi. Le soleil devrait briller toute la journée.

— Ça me paraît un bon programme…

Tout en parlant, Laurie sortit les photos qu'elle avait imprimées à partir des vidéos de sécurité – celles des visages des deux « agresseurs » asiatiques du métro. L'un d'eux ressemblait effectivement à l'homme qu'elle venait d'examiner dans la fosse. Davantage qu'elle ne s'y attendait, à vrai dire.

Après avoir dit au revoir à Leticia, elle sortit les deux CD de son sac et glissa celui qui contenait le fichier de la caméra cinq dans le lecteur de l'ordinateur. Elle posa la photo du noyé à côté du clavier, puis elle lança la vidéo et cliqua sur la barre de défilement pour faire avancer le film jusqu'à quelques secondes avant le passage qui l'intéressait.

La victime apparut dans l'escalier et se précipita sur le quai. Peu après, ses poursuivants entrèrent en scène. Laurie fit alors défiler le film au ralenti. Quand les hommes avancèrent sur le quai et grandirent dans le champ de la caméra, elle les distingua de façon relativement satisfaisante. Ils faisaient la même taille et portaient les mêmes vêtements, mais l'un d'eux avait un visage ovale aux traits plutôt épais, tandis que l'autre était plus maigre et avait une tête étroite. Et pour encore mieux les différencier, bien sûr, il y avait le fait que le premier tenait un parapluie à la main.

Laurie chercha la meilleure image possible de l'homme au visage ovale – c'était lui, de toute évidence, qui ressemblait le plus à celui qu'elle venait d'autopsier. Ayant cliqué sur PAUSE, elle saisit la photo du noyé tatoué et l'approcha de l'écran.

Elle observa les deux images côte à côte pendant de longues secondes. D'une certaine façon, elle était déçue. La première comparaison qu'elle avait établie entre la photo du mort et l'image imprimée qu'elle avait tirée de la vidéo lui avait paru plus concluante. À présent, elle n'était plus vraiment sûre de son jugement. Oui, les deux visages se ressemblaient, mais…

Elle scruta les moindres détails des images, fit avancer et reculer la vidéo de quelques fractions de secondes – plus elle les regardait, ces images, moins elle savait ce qu'elle devait penser ! Peut-être les lunettes noires que portait l'homme de la vidéo parasitaient-elles son jugement ?

Laurie cliqua pour éjecter le CD. Elle inséra le deuxième disque dans le lecteur et opta pour l'enregistrement de la caméra six, qu'elle fit avancer jusqu'à la bonne heure : le premier Asiatique non identifié apparut sur le quai, ainsi que ses deux poursuivants. L'angle de cette caméra étant différent, l'image lui révéla un détail qu'elle n'avait pas remarqué sur la vidéo précédente : l'homme au visage ovale avait un grain de beauté assez large, de la taille d'une pièce de cinq centimes, sur la tempe droite. Et sur la photo du noyé tatoué… Oui, il avait le même grain de beauté au même endroit ! Laurie se renversa en arrière dans son fauteuil, le sourire aux lèvres. Elle était maintenant quasi certaine que son Asiatique non identifié d'aujourd'hui était l'un des deux agresseurs de son Asiatique non identifié de la veille.

Elle réfléchit quelques instants à cette étonnante découverte, puis elle saisit de nouveau la souris pour continuer de regarder l'enregistrement de la caméra six, au ralenti, jusqu'au moment où la rame de métro arrivait dans la station. Il y avait tant de gens sur le quai, et la bousculade était telle entre les passagers qui voulaient embarquer dans les wagons et ceux qui en descendaient, qu'il était difficile de voir les trois Asiatiques. Laurie se concentra néanmoins pour comprendre les actions des deux yakuzas – elle supposait qu'il s'agissait de yakuzas – au moment où ils rejoignaient le premier homme. Elle ne distinguait pas leurs mains, mais ils semblaient bel et bien soutenir leur victime pendant qu'elle était prise de convulsions. Cette partie de la scène ne durait hélas que quelques instants. Et Laurie n'arrivait pas à déterminer si les yakuzas faisaient quelque chose qui fût susceptible de provoquer les convulsions, ou si celles-ci étaient spontanées, c'est-à-dire dues à une crise cardiaque ou à un accident vasculaire cérébral.

Laurie observa le dénouement du drame du métro : les deux hommes allongeaient l'homme inconscient sur le quai après l'avoir soulagé de son sac et, sans doute, de son portefeuille. Avec ce film, elle remarqua alors une chose qu'elle n'avait pas pu voir sur l'enregistrement de la caméra cinq : l'homme au visage ovale ramassait le parapluie et l'ouvrait avec précaution – à moitié, à peu près – avant de le refermer. Il semblait obligé de produire un certain effort pour faire ce geste, comme si… Laurie cilla tandis qu'une pensée prenait forme dans son esprit : *comme s'il faisait jouer un mécanisme à l'intérieur du parapluie*. Le mécanisme d'une arme à air comprimé, peut-être.

Elle arrêta la vidéo. Elle s'apprêtait à chercher la même scène filmée par les autres caméras du quai, lorsqu'elle comprit pourquoi elle venait de songer à une arme à air comprimé. Un souvenir très particulier lui revenait tout à coup en mémoire : dans une conférence de médecine légale, à l'époque où elle était encore étudiante, elle avait entendu l'histoire d'un diplomate, ou d'un dissident d'un pays communiste d'Europe de l'Est, qui avait été assassiné à Londres, par le KGB, avec un pistolet à air comprimé dissimulé dans un parapluie !

Elle lança le navigateur Internet à l'écran pour entamer une recherche sur Google. Bientôt, elle obtint une page de renseignements complets sur Georgi Markov, un dissident bulgare, écrivain et journaliste, qui avait été exécuté par le KGB avec un pistolet à plomb à air comprimé intégré dans le manche d'un parapluie. La substance qui l'avait tué était la ricine, une protéine remarquablement toxique tirée du ricin, un arbrisseau.

Elle chercha des informations pour connaître les symptômes provoqués par cette substance. Elle découvrit alors que son Asiatique de la veille ne pouvait pas avoir été assassiné exactement de la même façon que Markov. La ricine faisait apparaître des symptômes gastro-intestinaux qui survenaient plusieurs heures après l'injection du produit. L'homme du métro était mort instantanément. Concernant l'arme du crime, cependant – le pistolet à air comprimé dans le parapluie –, l'hypothèse tenait la route. Laurie avait hâte de recommencer l'examen externe du cadavre.

Cette dernière pensée la mit un peu mal à l'aise. Elle s'en voulait d'avoir pour ainsi dire bâclé cet examen externe la veille. Certes, Kevin Southgate s'en était chargé avant d'abandonner le cas, et il n'avait rien trouvé, mais… elle avait eu tort de ne pas écouter son intuition et de ne pas faire le boulot à fond, de bout en bout. À la fin de l'autopsie, malgré l'absence de toute pathologie, elle avait eu la conviction que cet homme n'était pas mort tout seul. Maintenant, elle devait suivre son instinct, c'est-à-dire voir si l'Asiatique avait une petite blessure, quelque part, qui aurait pu lui être infligée à travers ses vêtements.

Laurie décrocha le téléphone pour appeler le portable de Vinnie. Comme tous ses collègues, elle savait qu'elle avait intérêt, pour gagner du temps, à joindre ses correspondants sur leurs portables plutôt qu'en utilisant les lignes fixes de l'IML. Elle se demanda si Vinnie était maintenant de meilleure humeur. Il répondit avant la deuxième sonnerie.

— Quoi de neuf, en ce qui concerne mon Asiatique non identifié ? demanda-t-elle. Est-il prêt pour que je le réexamine ?

— Il y a une table qui va bientôt se libérer. Vous devriez pouvoir commencer d'ici une demi-heure.

— Super ! Comment fait-on ? Je descends dans une demi-heure, simplement, ou bien vous me rappelez pour confirmer ?

— Si ça ne vous ennuie pas, je vais demander à Marvin de vous rappeler. Il est disponible et je sais que vous aimez travailler ensemble.

Vinnie était toujours dans les affres de la culpabilité. La situation lui paraissait aussi effrayante qu'intenable, et il était à peu près sûr d'être damné quelle que fût la décision qu'il prendrait. S'il parlait à Laurie, s'il admettait être l'auteur de la lettre de menaces et s'il essayait de la convaincre de renoncer à son enquête, sa propre famille – ses filles, en particulier – serait à coup sûr victime d'une agression violente, peut-être même mortelle, de la part des hommes de Paulie Cerino. S'il ne disait rien et si Laurie ne cessait pas de travailler sur l'Asiatique non identifié, elle risquait d'être attaquée. Ce dilemme le rendait à moitié fou.

— Comme vous voudrez, Vinnie ! répliqua Laurie.

Cette fois, elle était vraiment irritée par son attitude aussi bizarre que désagréable. Elle prit quelques instants pour se calmer après avoir raccroché, puis elle alla s'asseoir devant le microscope et ouvrit le carton de lames d'histologie. Certes, elle était quasi certaine d'avoir assisté à un assassinat sur les vidéos du métro. Mais tant qu'elle n'avait pas examiné ces lames – en particulier celles du cœur et du cerveau –, il restait une petite chance pour que son Asiatique non identifié soit mort de mort naturelle. Une fois cette hypothèse définitivement écartée, elle pourrait exploiter les découvertes qu'elle avait faites grâce aux films. Elle était passablement excitée, à présent, de savoir qu'elle avait peut-être à la fois la victime et son assassin – et de savoir que ces affaires signaient peut-être l'apparition d'un conflit entre deux organisations mafieuses, comme Lou le craignait, puisqu'un des défunts au moins était sans doute un yakuza.

21

Vendredi 26 mars 2010
10 h 13

Vinnie était certain que Laurie trouvait son comportement très inhabituel. Hélas, il était incapable de faire comme si de rien n'était. Le problème, bien sûr, c'était qu'il croyait les hommes de Paulie Cerino sur parole. Il avait entendu assez d'histoires sur les agissements de la Mafia, depuis qu'il était gosse, pour savoir que les menaces de Carlo et de Brennan n'étaient pas à prendre à la légère. Et que pouvait-il faire, lui, face à ces gens ? Il avait perdu d'avance ! Quant à parler à la police, malheureusement… ce n'était pas envisageable.

Son portable sonna. Comme Vinnie venait tout juste de parler à Laurie, il décrocha en songeant qu'elle le rappelait au sujet de son Asiatique. Malheureusement, c'était Carlo.

— Hé, salut ! dit ce dernier d'un ton faussement amical. On s'est parlé hier, vous et moi. Vous vous souvenez ?

— Je me souviens, bafouilla Vinnie.

Sa voix tremblait pitoyablement, mais il n'y pouvait rien. Carlo était la dernière personne au monde avec laquelle il voulait avoir une conversation. Il regrettait de tout son cœur de ne pas avoir regardé le numéro du correspondant, sur l'écran du téléphone, avant de prendre l'appel.

— J'ai quelques questions à vous poser, si vous avez une minute, reprit Carlo.

Vinnie aurait voulu dire que non, il n'avait pas le temps, mais il n'osa pas. Il demanda à Carlo de patienter quelques instants et sortit rapidement de la salle des techniciens, où plusieurs de ses collègues prenaient le café ensemble ; il voulait trouver un endroit plus discret pour parler.

— Avez-vous vu le Dr Montgomery, ce matin ? demanda ensuite Carlo.

— Oui. J'ai déjà fait un cas avec elle.

— Formidable. Alors ? Elle a l'air d'aller comment ?

— Elle va bien. Contrairement à moi, précisa Vinnie avec dépit.

— Je suis désolé pour vous. Mais j'espère que ce n'est pas à cause de nous que vous vous sentez mal ? demanda Carlo d'un ton ironique.

— Si, c'est complètement à cause de vous, répliqua Vinnie avec l'espoir que sa franchise lui vaudrait d'être laissé en paix. Hier, vous avez d'abord dit que vous vouliez juste me poser quelques questions, et puis vous m'avez obligé à écrire une lettre de menaces…

— Qu'est-ce qu'elle disait, déjà, cette lettre ? l'interrompit Carlo. Je sais que vous nous l'avez lue, quand nous vous avons rappelé, mais j'ai oublié.

— Elle disait ce que vous m'aviez ordonné de lui faire dire, marmonna Vinnie. Elle disait que si Laurie ne classait pas l'affaire en concluant à une mort naturelle, sa famille en paierait les conséquences. Et que si elle montrait la lettre à la police, la punition serait la même.

— Bien, bien, approuva Carlo. Et vous êtes sûr qu'elle l'a reçue, cette lettre d'amour ?

— Certain. J'ai pris la peine de jeter un coup d'œil dans son bureau. L'enveloppe était sur le clavier de son ordinateur. Elle n'a pas pu passer à côté.

— Et ?

— Et quoi ?

— Vous savez si elle l'a lue ?

— Je suppose ! Mais je ne suis pas resté sur place pour la regarder faire.

— A-t-elle changé de comportement ?

— Eh bien… Là, ça ne va pas vous plaire. Comme je vous l'ai prédit hier, elle semble encore plus déterminée à trouver la cause de la mort de l'Asiatique. Elle a même annoncé qu'elle avait découvert des choses très intéressantes hier soir.

— Quelles choses ? !

La voix de Carlo n'était plus enjouée et ironique comme au début de la conversation, mais mécontente et autoritaire.

— Je ne sais pas, répondit Vinnie. Elle a dit qu'elle voulait continuer l'enquête. Je crois qu'elle pense avoir mis le doigt sur un truc et… Et je suppose que ce n'est pas pour confirmer qu'il s'agit d'une mort naturelle. Elle croit sans doute qu'il s'agit d'un homicide.

Vinnie entendit des bruits étouffés de conversation dans l'écouteur, comme si Carlo parlait à quelqu'un en essayant de couvrir le micro de son téléphone. Il patienta quelques instants et songea pour la énième fois depuis la veille qu'il était en train de se laisser entraîner dans une histoire qui ne pouvait que mal se terminer. Et aujourd'hui, qu'allait-il se passer ? Carlo était tout à fait capable d'exiger de lui qu'il fasse un truc bien pire que rédiger une lettre de menaces.

Il coupa la communication. Et il comprit aussitôt qu'avec ce geste il mettait sa famille encore plus en danger. Son angoisse était telle qu'il décida subitement de quitter la ville. C'était la seule solution. Il avait beaucoup de jours de vacances à prendre. De plus, il y avait des lustres qu'il n'était pas tombé malade. L'administration de l'IML préférait être prévenue à l'avance, pour les congés, mais il était à peu près sûr de pouvoir se faire excuser – surtout s'il disait qu'il avait un grave problème de famille.

Soudain très déterminé, il appela sa femme, Charlene, qui travaillait pour la société de déménagement de son frère à Garden City, sur l'île de Long Island. Il savait qu'elle pourrait elle aussi prendre des congés ; les affaires de la boîte ne marchaient pas très bien en ce moment. Le vrai problème, c'était l'école des filles – mais bon, la vie était ainsi faite. Pendant qu'il attendait que la communication s'établisse, il monta l'escalier pour se rendre au bureau du chef du personnel.

— Hastings, déménagement et stockage des biens personnels ! annonça Charlene quand elle décrocha.

Elle comprit très vite la situation quand Vinnie lui dit qu'il avait des problèmes avec Paulie Cerino et la famille Vaccarro. Pour avoir grandi elle aussi dans le quartier de Rego Park, elle connaissait bien les mafiosi et les menaces qu'ils étaient susceptibles de faire peser sur les innocents. Elle savait également que Vinnie, à cause de son père, avait une dette envers Paulie Cerino.

— Il ne faut pas perdre une minute, conclut-il d'une voix anxieuse. Va chercher les filles à l'école. Nous partirons dès que j'arriverai à la maison. En guise de consolation, dis-toi que la Floride est plutôt sympa à cette période de l'année.

— Je dois quand même faire un minimum de bagages, dit Charlene qui partageait déjà l'anxiété de son mari.

— Bien sûr, mais n'y passe pas ta vie. Et ne dis à personne, surtout, que nous partons. À personne !

— Et ma tante Hazel, à Fort Myers ? Nous ne pouvons pas débarquer à l'improviste chez elle. Et puis je dois prévenir mon frère.

— Parle à ton frère, bien sûr. Mais lui, de son côté, qu'il ne dise rien à personne. Pour ta tante, on l'appellera quand nous serons sur la route. D'un autre côté… nous aurions peut-être intérêt à prendre une chambre dans un motel au bord de la plage.

— Quand seras-tu à la maison ?

— D'ici une heure, j'espère. Je suis devant le bureau de Twyla Robinson, la chef du personnel. Je dois lui demander l'autorisation de m'absenter, mais ça ne devrait pas poser de problèmes. La semaine dernière, elle m'a rappelé que j'avais des tas de jours de vacances à prendre.

— Je vais demander aux maîtresses des filles de leur donner des devoirs à faire pendant que nous serons partis.

— Bonne idée.

— Ne penses-tu pas que tu devrais mettre le Dr Montgomery en garde, tout de même ?

— Je l'ai déjà fait ! C'est pour ça qu'il faut partir. Je ne veux pas que ces types me refilent une autre sale corvée. Je suis certain que c'était ce qu'ils avaient l'intention de faire quand je leur ai raccroché au nez.

— À ton avis, combien de temps nous resterons en Floride ?

— Pas longtemps. Une semaine à tout casser. J'ai l'impression que d'ici un ou deux jours, ça va être l'enfer à l'IML. Je ne veux pas voir ça.

22

Vendredi 26 mars 2010
10 h 35

— Essaie encore de rappeler Vinnie Amendola ! ordonna Louie.

Carlo, Brennan et Louie se trouvaient dans la voiture de Carlo. Ils se rendaient à Manhattan, où ils avaient rendez-vous avec Hisayuki Ishii. Brennan conduisait, Carlo était assis à côté de lui et Louie avait pris place sur la banquette arrière, comme d'habitude.

Louie avait parlé plusieurs fois au téléphone avec l'*oyabun* de l'Aizu Kotetsu-kai, mais il ne l'avait jamais rencontré. Après avoir entendu la conversation de Carlo avec Vinnie, il avait hâte de s'entretenir avec le Japonais. De toute évidence, Laurie Montgomery-Stapleton se comportait exactement comme Paulie Cerino l'avait craint : elle refusait de coopérer, elle était têtue et elle voulait jouer à la plus maligne. Il fallait prendre de nouvelles mesures, et le plus vite possible, pour l'empêcher de découvrir que Satoshi avait été assassiné. Avant d'avoir connaissance de ce regrettable problème, Louie avait pensé que la conversation avec le responsable yakuza tournerait autour des cahiers de laboratoire et du cambriolage annulé à cause de la « disparition » de Yoshiaki et de Susumu. Maintenant, ils devraient aussi parler de Laurie Montgomery-Stapleton et de l'absolue nécessité de la convaincre de battre en retraite.

— Ce connard ne répond pas, dit Carlo, rabattant le clapet de son téléphone.

Il se tourna sur le siège, l'air interrogateur.

— Humm, fit Louie. Laisse tomber pour le moment. Nous aurons sans doute besoin de son aide, de toute façon, et vous retournerez à l'IML s'il ne répond pas au téléphone plus tard dans la matinée.

Au Four Seasons, les trois hommes descendirent du Denali et confièrent celui-ci à un voiturier. Louie franchit la porte à tambour suivi de Carlo et de Brennan. Il connaissait le chemin. Au fond du hall, il contourna la réception, passa devant les ascenseurs et monta quelques marches pour gagner le niveau du bar et du restaurant. Carlo et Brennan, qui découvraient l'hôtel, furent très impressionnés par ses dimensions et par la décoration de pierres apparentes de ses hauts murs. Brennan se dit que le hall ressemblait un peu à l'intérieur d'un temple égyptien.

En ce milieu de la matinée, le bar était désert. Même dans la salle de restaurant, il y avait peu de monde. Louie n'eut aucun mal à repérer Hideki Shimoda et son entourage. Dans n'importe quel environnement, de toute façon, il était difficile de ne pas remarquer la silhouette de lutteur de sumo du bonhomme.

Comme Louie l'avait craint, il dut endurer le supplice du rituel des courbettes et de l'échange de cartes de visite avec Hisayuki Ishii pendant qu'Hideki faisait les présentations. Enfin, ils s'assirent autour d'une table. Carlo et Brennan prirent place à un bout du comptoir à cocktails. Les lieutenants d'Hisayuki se positionnèrent de l'autre côté de la salle – l'un d'eux était aussi imposant qu'Hideki, mais tout en muscles. Les quatre hommes ne s'étaient pas salués, mais cela n'avait pas d'importance ; ils se reconnaissaient instinctivement.

Pendant un petit moment, Louie et Hisayuki bavardèrent de choses et d'autres et se livrèrent au petit jeu des compliments réciproques, chaque associé félicitant l'autre de contribuer grandement à l'indéniable succès de leurs affaires.

Enfin, Hisayuki remercia Louie d'avoir eu la bonté de venir le rencontrer à l'hôtel plutôt que de l'obliger à se rendre dans le Queens.

— Le voyage de Tokyo à New York est assez long et éprouvant, précisa-t-il.

— Je ne demandais pas mieux que de vous épargner la peine d'un déplacement supplémentaire, dit Louie.

L'*oyabun* lui faisait très bonne impression. Son costume très haut de gamme et très élégant, notamment, en disait long à son sujet. Mais bien sûr, ce n'étaient ni la tenue d'Hisayuki, ni le soin qu'il apportait à sa personne qui l'étonnaient vraiment. L'intensité de son regard et la grande intelligence qui se lisait sur son visage le frappaient bien davantage. Cet homme, de toute évidence, était aussi perspicace que rusé ; c'était un négociateur-né qui avait toujours en tête de favoriser les intérêts de son organisation et les siens. Louie respectait cela. D'un autre côté, il s'inquiétait un peu à l'idée de se trouver face à un interlocuteur aussi redoutable.

— Je comprends que le vol doit avoir été très fatigant, ajouta-t-il. D'ailleurs, nous devrions peut-être parler affaires, à présent...

— En effet, dit Hisayuki, inclinant la tête. Votre prévenance me touche.

Louie se surprit à imiter son geste. Et il s'en voulut. Cette manie de la politesse excessive, chez les Japonais, c'était une chose qui l'énervait un peu. Il y avait ça, et puis le fait qu'il avait l'impression de ne jamais savoir ce qu'ils pensaient vraiment.

— Permettez-moi d'être franc, commença-t-il d'un ton poli, mais ferme. Depuis que nous travaillons ensemble, nous avons toujours été raisonnablement sincères les uns avec les autres. Partagez-vous ce sentiment ?

Surpris et décontenancé par cette question très directe, Hisayuki hésita. Il jeta un bref regard vers Hideki. Son *saikō-komon* vivait en Amérique depuis plus de dix ans ; il connaissait mieux les mœurs du pays que lui. Mais Hideki ne dit rien et ne changea pas d'expression.

— *Haï, haï*, dit simplement Hisayuki.

Louie se força à sourire ; il était à nouveau légèrement agacé par ce « oui » à la japonaise qui servait de méthode universelle d'acquiescement.

— Récemment, hélas, et en particulier ces derniers jours, vous avez été moins que sincères envers nous, reprit-il. Mon ami Hideki ici présent en sait quelque chose. Bon, je ne veux pas rabâcher inutilement...

Il marqua une pause. Il n'était pas certain que les Japonais connaissaient le mot qu'il venait d'employer.

— Vous comprenez ça, « rabâcher » ?

Hisayuki et Hideki hochèrent la tête avec tellement d'empressement que Louie fut certain qu'ils n'avaient aucune idée du sens de ce verbe.

— Ça veut dire parler de quelque chose à n'en plus finir, expliqua-t-il. Je ne veux pas rabâcher, donc, parce qu'Hideki et moi nous avons déjà eu cette conversation… Mais tout de même ! Nous sommes dans le pétrin, en ce moment, parce que vous ne nous avez pas dit la vérité. D'abord, vous avez laissé entendre que Satoshi était un parasite qui avait une dette de jeu, et que vous aviez juste besoin de notre aide pour le secouer un peu. En réalité, vous aviez prévu de l'exécuter. Chose à laquelle nous n'aurions jamais donné notre accord, je le précise, parce que nous essayons d'éviter au maximum les actes de violence. Nous avons une sorte de pacte implicite avec la police, vous comprenez. Nous ne tuons personne et les flics nous fichent la paix. Comme ça, ils peuvent concentrer leurs forces sur les problèmes de circulation et les vrais méchants, du genre… les tueurs en série et les terroristes.

Louie se tut de nouveau. Ses interlocuteurs semblaient un peu perplexes.

— Me fais-je bien comprendre, Ishii-san ? demanda-t-il, soutenant le regard de l'*oyabun*. Ou dois-je vous appeler Hisayuki, d'ailleurs ? Vous pouvez m'appeler Louie. Pas de souci.

— Hisayuki, d'accord, très bien, dit Hisayuki.

Il était quelque peu désemparé, mais il s'efforçait d'encaisser les propos très francs, pour ne pas dire brutaux, de Louie, en se rappelant que celui-ci n'avait pas l'intention d'être impoli à son égard. Il était juste américain.

— Entendu, dit Louie. Hisayuki. Et moi, c'est Louie. Vous me suivez, Hisayuki, ou bien je suis un peu trop direct à votre goût ? Pour avoir souvent parlé avec Hideki, j'ai l'impression que les Japonais ne sont pas aussi… spontanés les uns avec les autres, en général, que les Occidentaux. Je me trompe ?

— Peut-être, dit Hisayuki, confus.

Il n'était pas tout à fait sûr de comprendre le mot « spontanés », mais le contexte de la discussion lui donnait une idée générale de la signification des propos de Louie.

— Bon, reprit ce dernier. Voilà la situation actuelle telle que je la vois. De votre côté, il y a ces cahiers de laboratoire que vous cherchez à vous procurer. Je ne demande pas mieux que d'aborder ce sujet avec vous, mais à la seule condition que vous nous fournissiez un minimum d'informations. Avec le recul, nous avons le sentiment que ce cambriolage dans une société de la Cinquième Avenue risque d'être beaucoup plus dangereux que nous ne le pensions au départ. Pour vous aider, nous avons besoin d'en savoir davantage. Et d'être dédommagés en conséquence. Nous voulons aussi être sûrs que les cahiers sont vraiment là-bas et que nous pourrons les voler, si vous voyez ce que je veux dire. De notre point de vue, enfin, nous aimons autant revenir au statu quo qui existait avant le grabuge que vos deux gars ont créé en éliminant Satoshi sur un quai de métro bondé et en flinguant toute sa famille dans le New Jersey. Vous me suivez toujours ?

Louie fronça les sourcils. Hisayuki paraissait sonné.

— Peut-être pourriez-vous parler un peu plus lentement, suggéra Hideki. L'*oyabun* parle très bien l'anglais, mais il n'en a pas souvent l'occasion.

— Excusez-moi. Je vais parler plus lentement, d'accord, dit Louie, et il sourit pour ajouter : Mais je crois que la vitesse est un élément clé de la solution que nous devons apporter à la situation très préoccupante à laquelle nous sommes confrontés.

Hisayuki hocha la tête. Il se sentait déstabilisé, car il avait l'habitude d'être préparé à toute éventualité dans les négociations, et de rester maître de la conversation. Ici, ce n'était pas du tout le cas. La disparition de Susumu et de Yoshiaki l'avait placé en porte-à-faux. Il était possible que la Yamaguchi-gumi ait appris, ou se soit doutée, que Satoshi et sa famille avaient été tués par l'Aizu Kotetsu-kai. En ce cas, la situation était effectivement très dangereuse. Potentiellement désastreuse.

— Pour le moment, personne ne semble comprendre ce qui s'est passé, reprit Louie, réduisant le débit de sa voix. Je veux dire que la famille de Satoshi n'a sans doute pas encore été découverte, car elle vivait dans un quartier quasi abandonné.

Hisayuki ne fit pas de commentaire ; il songea simplement que Satoshi devait avoir été logé par les partenaires américains de la Yamaguchi-gumi.

— La famille pourrait ne pas être découverte d'ici longtemps, et il n'y a donc pas urgence de ce côté-là, enchaîna Louie. N'empêche, je veux que vous nettoyiez ce bazar, puisque c'est vous qui en êtes responsables. C'est-à-dire que vous fassiez disparaître les cadavres. Nous vous aiderons. C'est dans notre intérêt. Si cette famille est découverte – et elle le sera forcément un jour ou l'autre –, nous subirons exactement le genre de calamité que je fais tout pour éviter. Ces meurtres seront tout de suite vus pour ce qu'ils sont, c'est-à-dire du travail de pros, et ils nous attireront des ennuis invraisemblables. Les flics nous mèneront la vie très, très dure. Donc… nous ferons ça dès demain. Et dimanche, nous pourrons nous revoir pour parler des cahiers de laboratoire. Nous devons aussi régler le problème imprévu que nous pose la mort de Satoshi. Que pensez-vous du programme, jusque-là ?

Hisayuki ne réagit pas. Louie patienta. Il avait envie que le Japonais lui réponde enfin quelque chose. Il commençait à en avoir marre de monologuer face à cet homme qui se contentait de le regarder fixement en clignant de temps en temps des yeux. De plus, il commençait à se demander si Hisayuki ne gardait pas le silence parce qu'il soupçonnait la famille Vaccarro d'avoir liquidé Susumu et Yoshiaki.

Au bout d'un petit moment, Hideki intervint :

— Vous avez parlé de demain et d'après-demain, Louie, mais aujourd'hui ? Et quel problème imprévu la mort de Satoshi nous pose-t-elle ?

— Merci de me poser cette question, dit Louie. J'ai parlé de la famille de Satoshi Machita, dans la maison qu'elle occupait, mais je ne vous ai pas encore parlé de Satoshi lui-même. Comme vous vous en souvenez peut-être, Hideki, hier soir nous avons évoqué le Dr Laurie Montgomery-Stapleton…

— Ah, oui ! s'exclama Hideki. J'ai fait part à l'*oyabun* de ce que vous m'avez raconté.

Hisayuki sortit enfin de son silence :

— En effet. Cette affaire nous préoccupe beaucoup. Le Dr Montgomery-Stapleton a-t-elle réagi de façon positive à l'avertissement que vous lui avez donné ?

— Apparemment non, reconnut Louie.

Il était content d'être enfin en communication avec l'*oyabun*. Il se pencha en arrière, le bras sur le dossier de la chaise voisine de la sienne, et apostropha Carlo en lui faisant signe d'approcher. Lorsque Carlo se leva, l'air intrigué, et commença à traverser la salle, les deux hommes d'Hisayuki firent un pas en avant, l'air tendu. L'*oyabun* leur ordonna d'un geste sec de rester à leur place.

— Essaie de rappeler Vinnie Amendola, dit Louie à Carlo. S'il répond, vois ce qui se passe en ce moment à la morgue !

Carlo s'exécuta. Il tomba sur la boîte vocale de Vinnie. Il raccrocha et secoua la tête. Louie lui fit signe de reculer vers le comptoir, puis il s'adressa à Hisayuki et à Hideki :

— Nous avons quelques petits ennuis avec notre contact à l'Institut médico-légal. Mais voilà ce que nous savons : le message que notre contact a fait passer à Laurie Montgomery-Stapleton n'a pas eu l'effet escompté. À vrai dire, il l'a convaincue de redoubler d'efforts pour résoudre l'énigme de la mort de Satoshi.

— Pourtant… sa mort est considérée comme naturelle, n'est-ce pas ? demanda Hisayuki avec curiosité.

— C'était ce que nous avions cru comprendre, mais…

— Pourquoi cette femme verrait-elle les choses autrement ? demanda Hisayuki avec une pointe d'impatience dans la voix.

— Je ne sais pas, justement. Elle est très déterminée et très entêtée, paraît-il. Et hyper-intelligente.

— En plus, elle revient tout juste d'un long congé maternité, ajouta Carlo qui n'était pas retourné au comptoir comme Louie lui en avait donné l'ordre. Hein, Brennan ? C'est pas ce qu'il a dit, notre contact ?

— Ouais, répondit Brennan, rejoignant son collègue. Elle a eu un an et demi de congé maternité. Et Satoshi était son premier cas, hier, quand elle a repris le boulot. Son seul cas de la journée, d'ailleurs. Alors elle s'est mis en tête de prouver quelque chose. En tout cas, c'est ce qu'a dit notre contact. Pour nous, c'est la catastrophe.

Hisayuki et Hideki hochèrent la tête.

— J'ai discuté de cette femme avec mon patron, reprit Louie. Lui, il en parle presque comme si elle avait des pouvoirs magiques. Il a essayé de la tuer, mais ça n'a pas marché. D'autres capos ont voulu l'éliminer, sans plus de succès. Par-dessus le marché, elle a des liens personnels avec des gens haut placés dans la police de New York. Comme vous pouvez l'imaginer, ce n'est pas bon du tout pour nos affaires.

Hisayuki hocha de nouveau la tête, mais ne dit rien. Louie poursuivit :

— Nous avons aussi un sérieux problème de timing. D'après notre contact, cette femme prétend maintenant avoir fait des découvertes importantes sur la mort de Satoshi. Elle aurait réussi à prouver, paraît-il, qu'il s'agit d'un homicide.

— Mais comment a-t-elle pu faire ça ? répliqua Hisayuki, incrédule. C'est impossible !

— Là, je crois que c'est à vous de nous donner une explication.

Hisayuki et Hideki se regardèrent.

— Nous avons utilisé une toxine particulière, dit Hisayuki. Une toxine *très* particulière. Mais je ne peux pas en dire davantage. Désolé.

— Hum… Admettons. D'après vous, est-il possible que le Dr Montgomery-Stapleton détecte cette toxine si particulière ?

— Ce serait bien la première fois ! Nous l'avons déjà utilisée pour d'autres exécutions. Personne ne s'est jamais douté de rien.

— Eh bien… Quoi qu'il en soit, je ne pense pas que nous devrions la laisser faire. Il faut trouver le moyen de la décourager d'aller au bout de son enquête.

— Le mieux serait peut-être de la tuer, suggéra Hisayuki.

— Ce n'est pas une solution envisageable, objecta Louie, très ferme. D'après mon patron, le meurtre de cette femme nous vaudrait un siècle de harcèlement de la part de la police. La situation serait dix fois pire que celle que nous essayons de prévenir. Non, c'est absolument exclu.

— Avec la même toxine, sa mort serait pourtant considérée comme naturelle, insista Hisayuki. Et nous pouvons vous fournir la toxine, si vous voulez.

Louie réfléchit quelques secondes. L'idée d'employer cette mystérieuse toxine ne lui avait pas traversé l'esprit. C'était une possibilité, oui – et elle paraissait satisfaisante, bien sûr. Mais plus il y songeait… Non, il ne fallait pas faire ça. Espérer que personne ne découvrirait la vérité, c'était quand même prendre un gros risque. Louie n'aimait pas ce genre de risque. En outre, comment faire le coup immédiatement, ou en tout cas *avant* que Laurie Montgomery-Stapleton ne révèle ses découvertes au sujet de la mort de Satoshi ? Lui, il voulait agir dès ce matin. Ce midi au plus tard. En espérant, d'ailleurs, que la légiste quittait l'IML pour déjeuner. Mais rien n'était moins sûr. Entêtée et dévouée à son travail comme elle l'était, cette garce ne prenait sans doute même pas le temps de s'alimenter. Ou bien il aurait fallu introduire quelqu'un dans l'IML pour lui faire prendre la toxine… Mais cette solution avait zéro chance de pouvoir se concrétiser.

— J'ai une idée, dit Brennan. Et si nous nous occupions du gosse de la légiste ? Je veux dire, nous l'avons bien menacée de voir sa famille payer le prix de son obstination, non ?

— Quel gosse ? répliqua Louie d'un ton sec.

Il n'appréciait pas beaucoup que Brennan prenne la parole sans y avoir été invité. Que les subalternes se comportent de cette façon, c'était très embarrassant ; ça donnait l'impression qu'il n'y avait pas de patron dans la maison.

— Elle rentre tout juste de congé maternité, dit Brennan. Ça veut dire qu'elle a un bébé ! Pourquoi ne pas le kidnapper ? Si son enfant disparaissait, je suis certain qu'elle arrêterait tout de suite de travailler. Elle se ficherait bien de savoir si le mec non identifié qu'elle a autopsié hier est mort de mort naturelle ou pour une autre raison.

La colère de Louie reflua subitement et un sourire lui monta aux lèvres. *Un enlèvement.* C'était une idée brillante. Brillantissime ! Ils pouvaient la mettre à exécution tout de suite. Personne ne serait tué. Et la police n'aurait aucune raison de soupçonner la Mafia.

— Que pensez-vous de cette idée de kidnapper l'enfant de la médecin légiste ? demanda-t-il à Hisayuki.

— Je la trouve excellente. Nous demanderons une rançon, bien sûr, de telle sorte que personne ne pourra faire le lien avec Satoshi. L'enquête du Dr Montgomery-Stapleton sur la mort de Satoshi perdra toute signification.

— Exactement ! s'exclama Louie d'un air satisfait.

— L'enlèvement sera-t-il difficile à mettre en œuvre ?

— Non, je ne pense pas. Le plus dur, ce sera de s'occuper du bébé, dit Louie, et il pouffa de rire. L'opération sera même très facile. Surtout si le petit reste à la maison avec une nounou. Ce serait un peu plus complexe s'il était dans une crèche. Mais les deux parents étant médecins, je suppose qu'ils ont pris quelqu'un à domicile.

— Avez-vous besoin de notre aide ? Il est absolument essentiel, pour nous, que personne ne sache que Satoshi a été assassiné.

— Et pourquoi, au juste ? demanda Louie. Je vous ai dit pourquoi nous, nous préférons que la mort de Satoshi soit considérée comme une mort naturelle. Mais quelles sont vos raisons ? Si nous voulons travailler ensemble, comme je l'ai dit au début de notre conversation, nous devons être francs les uns avec les autres.

— C'est la Yamaguchi-gumi qui a fait venir Satoshi en Amérique. Si elle découvre qu'il a été tué, elle nous mettra sans doute le meurtre sur le dos. Nous préférons éviter cela.

Louie savait qu'il aurait pu poser bien davantage de questions au sujet de Satoshi et du micmac des cahiers de laboratoire, mais l'explication d'Hisayuki le satisfaisait. D'une part elle paraissait logique, d'autre part il ne se souciait guère des détails de la relation qui existait entre l'Aizu Kotetsu-kai et la Yamaguchi-gumi. Ce n'était pas son problème.

— O.K., dit-il, et il se tourna vers ses hommes. Brennan, mon garçon ! Puisque c'est toi qui as eu l'idée de l'enlèvement, c'est toi qui t'en charges. Tu t'y connais, dans ce domaine ?

— C'est moi qui m'en charge ?! Tu veux dire que je dirige l'opération ?

Brennan était stupéfait. Il jeta un coup d'œil vers Carlo dont il craignait un peu la réaction. Puis il reporta son attention sur Louie. Bien sûr, l'idée d'être responsable de cet enlèvement lui plaisait beaucoup.

— Je dois récupérer mon ordinateur et en apprendre un maximum sur Laurie Montgomery-Stapleton, dit-il. Il nous faut son adresse, pour commencer !

— Il y a quelques années, nous avons fait un enlèvement un peu dans les mêmes circonstances, dit Louie à Hisayuki. Tout s'est bien passé, mais il faut quand même préparer le coup avec soin. Il y a deux moments particulièrement dangereux : l'enlèvement proprement dit et la livraison de la rançon. Pour l'essentiel, le reste peut s'improviser. Dans notre cas, l'enlèvement devrait être facile, puisqu'il s'agit d'un bébé. Il n'y aura pas de bagarre. Sauf si la nounou se défend, mais c'est peu probable.

— N'hésitez pas, si vous avez besoin de notre aide, proposa Hisayuki.

— Comptez sur moi, dit Louie, et il regarda sa montre pour ajouter : Nous devons nous mettre au travail tout de suite ! J'aimerais avoir attrapé le gosse d'ici le début de l'après-midi, si possible.

— Qu'est-ce qu'on fera de lui ? demanda Brennan. On le planquera où ?

— C'est un problème qu'il faudra régler, en effet, dit Louie. Mais ne nous tracassons pas pour ça maintenant. Amenez-le chez moi ! Ma femme adore les bébés. Demain, nous trouverons une autre planque.

— Et l'entrepôt ? proposa Carlo qui ne voulait pas rester sur le carreau.

— Pas question, répondit Louie en se mettant debout. Il ne faut surtout pas que le gosse tombe malade. La partie la plus difficile de l'opération, comme je disais, ce sera peut-être de prendre soin de lui. Mort, il ne vaudra plus rien. Dans tout enlèvement, les autorités et les négociateurs réclament toujours ce qu'on appelle des « preuves de vie ». Il faudra montrer à Laurie Montgomery-Stapleton que son môme gazouille bel et bien.

Louie tendit sa grosse main boudinée vers l'*oyabun*.

— Très heureux d'avoir fait votre connaissance, Hisayuki. Maintenant, nous devons nous en aller. Ce soir, si vous n'êtes pas trop fatigué par le voyage, nous pourrions peut-être dîner ensemble. Si nous avons le gosse, en plus, nous fêterons votre arrivée à New York en même temps que le bon coup que nous aurons joué à notre ennemie de l'Institut médico-légal.

— Avec plaisir, dit Hisayuki, inclinant le buste et serrant la main de Louie dans le même mouvement.

Louie s'inclina maladroitement. Il en fit ensuite

autant avec Hideki qui avait péniblement arraché son énorme masse de sa chaise. Il lui précisa qu'il le contacterait dans l'heure.

— D'accord, j'attends de vos nouvelles, répondit le *saikō-komon*.

Louie partit à grands pas vers le hall. Brennan et Carlo le suivirent.

— Veux-tu que je réessaie d'appeler Vinnie Amendola ? demanda Carlo.

Depuis que sa suggestion avait été froidement rejetée, il avait encore plus l'impression d'être mis sur la touche.

— Pas la peine, dit Louie. Nous ne le ferons revenir dans la danse qu'en dernier ressort. Brennan, tu es sûr que sur Internet, tu trouveras les renseignements qu'il nous faut au sujet du docteur ?

— Tu seras surpris de tout ce que je trouverai en deux petites minutes, affirma Brennan avec aplomb. En plus, cette nana est fonctionnaire. Ce sera vraiment du gâteau.

Brennan était très habile avec les ordinateurs. Au lycée technique, quelques années plus tôt, il s'était spécialisé dans l'électronique et l'informatique. Parallèlement, il s'était formé tout seul à l'art du crochetage. Il pouvait ouvrir n'importe quelle serrure ; cette aptitude avait toujours fait bon effet auprès de ses employeurs.

Rabroué pour la seconde fois, Carlo ralentit le pas et regarda Brennan franchir la porte à tambour. Il sentait qu'il était en train de se faire souffler la place de favori auprès de Louie, et ça ne lui plaisait pas du tout.

Les trois hommes patientèrent en silence pendant

que le voiturier s'occupait de récupérer le Denali. Louie réfléchissait avec délectation à leur projet. Le précédent enlèvement qu'ils avaient fait l'avait beaucoup amusé ; il avait toujours eu envie de retenter le coup. C'était à la fois un beau défi et une jolie source d'argent facile. Brennan préparait dans sa tête la liste des sites web qu'il voulait visiter. Il était certain de trouver toutes les infos qu'il voudrait au sujet de la médecin légiste – même sa pointure de chaussures, s'il en avait envie. Carlo observait Brennan en se demandant comment lui faire perdre le sourire crâneur qui oscillait sur ses lèvres.

Quand la voiture arriva, Carlo s'avança brusquement pour prendre lui-même le volant. Brennan ne protesta pas. Carlo était officiellement son supérieur hiérarchique. En plus, le Denali lui appartenait. Il fit le tour du véhicule pour s'asseoir sur le siège passager. Louie prit sa place habituelle à l'arrière. Dès qu'ils furent en route, il dit :

— Bon, voilà comment nous allons procéder.

23

Vendredi 26 mars 2010
10 h 45

La sonnerie agressive du téléphone fit sursauter Ben qui était concentré sur sa lecture.

— Waouh ! fit Michael Calabrese, impressionné. Vous avez décroché drôlement vite. Vous attendez un coup de fil important ?

— Non, le téléphone m'a juste fichu la trouille, admit Ben. Les bureaux sont silencieux et j'étais en train de lire un article scientifique assez difficile. J'ai dit à ma secrétaire de ne rien me prévoir de la journée. Comme ça, ce matin, je peux éplucher un maximum de revues. J'adore faire ce travail.

— Pas de rendez-vous et pas de coups de téléphone ? Oh ! là ! là ! Je crois que j'aurais l'impression de ne plus exister.

— C'est le meilleur moyen de bosser peinard. Quoi de neuf ?

— Vinnie Dominick vient de me rappeler. Je lui avais laissé un message pour lui dire que vous vouliez l'adresse et le téléphone de Satoshi. Avez-vous de quoi noter ?

— Allez-y.

— Les Machita habitent au 417, Pleasant Lane, à Fort Lee. Une charmante banlieue du New Jersey, semble-t-il, conclut Michael d'un ton ironique.

— Hmm, fit Ben, amusé. Si c'est une planque de la Mafia, en effet, le coin ne risque sans doute pas d'être charmant. Satoshi ne s'est jamais plaint, à vrai dire, mais je crois que la maison n'est pas formidable. Et le téléphone ?

Quand il écrivit les chiffres que lui dictait Michael, Ben s'aperçut avec étonnement que l'indicatif était le même que celui de sa maison d'Englewood Cliffs.

— Des nouvelles de la compagnie que vous envisagez d'acheter ? demanda ensuite Michael.

— Non. Carl s'occupe de la négociation. Je crois que ça va prendre une ou deux semaines.

— Ah, très bien. J'avais mal compris. Je croyais que c'était une question de jours, pas de semaines. Je vais appeler l'investisseur qui veut se joindre à nous et lui dire de patienter. Il pensait pouvoir vous faire un chèque tout de suite.

— Vous le connaissez bien, ce bonhomme ?

— Je le connais depuis longtemps. J'ai déjà travaillé avec lui. Il est très fiable.

— Dois-je supposer qu'il est dans le même domaine d'activité que nos autres investisseurs ?

— En effet. Et il s'en tire très, très bien. Il n'est pas au niveau de Vinnie Dominick, mais ses affaires marchent du tonnerre.

Après avoir remercié l'agent de placement, Ben se tourna vers l'ordinateur pour situer la maison de Satoshi sur Google Maps. Comme il l'avait supposé, elle se trouvait à une courte distance de son propre domicile. Que devait-il faire, alors ? Téléphoner tout de suite là-bas, ou y passer quand il quitterait le bureau ? Ça ne lui serait pas difficile de faire ce petit détour, à vrai dire… Mais il lui faudrait attendre plus longtemps pour avoir des nouvelles de Satoshi.

— Oh, merde, marmonna-t-il.

Il décrocha le téléphone. Par superstition – ou parce qu'il devenait parano, peut-être –, il avait l'impression d'avoir plus de chances d'obtenir une réponse s'il faisait l'effort de se déplacer. D'un autre côté, il n'avait pas trop envie de connaître cette planque de la Mafia qui devait être des plus déprimantes.

Il composa le numéro et se cala au dossier de son fauteuil. Un sourire désabusé lui monta aux lèvres. Son attitude était ridicule. Après vingt sonneries et pas de réponse, il reposa le combiné sur sa base. Apparemment, la visite chez Satoshi s'imposait.

C'était donc décidé. Il ferait un saut là-bas avant de rentrer chez lui.

24

Vendredi 26 mars 2010
10 h 50

Quand Laurie s'absorbait dans son travail comme elle le faisait en ce moment avec les lames d'histologie de son cas de la veille, elle oubliait le monde qui l'entourait. En plus elle avait décidé de baptiser l'Asiatique Kenji, parce qu'il ressemblait à un de ses anciens copains de fac, et ce petit truc l'aidait à se concentrer encore mieux.

L'examen des lames se faisait en général en fonction de la pathologie ou des pathologies décelées pendant l'autopsie. Mais dans le cas de Kenji, il n'y avait pas de pathologie. Elle avait donc commencé par l'organe le plus étroitement associé aux convulsions : le cerveau. Les accidents vasculaires cérébraux pouvant survenir à cause de minuscules lésions, voire apparaître dans des zones où il n'y avait pas la moindre lésion, Laurie scrutait chaque lame avec attention, d'abord au faible grossissement, puis avec un objectif plus puissant. Connaissant Maureen et son degré d'exigence vis-à-vis de ses laborantins, elle était certaine d'avoir des sections représentatives de toutes les régions du cerveau. Elle avait démarré par le cortex préfrontal et poursuivait ses recherches en allant vers l'arrière du crâne, c'est-à-dire vers les lobes temporaux et pariétaux. Le travail était long et réclamait beaucoup de concentration, aussi Laurie sursauta-t-elle quand la sonnerie du téléphone brisa le silence du bureau. C'était Vinnie. Quarante minutes s'étaient écoulées depuis leur dernière conversation.

— Vous pouvez descendre, dit-il de la même voix polie, distante, qu'il avait eue plus tôt. Le corps est installé sur une table.

— Très bien ! répliqua-t-elle sans cacher son agacement.

Elle allait raccrocher, lorsque sa curiosité l'emporta :

— Je croyais que Marvin devait m'appeler, dit-elle. Pourquoi ce changement ?

— Marvin travaille sur un cadavre avec le directeur adjoint. Et puis… Twyla Robinson m'a interdit de m'en aller tant que je n'en avais pas terminé avec vous.

Laurie fronça les sourcils. Elle était doublement étonnée. Quand le directeur adjoint faisait lui-même une autopsie, ce qui arrivait rarement, cela voulait dire qu'une affaire très importante, potentiellement délicate sur le plan politique, était arrivée à l'IML. Quant à Twyla Robinson, c'était une femme noire, petite et menue, aux pommettes saillantes et à la superbe chevelure de jais, aussi élégante qu'un top model, qui était chef du personnel. C'était aussi une femme de fer. Laurie avait toujours été impressionnée par le talent dont elle donnait la preuve dans sa gestion des troupes de l'IML.

— Quel rôle joue Twyla dans cette histoire, au juste ? demanda-t-elle. Et que voulez-vous dire, quand vous parlez de vous en aller ?

— Je pars en congé… à cause d'un problème familial, dit Vinnie d'une voix qui trahissait une certaine émotion.

— Oh, fit Laurie. Je suis désolée.

Elle était embarrassée, tout à coup, de s'être hérissée face au comportement inhabituel de Vinnie.

— Puis-je vous demander de descendre le plus tôt possible ? reprit-il. Il faut vraiment que je m'en aille. Et, comme je le disais, Marvin n'est pas disponible.

— Je descends tout de suite. Mais… pourquoi ne partez-vous pas tout de suite, Vinnie ? Je vais juste refaire l'examen externe. Je n'ai pas besoin de votre aide, à vrai dire. Quand j'aurai terminé, je trouverai quelqu'un pour transférer le corps sur un brancard. Ça ira très bien. Rentrez chez vous.

— Vous êtes sûre ?

— Certaine.

Laurie avait envie de lui demander quel genre de problème familial l'obligeait à partir en congé, mais elle s'interdit de poser la question. Il ne semblait pas disposé à en parler.

— Et Twyla ?

— Ne vous tracassez pas pour elle. Si nécessaire, je lui parlerai. Occupez-vous de votre famille.

— Merci, docteur.

— Mais de rien, Vinnie.

Laurie patienta quelques instants, espérant l'entendre ajouter quelque chose, mais il raccrocha. Elle secoua la tête tandis qu'elle reposait le combiné sur sa base. Chacun voyait midi à sa porte, bien sûr, c'était presque inévitable, mais elle s'en voulait d'avoir pris la froideur de Vinnie comme une offense personnelle. Dès le début de la matinée, elle aurait dû lui accorder le bénéfice du doute.

Elle éteignit le microscope et sortit de son bureau au pas de course. Dans l'ascenseur, il lui sembla que les chiffres des étages défilaient plus lentement que d'habitude. Elle tapota nerveusement la porte métallique comme si cela pouvait encourager l'appareil à descendre plus vite au sous-sol. Elle s'apprêtait à refaire l'examen externe de l'Asiatique du métro et elle était à nouveau très excitée. L'affaire paraissait des plus complexe, en définitive, et Laurie savait qu'elle avait eu raison de persévérer en dépit de ce que Jack avait pu lui dire pour la décourager. Mais, bien sûr, elle ne critiquait pas Jack qui ne pensait qu'à son bien.

Elle s'habilla en vitesse dans les vestiaires, puis elle poussa la porte de la salle d'autopsie et s'immobilisa sur le seuil. À cette heure de la matinée, l'activité battait son plein dans la fosse. Toutes les tables étaient occupées, sauf une – sans doute celle de Kenji. Elle repéra Calvin Washington, le directeur adjoint, à sa silhouette intimidante ; outre le technicien qui l'assistait, il y avait deux autres personnes à côté de lui. Deux tables plus loin, elle aperçut Jack. Elle le reconnaissait à sa façon de se mouvoir. À son rire, aussi. Rares étaient les légistes qui trouvaient des raisons de rire pendant le boulot ; Jack semblait toujours avoir une idée rigolote ou une plaisanterie en tête.

Surtout quand il était en tandem avec le Vinnie des bons jours.

Avant d'aller retrouver Kenji, Laurie fit une halte auprès de Jack. Il travaillait sur un homme d'une trentaine d'années dont la jambe droite semblait fracturée en plusieurs endroits. Il avait aussi une grave blessure à la tête et des ecchymoses et des coupures à la poitrine. De toute évidence, il était mort dans un accident.

— Vite, Eddie ! s'écria Jack. Voilà ma femme ! Il faut recouvrir le cadavre !

Laurie sourit et ajouta :

— Oui, Eddie ! Vite, vite, avant que je ne rouspète après mon mari !

Eddie Prince pouffa poliment de rire. Il était entré dans l'équipe des techniciens de morgue pendant que Laurie était en congé maternité ; elle n'avait fait sa connaissance que la veille.

— Hmm…, reprit-elle en regardant le mort. On dirait bien un accident de la circulation. Ai-je raison de supposer que ce jeune homme était un cycliste qui a eu un petit désaccord avec un taxi ?

— Avec un bus, rectifia Jack.

Elle soupira. À vrai dire, ce sujet ne lui donnait guère envie de plaisanter. Quand elle avait commencé à fréquenter Jack, elle avait été plutôt amusée de le voir se rendre au travail à vélo. Cela faisait partie de son charme – son charme quelque peu juvénile. Mais aujourd'hui, surtout depuis qu'ils avaient un enfant, elle jugeait son attitude aussi insensée qu'égoïste.

— Comment ça avance, de ton côté ? demanda-t-il.

J'ai vu Vinnie remettre ton Asiatique d'hier sur une table. Il y a du neuf ?

— Peut-être, marmonna Laurie.

Bien sûr, Jack avait changé de sujet de conversation ! Elle soupira de nouveau. Même avec une autopsie comme celle qu'il avait en cours, même en connaissant les statistiques de la ville de New York – trente à quarante décès de cyclistes par an –, il ne renoncerait pas à son cher vélo matin et soir. C'était décourageant.

— Aurons-nous droit à une conférence de presse cet après-midi, alors ?

— Il n'y aura pas de révélations sensationnelles, mais je dois avouer que si mes efforts donnent le résultat que je soupçonne, je ne serai pas peu fière de moi.

— Alors espérons que tu auras raison !

Laurie se dirigea vers la table de Kenji. Elle posa sur la paillasse les papiers qu'elle avait apportés : des schémas du corps humain, vu de face et de dos, sur lesquels elle indiquerait les trouvailles éventuelles de l'examen externe. Elle alla ensuite chercher le peu de matériel dont elle pensait avoir besoin : un scalpel, un appareil photo numérique, un microscope portatif et une sonde qui se composait d'une mince tige d'acier inoxydable terminée par une tête légèrement courbée – un outil idéal pour explorer les orifices tels que ceux créés par les balles de revolver… ou par les plombs d'un pistolet à air comprimé dissimulé dans un parapluie.

Kenji était allongé sur le dos. Laurie commença par la tête et le visage, examinant tout particulièrement le cuir chevelu, les oreilles et même l'intérieur de la bouche et des narines. Comme elle avait bâclé le travail la veille, elle voulait se surpasser.

Quand elle passa aux bras, elle nota les moindres irrégularités qu'elle repéra sur la peau : coupures, ecchymoses, grains de beauté, hémangiomes, et même les durillons. Après s'être penchée sur la poitrine, l'abdomen et les jambes, elle alla chercher un technicien pour retourner le cadavre. Jack avait terminé son autopsie et Eddie était disponible ; il ne demanda pas mieux que de lui donner un coup de main.

Une fois Kenji allongé sur le ventre, elle répéta l'enchaînement de l'examen des différentes parties du corps. Quand elle arriva au bas du dos, un frisson d'excitation la saisit. Elle savait que si elle devait trouver une ouverture suspecte sur la peau de Kenji, celle-ci serait sans doute quelque part dans cette zone : sur le bas du dos, sur les fesses ou sur les cuisses. Pour être certaine de ne pas rater ce qu'elle cherchait, elle scruta la peau centimètre carré par centimètre carré. Et cette approche rigoureuse porta ses fruits : dans le pli fessier gauche, c'est-à-dire à la jonction de la fesse et de la jambe, elle tomba sur un minuscule orifice cerné d'une petite auréole rouge qui n'était visible que si la peau alentour était bien tendue. Elle le prit en photo en gros plan.

Aplanissant ensuite la peau avec le pouce et l'index de la main gauche, elle saisit la sonde, en posa l'extrémité au centre de la zone rougeâtre et y appliqua une légère pression : la tête de la sonde disparut sous la peau. C'était effectivement l'orifice d'une aiguille ou d'un très petit projectile.

Elle enfonça tout doucement la sonde jusqu'au bout du conduit créé dans la chair de Kenji par l'objet, quel qu'il fût, qui l'avait percée. Après avoir pris une photo de la sonde ainsi plantée dans la blessure, elle cala l'ongle de son index sur l'outil à l'endroit où il disparaissait dans la peau, puis elle le retira avec précaution. Le conduit n'était pas profond. De son ongle jusqu'à l'extrémité de la sonde, il y avait environ deux centimètres et demi.

Laurie retira ses gants. Avec le numéro de dossier de Kenji, elle trouva ses radios dans la salle voisine de la salle des techniciens ; elle les emporta à la fosse et les disposa sur un négatoscope. Elle scruta la zone correspondant au pli fessier gauche sur les vues de dos et latérales. Elle espérait y trouver un plomb ou un projectile quelconque… mais il n'y en avait pas. Cela pouvait signifier deux choses : soit le projectile tiré par le pistolet à air comprimé était fabriqué dans un matériau qui se dissolvait à l'intérieur du corps, soit l'agent toxique avait été injecté directement dans la chair. Dans les deux cas, la toxine devait se trouver en forte concentration au fond du conduit de la blessure.

De retour auprès de Kenji, après avoir enfilé une nouvelle paire de gants, elle saisit le scalpel et se mit au travail. Elle voulait récupérer le conduit entier, c'est-à-dire découper un bloc de tissu musculaire qui aurait à peu près les dimensions d'un bouchon de bouteille de vin. L'opération était moins facile qu'elle y paraissait. Laurie dut procéder avec beaucoup de délicatesse. Comme la chair remuait, se comprimait et se dilatait sous ses doigts, elle risquait à tout instant de

« déraper » et de couper par mégarde le conduit. Or, elle voulait absolument son échantillon d'un seul tenant. Le microscope portatif l'aida un peu au début, mais il la privait de sa main gauche ; pour finir elle renonça à l'utiliser.

Pendant qu'elle manipulait le scalpel, elle commença à s'interroger sur l'agent toxique susceptible d'avoir servi au crime. Elle avait déjà écarté la ricine utilisée dans le cas du dissident bulgare assassiné à Londres, car c'était une substance à action lente. Que savait-elle du poison qui avait tué Kenji ? Deux choses relativement importantes. D'abord, il fallait qu'il ait un extraordinaire pouvoir toxique. D'après ce qu'elle avait vu sur les vidéos de surveillance, il agissait presque instantanément. Ensuite, il fallait qu'il appartienne à la catégorie des neurotoxiques, seuls capables de provoquer des convulsions. C'était le cas d'un certain nombre de venins de serpents et de poissons. Laurie devait donc retourner sur le Net pour se renseigner sur les neurotoxines de reptiles et d'animaux marins.

Elle peina avec le scalpel pendant vingt bonnes minutes, mais le bloc de chair qu'elle finit par obtenir – quatre centimètres de long sur deux centimètres et demi de diamètre – ressemblait à celui qu'elle avait eu en tête au début de l'opération.

Elle alla chercher un flacon et une étiquette dans la salle des fournitures. Revenue à la table d'autopsie, elle glissa le bloc de chair dans le flacon et remplit l'étiquette avec la date, le numéro de dossier et l'endroit du corps d'où provenait l'échantillon. Elle n'oublia pas sa signature. Les détails comptaient. Si l'affaire débouchait sur un procès – et cela paraissait désormais tout à fait envisageable –, la biopsie qu'elle venait de réaliser serait un élément déterminant du dossier de l'accusation.

Il ne lui restait plus qu'à demander à un technicien de l'aider à transférer le cadavre sur un brancard. Quand ce fut fait, elle sortit elle-même Kenji de la salle d'autopsie pour le conduire jusqu'à la chambre froide. Il resterait là encore plusieurs mois s'il n'avait pas la chance d'être identifié et confié à sa famille.

— Je sais que vous essayez de me dire quelque chose, murmura-t-elle avant de le quitter. Et j'essaie de vous comprendre. Nous avons déjà l'homme qui vous a tué, mais malheureusement nous ne savons pas encore qui vous êtes, l'un et l'autre. Soyez patient !

Elle sortit de la chambre froide ; le système de verrouillage de sa lourde porte cliqueta bruyamment dans le couloir du sous-sol. Elle avait envisagé de monter immédiatement son échantillon au labo de toxicologie, mais elle changea d'avis quand elle regarda sa montre. Elle savait que John DeVries était un des hommes les plus réguliers dans ses habitudes, pour ne pas dire obsessionnels, qu'elle eût jamais connus. Il interrompait immanquablement son travail à midi tapant et descendait avec son Tupperware et sa thermos dans la triste salle, au premier étage, qui faisait office de cafétéria pour le personnel de l'IML. Cette pièce n'avait pas de fenêtre et ses murs de ciment nu étaient lugubres. Elle possédait plusieurs distributeurs de boissons et de mauvaise nourriture industrielle, quelques tables et des chaises en plastique. Laurie aurait pu y passer, mais elle ne voulait pas déranger John pendant son déjeuner. De plus, cette cafétéria lui donnait le bourdon. Elle décida de remonter à son bureau et d'attendre. Ponctuel comme l'était John, il retournerait sans faute à son labo à midi et demi. Elle le verrait à ce moment-là.

25

Vendredi 26 mars 2010
12 h 15

Louie avait le sourire aux lèvres quand il arriva au restaurant et prit place dans son box habituel. Il était sur un petit nuage. L'organisation de l'enlèvement du bébé de Laurie Montgomery-Stapleton l'amusait beaucoup. Cette idée était géniale et l'honneur en revenait entièrement à Brennan. D'abord, c'était un excellent moyen de se venger de la légiste pour le rôle qu'elle avait joué dans l'affaire qui avait déjà valu plus de dix ans de prison à Paulie. Cette histoire laissait Louie pantois. Il était aussi très étonné que Paulie ait mis son veto à l'assassinat de la légiste. Mais cela n'avait pas d'importance. Par bien des aspects, le coup qu'il prévoyait aujourd'hui aurait un résultat encore plus satisfaisant : Laurie Montgomery-Stapleton souffrirait beaucoup plus de voir son gosse disparaître que d'aller elle-même dans la tombe. Dans l'esprit de Louie, la mort n'était pas vraiment une peine pour ceux qui partaient.

Ensuite, et plus important encore, l'enlèvement détournerait cette femme de l'enquête qu'elle menait sur Satoshi. Et tout le monde ne s'en porterait que mieux !

Tertio, l'opération leur rapporterait un joli petit magot. C'était un bénéfice collatéral bien appréciable. Le précédent enlèvement qu'il avait organisé, quinze ans plus tôt, avait mis dix millions de dollars dans les poches de la famille Vaccarro. Louie avait souvent été tenté de retenter le coup, mais Paulie avait interdit les enlèvements qu'il considérait comme trop dangereux.

Louie pouffa de rire. La situation était tout de même assez ironique, dans la mesure où il organisait ce nouvel enlèvement *en partie* pour venger Paulie qui avait mis son veto à ce genre d'activité. C'était vraiment drôle. Cette fois, cependant, l'opération ne rapporterait pas autant d'argent. Le premier kidnapping avait pris pour cible un gars de Wall Street dont la fortune s'élevait à plus de cent millions de dollars. Aujourd'hui, les intéressés étaient un couple de médecins. Louie ne pourrait pas réclamer plus d'un million – à tout casser. Mais il était trop tôt pour penser à cette question qui, d'ailleurs, n'avait pas tant d'importance que ça. La justification principale de cet enlèvement, c'était la nécessité d'éloigner Laurie Montgomery-Stapleton du cas de Satoshi.

— Hé, Benito ! cria-t-il – d'une voix si tonitruante qu'elle agressa ses propres oreilles.

Il ne savait pas combien de temps il avait pour déjeuner, car Brennan risquait de l'appeler à tout instant, et personne n'était encore sorti de la cuisine pour l'accueillir. À l'heure qu'il était, Brennan, Carlo, les deux lieutenants d'Hisayuki Ishii et deux autres jeunes gars qui bossaient pour Louie depuis près de quatre ans – Duane Mackenzie et Tommaso Deluca – étaient installés devant le domicile de Laurie Montgomery-Stapleton. Ils attendaient dans une camionnette Dodge volée que leur victime sorte de la maison.

Après leur départ de l'hôtel Four Seasons, Brennan avait plus que tenu sa promesse de trouver des informations sur la légiste sur le Net. Carlo s'était rendu utile en dégotant la camionnette dont ils se débarrasseraient aussitôt l'enlèvement effectué.

Benito fit irruption dans la salle par les portes battantes de la cuisine. Il se répandit en excuses, expliquant qu'il n'avait pas été prévenu de l'arrivée de Louie.

— Je ne savais pas que vous étiez là, patron, croyez-moi ! D'habitude, quelqu'un me prévient…

Louie posa une main sur le bras du restaurateur.

— Ce n'est pas grave, dit-il d'un ton apaisant. Qu'y a-t-il pour le déjeuner ?

— Votre plat préféré ! répondit Benito, soulagé d'avoir l'occasion de se racheter. Des penne à la bolognaise saupoudrées de parmesan bien frais.

Louie hocha distraitement la tête et laissa Benito battre en retraite vers la cuisine. Il venait de prendre conscience d'une chose qui lui faisait bien plaisir. Si Hisayuki avait approuvé l'idée de l'enlèvement et fourni deux hommes pour l'opération, c'était sans doute qu'il était loin de se douter que Louie avait ordonné l'exécution de Susumu et de Yoshiaki.

Le téléphone vibra tout à coup contre son coude. Il le saisit le cœur battant. Comme il s'y attendait, c'était Brennan.

26

Vendredi 26 mars 2010
12 h 18

— Une jeune femme sort à l'instant de la maison des docteurs ! cria Brennan dans le téléphone d'une voix tremblante d'excitation. Elle a un bébé dans les bras ! Et une poussette ! Tu crois que c'est le môme qu'on veut attraper, ou quoi ? !

Louie réprima un soupir.

— Calme-toi, ordonna-t-il d'un ton sec.

La discussion qu'il avait eue un moment plus tôt avec Brennan pour l'inciter à se maîtriser et à se comporter en vrai professionnel n'avait apparemment servi à rien. Il était déçu. De toute évidence, le jeune homme était tellement nerveux qu'il n'avait plus les idées claires.

— Mais comment peut-on être sûrs que c'est le bon gamin ? gémit Brennan.

— Réfléchis, bon sang ! Pour commencer, la femme et l'enfant se ressemblent-ils ?

— Non. Le petit est blanc. La femme est noire. Et très jeune. Elle a l'air d'une nounou, à vrai dire.

— Ah ! Ça, je pense que c'est assez concluant.

— Elle vient d'installer le môme dans la poussette. Elle donne l'impression d'avoir hâte de se mettre en route. Tu vois ce que je veux dire ? Et le môme braille.

— Ce n'est pas notre problème. Bon, elle est prête, maintenant ?

— Ouais, on dirait, marmonna Brennan. Oui, oui, elle y va ! Elle pousse la poussette en direction du parc, exactement comme tu l'espérais.

— Si ça continue comme ça, le coup va être presque trop facile, fit remarquer Louie.

Avant de quitter ses hommes devant la maison de la légiste, il leur avait expliqué qu'il y avait de bonnes chances pour que la nounou emmène l'enfant en balade dans Central Park à un moment ou un autre de la journée. Pour eux, c'était idéal, d'autant que la partie du parc qui se trouvait à hauteur de la 106e Rue n'était jamais trop fréquentée. À cet endroit, en outre, il y avait aussi des collines boisées qui leur permettraient d'agir en toute discrétion.

Brennan fit signe à Carlo de démarrer pour suivre la jeune femme et la poussette. Louie devina que le jeune homme gardait le téléphone à l'oreille avec l'espoir de se faire guider à toutes les étapes de l'opération. Il dit alors :

— Maintenant, tu te débrouilles ! Bonne chance ! Souviens-toi des conseils que je t'ai donnés tout à l'heure. Ne fais pas de bêtises. Réfléchis. Ne prends pas de risques. C'est inutile. Au pire, nous pourrons toujours remettre le coup à demain, même si ça nous cause des problèmes supplémentaires. Tu comprends ? !

— Je comprends.

— Rappelle-moi dès que vous avez l'enfant, dit Louie avant de raccrocher.

Brennan rangea son téléphone dans une poche de sa veste et dit à Carlo d'un ton anxieux :

— Ne te rapproche pas trop ! Elle risque de se rendre compte qu'on la suit !

— Je sais ce que je fais, putain, grogna Carlo.

Il n'appréciait pas du tout de recevoir des ordres de Brennan – surtout en présence des autres gars qui étaient dans la camionnette.

— Attention ! Ralentis ! s'écria Brennan qui ignorait complètement la blessure d'amour-propre de son collègue.

La nounou était arrêtée au croisement de Central Park West. Elle attendait que les feux changent de couleur. De l'autre côté de l'avenue, l'accès au parc se faisait de deux façons : soit par un escalier qui grimpait une petite colline, soit par un sentier qui partait en biais du côté gauche. Les arbres étaient nus, avec quelques bourgeons aux branches. Çà et là, il y avait aussi des grappes de forsythias jaunes.

La camionnette s'immobilisa trente mètres avant le feu. Carlo tambourinait du bout des doigts sur le volant. Chong Yong et Riki Watanabe, installés sur la banquette centrale, gardaient le silence ; ils auraient pu participer à la conversation, cependant, car ils parlaient correctement l'anglais. Sur la banquette du fond, Duane Mackenzie et Tommaso Deluca se tenaient cois ; ils étaient très impressionnés par les deux costauds assis devant eux.

— Bon, dit Brennan. Maintenant, nous sommes sûrs que la femme et le gosse vont au parc. Soyons bien d'accord. Nous descendons tous du véhicule au carrefour, sauf Carlo bien sûr, et nous les suivons. Mais pas en groupe. Je me lancerai après elle le premier et vous me suivrez en partant chacun de votre côté. Comme si nous n'étions pas ensemble. Et n'oubliez pas de mettre vos cagoules !

Brennan s'était tourné sur le siège pour regarder les quatre hommes assis derrière lui.

— C'est moi qui déciderai si nous faisons le coup ou pas, compris ? Je veux dire que l'enlèvement se fera peut-être dès que nous serons dans le parc, ou bien plus tard, ou pas du tout. Ça dépendra du comportement de la nounou. Au pire, elle risque d'avoir rendez-vous avec quelqu'un dans le parc. En ce cas nous remettrons à plus tard. Entre-temps, Carlo se tiendra prêt à nous embarquer. Dès que nous avons le gosse, nous remontons tous dare-dare dans la camionnette et nous débarrassons le plancher. Des questions ?

— Qu'est-ce que nous faisons, nous ? demanda Riki.

— Bonne question, dit Brennan sans ironie.

Il marqua une pause. C'était Louie qui avait décidé de faire participer les Japonais à l'opération. Brennan s'était interrogé, lui aussi, sur leur rôle, mais il n'avait pas osé en parler à Louie car il craignait de passer pour un imbécile.

— Vous nous accompagnez et vous restez dans les parages au cas où quelque chose d'inattendu se produirait. Au cas où nous aurions besoin de renforts, précisa-t-il – c'était la meilleure réponse qui lui venait à l'esprit.

— Les feux viennent de changer, annonça Carlo.

Brennan se rassit face au pare-brise.

— Très bien, dit-il d'un ton déterminé. Allons-y !

Carlo s'avança jusqu'au carrefour et freina. Brennan ouvrit la portière pour bondir de la camionnette. Il était impatient de passer à l'action. La nounou avait traversé l'avenue. Comme il l'avait supposé, elle se dirigeait avec la poussette vers le sentier de gauche. C'était à lui de jouer, à présent, et de prouver sa valeur à Louie.

27

Vendredi 26 mars 2010
12 h 33

Laurie entra dans son bureau et posa le flacon du bloc de chair de Kenji au coin de sa table, bien en vue, pour ne pas oublier de le monter à John dès que possible. Elle se rassit ensuite devant le microscope pour poursuivre l'examen des lames d'histologie. Elle avait beau être quasi certaine que Kenji avait été tué par un agent toxique, elle se sentait quand même obligée de vérifier que les convulsions qui avaient précédé son décès ne s'expliquaient pas par une pathologie cérébrale quelconque. En outre, l'agent toxique pouvait avoir tué l'homme en « activant » une lésion pathologique déjà en place plutôt qu'en provoquant de lui-même les convulsions. Cette donnée n'était pas fondamentale, mais elle pourrait influencer le choix de l'agent toxique à rechercher si Laurie découvrait bel et bien quelque chose dans le cerveau. Et de toute façon, elle voulait faire un travail aussi précis et complet que possible pour la présentation triomphale qu'elle envisageait de faire à Lou, à Jack… et à tous ceux qui auraient envie de l'écouter.

Pendant qu'elle réalisait l'examen des lames, elle put laisser un coin de son cerveau s'interroger sur la toxine susceptible d'avoir été choisie pour ce meurtre. Elle avait déjà déterminé qu'il devait s'agir d'une neurotoxine. Il en existait de nombreuses sortes chez les serpents, les scorpions, les mollusques marins, et même chez certains poissons. Et si l'on considérait que les deux hommes qu'elle avait autopsiés étaient originaires du Japon… Elle quitta le microscope pour s'asseoir devant l'ordinateur et chercher des informations sur le Net. Le nom d'une toxine spécifique lui était venu à l'esprit : la tétrodotoxine. C'était sans doute la toxine la plus célèbre du Japon, car elle était associée à un certain nombre de décès ou d'intoxications graves chez les amateurs de sashimis. En effet, elle provenait d'une bactérie présente chez diverses créatures, dont un poisson très particulier, le fugu, considéré comme un mets de choix par les Japonais. Pour être comestible, l'animal devait être débarrassé de la toxine selon une méthode très rigoureuse.

Laurie concentra sa recherche sur la tétrodotoxine. Elle voulait découvrir si la molécule était capable de provoquer des convulsions si elle était administrée par voie parentérale, c'est-à-dire pas par la bouche – par injection à travers la peau, en l'occurrence. Passant quelques articles en revue, elle redécouvrit une information qui lui était sortie de la tête : la tétrodotoxine était souvent utilisée pour la recherche médicale ; elle servait aussi en médecine clinique pour traiter l'arythmie cardiaque, et comme analgésique dans certaines situations extrêmes – cancers en phase terminale et migraines ultra-handicapantes. Cette donnée était importante, car elle signifiait que la molécule était fabriquée par l'industrie pharmaceutique, et par conséquent disponible sur le marché. Elle n'était pas vendue en pharmacie, évidemment, mais elle était quand même bien plus facile à trouver que certaines neurotoxines exotiques et rares.

— Oui ! s'écria-t-elle soudain d'un ton enjoué.

Elle venait de lire à l'écran que la tétrodotoxine administrée par injection pouvait provoquer des convulsions. Ce n'était pas le cas pour les autres classes de neurotoxines. L'article précisait aussi son impressionnante toxicité : un demi-milligramme de cette substance pouvait tuer presque instantanément un homme de quatre-vingts kilos. Laurie écarquilla les yeux en découvrant ce chiffre. La tétrodotoxine était cent fois plus toxique que le cyanure de potassium !

Elle secouait la tête, stupéfaite, lorsque son regard se posa sur la pendule fixée au mur au-dessus du classeur métallique vertical. Il était presque treize heures. John DeVries devait être remonté au labo de toxicologie. Elle se leva, attrapa le « bouchon » de chair de Kenji et se dirigea vers l'ascenseur.

Quand elle parvint au nouveau bureau de John, si bien éclairé par les fenêtres qui couvraient deux de ses murs, elle s'immobilisa un instant sur le seuil. La métamorphose qu'avait connue cet homme depuis la refondation de son labo était saisissante. Il était encore grand et mince, mais il n'avait plus le visage émacié et le teint pâle, presque maladif, qui le caractérisaient autrefois. Il avait bonne mine, un léger hâle sur les joues et le front, et il semblait avoir rajeuni de dix ans.

Il était en train d'enfiler une blouse blanche en regardant la Première Avenue par la fenêtre. Quand il se tourna, il aperçut Laurie et s'exclama d'un ton agréable :

— Ah, madame Laurie ! Je crains de ne pas avoir de bonnes nouvelles. Comme je vous l'ai dit, nous n'avons trouvé ni toxine, ni poison, ni drogue…

— Avez-vous refait une analyse, depuis ce matin ?

— Heu, non, admit John. Pas encore. Nous avons été très pris par certains cas arrivés hier soir et la veille.

— Bon, j'ai quelques idées intéressantes, dit Laurie d'un air complice en s'avançant dans le bureau. Mais vous devez me promettre de n'en parler à personne avant la mini-conférence de presse que je prévois de donner cet après-midi.

— Promis, acquiesça John avec un léger sourire.

Laurie lui parla des découvertes qu'elle avait faites grâce aux enregistrements des caméras de surveillance du métro. Elle précisa qu'elle supposait désormais que son Asiatique non identifié avait été assassiné par une toxine qui lui avait été injectée avec un pistolet à air comprimé. Comme elle pouvait s'y attendre, son histoire captiva John.

— Et vous avez trouvé tout ça grâce aux caméras du métro ? demanda-t-il, très impressionné.

— En effet. Et par déduction. À propos, avez-vous déjà entendu parler d'un dissident bulgare tué à Londres, en 1978, par une toxine qui lui a été injectée dans la jambe à l'aide d'un pistolet à air comprimé caché dans un parapluie ?

— Oui, je connais cette affaire ! acquiesça John. L'agent toxique, c'était la ricine. Vous pensez que c'est la même chose dans le cas de votre Asiatique ?

Laurie cilla. C'était elle, à présent, qui était impressionnée. Non seulement John se souvenait de l'affaire, mais il savait aussi quelle toxine avait servi pour le meurtre.

— Je crois que le mode opératoire du crime est le même, à une différence près, dit-elle.

— Voulez-vous que nous cherchions la ricine dans les prélèvements ?

— Non, justement pas. La victime a eu des convulsions et la ricine ne provoque pas ce symptôme. Il faut chercher une autre toxine. Sur les vidéos des caméras de surveillance, cependant, on voit qu'un des deux agresseurs a un parapluie à la main. Comme le quai est bondé, on ne le voit pas vraiment s'en servir sur la victime, mais après l'attaque, quand le mort est allongé sur le quai et qu'il y a moins de monde, il ouvre partiellement le parapluie, comme pour faire jouer un mécanisme, et puis il le referme. Je me demande donc si ce parapluie ne dissimule pas une arme à air comprimé semblable à celle qui a servi pour l'assassinat du dissident bulgare.

— En ce cas, il devrait y avoir une blessure sur le cadavre, observa John.

— Tout juste, répondit Laurie d'un air approbateur. Et je l'ai trouvée aujourd'hui quand j'ai refait l'examen externe. J'aurais trop honte de vous avouer pourquoi je ne l'ai pas vue hier. Bref ! Il y avait une petite blessure derrière la jambe de l'homme, dans le pli fessier.

Elle tendit à John le flacon qu'elle avait à la main.

— Et voici l'excision, en bloc, du conduit d'injection. Il fait environ deux centimètres et demi de profondeur.

— Splendide ! dit John, et il leva le flacon à bout de bras pour en examiner le contenu à la lumière du jour. Si l'agent toxique n'est pas la ricine, avez-vous une idée de ce dont il pourrait s'agir ?

— Oui. Je pense à la tétrodotoxine.

John regarda Laurie d'un air étonné.

— Vous avez une raison particulière de cibler la tétrodotoxine ?

— D'abord, je crois que la substance utilisée doit avoir été une neurotoxine, parce que la victime a eu des convulsions. Des convulsions qui ont duré peu de temps, mais qui ont été bien réelles. Le témoin qui a appelé les secours les a vues, et moi-même je les ai vues sur les vidéos. La tétrodotoxine est connue pour entraîner des convulsions, y compris quand elle est administrée par injection. Je n'ai trouvé aucune autre neurotoxine qui provoque des convulsions de cette façon. Ensuite, la tétrodotoxine est fabriquée par les labos. Elle est donc disponible sur le marché. Troisièmement – là, c'est mon argument le moins scientifique –, je crois que mon patient est japonais et cette toxine fait en quelque sorte partie de l'histoire du Japon. À cause du fugu, le poisson qui la trimballe dans ses entrailles. Vous le connaissez sans doute.

— Tout ça me paraît très concluant, dit John, et il poussa un petit rire. Sauf le dernier argument, en effet.

— Et maintenant, la question piège, dit Laurie avec un sourire un peu gêné. Quand pouvons-nous faire l'analyse ?

— Ah ! fit John d'un air faussement dépité. Pourquoi ne m'étonne-t-elle pas beaucoup, cette question ? Je suppose que vous voulez un résultat le plus vite possible. Genre… dès demain matin, comme si vous étiez le seul légiste de cette maison !

— J'aimerais plutôt l'avoir dès aujourd'hui, dit Laurie, souriant de plus belle. Ça me permettrait de porter le coup de grâce dès cet après-midi !

John éclata de rire.

— Je suppose que je n'arriverai jamais à vous donner satisfaction. Vous êtes toujours tellement pressée ! Mais attendez un peu… Vous avez dit « nous », quand vous avez parlé de faire l'analyse. C'était un « nous » au figuré, ou… ?

— Non, je voulais dire « nous » au sens propre. J'étais assez douée pour les analyses de labo, quand j'étais en fac de médecine. Si un de vos laborantins ou vous-même me donniez un conseil de temps en temps, pour que nous soyons sûrs que je ne fais pas de grosse bêtise, je pense que je pourrais me débrouiller. Je dois d'abord terminer mes lames d'histologie, mais ensuite j'ai tout l'après-midi de libre.

John dévisagea Laurie quelques secondes. Il se demandait si c'était une bonne idée de laisser un médecin légiste en liberté dans son labo. N'aurait-il pas une catastrophe sur le dos en fin de journée ? Non, c'était peu probable. Même si elle n'était pas spécialiste de toxicologie, Laurie était très pro, très sérieuse, très consciencieuse. De plus, il aimait bien cette femme et il avait beaucoup de respect pour son enthousiasme et son dévouement envers son travail. Il savait aussi qu'elle appréciait énormément tout ce qu'il faisait pour elle, car elle le lui avait souvent dit.

— Vous connaissez la CLHP/SM ? demanda-t-il.

C'est-à-dire la chromatographie en phase liquide à haute performance avec spectromètre de masse ?

— Oui. J'ai utilisé ces techniques, quand j'étais interne, parce que j'ai suivi une formation facultative aux techniques d'analyses de laboratoire.

— Il nous faudra aussi de la tétrodotoxine. Je n'en ai pas ici, mais… l'hôpital, à côté, devrait en avoir, précisa John en désignant les fenêtres et l'avenue d'un geste de la main.

— Je ne demande pas mieux que d'aller moi-même la chercher là-bas.

— D'accord ! Pourquoi pas ? dit John d'un ton enjoué. Voilà ce que nous allons faire. Je vais commencer par charger un de mes laborantins de transformer cet échantillon en bouillie avec le sonicateur. Ensuite, je vous laisserai faire l'extraction vous-même, soit avec du butan-1-ol, soit avec de l'acide acétique. Je ne sais pas encore quel produit sera le mieux adapté, mais j'aurai décidé ça d'ici votre retour. Il vous plaît, ce plan ?

— Il me plaît beaucoup, répondit Laurie avec un grand sourire.

Elle tourna les talons pour regagner son bureau. À présent, elle était plus motivée que jamais à terminer l'examen de ses lames d'histologie.

28

Vendredi 26 mars 2010
12 h 45

Ben Corey referma la dernière revue et l'envoya rejoindre ses semblables sur le sol. Depuis le lancement d'iPS USA, c'était la première fois qu'il avait assez de temps libre pour venir à bout avant le week-end de toutes les publications scientifiques que lui soumettait Jacqueline dans la semaine. Il avait le sentiment agréable de contrôler la situation et d'avancer dans la bonne direction. Quand il pensait à Satoshi, par contre, le sentiment qu'il éprouvait était bien différent…

Il secoua la tête, attrapa un Post-it et y écrivit RECYCLAGE, puis se pencha pour le coller sur la pile de revues. Il s'étirait, les bras tendus au-dessus de la tête, lorsqu'il remarqua qu'il était bientôt une heure de l'après-midi. Il réfléchit quelques instants à l'idée d'inviter Jacqueline à déjeuner. Ils passaient pas mal de temps ensemble de cette façon, depuis un mois, et il se demandait si le moment n'était pas venu de donner une tournure plus intime à leur histoire. Tel qu'il voyait les choses, Jacqueline lui avait déjà plus ou moins fait comprendre qu'elle était tentée. Il pensait maintenant qu'il devait en profiter, dans la mesure où sa relation avec sa relativement nouvelle épouse, Stephanie, avait pas mal souffert de la naissance de leur bébé, Jonathan. Il travaillait si dur pour faire décoller iPS USA qu'il estimait avoir le droit de s'offrir quelques moments de distraction.

Jacqueline apparut à ce moment-là dans l'embrasure de la porte de communication.

— Je m'en vais, dit-elle.

— Ah bon ? fit-il, surpris.

— Comme vous aviez décidé de n'avoir aucun rendez-vous, je me suis dit que c'était le bon jour pour emmener ma mère au cabinet médical pour son bilan annuel. Avez-vous besoin de quoi que ce soit, avant que je m'en aille ?

Ben se retint de rire et répondit :

— Non, tout va bien. Emmenez votre mère chez le docteur. Moi, je reste ici pour me languir…

Ces derniers mots rendirent Jacqueline perplexe. Ne sachant que répondre, elle regarda fixement Ben.

— Les bureaux sont tellement silencieux, aujourd'hui ! reprit-il en guise d'explication. Ça fiche un peu le cafard, non ? Mais je crois que je vais m'en aller de bonne heure, moi aussi.

— Hmm… D'accord. À lundi, alors ?

— À lundi.

Ben se renversa en arrière dans le fauteuil en se demandant si la beauté de cette femme avait beaucoup influencé sa décision de la recruter comme assistante. Elle était belle, certes, mais elle était aussi remarquablement intelligente et elle avait un C.V. en or. Avec

Stephanie, eh bien… c'étaient plutôt son joli corps et son entrain à se déshabiller qui avaient compté.

Il se leva, prit sa veste et passa au bureau de Carl avant de quitter les bureaux. Le directeur financier lui apprit que les dirigeants d'iPS RAPID avaient répondu à plusieurs mails dans la matinée et qu'ils semblaient prêts à se vendre sans délai à iPS USA.

Dehors, sur la Cinquième Avenue inondée de soleil, Ben éprouva une brève poussée d'euphorie. Il avait surmonté sa déception de ne pas pouvoir embarquer Jacqueline pour l'après-midi, il était en week-end, la météo était superbe – le printemps s'annonçait clairement – et tout allait bien pour iPS USA. La disparition de Satoshi le tracassait beaucoup, certes, mais grâce au ciel bleu et au soleil, il se sentait quand même optimiste. Avec Jacqueline, en outre, il avait le sentiment d'avoir au moins brisé la glace en laissant entendre qu'il se languirait en son absence, et… c'était plutôt une bonne chose.

Il partit d'un pas léger en direction du parking où l'attendait sa voiture. Par chance, il n'avait fait qu'une centaine de mètres lorsqu'il se rappela qu'il avait oublié l'adresse de Satoshi. Il avait le nom de la rue en tête, mais pas le numéro. Sans perdre sa bonne humeur, il fit demi-tour pour aller la récupérer à son bureau.

Quelques minutes plus tard, il était au parking. Comme tous les vendredis en début d'après-midi, il y avait là pas mal de gens qui s'apprêtaient à rentrer chez eux pour le week-end ; Ben dut attendre trop longtemps à son goût que le voiturier lui avance le Range Rover. Mais bon, ce n'était pas si grave. En tant que client au mois, il avait tout de même droit à un traitement privilégié par rapport aux automobilistes qui n'avaient laissé leurs véhicules dans le parking que pour la journée. Et comme il était de bonne humeur, il tua le temps en flirtant avec une secrétaire qui patientait près du pupitre des voituriers.

Dès qu'il fut installé dans sa voiture, il entra l'adresse de Satoshi dans l'ordinateur de bord : 417 Pleasant Lane, Fort Lee, New Jersey. Puis il alluma le lecteur CD, sélectionna un disque de Mozart et s'abandonna au pur plaisir auditif de la musique classique.

La circulation à travers Manhattan ne fut pas mauvaise. Comme d'habitude, il prit le niveau supérieur du pont George-Washington pour avoir une vue dégagée sur les falaises qui bordaient le fleuve du côté du New Jersey. Avec le *Vingt et unième concerto pour piano* en fond sonore, le spectacle était superbe.

À la sortie du pont, il prit la seconde sortie. Suivant les instructions du GPS, il pénétra dans une zone de petits immeubles en brique qui lui rappelèrent une chose que peu de gens savaient : Fort Lee avait été la capitale du cinéma américain avant que Hollywood, en Californie, ne lui vole la vedette. Quant à Pleasant Lane, elle se révéla tout sauf plaisante. C'était une rue relativement étroite et courte, bordée à gauche de vieux bâtiments qui avaient autrefois abrité des boutiques, à droite de maisons à peu près toutes identiques – et en très mauvais état. De fait, la plupart de leurs fenêtres étaient cassées ou masquées par des planches, leurs portes étaient ouvertes ou arrachées, et elles semblaient pour la plupart abandonnées. Il y avait partout des détritus et des objets cassés, rouillés, tordus, y compris quelques véhicules sans pneus, posés sur leurs essieux au milieu des mauvaises herbes.

— Vous êtes arrivé à destination, dit la voix de baryton de l'ordinateur de bord.

Ben freina au bord du trottoir.

— Ah ouais, dit-il avec ironie. Et quelle destination !

Il regarda attentivement la maison qui portait le numéro 417. Elle semblait un peu en meilleur état que ses voisines : les fenêtres étaient intactes et la porte d'entrée était fermée. Malheureusement, aucune lumière ne brillait à l'intérieur. Elle paraissait inhabitée. Ben remarqua alors un détail encore plus troublant : la porte était fermée, certes, mais son panneau de verre central était brisé. Le cadre en bois était hérissé de quelques éclats pointus.

Convaincu que personne ne pouvait vivre dans un endroit pareil, Ben commença à se demander si Vinnie Dominick lui avait fait une mauvaise blague en l'envoyant ici. Il ouvrit la portière et mit un pied dehors pour descendre de la voiture. Mais il n'alla pas plus loin. Une odeur de putréfaction horrible régnait sur la rue, si violente qu'elle lui donna un haut-le-cœur avant qu'il n'ait eu le réflexe de battre en retraite sur le siège et de claquer la portière. Il agrippa le volant à deux mains et lutta plusieurs secondes contre une terrible envie de vomir.

Quand il se fut ressaisi, il tourna la tête vers la maison et la contempla avec perplexité, essayant d'imaginer ce qui avait pu s'y produire. Que devait-il faire ? La baraque et ses environs puaient la mort, aucun doute là-dessus. C'était une odeur que Ben avait sentie quelques fois, enfant, dans la forêt, quand il était tombé par hasard sur le cadavre d'un animal – un lapin ou un écureuil, par exemple. Mais ici, l'odeur était tellement puissante, tellement infecte, qu'il ne pouvait s'agir d'un petit animal.

Il attrapa un chiffon dans la boîte à gants, le plaqua sur son nez et, s'armant de courage, descendit de la voiture.

Il eut à nouveau des haut-le-cœur, mais il réussit à atteindre le perron. Il savait qu'il devait appeler les secours, mais il voulait être absolument certain que l'odeur qu'il sentait n'était pas celle d'un gros chien mort ou d'un autre animal volumineux. Il y avait des éclats de verre sur les marches. Il les monta avec précaution et, afin de ne pas laisser d'empreintes, utilisa le chiffon pour saisir la poignée de la porte – qui n'était pas verrouillée.

Quittant l'atmosphère ensoleillée et relativement rassurante de la rue, il s'avança dans un couloir obscur. Il n'eut pas à aller loin. Sur la gauche, dans la salle de séjour, il y avait les cadavres bouffis de six personnes couchées sur le ventre, les mains derrière la nuque. Des mares de sang noir séché entouraient leurs têtes.

Ben faillit s'évanouir devant ce spectacle, et l'odeur de putréfaction qui emplissait la maison lui donna à nouveau horriblement envie de vomir. Il se força à regarder les cadavres l'un après l'autre. Satoshi ne se trouvait pas parmi eux. Il savait qu'il devait ressortir de la maison, car l'odeur était absolument insoutenable, mais la vue de ces cadavres le paralysait. Il se donna l'ordre de réagir, de bouger, mais son corps refusa de lui obéir. Il était comme figé dans le temps et dans l'espace, et autour de lui le silence semblait absolu. Pendant quelques instants, il cessa tout à fait de respirer. C'est alors qu'il entendit un bruit. Un bruit très léger. Une sorte de plainte aiguë. Il cligna des yeux. S'agissait-il d'un véritable bruit, ou d'une sorte de plainte de son propre cerveau ? Il tendit l'oreille, bloquant à nouveau sa respiration. Le bruit était toujours audible. Et puis soudain, il cessa.

— Merde ! C'est quoi, ça ? demanda-t-il à voix haute.

Il n'était toujours pas certain d'avoir entendu un bruit réel. Son imagination lui jouait peut-être des tours. Résistant à l'envie de prendre la fuite qui s'emparait de lui, il s'avança vers l'escalier. Il s'immobilisa et leva les yeux vers la gueule obscure du palier, en haut des marches. Il tendit l'oreille. Il était sur le point de conclure que le bruit n'avait existé que dans sa tête, lorsqu'il l'entendit à nouveau. Et cette fois, il eut l'impression qu'il provenait de l'étage. Un frisson d'effroi lui parcourut le dos ; les poils de sa nuque se hérissèrent.

Il monta lentement l'escalier, continuant de tenir le chiffon sur son nez et de respirer par la bouche. Quand il arriva sur le palier, le bruit avait cessé. Il regarda autour de lui. Il y avait deux chambres sous le toit, chacune avec un Vélux, et une petite salle de bains au bout du couloir. Les meubles de ces pièces semblaient avoir été fouillés à la va-vite ; les tiroirs des commodes qu'il apercevait étaient ouverts, leur contenu répandu sur le sol.

Ben visita les deux chambres. Elles possédaient

chacune une petite penderie dont toutes les affaires avaient été jetées à terre. La première avait également un bureau – en désordre lui aussi. Manifestement, quelqu'un avait mis la maison sens dessus dessous pour y trouver quelque chose. Soudain, il entendit de nouveau la plainte aiguë. Elle était plus forte que lorsqu'il était au rez-de-chaussée. Il crut tout d'abord qu'elle venait de la salle de bains, mais, après vérification, il se rendit compte qu'elle semblait provenir d'une bibliothèque encastrée qui se trouvait directement en face de la porte de la salle de bains. C'était là, dans cette partie du couloir, qu'elle était la plus audible. Ben posa l'oreille contre la bibliothèque et fronça les sourcils. Il ne se trompait pas. Le bruit était plus fort ici que n'importe où ailleurs, comme s'il y avait une pièce cachée ou un placard derrière cette bibliothèque qui occupait entre les chambres une surface équivalente à celle de la salle de bains.

Il revisita rapidement les chambres. Leurs penderies semblaient empiéter sur l'espace qui se trouvait derrière la bibliothèque, mais il était impossible d'y pénétrer. Il retourna dans le couloir, saisit une étagère et tira dessus. À sa plus complète surprise, la bibliothèque tout entière pivota sur elle-même comme une porte. La mélopée plaintive qu'il entendait depuis un moment cessa. Une odeur d'excréments humains se joignit à la puanteur des cadavres en putréfaction. Tout à coup, Ben se souvint de Shigeru et se rappela qu'il n'avait pas vu l'enfant parmi les victimes de la salle de séjour.

Baissant la tête, il pénétra dans une pièce aussi minuscule que sombre. Quelque chose lui effleura le visage. Il eut un mouvement de recul effrayé, tendit la main devant lui et sentit une cordelette qui pendait au plafond. Il tira dessus ; une ampoule nue s'alluma.

Shigeru était allongé dans un transat pour bébé. Son visage était livide et accusait une souffrance atroce. Ses pupilles étaient démesurées.

— Oh mon Dieu ! s'exclama Ben. Mon pauvre, pauvre petit bonhomme !

Il s'accroupit avec l'intention de prendre l'enfant dans ses bras, puis se ravisa. Il sortit de la pièce secrète pour aller chercher une couverture. Aussitôt, la plainte aiguë de Shigeru s'éleva derrière son dos.

— Je reviens ! cria-t-il d'un ton rassurant.

Il attrapa une couverture dans une chambre et revint au pas de charge auprès du bébé qui se tut aussitôt. Il était clair que Shigeru était terrifié à l'idée d'être à nouveau abandonné dans la petite pièce noire.

— Allez, mon grand, dit Ben. Il est temps de sortir d'ici.

Pendant qu'il enveloppait l'enfant sans forces dans la couverture, il remarqua qu'un biberon vide se trouvait sur le sol. Il inspecta du regard la petite pièce sans fenêtre qui lui avait sans doute sauvé la vie. Si la maison était une planque de la Mafia, cette pièce servait sans doute à cacher des armes ou de la drogue. Ben imagina Yunie, la femme de Satoshi, juste avant qu'elle ne se fasse tuer, cachant Shigeru dans l'espoir qu'il échapperait à son meurtrier.

Il souleva le bébé et sortit de la pièce sans se soucier d'éteindre la lumière ou de repousser la bibliothèque. Ayant calé Shigeru au creux de son bras droit pour garder le chiffon sur son nez de la main gauche, il descendit l'escalier et alla à la cuisine pour trouver de l'eau. Il savait que le bébé devait être gravement déshydraté et avait besoin d'être mis sous perfusion. Il voulait aussi voir s'il y avait d'autres cadavres à la cuisine – celui de Satoshi, notamment. Ce n'était pas le cas.

Dès qu'il eut attrapé une bouteille d'eau dans le frigo, il se précipita dans la rue pour regagner le Range Rover. Il déposa délicatement le petit rescapé sur le siège passager, à l'avant, puis il fit le tour du véhicule et prit sa place au volant. Avant d'appeler la police, il donna un peu d'eau à Shigeru. Il l'emmitoufla au mieux dans la couverture, aussi, car il puait comme un diable.

29

Vendredi 26 mars 2010
12 h 47

Brennan comprenait maintenant pourquoi Louie avait insisté pour envoyer six hommes sur le coup. Lui, il s'était dit que trois devaient suffire – le conducteur de la camionnette et deux types pour enlever le gosse. Mais voilà : quand ils étaient entrés dans Central Park, la nounou et le bébé avaient déjà disparu. Il avait remarqué que la fille portait des baskets, au moment où elle sortait de la maison, mais il n'avait pas deviné qu'elle profiterait de la balade pour faire son jogging en poussant la poussette devant elle.

Espérant la rattraper, il avait ordonné à tout le monde de se mettre à courir. Mais ni ses collègues ni lui n'étaient en grande forme physique. Et les sentiers étaient plutôt pentus dans cette partie du parc.

Au bout d'une centaine de mètres, ils furent obligés de s'arrêter. Haletant, les mains en appui sur les genoux, Brennan dit :

— Nous n'y arriverons jamais comme ça. Cette nana doit être championne de marathon !

Il reprit son souffle quelques secondes, puis ajouta :

— Bon, voilà ce qu'on va faire. On se sépare, comme au début, pour chercher la cible. Et on reste en contact avec les portables !

— La plupart des joggeurs courent autour du réservoir, observa Duane Mackenzie. Tommaso et moi, on devrait peut-être aller voir par là-bas. C'est de ce côté, si je me souviens bien. Au sud-est.

— Bonne idée, dit Brennan.

Ils échangèrent rapidement leurs numéros de portable.

— Vous deux, restez tout de même avec moi, dit ensuite Brennan aux Japonais. Évitons de vous perdre dans le parc. Nous allons vers le sud.

Ils se mirent en route tous les cinq, Duane et Tommaso cherchant un embranchement pour virer à l'est.

Brennan n'était pas content du tout. Il n'avait jamais aimé Central Park, qui était beaucoup trop grand à son goût, et il n'appréciait pas d'avoir perdu si vite de vue la nounou et le môme. Il se demandait ce qu'il raconterait à Louie s'il manquait son coup. C'était la première fois qu'il se voyait confier la responsabilité d'une opération, et voilà qu'il risquait d'échouer ! Mais peut-être cette course-poursuite était-elle inutile, à vrai dire, songea-t-il tout à coup. Peut-être avait-il plutôt intérêt à retourner à l'entrée du parc, en face de la 106e Rue, pour attendre le retour de la nounou ?

C'est alors que la chance lui sourit. Son groupe arrivait en vue d'une aire de jeux équipée de balançoires, de deux cabanes, d'une cage à poules, d'une pyramide en brique et d'un grand bac à sable. Le bébé de la légiste était là, assis dans le sable, et la nounou faisait des étirements à la cage à poules.

— En plein dans le mille, dit-il, échangeant un sourire avec Duane.

Il sortit son portable pour appeler Carlo.

— Nous avons trouvé la fille et l'enfant, dit-il d'une voix assourdie. Ils sont au terrain de jeux qui est à hauteur de la 100e Rue. Va là-bas et attends-nous. Place-toi sur l'avenue de façon à pouvoir filer illico vers le nord. Compris ?

— Évidemment, répliqua Carlo avant de couper la communication.

Brennan rangea son téléphone. Il avait beau être surexcité par les événements en cours, la réaction de Carlo ne lui avait pas échappé. Son collègue semblait vraiment en rogne. Bon, tant pis, il réglerait ça plus tard.

— C'est presque trop beau pour être vrai, dit-il à ses acolytes. Le terrain de jeux est vide. Il n'y a que notre cible. C'est pas formidable, ça ?

— T'es sûr que c'est le gosse que nous voulons attraper ? demanda innocemment Duane.

Brennan soupira. Ça, c'était exactement la question qui le turlupinait – et qu'il ne voulait pas entendre.

— On les as vus sortir de la maison, non ? !

— Ouais, mais… Imagine qu'il y ait plusieurs appartements dans le bâtiment ? Ou bien que cette fille soit une copine, elle aussi nounou, de la nounou du gamin du docteur ? Je veux dire que nous pourrions nous retrouver avec le mauvais gamin sur les bras. Tu ne crois pas qu'il faudrait être sûr de notre coup à cent pour cent ?

Brennan prit une profonde inspiration, regardant la jeune femme qui continuait ses étirements à la cage à poules. Il ne savait plus quoi faire.

— Pourquoi ne pas lui poser la question ? suggéra Duane.

— Quelle question ?

— Lui demander si le gosse est bien celui de la Dr Machin-chose.

— Ça m'étonnerait qu'elle veuille bien me donner cette information, répliqua Brennan d'un ton narquois.

— Avec ça, je te parie qu'elle répondra, affirma Duane.

Il sortit de sa poche un vieux portefeuille en cuir qu'il ouvrit d'une pichenette. À l'intérieur, il y avait un insigne de police doré qui portait l'inscription : « Police de Montclair, New Jersey ». Il le tendit à Brennan, qui l'examina les yeux écarquillés.

— Nom de Dieu ! Où t'as eu ce truc ?

— Sur eBay. Dix dollars.

— C'est un vrai ?

Duane haussa les épaules.

— C'est ce que prétendait l'annonce du vendeur. L'essentiel, c'est qu'il a l'*air* vrai et qu'il fait son petit effet. Tu peux me faire confiance ! Je le brandis sous le nez des gens, comme on voit les flics faire dans les séries télé, et bam ! Tout le monde me prend pour un flic en civil. Je m'amuse comme un fou, avec ce truc.

— Hé, pourquoi pas ! s'exclama Brennan, séduit par l'objet.

Le problème de l'identité du gosse, c'était le seul truc qui continuait de le tracasser depuis qu'ils avaient pris la nounou en chasse.

— Voilà notre carrosse, dit Tommaso, désignant l'avenue, en bordure du parc, qu'ils apercevaient à travers les arbres.

Brennan tourna la tête et vit Carlo arrêter la camionnette près du trottoir. Il appuya sur la touche verte de son téléphone pour le rappeler.

— La voie est libre ? demanda-t-il.

— Pas de flics en vue, grogna Carlo.

— On arrive !

Brennan rangea son téléphone, s'humecta les lèvres et déplaça un peu son holster d'épaule pour avoir facilement accès à son arme. Tenant l'insigne de police de la main gauche, il carra les épaules et se dirigea vers le terrain de jeux.

— Dépêche-toi ! lança Duane. Y a une bonne femme qui arrive avec un môme. Sur la droite !

Brennan tourna la tête et ralentit l'allure. Une femme marchait dans leur direction, en effet. Elle venait d'apparaître dans le virage du sentier, à une centaine de mètres de l'aire de jeux. Sa poussette était vide. Un bambin haut comme trois pommes, tout juste capable de marcher, avançait en titubant devant elle.

Brennan regarda de nouveau la nounou, qui se trouvait à cinq mètres de lui, et prit la décision de continuer sur sa lancée. L'enfant se trouvait sur la gauche, assis dans le sable qu'il tapotait gaiement des deux poings.

— Madame ? Excusez-moi ! dit-il, en accélérant le pas et brandissant l'insigne de police à bout de bras. Ce bébé qui est ici, est-ce bien celui du Dr Laurie Montgomery-Stapleton ?

— Oui, en effet, répondit Leticia en se retournant.

Dès qu'elle posa les yeux sur l'inconnu qui l'avait abordée, elle comprit qu'elle avait eu tort de lui répondre. Et puis un immense frisson d'angoisse la secoua quand elle vit un pistolet apparaître dans sa main droite.

Brennan venait de se rendre compte qu'il avait oublié de mettre sa cagoule.

30

Vendredi 26 mars 2010
13 h 24

Laurie était passionnée par son travail et s'amusait beaucoup. Elle avait rapidement bouclé l'examen des lames d'histologie de Kenji. Comme pendant l'autopsie, elle n'avait trouvé aucune pathologie. Cet homme avait une santé de fer ; s'il n'avait croisé le chemin de la tétrodotoxine ou d'un autre poison mortel, il aurait sans doute vécu centenaire.

Elle venait d'appeler Jack et Lou au sujet de la « conférence de presse » qu'elle se proposait de donner en fin d'après-midi. Jack avait promis de la rejoindre à son bureau à dix-sept heures. Le grain de sable, c'était Lou ; il voulait venir, mais il risquait d'être retenu dans le quartier de Wall Street où deux hommes d'affaires véreux avaient été assassinés dans la matinée.

Quand Laurie remonta au laboratoire de toxicologie, John la surprit en lui annonçant qu'il avait pris le temps de réexaminer le screening toxicologique de Kenji.

— J'ai consulté certains résultats confirmés pour diverses neurotoxines, dont la tétrodotoxine, et je les ai comparés à ceux de votre cas, expliqua-t-il.

— Et ?

— C'est intéressant. Sur les analyses de votre Asiatique, il y a bel et bien quelques petites élévations là où nous devrions voir des pics si la tétrodotoxine était effectivement décelable.

— C'est-à-dire que la tétrodotoxine est là, mais pas en quantité suffisante ?

— Non, pas tout à fait. Je veux dire que je ne peux pas conclure qu'elle est présente dans les prélèvements de votre cas, mais je ne peux pas non plus conclure qu'elle n'est pas présente. Du coup, je suis aussi curieux que vous de voir ce que nous allons trouver dans le conduit d'injection du plomb ou du projectile qui a pénétré la chair de cet homme. Et ce projectile, à propos ? Avez-vous trouvé quelque chose, ne serait-ce qu'un fragment… ?

— Il n'y avait pas de projectile. J'ai sondé les profondeurs du conduit et j'ai bien examiné les radios. Je pense que la toxine a été injectée directement, ou bien avec un projectile capable de se dissoudre dans le corps. Quand j'ai découvert la blessure du pli fessier, trente ou quarante heures après le décès, ce projectile avait eu amplement le temps de disparaître.

— C'est une méthode d'assassinat très subtile et très efficace, observa John. Ces criminels ne sont pas des amateurs. Si le légiste ne découvre pas le point d'entrée de la toxine, il ne peut que conclure à une mort naturelle.

— C'est exactement ce qui a failli se produire.

John se leva.

— Bien ! Allons vous installer au labo, dit-il, et il pointa un doigt vers le plafond. Je vous ai préparé une paillasse, là-haut, au sixième. Dans la même salle que la chromatographie en phase liquide à haute performance.

— Super !

Laurie et John empruntèrent l'escalier pour monter au niveau supérieur.

— J'ai aussi demandé à une de mes laborantines, Teresa Chen, de se tenir à votre disposition si vous avez des questions, précisa John. C'est notre meilleure spécialiste de la CPHP/SM.

Le laboratoire, ultramoderne, abritait plusieurs grosses machines qui géraient simultanément de multiples processus d'analyse ; une fois qu'elles étaient programmées et lancées, elles demandaient très peu d'intervention humaine. Un bourdonnement sourd régnait sur la salle, entrecoupé de divers cliquetis quand les flacons et les pipettes des échantillons en cours de traitement avançaient de poste en poste sur les appareils.

Teresa Chen avait de longs cheveux noirs séparés de part et d'autre de son visage par une raie soignée. Elle sourit gracieusement quand Laurie lui serra la main.

— Voici votre paillasse, dit ensuite John. Et pour l'extraction je vous recommande le butan-1-ol. J'ai vérifié. C'est ce qui sera le plus efficace pour votre opération. Vous êtes prête ?

— Je suis prête, répondit Laurie. Surtout si Teresa est prête.

— Je suis tout à fait prête, dit Teresa, souriant à nouveau.

— Alors je vous laisse, dit John. Je remonterai de temps en temps pour voir comment ça se passe.

Teresa ouvrit un réfrigérateur. Elle en sortit un petit vase à bec qu'elle tendit à Laurie.

— Voici le mélange que nous avons obtenu à partir du bloc de chair.

Laurie hocha la tête. Le mélange, rosâtre, avait la consistance d'une soupe assez épaisse. Elle était contente d'être ici. Elle avait conservé de bons souvenirs des longs après-midi qu'elle avait passés autrefois au labo de la fac. Pour la légiste qu'elle était aujourd'hui, de plus, c'était très gratifiant d'avoir le temps et la possibilité de s'impliquer de cette façon dans la recherche de la toxine qui était peut-être au cœur de son dossier.

Heureusement pour elle, Laurie n'avait pas la moindre idée de la tragédie qui venait de frapper son enfant à l'autre bout de la ville.

31

Vendredi 26 mars 2010
16 h 05

La journée de Ben était passée d'un extrême à l'autre. Elle avait démarré comme une des toutes meilleures de son existence. En dépit du petit souci de la disparition de Satoshi, rarement il avait été aussi heureux et optimiste que ce matin. Il avait pris un gros risque en quittant le poste de directeur très bien rémunéré qu'il occupait dans une compagnie de biotechnologie avant de fonder iPS USA. Ensuite, il y avait eu de longs mois de doutes, de batailles et de décisions difficiles. Mais le jeu en avait valu la chandelle. Sa société était maintenant dans une position très enviable : après avoir signé un accord de licence exclusif pour un brevet qui jouerait bientôt un rôle clé dans la commercialisation des cellules souches pluripotentes induites, iPS USA venait d'entamer des négociations pour acheter une start-up qui possédait la meilleure technologie disponible sur le marché pour la production des cellules souches. Et, cerise sur le gâteau, elle avait accès à des fonds pour ainsi dire illimités.

À quatre heures de l'après-midi, son optimisme

avait fondu comme neige au soleil. Au lieu de se sentir confiant, Ben était anxieux et déboussolé. Au lieu d'être chez lui pour se détendre et envisager avec sérénité le jogging d'entraînement qu'il avait prévu pour le lendemain matin, il était dans sa voiture, sur le pont George-Washington, en route pour Manhattan et l'Institut médico-légal de la ville de New York. Là-bas, il devrait identifier un cadavre dont il craignait fort qu'il fût celui de Satoshi Machita. L'employée qu'il avait eue au téléphone, Rebecca Marshall, avait dit que l'homme avait été amené à la morgue mercredi soir après s'être effondré sur le quai du métro en fin d'après-midi. Elle le lui avait aussi décrit : traits asiatiques, cheveux courts, âgé de trente-cinq à quarante-cinq ans, soixante-dix kilos, un mètre soixante-dix. C'étaient exactement les caractéristiques de Satoshi.

Ben s'efforça de mettre ses idées en ordre tandis qu'il descendait vers le centre de Manhattan. D'ordinaire, la conduite de sa luxueuse voiture l'aidait à réfléchir. Il aimait être bercé par le ronron du moteur et le souffle de l'asphalte sous les roues ; ces bruits simples et réguliers bloquaient en lui toute pensée parasite. Or, il avait besoin de faire le point pendant qu'il lui restait encore un minimum de contrôle sur les événements. Les dernières heures avaient été très chargées.

La journée avait été définitivement gâchée à l'instant où il était tombé sur les six cadavres de la famille Machita et leur insoutenable odeur de putréfaction. Il était content de pouvoir se dire qu'il avait sauvé le petit Shigeru, mais il avait de la peine à ne pas regretter d'avoir voulu prendre des nouvelles de Satoshi.

Les morts n'auraient peut-être pas été découverts d'ici plusieurs mois – et lui, il n'aurait pas eu les ennuis qu'il avait désormais avec la police.

Pendant qu'il était dans la maison, il avait compris qu'il risquait de perturber la scène de crime et il s'était vaguement inquiété d'être soupçonné, d'une façon ou d'une autre, d'avoir commis les meurtres – tout en étant persuadé d'être très vite disculpé le cas échéant. Il n'avait pas du tout imaginé que la police verrait en lui un suspect, et un suspect *dangereux*, dès la première seconde.

Après avoir appelé les secours, il était resté assis dans sa voiture pour attendre la police. Il avait donné plusieurs petites gorgées d'eau à Shigeru. Il n'avait pu s'empêcher de penser aux retombées, forcément catastrophiques, de l'assassinat de la famille de Satoshi. Bien entendu, cet événement attirerait l'attention des médias et déclencherait une énorme enquête. Ben n'avait pas vu le cadavre de Satoshi, mais il continuait de supposer que celui-ci se trouvait quelque part dans la maison. Ce massacre portait indiscutablement la marque de la Mafia et la police y verrait sans doute un règlement de comptes entre trafiquants de drogue – quelque chose comme ça.

L'idée d'avoir affaire à la police lui faisait horreur. Mais il était clair qu'il n'échapperait pas à cette épreuve. Comme il était l'employeur de Satoshi, les enquêteurs s'intéresseraient beaucoup à lui. Et à iPS USA, très probablement. Que pouvait-il faire à ce sujet ? Que *devait*-il faire ? Il n'en avait aucune idée.

La perspective de voir les autorités mettre leur nez dans les comptes d'iPS USA était terrifiante. Les réalités économiques du monde moderne avaient contraint Ben à accepter de l'argent sale. Des sommes plutôt modestes, au tout début, qu'il avait veillé à rembourser sans délai. Et puis au fil du temps, la tentation d'emprunter davantage à ces investisseurs de la Mafia avait été de plus en plus forte. C'était surtout une question de circonstances. Comme d'autres victimes de la récession, il avait rencontré de grosses difficultés à trouver du capital – du capital *propre* – au moment où il en avait le plus besoin. Alors il avait succombé aux arguments de Michael Calabrese qui ne cessait de lui répéter que l'argent était là, disponible tout de suite, et qu'il ne risquait absolument rien à l'échanger contre des parts de sa société au lieu de l'emprunter. Même Vinnie Dominick et Saboru Fukuda lui avaient assuré qu'il n'y avait aucun danger ; leurs liquidités, avaient-ils insisté, étaient parfaitement insoupçonnables, car elles étaient protégées par cinq ou six sociétés-écrans basées dans les habituels paradis fiscaux, ici et là à travers le monde, où le secret et les bakchichs régnaient en maîtres, où les gouvernements se fichaient bien de la lutte contre la criminalité financière…

Assis dans sa voiture devant la maison de Satoshi, Ben se rongeait ainsi les sangs au sujet des conséquences de sa découverte, lorsqu'un bruit de sirènes de police troubla ses pensées. D'abord lointaines, à peine perceptibles, les ondulations sonores prirent rapidement de l'ampleur ; elles lui vrillèrent bientôt les oreilles tandis que trois voitures de patrouille apparaissaient dans le rétroviseur. Il songea à descendre du Range Rover pour les accueillir, mais il resta figé sur son siège : elles approchaient si vite qu'il craignait pour sa sécurité s'il osait mettre le pied dehors. Et il n'avait pas tort. Stupéfait, il vit les véhicules réduire la distance en un éclair, sans jamais ralentir, puis piler devant lui dans de violents crissements de pneus. L'un d'eux fit même un dérapage en travers de la chaussée. Les portières s'ouvrirent et une dizaine d'agents en uniforme se déployèrent autour du Range Rover, l'arme au poing. À croire qu'ils pensaient que le massacre était en train de se produire, et non vieux de plusieurs jours, comme Ben l'avait pourtant clairement précisé au téléphone !

Terrifié, il écarquilla les yeux et se pétrifia. Jamais il n'avait vécu pareille expérience. Tous les pistolets étaient braqués sur lui. Il craignait d'être tué sans sommation s'il faisait le moindre mouvement ou disait le moindre mot.

— Sortez de la voiture ! hurla un policier. Les mains levées, paumes vers le ciel !

— Lentement ! ajouta un de ses collègues. Pas de geste brusque !

— Il y a un enfant à côté de moi ! cria Ben après avoir baissé sa vitre. Il a besoin de soins !

— Sortez de la voiture ! Immédiatement !

— D'accord ! C'est moi qui vous ai téléphoné, bon sang !

— Couchez-vous par terre sur le ventre ! Bras et jambes écartés !

Ben descendit de la voiture, poussa du pied une cannette de bière et quelques autres détritus, puis s'allongea sur le ventre. Aussitôt, plusieurs flics se jetèrent sur lui et le palpèrent. Quand ils furent certains qu'il n'était pas armé, ils lui passèrent les menottes avant de le redresser. Ben vit plusieurs agents courir vers la maison, l'arme au poing, et y entrer.

— Nom de Dieu, quelle puanteur ! s'exclama un des flics, la mine dégoûtée, et il demanda à Ben : Vous êtes entré là-dedans ?

— Oui. Je ne voulais pas, mais j'ai entendu un bruit. Un bruit qui s'est avéré être les pleurs de cet enfant.

Du menton, Ben désigna le siège passager du Range Rover. Le petit visage de Shigeru était à peine visible entre les plis de la couverture dont il l'avait enveloppé.

— Pour l'amour du ciel, pourquoi m'avez-vous menotté ? demanda-t-il. Je ne suis pas votre suspect ! Rien qu'à l'odeur, vous vous rendez bien compte que ce qui s'est passé ici ne date pas d'aujourd'hui.

Les policiers ne répondirent pas. Une ambulance arrivait – elle aussi sur les chapeaux de roues et toutes sirènes hurlantes. Elle pila devant la maison et trois hommes en descendirent. L'un d'eux alla ouvrir les portières arrière, les autres accoururent vers Ben. Il avait réclamé une ambulance quand il avait appelé les secours.

— Où est l'enfant malade ? demanda l'un des ambulanciers.

Ben répondit avant les policiers :

— Ici, dans la voiture. Il va bien. Il est déshydraté, mais il va bien. Il est surtout terrifié. Il était enfermé dans le noir, dans une espèce de placard, depuis le jour où ce drame est arrivé. Je suis médecin. Il a besoin d'être nourri par intraveineuse. Il a besoin d'analyses sanguines. Il faut aussi surveiller sa fonction rénale.

Ben se tourna vers le policier qui avait parlé quelques instants plus tôt – le sergent Higgins, d'après le badge qu'il portait sur son uniforme.

— J'aimerais accompagner le petit à l'hôpital. Comme je viens de le dire, je suis médecin. Je reviendrai ici pour répondre à vos questions quand il sera stabilisé.

— Avez-vous un lien de parenté avec cet enfant ?

— Non, admit Ben. Mais…

Il pensa tout à coup aux papiers qui se trouvaient dans le coffre d'iPS USA : les deux testaments et les documents qui faisaient de lui le tuteur de Shigeru, jusqu'à sa majorité, en cas de disparition de ses parents. Il eut l'impression d'apercevoir un rayon de soleil au milieu d'une horrible tempête. Il savait que, grâce à ces documents, il pourrait assurer la prorogation de l'accord de licence sur les brevets de Satoshi. C'était un atout considérable pour iPS USA.

— Mais quoi ? relança Higgins d'un air méfiant.

— Je devrais être nommé tuteur de l'enfant quand le testament du père sera homologué.

— Le père est-il parmi les victimes qui sont dans la maison ?

— Pas à ma connaissance. Je n'ai vu que la mère.

— Le père est-il mort ?

— Ça, je n'en sais rien non plus.

Ben se rendait compte que ses arguments pour quitter la scène de crime et partir avec Shigeru étaient fragiles. Avec un soupir de résignation, il se tourna vers l'ambulancier et dit :

— Posez-lui une intraveineuse et emmenez-le. Il s'appelle Shigeru Machita. Prévenez les gens de l'hôpital que je serai très probablement son responsable légal et que je donne l'autorisation pour qu'il soit soigné comme je viens de le dire. Dites-leur aussi que je serai là-bas dès que possible.

— OK, répondit l'ambulancier, et il fit signe à son collègue d'ouvrir la portière passager du Range Rover.

Ben vit l'homme détourner la tête avec une grimace quand il perçut l'odeur d'excréments qui se dégageait de la couverture. Il courut vers l'ambulance en tenant Shigeru à bout de bras.

Ben réfléchit à nouveau aux problèmes juridiques que le massacre de la famille Machita ne manquerait pas de faire apparaître. Pour les États-Unis, Shigeru était un étranger en situation irrégulière. Il n'y avait même pas trace de son entrée sur le territoire. Du coup, sa citoyenneté japonaise aurait sans doute une influence sur la décision que devrait prendre le juge au sujet de son avenir. La situation de Satoshi était tout aussi délicate. Mais où était Satoshi ? Était-il vivant, d'ailleurs, ou mort ? Avait-il découvert, en revenant ici l'autre soir, que sa famille avait été massacrée – et avait-il décidé de se cacher ? Cela paraissait improbable. Ben avait le pressentiment que le chercheur n'était déjà plus de ce monde.

La sirène de l'ambulance qui démarrait en trombe le fit sursauter. Au moment où elle tournait au carrefour, plusieurs nouvelles voitures de police s'engagèrent dans Pleasant Lane. Elles roulaient à vitesse normale. Ben remarqua aussi qu'elles portaient l'écusson de la police du comté de Bergen – pas celui de la police de Fort Lee qu'avaient les premières.

Quelques instants plus tard, une voiture banalisée et

trois camionnettes blanches apparurent dans la rue. Elles s'arrêtèrent derrière les véhicules de police. Ben lut sur le flanc des camionnettes qu'elles appartenaient à l'Institut médico-légal du New Jersey.

Un homme en complet gris descendit de l'une des voitures du comté de Bergen. Ben le regarda venir à sa rencontre. Il était de taille moyenne, extrêmement costaud, et il semblait avoir beaucoup d'autorité.

— Capitaine Tom Janow, de la police du comté de Bergen, dit-il quand il s'immobilisa devant Ben – et, sans attendre de réponse il s'adressa au sergent Higgins pour demander : Est-ce ce monsieur qui a appelé les secours ?

— C'est bien lui, capitaine !

— Pourquoi est-il menotté ?

— Heu… fit le sergent, l'air embarrassé. Le lieutenant Brigs a donné l'ordre de le fouiller et de le menotter.

— Pour quelle raison ?

— Eh ben, parce qu'il y a eu plusieurs meurtres et…

— Plusieurs meurtres qui se sont apparemment produits il y a plusieurs jours, si mes informations sont correctes, l'interrompit Tom d'une voix neutre – il ne faisait aucun reproche à son subalterne.

— Heu… En effet.

— Retirez-lui ces menottes, dit calmement Tom.

Tandis qu'on s'occupait de le libérer, Ben observa les forces de l'ordre se mettre au travail. Les agents de la police de Fort Lee définissaient un périmètre de sécurité autour de la maison. Les hommes du comté de Bergen commençaient à analyser la scène de crime.

La petite rue grouillait de monde. Il y avait des agents en uniforme, des officiers de la police scientifique et technique, quelques policiers en civil et plusieurs enquêteurs de l'Institut médico-légal du New Jersey. Ces derniers étaient en train d'enfiler des combinaisons de protection contre les risques biologiques ; certains s'équipaient même de casques de respiration en circuit fermé pour se préparer à examiner les cadavres. Ils attendaient dehors que les premiers policiers entrés dans la maison aient confirmé qu'il n'y avait plus aucun danger à l'intérieur.

Un représentant du district attorney du comté de Bergen, arrivé quelques instants plus tôt au volant d'une Toyota, s'approcha du capitaine Janow et lui demanda la permission d'assister à sa conversation avec Ben. Janow accepta sans faire de manières.

— Désolé pour les menottes, dit-il quand les poignets de Ben furent enfin détachés.

Le sergent Higgins avait eu un peu de mal à retrouver l'agent qui en détenait la clé. Ben remercia Janow d'un sourire. Dès qu'il avait découvert les cadavres, il s'était inquiété des conséquences de sa visite chez les Machita – mais à aucun moment il n'avait envisagé que la police pût le considérer comme suspect. À présent, il voulait être absolument certain que les autorités ne se méfiaient pas de lui. Il avait besoin de cela pour retrouver un minimum de sérénité.

— Je ne suis pas soupçonné, n'est-ce pas ? demanda-t-il.

— Pas pour le moment, répondit Janow. Voulez-vous que nous parlions de cette affaire dans votre véhicule ? L'odeur est vraiment très désagréable.

Ben n'était pas complètement libéré de ses inquiétudes, mais il hocha la tête de bonne grâce. Il s'assit au volant du Range Rover, Janow prit place sur le siège passager et le représentant du district attorney s'installa sur la banquette arrière.

Carnet de notes et stylo en main, Janow commença par la litanie des incontournables questions sur l'identité de Ben, sa profession et ses rapports avec les victimes de la maison. Tout au long de la conversation, Ben fut frappé par son très grand professionnalisme. La méthode d'interrogation du capitaine était à la fois rigoureuse et décontractée ; il menait sa barque exactement comme il l'entendait, tout en donnant l'impression de ne faire aucun effort particulier. Au bout de quelques minutes, ils évoquèrent les circonstances particulières qui avaient incité Ben à rendre visite à la famille Machita.

Quand Janow cessa de poser des questions et garda le silence un moment, l'air songeur, Ben s'aperçut avec horreur qu'il tremblait un peu. Il se raidit, espérant que Janow ne remarquait pas son trouble. Il commençait à craindre que ce flic trop doué, trop intelligent, trop perspicace, ne comprenne certaines choses qu'il ne voulait pas lui révéler. Il voulait mettre un terme à l'interrogatoire, mais il hésitait à dire quoi que ce soit en ce sens, de peur que Janow n'en déduise qu'il avait quelque chose à cacher.

Ben avait une autre raison d'être nerveux : dans les réponses qu'il donnait à Janow, il n'était pas toujours tout à fait sincère. À vrai dire, il avait déjà menti deux fois. Premier mensonge, il avait affirmé que Satoshi lui avait lui-même donné son adresse. Second mensonge, il avait prétendu ne pas savoir comment Satoshi avait trouvé cette maison.

C'est alors qu'un agent de la police du comté de Bergen s'approcha de la voiture et tapota la vitre du capitaine. Celui-ci descendit du véhicule. Ben se tourna sur le siège pour regarder l'homme à lunettes assis sur la banquette arrière. Ils se fixèrent des yeux quelques secondes, mais ils n'échangèrent pas un mot. La situation n'était pas propice aux menus bavardages. Une minute plus tard, Janow revint dans la voiture. Dès qu'il eut refermé la portière, il dit :

— On me confirme que vous êtes entré dans la maison.

— En effet. Je peux vous assurer que j'aurais largement préféré ne pas voir ce spectacle, mais je n'ai pas pu m'en empêcher parce que j'ai entendu un bruit aigu, comme des pleurs d'enfant, quand j'étais devant la porte. À ce moment-là, bien sûr, je ne savais pas que c'était effectivement un enfant qui pleurait.

— Est-ce vous qui avez brisé la vitre de la porte ?

— Non. Elle était déjà cassée. Et la porte n'était pas fermée à clé.

— Avez-vous reconnu certaines des victimes ?

— Uniquement l'épouse de Satoshi.

— Et Satoshi ? Vous ne l'avez pas vu ?

— Il n'était pas parmi les six cadavres. Ni dans les autres pièces de la maison, d'après ce que j'ai vu. Mais je ne suis pas descendu à la cave.

— Il n'est pas dans la maison, dit Janow. Je viens d'apprendre que tous les cadavres sont réunis dans le salon.

— Je vois.

— Où est Satoshi, alors ? demanda Janow d'un ton détaché, comme s'il prenait des nouvelles d'une personne de sa connaissance.

— Ça, j'aimerais bien le savoir ! Il y a deux jours que j'essaie de le joindre. Il voulait absolument que je lui procure un labo. Depuis hier, je voulais le prévenir que c'était arrangé. Comme je vous l'ai dit, j'ai finalement décidé de venir ici parce que je n'arrivais pas à l'avoir au téléphone.

— Quand l'avez-vous vu pour la dernière fois ?

— Mercredi en fin d'après-midi. Nous avons fait une petite fête, au bureau, après avoir signé l'accord de licence. Mais il est parti assez tôt. Il voulait rentrer chez lui pour annoncer la bonne nouvelle à sa femme.

— Ce contrat doit-il lui rapporter beaucoup d'argent ?

— Énormément !

Janow resta silencieux quelques instants et nota quelque chose dans son carnet.

— Pensez-vous que Satoshi puisse avoir commis ces crimes ? demanda Ben. Pensez-vous qu'il puisse avoir tué toute sa famille, sauf son fils ?

— Si nous étions tombés sur une scène de violence domestique, je penserais tout de suite à lui. Mais là… je doute que ce soit le cas. Ces assassinats sont trop propres. Trop professionnels. On m'a dit que les cadavres étaient alignés comme sur une chaîne d'assemblage. Ce genre de chose, ça ne se voit pas dans les crimes passionnels. À vrai dire, cette affaire sent la Mafia à plein nez. Mais bien entendu, nous avons quand même besoin de parler à M. Machita.

— Humm, fit Ben.

Il était arrivé à la même conclusion. Lui non plus, il n'imaginait pas Satoshi flinguant sa femme et tous les autres. Mais il préférait ne pas donner son opinion et ne pas livrer davantage d'informations de lui-même. Il réprima un soupir. En tout état de cause, il regrettait de tout son cœur d'être venu chez Satoshi.

— Savez-vous que le tueur ou les tueurs ont veillé à emporter toutes les pièces d'identité des victimes ? reprit Janow. Sans vous, nous ne saurions pas qui sont ces gens.

— Non, je l'ignorais. Par contre, j'ai remarqué que la maison avait été mise sens dessus dessous.

Il avait l'impression que les tueurs avaient cherché quelque chose. Il supposait, bien sûr, qu'ils voulaient les cahiers de laboratoire de Satoshi, mais il n'était pas du tout prêt à partager cette hypothèse avec la police.

— Qu'avez-vous vraiment fait, depuis deux jours, pour trouver Satoshi ?

— Rien, à part l'appeler de très nombreuses fois sur son portable. Et tout à l'heure, j'ai décidé de venir ici.

— Vu que les tueurs ont pris la précaution d'emporter toutes les pièces d'identité des victimes, on peut penser que, s'ils ont également tué Satoshi, ils n'ont pas manqué de lui retirer ses papiers. Avez-vous appelé le Service des personnes disparues, au cas où la morgue de New York aurait un Japonais sur les bras ?

— Non, absolument pas ! Je ne pouvais pas penser qu'il était mort.

Janow ouvrit la portière, mit un pied à terre et apostropha un agent en uniforme pour lui demander d'avoir la gentillesse de venir le voir. L'homme s'approcha ;

Janow lui ordonna d'appeler le Service des personnes disparues pour vérifier si les différents instituts médico-légaux de la ville n'avaient pas reçu un cadavre asiatique non identifié au cours des deux ou trois derniers jours.

Au moment où le policier se rasseyait dans la voiture, Ben regarda sa montre.

— Nous vous retardons ? demanda Janow. Vous avez quelque chose d'important à faire ?

— À vrai dire, oui. Je me fais du souci pour l'enfant. Savez-vous où il a été emmené ?

— L'hôpital le plus proche est celui d'Englewood. Vous devez le savoir, puisque vous habitez à Englewood Cliffs. Dans quel état était ce petit garçon, d'après vous ? Était-il très mal en point ?

— C'est étonnant, mais il avait l'air d'aller plutôt bien. Il était déshydraté, bien sûr, mais sans doute pas au point que ses organes internes aient été endommagés.

— Réflexion faite, je suppose qu'ils l'ont emmené à l'hôpital de l'université Hackensack. Je vais vous confirmer ça dans une petite minute. Mais avant, j'ai une autre question. À votre connaissance… votre compagnie, iPS USA, a-t-elle le moindre lien avec la Mafia ?

Ben laissa échapper un hoquet de stupeur. La question de Janow le prenait totalement au dépourvu. Il se ressaisit et demanda d'une voix aussi calme que possible :

— Pourquoi une entreprise comme la nôtre – une entreprise du monde des biotechnologies, dont le but est de contribuer à guérir les maladies dégénératives pour le bien de l'humanité tout entière –, pourquoi notre entreprise aurait-elle le moindre lien avec la Mafia ? Excusez-moi, mais la question est réellement absurde !

Tom fit la moue.

— Il est intéressant que votre réponse à ma question soit une autre question, et pas un simple non.

— Il n'est pas surprenant que je sois choqué de vous entendre évoquer l'hypothèse d'un lien entre ma compagnie et la Mafia, alors que nous parlons justement de la Mafia à propos du massacre abominable qui s'est produit dans cette maison, dit Ben pour se justifier. Je suis interloqué ! Très surpris ! Je suis tombé sur cette scène sans me douter de quoi que ce soit, je n'avais absolument aucune idée que cette tragédie avait eu lieu, et… je n'ai rien à voir avec la Mafia, voilà !

Janow l'écouta sans broncher, puis il se replongea dans ses notes. Ben sentit son anxiété se raviver. Il avait le sentiment que le policier le manipulait. Il fallait qu'il s'en aille ; il avait besoin de temps pour réfléchir.

L'agent chargé d'appeler le Service des personnes disparues revint vers la voiture. Tom baissa sa vitre.

— À l'IML de Manhattan, dit l'agent, il y a effectivement un cadavre qui correspond au profil.

— Merci, Brian, dit le capitaine. Maintenant, allez demander où le bébé a été emmené.

L'agent porta la main à la visière de sa casquette avant de repartir vers sa voiture de patrouille. Janow tourna la tête pour regarder Ben.

— Nous avançons à pas de géant, semble-t-il. Peut-être avons-nous déjà résolu le mystère de la disparition de Satoshi. Rien n'est encore sûr, mais si c'est lui qui est à la morgue de New York, cela nous dira bien des choses sur les six personnes qui sont dans cette maison.

— Sans doute, marmonna Ben.

Il était de nouveau très nerveux. La découverte du cadavre de Satoshi ne lui paraissait pas du tout une bonne nouvelle.

— Bon, écoutez-moi, dit Janow d'un ton rassurant, comme s'il avait perçu sa gêne. J'ai encore des questions à vous poser, mais dans l'immédiat je pense qu'il vaut mieux que je vous laisse aller voir l'enfant. Moi, de toute façon, je dois entrer dans cette maison et découvrir une scène de crime que je n'ai vraiment aucune envie de voir. Mais vous devez me promettre deux choses. Une fois que vous aurez rendu visite au gamin, je veux que vous appeliez l'Institut médico-légal et que vous alliez vous-même là-bas, à Manhattan, pour identifier – ou ne pas identifier, selon ce que vous verrez – le cadavre qui nous intéresse. Ensuite, je veux que vous reveniez me retrouver ici – ou, si je ne suis plus ici, au commissariat de Hackensack. Marché conclu ?

— Entendu, dit Ben qui ne pensait plus qu'à disparaître.

— Attendez encore une minute ! Je dois vérifier dans quel hôpital le petit a été emmené.

Le capitaine descendit de la voiture. Le représentant du district attorney en fit autant.

Seigneur, pensa Ben quand il fut seul. La conversation avec Janow lui avait déplu de bout en bout. Il frissonnait d'angoisse quand il repensait à certaines choses qu'il avait dites. Et au comportement qu'il avait eu. De son point de vue, il avait subi un interrogatoire qui ne pouvait pas l'avoir montré sous un jour favorable au policier. Dans une irrépressible bouffée de paranoïa, il pensa tout à coup que la seule chose positive qui ressortait de cette discussion, c'était que le flic ne lui avait pas lu ses droits Miranda avant de l'arrêter.

Il se redressa sur le siège et essaya de se calmer. Pour le moment, la conversation était terminée. C'était déjà ça. Quand elle reprendrait, il aurait eu le temps de réfléchir.

Quelques instants plus tard, Janow s'approcha de la portière passager. Ben baissa la vitre.

— J'avais raison. L'enfant a été emmené à l'hôpital de l'université Hackensack. J'espère qu'il va bien. Tenez, prenez mes coordonnées, dit le policier en lui tendant une carte de visite. Là-dessus, vous avez mon numéro de portable. Je veux avoir de vos nouvelles dès que vous aurez vu le cadavre de la morgue.

— Attendez ! dit Ben alors que Janow s'écartait de la voiture. Je voudrais vous faire une suggestion. Je me fais du souci pour le petit. Je veux dire… Il est peut-être en danger, vous ne pensez pas ? Manifestement, les gens qui ont tué toute sa famille l'auraient sans doute tué, lui aussi, s'ils l'avaient trouvé. Et s'ils apprennent qu'il est vivant, ils pourraient vouloir l'éliminer.

— Bonne idée. Merci ! Je vais envoyer un agent là-bas immédiatement.

— Je crois que c'est plus prudent, dit Ben, et il démarra.

Tom recula d'un pas en le saluant de la main.

Le trajet jusqu'à l'hôpital de l'université Hackensack fut assez simple. Ben y parvint rapidement, après avoir traversé plusieurs petites villes. Comme il avait des plaques d'immatriculation de médecin, il se gara sur le parking du personnel près de l'entrée des urgences.

Après l'épreuve très déstabilisante de la découverte des cadavres de la famille Machita, il n'était pas du tout heureux de se trouver dans cet hôpital. Il essaya de se rassurer en se disant que tous ces décès, aussi horribles et perturbants fussent-ils – surtout si Satoshi était mort lui aussi –, ne mettaient pas en danger l'accord de licence qui liait iPS USA aux brevets du chercheur. Grâce à Satoshi, qui avait lui-même insisté pour préparer sa succession, Ben avait un bel atout en main – même sans la signature de l'épouse sur le testament qui portait son nom. Il avait le testament de Satoshi et le fidéicommis, tous deux dûment signés et tamponnés. Le fidéicommis prévoyait la gestion des brevets de Satoshi jusqu'à la majorité de Shigeru, et Ben en serait le curateur. Une fois ces documents homologués, par conséquent, rien ni personne ne contredirait l'accord de licence dont iPS USA était le principal bénéficiaire.

Ben entra dans les urgences. La salle était pleine de monde. Au bureau d'accueil, il se présenta sous le nom de « Dr Benjamin Corey » pour attirer l'attention de l'employé. Hélas, cette ruse n'eut pas l'effet escompté. L'homme était débordé et Ben dut attendre.

— Je cherche un bébé qui a été amené ici il y a un moment, dit-il d'un ton autoritaire quand il réussit enfin à se faire entendre. Il est arrivé en ambulance. Il s'appelle Shigeru Machita et il a environ un an et demi. Est-il encore aux urgences ou a-t-il été hospitalisé ?

L'employé était harcelé de questions par ses collègues, mais il eut la gentillesse de répondre à Ben après avoir entré le nom de l'enfant au clavier de l'ordinateur :

— Aucun Shigeru Machita de toute la journée. Je n'ai rien dans la machine, en tout cas.

— La police m'a dit qu'il était ici. Se pourrait-il qu'il ait été admis sous un autre nom ?

— Si c'est le cas, à vous de me donner le nom en question.

Ben se frappa le front avec la paume.

— Oh, bien sûr ! Il doit être ici sous un nom générique, genre… Bébé Jack, peut-être ?

— Oui, nous l'avons ! s'exclama l'employé, et il se pencha en arrière pour crier à un collègue qu'il arrivait. À vrai dire, c'est Bébé John. Vous pensez que ça peut être le vôtre ?

— Possible. À quelle heure est-il arrivé ?

— À quatorze heures vingt-deux.

— Hmm, ça colle. Où est-il, maintenant ?

— En pédiatrie, chambre 427.

— Super. Comment je vais là-bas ?

L'employé, déjà tourné sur son siège pour parler à quelqu'un d'autre, lui cria de suivre la ligne bleue sur le sol. Ben s'exécuta et prit un ascenseur jusqu'au service de pédiatrie.

Au quatrième étage, l'atmosphère était un peu plus calme qu'aux urgences. Une infirmière qui se tenait au poste infirmier aperçut Ben et demanda en élevant la voix :

— Monsieur ! Je peux vous renseigner ?

Il marcha à sa rencontre. D'après son badge, elle s'appelait Sheila.

— Je suis le Dr Benjamin Corey. Je viens voir Bébé John en chambre 427.

— Ça, c'est gentil, dit Sheila avec sincérité.

C'était une femme assez forte, au visage épais, dont les cheveux châtains mi-longs étaient striés de mèches blondes.

— Je suis l'infirmière en chef du service. Nous espérions bien avoir la visite de quelqu'un. Le pauvre bonhomme, il n'a pas encore desserré les dents. Pas un mot ! Il paraît que ses parents ont été assassinés ?

— Pour le moment, seule la mère semble avoir été tuée, dit Ben qui espérait toujours retrouver Satoshi en vie. Le père a disparu. Comment va Bébé John ?

— Compte tenu de ce qu'il a enduré, il va plutôt bien. Il était déshydraté en arrivant aux urgences, mais c'est arrangé. Ses électrolytes sanguins sont bons, il mange et il boit normalement. Mais il est tellement calme ! Il vous regarde, comme ça, fixement, avec ses immenses yeux noirs… J'aimerais vraiment qu'il nous dise quelque chose. Ou qu'il pleure, au moins !

— Je voudrais le voir.

— Je regrette, nous ne pouvons pas vous autoriser à l'approcher. Mais vous pouvez parler à l'agent de police qui est là pour le surveiller.

Ben alla voir l'agent. Quand il eut vérifié son identité et consulté la liste des médecins qui avaient accès à l'enfant, il refusa de le laisser entrer dans la chambre. Ben lui suggéra alors d'appeler le capitaine Janow. Cette remarque suffit à lui ouvrir la porte de Shigeru – à condition qu'il fût accompagné dans la chambre par Sheila.

L'enfant était couché sur le dos dans son petit lit, parfaitement immobile, les yeux écarquillés, le regard fixe. Quand Ben s'approcha de lui, cependant, il tourna la tête pour le contempler.

— Hé ! Bonjour, mon grand.

Ben tendit la main et lui pinça doucement la peau du bras. Quand il la lâcha, elle s'aplanit aussitôt. Cela ne s'était pas produit quand il avait fait le même test après avoir assis l'enfant dans le Range Rover. C'était un truc rudimentaire, mais efficace, pour vérifier si un malade souffrait de déshydratation.

— On s'occupe bien de toi, ici ? demanda Ben, et il se tourna vers le flacon de l'intraveineuse pour voir ce que le pédiatre avait décidé de donner au bébé.

— *Okaasan*, dit soudain Shigeru.

Ben et Sheila échangèrent un regard interloqué.

— Qu'est-ce qu'il a dit ? demanda Ben.

— Je n'en ai pas la moindre idée.

— *Okaasan* ? Ça doit être du japonais.

— Je ne sais pas, dit Sheila. Mais il a parlé. Alléluia ! Il doit vous reconnaître.

— Sans doute parce que c'est moi qui l'ai tiré de l'espèce de placard où il était enfermé. Avant cela, nous ne nous étions rencontrés que deux fois. Mais c'est bon signe. Si le père ne réapparaît pas très bientôt, je deviendrai légalement son tuteur.

— Ah bon ? fit Sheila. Nous n'avons pas été informés de cette disposition.

— Je l'ai pourtant dit à l'un des ambulanciers. Je lui ai même donné le nom du bébé. Il s'appelle Shigeru Machita.

— En ce cas… commença Sheila, l'air embarrassé. En ce cas, je crois que vous feriez bien de parler à l'assistante sociale qui s'occupe du dossier.

— Sans problème, répondit Ben.

Il regarda sa montre. Il n'avait pas beaucoup de temps, puisqu'il s'était engagé à retourner à Manhattan, mais il valait mieux qu'il règle tout de suite la question de l'identité de Shigeru et celle de sa propre responsabilité vis-à-vis de la descendance de Satoshi Machita.

Pendant que Sheila allait chercher l'assistante sociale, il resta auprès de Shigeru. Il lui chatouilla le ventre dans l'espoir de l'entendre parler à nouveau ou d'obtenir une réaction quelconque de sa part. Le bébé ne dit rien, mais il sourit un peu.

Cinq minutes plus tard, Sheila revint avec une grande et belle femme d'origine hispanique qui portait une robe de soie bleue sous sa blouse blanche. Évidemment, elle s'appelait Maria. Maria Sanchez.

Sheila fit les présentations, puis Maria proposa qu'ils aillent s'asseoir dans la salle de repos des infirmières. Elle avait l'attitude d'une femme d'affaires habile, expérimentée, et qui prenait son travail très au sérieux.

— Alors comme ça, il paraît que vous avez cité le nom de l'enfant à l'un des ambulanciers ? commença-t-elle dès qu'ils furent installés. Et vous pensez aussi être appelé à devenir son tuteur ?

— J'ai donné son nom à un ambulancier, en effet.

Et je lui ai dit que s'il s'avérait que le père était décédé, l'homologation de son testament ferait sans doute de moi le tuteur de Shigeru. Je suis vraiment très étonné qu'il ne vous ait pas transmis ces informations.

— Les ambulanciers et le personnel des urgences sont débordés de travail, dit simplement Maria.

Vous m'en direz tant, songea Ben, mais il dissimula son agacement. Il connaissait bien les urgences, car il y avait passé trop de temps à son goût quand il faisait son internat de chirurgie. Quant à Maria, il estimait qu'elle faisait preuve à son égard d'une animosité aussi étonnante que désagréable. Il commençait à avoir l'impression d'être traité comme un personnage douteux qui essayait de s'introduire dans l'hôpital pour enlever un orphelin.

— Nous regrettons que les informations que vous avez citées ne nous soient pas parvenues, reprit Maria. Cela dit, quel est votre lien avec cet enfant, précisément ?

Ben répondit d'un ton sec :

— Je suis l'employeur de son père. Ou bien j'*étais* l'employeur de son père s'il lui est arrivé malheur.

— S'il lui est arrivé malheur ? répéta Maria. On nous a dit que les deux parents du garçon avaient été assassinés.

— La mère, oui, mais pas le père. On ne sait pas encore ce qu'il est devenu. Mais certains éléments portent à croire qu'il est mort lui aussi.

— Qu'est-ce qui vous fait penser que vous pourriez devenir le tuteur de l'enfant ?

Ben hésita. Il se demandait pourquoi il se donnait la peine de répondre à toutes ces questions. Peut-être était-il préférable, tout simplement, qu'il aille récupérer le testament de Satoshi à son bureau pour le montrer à cette femme. Puis il se souvint que le document n'avait pas encore été homologué.

— Avez-vous entendu ma question ? relança Sheila.

— Oui, mais je commence à avoir l'impression de subir un interrogatoire. Et je trouve cela assez déplacé.

— Pourquoi n'êtes-vous pas venu avec l'enfant, au lieu de débarquer ici deux heures plus tard ?

— Je n'ai pas eu le choix. J'ai dû rester avec un capitaine de police, et répondre à ses questions, car c'est moi qui suis tombé par hasard sur les cadavres de la famille de Shigeru. Lui, je l'ai trouvé caché dans un placard de la maison.

— Bien. Permettez-moi de vous expliquer ce qui s'est passé ici, à l'hôpital, en votre absence. Comme nous n'avions pas la moindre information au sujet de l'enfant, j'ai contacté le Département de la famille et de l'enfance du New Jersey. La représentante que j'ai eue en ligne a aussitôt alerté le tribunal, et le juge a nommé le Département de la famille et de l'enfance tuteur temporaire de l'enfant. C'était nécessaire pour que nous puissions lui donner davantage que les soins d'urgence si cela s'avérait nécessaire. Jusqu'à maintenant, heureusement pour lui, cela n'a pas été nécessaire. Quoi qu'il en soit, le Département de la famille et de l'enfance du New Jersey est maintenant tuteur de ce petit garçon. C'est un fait avec lequel vous allez devoir composer.

— Et si je présente le testament des parents au tribunal ?

— Ça ne changera rien. Le tribunal ne prendra pas

ce testament en considération, car il n'a pas encore été homologué. Et comme vous ne savez pas où est le père, ni même s'il est vivant ou mort, vous ne pouvez pas faire homologuer son testament. Pour le moment, vous devez accepter l'idée que cet enfant est pupille de l'État. Du moins à titre temporaire.

Ben soupira. Cette nouvelle le démoralisait.

— Je voudrais vous poser une autre question, reprit Maria. L'enfant est manifestement d'origine asiatique. Sheila m'a dit qu'il vous avait parlé quand vous êtes entré dans la chambre, mais apparemment pas en anglais. Est-il citoyen américain ?

— Non. Il est japonais.

— Eh bien… D'après mon expérience, je peux vous dire que cela risque de compliquer encore un peu plus les choses. Dans ce genre de cas, on ne peut préjuger de rien. Ce sera au tribunal compétent de prendre les décisions qui s'imposent. Et pas nécessairement en fonction du contenu des documents que vous avez évoqués. Le tribunal pensera avant tout aux intérêts de l'enfant.

— Oh, bien sûr, marmonna Ben, à nouveau très anxieux.

Jusqu'à cet instant, il avait cru que l'accord de licence était à l'abri de tout danger. Rien ne semblait pouvoir changer la relation établie entre iPS USA et les brevets de Satoshi. Mais voilà que cette femme qui connaissait manifestement le droit de la famille lui révélait que les termes de l'accord de licence – de sa transmission à Shigeru, en tout cas – n'étaient pas gravés dans le marbre. En outre, Ben se rendait bien compte qu'il aurait du mal à justifier devant un tribunal son rôle de curateur du fidéicommis propriétaire des brevets de Satoshi, ainsi que son rôle de tuteur de Shigeru, alors qu'il était en même temps président d'iPS USA. Il y avait là un énorme conflit d'intérêts. À présent, donc, il devait envisager la possibilité de voir iPS USA perdre le contrôle de ces brevets. Avant d'arriver à l'hôpital, il s'imaginait déjà responsable de Shigeru jusqu'à sa majorité – et gestionnaire des brevets que l'enfant aurait hérités de son père. Maintenant, il comprenait qu'il risquait de n'être jamais ni l'un ni l'autre.

Ben quitta la voie rapide Franklin-Delano-Roosevelt à hauteur de la 34e Rue et continua vers le sud sur la Seconde Avenue. Plus il se rapprochait de l'IML, plus il était nerveux. Tout lui faisait peur : la perspective de subir un nouvel interrogatoire avec le capitaine Janow ; celle de voir les modalités de l'accord de licence exclusif qu'il avait signé avec Satoshi changer au détriment d'iPS USA ; celle plus immédiate, enfin, d'identifier le cadavre de Satoshi. L'idée lui traversa tout à coup l'esprit de *ne pas* identifier Satoshi même si c'était bien lui qui se trouvait à la morgue. Il secoua la tête. C'était une idée idiote. Elle ne servirait qu'à remettre à plus tard un événement inévitable ; elle risquerait aussi de faire peser de réels soupçons sur lui. Pour minimiser les dégâts dans cette affaire, il n'avait qu'une seule solution, un seul espoir : jouer franc-jeu, dans la mesure du possible, avec ses interlocuteurs, et tout faire pour se dissocier de la mort de Satoshi et de sa famille.

Il se gara tout près de l'IML. Arrivé devant la porte d'entrée, il s'immobilisa. Une fois de plus, il prenait peur – mais pas à cause de ce qu'il risquait de découvrir dans la morgue. Contrairement à la plupart des gens, il avait vu assez de cadavres au cours de son existence pour accepter la mort comme faisant partie de la vie. Il avait même assisté à un certain nombre d'autopsies au cours de ses études. S'il s'arrêtait, c'était parce que son intuition lui hurlait que la mort de Satoshi, si elle se confirmait, aurait de graves conséquences pour iPS USA et pour lui.

Pour trouver la force d'entrer dans le bâtiment, il inspira profondément et se répéta que le cadavre qu'il s'apprêtait à voir n'était pas nécessairement celui de Satoshi. Il se dit aussi que, même si le chercheur était mort, il ferait tout pour affronter habilement, et avec détermination, les problèmes et les dangers qui surgiraient devant lui. *De toute façon*, pensa-t-il, *il vaut toujours mieux savoir à quoi s'en tenir. Quand on est dans l'ignorance, on ne peut que commettre des erreurs*. Si Satoshi était mort, Ben avait intérêt à avoir cette information le plus tôt possible. Et s'il était mort de mort naturelle, l'affaire n'aurait peut-être aucune conséquence.

Vaguement rassuré par son raisonnement, il tira un des battants de la double porte de verre pour pénétrer dans le hall de l'IML. La pendule murale indiquait qu'il était presque cinq heures moins le quart. Que Satoshi fût ici ou non, Ben ne devait pas lambiner car il s'était engagé à revoir le capitaine Janow pour répondre à d'autres questions avant de pouvoir enfin rentrer chez lui.

Le hall d'accueil était plein de monde : surtout des employés de l'IML, crut comprendre Ben, qui s'apprêtaient à rentrer chez eux après une longue journée de travail. Il se fraya un chemin entre eux pour s'approcher du comptoir de réception. Là, il demanda à voir Rebecca Marshall, la femme à qui il avait parlé au téléphone un moment plus tôt.

Il patienta sur un vieux canapé en vinyle, observant les employés de l'IML discuter avec animation les uns avec les autres. Avaient-ils conscience de faire un boulot vraiment spécial, pour ne pas dire bizarre ? se demanda-t-il. Leur arrivait-il d'en parler entre eux ? Non, sans doute pas – et c'était un bon exemple de la capacité d'adaptation de l'organisme humain.

— Monsieur Corey ?

Ben sursauta. Une femme noire au visage avenant et aux cheveux argentés s'était approchée de lui sans qu'il s'en rende compte. Elle tenait des dossiers en papier kraft et d'autres documents contre sa poitrine.

— Rebecca Marshall. Nous nous sommes parlé au téléphone tout à l'heure.

Ben se leva pour lui serrer la main. Elle l'invita ensuite à la suivre et poussa une porte derrière le comptoir de réception. Ils entrèrent dans une pièce de taille moyenne, meublée d'un canapé bleu et d'une grande table en bois entourée de huit chaises. Aux murs, il y avait plusieurs photographies encadrées représentant des scènes du drame du 11-Septembre. Chacune était légendée N'OUBLIEZ JAMAIS.

— Nous appelons cette pièce la salle d'identification, expliqua Rebecca après avoir refermé la porte, et elle désigna une chaise à Ben : Je vous en prie.

Ils s'assirent de part et d'autre de la table.

— Donc, reprit Rebecca après avoir posé ses dossiers devant elle, je suis la responsable de l'identification des défunts. Comme vous pouvez l'imaginer, l'identification des corps qui arrivent à l'Institut médico-légal est une composante très importante de notre travail. Le plus souvent, c'est la famille du défunt qui se charge de cette identification. S'il n'y a pas de famille, nous faisons appel aux amis ou aux collègues du défunt, ou, le cas échéant, à toute autre personne qui le connaît. Vous comprenez bien cela, je présume ?

Ben hocha la tête en songeant : *Je n'ai pas besoin d'un laïus sur le fonctionnement de cette maison. Montrez-moi le cadavre, nom de Dieu, que je puisse m'en aller d'ici !*

— Parfait, dit Rebecca. Tout d'abord, j'ai besoin d'une pièce d'identité. N'importe laquelle, du moment qu'elle comporte une photo. Un permis de conduire fait très bien l'affaire, par exemple.

Elle tira un formulaire de renseignements d'un de ses dossiers tandis qu'il sortait son permis de conduire de son portefeuille. Elle examina quelques instants le document, comparant la photographie au visage de Ben, puis elle commença à lui poser diverses questions pour remplir le formulaire. Elle s'exprimait sur un ton affable et respectueux. Ben avait le sentiment qu'elle aurait géré la situation avec non moins de professionnalisme s'il avait piqué une crise de désespoir, de colère, ou s'il avait manifesté toute autre émotion que l'indifférence qu'il affichait à présent.

Après avoir réglé les formalités administratives,

Rebecca tira une demi-douzaine de photographies au format A4 d'une enveloppe. Elle les disposa devant Ben. Il fit exprès de ne pas les regarder tout de suite et soutint quelques instants le regard de son interlocutrice avant de baisser les yeux.

Les photos montraient le visage du cadavre, bien éclairé, de face et de profil. De toute évidence, elles avaient été réalisées pour l'identification du défunt par la famille ou les proches : on n'y voyait que sa tête et un drap blanc couvrait le haut de son buste et ses épaules.

Ben reconnut tout de suite Satoshi, mais il ne dit rien et demeura impassible. Il ignorait pourquoi il faisait cela ; il ne pouvait pas s'en empêcher, voilà tout. Rebecca patienta sans dire un mot – sans doute avait-elle l'habitude de laisser tout leur temps aux familles, pour qu'elles encaissent le choc avant de se prononcer. Du hall d'accueil, derrière la cloison, leur parvenait un murmure de voix inintelligible.

— Cet homme s'appelle Satoshi Machita, dit enfin Ben.

Il se rendit compte que son intonation trahissait sa déception. Cela n'avait pas d'importance ; Rebecca pensait sans doute qu'il était affligé. *Et maintenant, les emmerdes commencent pour de bon*, songea-t-il. Tout à coup, il décida qu'il aurait été totalement déplacé de sa part de manifester la moindre émotion. Il regarda Rebecca et dit d'un ton sec :

— Je pensais voir le corps. Comme dans les films.

— Non, dit-elle avec un sourire agréable. Nous utilisons les photographies depuis de longues années. Avant le numérique, nous avions des appareils Polaroid. Pour la plupart des gens, il est bien préférable de regarder ces photographies que de voir le corps. C'est mieux, en particulier, pour les proches parents des défunts. Surtout quand ceux-ci ont de graves blessures au corps ou au visage. Mais bien entendu, nous montrons les corps aux personnes qui le demandent. Préférez-vous voir le corps ? Cela vous aiderait-il à confirmer votre jugement ?

— Non, répondit Ben. Il s'agit bien de Satoshi Machita. Il n'y a aucun doute possible. Je n'ai pas besoin de voir le corps.

Ben commença à se lever, mais Rebecca le retint en posant délicatement la main sur son avant-bras.

— Nous n'avons pas terminé. Le médecin légiste qui s'occupe de ce cas, le Dr Laurie Montgomery-Stapleton, est encore ici. Je l'ai informée tout à l'heure que vous deviez venir pour identifier le défunt. Elle aimerait vous parler et vous poser quelques questions, si cela ne vous dérange pas.

Ben songea tout d'abord à refuser. Il ne voulait pas être retenu plus longtemps à l'IML. En outre, il s'était déjà engagé à revoir le capitaine Janow pour une deuxième séance de questions. Il voulait aller là-bas, en finir avec ce merdier et arriver chez lui à peu près à l'heure qu'il avait annoncée à sa femme quand il l'avait appelée en sortant de l'hôpital. Puis il réfléchit et changea son fusil d'épaule. À vrai dire, peut-être avait-il intérêt à être retenu aussi longtemps que possible par la mission que lui avait confiée Janow. Peut-être pourrait-il utiliser ce prétexte pour s'excuser auprès du capitaine et remettre leur rendez-vous au lendemain. Avant de l'affronter à nouveau, il préférait avoir le temps de se reposer. De remettre ses idées en place. Par ailleurs, il était curieux de savoir comment Satoshi était mort ; une rencontre avec le médecin légiste qui l'avait autopsié ne serait sans doute pas inutile.

— Je peux l'appeler tout de suite pour voir si elle est disponible, ajouta Rebecca qui le sentait probablement hésiter. De mon côté, j'ai encore quelques questions à vous poser. Nous pourrons régler ça en l'attendant. Si cela vous convient, je lui téléphone pour être sûre de l'attraper avant qu'elle ne quitte l'IML. D'accord ?

— Oui, mais à condition que ça ne me retarde pas trop. J'ai un autre rendez-vous prévu… tout à l'heure dans le New Jersey.

Rebecca décrocha aussitôt le téléphone. Laurie lui répondit et dit :

— Je suis en réunion, mais nous avons presque terminé. Puis-je vous rappeler dans cinq minutes ?

— Non, ce n'est pas possible. Le monsieur dont je vous ai parlé doit s'en aller dans peu de temps car il a un rendez-vous dans le New Jersey. Je ne l'ai que trop retardé. Il a fait un grand détour pour nous aider à identifier le cadavre. Nous avons maintenant l'identité du défunt asiatique.

— Formidable ! s'exclama Laurie. Attendez…

Elle mit la main sur le micro du téléphone, dit quelque chose à son entourage, puis revint en ligne pour annoncer :

— Nous descendons immédiatement !

Et elle raccrocha. Rebecca regarda le combiné, quelques instants, comme s'il devait lui expliquer à qui Laurie avait fait allusion avec ce « nous ».

— Elle arrive, dit-elle en souriant à Ben.

— D'accord.

— Finissons-en rapidement, si vous voulez bien. J'aimerais que vous écriviez sur trois ou quatre de ces photos : « Cet homme s'appelle Satoshi Machita. » Et que vous signiez.

— Très bien, dit Ben.

— Connaissez-vous la dernière adresse de ce monsieur ?

— Oui, mais pas son numéro de téléphone. Je l'ai à mon bureau, par contre.

— Savez-vous si M. Machita avait des problèmes de santé particuliers ? Ou d'anciennes blessures ? Et aussi, avait-il des signes distinctifs quelconques ?

— Non, je n'en ai pas la moindre idée. Il me faisait l'effet d'être en bonne santé.

Rebecca remplissait le formulaire tout en parlant.

— Quelle était votre relation avec le défunt ? C'est la dernière question.

— J'étais son employeur.

32

Vendredi 26 mars 2010
16 h 58

Laurie entra la première dans l'ascenseur. Elle appuya sur le bouton du rez-de-chaussée, puis sur le bouton d'ouverture des portes pour attendre Lou et Jack. Dès qu'ils furent dans la cabine, elle pressa plusieurs fois le bouton de fermeture des portes. Elle avait hâte d'être au rez-de-chaussée.

Elle était sur un petit nuage. Au moment où Rebecca l'avait appelée, elle bouclait sa mini-conférence de presse. Laquelle n'était même pas une conférence de presse, à vrai dire, puisque seuls Jack et Lou y avaient assisté. Elle leur avait parlé des deux Japonais non identifiés qu'elle avait autopsiés. En quelques minutes, elle leur avait démontré de façon concluante que le deuxième homme – très probablement un yakuza, s'il fallait en croire ses innombrables tatouages, les perles incrustées sous la peau de son pénis et l'amputation de la troisième phalange de son auriculaire gauche – avait tué le premier sur le quai du métro, à la station de Columbus Circle, avec un complice qui était lui aussi japonais. Elle leur avait expliqué que la victime avait très probablement succombé à une neurotoxine ultra-puissante, la tétrodotoxine, que les assassins lui avaient injectée dans le pli fessier gauche à l'aide d'un pistolet à air comprimé dissimulé dans un parapluie.

L'utilisation de la tétrodotoxine n'était pas encore officiellement confirmée, mais Laurie était sûre de son fait. Le résultat de l'analyse qu'elle avait elle-même réalisée avec le spectromètre de masse montrait que le bloc de chair qu'elle avait découpé dans la cuisse de Kenji contenait des traces de tétrodotoxine. À présent, John voulait revérifier ce résultat par comparaison avec l'échantillon de tétrodotoxine que Laurie était allée chercher à l'hôpital voisin de l'IML.

— Je n'arrive pas à croire que tu aies fait tout ça en seulement deux jours, dit Lou. Tu es une brigade criminelle à toi toute seule ! Les médecins légistes sont juste censés nous aider, nous les flics, à mener nos enquêtes. Mais toi… Toi, en réalité, tu fais ton boulot *et* le nôtre ! C'est incroyable.

— Merci, murmura Laurie.

Elle rougissait. Un tel compliment de la part de Lou, c'était un beau cadeau. Pour éviter de continuer de parler de sa propre personne, elle dit :

— Sur les vidéos de surveillance, on voit clairement qu'il y a deux hommes impliqués dans le meurtre. J'espère que tu ne l'oublies pas.

— Ne te tracasse pas. D'après ce que tu nous as raconté, je devine qu'il doit y avoir un autre cadavre dans le fleuve. Et je vais m'y mettre tout de suite. De plus, c'est bien qu'on ait enfin l'identité du premier type. Ça va donner un solide point de départ à l'enquête. Comme je le disais ce matin, je crains beaucoup que ces événements ne nous annoncent une méchante guerre des gangs.

— Je ne pense pas que le premier homme était un yakuza, observa Laurie.

— Nous verrons, dit Lou.

Jack secoua la tête, l'air désabusé.

— Quand je pense que j'ai essayé de te décourager de travailler sur le cas du premier Japonais. Bravo, Laurie.

— Tu as essayé de la décourager ? demanda Lou, perplexe.

— Hélas oui ! L'autopsie n'avait rien révélé et l'homme semblait bel et bien décédé de mort naturelle. Je ne voulais pas qu'elle se donne un mal de chien pour ne rien trouver, et qu'elle se décourage dès son retour de congé maternité.

— C'est effectivement ce qui s'est passé, dit Laurie à Lou avec un sourire complice. Il a essayé de me convaincre de ne pas regarder les vidéos de sécurité. J'avoue que cet exercice m'a pris un bon moment. Mais ça valait le coup. Et puis, bien sûr, il y a la lettre de menaces. Ça, Jack, je dois dire que c'était vraiment un coup bas. J'espère que ça t'a bien énervé de voir que je ne réagissais pas à ta mauvaise blague.

— Qu'est-ce que tu racontes ? demanda Lou. Quelle lettre de menaces ?

— Ici, à l'IML, il nous arrive de recevoir des courriers, par la poste ou par voie électronique, de personnes plus ou moins perturbées qui se trompent complètement sur le rôle des médecins légistes, expliqua Laurie. En général nous transmettons ces messages à l'administration, qui alerte la sécurité, et ça ne va pas plus loin que ça. Les gens qui les écrivent sont le plus souvent en deuil, ils n'arrivent pas à surmonter la mort de leurs proches et ils ont besoin d'accuser quelqu'un. Autrefois ça me perturbait, mais… on s'habitue à tout, en définitive. Ce n'est pas bien grave.

Au rez-de-chaussée, auquel ils sortirent tous trois de l'ascenseur, Jack posa une main sur l'épaule de Laurie et dit calmement :

— Je ne t'ai pas écrit de lettre de menaces. Jamais, *jamais* je n'ai fait ça !

Laurie fronça les sourcils.

— Quoi ? Tu ne m'as pas écrit un petit mot pour me menacer de représailles si je n'arrêtais pas d'enquêter sur le décès du premier Japonais ?

— Je te jure que non !

— Tu es sûr ? insista Laurie, un peu mal à l'aise. Je veux dire… C'est bien le genre d'humour noir que tu affectionnes, non ? Tu as tout de même très sérieusement essayé de me persuader d'arrêter cette enquête.

— J'ai essayé *oralement* de te persuader d'arrêter ton enquête, objecta Jack. Mais une lettre de menaces ? Je peux t'assurer que je ne ferais jamais un truc pareil !

— Que disait-elle, au juste, cette lettre ? demanda Lou.

— Je ne me souviens pas exactement du texte, mais elle était concise et très explicite, répondit Laurie. Elle disait que… que si je n'arrêtais pas de travailler sur ce cas, en gros, j'en subirais les conséquences. Et si je prévenais la police, j'en subirais aussi les conséquences. Le truc, c'était qu'elle était trop mélodramatique pour être crédible. Toutes les autres lettres que j'ai pu recevoir étaient d'interminables litanies de plaintes et de menaces plus ou moins floues. Celle-ci était très courte, très précise et très menaçante. Elle m'a vraiment fait l'effet d'une blague ! Marlene l'avait trouvée dans l'entrée, glissée sous la porte de la rue. Elle l'a elle-même montée à mon bureau pour la déposer sur le clavier de mon ordinateur.

— Il faut que je voie cette lettre, dit Lou, l'air mécontent.

— Très bien, dit Laurie avec un petit haussement d'épaules.

Elle avait l'impression d'être jugée pour mauvaise conduite, elle se sentait aussi un peu coupable, et cela ternissait la joie qu'elle éprouvait depuis qu'elle avait résolu l'affaire des Japonais du métro.

— Allons d'abord voir le Bon Samaritain qui a identifié mon premier cas, reprit-elle. Nous remonterons ensuite à mon bureau pour examiner la lettre.

33

Vendredi 26 mars 2010
17 h 08

— Tout bien réfléchi, il vaut mieux que je m'en aille, dit Ben.

Il poussa sa chaise en arrière pour se mettre debout. Il avait des arrière-pensées, finalement, à l'idée de rencontrer cette médecin légiste et de répondre à une énième série de questions. De toute évidence, il n'avait pas intérêt à multiplier les interlocuteurs et les informations qu'il disséminait autour de lui. Il ignorait si la mort de Satoshi était liée aux assassinats de sa famille dans le New Jersey, mais… il y avait de très fortes chances pour que ce soit le cas. Et après avoir découvert ce massacre *et* identifié le cadavre de Satoshi, il se retrouverait forcément impliqué dans les enquêtes que ces histoires allaient déclencher. Il valait mieux qu'il évite de s'exposer davantage – et donc, qu'il ne dise plus rien à personne. N'importe quel avocat lui aurait donné ce conseil.

— Je me demande où est le Dr Montgomery-Stapleton, dit Rebecca en se levant précipitamment.

Elle a pourtant promis de descendre tout de suite. Attendez, je vérifie…

Rebecca ouvrit la porte. Laurie traversait à cet instant le hall d'accueil. Elle était suivie du Dr Jack Stapleton et d'un autre homme qu'elle ne connaissait pas.

— Voilà le Dr Montgomery-Stapleton ! dit Rebecca avec soulagement.

Quand Laurie entra dans la pièce, elle était encore un peu perturbée par la discussion qu'elle venait d'avoir avec Jack et Lou au sujet de la lettre de menaces. Elle se ressaisit rapidement lorsqu'elle fit la connaissance de Ben.

Celui-ci fut immédiatement séduit par le charme de la médecin légiste. Pendant quelques instants, il oublia ses réticences à l'idée de s'entretenir avec elle. Puis il fut présenté au commissaire Lou Soldano et son anxiété et sa paranoïa se ravivèrent. Sa rencontre avec le Dr Jack Stapleton, par contre, le laissa indifférent – même quand il prit conscience que cet homme et Laurie partageaient le même nom de famille.

— Tout d'abord, je veux vous remercier d'avoir pris sur votre temps pour identifier le défunt, dit Laurie. Pour nous, c'est très important.

— Je suis content d'avoir pu vous aider, marmonna Ben. Par contre, j'ai quand même un rendez-vous important dans le New Jersey et je suis déjà en retard.

Il espérait que ses interlocuteurs ne remarquaient pas qu'il était très nerveux. Le commissaire avait saisi le formulaire de renseignements rempli par Rebecca et le parcourait des yeux.

— Nous allons faire vite, assura Laurie. Le cadavre d'un deuxième homme aux traits asiatiques est arrivé ici la nuit dernière. J'aimerais que vous nous disiez si vous le reconnaissez. Nous savons qu'il y a un lien entre cet homme et celui que vous avez déjà identifié. Cela vous ennuie ?

— Non, pas de problème, répondit Ben sans beaucoup d'enthousiasme.

Laurie se tourna vers Rebecca.

— C'est le cas que j'ai fait ce matin. L'Asiatique couvert de tatouages.

— Je vois, répondit la responsable de l'identification et elle sortit de la pièce.

— Voulez-vous que nous nous asseyions ? proposa Laurie, désignant les chaises.

Ben reprit son siège. Laurie saisit le formulaire de renseignements que Lou lui tendait et le lut rapidement.

— De quoi Satoshi est-il mort ? demanda Ben d'un ton détaché, comme si la question venait de lui traverser l'esprit.

— Je regrette, dit Laurie en posant le formulaire sur la table. Nous ne pouvons rien révéler au public tant que le dossier n'est pas clos. Et à ce moment-là, vous devrez vous adresser à notre service des relations publiques pour avoir la réponse à votre question. Si vous étiez de la famille de ce monsieur, ce serait différent, mais… Désolée.

— Ce n'est pas grave, dit Ben. J'étais juste un peu curieux.

Il était *très* curieux, bien sûr, mais il ne voulait pas le montrer.

— Ainsi, vous étiez l'employeur de M. Machita, enchaîna Laurie. Dans quelle branche travaillez-vous ?

Ben répéta ce qu'il avait dit à Rebecca, soulignant le fait qu'il ne connaissait pas très bien Satoshi, puisque celui-ci venait tout juste d'entrer dans la société. Il précisa qu'iPS USA était une entreprise spécialisée dans les biotechnologies et que Satoshi était un chercheur doué, quoique mal reconnu par ses pairs.

— Je crois savoir que vous avez appelé le Service des personnes disparues cet après-midi ? relança Laurie.

— Non, ce n'est pas moi qui l'ai appelé. Mais j'étais inquiet. M. Machita n'était pas venu au bureau depuis deux jours, et il ne répondait pas au téléphone.

— Nous avons des raisons de penser qu'au moment où il s'est effondré sur le quai du métro, un bagage de petite taille lui a été volé, dit Laurie. Avez-vous la moindre idée de ce qui pouvait se trouver dans ce bagage ? S'agissait-il de quelque chose de particulier ou d'un objet de grande valeur ?

Ben mentit délibérément :

— Non, je ne vois pas.

Si quelqu'un avait poursuivi Satoshi pour voler son sac, sans doute en avait-il après les cahiers de laboratoire. Lesquels étaient heureusement enfermés dans le coffre d'iPS USA.

D'après les questions de la légiste, Ben comprit que Satoshi n'était sans doute pas mort accidentellement. Il devait avoir été assassiné. Comme sa famille.

À présent, il voulait s'en aller. Il n'avait aucun mal à mentir au sujet des choses qui ne pouvaient être prouvées, mais il se refusait à mentir au sujet des éléments de l'affaire qui risquaient de lui revenir à la figure plus tard. Il ne voulait pas parler de ce qu'il avait fait dans le New Jersey dans l'après-midi, et il était terrifié à l'idée que Laurie lui pose des questions qui l'obligeraient à évoquer le massacre de Pleasant Lane.

Il éprouva une pointe de soulagement quand Rebecca revint dans la salle avec un dossier sous le bras. Elle le tendit à Laurie, qui en sortit plusieurs photographies pour les étaler sur la table. Cette fois, il ne s'agissait pas de clichés conçus pour ne pas heurter la sensibilité des visiteurs peu habitués à regarder la mort en face. Ben découvrit un cadavre entier, nu, photographié sous un éclairage au néon agressif qui soulignait chacune de ses blessures. Les tatouages rendaient le corps un peu moins laid, mais la couleur d'albâtre de ses mains, de ses pieds et de son visage bouffis prouvait qu'il avait séjourné un moment dans l'eau.

Ben eut malgré lui un mouvement de recul quand il posa les yeux sur ces images. Le malaise qu'il éprouvait était accru par la présence du commissaire de police assis juste en face de lui. Mais son expérience de médecin l'aida à se ressaisir rapidement.

— Je n'ai jamais vu cet homme, dit-il d'une voix quelque peu chevrotante qui le surprit lui-même, et il se racla la gorge pour ajouter : Désolé, je ne sais pas qui c'est.

— Vous en êtes certain ? demanda Laurie. Je sais que les tatouages sont extrêmement perturbants. Pouvez-vous vous concentrer sur le visage et essayer de l'imaginer vivant, avec de bonnes couleurs ?

— Je n'ai jamais vu cet homme, répéta Ben. J'ai la mémoire des visages.

Il regarda ostensiblement sa montre.

— Désolé de ne pouvoir vous aider davantage. J'espère que l'identification de Satoshi Machita vous sera utile.

Il se leva et les autres l'imitèrent.

— Vous nous avez beaucoup aidés, dit Laurie. Je tiens à vous remercier encore.

Ben tendit le bras par-dessus la table pour serrer la main de Laurie, puis celle de Jack Stapleton qui était assis à droite de son épouse, puis celle du commissaire. Celui-ci retint sa main plus longtemps que nécessaire et dit en le dévisageant :

— Notre rencontre a été très intéressante, docteur Corey.

Cette poignée de main trop longue perturba Ben tandis qu'il se rendait à sa voiture. *Essayait-il de me faire comprendre quelque chose ?* pensa-t-il. Il prit quelques instants pour réfléchir avant de démarrer. Oui, c'était comme si le flic avait voulu lui dire qu'ils étaient appelés à se revoir. Mais pourquoi ? Que savait-il ? Ben était incapable de répondre à ces questions.

— Seigneur ! marmonna-t-il à voix haute. Maintenant, j'ai l'impression de marcher dans un champ de mines !

Il attrapa son téléphone et sortit la carte de visite du capitaine Janow de son portefeuille. Il était bientôt dix-huit heures. Ben avait l'espoir un peu fou que le policier préférerait annuler leur rendez-vous et le recevoir le lendemain matin. Mais ce petit miracle ne se produisit pas. Quand Janow apprit que le cadavre de la morgue était bien celui de Satoshi Machita, il affirma qu'ils devaient se parler le plus tôt possible. Par-dessus le marché, il était encore à la maison de Fort Lee. Ben devait donc retourner respirer la pire odeur qu'il eût jamais eu à endurer.

34

Vendredi 26 mars 2010
17 h 48

Dans la salle d'identification, Laurie, Jack et Lou se rassirent autour de la table. Lou dit qu'il voulait être sûr d'avoir l'adresse et le téléphone de Ben Corey. En guise de réponse, Laurie tapota le formulaire d'identification de Satoshi Machita, qui contenait ces informations.

Pendant deux ou trois minutes, personne ne dit plus rien. Ils se regardaient les uns les autres, très étonnés par la rencontre qu'ils venaient de faire. Laurie fut la première à rompre le silence :

— Quelle impression il vous a donnée, ce type ?

— Il était bizarre, dit Jack. Bizarre et vraiment très mal à l'aise. Il avait l'air à la fois sûr de lui et hypernerveux. À un moment, je l'ai même vu trembler.

— Il était peut-être comme ça à cause de l'identification de Satoshi Machita, suggéra Laurie, perplexe. Très affecté par la mort de son employé, je veux dire. Vous pensez que c'est possible ? Moi aussi, je l'ai vu trembler. Et j'ai eu l'impression qu'il n'avait aucune, mais alors *aucune* envie d'être ici et de nous parler.

Visiblement, il n'attendait que le moment de pouvoir filer.

— Je devrais sans doute m'exclure de cette conversation, dit Lou. Je connais trop ce genre de mec.

— Que veux-tu dire ? demanda Laurie.

— Je les connais, ces prétentiards qui ont fait leurs études dans les meilleures facs et qui ont toujours dormi dans des draps en soie. Qui se comportent comme si le monde leur appartenait, comme si les règles des gens normaux ne s'appliquaient pas à eux !

— Attention, Lou, dit Jack. Tu parles de gens qui te sont aussi très proches.

— Non, je ne veux pas dire que ce mec est comme toi ou Laurie, pas du tout. Vous, vous contredisez certaines règles parce que vous avez une philosophie du progrès pour tout le monde. Ce genre de mec, ça bouscule les règles égoïstement, uniquement pour ses propres intérêts. Et ceux des copains. Du moment qu'ils font du pognon, rien ne les arrête. C'est le genre… moi, moi, *moi d'abord*, et je marche sur tous les autres !

Le silence retomba sur la pièce quelques instants. Puis Laurie dit :

— En tout cas, j'ai l'impression qu'il en sait davantage qu'il n'a bien voulu nous le montrer.

— Ça, c'est certain, renchérit Lou. À ta place, je lui aurais posé des questions beaucoup plus enquiquinantes.

— J'y ai pensé, mais je me suis dit que ça ne marcherait pas. Il était ici parce qu'il le voulait bien. Il aurait pu nous claquer la porte au nez. Peut-être aurastu l'occasion de lui reparler, un de ces jours, dans le cadre des affaires des deux Asiatiques ?

— Sans doute, convint Lou. C'est sûr que je vais faire examiner la compagnie du Dr Corey de très près. Un de ses employés s'est fait descendre par des tueurs professionnels – des tueurs de la mafia japonaise, par-dessus le marché. Il faut tirer ça au clair.

— Absolument, dit Laurie, et elle toucha le bras de Jack. Pour moi, la journée a déjà été assez longue. Qu'est-ce que tu en penses ? Tu veux laisser ton vélo ici et rentrer à la maison avec moi, en toute sécurité dans un taxi bien chaud ?

— Non, merci, dit Jack, et il se leva. Je veux avoir mon vélo à la maison pour le week-end.

— Hé, attendez ! s'exclama Lou. Et la lettre de menaces ?

— Ah oui ! répondit Laurie d'un ton enjoué. La lettre !

En son for intérieur, cependant, elle était gênée. Elle savait qu'elle avait fait une bêtise. Elle avait eu tort de penser uniquement à une mauvaise blague de son mari, sans envisager une autre possibilité. D'ailleurs, le message n'était même pas drôle. Elle s'était convaincue qu'il attestait de l'humour de potache de Jack, simplement parce qu'il était écrit dans un style bien différent de celui des lettres de menaces qu'elle avait reçues par le passé.

Laurie poussa la porte qui donnait sur le hall d'accueil. Lou et Jack la suivirent. Jack annonça qu'il avait déjà descendu ses affaires à son vélo, lança à Laurie qu'il la retrouvait à la maison, puis dit au revoir à Lou.

Lou saluait Jack d'un geste de la main lorsqu'il bouscula Laurie qui s'était subitement immobilisée devant lui. Un grand nombre de gens s'agglutinaient dans la première partie du hall – certains assis, d'autres debout. Le personnel de l'IML qui se trouvait au même endroit un moment plus tôt était déjà parti. Ces gens étaient des visiteurs. Et comme plusieurs d'entre eux sanglotaient, il était clair qu'ils étaient ici pour identifier le cadavre d'un proche. Un collègue de Rebecca Marshall se tenait près de la porte. Laurie se dirigea vers lui pour s'excuser d'avoir occupé trop longtemps la salle d'identification.

Jack s'était immobilisé subitement, lui aussi, pour ne pas heurter Lou. Il vit Laurie s'avancer à travers la pièce, puis tourner la tête vers la gauche et se figer sur place, l'air stupéfait. Regardant dans la même direction, il vit une femme assez corpulente, âgée d'environ quarante-cinq ans, assise sur le canapé en vinyle, qui sanglotait violemment, le visage ravagé par le chagrin. Cinq ou six personnes l'entouraient, l'étreignant ou la touchant affectueusement pour la consoler. Jack tiqua. Cette femme lui rappelait quelqu'un, mais il n'arrivait pas à la situer.

Laurie, par contre, avait immédiatement reconnu la femme. Elle l'avait rencontrée deux ou trois fois. C'était Marilyn Wilson. La mère de Leticia Wilson.

Elle éprouva tout à coup une frayeur abominable. Sa gorge se contracta, son champ de vision se rétrécit, son cœur se mit à battre la chamade. Elle marcha tout droit vers Marilyn. Elle dut se frayer un passage entre les autres personnes endeuillées qui se massaient devant le canapé, et elle en agaça certaines, mais rien ne pouvait la détourner de son objectif. Enfin, elle s'accroupit devant Marilyn et lui demanda ce qui s'était passé.

La femme la regarda fixement pendant quelques instants – sans la voir, semblait-il. Ses yeux débordaient de larmes.

— C'est moi, Laurie Montgomery, dit doucement Laurie. Que se passe-t-il ? Il s'agit de Leticia ou de quelqu'un d'autre ?

L'évocation du nom de sa fille sortit Marilyn de sa torpeur. Un soubresaut agita sa tête. Ses pupilles se contractèrent. Elle cligna des yeux et Laurie comprit qu'elle la reconnaissait. Tout à coup, le chagrin fit place à la colère sur son visage.

— Vous ! hurla-t-elle. C'est vous la responsable ! C'est à cause de vous que ma petite Leticia est morte !

Marilyn se mit brusquement debout. Laurie se redressa aussitôt, faisant un pas en arrière. Marilyn se jeta sur elle et l'agrippa des deux mains par le cou. Plusieurs personnes intervinrent aussitôt pour les séparer. Marilyn lâcha Laurie, mais ses ongles lui griffèrent profondément la peau du cou et du menton, y laissant de longues stries rougeâtres où perlèrent çà et là de minuscules gouttes de sang.

Jack et Lou se précipitèrent vers Laurie. Un troisième homme accourut : Warren Wilson, le cousin de Leticia. Warren et sa compagne, Natalie Adams, étaient amis de Jack et de Laurie depuis plus de dix ans. De plus, bien sûr, Jack et Warren jouaient ensemble au basket plusieurs fois par semaine.

Jack n'avait pas remarqué, jusqu'à ce moment-là, que Warren se trouvait dans la salle. Ils commençaient à parler et Warren voulait leur raconter ce qui s'était passé, lorsque Laurie tourna tout à coup les talons et s'éloigna du groupe sans un mot d'explication.

Elle se précipita vers la porte du couloir intérieur de l'IML réservé au personnel.

— Ouvrez-moi ! ordonna-t-elle à l'agent de sécurité qui remplaçait Marlene le soir au comptoir de réception.

Elle secoua la porte avec impatience. Dès que la serrure bourdonna, elle poussa le battant et disparut.

— Laurie ! cria Jack par-dessus le brouhaha des voix qui s'élevait dans la salle, puis il ajouta à l'adresse de Lou et de Warren : Je reviens tout de suite.

Il s'élança vers la porte et l'atteignit avant qu'elle ne se soit refermée. Quand il la poussa, il aperçut Laurie au bout du couloir.

— Attends ! cria-t-il, un peu agacé par son attitude.

Il se mit à courir. Quand il arriva au bout du couloir, Laurie avait déjà franchi la porte de la cage d'escalier. D'un coup d'épaule, il poussa le battant qui claqua contre le mur. Il se figea un instant – il ne savait pas s'il devait monter ou descendre. C'est alors qu'il entendit les pas de Laurie dans l'escalier menant au sous-sol. Il se lança à sa poursuite.

Laurie fit irruption dans le bureau des techniciens de morgue. L'un d'eux était en train d'enregistrer l'arrivée d'un nouveau cadavre.

— Où mettez-vous les corps qui viennent tout juste de vous être livrés ? demanda-t-elle, hors d'haleine.

— Dans la chambre froide principale, dit l'homme comme si la réponse était parfaitement évidente.

Il ouvrit la bouche pour lui demander si elle cherchait un cadavre en particulier, mais Laurie ne l'entendit pas. Elle se précipita dans les couloirs de la morgue. Les semelles en plastique de ses chaussures claquaient sur les dalles de composite du sol. Jack la rattrapa enfin.

— Qu'est-ce que tu fous, nom de Dieu ? demanda-t-il. Pourquoi tu cours comme ça ?

Laurie agita la main pour signifier qu'elle ne voulait pas parler. Concentrée sur son objectif, elle tourna à gauche dans le couloir et fonça jusqu'à la chambre froide principale. Là, elle prit une grande inspiration, saisit l'énorme poignée de la porte et tira sèchement dessus. Dès que le lourd battant fut suffisamment entrouvert, Laurie se glissa dans la salle réfrigérée et actionna l'interrupteur. Plusieurs ampoules entourées de treillis métalliques de protection jetèrent une lumière crue sur les murs blanc sale de la pièce.

Jack la suivit et laissa la porte se refermer derrière lui. Il frissonna sous l'assaut du froid. Laurie commença à tirer les draps qui couvraient les cadavres, exposant leurs visages et leurs poitrines. La température glaciale flétrissait les seins des femmes. Il y avait près de vingt brancards, disposés un peu dans tous les sens.

— Je peux t'aider ? demanda Jack.

Il ne comprenait toujours pas ce que Laurie avait en tête, mais, après avoir vu Warren dans le hall, il commençait à s'inquiéter.

Elle ne répondit pas et continua de découvrir les cadavres, passant de l'un à l'autre sans se donner la peine de remettre les draps en place sur leurs visages. Elle devait aussi pousser les brancards, de temps en temps, pour progresser.

Enfin, elle trouva ce qu'elle cherchait. Un hoquet de surprise jaillit d'entre ses lèvres. Leticia Wilson avait les yeux ouverts et fixait d'un regard aveugle le plafond. Ses cheveux bruns bouclés semblaient auréoler sa tête pâle et cireuse. Son visage était presque aussi beau dans la mort que dans la vie, avec un seul petit défaut : l'orifice ovale, au centre de son front, créé par la balle qui l'avait tuée. *Et tuée sur le coup*, songea Laurie quand son œil exercé remarqua que le projectile avait pénétré le crâne sous un angle qui l'avait mené droit vers le centre du cerveau.

Elle plaqua une main sur sa bouche et se mit à trembler. Jack la rejoignit et découvrit Leticia.

— Oh mon Dieu ! s'exclama-t-il.

— Où est mon bébé ? demanda Laurie d'une voix plaintive.

— C'était la mère de Leticia, là-haut ?

Laurie hocha la tête, éperdue. Elle ne savait plus quoi penser. Elle n'était même pas sûre que la scène qu'elle vivait était réelle. Ne s'agissait-il pas d'un horrible cauchemar que son cerveau inventait pour la torturer dans son sommeil ?

— Viens, dit Jack en glissant un bras autour de ses épaules. Allons voir Lou. Il va s'occuper de cette histoire. Nous avons de la chance qu'il soit ici.

Ils sortirent de la chambre froide. Jack entraîna rapidement Laurie vers l'ascenseur.

— Je t'emmène d'abord à ton bureau, et puis j'irai chercher Lou, d'accord ?

Laurie hocha de nouveau la tête, incapable de répondre. Elle essayait de ne pas se demander où était JJ en ce moment – de ne pas penser à ce qu'il faisait, à ce qu'il éprouvait. Elle regrettait presque de ne pas être croyante, pour pouvoir négocier avec Dieu la protection de son enfant.

— Essaie de ne pas trop t'angoisser tant que nous n'avons pas d'informations supplémentaires, dit Jack comme s'il avait lu dans son esprit.

Ils entrèrent dans le bureau de Laurie. Pendant qu'elle s'asseyait dans son fauteuil, Jack attrapa la photo de JJ qui se trouvait sur la table et la fourra dans un tiroir.

Il redescendit à toute vitesse au rez-de-chaussée par les escaliers. À la réception, il y avait déjà beaucoup moins de monde qu'un moment plus tôt. Les membres de la famille proche de Leticia étaient dans la salle d'identification et la plupart des autres visiteurs étaient repartis. Jack trouva Lou et Warren assis sur le canapé. Ils se levèrent quand ils le virent approcher.

— Quelle histoire ! Je suis tellement désolé pour vous tous ! dit Lou, l'air catastrophé. Comment va Laurie ? Elle tient le coup ?

Jack le remercia de sa sollicitude et répondit que Laurie était bouleversée, mais qu'elle tiendrait le coup.

— JJ a été kidnappé, expliqua Lou. Si ça peut te réconforter, sache que la police prend cette affaire très, très au sérieux. Elle la considère comme prioritaire, avec tout ce que ça suppose. Même le commissaire divisionnaire est au courant. Tout le monde s'est mis au travail. Nous allons sans doute déclencher l'alerte AMBER qui sert à coordonner les recherches entre la police, la population et les médias dans les cas d'enlèvements d'enfants. Si nécessaire, toute la ville sera au courant en un rien de temps. Je viens de parler au commissaire qui a pris le dossier en main. Il s'appelle Mark Bennett. Il appartient à la brigade des enquêtes spéciales et il va avoir l'aide de tout le contingent du district nord de Manhattan. C'est un mec bien. Tu peux être content de l'avoir à bord. D'autres personnes sont aussi sur les rangs, mais c'est Mark qui va diriger l'enquête et faire le lien entre tout le monde. Il y avait bien longtemps que je n'avais pas vu une telle mobilisation collective.

— Et le FBI ?

— Il est sur les rangs, lui aussi. Tout le monde prend l'affaire très au sérieux.

Jack ferma un instant les yeux. L'énormité de ce qu'il venait d'entendre lui donnait le vertige.

— Alors… Alors c'est un enlèvement, c'est sûr ? demanda-t-il d'une voix tremblante.

— Sans le moindre doute. Il y a eu un homicide, celui de Leticia Wilson, et un enlèvement. La scène s'est passée à Central Park. De façon étonnante, il n'y a qu'un seul témoin. Une mère qui baladait son gosse. Elle arrivait en vue du terrain de jeux de la 100e Rue quand elle a aperçu un homme s'approcher de ta nounou, sortir son arme et lui tirer une balle dans le front. Ensuite, cet homme et trois autres gars ont calmement emmené JJ jusqu'à une camionnette blanche qui attendait en bordure du parc. Cette camionnette a déjà été retrouvée à Garden City. Abandonnée par les ravisseurs, bien sûr. Elle a été remorquée jusqu'au labo de la police pour être examinée à fond.

— Et sur le terrain de jeux, y avait-il d'autres indices intéressants ?

— La police scientifique et technique est sur place. S'il y a quoi que ce soit à trouver, elle le trouvera.

— Et les ravisseurs ? Ont-ils déjà fait connaître leurs exigences ?

— Pour le moment, nous n'avons pas de nouvelles d'eux. C'est un peu troublant, d'ailleurs. Les demandes de rançon, c'est bon signe, si tu vois ce que je veux dire.

— J'imagine, ouais, marmonna Jack.

— Nous devons entamer les négociations avec ces salopards.

— Pourquoi n'avons-nous pas été prévenus plus tôt ? Ça s'est passé quand, d'ailleurs ?

— Vers treize heures. Ensuite, il a fallu un moment pour débrouiller l'affaire, parce que Leticia Wilson n'avait aucune pièce d'identité sur elle. En définitive, on a pu l'identifier grâce à son téléphone portable. Mais l'opération a été plus difficile que d'habitude.

— Allons voir Laurie, dit Jack. Je ne veux pas qu'elle reste seule trop longtemps. Elle doit se reprocher la disparition de JJ.

Warren prit alors la parole :

— Jack, je sais que c'est un moment très difficile pour vous deux, mais j'aimerais t'accompagner. Je voudrais dire moi-même à Laurie qu'en dépit de ce que ma tante a pu affirmer tout à l'heure, ma famille ne vous considère pas comme responsables de la mort de Leticia. Marilyn est bouleversée, tu comprends.

Jack était bouleversé, lui aussi, et il avait du mal à réfléchir, mais il fit l'effort d'évaluer la proposition de Warren dans l'intérêt de Laurie. Il décida qu'il était préférable qu'elle entende ce que Warren avait à lui dire. Tout argument susceptible de l'aider à ne pas sombrer dans le désespoir et l'autoflagellation était bon à prendre.

— As-tu besoin de parler à quelqu'un d'autre, ici, avant de monter ? demanda-t-il.

— Non, répondit Warren.

— Alors viens avec nous !

Dans l'ascenseur, Lou rappela Mark Bennett pour le prévenir que les Stapleton étaient désormais informés de la disparition de leur enfant.

— Où sont-ils, à l'heure actuelle ? demanda Bennett.

— À l'IML.

— Demandez-leur de rentrer chez eux le plus vite possible. Nous n'avons pas encore de nouvelles des ravisseurs. Ça m'inquiète un peu. J'espère qu'ils vont prendre contact avec les Stapleton en appelant leur téléphone fixe. Je veux mettre ce téléphone sur écoute. Dans les cas d'enlèvements d'enfants sans demande de rançon, environ soixante-dix pour cent des gosses meurent dans les trois premières heures.

— Merci du tuyau, dit Lou.

Il espérait que Jack, qui se tenait juste à côté de lui, n'entendait pas la voix de Bennett ; il songea aussi qu'il ne communiquerait pas cette dernière statistique à Laurie.

— Je les conduis chez eux tout de suite, ajouta-t-il. N'hésitez pas à me rappeler si vous avez autre chose à me dire.

— Entendu. Mais de toute façon je serai bientôt chez les Stapleton pour m'assurer que tout s'organise bien.

— En ce cas, vous pourrez leur expliquer vous-même tout ce qui va être fait pour récupérer leur fils, n'est-ce pas ?

— Absolument. Je vais peut-être aussi demander à Henry Fulsome de passer. Vous le connaissez ?

— Non, je ne vois pas qui c'est.

— À mon avis, c'est le meilleur négociateur de situation de crise que nous ayons à New York. Pour les prises d'otages, il a cent pour cent de résolution positive. Et il n'a jamais perdu une seule vie.

— Ça, c'est le genre de chose que les Stapleton seront heureux d'entendre. Mais bien sûr, ça veut dire qu'il faut entamer les négociations.

— En effet. Notre travail ne fait que commencer. Et il n'y a pas de temps à perdre.

Quand les trois hommes entrèrent dans le bureau de Laurie, celle-ci semblait pétrifiée dans son fauteuil. Son visage était livide et les larmes ruisselaient sur ses joues. Elle avait eu le temps de prendre pleinement conscience de la monstruosité du drame dont elle était victime. Elle avait aussi rouvert la lettre de menaces – qu'elle tendit à Lou sans un mot. Après l'avoir relue, elle était encore plus honteuse de ne pas l'avoir prise au sérieux. Lou la parcourut deux fois de suite en secouant la tête.

Warren s'approcha de Laurie. Ils s'étreignirent, puis Warren s'excusa pour le comportement de sa tante. Laurie réussit à le remercier et dit qu'elle comprenait très bien la réaction de Marilyn.

— Bon, je garde cette lettre, annonça Lou. Maintenant, allons chez vous. Laurie, nous t'expliquerons tout pendant le trajet.

35

Vendredi 26 mars 2010
19 h 20

Quand Laurie arriva dans la 106e Rue avec Jack, Warren et Lou, elle fut étonnée par le nombre de véhicules de la police et du FBI qui encombraient déjà la chaussée. Des hommes en uniforme ou en civil allaient et venaient sur les trottoirs, ou se tenaient sur le perron de sa maison.

Elle essaya de s'armer de courage pour affronter les heures à venir. Depuis qu'ils avaient quitté l'IML, elle était en proie aux émotions les plus contradictoires : elle oscillait entre le désespoir le plus noir et la plus violente des colères contre les hommes qui avaient osé lui voler son enfant.

Ils descendirent de la voiture de Lou. Laurie se redit qu'elle devait absolument se montrer combative. Elle refusait de se laisser dominer par la peur, le chagrin et le sentiment d'impuissance qui menaçaient de la submerger. Elle avait hâte, aussi, de rencontrer Mark Bennett, le policier qui dirigeait l'enquête ; Lou leur avait parlé de lui pendant le trajet.

Ils firent connaissance devant le perron. Mark Bennett était un grand costaud qui s'exprimait avec beaucoup d'assurance.

— Commissaire Bennett, dit-il à Laurie. J'appartiens à la brigade des enquêtes spéciales et je suis ici pour vous ramener votre enfant le plus vite possible.

Il leur présenta ensuite un certain nombre de personnes, dont le négociateur Henry Fulsome, plusieurs inspecteurs et agents de la police scientifique et technique, et un agent spécial du FBI. Laurie était impressionnée par Mark Bennett. Il paraissait totalement dévoué à la lutte contre le crime, il était énergique et il parlait des ravisseurs de JJ comme de trouillards qu'il fallait jeter en prison pour le restant de leurs jours.

— Je suis désolé que nous soyons obligés d'envahir votre domicile pendant la durée de cette affaire, madame, continua-t-il quand ils entrèrent dans la maison. Mais nous devons nous mettre au travail sans perdre une seconde pour retrouver votre petit garçon. Tout d'abord, nous allons installer un technicien qui surveillera votre ligne de téléphone, enregistrera les appels des ravisseurs et tentera d'en localiser l'origine. Nous poserons aussi une nouvelle ligne, à notre usage exclusif.

Laurie lui signifia d'un geste de la main que la maison lui appartenait.

— Je vous en prie, dit-elle. Nous vous sommes très reconnaissants de votre aide.

Jack et Laurie étaient en train de ranger leurs vestes dans le placard, lorsque le téléphone sonna. Toutes les conversations cessèrent et tous les regards convergèrent sur l'appareil posé sur la console en acajou de l'entrée.

— Madame Stapleton, dit Mark. Répondez !

La gorge nouée, Laurie s'approcha du téléphone. Elle posa la main sur le combiné et chercha de l'encouragement dans le regard du commissaire. Il lui fit signe de décrocher.

Elle s'exécuta et dit « allô » d'une voix tremblante.

— Laurie Montgomery-Stapleton ? C'est bien vous ? demanda Brennan.

Il essayait de s'exprimer d'un ton impatient et autoritaire, comme Louie lui en avait donné l'ordre. Malheureusement, sa voix chevrotait. Il était nerveux.

— Oui, c'est moi, bafouilla Laurie.

La terreur la submergea. Elle prit appui sur le mur pour ne pas perdre l'équilibre. D'instinct, elle savait que l'homme qui lui parlait était le ravisseur de JJ.

— Nous avons votre gamin, dit Brennan.

— Qui… Qui êtes-vous ?

— Peu importe qui je suis, répondit Brennan qui maîtrisait déjà un peu mieux sa voix. L'important, c'est que nous avons votre bébé. Vous voulez lui parler ?

Laurie essaya de répondre, mais elle en fut incapable. Elle était au bord des larmes et aucun son ne semblait pouvoir franchir ses lèvres.

— Vous êtes encore là, madame Stapleton ? Je veux vous entendre ! Je ne peux pas rester très longtemps au téléphone.

— Je suis là, réussit-elle à marmonner. Je veux mon enfant. Pourquoi avez-vous enlevé mon enfant ?

— Je veux que vous commenciez à rassembler des fonds. Sans perdre de temps. Vous comprenez ? !

— Je comprends.

— Vous voulez parler à votre enfant, oui ou merde ? J'essaie d'être patient avec vous, là !

— Oui, oui ! répondit-elle, séchant ses larmes d'un revers de main.

Elle déglutit et prit une profonde inspiration.

— Allez, petit monstre, dit Brennan. Dis bonjour à maman.

Il approcha le combiné de la tête de JJ, mais celui-ci n'ouvrit pas la bouche.

— Heu..., fit Brennan, reprenant l'appareil. C'est peut-être vous qui devriez parler la première. Attendez, je lui repasse le téléphone.

Il tendit de nouveau le combiné vers le bambin.

— Bonjour, mon chéri, dit Laurie, luttant désespérément contre les larmes. C'est maman ! Tu vas bien ?

Silence. JJ ne dit rien. Au bout de quelques instants, elle entendit à nouveau la voix du ravisseur :

— Il sourit. Je ne sais pas ce que vous lui avez dit, mais il sourit. Vous voulez que je le secoue un peu pour qu'il pleure ?

— Je veux que vous me rendiez mon enfant immédiatement ! cria Laurie tout à coup. Non, ne le touchez pas !

— Pour récupérer votre môme, madame Stapleton, il va falloir attendre encore un peu. Mais l'affaire peut se régler rapidement. Tout dépend de vous et de ce que vous êtes prête à faire pour le revoir. Vous devez trouver de l'argent. Nous sommes bien d'accord, n'est-ce pas ? Nous ne vous réclamerons pas d'argent liquide, mais vous aurez besoin d'argent liquide pour vous procurer ce que nous voudrons. Beaucoup d'argent liquide ! Compris ?

— Oui, bafouilla Laurie.

— Encore une chose. Nous ne voulons pas que vous collaboriez avec la police. Nous savons qu'elle est là-bas, chez vous, en ce moment même. Débarrassez-vous d'elle. Si vous ne respectez pas cette consigne, nous le saurons et nous nous vengerons sur votre enfant. Vous le récupérerez morceau par morceau.

Laurie était trop émue, de nouveau, pour prononcer un seul mot. Au bout de quelques secondes, Brennan ajouta :

— J'espère que vous comprenez bien tout ce que je vous ai dit. Maintenant, je dois raccrocher. Mais j'ai encore une exigence. Je vous rappellerai demain. Je veux que vous soyez chez vous, pour me parler, à n'importe quelle heure du jour et de la nuit. D'ici là, bonne soirée à vous !

Il y eut un déclic dans l'écouteur. Laurie garda le téléphone à l'oreille un moment, essayant de se ressaisir. Elle avait peur d'éclater en sanglots si elle faisait le moindre geste.

Mark s'approcha d'elle, lui prit le combiné et le reposa sur sa base.

— C'est une très bonne chose d'avoir des nouvelles des ravisseurs, dit-il. Là, tout de suite, je suis certain que vous ne voyez pas les choses ainsi, mais nous sommes soulagés. Leur appel confirme ce que nous espérions. Ces hommes ont enlevé votre enfant pour obtenir une rançon, pas pour autre chose. Et quand les ravisseurs veulent une rançon, il est dans leur intérêt que la victime reste en vie.

36

Vendredi 26 mars 2010
22 h 41

La soirée touchait à sa fin. Laurie et Jack raccompagnèrent le commissaire Bennett jusque sur le perron. Ses collègues avaient déjà quitté la maison. La police avait fait tout ce qu'il était possible de faire. L'élément clé de son dispositif, pour le moment, c'était le téléphone des Stapleton. Un agent était installé dans la chambre d'amis du rez-de-chaussée, avec du matériel électronique, pour surveiller la ligne et tenter de retrouver l'origine des appels entrants ; il veillerait toute la nuit.

— Je vous appelle demain matin, dit Mark.

— Merci pour tout, dit Laurie, très reconnaissante.

Mark avait non seulement supervisé et coordonné les activités de tous les policiers et agents du FBI impliqués dans l'enquête, mais il avait aussi pris le temps de parler à Laurie et à Jack pour leur détailler les diverses mesures qui avaient été prises depuis le début de l'affaire. Dès que les premiers enquêteurs s'étaient rendus dans Central Park, la scène de crime avait été sécurisée, le témoin de l'enlèvement avait été interrogé et l'alerte AMBER avait été amorcée. On avait lancé un avis de recherche pour une camionnette blanche transportant six hommes et un bébé. Le Centre de surveillance criminelle en temps réel de la police de New York avait été prévenu.

Mark avait précisé que, juste après le passage des premiers agents arrivés sur le lieu de l'enlèvement, une équipe de la police scientifique et technique avait pris le relais pour passer la zone au peigne fin. Parallèlement, un groupe d'enquêteurs avait entamé une vaste opération de contrôle de tous les auteurs de crimes sexuels et d'enlèvements de New York. L'affaire Stapleton avait aussi été portée à la connaissance de toutes les agences fédérales concernées par les disparitions de personnes et les enlèvements.

— C'est à ce moment-là que j'ai été chargé de l'enquête, avait dit Mark. Après que le commissaire divisionnaire et le bureau du maire ont été informés, le dossier a été confié à la Brigade des enquêtes spéciales. Le FBI a été prévenu en même temps. Comme j'étais disponible, j'ai pris le dossier en main. Pour le moment, j'ai pu débriefer les premiers agents arrivés sur la scène de crime et j'ai parlé avec le témoin. Mes hommes analysent aussi toutes les informations qui parviennent au Centre de surveillance criminelle en temps réel.

Jack hocha la tête, laissant son regard glisser sur la rue. Une brise fraîche soufflait de l'Hudson. Sur le terrain de basket, en face de la maison, les joueurs se passaient la balle en se criant conseils et avertissements, parfois en s'engueulant. Mark fit remarquer :

— On sent une vraie vie de quartier, ici. Il est près de onze heures et il y a encore des jeunes qui jouent au basket. Ça fait plaisir à voir.

— Oui, le quartier est formidable. Et en effet, nous formons une vraie communauté. Warren, que vous avez rencontré là-haut, en est une des principales personnalités. Il est très respecté et écouté. Nous jouons au basket, nous aussi. Le plus souvent possible, et au moins tous les vendredis soir. Nous y serions, à l'heure qu'il est, si cette horrible tragédie ne nous était pas tombée dessus.

— Je vous ai dit tout ce que nous avions fait jusqu'à maintenant. Je dois préciser que ce n'est pas grand-chose en comparaison de l'aide que vous, vous nous avez apportée. Je suis vraiment désolé que vous deviez vivre une telle épreuve et je vous promets que je ferai tout ce qui est en mon pouvoir pour vous ramener votre petit garçon en bonne santé.

— Merci, dirent ensemble Jack et Laurie.

Mark descendit les marches du perron et grimpa à bord d'une voiture de police qui l'attendait au bord du trottoir. Ils la regardèrent s'éloigner en direction de Central Park.

— J'ai confiance en lui, dit Laurie qui voulait essayer de se montrer optimiste. Je suis épuisée, aussi, mais je sais que je ne pourrai pas dormir.

Elle entra dans la maison. Avant de la suivre, Jack observa un petit moment le match de basket qui se déroulait de l'autre côté de la rue. Il ne prêtait pas réellement attention aux actions des joueurs. Il espérait de tout son cœur que JJ leur reviendrait bientôt, qu'il serait indemne et qu'il grandirait normalement, comme tous les enfants, pour découvrir les innombrables joies de la vie.

Il entra à reculons dans la maison, ferma la porte et partit à la recherche de Laurie. Après le tumulte des dernières heures, il s'inquiétait de la réaction qu'ils risquaient d'avoir, l'un et l'autre, maintenant qu'ils se retrouvaient seuls dans leur grande maison. Il fut étonné de ne pas la trouver dans la cuisine. Depuis leur retour, ils n'avaient pas eu le temps de manger ; ils avaient été trop occupés par les policiers. Ils avaient notamment passé un long moment à parler à Mark Bennett de la maladie infantile dont JJ avait été atteint peu après sa naissance. Le commissaire les avait aussi interrogés au sujet des personnes qui avaient accès à la maison et en détenaient les clés – membres de la famille, amis ou femmes de ménage. Enfin, il avait voulu rassembler des photos de JJ et des objets sur lesquels son ADN était susceptible de se trouver ; il leur avait même demandé d'essayer de déterminer quels vêtements il portait, dans la journée, au moment où il avait été enlevé.

Jack ressortit dans le couloir et s'immobilisa, tendant l'oreille. Il perçut alors des voix dans le salon et se souvint tout à coup que Warren et Lou n'étaient pas encore repartis. Il poussa la porte de la pièce et eut la surprise d'y trouver deux autres hommes que Laurie semblait écouter avec attention.

— Ah, Jack ! s'exclama Lou. Viens, s'il te plaît. J'ai quelqu'un à te présenter.

— Oui, dit Laurie. Viens !

Les deux inconnus se levèrent quand Jack s'avança dans la pièce. Ils se tenaient très droit, le torse légèrement bombé et les épaules en arrière. Ils portaient l'un et l'autre un élégant complet bleu marine, une chemise blanche et une cravate de régiment. Ils étaient tous les deux un peu plus grands que Jack et ils avaient une quarantaine d'années. Ils étaient minces mais visiblement très musclés, et ils semblaient être en grande forme physique. Jack songea qu'ils avaient l'air de soldats des Forces spéciales en civil.

— Voici Grover Collins, dit Lou, désignant le plus costaud des deux hommes.

Jack le salua, fixant ses yeux bleu-gris. Sa poignée de main, ferme mais sans excès, était celle d'un homme calme et sûr de lui.

— Enchanté de faire votre connaissance, dit Grover avec une pointe d'accent britannique.

— Et voici Colt Thomas, dit Lou, désignant le deuxième homme qui avait la peau noire.

— Enchanté, dit Colt – il avait la même poignée de main que son collègue.

Jack ne s'y connaissait pas beaucoup en accents, mais, s'il avait été obligé de jouer aux devinettes, il aurait dit que Colt était originaire du Texas.

— Maintenant, continua Lou, permets-moi de m'excuser d'avoir pris la liberté d'inviter Grover et Colt ici ce soir. Mais j'ai fait ça parce que je crois que toi et Laurie, vous devriez les engager.

Jack regarda Laurie, puis les deux hommes, puis de nouveau Lou.

— Les engager pour quoi faire ?

— Il ne faut pas perdre une minute, enchaîna Lou, ignorant la question de Jack. Et ces messieurs sont de mon avis. Je me trompe ?

— Absolument, acquiesça Grover.

— Il n'y a pas une minute à perdre, renchérit Colt.

Jack ne comprenait pas très bien ce qui se passait. Mais comme il était l'hôte de cette petite réunion impromptue, il dit :

— Asseyez-vous, je vous en prie !

Chacun reprit sa place. Jack alla chercher une chaise près de la fenêtre. Il la posa devant la table basse pour s'y installer.

— J'ai eu le plaisir de travailler avec Grover et Colt il y a déjà quelques années, expliqua Lou. Et comme ils m'ont beaucoup impressionné, j'ai eu l'idée de leur demander de venir ici ce soir. Ils travaillent dans un domaine d'activité d'un genre un peu nouveau. Ils sont consultants en enlèvements.

— Consultants en enlèvements ? répéta Jack, étonné. Je ne savais même pas que ça existait, ce métier-là !

— À vrai dire, nous sommes déjà un certain nombre sur le marché, dit Grover. Mais officiellement, nous avons le titre de consultants en gestion de risques. C'est plus discret. Nous préférons ne pas trop faire parler de nous.

— Moi aussi, avant de faire leur connaissance, j'ignorais tout de leur métier, dit Lou. Mais depuis que nous avons bossé ensemble sur une certaine affaire – qui s'est conclue de façon très satisfaisante, dois-je préciser –, je suis un grand adepte de leurs méthodes.

— Notre métier existe parce qu'il y a une demande, malheureusement, pour l'offre que nous proposons. Dans les périodes difficiles, les périodes de troubles économiques et sociaux comme celle que le monde connaît aujourd'hui, les enlèvements se multiplient. Depuis quelques années, nous enregistrons une progression très nette de leur nombre. D'un bout à l'autre de la planète, mais en particulier dans les Amériques et en Russie.

— Je n'étais pas au courant, dit Jack. Mais… D'accord, ça paraît logique.

— Dans certains points chauds comme la Colombie, le Venezuela, le Mexique et le Brésil, il y a des milliers d'affaires chaque année. Rien que dans notre société, CRT Risk Management, nous avons une quarantaine d'agents en service, nous travaillons sur les cinq continents et nous n'avons qu'une seule activité : les enlèvements. Moi-même, je reviens tout juste de Rio. Colt est rentré hier de Mexico.

— Vous êtes d'anciens militaires ? demanda Jack.

— Ah, vous avez deviné ? répondit Grover en souriant. J'étais dans le SAS de Sa Majesté et Colt était dans les SEAL. Pour des agents surentraînés comme nous, la retraite et le retour à la vie civile peuvent être assez difficiles. D'une certaine façon, le boulot que nous avons aujourd'hui est idéal. Rester assis dans un fauteuil à fumer la pipe et à regarder des séries télé, ce n'est pas le genre de quotidien que nous supporterions longtemps.

— Répétez-leur ce que vous m'avez dit, intervint Lou. La raison pour laquelle vous pourriez jouer un rôle déterminant dans l'affaire qui les concerne.

— Dans l'enlèvement de votre fils, plusieurs choses nous ont sauté aux yeux. D'abord, il faut bien savoir que la police de New York, comme toutes les polices du pays, a une expérience assez limitée des enlèvements. Pour nous, c'est tout le contraire. Nous ne faisons que ça. Nous sommes spécialistes de cette activité. Plus les enlèvements se multiplient à travers le monde, en outre, plus ils deviennent sophistiqués. Les méthodes des ravisseurs évoluent, et les méthodes que nous développons pour les battre évoluent tout autant.

» Ensuite, il faut savoir que nous n'avons pas la même motivation que les forces de l'ordre. Elles, à vrai dire, elles ont plusieurs objectifs qui peuvent être contradictoires. Bien entendu, elles veulent sauver votre fils. Mais elles veulent aussi appréhender les ravisseurs. Je dis "les" ravisseurs, parce que l'enlèvement est de plus en plus un sport d'équipe. En général, donc, les autorités veulent attraper les ravisseurs avec autant de zèle qu'elles veulent récupérer la personne enlevée, ce qui veut dire que ces affaires peuvent avoir des conséquences politiques importantes. De plus – et là il s'agit d'un problème parfois très ennuyeux –, les différentes agences gouvernementales sont souvent en compétition les unes avec les autres. Ce n'est guère propice à la résolution des enlèvements.

» Nous, nous ne sommes pas concernés par ces problèmes. Notre seul et unique objectif, c'est de ramener votre enfant à la maison en bonne santé. Nous nous fichons des ravisseurs. Qu'ils soient arrêtés ou pas, ça nous est égal. Qu'ils soient condamnés ou pas, peu importe. Si c'est le cas, bien sûr, tant mieux. Mais ce n'est pas ce que nous recherchons. En ce qui concerne votre fils, donc, nous avons un avantage par rapport à la police et au FBI. Nous ne nous soucions pas de savoir si nous avons les autorisations du juge pour fouiller un domicile ou pour mettre quelqu'un sur écoute. Nous n'avons pas l'obligation de lire leurs droits Miranda aux ravisseurs. Et parfois, nous pouvons nous montrer assez violents avec les suspects. Quand c'est nécessaire, nous n'hésitons pas. Disons les choses de la façon suivante : si nous avons besoin d'une information, nous l'obtenons.

— Alors vous êtes des sortes de… de justiciers ? demanda Laurie.

— Pas du tout, dit Grover. Nous ne sommes pas là pour faire la justice. Notre unique objectif, c'est la récupération de votre enfant, vivant et en bonne santé, le plus vite possible. Voilà la mission. Si un ravisseur en souffre, c'est son problème, pas le nôtre, mais nous ne sommes pas là pour punir quiconque.

— Vous parlez en termes trop généraux, Grover, protesta Lou. Dites-leur ce que vous m'avez dit au sujet de *leur* enfant. Dites-leur pourquoi vous pourriez sans doute le sauver.

— Le commissaire Soldano nous a tout expliqué, enchaîna Grover. Et il nous a montré le dossier complet de son collègue, Mark Bennett. Il nous a aussi montré la lettre de menaces que vous aviez reçue, madame Stapleton. Et ignorée, malheureusement.

— J'avais mes raisons, dit Laurie, gênée.

— Je comprends tout à fait pourquoi vous avez pu ignorer cette lettre, dit Grover d'un ton rassurant. Ne vous faites aucun reproche. Elle ne parlait que de vous, pas de votre fils. Mais la conjonction de cette lettre et de l'enlèvement de votre enfant nous montre qu'il faut réagir très vite – tout de suite – pour minimiser la menace qui pèse sur lui. C'est ainsi que nous opérerons si vous décidez de nous engager. Connaissant la police et ses méthodes, j'ai le sentiment qu'elle va se montrer prudente. C'est-à-dire qu'elle attendra que les ravisseurs vous rappellent, après leur première prise de contact de cet après-midi, pour engager éventuellement des négociations. Cette approche passive, qui est certes une méthode éprouvée, ne convient pas dans la situation actuelle. Nous pensons qu'il faut prendre les devants. Anticiper sur les événements. En général, il est difficile de découvrir l'endroit où la victime est retenue captive, mais, pour un certain nombre de raisons, ce n'est pas le cas dans l'affaire qui nous concerne. Nous pensons, pour commencer, que ces ravisseurs ne sont pas des professionnels de l'enlèvement. Leur coup a été mal préparé et mal exécuté. Comme Lou vous le dira lui-même, les pros ne déclenchent pas l'opération en commettant un meurtre.

— C'est juste, renchérit Lou. Généralement, l'enlèvement proprement dit est la partie la mieux préparée de toute l'opération.

— Deuxièmement, poursuivit Grover, ces ravisseurs ne semblent pas s'être beaucoup renseignés sur l'étendue de votre patrimoine personnel. Sauf erreur de ma part, vous n'êtes pas des crésus. Vous ne disposez pas d'une grosse fortune familiale dans laquelle puiser une rançon.

— En effet, dit Jack. Tout ce que nous avons, c'est cette maison que nous avons fait rénover il y a quelques années.

— Dans les affaires d'enlèvement contre rançon, de nos jours, il est extraordinairement rare que les ravisseurs n'aient pas fait des recherches poussées sur la situation financière de leurs victimes. Aussi, il faut supposer que l'enlèvement de votre fils n'est pas motivé par l'appât du gain. La rançon que votre correspondant téléphonique de cet après-midi a évoquée, c'est sans doute une diversion. Par conséquent, s'il y a un lien entre la lettre de menaces que vous avez reçue et l'enlèvement de votre fils, il vaudrait peut-être mieux que vous cessiez d'enquêter sur le cas auquel la lettre fait allusion. À titre provisoire, à tout le moins. Que pouvez-vous nous dire au sujet de ce dossier ?

Lou répondit avant Laurie :

— Maintenant c'est moi qui m'en occupe. Il s'agit d'un homme qui semblait mort de mort naturelle, mais dont Laurie a prouvé qu'il a été assassiné. Nous avons aussi son nom : Satoshi Machita. Cet après-midi, Laurie nous a démontré de façon convaincante qu'il a été tué par la Mafia. Mais je ne peux pas en dire davantage pour le moment.

— Intéressant, dit Grover, et il marqua une pause, songeur, avant d'ajouter : Si la Mafia est impliquée, cela change un peu la donne.

— En effet, dit Lou. Et ça va beaucoup influencer le déroulement de mon enquête.

— Je suis également intrigué par le ton de la lettre, dit Grover. Pourquoi cet anonymat ? On a l'impression que sa rédaction a été confiée à une tierce personne. Comme si… comme si quelqu'un avait fait du chantage à une tierce personne pour l'écrire.

— C'est aussi mon opinion, renchérit Lou. Et nous avons déjà connu une situation similaire, à l'IML, il y a une quinzaine d'années. Tu te souviens, Laurie ?

— Bien sûr, répondit-elle. Vinnie Amendola avait une dette envers Paulie Cerino, un capo de la famille Vaccarro qui a sauvé son père il y a plus de trente ans. Et aujourd'hui, à vrai dire, Vinnie était très bizarre. D'ailleurs, il s'est subitement mis en congé. Soi-disant parce qu'il avait un problème familial…

— A-t-il dit s'il allait quelque part ? demanda Lou.

— Non.

— Eh bien… Je sais ce que je dois faire dès la première heure demain matin.

— Bonne idée, dit Grover. Mais je ne pense pas que nous devrions attendre que Vinnie soit retrouvé et interrogé. Je m'inquiète pour l'enfant. Ses ravisseurs ont prouvé qu'ils n'hésitaient pas à tuer. Je me demande ce qu'ils pourraient décider de faire du petit garçon s'ils pensaient avoir réussi à détourner Laurie de son travail, c'est-à-dire à l'empêcher de découvrir ce qu'elle a déjà découvert – et je suppose qu'ils ne savent pas encore qu'elle est parvenue à ce résultat.

— Que feriez-vous, précisément, si nous vous engagions ? demanda Jack.

De son côté, il ne voyait pas d'autre solution que d'attendre l'appel des ravisseurs et d'essayer de les repérer à ce moment-là.

— L'attitude de la police ne me paraît pas mauvaise, ajouta-t-il avant que Grover ait pu répondre. Il faut amener les méchants à la table des négociations, n'est-ce pas ? À l'heure qu'il est, JJ peut être n'importe où – en ville, dans l'État de New York, ou même dans un État voisin.

— Je pense que votre enfant n'est pas loin, dit Grover. Vu le déroulement de l'affaire jusqu'à maintenant, vu aussi l'absence totale d'organisation des ravisseurs, votre fils est sans doute au domicile de l'un d'eux. Par bien des aspects, il est beaucoup plus facile de loger et de gérer un bébé qu'un adulte. Avec un adulte, leurs ravisseurs doivent prendre toutes sortes de précautions pour qu'il ne sache pas où il se trouve et pour qu'il ne voie jamais leurs visages – sauf, bien sûr, quand ils prévoient de ne jamais le libérer. D'un autre côté, ils ne peuvent tuer la victime immédiatement, s'ils veulent une rançon ou autre chose, puisqu'ils sont obligés de donner des preuves de vie pendant la négociation.

— D'accord, dit Jack. Je comprends tout ça, mais comment vous proposez-vous de découvrir l'endroit où les ravisseurs ont emmené notre fils ? Moi, ça me paraît impossible !

— C'est souvent difficile, en effet, acquiesça Grover. Sinon impossible. Mais dans certaines situations très particulières, dont la vôtre, c'est faisable. Colt et moi, nous sommes du même avis. D'abord, il est tout à fait envisageable que Vinnie Amendola soit en mesure de nous livrer des informations sur les ravisseurs. Mais nous ne savons pas où est ce monsieur, et nous ne pouvons pas nous permettre d'attendre qu'il réapparaisse. Comme je disais, nous devons prendre les devants. La circonstance très particulière de votre situation personnelle, c'est le fait que vous habitez dans une ville où il y a de vrais quartiers, avec de vraies communautés de voisins. Les gens qui ne connaissent pas New York ne comprennent sûrement pas cela, car ils voient cette ville comme une mégalopole impersonnelle. Pendant que nous attendions de pouvoir vous parler, j'ai eu le plaisir de bavarder avec votre ami ici présent, Warren Wilson, qui se fait beaucoup de souci pour votre enfant et qui ne demande pas mieux que de vous aider.

Grover désigna Warren, qui hocha la tête, puis il enchaîna :

— Votre ami nous a expliqué que les habitants de votre quartier forment une communauté très soudée, depuis plus de vingt ans, et que votre épouse et vous-même y êtes très respectés et très aimés. Il nous a aussi parlé de votre générosité. Vous avez payé la rénovation du terrain de basket et de l'aire de jeux qui sont de l'autre côté de la rue. Grâce à vous, aussi, certains jeunes gens du quartier sont restés au lycée et ont pu poursuivre des études supérieures. C'est une belle histoire qui va maintenant… revenir vers vous, si je puis dire, pour vous rendre la pareille.

— Comment ça ? demanda Jack, perplexe.

— Pour avoir traité des centaines d'enlèvements, nous savons que les ravisseurs surveillent souvent la famille de leur victime pour s'assurer qu'elle respecte leurs exigences. Notamment en ce qui concerne l'éloignement de la police. Cela veut dire qu'un ou plusieurs ravisseurs rôdent dans les parages du domicile de la famille. Quand ils aperçoivent la police ou quelque chose qui leur déplaît, en général, ils retéléphonent à la famille et menacent de faire subir ceci ou cela à la victime si la police ou la chose qui leur déplaît ne disparaît pas pour de bon. Dans l'affaire qui vous concerne, maintenant, si nous avons raison de supposer que l'enlèvement de votre fils n'a pas pour motivation première l'obtention d'une rançon, mais la fin de l'enquête de votre épouse, il est tout à fait logique de penser que les ravisseurs vont envoyer un des leurs pour surveiller les lieux afin de voir si la police est ici et, surtout, pour voir si votre épouse semble avoir renoncé à son enquête. Il est très probable, en tout état de cause, qu'il y aura un guetteur pendant la journée.

— Et… vous avez l'intention de l'attraper ? C'est ça l'idée ?

— Voilà. Et la raison pour laquelle ce plan peut donner de bons résultats, comme il a déjà fonctionné en notre faveur une bonne demi-douzaine de fois, dont récemment à São Paulo au Brésil, c'est que nous sommes dans un quartier où les habitants se connaissent, ont de bonnes relations les uns avec les autres, s'entraident, et, surtout, peuvent repérer très vite les individus qui détonnent dans le paysage. Warren a proposé de se charger de cette mission pour vous, à partir de demain matin au lever du jour. Il nous a expliqué que la communauté avait déjà l'habitude de faire attention à cerner les personnages indésirables, pour limiter au maximum les actes de violence.

Jack regarda Warren qui hocha de nouveau la tête.

— Une fois que vous aurez attrapé ce guetteur, que ferez-vous de lui ?

— Il vaudrait mieux que vous ne posiez pas cette question, dit Grover avec un léger sourire. D'abord, nous nous assurerons que l'individu est bel et bien là pour surveiller votre maison. Et qu'il fait partie du groupe des ravisseurs. Ensuite, nous lui demanderons où est détenu votre enfant. Contrairement à la police et au FBI, comme je le disais tout à l'heure, nous n'avons pas les mains liées par… par tout un tas d'obligations. Notre intérêt, et notre principal souci, c'est de trouver et de sauver la victime de l'enlèvement. Cela veut dire que nous sommes parfois obligés de nous montrer assez persuasifs.

— Et quand vous saurez où se trouve notre fils… Que ferez-vous, à ce moment-là ?

— En général, nous décidons de la conduite à suivre en fonction de ce que nous apprenons sur les conditions de détention de la victime. Le plus souvent, nous organisons un raid de sauvetage immédiat. C'est sans doute la solution que nous choisirons pour votre fils. Et c'est là que Colt entrera en jeu. C'est le meilleur sauveteur de CRT. Son talent est pour ainsi dire légendaire. Il est capable d'entrer dans n'importe quelle habitation, en pleine nuit, et de retirer leurs boucles d'oreilles aux propriétaires des lieux sans les réveiller.

Jack médita ces propos quelques instants, puis demanda :

— Si nous vous engageons, comment la police va-t-elle réagir ? Faut-il l'informer, ou garder le secret ?

— Il faut l'informer, bien sûr. À vrai dire, nous essayons toujours de travailler en collaboration avec les forces de l'ordre. Y compris au point de leur faire certaines suggestions quand cela nous paraît approprié. Nous ne leur disons jamais ce qu'elles doivent faire. Nous leur présentons simplement des solutions que nous avons adoptées par le passé et qui ont fait leurs preuves. En outre, nous préférons que les forces de l'ordre s'attribuent tout le mérite du sauvetage de la victime. Nous tenons à limiter notre exposition aux médias, car nous travaillons beaucoup mieux dans l'anonymat.

— Puis-je vous demander combien coûtent vos services ?

— Certainement. Pour Colt et pour moi, il vous en coûtera deux mille dollars par jour plus les frais. Dans votre cas, les frais seront manifestement très limités puisque nous n'avons pas à voyager.

— Excusez-moi un petit moment, dit Jack.

Il se mit debout et fit signe à Laurie de le suivre jusque dans le couloir. Là, il demanda à voix basse :

— Alors, qu'est-ce que tu en penses ?

— J'ai été très impressionnée par le commissaire Bennett et la réaction de la police, mais ces deux hommes ont l'air tellement compétents ! Ils me rassurent beaucoup. Il est clair qu'ils ont énormément d'expérience dans le domaine des enlèvements. Et l'idée de prendre les devants, comme ils disent, me plaît bien. D'un autre côté, je suis tellement bouleversée que je ne suis pas sûre d'être en mesure de prendre une décision rationnelle.

— Pareil pour moi, dit Jack. Je ne sais pas si j'ai les idées assez claires pour prendre la bonne décision. Que penses-tu de demander leur avis à Lou et à Warren ?

— Ouais, bonne idée.

Jack passa la tête dans l'entrebâillement de la porte pour demander à Lou et à Warren de les rejoindre. Les deux hommes se levèrent aussitôt. Quand ils furent tous réunis dans la cuisine, Jack dit :

— Laurie et moi, nous nous rendons compte que nous sommes trop déboussolés pour prendre une décision. À votre avis, que devons-nous faire ?

— Je crois que vous devriez engager ces mecs, dit Lou sans hésitation. C'est pour ça que je les ai appelés. Nous avons bien de la chance qu'ils soient disponibles tous les deux en ce moment.

— Et toi, Warren ?

— À votre place, je les engagerais. Qu'est-ce que vous avez à perdre ? Et je ne demande pas mieux que de vous aider. Pour JJ, bien sûr, mais aussi pour Leticia. Et je sais que tous les copains du quartier seront heureux de participer.

— Formidable ! dit Jack d'un ton résolu, car il voulait tenter de réagir avec optimisme face à l'horrible cauchemar dans lequel il était piégé.

37

Samedi 27 mars 2010
09 h 16

La nuit n'avait été bonne ni pour Jack ni pour Laurie. Quand ils s'étaient retrouvés seuls dans la maison – le policier chargé de l'équipement de surveillance du téléphone, enfermé dans la chambre du rez-de-chaussée, leur était invisible –, l'expérience qu'ils vivaient s'était imposée à eux dans toute son horreur. Savoir que leur enfant était entre les mains d'inconnus violents qui risquaient de le maltraiter, et ne rien pouvoir faire pour empêcher cela, c'était une forme de torture psychologique qu'ils n'avaient jamais connue. Ils parlèrent aussi un moment de Leticia et de la tragédie de son décès qui resterait toujours pour eux une source de culpabilité.

Laurie s'était tout de même endormie vers sept heures du matin, après une séance de larmes particulièrement longue, mais Jack n'avait pas fermé l'œil du tout. À sept heures et demie, il avait renoncé et s'était levé. Une tasse de thé à la main, il s'était assis sur le canapé du salon et n'en avait plus bougé. Il respirait, il regardait droit devant lui sans rien voir – c'était à peu près tout ce dont il était capable. Son cerveau était complètement vide.

Il était encore dans cet état lorsque le téléphone sonna. Il se précipita pour répondre afin que la sonnerie de l'appareil ne réveille pas Laurie.

— Allô ? bafouilla-t-il.

— Je veux parler à Laurie Montgomery-Stapleton, ordonna Brennan d'une voix autoritaire et pleine de colère, comme s'il avait des raisons de se sentir offensé.

— Elle dort.

Jack n'avait pas entendu la voix de cet homme, la veille, mais il savait à qui il avait à faire. Une boule de fureur et de ressentiment gonfla dans sa poitrine. Il dut serrer les dents pour ne pas agresser verbalement son interlocuteur.

— Si elle veut sauver son enfant, elle va se réveiller et prendre le téléphone sur-le-champ.

— Vous pouvez parler avec moi. Je suis le père de l'enfant et le mari de…

— Je veux parler à Laurie Montgomery-Stapleton ! l'interrompit l'homme. Pas à vous ! C'est compris ? Ne discutez pas, sinon je vais à la voiture, je ramène votre bâtard ici et je vous fais regretter de me casser les pieds !

— O.K. ! O.K. !

Jack n'était pas content, mais il ne pouvait faire courir le moindre risque à JJ. Il laissa le combiné à côté de sa base et courut jusqu'à la chambre. Laurie était assise au bord du lit, les coudes sur les genoux, les yeux fixés sur le parquet.

— Désolé de te déranger. C'est lui. Il insiste pour te parler.

Elle hocha la tête, tendit le bras d'un geste las et posa la main sur le téléphone de la table de chevet. Avant de décrocher, elle prit une profonde inspiration et essaya de rassembler son courage. Une violente migraine lui vrillait les tempes, comme si elle s'était saoulée avant de se coucher.

— Allô ? dit-elle d'une voix tremblante.

— Dites bien à votre mari que, quand je téléphone, je ne veux parler qu'avec vous ! C'est clair ? Il a insisté pour que je parle avec lui. S'il refait un coup pareil, votre fils souffrira. Il perdra un morceau de son corps, comme je disais hier soir, et je le ferai déposer devant votre porte pour que vous sachiez que nous ne plaisantons pas.

— Est-il avec vous, en ce moment ?

— Non. Il est dans la voiture. Cet après-midi, quand je vous rappellerai, je le ferai venir au téléphone. Maintenant, je suis prêt à vous communiquer nos exigences. Et souvenez-vous : pas de police, ou bien votre fils souffrira ! Nous voulons un million de dollars. Pas en liquide. Le liquide, ça prend trop de place et les billets peuvent être marqués. Nous voulons un million de dollars en diamants incolores sans défaut. Peu importe leur taille, mais leur valeur totale doit être d'un million de dollars. À New York, on trouve facilement ce genre de diamants. Des questions ?

— Que faisons-nous, si nous n'avons pas un million ?

— Votre mari et vous, vous êtes médecins. Vous trouverez ce million de dollars.

— Nous n'avons pas d'argent. Uniquement notre maison.

— Rien à foutre, dit Brennan, et il coupa la communication.

Laurie raccrocha et leva les yeux vers Jack.

— Tu l'as entendu ?

— Ouais, à peu près.

— J'ai eu l'impression qu'il récitait un texte. Pas toi ?

— Humm, sans doute. Je crois que Grover avait raison quand il disait que ces gens étaient des novices en matière d'enlèvement et que la rançon était un truc secondaire. Sinon, pourquoi ce type insisterait-il de cette façon pour ne parler qu'à toi ? Il veut juste être sûr que tu es ici, chez toi, pas à l'IML.

— Peut-être, convint Laurie.

Elle ne pensait pas à l'IML. Elle n'avait qu'une seule chose en tête : ces bandits détenaient son fils et menaçaient de lui faire du mal. Elle voulait désespérément que JJ revienne à la maison.

— Je peux t'apporter quelque chose ? proposa Jack.

— Non, marmonna-t-elle, à nouveau accablée par le chagrin.

— Viens donc prendre une douche, suggéra Jack. D'accord ? Et puis ensuite, ça te ferait quand même du bien de manger un peu. Souviens-toi que nous n'avons rien avalé depuis hier midi.

— Je n'ai pas faim.

— Tu dois quand même te nourrir, Laurie. Et la douche ? Ça t'ouvrira peut-être l'appétit ?

— Laisse-moi tranquille ! Je ne veux ni me doucher, ni manger. Je veux juste… Je veux juste m'allonger et ne pas bouger d'ici.

— Entendu, dit Jack, résigné. Je descends voir le

policier pour voir comment il a traité ce coup de téléphone. Tu te souviens de son nom ?

— Je ne pense pas l'avoir jamais su.

Complètement déprimée, elle se laissa aller en arrière sur le lit. Elle voulait dormir, mais elle savait qu'elle n'avait aucune chance de trouver le sommeil. Elle se sentait tout à la fois épuisée, désespérée et survoltée.

Au rez-de-chaussée, Jack frappa à la porte de la chambre d'amis. Le policier en civil ouvrit aussitôt. Il s'appelait Edwin D. Gunner.

— Je viens de me rendre compte que nous ne vous avons rien offert à manger ou à boire depuis hier soir, dit Jack, embarrassé. Voulez-vous un petit-déjeuner ?

— Juste du café, s'il vous plaît. Je ne suis pas vraiment du genre à petit-déjeuner.

— Avez-vous pu écouter le ravisseur, tout à l'heure ? demanda Jack tandis qu'ils montaient à la cuisine.

— Oui, j'ai tout entendu.

— Avez-vous pu localiser l'origine de l'appel ?

— Absolument.

— Ah oui ? D'où venait-il, alors ?

— De l'un des mille et quelque téléphones publics qui sont encore en service dans Manhattan. Comme hier soir. Ce matin, c'était un appareil qui se trouve dans une laverie automatique du Lower East Side ouverte vingt-quatre heures sur vingt-quatre. Une voiture de patrouille s'est rendue sur place dès que l'appel a été localisé, bien entendu, mais ne soyez pas trop optimiste. Le ravisseur a très probablement filé.

— Sans le moindre doute, dit Jack.

Et pendant quelques instants il regretta de n'avoir pu être là-bas, armé d'une barre à mine, au moment où le ravisseur avait raccroché le téléphone.

38

Samedi 27 mars 2010
10 h 30

Warren Wilson habitait dans la même rue que Jack et Laurie, mais du côté de Columbus Avenue. Il avait pris le premier quart de surveillance, à partir de six heures du matin, pour voir si des inconnus guettaient la maison de ses amis. Celle-ci se trouvait à quelques centaines de mètres de chez lui en marchant vers Central Park. Avec sa façade ravalée, ses jolies jardinières chargées de plantes hivernales aux fenêtres et son marteau de porte en cuivre, c'était une des plus élégantes du quartier.

En guise de couverture pour sa mission, Warren avait emprunté le chien de sa voisine du rez-de-chaussée, un gentil petit toutou blanc qui aboyait contre tout et rien. Il s'appelait Killer. Comme il n'y avait pour ainsi dire personne dans les rues à six heures du matin le samedi, Warren était content de l'avoir avec lui pour justifier sa longue balade dans le quartier. Et du moment qu'il était autorisé à renifler chaque arbre et chaque bouche d'incendie qu'ils rencontraient, Killer semblait heureux de l'accompagner.

La veille au soir, après avoir quitté Jack et Laurie, Warren était rentré chez lui et avait appelé cinq de ses plus anciens copains – tous des gars qui habitaient le quartier depuis toujours. Ils jouaient ensemble au basket, ils avaient fait toute leur scolarité ensemble, ils travaillaient dans le quartier, ou à proximité, et ils aimaient énormément Jack et Laurie. Ils n'avaient pas demandé mieux que de l'aider. En plus, ils étaient complètement libres ce samedi. La météo annonçant une belle journée, ils avaient déjà prévu de passer tout l'après-midi sur le terrain de basket.

Avec une demi-heure en retard sur l'horaire prévu, Flash rejoignit Warren pour prendre le second tour de garde.

— Qu'est-ce qui t'arrive, mec ? demanda Warren, intrigué. T'as carrément mauvaise mine.

Habillé comme un chanteur de hip-hop, Flash avait les épaules voûtées et la mine déconfite derrière ses lunettes de soleil. Comme toujours, il commença par jurer :

— Fais chier, quoi ! Je comprends pas pourquoi j'ai accepté cette séance de torture. Se lever si tôt le matin, c'est l'horreur, putain ! Qu'est-ce que je suis censé regarder, déjà ?

Warren lui réexpliqua rapidement la situation.

— Et je te préviens : ne t'endors pas sur place, conclut-il. Sinon je te botte le cul !

— En te faisant aider par qui ? rétorqua Flash avec un grand sourire.

Warren avait passé quatre heures et demie à surveiller le quartier. Il n'avait rien vu du tout. Les piétons se faisaient étonnamment rares et ceux qu'il avait aperçus n'avaient manifesté aucun intérêt pour la maison de Jack et Laurie. Il n'avait pas non plus repéré le moindre véhicule suspect dans la rue ou dans les rues alentour. Globalement, c'était un matin normal de début de printemps dans la 106e Rue, avec des oiseaux qui gazouillaient dans les arbres, quelques chiens et leurs maîtres, et pas grand-chose de plus.

Dès qu'il eut ramené Killer à sa voisine, Warren ressortit de l'immeuble et marcha jusqu'à Columbus Avenue. Il acheta le *Daily News* chez l'épicier coréen et entra dans un coffee-shop pour boire un café et avaler un bagel en prenant des nouvelles du monde. Il n'avait pas encore lu tous les titres de la première page, lorsque son téléphone sonna. Il regarda le nom du correspondant et fronça les sourcils. C'était Flash.

— Ouais, quoi ? répondit-il, un peu agacé.

— Bingo !

— Comment ça, « bingo » ? répliqua Warren. Ça ne fait même pas un quart d'heure que t'es en place.

— Peut-être, mais j'ai un lascar, là, qui m'a l'air carrément suspect.

— Ah bon ? fit Warren, méfiant. Comment tu peux déjà savoir si ce mec est là pour faire le guet devant chez Jack et Laurie ?

— Ce mec, il est bizarre, je te dis. Il se comporte, genre, comme s'il s'installait ici pour la journée. En plus, je ne l'ai jamais vu dans le quartier.

— Ouais, d'accord. Eh ben… Tiens-le à l'œil ! S'il continue d'avoir l'air suspect, tu me rappelles tout à l'heure.

Warren coupa la communication en soupirant et jeta

le téléphone sur la banquette comme s'il lui en voulait de l'avoir dérangé.

Un quart d'heure plus tard, il venait de terminer son bagel et il avait bu la moitié de son café en parcourant les pages des sports bien peu intéressantes de ce week-end, lorsque le téléphone sonna de nouveau.

— Quoi ? grogna-t-il, toujours aussi méfiant. Qu'est-ce qui t'arrive ?

— Il a toujours le même comportement bizarre. C'est un mec du New Jersey. En tout cas, sa bagnole est immatriculée dans le New Jersey. Une Cadillac Escalade noire. Et c'est à croire qu'il veut faire comprendre à tout le monde qu'il est ici pour faire le guet, ce con ! À un moment, il est sorti de la voiture et il s'est mis à faire des mouvements de gym sur le trottoir.

— Ne t'approche pas trop de lui. Ces mecs qui font de la surveillance sont hypersensibles au fait d'être eux-mêmes surveillés. D'ailleurs, t'es à quelle distance de lui, là, tout de suite ?

— Une quinzaine de mètres. De l'autre côté de la rue.

— T'es trop près ! Bouge ! Tu sais quoi ? Va au terrain de basket. Je te rejoins dans cinq minutes. On fera semblant de s'entraîner à deux.

— Et s'il va quelque part ? Je le suis ?

— Non. Tu notes discrètement son numéro d'immatriculation.

— Compris.

Warren termina son café en une seule gorgée, replia le journal et sortit du coffee-shop au pas de course. Quand il arriva à la 106e Rue, il ralentit l'allure pour marcher comme un promeneur, sans hâte. Il vit Flash, à cet instant, entrer sur le terrain de basket. Au bord du trottoir, juste devant l'aire de jeux, il y avait un 4×4 noir aux vitres teintées. Il gagna son domicile.

— Où étais-tu ? demanda Natalie quand il entra dans l'appartement.

— Dehors, répondit-il en ouvrant le placard du couloir pour y prendre une de ses nombreuses tenues de basket.

— De si bonne heure ?

Warren ne répondit pas. Le samedi matin, en général, Natalie et lui faisaient la grasse matinée et traînaient au lit, peinards.

— À quelle heure t'es sorti ? insista-t-elle.

— Vers six heures. J'ai promené Killer. Mais écoute, je te raconterai ça tout à l'heure. C'est lié à l'histoire de Jack et de Laurie. Flash est sur le terrain. Je ressors m'entraîner un peu avec lui.

— O.K. Amusez-vous bien, dit Natalie d'un air déçu.

Il y avait maintenant davantage de monde dans la rue qu'au petit matin. Sur l'aire de jeux, deux bébés jouaient dans le bac à sable et deux enfants plus âgés étaient sur les balançoires. Leurs parents étaient assis sur les bancs. Le 4×4 n'avait pas bougé. Warren resta du côté droit de la rue jusqu'à ce qu'il arrive à hauteur du véhicule, puis il traversa la chaussée pour passer juste devant lui. Il aperçut la silhouette d'un homme assis au volant ; les vitres teintées l'empêchaient de voir son visage.

Marchant droit vers la porte du terrain de basket, il agita la main et apostropha Flash qui lui répondit avec enthousiasme.

— Il a bougé ? Il a fait quelque chose ? demanda Warren quand il rejoignit son ami près du banc de touche.

— Non. On ne voit pas à l'intérieur de la bagnole, t'as remarqué ?

Warren hocha la tête, saisit la balle et la jeta à Flash.

— On s'échauffe un peu, et ensuite on fait des points, dit-il. Tiens la voiture à l'œil, mais sans te faire remarquer.

Warren, qui était meilleur joueur que Flash, gagna facilement la partie de basket. Par contre, Flash gagna haut la main la bataille de l'argot et des jurons. Ils étaient tous deux hors d'haleine. Ils avaient beau s'être mis d'accord, avant de compter les points, pour y aller mollo, leur goût de la compétition les avait poussés à s'affronter pour de bon.

— Reposons-nous un moment, dit Warren.

Il s'assit sur le banc et sortit son téléphone de son sac.

— Ah voilà ! s'écria Flash, ironique. Il gagne un jeu parce qu'il a du pot, et tout de suite il veut s'arrêter.

— Donne-moi une minute et t'auras une seconde chance de perdre, répliqua Warren en pouffant de rire.

Flash s'approcha de lui, l'air interrogateur.

— J'appelle les gars engagés par Jack et Laurie, dit Warren à voix basse. Ça me fait mal de le reconnaître, mais je crois bien que tu nous as trouvé le guetteur qu'on cherchait.

Flash repartit avec la balle et s'exerça à faire des paniers tandis que Warren composait le numéro de Grover Collins. Il lui expliqua qu'il pensait avoir repéré un suspect devant la maison des Stapleton.

— Depuis combien de temps le surveillez-vous ? demanda Grover qui ne semblait absolument pas étonné.

— Pas bien longtemps. Une demi-heure à tout casser. Il est garé juste devant chez Jack et Laurie, de l'autre côté de la rue. Et il n'est pas très subtil. Il est même sorti de sa voiture, à un moment, pour faire sa gym.

Grover rit.

— Bien trop sûr de lui, le pauvre gars !

— Bien trop stupide, répondit Warren, essayant d'imiter l'accent britannique de Grover.

— Tenez-le à l'œil. Et soyez subtils.

— Sans problème. En fait, c'est assez facile. Nous sommes sur le terrain de basket, moi et un pote, et nous jouons comme si de rien n'était.

— S'il démarre et s'en va, n'essayez pas de le suivre. Il reviendra bien assez vite, ou quelqu'un d'autre prendra sa place. J'arrive bientôt avec mon collègue. Êtes-vous armé ?

— Armé ? Sûrement pas ! répondit Warren, horrifié.

— Hum… Il vaudrait peut-être mieux que vous ayez une arme. Si Colt et moi nous manquions notre coup – ce qui n'est jamais arrivé, je vous rassure –, je ne voudrais pas que vous soyez vulnérable. Avez-vous accès à une arme quelconque ?

— J'ai quelque chose, ouais, admit Warren à contrecœur.

— Nous arrivons dès que possible. Et souvenez-vous : soyez discret !

— Quel est le programme, si je puis me permettre ?

— Nous allons simplement nous approcher de cette voiture et inviter son occupant à se joindre à nous pour une petite fête privée au cours de laquelle nous lui demanderons ce que nous avons besoin de savoir. Par chance, il se trouve que nous avons déjà loué un local idéal pour la fête en question. Quand nous aurons l'information nécessaire, c'est-à-dire l'adresse de l'endroit où l'enfant Stapleton est retenu prisonnier, nous ramènerons notre ami à sa voiture. À ce moment-là, nous vous serons reconnaissants de nous donner un coup de main pour le réinstaller derrière le volant. Ensuite, il dormira paisiblement jusqu'à ce que le somnifère que nous lui aurons donné ne fasse plus effet.

— Aurez-vous aussi besoin de notre aide au départ ? Pour le faire passer de sa voiture à votre voiture, je veux dire ?

— Bonté divine, sûrement pas ! dit Grover avec un petit rire. Mais merci de le proposer. La raison pour laquelle nous ne pouvons accepter votre aide, bien sûr, c'est que vous seriez complice d'un crime, puisque nous allons enlever ce monsieur. De notre point de vue, évidemment, c'est juste œil pour œil, dent pour dent. Et si cet événement devait nous conduire devant la justice, nous avons un avocat maison pour régler le problème. Quoi qu'il en soit, la réponse est non. Nous nous chargerons de l'embarquer.

39

Samedi 27 mars 2010
11 h 49

Colt conduisait la camionnette Ford de location, tandis que Grover examinait le plan qu'il avait imprimé sur le site MapQuest.

— Je crois que nous pouvons nous féliciter, dit Colt. Ce petit événement s'est remarquablement bien passé.

Il faisait allusion à l'enlèvement du guetteur qui se trouvait devant la maison de Jack et Laurie Stapleton. Ils avaient eu d'autant moins de mal à prendre cet homme par surprise qu'il avait bêtement oublié de verrouiller son véhicule de l'intérieur. Il s'appelait Duane Mackenzie. À l'instant où Colt et Grover avaient fait irruption dans le 4×4, ouvrant simultanément les portières avant, il regardait les joueurs de basket qui s'affrontaient énergiquement sur le terrain. Avant d'avoir pu faire le moindre geste, il s'était retrouvé avec deux automatiques Smith & Wesson braqués sur les tempes. Et il s'était vu délester de son propre pistolet.

— Maintenant, voilà ce qui va se passer, avait dit

Colt qui se trouvait du côté du volant. Nous allons descendre de cette voiture et traverser gentiment la rue pour monter à l'arrière de la camionnette noire qui est là-bas. Sans faire de manières. Si vous criez ou si vous cherchez à vous enfuir, nous vous faisons exploser la cervelle. Compris ?

— Qui êtes-vous ? avait répliqué Duane d'une voix tremblante de terreur.

— La ferme ! avait répliqué Colt, puis il avait demandé à Grover : La voix est libre ?

— C'est bon. Pas de piétons en vue, sauf deux personnes qui s'éloignent, et pas de voitures.

Colt avait attrapé Duane par l'épaule pour le faire descendre du 4×4, puis il l'avait entraîné au pas de charge sur la chaussée. Il marchait en tenant son arme contre sa jambe. Grover avait pris de l'avance sur eux pour ouvrir les portières de la camionnette.

Plantant son pistolet entre les omoplates de Duane, Colt l'avait invité à s'allonger à plat ventre sur le grand tapis oriental que Grover et lui avaient préalablement étalé à l'arrière du véhicule. Ils avaient alors attaché les bras et les jambes de l'homme avec du rouleau adhésif industriel, ils l'avaient bâillonné avec un chiffon qu'ils avaient recouvert d'adhésif, puis ils l'avaient enroulé dans le tapis. L'épisode n'avait pas pris plus d'une minute et n'avait eu qu'un seul témoin : Jack, qui se tenait à la fenêtre du salon. Une heure plus tôt, il s'était remémoré la discussion qu'il avait eue la veille avec Colt et Grover et il avait décidé de surveiller la rue pour se donner une occupation. Il avait repéré le 4×4 presque au même moment que Flash – et ne l'avait plus quitté des yeux.

— Où dois-je tourner ? demanda Colt après s'être engagé sur Central Park West.

— Soit à la 59ᵉ, soit à la 57ᵉ, répondit Grover. La 59ᵉ fera bien l'affaire.

Ils se rendaient dans le quartier de Woodside, dans le Queens, où ils avaient loué une petite maison en brique flanquée d'un garage qui possédait une porte de communication avec la cuisine. C'était ce garage, haut de plafond, qui avait influencé leur choix. Ils voulaient y rentrer la camionnette pour n'être vus de personne quand ils en extrairaient leur invité.

— Tu crois qu'il est suffisamment terrifié ? demanda Colt.

Ils comptaient beaucoup sur la peur pour délier la langue de leur victime.

— J'ai l'impression. À sa place, en tout cas, je serais dans mes petits souliers, dit Grover, et il regarda sa montre. J'espère que ça ne va pas prendre trop longtemps. Nous avons une grosse journée devant nous.

Ils traversèrent le pont de Queensboro, longèrent un moment Northern Boulevard, puis tournèrent dans la 54ᵉ Rue. La maison était un peu plus loin. Colt ralentit et s'engagea sur l'allée du garage. Grover appuya sur le bouton de la télécommande ; la porte se souleva avec un grincement sourd. Colt avança le véhicule dans le garage et coupa le moteur.

— Allons d'abord installer nos outils et nous préparer, dit-il. Ensuite, nous reviendrons chercher notre invité.

— D'accord, mais n'en faisons pas non plus l'œuvre de notre vie.

40

Samedi 27 mars 2010
12 h 50

Le téléphone fit de nouveau sursauter Jack et Laurie. Ils échangèrent un regard anxieux. Une demi-heure plus tôt, c'était Warren. Il s'était excusé de les déranger, puis il avait expliqué qu'une poignée de copains étaient déjà sur le terrain de basket. Il voulait savoir si Jack avait envie de les rejoindre, histoire de se changer les idées un moment. Cette proposition avait d'abord séduit Jack, puis il avait regardé Laurie et décidé qu'il préférait rester avec elle – même s'ils ne savaient plus quoi se dire. Le sentiment d'impuissance qui les tenaillait l'un et l'autre était extrêmement pénible ; ils n'avaient d'autre choix que d'attendre, oscillant entre colère et désespoir.

Avant de raccrocher, Warren avait voulu leur donner une bonne nouvelle : Flash avait repéré un guetteur potentiel que Grover et Colt étaient rapidement venus embarquer.

— Oui, j'ai assisté à la scène, avait répondu Jack. Tu sais où ils l'ont emmené ?

— Aucune idée. Mais nous devons rester ici jusqu'à

leur retour, pour les aider à remettre le gars dans sa voiture. Voilà pourquoi nous jouons de si bonne heure.

À la troisième sonnerie du téléphone, ni Jack ni Laurie n'avaient encore fait le moindre geste. Laurie était assise dans un fauteuil ; Jack était au bout du canapé, près de la table sur laquelle était posé l'appareil. Il était dans une phase dépressive et il n'était pas certain d'avoir la force de parler à quiconque. Il s'obligea à décrocher à la neuvième ou dixième sonnerie, pensant que Warren le rappelait peut-être pour le convaincre de descendre jouer un moment. Mais en fait, c'était Mark Bennett.

— Comment allez-vous, tous les deux ? demanda le commissaire. Avez-vous réussi à dormir un peu, cette nuit ?

— Impossible, répondit Jack d'une voix lasse. Il y a du neuf ? Êtes-vous au courant que le ravisseur nous a retéléphoné ?

— Bien sûr. J'ai écouté l'enregistrement plusieurs fois et je me suis rendu à la laverie automatique dont il a utilisé le téléphone public. J'espérais trouver un employé qui se souviendrait de lui, mais ça ne s'est pas produit. D'un autre côté, nous savons maintenant quelle méthode ces gens privilégient pour entrer en contact avec vous. C'est important.

— Ah bon ? Ça pourrait nous aider ?

— Oui et non. Il y a encore pas mal de téléphones publics à New York et nous ne pouvons pas tous les surveiller, mais… c'est une idée que nous gardons à l'esprit. Le plus important, quoi qu'il en soit, c'est que les ravisseurs ont précisé leurs exigences. La négociation va donc pouvoir commencer. C'est une étape cruciale.

— Il nous a aussi redit qu'il ne voulait pas de présence policière chez nous. Il a menacé de faire souffrir JJ si nous n'obéissions pas.

— Les ravisseurs exigent presque toujours d'écarter la police, dit Mark. Évidemment, nous leur donnons satisfaction. Nous faisons tout notre possible pour être discrets. À propos, il y a aussi la question des médias. Pour le moment, ils ne sont pas au courant de l'affaire. C'est à vous de décider si vous voulez les prévenir. Mais nous vous conseillons de ne pas le faire. Il est inutile d'attirer l'attention…

— Et quand vous entrerez dans la maison ou en sortirez ? l'interrompit Jack qui continuait de penser aux menaces proférées par le ravisseur. Et l'agent qui est en bas ? Vous risquez d'être vus, n'est-ce pas ?

— L'agent qui est chez vous reste à sa place pour le moment, répondit Mark. Nous vous serions reconnaissants, d'ailleurs, de lui offrir de quoi se restaurer. Quant à moi, je n'ai pas besoin de venir dans l'immédiat. Plus tard dans la journée, ou demain, nous trouverons le moyen de remplacer notre agent sans que les ravisseurs qui surveillent peut-être votre maison ne s'en aperçoivent. Nous passerons par les cours qui sont derrière votre maison et ses voisines.

— Aucun policier ne franchira la porte d'entrée, n'est-ce pas ? insista Jack, très anxieux.

— Aucun, je vous le promets.

— D'accord. Il y a autre chose, de votre côté ?

— Oui. J'ai eu un coup de fil des techniciens qui ont examiné la camionnette utilisée pour l'enlèvement. C'était un véhicule volé et les ravisseurs ont pris soin de n'y laisser aucune trace, mais nous avons quand même quelques empreintes partielles. Elles sont en cours d'analyse. Ça pourrait être une vraie percée. Nous avons aussi lancé un avis de recherche au nom de Vinnie Amendola. Pour le moment, il est introuvable. Je n'essaie pas de dire qu'il se cache. Simplement, nous ne savons toujours pas où il est.

— Je vois, marmonna Jack.

— Maintenant, j'ai une suggestion à vous faire. Comme vous le savez, ils veulent que la rançon leur soit livrée sous forme de diamants incolores sans défaut. C'est rusé. Un million de dollars en diamants de ce genre, ce n'est pas difficile à trouver, mais il faut avoir l'argent. Je crois que vous devriez commencer à voir quelle somme vous serez en mesure de rassembler, et de quelle manière.

— Toutes nos économies sont dans notre maison. Par contre, nous n'avons ni crédit, ni hypothèque d'aucune sorte.

— Je vous encourage à parler avec votre banque pour voir l'argent qu'elle pourrait mettre à votre disposition, et dans quelles conditions. Avez-vous une assurance vie ?

— Oui, mais elle ne pèse pas bien lourd.

— Eh bien… voyez ce qui est possible. Quand nous serons en négociations avec les ravisseurs, nous devrons avoir une idée du montant maximum avec lequel nous pourrons travailler. Avez-vous d'autres questions ? Nous ne ménageons pas nos efforts, vous pouvez me croire. Je viens de parler au commissaire divisionnaire. Il tient à régler cette affaire le plus vite possible. Aujourd'hui même, dans l'idéal.

— Oui, j'ai une question. Que pensez-vous de l'idée d'essayer de découvrir où ces gens ont emmené mon fils ?

— C'est envisageable, mais… c'est très difficile. Et, en général, c'est une entreprise qui fait courir un très grand risque à la victime. D'après notre expérience, il vaut mieux amener les ravisseurs à la table des négociations et s'entendre avec eux sur les termes d'une libération rapide.

41

Samedi 27 mars 2010
13 h 00

— Nous sommes prêts, je crois, dit Grover à Colt en approchant le support de l'intraveineuse du lit.

Ils étaient dans la plus petite des deux chambres de la maison de Woodside. Sur le matelas, ils avaient posé une épaisse planche de contreplaqué d'un mètre quatre-vingts de long sur cinquante centimètres de large et, perpendiculaire à celle-ci, pour accueillir un bras du prisonnier, une planche de dimensions beaucoup plus réduites. Une sacoche noire, qui contenait un assortiment complet de substances chimiques et de seringues, se trouvait sur la table de chevet, avec le rouleau de ruban adhésif industriel.

— Il est temps d'aller chercher notre invité, dit Colt.

Ils portaient tous deux des gants en latex pour éviter de laisser la moindre empreinte dans cette maison qu'ils avaient louée sous un faux nom et payée d'avance en liquide. Leur société, CRT, avait pour devise : *on n'est jamais trop prudent*.

Ils descendirent au garage, ouvrirent les portières

arrière de la camionnette et déroulèrent le tapis. Duane avait l'air aussi terrorisé qu'ils l'espéraient. Ils lui détachèrent les chevilles, puis Colt le redressa.

— Viens ! dit-il d'un ton enjoué. Nous allons fêter notre rencontre au premier étage.

Duane refusa d'abord de descendre de la camionnette, mais il changea d'avis lorsque Colt lui braqua son arme sous le menton. Précédé par Grover et suivi par Colt, il entra dans la cuisine, monta l'escalier et pénétra avec hésitation dans la petite chambre. Quand il vit le lit et les planches, il essaya de battre en retraite.

— Te fatigue pas, dit Grover en le poussant vers le lit. Que ça te plaise ou non, nous allons faire ce que nous avons à faire. À moins que tu nous dises tout de suite ce que nous voulons savoir…

Duane crispa les mâchoires et poussa des grognements sous le bâillon.

— Tu veux dire que tu es prêt à nous parler, c'est ça ? demanda Grover.

Il scruta les yeux noirs de Duane, qui hocha la tête, puis il regarda son collègue d'un air interrogateur.

— On peut toujours essayer, dit Colt avec un haussement d'épaules.

Grover saisit une des extrémités du morceau de ruban adhésif qui couvrait la bouche de Duane et tira brusquement dessus, arrachant les poils de sa barbe en même temps que le bâillon. Duane poussa un glapissement de douleur.

— Vous êtes qui, vous ? ! cria-t-il.

— Je regrette, ça ne te concerne pas, dit Grover, forçant un peu sur son accent britannique. Tu as deux secondes pour te montrer coopératif.

— Coopératif ? Comment ça ?

— Dis-nous où est l'enfant que tes complices et toi avez kidnappé. Dis-le-nous, ou bien nous te ferons parler. À toi de choisir.

— Je ne comprends pas ce que vous voulez dire.

— Qu'est-ce que tu fichais dans ta voiture dans la 106e Rue ?

— Je regardais des mecs jouer au basket.

Agacé par l'attitude insolente du prisonnier, Grover lui décocha un coup de karaté dans la nuque avec le tranchant de la main. Les genoux de Duane se dérobèrent sous lui ; il commença à s'effondrer, mais Grover le rattrapa par les aisselles. Colt réagit aussitôt en lui saisissant les jambes. Ils l'allongèrent sur la planche en contreplaqué. Grover saisit le ruban adhésif sur la table basse. Avant que Duane soit complètement revenu à lui, les deux hommes l'avaient attaché aux planches.

— D'accord ! Pardon ! s'écria-t-il, désespéré, dès qu'il retrouva sa voix. Je suis désolé. Je ne voulais pas faire le malin. Je surveillais la maison des parents du gosse pour être sûr que la femme n'en sortait pas. C'était tout ! Je le jure ! Je devais juste m'assurer que personne ne quittait la maison.

— Trop tard, répliqua Grover. Nous n'avons pas le temps de jouer aux devinettes avec toi.

Avec habileté, il posa une perfusion intraveineuse au prisonnier qui gigota vainement sous le ruban adhésif et se mit à hurler :

— Qu'est-ce que vous foutez, nom de Dieu ? ! Qu'est-ce que vous allez m'injecter ? !

— Tu veux bien m'aider ? demanda Grover à Colt. J'ai un petit problème de calcul. C'est zéro virgule sept milligrammes par kilo. À ton avis ? Il pèse… quatre-vingts kilos ?

— Ouais, ça doit être à peu près ça.

— Bon, ça veut donc dire… cinquante-six milligrammes, dit Grover. Arrondissons à soixante.

— Ça me paraît bien.

Grover ouvrit le flacon du produit dont il avait besoin, remplit une seringue jusqu'au niveau voulu, la tapota pour en chasser les bulles d'air, puis la tendit à Colt par-dessus le buste de Duane.

— Qu'est-ce que vous allez m'injecter, putain ? !

Duane les observait avec des yeux ronds de terreur. S'apercevant qu'il y avait encore une bulle d'air dans la seringue, Colt la leva vers le plafonnier et lui appliqua une pichenette.

— Non, ne faites pas ça ! implora Duane. C'est quoi ? Qu'est-ce que ça fait ?

— Ça s'appelle du midazolam, si tu veux tout savoir. Mais je perds mon temps à te répondre, parce que tu ne te souviendras jamais de tout ça. Une des propriétés les plus intéressantes de cette molécule, c'est qu'elle provoque une puissante amnésie rétrograde.

— Amnésie rétrograde ? C'est quoi, ça, putain ? !

Grover et Colt l'ignorèrent. Colt injecta le produit dans le cathéter de l'intraveineuse.

— Nom de Dieu ! glapit Duane tandis que Colt glissait la seringue dans son emballage plastique. Qu'est-ce que vous…

Sa voix mourut sur un soupir. Il dormait déjà.

— Ce truc m'épate chaque fois, dit Colt.

— Il faut reconnaître que c'est une molécule carrément géniale.

Pendant que Colt administrait la drogue à Duane, Grover avait préparé une seconde seringue avec du Valium – pour plus tard.

— Essaie de le stimuler gentiment, dit-il.

— Hé, Duane ! cria Colt, et il lui donna une claque sur la joue. Réveille-toi !

L'homme ne réagit pas. Colt le gifla plus sérieusement, puis il lui pinça le menton et le secoua par les épaules.

— Allez, mon grand ! Reviens sur terre !

Les yeux de Duane papillotèrent, puis s'ouvrirent sur un regard lointain et confus.

— Waouh… fit-il, un sourire éclairant soudain son visage. Ah ben ça alors…

Pour commencer, Colt lui posa quelques questions d'ordre général. Duane y répondit avec bonne humeur. Seul problème que posait cette forme d'interrogatoire, il fallait réveiller le sujet de temps en temps.

— Bon ! dit tout à coup Grover. C'est quoi, cette histoire d'enlèvement ? Comment ça se passe ?

Colt hocha la tête. Il était temps d'aborder le sujet qui fâchait.

— Ça va, ça va, répondit Duane. Ça se passe bien. On ne fait pas grand-chose. On attend de pouvoir commencer à s'amuser.

— S'amuser ? Qu'est-ce que tu veux dire ?

— Faut qu'on trouve le moyen d'échanger le gamin contre les diamants sans se faire prendre.

— C'est sûr qu'il vaut mieux éviter de se faire prendre, acquiesça Grover. Où est l'enfant, en ce moment ?

— Chez Louie.

— Louie qui ?

— Louie Barbera.

— Et où habite-t-il, Louie ?

— À Whitestone, dans le Queens.

— À quelle adresse, précisément ?

Duane se rendormait. Colt le gifla plusieurs fois, très violemment. Il cligna des paupières.

— On te demande l'adresse de Louie ! dit Colt. Louie Barbera !

— 3746, Powells Cove Boulevard.

Grover prit rapidement note de ces informations.

— Qui s'occupe de l'enfant ?

— La femme de Louie. Elle l'adore. Elle voudrait l'adopter et elle casse les pieds à Louie pour pouvoir le garder. Mais lui, il veut emmener le gosse ailleurs.

— Où ça ?

— Dans un vieil entrepôt qui est près du fleuve. Aujourd'hui, les gars vont essayer d'y installer le chauffage.

Grover et Colt se regardèrent.

— Raison de plus pour faire le raid dès ce soir, dit Grover. Ce serait bête d'arriver trop tard et de rentrer les mains vides.

— Ouais, d'accord, marmonna Colt. Mais tu sais qu'en général, je préfère avoir au moins un jour d'avance pour me familiariser avec les lieux.

— Il faut y aller ce soir, insista Grover. Nous n'avons pas le choix. Maintenant que nous avons l'adresse, nous devons passer à l'action. Nous avons assez de temps cet après-midi pour nous préparer et passer là-bas en voiture.

— Passer devant la maison, tu veux dire ? Ça ne servira pas à grand-chose.

— Nous devons nous adapter aux circonstances. As-tu encore des questions pour notre invité ?

— Duane ! cria Colt.

Il le gifla plus fort que jamais, comme si c'était sa faute s'ils n'allaient pas avoir le temps de faire une mission de reconnaissance complète avant l'opération.

— Duane ! Est-ce que Louie a des chiens ?

— Oui, deux. Des sales dobermans qui se baladent en permanence tout autour de la maison.

— Merde, grogna Colt. Je sentais bien que ce truc avait l'air trop facile.

— Vois les choses du bon côté. Un type qui a de gros chiens de garde dans sa propriété est sans doute moins bien équipé côté systèmes d'alarme.

— C'est juste, admit Colt. Bon, fichons le camp d'ici et allons tout de même repérer les lieux.

Ils rangèrent le matériel et ramenèrent Duane dans la camionnette. Grover fit un dernier tour d'inspection de la maison pour s'assurer de n'avoir rien oublié, avant de laisser les clés sur la table de la cuisine.

Pendant qu'ils regagnaient Manhattan, Grover appela le bureau. Il eut une réponse immédiate, car CRT était ouvert et opérationnel vingt-quatre heures sur vingt-quatre, trois cent soixante-cinq jours un quart par an.

— C'est… Beverly ? demanda-t-il.

Il connaissait les voix de toutes les réceptionnistes.

— C'est bien moi, répondit la jeune femme d'un ton enjoué.

— Lequel de nos chercheurs est dans la maison, aujourd'hui ?

— Je viens tout juste de voir Robert Lyon.

— Vous voulez bien le biper et lui demander de m'appeler sur mon portable ?

— Tout de suite, dit Beverly.

Quand Robert le rappela, Grover dit :

— J'ai besoin de votre aide et c'est urgent.

— Que vous faut-il ?

— J'ai l'adresse d'une maison à Whitestone, dans le Queens. Je veux le maximum d'informations à son sujet. Allez sur le site web du cadastre de la ville et voyez s'il y a un plan au sol de la maison. Trouvez aussi le nom du propriétaire. Et rappelez-moi dès que possible. Colt et moi, nous devons faire un raid là-bas dès ce soir.

Il donna l'adresse de Louie Barbera à Robert, coupa la communication et appela aussitôt Warren. Celui-ci lui répondit à la cinquième sonnerie, hors d'haleine.

— Nous sommes sur le chemin du retour, dit Grover. Nous vous serions reconnaissants de nous aider, comme prévu, à remettre le guetteur dans son véhicule. Après la jolie petite fête à laquelle il a participé, il dort très profondément.

— Sans problème. Nous sommes encore sur le terrain de basket. Vous avez obtenu satisfaction ?

— Oui. Notre invité s'est montré tout à fait coopératif.

— Bien. Dans combien de temps serez-vous là ?

— Trente ou quarante minutes, je pense. C'est samedi. La circulation est fluide. Nous arrivons de Woodside.

— À tout de suite, dit Warren.

Le trajet fut encore plus rapide que l'avait supposé Grover. Vingt minutes plus tard, Colt tourna dans la rue de Laurie et Jack Stapleton. Il se gara juste derrière le 4×4 pour limiter la durée du spectacle offert par le groupe qui transférerait l'homme endormi de la camionnette jusque dans son véhicule. Grover mit pied à terre dès que Colt eut freiné, courut jusqu'au grillage d'enceinte du terrain de basket, attendit que l'action en cours soit terminée et apostropha Warren.

— Nous arrivons ! répondit ce dernier, et il fit signe à Flash de le suivre.

À quatre, ils n'eurent aucune difficulté à sortir Duane de son tapis et à l'installer sur son siège dans le 4×4. Grover insista pour le pencher en avant sur le volant.

— Il est vraiment dans les choux, fit observer Warren. Qu'est-ce que vous lui avez donné ?

— Un produit qui s'appelle le midazolam, répondit Grover. Et maintenant, nous allons lui injecter du Valium par voie intramusculaire. Nous voulons qu'il dorme un bon moment. Il faut aussi qu'il donne l'impression de s'être saoulé à mort.

Grover alla chercher une bouteille de vodka dans la camionnette. Colt soutint Duane et lui ouvrit la bouche tandis que Grover y versait une longue rasade d'alcool dont une bonne partie dégoulina sur son menton et sa chemise.

— Parfait, dit Grover.

Il reboucha la bouteille à moitié pleine et la jeta sur le siège passager.

— Si ses complices viennent le chercher, ils le

trouveront bizarre, ils penseront qu'il est ivre, et ils ne pourront jamais se douter qu'il a été emmené loin d'ici et qu'il a parlé sous l'effet d'une puissante molécule.

— Lui, par contre, il va se souvenir de tout ça, constata Warren.

Grover planta l'aiguille de la seringue de Valium dans le bras de Duane – directement à travers sa manche de chemise.

— Non, pas du tout. Non seulement le midazolam rend très bavard, mais, en plus, il provoque une amnésie rétrograde qui est idéale pour nous. À vrai dire, il aura de la chance s'il se souvient de s'être réveillé ce matin.

— Waouh, dit Warren, admiratif. C'est très rusé.

— Vous serait-il possible de continuer de surveiller ce véhicule, les gars ? demanda Grover. J'aimerais savoir si ses complices se pointent, et à quelle heure. J'aimerais aussi avoir leurs numéros d'immatriculation. Si vous réussissez à les obtenir sans vous faire remarquer, bien sûr. Je ne veux pas qu'ils sachent que nous sommes sur leur dos.

— Jusqu'à quand faut-il surveiller le 4×4 ?

— Dans l'idéal jusqu'à deux ou trois heures du matin, mais je sais que c'est sans doute trop demander. Aussi longtemps, disons, que vous êtes prêts à le faire et que vous avez des gens disponibles.

— Aucun problème, dit Warren. Ces enfoirés ont tué ma cousine et enlevé le bébé de Jack et de Laurie. Je suis prêt à rester ici toute la nuit, si nécessaire. Mais voilà ce qui va se passer. Nous resterons sur le terrain jusqu'en début de soirée. Après ça, je chargerai les gars qui auraient dû faire leur quart aujourd'hui de surveiller la voiture.

— En leur disant de faire extrêmement attention à ne pas se faire remarquer, insista Grover. C'est très important. Les ravisseurs qui ont l'impression d'être surveillés ou suivis deviennent très nerveux. Et cela peut faire courir un très grand risque à la victime. Quand les ravisseurs ont le sentiment que les autorités risquent de les coincer, en général, ils tuent la victime et ils se débarrassent du corps de façon à ce qu'il ne soit jamais retrouvé.

— Compris, dit Warren. Nous ferons gaffe.

Avant de se rendre à Whitestone, Grover et Colt prirent la direction du centre de Manhattan pour passer aux bureaux de CRT qui occupaient tout un étage d'un immeuble de la 54e Rue Est. En général ils grouillaient d'activité, mais, comme on était samedi et comme dix des trente-neuf agents d'intervention étaient en mission active pour dix enlèvements dans huit pays, l'atmosphère y était beaucoup plus paisible que d'habitude.

— Robert est à la cafétéria, annonça Beverly quand ils arrivèrent à la réception.

La cafétéria se trouvait dans une petite pièce triste, sans fenêtres, qui aurait mieux convenu au stockage des balais et des produits d'entretien qu'à son rôle de salle de restauration pour le personnel de la société. Au fond, il y avait plusieurs distributeurs de boissons et de snacks, ainsi qu'une grande cafetière électrique collective. Robert était seul. Il travaillait sur son ordinateur en sirotant un café.

— Vous avez trouvé quelque chose ? demanda Grover.

— Ouais. Pas énormément de trucs, mais vous devriez quand même pouvoir travailler convenablement. J'ai eu de la chance au cadastre, dois-je quand même préciser. Vous avez eu une bonne idée. Sur le site, il y avait non seulement un plan de la propriété, mais aussi un plan de la maison très récent et très détaillé. Elle a été entièrement rénovée et réévaluée, il y a une dizaine d'années, quand le propriétaire actuel l'a achetée.

— Vous avez l'air de dire « propriété » comme s'il s'agissait d'une maison très importante. Je me trompe ?

— C'est exactement ça. La maison est très vaste, le terrain alentour aussi. C'est une vraie propriété de gens fortunés. Il y a plus de quatre mille mètres carrés de terrain, ce qui est beaucoup pour cette partie de la ville, une piscine, un court de bolo et…

— Bolo ?

— C'est un jeu de raquette à mi-chemin entre le squash et le jokari, je crois, dit Robert avec un haussement d'épaules. Et enfin, il y a un ponton pour l'amarrage des bateaux.

— Ah ! fit Colt. Cette propriété est donc au bord de l'eau ?

— Oui. Au bord de l'East River. Elle a cent vingt mètres de rive sur sa largeur. La maison elle-même fait neuf cents mètres carrés de surface habitable. Avec ses deux niveaux, elle couvre la moitié du terrain. Je dirais donc que c'est une propriété au sens le plus… éminent du terme.

— C'est clair, acquiesça Grover. Montrez-nous les plans.

Robert avait déjà imprimé sur des feuilles A4 les

documents qu'il s'était procurés sur le site du cadastre. Colt tapota le plan de la maison et dit :

— Doublez la taille de cette impression. Je vais sans doute avoir besoin de chercher l'enfant. Je devrai connaître cette baraque sur le bout des doigts.

— J'ai aussi un plan de la ville et un plan détaillé du quartier où se trouve la propriété, dit Robert, et il leur tendit ces papiers avant de sortir de la pièce pour aller agrandir le plan de la maison.

— Humm, fit Grover d'un ton ennuyé en regardant les plans de ville sur lesquels Robert avait indiqué la maison avec une croix rouge. C'est dans une impasse.

— Mince. Nous n'avons pas envie de nous retrouver coincés dans une impasse, dit Colt. Mais bon, ça n'a pas d'importance. De toute façon, nous arriverons par l'East River.

— Ah non, pas question, répliqua Grover. Tu ne vas pas m'embarquer une fois de plus dans un bateau !

Quelques mois plus tôt, Colt avait insisté pour aborder par la mer une propriété de Carthagène, en Colombie, dans laquelle ils avaient sauvé une jeune femme.

— Nous louerons un Zodiac, affirma Colt, imperturbable. Il doit bien y avoir des marinas, dans ce coin-là. Nous aborderons discrètement et nous planquerons le bateau sous le ponton.

Robert revint dans la pièce avec les agrandissements.

— Et du côté du propriétaire, qu'avez-vous trouvé ? demanda Grover.

— Pas grand-chose pour le moment. La maison appartient à une compagnie enregistrée au Panama qui paie les impôts fonciers et tous les frais de fonctionnement. Mais cette compagnie panaméenne appartient à une compagnie brésilienne, et ainsi de suite. Vous connaissez le topo.

— Des sociétés-écrans, dit Grover en hochant la tête. Ça confirme que l'enlèvement est une opération de la Mafia.

Colt regarda sa montre.

— Grover, il est déjà deux heures passées ! Nous devons nous bouger les fesses et aller à Whitestone. Surtout si nous devons trouver un bateau ! Et je vais avoir besoin de temps pour préparer mon matériel pour ce soir.

— D'accord, allons-y, dit Grover. Robert, appelez-moi sur mon portable si vous apprenez quoi que ce soit sur la maison ou son propriétaire. Il faut absolument que cette opération ait lieu ce soir, alors faites tout votre possible.

— Je n'y manquerai pas, répondit Robert.

— Avez-vous vu notre pro de la logistique, aujourd'hui ? demanda Colt.

La logistique, chez CRT, était entre les mains d'un seul homme. Il s'appelait Curt Cohen et il était capable de mettre la main sur à peu près n'importe quel matériel disponible au monde – en particulier dans les domaines de l'électronique et de l'armement. Tout ce dont un consultant en enlèvements, ancien membre des Forces spéciales, pouvait avoir besoin pour exécuter sa mission, Curt le lui procurait.

— Il était ici ce matin, répondit Robert. Il cherchait quelque chose pour Roger Hagarty qui est à Mexico pour tenter de récupérer la fille d'un riche industriel.

— Tant mieux, dit Colt d'un ton enjoué. Pourriez-vous lui demander de m'appeler ? Je vais avoir besoin de trucs un peu particuliers.

— Tout de suite, dit Robert.

— Allons-y, dit Grover en saisissant Colt par le bras pour l'entraîner vers la porte. C'est toi qui rouspètes tout le temps que nous n'avons pas assez de temps pour nous préparer.

Pour leur second voyage de la journée en direction du Queens, ils empruntèrent le tunnel Queens-Midtown. Grover avait pris le volant afin que Colt puisse profiter du trajet pour mémoriser les plans des deux étages de la maison.

— Je ne pense pas que tu auras du mal à trouver le gosse, dit Grover.

— Ton optimisme me fait chaud au cœur. Mais je ne veux pas entrer dans cette baraque et me retrouver paumé dans l'obscurité.

— Tu as raison d'être prudent. Mais si l'épouse adore le gosse comme le disait Duane Mackenzie, il sera très probablement pile au milieu de la chambre du maître de maison et de madame.

Quand ils ressortirent du tunnel, le téléphone de Colt sonna dans sa poche.

— C'est Curt, dit son correspondant. Robert m'a dit que tu avais besoin de quelque chose de particulier ?

— Ouais. Je voudrais un pistolet à air comprimé avec des fléchettes qui contiennent assez de kétamine pour arrêter un taureau adulte lancé à pleine vitesse. Le pistolet qui a le laser de visée vert, tu sais ? Il y a de fortes chances pour que je me retrouve nez à nez avec un duo de dobermans.

— Tu plaisantes ? Même avec une dose massive de kétamine, tu n'auras pas le résultat que tu veux. Les fléchettes à kétamine ne font pas tomber l'animal instantanément comme au cinéma. Tes cabots tiendront encore debout quelques longues secondes, et ils resteront dangereux. Ne l'oublie pas.

— Tu veux dire qu'ils seront encore capables de me bouffer les mollets après avoir reçu la dose de la fléchette ?

— Hélas oui ! Tu aurais peut-être plutôt intérêt à les tuer.

— Merci du tuyau. En plus, je vais avoir besoin de mon kit de varappe habituel, avec deux longueurs de corde. Et un grappin de fenêtre, aussi, pour me tirer dare-dare.

— Aucun problème. Quoi d'autre ?

— Un sac à dos facile à épauler, facile à ouvrir et fermer, et capable de soutenir un poids d'environ vingt kilos.

— De quelle taille ?

— Assez grand pour contenir un enfant d'un an et demi. Si en plus il était matelassé à l'intérieur, ce serait idéal. Et puis… Ah oui ! Une seringue sans aiguille avec un anesthésiant instantané pour que l'enfant dorme deux petites heures.

— Pour les armes, tu as des envies particulières ?

— Heu… Donne-moi quelque chose de petit et de léger, mais qui fasse beaucoup de bruit et qui ne m'oblige pas à viser.

— Tu veux dire… un Uzi ?

— Ça ira.

— Quoi d'autre ?

— Des outils pour le crochetage de serrures, des ventouses à vitre et des cutters – comme d'hab, quoi.

— C'est tout ?

— Je crois. Si je pense à autre chose, je te rappellerai.

— À quelle heure veux-tu tout ce matériel ? demanda Curt. Je le déposerai à la réception. Et à propos, tu ne veux pas des binoculaires de vision nocturne ?

— Ah si ! répondit Colt. Merci de m'y faire penser. Attends, je demande à Grover ce dont il a besoin.

— Moi aussi je veux des binoculaires, bien sûr ! dit Grover qui entendait Curt sur le haut-parleur du téléphone.

— Ce soir, la météo prévoit un ciel dégagé et une lune au troisième quartier, dit Curt.

— Je veux quand même les binoculaires, dit Grover.

— Moi aussi, dit Colt.

— Et je veux un fusil à lunette, Curt ! lança Grover. Avec une lunette de vision nocturne. C'est au cas où Colt serait poursuivi quand il ressortira de la maison avec le gosse.

— Ça ne risque pas, dit Colt d'un ton amusé.

— Deux précautions…

— Ouais, O.K. ! l'interrompit Colt. Deux précautions valent mieux qu'une. Mais laissons tomber les clichés, d'accord ?

Curt pouffa de rire et demanda :

— À quelle heure vous voulez tout ce matériel, alors ?

— Nous n'en aurons pas besoin avant vingt-trois heures. Je ne veux pas faire le raid avant une ou deux heures du matin.

— Tout sera prêt à vingt et une heures. Si vous pensez tout à coup à autre chose, rappelez-moi et je ferai de mon mieux.

— Merci, Curt ! dirent ensemble Grover et Colt.

42

Dimanche 28 mars 2010
00 h 31

Après avoir récupéré tout le matériel que Curt avait laissé pour eux à la réception de CRT, Grover et Colt venaient de refaire le trajet qu'ils avaient parcouru une fois dans l'après-midi jusqu'à Whitestone. Leur premier voyage n'avait pas été inutile. Ils avaient d'abord constaté que, contrairement à ce qu'ils avaient supposé, les ravisseurs de JJ n'étaient pas à proprement parler des amateurs. Deux hommes surveillaient discrètement la maison de Powells Cove Boulevard dans laquelle se trouvait l'enfant. Depuis quelques années, les ravisseurs de tous les pays du monde avaient compris l'importance de ce genre de mesure de précaution. Si les forces de l'ordre découvraient la planque et menaçaient de s'en approcher, les membres de l'équipe qui y gardaient la victime pouvaient être alertés et ficher le camp s'ils en avaient le temps – ou tuer la victime et cacher sa dépouille s'ils n'avaient pas d'autre solution. Quand les autorités ne retrouvaient pas la victime, elles étaient en général obligées d'abandonner les poursuites contre les ravisseurs. Si Grover et Colt avaient aperçu ces deux guetteurs – ils étaient installés dans un 4×4 noir stationné sur l'allée d'une propriété voisine de celle de Louie Barbera –, c'était parce qu'ils les avaient spécifiquement recherchés.

Dans l'après-midi, ils avaient réussi à accomplir une deuxième tâche très importante : ils avaient trouvé une marina bien équipée et pas trop éloignée de Whitestone. Elle n'était pas encore officiellement ouverte, en cette fin de mois de mars, mais ils avaient pu convaincre la capitainerie de leur louer un Zodiac et une rampe d'accès à l'eau. Seul bémol : ils avaient dû payer toute une semaine de location pour que le personnel accepte de sortir le Zodiac de son hangar de stockage hivernal.

Ils avaient décidé d'essayer le bateau et s'étaient rendus jusqu'à hauteur de la propriété des ravisseurs en naviguant par le milieu du fleuve. Comme ils ne voyaient personne devant la maison – aucun garde, en particulier –, ils avaient pris le risque de s'approcher de la rive. Là, ils avaient glissé le Zodiac sous le ponton exactement comme ils prévoyaient de le faire à la nuit tombée. L'espace entre l'eau et les lattes de bois était réduit, mais suffisant ; ils étaient juste obligés de courber le dos et de rentrer la tête entre les épaules. Colt avait allumé son ordinateur portable pour repérer et enregistrer les fréquences des systèmes d'alarme électroniques de la maison. À un moment, Grover avait cru entendre des pleurs de bébé. Il avait regardé son collègue pour voir s'il avait eu la même impression. Colt avait alors levé les yeux de l'écran, le sourire aux lèvres, et tendu le pouce en l'air.

La maison à deux niveaux, de style pseudo-méditerranéen, était plus séduisante vue du fleuve que de la rue. Du côté de Powells Cove Boulevard et sur les deux flancs de la propriété, il y avait un impressionnant mur d'enceinte surmonté de tessons de verre et de fils de fer barbelé. Mais du côté du fleuve, il n'y avait absolument rien. N'importe qui pouvait aborder librement le ponton. La maison se trouvait à une trentaine de mètres de la rive. Juste devant, il y avait la piscine. À droite, le terrain de bolo. Grover et Colt avaient aperçu les chiens, de loin, quand ils étaient repartis.

Il était maintenant minuit et demi et ils arrivaient à la marina. Le bâtiment qui abritait la capitainerie et les commerces du complexe de loisirs était plongé dans les ténèbres, sauf du côté de la rue où la lumière brillait dans une vitrine d'objets d'accastillage en Inox ou en acajou. Grover éteignit les phares. Le clair de lune était suffisant pour lui permettre de s'orienter autour du bâtiment, faire demi-tour et reculer jusqu'au ponton où ils avaient laissé le Zodiac. La rangée de pontons possédait quelques réverbères, ici et là, qui projetaient des cônes de lumière jaune sur le sol. La météo était idéale : il n'y avait pas un nuage à l'horizon, pas de vent, et la surface du fleuve était calme.

Les deux hommes déchargèrent le matériel sans beaucoup se parler. Grover alla ensuite garer le 4×4 sur le parking, où il ne risquerait pas d'attirer l'attention, tandis que Colt portait le matériel jusque dans le Zodiac. Deux voitures passèrent sur l'avenue, au bord du parking, mais elles ne ralentirent même pas l'allure en passant devant Grover. Il se dépêcha de rejoindre son collègue et saisit le dernier sac à embarquer dans le bateau.

Agrippant le ponton, Colt stabilisa le Zodiac pendant que Grover sautait à bord et démarrait le moteur. Dès que Colt eut détaché l'amarre et se fut installé à l'avant, Grover s'écarta du ponton. À petite vitesse, il prit la direction de la sortie de la marina. Il aurait pu utiliser ses binoculaires de vision nocturne, mais il n'en avait pas réellement besoin pour cette phase de l'opération. Il n'alluma pas non plus les lumières du Zodiac.

Il attendit d'être sur le fleuve et déjà bien engagé dans Little Neck Bay, c'est-à-dire à plusieurs centaines de mètres de la marina, pour accélérer. Comme la plupart des moteurs hors-bord, celui de ce Zodiac était bruyant. Grover le poussa juste ce qu'il fallait pour faire planer le bateau sur l'eau.

Loin du rivage et de ses nombreuses sources de lumière parasite, la nuit était à la fois plus profonde et plus brillante sous le halo de la lune. Le ciel était paré d'étoiles. La température de l'eau de la baie étant de seulement quatre degrés, par contre, le vent créé par le déplacement du Zodiac était glacial ; les deux hommes rentrèrent la tête entre les épaules et s'armèrent de patience.

Ils passèrent Willets Point et découvrirent tout à coup le pont de Throgs Neck superbement illuminé – et, un peu plus loin, celui de Whitestone. Les deux ouvrages enjambaient gracieusement l'East River pour relier le Queens au Bronx.

Dix minutes plus tard, ils passèrent sous le tablier du premier pont et Grover commença à virer à bâbord pour se rapprocher du rivage et mettre le cap sur la propriété des ravisseurs. À cinq cents mètres de son objectif, il ralentit considérablement l'allure pour réduire le bruit du moteur. À cent mètres, il coupa le contact. Colt et lui saisirent les pagaies pour ramer.

La plupart des propriétés qui bordaient la rive étaient plongées dans les ténèbres ; ici et là, quelques lumières étaient allumées aux fenêtres ou sur les terrasses. Sur la gauche, cependant, il y avait une vaste villa qui brillait de mille feux. Grover et Colt devinèrent qu'une importante réception devait s'y donner, car ils apercevaient de nombreuses personnes sur les balcons et sur les terrasses. Et malgré la distance, ils entendaient de la musique. Parfois même des éclats de rire.

Après avoir coupé le moteur, ils avaient échangé quelques mots à voix basse au sujet de leur approche de la propriété de Louie Barbera, mais maintenant qu'ils étaient presque au ponton, ils ne disaient plus un mot. Ils prenaient même garde à faire le moins de bruit possible avec leurs pagaies qu'ils manipulaient avec des gestes parfaitement synchronisés.

La maison était sombre et silencieuse. Grover et Colt n'apercevaient qu'un léger halo derrière une fenêtre de l'étage. À l'inverse, ils distinguaient sur les côtés les lumières des réverbères de la rue par-dessus le garage et le mur d'enceinte. Les seuls sons qui parvenaient à leurs oreilles étaient ceux, très ténus, de la fête qui avait lieu à trois ou quatre propriétés de là. Ceux des vagues, aussi, qui clapotaient doucement sur le rivage.

Comme la marée était montée depuis l'après-midi,

il n'y avait plus assez d'espace sous le ponton pour leur permettre de s'y glisser en restant à l'intérieur du Zodiac. Ils accostèrent et Grover resta dans le bateau tandis que Colt grimpait sur le ponton et sortait le matériel dont il avait besoin pour la mission. Grover débarqua ensuite et ils glissèrent le Zodiac sous le ponton.

Colt avait déjà revêtu ce qu'il appelait sa tenue d'assaut personnalisée : une combinaison équipée de multiples poches et mousquetons qui lui permettaient de mettre rapidement la main sur chaque objet, chaque outil, chaque arme dont il avait besoin au cours de l'opération, tout en lui laissant une grande liberté de mouvements. Il fixa le pistolet à fléchettes de kétamine à un mousqueton de sa hanche gauche, l'Uzi à un autre mousqueton du côté droit, et ainsi de suite. Grover, qui portait une combinaison du même genre, mais plus simple, l'aida à s'équiper. Ils vérifièrent ensuite que Colt avait tout ce dont il avait besoin ; il ne pouvait se permettre de chercher un outil spécifique en cours de travail et de s'apercevoir qu'il l'avait oublié.

— Paré ? murmura enfin Grover.

— Paré.

Colt glissa l'oreillette de son système de communication dans son conduit auditif droit, puis testa le petit micro fixé sur son épaule.

— Test, chuchota-t-il. Un, deux, trois, test !

Grover, équipé du même matériel, lui répondit en quelques mots. Colt hocha la tête, épaula le sac à dos et grimpa les deux marches menant au niveau du jardin avant de s'élancer vers la piscine.

Grover gagna la terrasse pour tirer discrètement deux fauteuils de jardin vers le ponton. Après les avoir disposés de façon à s'en faire un rempart, il installa le fusil à lunettes sur son trépied, puis il retourna le Zodiac sous le ponton pour faciliter leur départ et y chargea les sacs du matériel. Enfin, il se mit en position pour couvrir son collègue.

Il était en train de régler la lunette de vision nocturne du fusil, lorsqu'il se rendit compte qu'ils avaient déjà un problème. Un mouvement, sur le côté gauche de la maison, attira son regard. Les dobermans accouraient vers la piscine. Colt, parti du côté droit, ne les avait pas remarqués. Grover l'alerta par la radio, puis il pointa le laser sur le front du premier chien et pressa la détente. Le silencieux du fusil toussota. L'animal trébucha et tomba la tête la première dans la piscine. Le deuxième chien tourna à l'angle de la maison et passa à toute allure dans le viseur de Grover.

Colt détacha le pistolet à fléchettes de kétamine de sa ceinture. Craignant de devoir affronter deux chiens, il se précipita vers le terrain de bolo. Il entendit un éclaboussement d'eau dans la piscine et comprit que Grover avait dû abattre l'un d'eux. La porte grillagée du terrain de bolo était ouverte. Il la franchit et se retourna aussitôt pour la fermer. Un instant plus tard, le doberman se jeta dessus. Si Colt n'avait poussé de tout son poids sur le battant, l'énergie cinétique de l'animal l'aurait fait tomber à la renverse.

Le chien bascula en glapissant, se redressa aussitôt et se jeta de nouveau sur la porte en montrant les crocs. Colt braqua le pistolet sur lui. La fléchette de kétamine se ficha dans son poitrail, mais elle ne l'empêcha pas de grogner bruyamment et d'essayer de mordre Colt à travers le grillage de la porte. Colt rechargea le pistolet et lui logea une seconde fléchette dans le flanc. Le doberman resta debout encore quelques secondes, continuant de gesticuler, puis il se tut, chancela et s'effondra tout à coup comme une masse.

Colt contacta Grover sur la radio :

— Merci d'avoir supprimé le premier chien.

— De rien, cher ami.

— Où est-il ? Dans la piscine ?

— Oui.

— Il y a du changement dans la maison ?

— Apparemment pas. Il n'y a toujours qu'une seule lumière allumée. À la fenêtre de l'étage. Sans doute une veilleuse. Je pense que tu peux y aller.

— Ça roule.

Colt poussa sur la porte pour dégager le chien anesthésié du passage, quitta le terrain de bolo et se dirigea vers la piscine. L'autre doberman flottait à la surface de l'eau, la tête submergée, au milieu d'une mare de sang. C'est alors que les lumières de la piscine s'éteignirent. Le cœur de Colt se mit à battre la chamade. Il tira sa manche pour regarder sa montre et lâcha un soupir de soulagement. Il était pile deux heures du matin : sans doute l'éclairage de la piscine était-il désactivé par une minuterie électronique. Il se dirigea vers la maison et prit position devant une des portes vitrées de la véranda. Il y apposa une ventouse, juste à côté de la serrure, avant de découper un cercle parfait dans le verre avec un cutter. Il répéta l'opération avec une ventouse légèrement plus petite pour percer le panneau intérieur du double vitrage. Enfin, il put glisser la main à l'intérieur et déverrouiller la porte coulissante.

Il marqua un temps d'arrêt et prit une profonde inspiration. Le premier pas à l'intérieur de la maison était sans doute le plus éprouvant pour les nerfs. Après avoir débarqué du Zodiac, il avait ouvert son ordinateur et coupé les divers systèmes d'alarme de la maison – mais en fait, il n'était pas sûr à cent pour cent de ne pas avoir fait le contraire, c'est-à-dire de ne pas avoir *allumé* ces systèmes. Tout dépendait de l'état dans lequel ils étaient au moment où il était intervenu. Il franchit la porte – et se figea aussitôt. Avant d'avoir entendu la sirène retentir, il comprit qu'il avait activé un détecteur de mouvement infrarouge dans l'angle de la véranda, près de la moulure du plafond. Il était prêt à réagir : à l'instant même où l'alarme commençait à couiner, il appuya sur la touche ENTRÉE du mini-ordinateur qu'il avait à l'intérieur de sa combinaison.

Le silence nocturne n'avait été perturbé qu'une fraction de seconde. Le dos au mur, Colt tendit l'oreille. Il perçut des voix et commença à prendre peur, puis il se rendit compte qu'elles étaient accompagnées de notes de musique ; elles provenaient sans doute de la fête en cours dans la propriété qui se trouvait un peu plus loin sur la rive du fleuve. Il capta ensuite un autre bruit : une sorte de grondement sourd qui l'obligea à retenir son souffle tandis qu'il essayait de l'identifier.

C'était le compresseur d'un réfrigérateur. Colt referma la porte vitrée, enfila ses binoculaires de vision nocturne et murmura dans le micro :

— Je monte.

— La voie est libre, répondit Grover.

Marchant sur la pointe des pieds, Colt gagna rapidement la cuisine. Grâce aux binoculaires, il distinguait parfaitement son environnement et ne risquait pas de heurter le moindre obstacle. Ayant étudié le plan de la maison, il savait comment accéder à la chambre du maître des lieux : elle se trouvait juste au-dessus de la cuisine. Ses larges fenêtres donnaient sur le fleuve.

Il emprunta l'escalier de service pour monter à l'étage. Les marches en bois craquèrent à plusieurs reprises sous son poids. Arrivé sur le palier, il s'immobilisa et tendit à nouveau l'oreille. À part le compresseur du frigo, désormais plus distant, il n'entendait qu'un ronflement rassurant du côté de la chambre qu'il visait.

Colt patienta, sans faire le moindre geste, pendant une pleine minute. Le ronflement ne changea pas et il n'entendit aucun autre bruit. Il allait s'engager dans le couloir en direction de la porte de la chambre, lorsque son oreillette grésilla :

— Houston, nous avons un problème, dit Grover.

C'était le code qu'ils utilisaient ensemble pour se signaler un danger important.

— Dix-quatre, chuchota Colt.

Il avait bien reçu le message, mais il ne pouvait pas parler pour le moment.

— Un homme arrive par le flanc droit du bâtiment, continua Grover. Il fait sans doute sa tournée de surveillance normale. Il n'a pas l'air pressé. Je le tiens en joue. J'ai peur qu'il voie les chiens.

— Je continue.

Il marcha jusqu'à la chambre. La porte était entrouverte. Il la poussa tout doucement. La première chose intéressante qu'il vit fut un lit d'enfant au centre de la pièce. Ensuite, il découvrit un grand lit double, en bois, dont l'impressionnante tête sculptée possédait une niche meublée par une statue de la Vierge à l'Enfant. Une petite veilleuse brillait derrière sa nuque, lui faisant comme une auréole. Il y avait deux personnes dans le lit, sans doute Louie Barbera et sa femme. Après s'être immobilisé trois secondes pour s'assurer qu'ils dormaient profondément, Colt s'avança sur l'épaisse moquette jusqu'au lit d'enfant. Il se pencha vers JJ. Les cheveux du bébé étaient verdâtres, à travers les binoculaires, mais son visage était aussi adorable que sur les photographies que lui avaient montrées Jack et Laurie Stapleton. Couché sur le dos, les bras relevés de part et d'autre de la tête, il dormait paisiblement.

— Il a passé le terrain de bolo et s'est arrêté, annonça Grover. Il fume une cigarette. Jusque-là, ça va.

Colt jeta un coup d'œil inquiet vers l'homme et la femme couchés à moins de trois mètres de lui. Sans doute n'avaient-ils pas entendu le grésillement de l'oreillette, mais… il était tellement près d'eux que ce n'était pas totalement impossible. Cependant, il n'était plus temps de renoncer. De l'une de ses nombreuses poches, il tira la seringue sans aiguille qu'il avait remplie d'une dose de midazolam pour un bébé d'un an et demi. Après avoir lancé un dernier regard en direction du lit, il se pencha en avant, retira le capuchon de la seringue et en glissa l'embout entre les lèvres de JJ.

— Il se dirige maintenant vers la piscine, dit Grover d'une voix anxieuse. Dieu merci, l'éclairage du bassin est éteint. Il longe la maison… Il n'a pas l'air de remarquer le chien mort… Il repart du côté gauche de la maison, vers la rue.

Colt poussa sur le piston de la seringue pour injecter le liquide dans la bouche de JJ. L'enfant réagit instinctivement en suçotant l'embout. *C'est bien, mon bonhomme*, pensa Colt, amusé. Il saisit délicatement JJ et le glissa en position verticale dans le sac à dos bien rembourré. Comme prévu, l'enfant ne gémit pas et ne fit pas le moindre bruit. Il dormirait encore un long moment. Colt se redressa. Il soulevait le sac pour le mettre sur son épaule, lorsque Louie Barbera toussa bruyamment. Il toussa si fort, à vrai dire, qu'il se réveilla et réveilla sa femme.

— Ça va, mon chéri ? demanda Mme Barbera.

— Ouais, ça va, grogna Louie.

Il s'assit au bord du lit et posa les pieds par terre.

Colt se figea. De la main gauche, il attrapa le pistolet à fléchettes de kétamine fixé à sa ceinture.

— Tu te lèves ? demanda Mme Barbera en se retournant entre les draps.

— Juste une minute, dit Louie.

— Jette un œil sur le petit. Vérifie qu'il n'a pas froid.

Grommelant que ce gosse était décidément bien mieux traité que lui dans cette maison, Louie se mit debout, chancela sur ses jambes quelques instants, puis se dirigea à pas lourds vers le lit d'enfant.

Stupéfait de ne pas avoir été repéré, Colt recula tandis que Louie marchait dans sa direction. Il hésitait sur la conduite à tenir. Devait-il attendre, simplement, dans l'hypothèse peu probable où Louie ne le verrait pas du tout, ou devait-il prendre les devants ? La question trouva sa réponse quand Louie atteignit le lit, se pencha en avant et tendit la main vers le petit matelas. Il poussa un grognement confus : sa main ne rencontrait pas l'enfant qu'il s'attendait à trouver là. Il tâtonna d'un bout à l'autre du lit. Rien. Pas de bébé.

Colt visa son énorme cul et y planta une fléchette de kétamine.

— Merde ! cria Louie en se redressant.

Il tendit la main derrière lui pour saisir la fléchette dans sa fesse gauche.

— Hein ? ! Que se passe-t-il ? demanda Mme Barbera.

Elle s'assit tout à coup dans le lit.

— Quelque chose m'a piqué, cria Louie d'une voix mal articulée – la drogue faisait déjà son effet.

Il tendit la fléchette vers sa femme, puis, comprenant qu'elle n'avait aucune chance de la voir dans l'obscurité, il lâcha le lit d'enfant pour se diriger vers elle. Il n'alla pas loin. Après trois pas hésitants, il s'effondra sur la moquette.

Mme Barbera écarta le drap et les couvertures pour se lever. Lorsqu'elle se pencha vers son mari, Colt lui décocha une fléchette de kétamine. Elle poussa un hurlement violent.

— Houston, nous avons un autre problème, dit Grover dans l'oreillette. Deux hommes accourent vers la piscine par le côté droit de la maison. Un système d'alarme silencieux s'est peut-être déclenché.

Colt tira la fermeture Éclair du sac à dos et le passa sur son épaule.

— Le chien du terrain de bolo est découvert, ajouta Grover d'un ton pressant. Les hommes vont vers la terrasse. Ils sont armés. Ne reviens pas par le même chemin !

Guidé par l'image verdâtre des binoculaires de vision nocturne, Colt se précipita dans le couloir. Il partit dans la direction opposée à l'escalier de service et gagna une des chambres d'amis qui donnaient sur le fleuve.

— Un seul homme est entré dans la maison, précisa Grover. L'autre monte la garde au bord de la piscine.

Colt verrouilla la porte de la chambre d'amis derrière lui. La fragile serrure ne ralentirait qu'un instant un poursuivant déterminé, mais ce serait toujours mieux que rien.

— Je sors par la chambre de droite, à l'angle de la maison, dit-il à Grover. Descends l'homme qui est au bord de la piscine. Prépare le bateau. J'ai le colis.

Il ouvrit la fenêtre et sortit le grappin pliable d'une poche de la cuisse gauche de son pantalon. Il attacha l'extrémité d'une corde à l'anneau du grappin, cala celui-ci au montant de la fenêtre, puis jeta la corde le long de la façade de la maison. Après avoir placé le sac à dos sur sa poitrine, il enjamba la fenêtre sans cesser de tirer sur la corde, bascula à l'extérieur et descendit rapidement en rappel jusqu'au rez-de-chaussée.

Dès qu'il toucha terre, il décrocha l'Uzi qu'il avait à la ceinture. Le terrain de bolo et le chien anesthésié se trouvaient sur sa gauche. Il s'avança prudemment jusqu'au coin de la maison, l'arme contre la hanche, prêt à faire feu, puis il se précipita vers la terrasse. Mais il n'avait plus de souci à se faire. Grover avait suivi son conseil. L'homme qui était resté dehors était vautré au bord de la piscine, bras et jambes en croix, un trou rouge bien net sur le front. De quoi donner du travail aux avocats de CRT si jamais ces malfrats étaient assez fous pour appeler la police.

Colt ne lambina pas à côté du cadavre. Il traversa la terrasse au pas de charge et sauta les deux marches donnant sur la petite pelouse qui précédait le ponton. Grover l'attendait à bord du Zodiac. Dès que Colt eut embarqué, une main plaquée sur le sac à dos pour le stabiliser, Grover alluma le moteur et accéléra pour s'éloigner de la rive.

Le Zodiac se mit à filer à bonne allure sur l'eau. Colt reprit son souffle quelques instants, puis il ouvrit la fermeture éclair du sac. JJ, lové au milieu des serviettes, dormait comme un ange – totalement inconscient, bien sûr, du nouveau bouleversement qui venait de se produire dans son existence.

— Tu as été formidable, bonhomme ! cria Colt par-dessus le rugissement du moteur qui tournait à pleine puissance.

Il regarda du côté de la maison et aperçut des éclairs d'armes à feu.

— Merde, ils nous tirent dessus ! cria-t-il.

Grover commença aussitôt à faire zigzaguer le bateau pour éviter les balles, mais ils n'avaient pas grand-chose à craindre. Ils filaient droit vers le nord et ils étaient déjà trop loin sur le fleuve pour risquer d'être touchés. Lorsqu'ils seraient certains que le Zodiac ne pourrait plus être vu de la maison, Grover virerait à l'est pour regagner la marina.

Il était trois heures quarante-cinq du matin lorsque Colt arrêta la voiture devant la maison de Laurie et Jack. Le quartier était paisible, sans le moindre piéton ou chien errant en vue. La lune était couchée, mais les réverbères éclairaient bien la rue. La façade de la maison était sombre ; seule une petite ampoule brillait dans une niche au-dessus de la porte.

Grover descendit de la voiture et ouvrit la portière arrière. Il s'assura que JJ dormait encore, puis souleva délicatement le sac à dos. Quand Colt le rejoignit sur le trottoir, il lui tendit l'enfant.

— À toi l'honneur. Ce soir, je n'ai eu qu'un rôle de spectateur.

— Tu plaisantes ? objecta Colt. Si tu n'avais pas abattu le chien et le malfrat au bord de la piscine, jamais nous n'aurions réussi l'opération.

— Merci, tu es trop généreux.

Ils montèrent calmement les marches du perron et se positionnèrent devant la porte, Colt tenant le sac à dos entre eux.

Grover appuya sur le bouton de la sonnette pendant une bonne minute. Quand il le lâcha, il redescendit les marches et leva les yeux vers la façade de la maison. Une lumière brillait à présent à l'une des fenêtres. Il rejoignit son collègue. Bientôt, la porte s'ouvrit sur

Jack et Laurie qui les fixèrent quelques instants d'un regard perplexe.

— Monsieur Collins, monsieur Thomas, dit Jack qui était à la fois étonné et pas si étonné que ça. Il est bien tôt – ou bien tard, je ne sais pas. Qu'y a-t-il pour votre service ?

Jack n'osait imaginer ce qui pouvait justifier la visite de ces hommes à une heure pareille.

— Nous avons trouvé quelque chose qui vous appartient, je crois, dit Colt.

Il souleva le sac et le mit entre les mains de Jack. La fermeture Éclair était déjà ouverte ; il tira simplement sur les côtés du sac pour en dévoiler son angélique occupant.

Laurie s'était efforcée, elle aussi, de ne pas se donner de faux espoirs. Elle se pencha pour regarder dans le sac. Un cri de joie jaillit de sa gorge, mais elle n'osa pas tout de suite prendre son enfant dans ses bras. Elle avait peur de découvrir qu'elle faisait un mauvais rêve. Le cœur battant, elle se risqua à tendre la main pour toucher la tête de JJ. Rassurée par le contact de son petit front chaud, elle le hissa hors du sac et le serra contre sa poitrine en se mettant à rire et à pleurer tout à la fois.

Bouleversé, Jack commença à bombarder Grover et Colt de questions. Colt l'interrompit gentiment :

— Demain, après-demain ou un autre jour, nous répondrons à toutes vos questions. Pour le moment, profitez de vos retrouvailles et sachez juste qu'il a été merveilleusement bien traité par une femme qui l'aimait beaucoup.

Jack sourit béatement. Il était au bord des larmes,

ivre de bonheur de retrouver son fils et d'être au bout du supplice qu'ils avaient enduré depuis sa disparition. Il proposa aux deux hommes d'entrer dans la maison. Grover et Colt déclinèrent gracieusement l'invitation, expliquant qu'ils devaient ramener leur matériel à CRT, puis se préparer à travailler avec leurs avocats pour faire face à la police si cela se révélait nécessaire.

— Nous avons intérêt à parler aux autorités, à vrai dire, précisa Grover. Et à confesser les péchés que nous avons commis pour secourir JJ. Même s'il est hors de question que nous disions tout, bien entendu.

Il fit un clin d'œil à Jack et à Laurie. Colt sourit et ajouta :

— Merci, en tout cas, de nous avoir donné la possibilité de récupérer votre fils.

— C'est vous qui nous remerciez ? répondit Jack d'un air incrédule.

Épilogue

Jeudi 1er avril 2010
10 h 49

Le commissaire Lou Soldano eut la satisfaction de trouver une place de stationnement juste devant la maison des Stapleton. Jack et Laurie avaient pris une semaine de congé après l'épisode bref, mais traumatisant, de l'enlèvement de John Junior. Lou ne les avait pas revus depuis ce terrible vendredi, car il avait préféré les laisser tranquilles, mais il leur avait parlé au téléphone à plusieurs reprises – la veille au soir, notamment, pour organiser sa visite d'aujourd'hui.

Après avoir sonné à la porte, il regarda sa montre. Les raids débuteraient dans exactement dix minutes : trois raids, dans trois lieux différents, qui le mettaient de très, très bonne humeur. Il était passablement excité. Il regrettait d'ailleurs un peu de ne pas y participer lui-même, mais, comme il ne pouvait pas être dans les trois endroits à la fois, il avait décidé de fêter l'événement en compagnie de Laurie et de Jack. En plus, c'était grâce à Laurie que cette opération très importante pouvait avoir lieu ! C'était l'intuition de

Laurie, son entêtement et son talent de légiste qui lui avaient permis de déceler un homicide là où tout le monde n'avait vu qu'une mort naturelle. C'était elle qui avait fait le lien entre ce crime et la Mafia – et qui avait mis au jour, plus spécifiquement, les relations qui unissaient les mafias new-yorkaises à plusieurs organisations yakuzas.

Jack ouvrit la porte. Ils se saluèrent chaleureusement.

— Tu n'as pas besoin de nous appeler pour prendre rendez-vous, tu sais, dit Jack tandis qu'ils montaient à l'étage. Tu peux passer ici n'importe quand.

— Vu les circonstances, je pensais qu'il valait mieux vous prévenir. Un enlèvement, c'est tout de même un événement assez exceptionnel. Sur le plan psychologique, c'est très difficile. Comment allez-vous, tous les deux ? Et comment va JJ ?

— Tout le monde va bien. Sauf moi, précisa Jack pour plaisanter. JJ est en grande forme. Il s'est réveillé peinard après sa petite opération commando, et il est tout fait normal. Enfin, je veux dire… Aussi normal que peut l'être un gamin d'un an et demi qui mange, qui dort et qui pleure.

— Ouais, je me souviens vaguement, dit Lou dont les deux enfants étaient désormais à l'université.

— Le seul problème, c'est que Laurie continue de s'en vouloir. En dépit de tout ce que tout le monde peut lui dire, elle pense que c'est sa faute s'il a été enlevé. Et maintenant, elle se demande si elle veut être mère à plein temps ou si elle va continuer de travailler. Je t'en prie, Lou, essaie de l'aider à prendre sa décision ! Moi, je ne sais pas quoi dire, parce que les deux solutions me conviennent. Je veux qu'elle fasse ce dont elle a envie.

Ils passèrent devant la cuisine et entrèrent dans le salon. Laurie quitta le canapé pour étreindre longuement Lou et le remercier du fond du cœur de leur avoir suggéré d'engager Grover et Colt.

— C'est grâce à toi et grâce à eux que nous avons récupéré JJ, dit-elle, les larmes aux yeux.

Embarrassé par le compliment, Lou bafouilla :

— Eh ben… J'ai juste pensé qu'ils pourraient faire bouger les choses un peu plus vite…

— Un peu plus vite ? l'interrompit Laurie d'une voix entrecoupée. Ils l'ont ramené dès le lendemain ! C'est un miracle. S'ils ne nous avaient pas aidés, JJ serait encore entre les mains des ravisseurs.

— Sans doute, convint Lou. Grover et Colt vous ont-ils dit pourquoi JJ avait été enlevé ?

— Non. Nous ne leur avons reparlé qu'une seule fois, à vrai dire, et très brièvement. Ils devaient partir d'urgence au Venezuela pour un autre cas et ils voulaient prendre des nouvelles de JJ.

— L'enlèvement avait pour but de te détourner de l'affaire Satoshi Machita. La rançon, c'était juste la cerise sur le gâteau. Ils avaient peur de toi, Laurie.

— Ça, c'est difficile à croire, objecta-t-elle.

— Et ce n'est pas flatteur pour ses collègues de l'IML, dit Jack avec humour. Moi aussi, j'aimerais bien faire peur aux criminels. Hou !

Il se pencha vers le canapé pour saisir JJ qui se sentait ignoré par les adultes et commençait à le faire savoir bruyamment.

— Tu as peut-être du mal à le croire, Laurie, reprit

Lou, mais c'est très clair pour la police de New York, pour le FBI et pour la CIA. Ton travail sur le cas Satoshi Machita a suscité la création du groupe de travail inter-agences le plus extraordinaire et le plus efficace que j'aie jamais vu. Et justement…

Lou regarda sa montre. Il était onze heures moins trois.

— Et justement quoi ? demanda Laurie.

Lou sourit et baissa la voix pour répondre :

— Attention, c'est super secret ! Dans deux minutes, des agents de toutes les organisations que je viens de citer vont intervenir en trois endroits différents. Dans trois sociétés, pour être précis : iPS USA, qui est dirigée par Benjamin Corey, Dominick's Financial Services, dirigée par Vinnie Dominick, et Pacific Rim Wealth Management, dirigée par Saboru Fukuda. Tous les ordinateurs, les disques durs et les documents de ces boîtes vont être saisis, tous les dirigeants vont être arrêtés – les présidents, les directeurs financiers, les directeurs généraux, tout le monde ! Ça va être énorme ! Rien que d'y penser, j'en ai des frissons. L'opération va avoir un effet considérable sur la coopération entre les mafias américaines et japonaises. Peut-être même au point d'y mettre un terme définitif. Elle réduira aussi beaucoup la pénétration de la méthamphétamine à New York. Merci, Laurie. Tu es un atout pour cette ville. Alors quand tu te demandes si tu veux être maman à plein temps ou maman *et* médecin légiste, essaie de garder à l'esprit que tu manqueras beaucoup à tout le monde si tu choisis la première solution.

Laurie regarda Jack en soupirant.

— Tu lui as parlé de moi, c'est ça ? demanda-t-elle, feignant de se mettre en colère.

— Je lui parle toujours de toi, mon cœur, dit Jack avec humour, et il leva les mains, l'air innocent. Mais je t'assure que je n'ai pas cherché à influencer Lou. Il t'a juste donné son opinion perso.

Gene Stackhouse, agent spécial du FBI, supervisait la force d'intervention. Les hommes et les femmes du FBI et de la CIA portaient une veste bleu marine marquée en lettres jaunes, dans le dos, des initiales de leurs organisations respectives. La plupart étaient armés de Glock 5 ou de fusils MI5. Les agents de la police de New York, tous membres du SWAT, l'unité d'intervention d'élite, avaient leur habituelle tenue noire ; ils étaient aussi plus lourdement armés. Et chacun avait un casque et un gilet pare-balles.

Tout le monde connaissait la mission et attendait impatiemment de passer à l'action. L'agent spécial Stackhouse vérifia une dernière fois que son oreillette et son micro fonctionnaient correctement. À l'instant où la grande aiguille de sa montre atteindrait le douze, il déclencherait la chorégraphie minutieuse qu'il avait élaborée avec ses collègues. L'opération démarrerait à onze heures précises aux trois endroits. Ainsi, les trois compagnies n'auraient pas le temps de s'appeler les unes les autres et de faire disparaître leurs documents compromettants.

— Attention ! cria-t-il quand la trotteuse de sa montre passa sur le chiffre trois.

Le petit micro fixé à son épaulette relaya sa voix aux

neuf camionnettes : trois à chaque site et six agents dans chacune – en tout, cinquante-quatre hommes et femmes.

Gene Stackhouse était sur le siège passager de la première camionnette stationnée au bord de la Cinquième Avenue, juste au-dessus de la 57e Rue. Quand la trotteuse arriva au chiffre dix, il commença le compte à rebours :

— Dix, neuf, huit…

Il décrocha la sangle de son holster pour saisir son Glock.

— Quatre, trois, deux, un ! On y va !

Les portes des trois véhicules s'ouvrirent en même temps. Les piétons qui circulaient sur le trottoir eurent la stupéfaction de voir dix-huit hommes se précipiter vers l'immeuble d'iPS USA.

Dans le hall, les agents de sécurité reçurent l'ordre de ne communiquer avec aucune des entreprises présentes dans le bâtiment – et surtout pas avec iPS USA.

— Qu'est-ce qui se passe ? demanda un des agents.

L'irruption de tous ces individus armés le terrifiait. Il poussa un soupir de soulagement en voyant les sigles du FBI et de la CIA sur leurs vestes.

— Nous avons plusieurs mandats de perquisition et mandats d'arrêt ! cria Stackhouse, et il fit signe à ses troupes d'embarquer dans les ascenseurs. Vous, la sécurité, vous restez à votre place et vous ne bougez pas !

Il chargea un de ses hommes de rester dans le hall pour être sûr que les agents de sécurité se tiendraient à carreau, puis il se précipita vers l'ascenseur de gauche.

Clair Bourse, la réceptionniste d'iPS USA, vit tout

à coup les ascenseurs dégorger une petite armée d'hommes et de femmes armés et très déterminés. Terrorisée, elle les regarda se déployer dans les bureaux de la compagnie comme s'ils connaissaient déjà les lieux. Elle aurait poussé des hurlements si elle n'avait été mise en joue par un agent du FBI qui lui ordonna de rester sur sa chaise, les mains à plat sur la table. L'objectif de cette entrée en scène brutale était d'empêcher quiconque de tenter la moindre action susceptible de compromettre les mises en examen des dirigeants des trois sociétés. Quand deux agents surgirent dans son bureau, Jacqueline essaya de tendre la main derrière son dos pour fermer le coffre – mais elle reçut l'ordre, sur un ton intimidant, de s'immobiliser ou de payer le prix de sa désobéissance.

Les agents avaient étudié les plans des bureaux et savaient exactement où aller. Stackhouse et un collègue du FBI, Tony Gualario, se chargèrent de Benjamin Corey. Ils le surprirent en pleine discussion avec son directeur financier, Carl Harris.

Ben se leva d'un bond quand ils entrèrent dans son bureau.

— Restez assis ! ordonna Stackhouse en braquant son arme sur lui.

Ben retomba aussitôt dans son fauteuil. Tony mit Carl en joue. Stackhouse demanda d'une voix ferme :

— Vous êtes bien Benjamin Corey et vous résidez au 591 Edgewood Road, à Englewood Cliffs, dans le New Jersey ?

— Oui, répondit Ben d'un ton résigné.

Il comprenait déjà ce qui était en train de se passer.

— Je suis l'agent spécial Gene Stackhouse, du FBI.

J'ai un certain nombre de mandats concernant cette société et son personnel, notamment pour perquisitionner ses bureaux et saisir tous les documents et supports électroniques susceptibles de nous livrer des informations sur les opérations de blanchissement d'argent, de fraude fiscale et d'escroquerie vis-à-vis du gouvernement américain auxquelles elle se livre. J'ai aussi un mandat d'arrestation à votre nom, pour les mêmes motifs.

Stackhouse s'éclaircit la voix et sortit une feuille de papier de sa poche.

— J'ai également un autre mandat d'arrêt vous concernant, mais il est préférable que je le lise, car je n'ai jamais personnellement exécuté ce genre de mandat, reprit-il, et il se racla de nouveau la gorge avant de continuer : « Mandat d'arrêt Interpol : IP10067892431. Benjamin G. Corey, 591 Edgewood Road, Englewood Cliffs, New Jersey, États-Unis. Interpol requiert l'arrestation et l'extradition vers le Japon du suspect susnommé, selon les termes des traités d'extradition en vigueur entre les deux pays, afin que le suspect soit jugé pour un meurtre au premier degré commis le 28 février 2010 à Kyoto, au Japon… »

— Quoi ? ! s'exclama Ben. Jamais je n'ai tué…

— Attendez ! l'interrompit Stackhouse. Ne dites rien tant que je ne vous ai pas lu vos droits Miranda.

À ce moment-là, un agent apparut sur le seuil du bureau de Jacqueline.

— J'ai trouvé les cahiers de laboratoire volés au Japon, dit-il, et il s'approcha de Stackhouse pour les lui montrer.

— Formidable, George. Le gouvernement japonais

sera enchanté. Laissez-moi terminer avec ce monsieur. Je dois lui lire ses droits Miranda. Si vous voulez vous rendre utile, appelez les deux autres équipes pour savoir si tout va bien de leur côté.

Stackhouse s'éclaircit encore la voix et tira une fiche qui portait le texte des droits Miranda de sa poche. Il voulait être sûr de ne pas se tromper.

— Je connais mes droits Miranda, dit Ben d'un ton agacé.

Il était furieux d'apprendre que le gouvernement japonais l'accusait d'un crime qu'il avait tout fait pour prévenir.

— Je dois quand même vous les lire, répliqua Stackhouse, et il lut le texte de la fiche tandis que Tony en faisait autant avec Carl Harris.

Ils étaient en train de menotter les deux hommes, lorsque George revint dans le bureau.

— Les deux autres raids sont allés comme sur des roulettes. Tous les dirigeants sont arrêtés et une tonne de documents compromettants a été saisie.

— Parfait, dit Stackhouse. Maintenant, veillons à bien emporter tout ce qu'il y a à prendre ici.

Dimanche 18 avril 2010
13 h 45

— Le voilà, dit Laurie qui voyait Lou arriver par le nord sur Columbus Avenue.

Laurie, Jack et JJ étaient assis à une table en terrasse d'un de leurs cafés préférés, Espresso Et. Al, qui se trouvait juste en dessous du musée d'Histoire naturelle. Seuls Jack et Laurie étaient réellement assis, bien sûr. JJ roupillait dans sa poussette Maclaren. Comme l'établissement se trouvait sur le trottoir est de l'avenue, il profitait d'un excellent ensoleillement en cette belle journée de printemps.

Les pieds de la chaise en métal de Laurie grincèrent sur le sol quand elle se leva pour faire un signe de la main à Lou. Il lui rendit son geste et changea de trajectoire pour ne pas avoir à se faufiler au milieu des gens qui faisaient la queue à l'entrée du café. Arrivé devant ses amis, il enjamba la chaîne tendue entre les gros bacs à fleurs qui délimitaient la terrasse extérieure.

Après avoir embrassé Laurie et serré la main de Jack, Lou s'assit sur la chaise qu'ils lui avaient gardée. Il semblait tout juste sorti du lit. Ses cheveux étaient en bataille autour de sa tête, ses paupières lourdes de sommeil. Il avait pourtant pris le temps de se raser ; il avait même un peu de mousse sous le lobe de l'oreille droite.

— Merci d'être venu nous retrouver ici, dit Laurie.

— Merci de m'avoir invité ! Je suis heureux que vous m'ayez forcé à sortir de chez moi. La journée est tellement belle ! Quel dommage ce serait de la perdre vautré sur le canapé, n'est-ce pas ? Mais c'est probablement ce que j'aurais fait si vous ne m'aviez pas appelé. Alors dites-moi, quelle est cette bonne nouvelle que vous vouliez m'annoncer ? J'espère bien que c'est celle que j'ai envie d'entendre ! conclut Lou avec humour.

— Peut-être, dit Laurie en pouffant de rire. Bon, voilà : je retourne travailler à l'IML.

— Ah, génial !

Lou leva la main pour en toper cinq à Laurie.

— Je voulais vraiment t'entendre dire ça, ajouta-t-il. Tu sais, je n'irais plus très souvent à l'IML, si je n'avais que ce vieux rasoir de Jack à y retrouver. Félicitations ! Quand reprends-tu le collier ?

— Dans une semaine, dit Laurie. Le directeur a été très compréhensif…

— Compréhensif ? Il est futé, tu veux dire, objecta gentiment Lou. Il sait ce qu'il faut faire pour te garder.

— Allez, trinquons ! dit Jack en saisissant son verre.

Il se souvint alors que Lou n'avait pas encore de boisson et se redressa pour chercher la serveuse des yeux.

— Je suis super, super content et heureux pour toi, dit Lou à Laurie. Bien sûr, ma réaction est un peu égoïste. Tu m'as beaucoup manqué, à l'IML, pendant ton congé maternité. Cela dit, je pense que c'est la meilleure décision que tu puisses prendre, aussi bien pour toi que pour JJ. Tu es tellement douée dans ton métier, et tu sembles en tirer tellement de choses, que ce serait dommage que tu perdes ça ! Je pensais bien que tu déciderais de retravailler, mais, pour être honnête, je craignais de te voir mettre davantage de temps à te rendre compte que tu pouvais être à la fois une super maman *et* légiste à l'IML. Si ça ne t'ennuie pas, puis-je te demander ce qui a motivé ta décision – surtout si rapidement ?

— Hmm… C'est tout un ensemble de choses, je crois. D'abord, il y a la tragédie de la mort de Leticia. Je ne veux pas qu'elle ait été assassinée pour rien. Ça te paraît peut-être un peu bizarre, mais pour moi c'est important. Elle est morte parce qu'elle s'occupait de JJ afin de me permettre de travailler. D'une certaine façon, je crois que je lui dois de retourner au travail.

— Ça ne me paraît pas bizarre du tout, assura Lou.

— J'ai aussi compris que l'enlèvement de JJ était un événement excessivement improbable. C'est-à-dire qu'il ne risque pas de se reproduire. Et puis… Et puis j'ai surtout pris conscience qu'il y a des gens qui adorent s'occuper des enfants et qui font ça très bien, en y mettant le meilleur d'eux-mêmes. Pour retourner au travail l'esprit tranquille, j'ai besoin de quelqu'un qui soit vraiment heureux d'être avec JJ à plein temps, et qui s'implique beaucoup dans son éducation. Tu comprends ce que je veux dire ?

— Tout à fait, dit Lou. Tu as besoin d'une personne qui sera en quelque sorte aussi bonne mère, aussi attentive envers JJ, que toi tu le serais si tu n'avais pas ta carrière en plus de ton rôle de mère. Les besoins de JJ passent avant tout…

Jack l'interrompit. Il avait réussi à attirer la serveuse jusqu'à leur table.

— Nous buvons du blanc d'Italie. Tu veux la même chose, ou un autre vin, ou une autre boisson ? Et puis nous mangeons une salade César au poulet. Qu'en dis-tu ?

— Ouais, ouais, c'est très bien, acquiesça Lou.

En général, il était plutôt du genre tourte à la viande et sauce anglaise, mais pas quand il était en compagnie de Jack et de Laurie. Pour le moment, en outre, il était plus intéressé par sa conversation avec Laurie que par le plat et le vin qu'il devait commander.

— Si tu reprends le travail si vite, je suppose que c'est

que tu as déjà trouvé la personne que tu recherches, relança-t-il.

— Oui. La semaine dernière, j'ai demandé à toutes mes amies, en particulier mes anciennes copines de fac, si elles avaient quelqu'un à me recommander. L'une d'elles m'a présenté une dame irlandaise qui a été la nounou de ses enfants pendant de longues années. Ils l'aimaient tant qu'elle faisait quasiment partie de la famille. Aujourd'hui, ils sont eux-mêmes adolescents ou à la fac, et cette dame cherche une nouvelle place. Quand je l'ai rencontrée, j'ai tout de suite su qu'elle était parfaite. Je crois même que nous avons eu un vrai coup de foudre l'une pour l'autre. En plus, elle accepte de s'installer à la maison.

La serveuse apporta le verre de blanc de Lou. Jack s'exclama :

— Allez, un toast !

Il leva son verre. Laurie et Lou l'imitèrent.

— Au retour de Laurie à l'IML ! dit Jack. Et à notre petit bonhomme qui est sorti indemne de son enlèvement ! Et à la mémoire de Leticia et à la bourse d'études qui porte son nom !

Ils burent, puis Lou posa son verre et demanda :

— De quelle bourse d'études parles-tu ?

— Laurie et moi, nous nous sommes demandé comment honorer la mémoire de Leticia. Nous avons eu l'idée de créer le fonds d'une bourse d'études supérieures. Le projet plaît beaucoup à l'université Columbia, que nous avons déjà contactée, car il va dans le sens des efforts qu'elle produit pour donner leur chance à davantage d'étudiants issus du nord de Manhattan et de Harlem. Nous alimenterons annuellement le fonds, et nous inviterons tous ceux qui le souhaiteront à en faire autant. De surcroît, nous pensons programmer divers événements pour récolter de l'argent dans le quartier. Ce sera une bonne chose pour la communauté.

— Je ne vois pas ce que vous pourriez faire de mieux pour Leticia, dit Lou. C'est une super idée !

Ils burent de nouveau, puis Laurie demanda :

— Et du côté de la justice, quoi de neuf ? Depuis que tu es passé à la maison nous parler des trois raids simultanés, je suis assez curieuse.

— Le résultat est mitigé, comme d'habitude. Les dirigeants des trois compagnies ont été libérés sous caution, sauf Benjamin Corey. Ils doivent être inculpés cette semaine. Bien sûr, ils plaideront tous non coupables, y compris Corey. En ce moment, les seconds couteaux sont mis sous pression. On leur offre l'immunité en échange de leur témoignage contre les chefs. Ça va marcher, sans doute, d'autant que les trois raids ont permis d'amasser pas mal de documents très compromettants. Beaucoup de vilains secrets ont été mis au jour, y compris au sujet des sociétés-écrans des mafias américaines et japonaises. Plus important encore, l'excellent partenariat qui existait entre nos mafias new-yorkaises et les yakuzas est maintenant une chose du passé. En tout cas sur le court terme. Grâce à toi, Laurie, nous allons voir beaucoup moins de méthamphétamine dans cette ville.

— Pourquoi Benjamin Corey n'a-t-il pas eu droit à la libération sous caution ?

— À cause du mandat d'arrêt international lancé par Interpol contre lui pour le meurtre d'un agent de sécurité de l'université de Kyoto. S'il n'y avait eu que les crimes en col blanc, il aurait été libéré. Mais il risque de prendre la fuite. En ce moment, il se démène pour échapper à l'extradition. Je n'aimerais pas être à sa place. Même s'il réussit à ne pas finir ses jours dans une prison japonaise, il devra faire face, de toute façon, à tous les chefs d'inculpation qu'il a sur la tête à cause de sa société. Je dois dire que ça me dépasse un peu. Un mec avec un tel bagage professionnel et éducatif, qu'est-ce qu'il est allé se mettre en ménage avec ces mafieux ? ! C'est insensé ! À croire qu'il faisait le con par pur esprit de provocation.

— À mon sens, cette histoire ressemble plutôt à une tragédie grecque, dit Laurie. C'est le drame fatal de la cupidité qui a pris le dessus chez un individu qui avait sans doute entamé sa carrière avec le désir d'aider son prochain, de faire quelque chose de bien – comme c'est le cas pour quatre-vingt-dix-neuf pour cent des étudiants en médecine.

— Mais comment a-t-il pu en arriver là ? insista Lou. C'est invraisemblable.

— C'est la conséquence du regrettable mariage de la médecine et de l'argent. Au milieu du vingtième siècle, un médecin pouvait gagner très correctement sa vie, mais il ne risquait pas de devenir riche. Tout a changé quand la médecine de ce pays, contrairement à d'autres secteurs comme l'éducation et la défense, a cessé de relever de la responsabilité du gouvernement. Tous les autres pays industrialisés ont continué de faire de la médecine un enjeu national. Pas les États-Unis. À cela, il faut ajouter le fait que le gouvernement américain a malheureusement contribué à gonfler les coûts de la médecine pour deux raisons. Primo, il n'a jamais su contrôler les dépenses de santé de manière efficace. Secundo, il a généreusement subventionné la recherche médicale sans conserver la propriété intellectuelle, au profit du public américain, des découvertes et des applications issues de cette recherche. Par ailleurs, il a aussi fait l'erreur d'autoriser la délivrance de brevets sur les processus biologiques – sur les gènes, par exemple –, ce que la loi interdit normalement. Crois-moi, la situation actuelle des brevets médicaux est en train de créer une situation totalement chaotique, et qui commence déjà à perturber l'industrie biomédicale. Mais bon, c'est un autre problème !

» Aujourd'hui, pour en revenir à ce que je disais, si un médecin veut devenir riche – et il y a des tas de médecins que l'argent séduit –, il peut y parvenir assez facilement. Il lui suffit, pour commencer, de choisir une bonne spécialité. Ensuite, il n'a plus qu'à se mettre en ménage avec l'industrie pharmaceutique, l'industrie des assurances, l'industrie des hôpitaux spécialisés privés ou l'industrie biotechnologique. Ces industries prétendent toutes vouloir aider les gens, les soigner, et c'est ce qu'elles font dans une certaine mesure, mais leur altruisme n'est qu'une conséquence secondaire de leur activité, pas leur objectif majeur. L'objectif, c'est de faire de l'argent. Et elles en font, c'est rien de le dire !

Lou dévisagea quelques instants Laurie. Puis il pouffa de rire.

— Tu espères que je comprenne tout ça, moi ?

— Je sais que c'est compliqué, acquiesça-t-elle. Mais je te raconte ces trucs pour te faire comprendre qu'il ne faut pas vraiment s'étonner que quelqu'un comme Ben Corey, qui était sans doute autrefois un étudiant et un jeune médecin généreux, puisse être devenu celui qu'il est aujourd'hui, c'est-à-dire un type obsédé par l'appât du gain. La plupart, sinon tous les étudiants en médecine, ont de vraies motivations altruistes. Mais ils ont aussi l'esprit de compétition. Ils n'ont pas le choix, s'ils veulent entrer dans les meilleures universités, réussir leurs études, et faire ensuite de bons internats dans les spécialités les plus prestigieuses – c'est-à-dire celles qui paient le mieux et qui leur permettront de rembourser leurs dettes le plus vite possible. Ce dont ils ne se rendent pas compte, c'est que la profession a radicalement changé, depuis quelques décennies, à cause des choix du gouvernement américain et de divers facteurs économiques.

— Et la nouvelle législation sur la santé ? Le système qui vient d'être mis en place ? Ça ne va pas changer la donne, ça ?

— Par générosité, je pourrais dire que c'est un premier pas dans le bon sens. Au cœur de cette nouvelle loi, il y a la volonté de rétablir une certaine forme de justice sociale dans le domaine des soins médicaux. Et de considérer à nouveau la santé comme une responsabilité du gouvernement. Mais dans notre pays, hélas, la santé est une industrie d'actionnaires et de puissantes compagnies en compétition les unes contre les autres. Et la nouvelle législation ne change rien à cette structure. Elle agit un peu, simplement, sur les pouvoirs relatifs des acteurs du système. J'ai bien peur que la conséquence ultime de cette loi, ce soit de faire grimper encore un peu plus les coûts des soins. Parce qu'elle ne met pas assez de systèmes de contrôle en place.

— Et toi, Jack ? Es-tu aussi pessimiste que Laurie ? demanda Lou.

— Absolument, répondit Jack sans hésitation. Ne me lance pas sur ce sujet !

— Alors parlons d'autre chose, proposa Laurie. Et l'enlèvement de JJ ? Qu'as-tu appris sur cette affaire ?

Lou posa son verre sur la table.

— Nous sommes maintenant certains que l'enlèvement était conçu pour te détourner du cas de Satoshi Machita. La rançon que les ravisseurs te réclamaient n'était qu'un leurre. Je suis aussi très heureux de pouvoir dire que nous avons arrêté le tueur de Leticia. Il s'appelle Brennan Monaghan. Mais l'homme qui tirait les ficelles, c'est un capo de la famille Vaccarro, Louie Barbera, avec qui j'ai déjà eu pas mal de soucis ces dernières années. Je serais fou de joie si cette histoire pouvait l'envoyer derrière les barreaux, mais… Malheureusement, il va encore s'en sortir.

— Comment est-ce possible ? demanda Laurie, indignée.

— Du point de vue de la police, le fait d'employer des gens comme Grover et Colt est un vrai problème. Comme nous l'avons dit le soir où je vous les ai présentés, leur objectif principal est de résoudre l'enlèvement au bénéfice de la victime et de sa famille. Ils ont leurs propres méthodes, et ils se fichent de savoir qu'une preuve obtenue par des procédés illégaux n'est pas admissible devant un tribunal. Or, c'est bien ce qui s'est passé dans notre affaire. Grover et Colt ont découvert où se trouvait JJ en enlevant et en droguant un homme de main de la famille Vaccarro. Sur le plan juridique, ce n'est pas une stratégie acceptable. Heureusement que la société de Grover et de Colt a de si bons avocats ! Sinon, elle aurait déjà mis la clé sous la porte.

— J'avoue que je préfère avoir récupéré JJ qu'avoir respecté la loi à la lettre, dit Laurie.

— Bien sûr ! C'est pour ça que je vous ai suggéré de les engager. C'était le conseil de l'ami, pas celui du policier. En tant que policier, je n'aurais pas fait appel à eux. Les méthodes de ces consultants en enlèvements enfreignent de nombreuses lois, certaines fondamentales. Sur le long terme, leur attitude n'est sûrement pas bonne pour la société dans son ensemble.

— Et Vinnie Amendola ? Est-il encore en cavale ? demanda Laurie.

— Il est rentré il y a déjà une semaine, dit Jack. Nous avons été tellement pris par notre projet de bourse Leticia-Warren et par le recrutement de la nouvelle nounou, que j'ai oublié de te parler de lui.

— Merci ! dit-elle d'un ton ironique. Et après ? Vinnie va-t-il avoir des ennuis ? La lettre de menaces, c'était lui ?

— C'est lui, acquiesça Lou. Pour finir, il a été retrouvé en Floride et ramené à New York par la police de cet État. Mais il a été très coopératif et aucune charge n'est retenue contre lui. Tout le monde reconnaît qu'il a subi des pressions et qu'il était dans une situation très difficile, car il avait peur pour sa famille. Et puis il t'a tout de même prévenue du danger, d'une certaine façon, avec sa lettre. Tu n'envisages pas de porter plainte contre lui, n'est-ce pas ?

— Grands dieux, sûrement pas ! répondit Laurie, les yeux écarquillés, comme si c'était la dernière chose au monde qu'elle pouvait envisager. Au contraire, j'ai hâte de le remercier d'avoir essayé de me prévenir que j'étais en danger !

La serveuse revint à ce moment-là avec les trois salades César. Tout le monde fit de la place sur la petite table en fer forgé. Ensuite, Lou leva son verre.

— Permettez-moi de porter un toast à mon tour. À la médecine légale et à la contribution immense qu'elle apporte au travail de la police ! Ça, c'est vraiment un truc que nous avons et que les criminels n'ont pas !

Les trois amis éclatèrent de rire et trinquèrent à nouveau.

REMERCIEMENTS

Comme d'habitude, la rédaction de ce livre a nécessité le concours de nombreux amis, de collègues et d'autres personnes qui ont accepté de passer du temps au téléphone, parfois à l'impromptu, pour répondre à mes questions. J'ai beaucoup de chance d'avoir accès à un tel éventail de spécialistes qui ont la bonté de m'accorder leur aide avec tant de générosité. Je vous remercie tous. Ceux à qui je voudrais tout particulièrement exprimer ma gratitude, car ils ont fait preuve d'une patience exceptionnelle, sont (par ordre alphabétique) :

Jean E. R. Cook, psychologue

Joe Cox, avocat en droit fiscal, immobilier et des affaires

Rose A. Doherty, universitaire

Mark Flomenbaum, médecin légiste

Tom Janow, enquêteur de police à New York

Carole Meyers, assistante de recherche, IML de New York

Marina Stajic, directrice du laboratoire de toxicologie, IML de New York

Robin Cook
dans Le Livre de Poche

Avec intention de nuire n° 7622

Patty Owen est morte en mettant au monde son premier enfant. Le médecin anesthésiste, Jeffrey Rhodes, accusé de négligence, va découvrir, derrière le drame, d'effrayantes intentions de nuire.

Choc n° 37008

45 000 dollars en échange de quelques ovules : l'annonce passée par une prestigieuse clinique bostonienne a de quoi séduire Deborah et Joanna, deux étudiantes fauchées.

Chromosome 6 n°17232

Un cadavre mutilé dans les profondeurs de la jungle d'Afrique équatoriale. Qui est-il et pourquoi certains de ses tissus révèlent-ils un code ADN défiant toute règle biologique ?

Contagion n° 17082

Des malades sont victimes de virus depuis longtemps éradiqués, tel que celui de la peste. Tous étaient soignés dans les hôpitaux gérés par la puissante société d'assurances Americare.

Crises n° 37208

Un sénateur ultraconservateur s'oppose aux expériences de clonage du Dr Lowell. Quand il apprend qu'il est malade, il n'hésite pourtant pas à pactiser avec le diable.

Cure fatale n° 17017

Dans un hôpital d'une petite ville du Vermont, l'ancien directeur est assassiné et les malades sont victimes d'étranges décès…

Erreur fatale n° 31378

Le docteur Craig Bowman est accusé de négligence, et traîné en justice par la famille d'une riche patiente morte entre ses mains.

État critique n° 31805

Intrigués par la flambée de décès postopératoires dans les cliniques Angels Healthcare, Jack Stapelton et Laurie Montgomery débusquent un complot financier qui menace leur carrière, mais aussi leur vie…

Facteur risque n° 31100

Hôpital général de Manhattan : des patients, jeunes et en bonne santé, meurent après une intervention bénigne.

Intervention n° 32608

Un archéologue demande à Shawn Doherty, médecin-légiste à New York, d'analyser l'ADN d'ossements trouvés sous la tombe de saint Pierre. Ce qui n'est pas du tout du goût de l'Église…

Invasion n° 17114

Un étudiant californien se blesse au doigt en examinant un mystérieux disque noir, fait d'une matière inconnue. Pris d'une forte fièvre, il se rétablit vite… mais son comportement n'est plus le même.

Morts accidentelles n° 32249

En Inde, le tourisme médical est devenu une des richesses du pays. Pourtant, certaines opérations se soldent par la mort de malades occidentaux.

Naissances sur ordonnance n° 7641

Marissa Blumenthal n'a toujours pas d'enfant, en dépit des traitements les plus coûteux. Elle tente de comprendre pourquoi, malgré l'hostilité ou le silence des médecins.

Phase terminale n° 7690

Helen est atteinte d'un cancer du cerveau en phase terminale. Un seul espoir : l'Institut Forbes, à Miami. Au même moment, Sean Murphy, chercheur en biologie moléculaire, décide d'y effectuer un stage.

Rapt n° 37092

En plongée d'exploration scientifique au large des Açores, un sous-marin est aspiré dans une crevasse d'origine volcanique…

Risque mortel n° 17045

Edward, spécialiste des médicaments agissant sur l'état mental et psychologique, rencontre Kim, une infirmière, descendante directe d'une des « sorcières » de Salem, pendues en 1692.

Sphinx n° 7582

Erica Baron, égyptologue, arrive au Caire, une idée en tête : retrouver dans la Vallée des Rois la tombe de Séthi Ier, où serait enfoui un fabuleux trésor. Mais c'est l'Égypte qu'elle va découvrir.

Vector n° 17283

Un vecteur est le support de transmission d'un agent infectieux d'un humain à un autre. Maîtriser celui qui permettrait une diffusion massive et rapide : tel est l'objectif de laboratoires militaires ultrasecrets… et de réseaux terroristes.

Vengeance aveugle n° 7661

Cinq personnes, toutes clientes du Dr Scheffield, spécialiste des greffes de cornée, sont mortes d'overdose. Aucune n'avait apparemment touché à la drogue.

Vertiges n° 7468

Après de banals examens gynécologiques, des jeunes femmes sont victimes de vertiges qui s'accompagnent d'anomalies cérébrales inexplicables.

Virus n° 7530

Los Angeles. Dans un centre médical, le directeur et sept patients sont emportés par un virus inconnu, véritable peste noire venue d'Afrique.

Du même auteur :
aux Éditions Albin Michel

AVEC INTENTION DE NUIRE
NAISSANCES SUR ORDONNANCE
VENGEANCE AVEUGLE
PHASE TERMINALE
CURE FATALE
RISQUE MORTEL
CONTAGION
INVASION
TOXINE
CHROMOSOME 6
VECTOR
CHOC
RAPT
CRISES
FACTEUR RISQUE
ERREUR FATALE
ÉTAT CRITIQUE
MORTS ACCIDENTELLES
INTERVENTION
ASSURANCE VIE

PAPIER À BASE DE FIBRES CERTIFIÉES

Le Livre de Poche s'engage pour l'environnement en réduisant l'empreinte carbone de ses livres. Celle de cet exemplaire est de :
600g éq O_2
Rendez-vous sur www.livredepoche-durable.fr

Composition réalisée par Nord Compo

Achevé d'imprimer en mai 2013 en France par
CPI BRODARD ET TAUPIN
La Flèche (Sarthe)
N° d'impression : 73422
Dépôt légal 1re publication : juin 2013
LIBRAIRIE GÉNÉRALE FRANÇAISE
31, rue de Fleurus – 75278 Paris Cedex 06

31/7576/7